从颠覆到经典

——现代主义文学大家群像

叶廷芳　黄卓越　主编

商务印书馆
2007年·北京

图书在版编目(CIP)数据

从颠覆到经典:现代主义文学大家群像/叶廷芳,黄卓越主编.—北京:商务印书馆,2007.
ISBN 7-100-04856-7

Ⅰ.从… Ⅱ.①叶…②黄… Ⅲ.现代主义－文学研究－世界 Ⅳ.I109.9

中国版本图书馆 CIP 数据核字(2007)第 050050 号

所有权利保留。
未经许可,不得以任何方式使用。

从 颠 覆 到 经 典
——现代主义文学大家群像

叶廷芳 黄卓越 主编

商 务 印 书 馆 出 版
(北京王府井大街36号 邮政编码100710)
商 务 印 书 馆 发 行
北 京 民 族 印 刷 厂 印 刷
ISBN 7-100-04856-7/I·95

2007年9月第1版　　　开本 787×960 1/16
2007年9月北京第1次印刷　印张 36 1/4
印数 4 000 册

定价:54.00元

目　录

序 ·· 叶廷芳　黄卓越　1

卡夫卡：抛入世界的陌生者 ································ 叶廷芳　1
 Ⅰ　一个失落了身份的精神漂泊者 ························· 1
 Ⅱ　"误入世界"的孤独体验 ······························ 9
 Ⅲ　灵魂磨难的逃犯 ···································· 19
 Ⅳ　审父——卡夫卡的批判 ······························ 32
 Ⅴ　控诉环境，也控诉自己 ······························ 46
 Ⅵ　"不接受世界"的异乡人 ······························ 52

慕齐尔：没有个性的人 ······························ 黎奇　59
 Ⅰ　失去了个性 ·· 60
 Ⅱ　笑一切悲剧 ·· 70
 Ⅲ　寻求另一种状态 ···································· 80
 Ⅳ　向生活圆的边界冲击 ································ 91

里尔克：奔向无边的宇宙 ···························· 杨武能　101
 Ⅰ　"小时候，我没有家" ······························ 101

Ⅱ	通过"女性之门"	104
Ⅲ	孤独的风中之旗	111
Ⅳ	奇异的隐潜——"自我治疗"	118
Ⅴ	心灵的图像	121
Ⅵ	人生·上帝·宇宙	125

劳伦斯:交叉的火焰 ················ 黄卓越 131

Ⅰ	自我的绝对存在	132
Ⅱ	敞开的肉体	149
Ⅲ	死亡与再生	163

乔伊斯:形式音符里的交响乐 ················ 戴从容 179

Ⅰ	古典的白昼与现代的黄昏	180
Ⅱ	精神世界里涌动的暗潮	186
Ⅲ	形式的真实与表意	190
Ⅳ	斩不断理还乱的先锋文学渊源	197
Ⅴ	词语:从透明的玻璃到斑斓的石子	203
Ⅵ	叙述:透视他人与反观自我	214
Ⅶ	结构:用真实撼动美的殿堂	219
Ⅷ	创造一个狂欢的文体世界	226

艾略特:永恒循环的神话 ················ 王宁 232

Ⅰ	寻找失落的自我	233
Ⅱ	精神分析式的"多重变奏曲"	238
Ⅲ	传统与个性气质的张扬	249
Ⅳ	走向天国之路	256

奥尼尔:悲剧的永恒追求 ………………………… 华明 260
    Ⅰ 进入黑夜的漫长旅程 ………………………………… 260
    Ⅱ 人与上帝的关系——不可思议的推动力量 ………… 264
    Ⅲ 戴假面的人 …………………………………………… 272
    Ⅳ 更高级的乐观主义 …………………………………… 281

波德莱尔:突入现代的文学尖头兵 ………………… 郭宏安 288
    Ⅰ 《恶之花》:厄运,厌倦,忧郁,深渊 ………………… 289
    Ⅱ 象征主义:人心的底层 ……………………………… 297
    Ⅲ 当代生活:美的现代性 ……………………………… 305
    Ⅳ 想象力——"各种能力的王后" ……………………… 312

普鲁斯特:神秘显现的永恒时光 …………………… 袁树仁 319
    Ⅰ 优游岁月 ……………………………………………… 319
    Ⅱ 诺亚方舟 ……………………………………………… 331
    Ⅲ 病态激情 ……………………………………………… 339
    Ⅳ 时空魔镜 ……………………………………………… 348

布勒东:强力性的精神解放 ………………………… 葛雷 359
    Ⅰ 纯粹的美学 …………………………………………… 359
    Ⅱ 瑰丽的突进 …………………………………………… 371
    Ⅲ 超验与神奇 …………………………………………… 381

加缪:阳光与阴影的交织 …………………………… 郭宏安 393
    Ⅰ "应该设想,西绪弗斯是幸福的" …………………… 395
    Ⅱ 普罗米修斯"仍在我们中间" ……………………… 406

Ⅲ　涅墨西斯的启示……………………………………………… 418

川端康成：忧伤的"浮世绘"………………………… 高慧勤 426
　Ⅰ　"天涯孤儿"…………………………………………………… 426
　Ⅱ　感觉与表现…………………………………………………… 432
　Ⅲ　美丽与悲哀…………………………………………………… 446
　Ⅳ　生命即官能…………………………………………………… 459

昆德拉：对存在疑问的深思………………………… 艾晓明 469
　Ⅰ　抓住自我对存在疑问的本质………………………………… 473
　Ⅱ　审视存在的历史维度………………………………………… 482
　Ⅲ　勘探存在的范畴……………………………………………… 491
　Ⅳ　存在的不能承受之轻………………………………………… 503
　Ⅴ　小说的智慧…………………………………………………… 513

艾特玛托夫：宇宙和历史的交响曲………………… 曹国维 517
　Ⅰ　哲理的人学…………………………………………………… 519
　Ⅱ　表达全世界…………………………………………………… 526
　Ⅲ　钟爱自然……………………………………………………… 534

马尔克斯：热带丛林的魔幻………………………… 陈众议 539
　Ⅰ　"现实"与"魔幻"……………………………………………… 539
　Ⅱ　马尔克斯的南方世界………………………………………… 546
　Ⅲ　魔幻现实与神话……………………………………………… 550
　Ⅳ　魔幻现实与象征……………………………………………… 554

序

　　从历史进程看,20世纪无疑属于现代。然而,这并不意味着凡诞生于20世纪的人或出版于20世纪的书都具有"现代精神"。"现代精神"是一个狭义概念,有其特定的质的规定性。时间的前进是无可阻挡的,但它本身无法完成"划时代"的任务,而拖泥带水地携带着大量上世纪甚至上上世纪的固有观念和陈规陋习。只有少数时代的弄潮儿——文艺中叫"先锋派"或"现代主义者",在新世纪到来之时,甚至之前,就探悉到新时代的先兆,并以非凡的锐气和勇气,突破重围,横空出世,通过自己的作品,将新的时代精神注入时代,并进而刷新时代。文学中,这样的弄潮儿早在19世纪下半叶就出现了,那就是以波德莱尔为代表的法国象征主义诗人们。他们以振聋发聩的声音,敲开了20世纪的大门,迎来了各路文学新军:表现主义、未来主义、达达主义、意识流、超现实主义、魔幻现实主义、荒诞戏、新小说、黑色幽默……它们的旗帜不同,口号各异,但其为反叛则一——背弃"模仿论",主张"表现论";弃客观,重主观。有的甚至走向了"反戏剧"、"反诗歌"、"反小说"的地步。在价值观上,他们在"上帝死了"的名义下,颠覆了启蒙运动以来强调的理性精神,否定固有的习俗观念和伦理道德原则,奉行"非理性"主义;追问人的存在价值,关注人的生存处境和人性的"异化"等等。可以说,现代主义在人文观念和审美观念两个层面上全面更新了文学。

20世纪西方文学的这一变革不是偶然和孤立的,它是西方工业社会在其长期发展过程中矛盾和危机不断积累的产物,也是人类审美意识不断变迁的结果。因此,它与意识形态领域其他学科的变革几乎是同步发生的。这一个多世纪里,除文学外,哲学、美学、伦理学、心理学、社会学、法学、神学等等也都发生了深刻的变革,提出了一系列新的命题和概念,把人类思想发展运动大大推进了一步。在艺术领域,各门类艺术,包括建筑,在19世纪末几乎都发生了剧变:就在与法国象征主义发表宣言的同一年,即1886年,以塞尚为代表的巴黎后印象派画展标志着美术中现代主义的起步;比这早两年,即1884年,布鲁塞尔的新艺术运动竖起了建筑领域的现代主义旗帜;1887年,法国安托万创建的"自由剧场"推倒了"第四垛墙",突破了镜框式的封闭性舞台,开了现代"小剧场"的先河;稍后几年,1894年,以德彪西为代表的后印象派音乐诞生了属于"现代"的杰作《〈牧神的午后〉序曲》;……这一系列"瀑布式"的飞跃,说明现代主义思潮的兴起,乃是历史发展的"瓜熟蒂落",而不是先锋派"弄潮儿"们人为地"弄"出来的偶然现象。

这是人类在艺术领域所进行的一场波澜壮阔的探险运动。像科学的任何探险行为一样,失败是大量的,而成功则是凤毛麟角。正如美国美学家桑塔耶那所说:"在一千个艺术实验中,九千九百九十九个都是平庸的制作,只有一个是天才的产物。"因此在泥沙俱下的历史运动中,历史自身是会进行淘汰和选择的。那脱颖而出的极少数"天才"的艺术探险者,起初好像"从文学外走来",他们带着陌生的面孔,一时不被人们认识和承认;在时代的审美意识普遍觉醒之前,他们注定要经历一段孤独时期。一旦他们凝聚着时代精神的作品"烘暖"了时代,他们就领着时代的风骚,并构成明天的历史。这时,那大量穿着传统服装原本在"文学内"活动的作家,或多或少也染上了他们的色彩,从而整个儿改变了时代的风貌。所以,这些艺术探险者或先锋派也可以说就是艺术发展的"尖头兵"。

经过一个多世纪的变革,特定概念的"现代文学"从"文学外"走到了"文学内",取得了新的正统地位。这意味着它从内容到形式到风格都发生了质的变化,形成一种新的、属于20世纪这个大时代的艺术精神。这一精神可以扼要地概括为以下几点:

一、文学与哲学"联姻"。一方面,哲学广泛地渗入了文学。如果把文学比作"闺秀",那么哲学便是主动闯入"闺房"的"求婚者"。从现代哲学的几个头面人物诸如克尔凯郭尔、尼采、海德格尔、萨特等都扮演了这种角色;另一方面,文学也向哲学示好,比如卡夫卡、慕齐尔、里尔克、布莱希特、T. S. 艾略特、贝克特、海勒、纳博科夫等都在言论和作品中主动向哲学攀缘,有的还热衷于形而上的思考,追求超验境界。值得一提的是,哲学家有时干脆把文学当做其哲学思想的附庸,如基督教存在主义者克尔凯郭尔和无神论存在主义者萨特。同样,在作家的笔下,哲学有时也成了文学的附庸,如荒诞派戏剧和布莱希特的某些作品。不过在二者的"联姻"过程中,哲学是更为自觉和主导的一方,因为哲学家发表了不少关于文学和美学的理论,而作家在哲学理论方面的建树则要逊色得多,多数人根本就无意于理论的建树,他们只是通过文字刻骨铭心地描述和表达着自己对某种哲学思想的体验,以至他们的哲学背景往往不是由自己阐明,而是由哲学家们揭示的。

哲学对文学浸润得最深的当推存在主义。刚才随便举的几个代表人物,没有一个与之无关。存在哲学关注的是人在特定条件下的具体处境,尤其处于危机中的个体。存在的荒诞意识、"异化"意识、悖谬意识、危机意识、孤独意识、罪恶意识等等是现代文学中经常涉及和探讨的哲学话题。由于人受到更加细致而深入的关注,表明现代人开始"认识你自己"的努力,故现代文学更接近"人学"的本质。

二、审美视觉的内向转移。随着"模仿论"的被抛弃,"表现论"被强调,人们观察事物不再从客观出发,而主张从主观出发,换句话说,不再从外往内看,而是从内往外看。在这点上,19世纪初的德国浪漫派最早表现出这种端倪,那时,它就提出了"内心决定世界"的口号。从19世纪下半叶起,表现所谓"内在的激情"成了现代文学普遍的美学追求。乔伊斯鲜明地指出:"光写头脑里的东西是不行的,必须写血液里的东西",也就是写内心深处的东西,下意识或潜意识的东西。表现主义甚至认为,艺术就是"内在需要的外在表现"。尤其是与存在哲学有关的作家们,当作家已不是他们的目的,写作的可能和写作的过程才是他们的追求;写作是他们生命燃烧的形式。有的作品表面上写得很平静(如在卡夫卡那里),其实作者是要通过"静"的描写,唤起内心"动"的激情(在他那里更多的是悲愤)。因此表现人物或主人公在特定处境下的独特感受构成现代文学的基本书写模式。于是,意识流的手法受到了青睐。所以有人认为,表现个人意识折射出来的世界是20世纪最有特色的艺术发现之一。

三、想象向神话回归。文学本来是重想象的,无论西方或东方莫不如此。所以既有爱琴海沿岸的奥林匹斯山上宙斯叱咤风云的无数动人故事,又有太平洋西岸女娲补天、嫦娥奔月的美丽传说。但久而久之,也许人们感到在天上游腻了,于是来到地上,以模仿现实为乐事。而一俟这种技能已掌握得无以复加了,就又发现,既然"现实已经存在那里了,再去复制它有什么意思!"于是又展开想象的翅膀,回归到神话的天地。但这次回归并不是回归到人类幼年时代的方式和水准,而是对古代神话原始出发点的再肯定,是按否定之否定规律向更高层次的递进。

现代文学的想象力受到现代心理学的推动,也就是说,它与人类开掘了自身的潜意识领域有直接关系。如果说,古代神话是人在"外宇宙"的天马行空,现代神话则是人在"内宇宙"的自由驰骋。因此两种神话在美学上是有分野的:古代神话属于浪漫主义,其想象都在"上帝"管辖的"理性"领域翱翔,一般不破坏客体;现代神话则属于现代主义,其想象多在没有"上帝"的"非理性"领域翻飞,一般要破坏客体,因而呈现为"幻象"。因此二者可以说"同形异质"。

四、风格趋向多元。20世纪以前的任何时代,艺术风格只独尊"一元",即服从于当时居于正宗地位的美学规范,或顺应于虽非正宗但盛极一时的审美风尚(如欧洲17世纪的巴罗克流行地区)。但是人的审美天性总是喜新厌旧的,欢迎多样的。所以随着专制主义的政治统治形式在欧洲的解体,经过现代主义思潮的反复冲击,以往那种独尊一格的局面不复存在了。正如日本作家川端康成所说:"宗教的时代已经过去,文艺的时代正在到来"——宗教要求服从一个意志,而文艺的本性则是自由的。这一文学景观也应验了昔日德国诗人兼美学家席勒的一个论断:"理性要求统一,自然要求多样"。会不会反复呢? 小的、局部的反复是可能的,但大的格局不大可能了。因为来自别的艺术领域的信息也是与此相呼应的。例如《20世纪的音乐》一书的作者也探讨并回答过这同一个问题:"人们曾经宣告一种统一的、20世纪的风格,即综合了各种新流派的新风格出现了,但在这点上音乐方面并没有比绘画艺术方面取得更多的成功,多样而不是统一才是整个艺术世界的特征。"在多元格局的情况下,各种风格,包括现实主义风格都有自由发展的空间。事实上,现实主义在失去了独尊地位以后,也经常吸收其他艺术流派的新思维、新方法,更新了自己的面貌。德国的亨利希·伯尔就是一个典型的例子。艺术方面提供的情况也不例外。

现代艺术家(包括文学家)的原创意识大为加强了! 凡是有抱负的艺术家多以重复为耻:他既不愿重复前人的,也不愿重复他人的,甚至也不愿重复自己的。"任何古代名家和现代大家都不应享有让人永远仿效的不公正特权,但可以作为对话者或激发者对待。"迪伦马特的这句话具有典型性和普遍性。从这个角度看,艺术风格的回归统一也不大可能了。

五、手法不断扩充。从某种意义上说,20世纪的现代主义运动是人类历史上空前的、自觉的艺术革新运动。一个多世纪以来,经过广泛的探索和实验,创造或激活了大量有效的表现手法和技巧,使文学的表现空间大为扩大。如:赋予象征和譬喻以新的功能;"间离"或"陌生化"技巧的广泛使用;"非理性"思维方式包括下意识、潜意识、无意识、梦幻等的成功尝试;把某些哲学概念变成有效的审美手段,如荒诞、悖谬等;英雄概念的翻转,出现了"非英雄"甚至"反英雄"形象;题材的不拘一格,尤其强调现代性与平民性;结构趋向松散而复杂;情节淡化甚至被取消;"蒙太奇"技巧的成功借用;时空观念被打破;作家从全能地位引退,采用多视角叙述;风格的弃繁从简,返璞归真等等。这样一来就避免了文学概念的僵化,而延伸了它的边沿,激活了它的生机,使文学与急速发展的时代步调相适应。

第二次世界大战以后,差不多从60年代开始,文学又经历了一次美学转型,进入了所谓"后现代"时期。在"后现代"思潮面前,现代主义的许多原则受到质疑或反拨,但它的革新精神却又是和现代主义一脉相承的。正是有了这一共同的精神纽带,现代主义不是被推翻,而是在另一个层面上被超越;现代主义的那些扛鼎人物不是被否定,而是获得了经典地位。

"后现代"是一个文化现象,它的概念是相当宽泛的,就在文艺领域,它在各个不同门类的表现也不尽相同。但就总的精神看,"后现代"比"现代"更宽容,更人性化;它的平民意识、对话意识、交流意识等都相当突出。但从文学创作的美学角度看,它却呈现出两个绝然相反的方向:一个在"新主体性"的旗帜下,竭力向"高精尖"掘进,产生了像戏剧家海纳·米勒(德国)、小说家卡尔维诺(意大利)和小说家兼戏剧家托马斯·贝恩哈特（奥地利）等人的某些读起来颇为费劲的作品。另一个则在"大众化"的口号下，竭力推出通俗易懂的作品，如著名"后现代"理论家兼小说家埃寇（意大利）的《玫瑰的名字》和聚斯金德（德国）的《香水》等。但若从深度的人文层面看，则二者又是一致的，即更加深层的人文情怀：前者着重从作品的内容出发；后者着重从作品的形式出发。

想以几千字的篇幅扼要地道尽一个多世纪以来西方先锋文学的现代精神是困难的，还是请读者随着我国有关研究者的指引，深入到这15位世纪大师们的精神世界及其作品中去吧。

叶廷芳　黄卓越
2006年仲夏

卡夫卡：
抛入世界的陌生者

叶廷芳

Ⅰ 一个失落了身份的精神漂泊者

卡夫卡（1883—1924），奥地利小说家。出生于布拉格的一个犹太人家庭。

卡夫卡是个矛盾的、复杂的、具有独特个性的人，他的犹太民族的身份像一个阴影伴随着他的一生。卡夫卡又是个极为敏感的人，因而，受歧视的民族血统成为他一生中的沉重的精神负担。直到后来，他在向他所钟情的女子密伦娜表达爱情的时候，仍掩饰不住那刻骨铭心的伤痛，感叹道：

> 您想一想，密伦娜，我是怎样走到您的身边来的，我已经走过了怎样的38年的人生旅程啊，因为我是犹太人，这旅程实际上还要长得多。①

作为一个没有祖国的民族的一员，他的"无家可归"的意识是十分强烈的。在写给密伦娜的另一封信里有这么一段话：

---

① 卡夫卡:《致密伦娜书简》，费歇尔袖珍本出版社，法兰克福/迈因，1967年版，第29页。下同。

......这种欲望有点永恒的犹太人的性质,他们被莫名其妙地拖着、拽着,莫名其妙地流浪在一个莫名其妙的、肮脏的世界上。①

这里,卡夫卡十分形象地道出了他的民族的悲剧命运和在世界上的难堪处境。这处境对于卡夫卡是不可忍受的。他在给第一个未婚妻菲莉斯·鲍威尔的一封信里表达了他的这种情绪:

完完全全无家可归,非发疯不可,日益虚弱,毫无希望。②

这番话当然是由于在休养地一时找不到合适的房而直接引起的,是牢骚话,但根据他多处流露的情绪,尤其是在其他书信、日记里记着或提及的犹太孩子在学校和社会上受歧视、欺凌的情形,这番话不啻是对他的民族境遇的一种慨叹。晚年在给密伦娜的又一封信里,表达了对对方有祖国的羡慕和自己"寻找一个祖国"的渴望:

你有你的祖国,因此你甚至可以抛弃它,而这大概是对待自己祖国的最好的办法,尤其因为它那些不能抛弃的东西人们并不抛弃。可是他(指卡夫卡自己——笔者)没有祖国,因此他什么也不能抛弃,而必须经常想着如何去寻找一个祖国,或者创造一个祖国。③

世界上的民族数以千计,有谁生下来就没有祖国的呢?绝无仅有的例

---

① 卡夫卡:《致密伦娜书简》。
② 卡夫卡:《致菲莉斯书简》,费歇尔袖珍出版社,1982年版,第750页。下同。
③ 卡夫卡:《致密伦娜书简》,第173页。

子偏偏发生在卡夫卡那里!

卡夫卡是个自传色彩很强的作家,凡是重要的人生体验和感受都可以在他的作品里找到回响。他的最后一部长篇小说《城堡》融进了他多种人生体验,因此可以作多种解释,其中之一是对犹太人"无家可归"的一种写照。小说主人公 K. 是个土地测量员,一天他要去城堡——衙门所在地去述职,当晚须在城堡辖下的村子里住下,但这必须有居住证。于是他为去城堡办理这份证明展开了不懈的努力,都一次又一次宣告失败。直到临死的时候,城堡当局才下达通知,准许他在村子里住下。[①] 可是这种恩准对他已经毫无意义了。这番描写反映了他作为犹太民族一员的找不到家园的痛苦和失落感。作为犹太作家的勃罗德,他对《城堡》的这一层意思看得还要深刻,他说卡夫卡在《城堡》"这个简单故事里,他从犹太人的灵魂深处讲出来的犹太人的普遍遭遇比一百篇科学论文所提供的知识还要多。"[②]

以上论及的还只是我们考察卡夫卡的"失落感"的第一个层次。事实上卡夫卡的失落感是双重甚至是多重的。因为没有祖国或找不到民族家园的"异乡人"身份在几百万欧洲犹太人中间不是卡夫卡特有的境遇。卡夫卡作为"异乡人"的特殊境遇是他所生活的地域与他所掌握的交际工具——语言——是不合拍的,就是说在他的出生地布拉格绝大多数都是讲捷克语,而卡夫卡所习用的是德语,操这门语言的人在布拉格城只占很小的比例(本世纪初约十五分之一左右),因此从语言环境看,卡夫卡仿佛生活在一个孤岛上。这跟他的同胞中的其他出类拔萃者,如马克思、爱因斯坦、海涅、弗洛伊德等就大不一样了。他们在与别

[①] 《城堡》没有写完。这个结尾是卡夫卡的至友 M. 勃罗德根据作者生前对他谈的计划追忆的。

[②] M. 勃罗德:《无家可归的异乡人》,译文载叶廷芳编《论卡夫卡》,中国社会科学出版社,1988 年版,第 81 页。

人的交往中语言上是没有障碍的。卡夫卡身为犹太人,学的却不是希伯来语,而他所精通的德语在周围国民中却是陌生的,因此他不能像一般人那样自由选择学校甚至专业,中学还可以在专门的德语中学学习,大学就必须在布拉格大学的德语分部。他的作品在自己的家乡不通过翻译就难以传播,他的社交活动和与文学界的来往基本上也局限在德语的范围内。我们不能把"环境决定论"绝对化,但卡夫卡所处的那种"孤岛"般的环境对这位"异乡人"的失落感或异己感所形成的胎记是不能忽视的。

如果他有一份称心如意的职业,也许还能弥补上述的缺憾。可惜这又不从人愿。他在大学里学的专业知识是法学,而且取得了一个法学博士的学位,结果在一家半官方的"劳工事故保险公司"谋得了一个跟"法"有关的职位。但他与日俱增的兴趣是文学,而且视创作为他"唯一的幸福"。他也不怀疑自己具备着作家的天赋和才能。然而,他的文学观念太超前了,还不能得到当时多数读者的认同;他的要求也太高了,他很少满意过自己写出来的东西,所以生前他勉强拿出来发表的那些作品还不能造成他作为名家的地位。这意味着,他还不能依靠专业创作来维持自己和家庭生活的必需,换句话说,他不能放弃保险公司的那个岗位,那个既能给他提供一份固定的、优厚的薪俸,又有一个赏识他的才能的上司的岗位。但是创作需要时间,需要思想的高度集中,对于卡夫卡甚至需要紧闭在"孤寂的世界"的环境,这就使卡夫卡的创作与职业处于尖锐的矛盾与冲突之中:一方面,他觉得"放弃这一岗位是我的强烈愿望",[①]一方面又觉得"由于我的作品产生得很慢和作品的特殊性,我不能靠文学为生"。[②] 这种矛盾和冲突,有时使他觉得"几

[①] 卡夫卡:1917 年 7 月 27 日致 K. 沃尔夫函。
[②] 卡夫卡:1911 年 3 月 28 日日记。

乎听见了我被写作为一方,办公室为另一方碾得粉碎的声音"。① 1913年,卡夫卡的创作欲趋向高潮,职业的干扰给他带来的痛苦便更加剧烈:

> 我的岗位于我是不可忍受的,因为它与我的唯一要求和唯一职业即文学是格格不入的,……你也许会问,那么我为什么不放弃这个岗位而后靠文学劳动——我没有财产——过日子呢?对此我只能给予如下的可怜答复:我没有这么做的力量,据我对我的处境的观察,倒不如在这岗位中走向灭亡。②

有时他甚至感到,这个该诅咒的职业,等于在他具有"幸福天分的身体上挖掉一块肉"。③

没有比这样的表达更强烈的了!这是两种相反的力在撕裂着他:一种是要求按照自己的天赋、能力和兴趣充分发挥自己的特长,实现自我价值;一种则是社会的伦理、道德的习俗迫使他对家庭承担起一个长子应当承担的责任,首先是经济供养的责任。而他实在无法做到成全任何一方,不得不忍受着这二重分裂的痛楚。于是,白天他在办公室虽然"恪尽职守",而且与周围的同事们也能合群,但这在他看来只是浮在"生活的上面",他的内心依然是孤寂的。只有夜晚,在写作的时候,他才能把"重心"沉入生活的"深处",但这点时间是以牺牲睡眠为代价的,实际上是在损害健康,剥蚀生命,④而这点时间也不能完全满足他的创作欲,或者说充分表达他的"庞大的内心世界"。

---

① 卡夫卡:1912年12月3日致未婚妻F.鲍威尔的信。
② 卡夫卡:1913年8月21日日记。
③ 卡夫卡:1911年10月4日日记。
④ 卡夫卡于1917年开始患肺结核,1924年死于喉结核,年仅41岁。

如果他有个温暖的家,那么他那"冰冷的内心"[1]便能得到温存,甚至融化,但他没有。他的父亲是个白手起家的商人,凭自己的精明强悍、体格健壮经营着一爿妇女用品商店,他关心的是赚钱,缺乏应有的文化素养,和子女思想上不能沟通,而且在家里非常专断,要求家庭成员对自己绝对服从,动辄暴怒、斥骂。这使卡夫卡从小在心理上就受到很大损害,性格也因此向内倾斜。他的母亲是个善良、贤惠的女人。她关心儿子,更懂得服从丈夫。在父子发生矛盾时,她多半劝导儿子,让父亲胜利。所以卡夫卡在家里总是心情压抑的。他前期的短篇小说代表作《判决》、《变形记》等,可以透视到他的家庭关系的基本面貌。在这两篇小说问世后不久,卡夫卡在1913年8月21日的日记里写道:

> 现在,我在自己的家庭里,在那些最亲近、最充满爱抚的人们中间,比一个陌生人还要陌生。近年来我和我的母亲平均每天说不到二十句话;和我的父亲除了几句空洞的大话以外几乎没有别的话可说;和我那两位已结婚的妹妹和妹夫不生气根本就没有话要谈。原因很简单,我跟他们没有最细小的事情可谈。一切跟文学无关的事情都使我无聊,使我痛恨,因为它们干扰我,或者说阻碍我,哪怕这只是假说的。[2]

卡夫卡始终渴望着爱情,也试图缔造一个自己的家庭。他认为:"没有一个中心,没有职业、爱情、家庭、养老金,这就意味着没有在世界

---

[1] 卡夫卡:1912年2月5日日记。
[2] 卡夫卡:《1910—1923年日记》,费歇尔袖珍本出版社,法兰克福/迈因,1984年版,第200页。

上站住脚。"①为了婚姻,他曾进行了长期的努力,在七年(1912—1919)的时间里先后与两位姑娘订过三次婚,都因种种主客观原因而失败。其中最令人叹惜的是他与 F. 鲍威尔的婚事,五年内两次订婚,两次解约,仅从卡夫卡写给女方的书信的数量看,就有多达八百多页的一大本。他们的婚事之所以最后失败,从卡夫卡这方面看,主要原因有两个,一是卡夫卡唯恐婚后的小家庭生活影响他的创作;二是双方的志趣不同:女方较注意婚后过一种物质上较优裕的小康生活,对卡夫卡的精神追求缺乏理解。也可以说,一个渴望形而上的自由,一个向往形而下的满足。与第二位姑娘的婚事的告吹是由于女方出身卑微,受到卡夫卡父亲的激烈反对。1919 年卡夫卡在《致父亲》那封长信中慨叹:婚姻是他"一生中迄今最恐怖的事情"。

他的后半生在他为婚姻问题而争斗的中间,也有过一段美好的、也是悲剧性的爱的插曲:卡夫卡与密伦娜的爱情。密伦娜是一位 25 岁的少妇,她是布拉格长大的捷克人,性格爽朗、热情、泼辣,富有正义感,思想激进,倾向苏联。她十分赞赏卡夫卡的小说。1920 年初,她打算用捷克语翻译卡夫卡的作品,为此征求卡夫卡的意见,两人一见钟情,不久就开始了频繁的书信来往。卡夫卡对密伦娜的爱很快达到从未有过的热烈程度。但卡夫卡对密伦娜的幽会要求总是怀着"恐惧"感。而密伦娜却是个典型西方式的开放的女性,停留在书信中的爱情她是受不了的。半年多以后,双方基本上友好地断绝了通信。

直到晚年,在病入膏肓的情况下,卡夫卡才与一位二十岁的姑娘,名叫多拉·迪曼特产生了爱情。1923 年 7 月,即卡夫卡逝世前不到一年在外地疗养时才认识多拉。由于多拉对卡夫卡一见钟情,并且非常热情、诚恳地悉心照料着他,深深打动了卡夫卡的心,不久他们就同居了,

---

① 卡夫卡:1910 年 7 月 19 日日记。

多拉最终成了他真正的生活伴侣。卡夫卡曾写信给她的父亲,要求父亲同意他与多拉的结合,并表示为此愿意皈依犹太教。多拉父女都是虔诚的犹太教信徒。父亲根据犹太教教士的意见拒绝了卡夫卡的要求。但多拉一直陪伴他到死,成为最后一个在坟墓上哭悼卡夫卡的人。尽管如此,按照当时的西方习俗也不能算正式夫妻。

卡夫卡对他在婚姻、爱情问题上的屡屡失败显然感慨多端。1922年1月29日他在日记中写道:

> 我喜欢正在爱恋的人。但我自己不能爱,我离得太远,我被驱逐了。①

究竟为什么会这样?主要原因在自己,还是在别人呢?似乎很难说清楚。在一则笔记里,卡夫卡用了形象化的比喻,说了如下一段话:

> 我曾爱着一位姑娘,她也爱我。但我不得不离开她。
>
> 为什么呢?
>
> 我不知道。好像是她被一群武士包围在中央,他们矛头朝外。只要我向她走近,我就会撞在矛尖上,被刺伤,而不得不退回,……我身边也围着一圈武士,他们矛头向内,也就是向着我。假如我向那姑娘挤过去,我就会首先撞在我的武士的矛尖上,从这里我就迈不出脚去了。②

总之,在别人唾手可得的东西,在他便成了问题,一切都是"可望而

---

① 卡夫卡:《1910—1923年日记》,第353页。
② 卡夫卡:《乡村婚事及其他遗作》,法兰克福/迈因,1980年版,第183页。

不可即",这就是他的境遇,他的命运。

就像前面讲到卡夫卡的创作与职业的尖锐冲突时我们不能一味责怪他的职业本身一样,这里我们也不能片面责怪他的家人和任何一位情人,一切都应归因于卡夫卡与文学的缘分太深了,对它太酷爱、太痴情了。但是我们完全有必要揭示和阐明卡夫卡所处的这种种矛盾关系及其紧张程度的事实,因为只有在这个前提下,我们才能考察卡夫卡的个性的"独特性"形成的诸多因素,从而才能明了他那种"失落感"和漂泊感的因由。

联邦德国研究卡夫卡的专家巩特尔·安德尔斯对卡夫卡有一段很好的评价,他说:"作为犹太人,他在基督徒当中不是自己人。作为不入帮会的犹太人(他最初确实是这样),他在犹太人当中不是自己人。作为操德语的人,他在捷克人当中不是自己人。作为波希米亚人,他不完全属于奥地利人。作为劳工工伤保险公司的职员,他不完全属于资产者。作为资产者的儿子,他又不完全属于劳动者。但他也不是公务员,因为他觉得自己是作家。而就作家来说,他也不是,因为他把精力耗费在家庭方面。可'在自己的家庭里,我比陌生的人还要陌生'。"①

Ⅱ "误入世界"的孤独体验

一个连自己的"身份"都得不到证明的精神漂泊者,他是不会用正常的眼光来看世界的,或者用他自己的话说,他是"误入这个世界"的。②

---

① 转引自恩斯特·费歇尔:《从格里尔帕策到卡夫卡》,德文版1962年,第283页。
② G. 雅诺施:《卡夫卡谈话录》。

这样的人必然会感到世界的冰凉和内心的孤独。在一篇日记里他自述道:"从外部看我是硬的,我的内心是冷的。"①比这更早,他在给一位名叫海德维希·W.的女友的信中说:

> 我甚至没有你要求于我的那种对人的兴趣。②

这位"被抛入世界"的孤独者,仿佛被置于一个"空荡荡"的空间,没有着落。他在一封信中这样写道:

> 我被一个空荡荡的房间与一切事物隔开,我没一次不碰到过它的边界。

在人世间感受不到人类共同生活所应有的温暖,这便使他想到了动物。也许动物对人没有偏见和戒心? 有一次,他对他的青年朋友雅诺施说:"动物比起人来与我们更接近些……我们发现和动物相处更容易些。"当卡夫卡不得不用动物来比较人的冷漠本质的时候,他的悲凉是彻骨的。正是因为这样,他的那些作为他的内心世界真实外化的作品的主人公,才具有那样鲜明而动人的特征:他们那被抛逐、被毁灭的命运。

他的最初两篇成名作《判决》和《变形记》的主人公首先以被逐者的孤苦的形象与我们见面:前者盖奥尔格·本德曼仅仅因为对父亲的一个恶劣行为(离间儿子与一位远方朋友的关系)当面斥责了一句,就被父亲"赐死"。他对父亲这一无礼而残忍的"判决"没有抗议,也没有求饶,径直默默地跪到外面的大桥上,纵身水中。后者格里高尔·萨姆沙

---

① 卡夫卡:1912年2月5日日记。
② 卡夫卡:1907年8月29日致海德维希·W.的信。

因突然身患绝症(蜕变为一只大甲虫),丢了饭碗,遂逐渐被家人和邻人厌弃,无情而默默地被逐出了人的世界,过着虫豸的生活,很快在寂寞和孤独中悄然死去。此后的短篇小说《司炉》(又名《销声匿迹的人》,后作为长篇小说《美国》的第一章)的主人公卡尔·罗斯曼只因年少无知,被一中年女仆引诱发生了关系,却被父母无情放逐他乡——美国,在漂泊的路上,这个品性憨直的"英俊少年"不乏奇遇和艳遇,更受尽种种欺骗和利用,他像个皮球似的被人抛来抛去。家人不怜惜他,社会也不保护他。

  晚年的短篇名作《乡村医生》比较深奥。但表现人的孤独感仍是一条清晰可辨的主线。医生听到求诊的门铃,马上套马冒雪去十里外的村子去抢救病人,不料他自己的马冻死了,他要女仆去借邻家的马。想不到猪圈里奔出两匹高头大马。见病人(一个少年)后,病人却声称没有病。医生正欲往回走时,发现那少年腰间有一个碗口大的伤口。他立即准备给他治。病人却唤来了家人和亲友把他按倒在病人身旁,剥光了他的衣服,还拳脚相加。此时那两匹马的头伸进了窗内,他仿佛听见马的呼唤,连忙起来纵身跃出窗外,上了马车。但还光着身子,衣服钩在车尾,怎么也够不着。而两匹马却在冰天雪地里磨蹭着,不肯快走。两旁观看的人虽都是他看过病的人,手脚也灵巧,却不肯帮助。而他心里还惦记着家里的女仆正遭受着那个色迷迷的马夫的欺侮。于是他"坐着尘世的车,套着非尘世的马,迷途难返。"他悔恨交加,呼喊着:"受骗了!受骗了!错听了一次门铃声,一失足成千古恨。"小说很像是一次梦境的记录,可作多种解释。就人的孤独感而言,至少有三个层面看得出来:一是人与人之间的冷漠,如主人公裸身在寒冷中,旁观者竟视若无睹;二是"好心不得好报",如冒严寒去给人看病,反遭挨打;三是居心不善,如提供马匹给人救急,却要人家的侍女做出牺牲,而且那两头"非尘世"的马在关键时刻的磨蹭,恰恰为马夫的作恶提供了时间上的保证,仿佛二者在狼狈为奸。这里卡夫卡把现实中的孤独感变成了幻觉,变成了一个梦境的映象。乡村医生作为一个自由职业者,恪守着固有的职业道德,在情欲(占有姑娘)与救人的使命感之间,他选择了后者,以便尽一番社会责任,做一名合乎社会公德的公民。但他没有意识到自己已处在传统的价值观念崩溃的时代,社会已经不时兴、不需要他这样的自我牺牲的救助者了,他的一片热心不仅得不到别人的理解和接受,反而显得多余而可笑。在这个世风日下的社会,每个人都参与其中,人人都造下一份罪恶。作为一个小资产阶级的个人,要是不愿同流合污而想以正派的人格继续适应这个社会,必然陷入尴尬的处境。于是他感到"受骗了!"这是对他的职业尊严得不到尊重的一种抗议,一种无可奈何的、带悲喜剧意味的抗议。

卡夫卡晚年自己最珍惜的一个短篇是《饥饿艺术家》。这篇小说写的是一个以饥饿为表演手段的艺人的故事。这个艺人自视为"艺术家",他的表演以40天为一期,在这期间他被锁在铁笼子里,除淡水以外断绝一切食物。但每次到期,当经理以隆重的鼓乐仪式接他出笼时,他都非常愤懑,因为他觉得他的艺术还没有达到最高境界,而他是完全有能力达到这个境界的,因为他有无限的饥饿表演能力,为什么到关键时刻就不让他表演下去呢?后来这种"艺术"不再时髦了,这位饥饿艺术家被一个马戏团招聘了去,但是他的观众比那些动物演员的观众少得不可比拟,而且日益稀少,就这样,这位其存在价值比动物都不如的"演员"也像那位形同甲虫的难兄难弟,在孤独和寂寞中悄然死去;临终前一位马戏团的管事偶尔在稻草堆里发现了他,问他为什么不吃东西,他以微弱的声音回答说:"因为我找不到适合我胃口的食物。"这就是说,在这个世界上没有适合他生存的东西,只有离开人世才是唯一的出路,同时也表明了他对艺术的真正献身精神,即以"肉"的毁灭(饿到死亡)换来"灵"的至美("达到最高的艺术境界")。卡夫卡在创作这篇小说时,融进了自己的全部感受,所以1924年4月,即逝世前一两个月,他在通读这篇作品时,不禁大动感情,潸然泪下。据卡夫卡一位晚年的密友克洛普施托克的回忆:"卡夫卡这时的身体状况和整个情况是,他自己在字面的真正意义上饿死了,变成幽灵了,当他改完校样时,流了很长时间的泪,那必定是一种可怕的、不仅是心灵上的紧张,而且是一种震撼人心的精神上的重逢。这是我第一次在卡夫卡身上看到这种动作的表现。他向来是具有超人的力量克制自己的。"①

长篇小说中,孤独主人公写得最好的当推《城堡》了。那位名叫K.的土地测量员在城堡管辖下的村子里成为不受欢迎的"异乡人"的遭遇,在前面我们已有所涉及。这里只引用一段马克斯·勃罗德关于《城堡》的论述:"卡夫卡通过自传体小说的写法,把主人公简单称作'K.'。他的主人公走过了孤独的生活道路。因此正是我们身上的孤独成分才赋予这部小说以超自然的深度。后者以惊人的明晰性出现在我们眼前。另外,这仍然是一种非常确定的、比较微妙的孤独之感,一种深深地埋藏在我们心中的孤独之感,一种在安静的时刻就会涌上表面的东西。因为卡夫卡的主人公毕竟还是一个充满善意的人,他既不追求孤独,也不以此为荣。正好相反,孤独是别人有意加在他身上的;因为就他的愿望来说,他渴望得到的莫过于成为社会的一个有活动力的成员,循规蹈矩,按照惯例与别人合作;他追求一种有用的职业,打算结婚和建立家庭。但是这一切都失败了。人们更加明确地认识到把K.包围起来,使他陷入孤独的那层冰冷的外壁决不是暂时的现象。"②

勃罗德的这段话中有两点是值得注意的,一是卡夫卡及其笔下人物的孤独都是一种内在心境,与外部性格不完全是一回事。从外部特

---

① 卡夫卡:《1902—1924年书信集》,费歇尔袖珍出版社,法兰克福/迈因,1975年版,第520—521页。
② M.勃罗德:《无家可归的异乡人》,见拙编《论卡夫卡》,第69—80页。

征看,他的人物都是善良的、能合群的。就以卡夫卡本人来说,他"非常快活,经常哈哈大笑。他很健谈,而且大声说话"。① 二是这种孤独是"深深埋藏在我们心中"的,也就是说它具有普遍性。

自从19世纪下半叶西方现代哲学思潮兴起以来,孤独感就成为这股思潮的一部分。当时西方知识界如尼采,认为"上帝死了","一切价值重估",把在基督教信仰的基础上建立起来的传统的价值法则和习惯的生活方式掀了个底朝天,在"价值真空"的情况下,他宣称"自己来做哲学家,而过去我只是崇敬哲学家们"。他以"殉道者"的精神品行来"追求智慧"。② 为此舍弃职业,永不结婚。由于思想过于超前,朋友也一个一个破裂了。他简直把自己逼进了沙漠,所以经常也不免感到难以忍受,发出慨叹:"我期待一个人,我寻找一个人,我找到的始终是我自己,而我不再期待我自己了!"③在19世纪的欧洲,因为对传统价值观念的绝望而陷入孤独境遇的还有丹麦哲学家克尔凯郭尔、俄国作家陀思妥耶夫斯基等,他们都终身未婚。

如果说,上述这些观念超前的哲人的声音在19世纪还只是"空谷足音",那么20世纪以来,其共鸣者就越来越多了,人们面临着"价值真空",意识到固有的人生意义的明确性的丧失,"无家可归"的失落感像传染病一样蔓延,并把这视为"现代人"的基本生存处境。像卡夫卡这样有着特殊人生体验的人,自然更容易"感染"上这股思潮。某些"先锋派"人士,他们或者由于"思想超前",或者由于现代审美意识觉醒得较早,往往不免要经历孤独处境,像法国的波德莱尔、普鲁斯特、美国的艾略特、爱尔兰的乔伊斯、奥地利的里尔克、瑞典的斯特林堡等等都是这样。

---

① 转引自R.波吉奥里:《卡夫卡和陀斯妥耶夫斯基》,见拙编《论卡夫卡》,第69—80页。
② 尼采:1878年6月致霍克斯的信。
③ 转引自周国平:《尼采——在世纪的转折点上》,上海人民出版社,第9页。

卡夫卡是个勤于思索的作家。他在日记里经常提到要把世界重新"审察"一遍。到晚年还常哀叹，由于"太疲倦"，不能把世界重新审察一遍。这意思与尼采的"一切价值重估"是相近的。它想把世界上的一切现存秩序重新估价一遍。他曾经以箴言的形式对"罪愆、苦难、希望和真正的道路"①作过一番考察，无疑是他这一意图的尝试。109条箴言中有一条是这样写的：

  开始认识的第一个迹象是死的愿望。这种生活看来是不可忍受的，另一种生活则又达不到。人们就不再忌讳想死了。②

按自然法则说，生与死的意义和机会是同等的。但人们习惯的态度是恋生畏死。这段引语表明卡夫卡要把这种流行的惰性思路来个逆反的狙击，使人们警悟。卡夫卡的箴言录中有许多条名言都是用逆反的悖论逻辑写下的，例如鸟与笼子：惯常的说法是"鸟寻笼子"。但卡夫卡把这句话颠倒过来，写成："笼子寻鸟"。他的诸如此类的悖论思维几乎无处不在。但问题是，改变一种千百年来形成的思维惯性，掌握一种新的逻辑语言，不是一朝一夕的事情。少数人领悟到的事情，多数人不可能很快就能认同，哪怕你把握的是一种时代思潮的前兆。何况卡夫卡所思考的并不都是时代的思潮，有些是属于个人的冥想。因此卡夫卡越到晚年越感觉到身内与身外"两个时钟走得不一致"：

  内部世界的那个钟走得飞快，像是着了魔，中了邪，不管怎么说是以非人的节拍在走动；而外部世界的那个钟呢，仍以平常的速

---

① 卡夫卡：《乡村婚事及其他遗作》，第30—40页。
② 同上，第31页。

度费力地走着。①

所谓"内部世界的时钟"是指他的内心的思考;"外部世界的时钟"是指周围的现实。现实的变化怎么赶得上思考的自由驰骋呢?就好比《乡村医生》中主人公那归心似箭的心情与慢吞吞的马车构成的矛盾。随着时间的推移,这种内外反差日益扩大,他只能越来越觉得孤独、痛苦。正如著名卡夫卡专家埃利希·海勒所指出的:"智力使他做着绝对自由的梦,灵魂却知道它那可怕的奴役。"②

"超前"的不仅是价值观念,还有审美意识。19世纪下半叶的欧洲,人文观念发生大裂变的同时,人的审美观念也发生了大裂变。以"模仿论"为审美规范的写实主义受到普遍的挑战和背弃,但是到底用什么来取代原来的主流美学原则呢,不仅在当时,至今也没有形成统一的、定型的东西。在流派纷呈的情况下,各举各的旗帜,各提各的主张。卡夫卡,按其创作年代和活动范围来看,他是属于表现主义的。但卡夫卡是个别具个性的作家,从审美观到艺术表现方法都有自己的独特追求。就在上述他的箴言录中也提出了他的美学观点:

> 我们的艺术是一种被真实弄得眼花缭乱的存在:那照在退缩的怪脸上的光是真实的,仅此而已。③

卡夫卡虽然被认为是表现主义文学中佼佼者,但他在艺术上在表现主义中并不是最典型的,或者说,他的艺术特征有相当部分是属于未来的。这就不奇怪,卡夫卡的作品在表现主义运动时期并没有广泛流行,

---

① 卡夫卡:1922年1月16日日记。
② E. 海勒:《卡夫卡的世界》,载波里策编《弗兰茨·卡夫卡》,德文版1972年,第182页。
③ 卡夫卡:《乡村婚事及其他遗作》,第35页。

但却被后来的超现实主义所注意,且更受战后的荒诞派、存在主义和"黑色幽默"作家的重视。卡夫卡的最主要的艺术特征我认为可归纳为"荒诞感"和"悲喜剧"特色,它们和存在主义的内涵融为一体。这在二次大战后成为相当普遍的文学现象。但在卡夫卡生前,却是不多见的。所以 1920 年卡夫卡和他的青年朋友雅诺施参观一次在布拉格举行的毕加索画展时,雅诺施说:毕加索在有意歪曲现实。卡夫卡马上反驳他:"不,是这种现实还没渗入我们的意识。"其实,那时卡夫卡自己作品中的现实也没有渗入一般读者的意识。这就是卡夫卡生前的命运:他的作品仅为少数读者所领悟。这是一种孤独。在现代审美意识普遍觉醒之前,始作俑者的这种孤独是不可避免的。无独有偶,西方现代文学的另一位奠基者乔伊斯,他的代表作《尤利西斯》(1922)写成后,先后遭到几十家出版社的拒绝,直到 30 年代才准许在国内出版。近似的例子是不少的。1981 年的诺贝尔奖获得者卡奈蒂,他的代表作《迷惘》早在 30 年代即已出版,直到 70 年代才引起重视。近十几年来国际文坛经常谈到奥地利的罗伯特·慕齐尔,他的巨著《没有个性的人》早在 30 年代初就已开始发表了,但过了将近半个世纪,其蕴含的思想的深刻性和艺术的独特性方被人们深入领悟。在世界文坛上享有盛誉的诺贝尔奖的颁发已接近一个世纪了,现在人们重审它的获奖者名单的时候,普遍认为在西方作家中,至少这几位已故者被忽略了:陀思妥耶夫斯基、易卜生、斯特林堡、卡夫卡、乔伊斯、伍尔夫。从这个角度去看,这些开一代新风的先驱者们生前都没有得到人们充分的理解,因而都是孤独者。

卡夫卡的孤独还有一层内在的原因,即创作是他仅仅用以表达"内心需要"的一种手段,并无意一定要创造一种新风格或建立新流派。而内心需要似乎始终没能如愿以偿,所以他像他笔下的那"饥饿艺术家"一样,艺术上"总是不满意",总觉得没有达到"最高境界"。所以他写成的作品自己很少主动拿出来发表。他生前发表的那些有限的小说,几乎每篇都是经过他的朋友马克斯·勃罗德的百般劝说甚至"强求硬讨"的结果。① 这种自我的不满足,在很大程度上导致了他晚年的一个惊人举动:要把他的所有作品"统统付之一炬"。而他在嘱咐他的朋友勃罗德执行他的这一嘱托的时候,也指出了这些作品"就是艺术上也是不成功的"。② 这就是说,卡夫卡生前自己对自己也是不完全理解的。他的毁稿之念意味着,在他的内心里,他这一生连一个精神的产儿也没有。

卡夫卡33岁时在他的一封致菲莉斯的信里写道:

> 我知道,小时候我经常孤独,但那多半是被迫的,很少是自己等来的快乐。而现在我投入孤独的怀抱,一如河水流入大海。③

也许是"物极必反"的缘故,孤独到了极点反而爆发出追求孤独的热情。晚年,他在致勃罗德的信中又说:

> 极度的孤独使我恐惧,……实际上,孤独是我的唯一目的,是对我的巨大诱惑。④

有人称尼采为卡夫卡的"精神祖先",⑤从对孤独的追求这一点讲,他们确实有着极大的相似之处,但由于尼采主要是哲学家,而卡夫卡主要是文学家,这就决定了他们两人在对形而下的依恋与对形而上的追求方面侧重点是不尽相同的。卡夫卡感情色彩更重些,因而对世俗生活的依赖更多些。尼采后来舍弃了职业,断绝了成婚之念,疏离了知己,几

---

① M. 勃罗德:《〈诉讼〉第一、二、三版后记》,见拙编《论卡夫卡》,第8—17页。
② 同上。
③ 卡夫卡:1916年9月16日致菲莉斯的信。
④ 卡夫卡:1922年12月11日致 M. 勃罗德信。
⑤ 见 E. 海勒:《卡夫卡的世界》,译文见拙编《论卡夫卡》。

乎"一无所有"。而卡夫卡在这些方面总是若即若离:他不愿陷入"有限的世界"——小家庭,但他始终都不拒绝恋爱,而且到死也没有在婚姻方面完全断念;他一生都在痛恨那个固定的职业,但直到病离前,他从未下决心抛开那个职位;他讨厌社交,但他并不缺乏知心朋友;他在家里"比一个陌生人还要陌生",但他与他的第三个妹妹始终手足情深,……无怪乎他曾经在日记里写道:他自觉地生活在"孤独与集体之间的边界地带",[①]他很少跨越这一地带。所谓"集体",指的是社会生活,一种合乎人情意味的生活。因此严格地说,卡夫卡是一个有孤独感的人,而不是一个真正孤独的人。

Ⅲ 灵魂磨难的逃犯

阅读卡夫卡的著作,特别是他的书信、日记,有一个情绪性的词不时闯入你的眼帘:"恐惧"。而且它的出现常常是在人们意想不到的场合,春光明媚的日子在河上划船时或在平滑的雪地上漫步时,他会感到"恐惧";正常写作时或在与女朋友或情人写信时,他会感到"恐惧";甚至在与家人欢聚时,他也会感到"恐惧"。例如在一封信中就讲到他和已经第一次解除婚约的女友菲莉斯在母亲面前过得如何愉快,然而突然笔锋一转,说这愉快使他"感到强烈的恐惧"。[②] 早在他写出成名作以前,1911年他在一篇日记中记载一个梦境,说梦见一位几个月以前他爱过的一位姑娘,正在参加演出,她却"恐惧万分"。[③]

他对他所出生和生活的那座城市,那座欧洲文化名城布拉格是恐惧的,认为它是一座危险的城市。

---

① 卡夫卡:《1910—1923年日记》,纽约,德文版1949年,第534页。
② 卡夫卡:1916年7月中旬致勃罗德的信。
③ 卡夫卡:1911年11月9日日记。

> ……这里确实很可怕,住在市中心,为食品斗争,读报纸,……这城外是美的,只是偶然也会有个消息穿过城市来到这儿,会有种恐惧一直传到我这儿,于是我就不得不与之斗争。但布拉格的情况难道不是这样的吗?那边每天有多少危险威胁着那些惶恐的心灵!①

他对自己的现状显然是不满的。但是按照他的愿望来改变这种现状,对他来说也是恐惧的。

> 我在布拉格过的是什么生活啊!我所抱的对人的这种要求,其本身就正在变成恐惧。②

遇到困恼的事情,要冲淡或忘掉它,也只有在恐惧中才能做到。请看他对密伦娜的倾诉:

> 我觉得我们有一个共同的特点,密伦娜:我们是那么的畏怯,每封信几乎都面目全非,……这畏怯只有在绝望中,顶多还有在愤怒中,噢,不要忘了,还有:在恐惧中才会消逝。③

看来,卡夫卡的这种"恐惧"感是无处不在的。不要以为"恐惧"这个词仅仅是卡夫卡的一个口头禅,实际上它是潜伏在他内心世界各个领域的一个幽灵,他对他热恋中的女友密伦娜所吐露的下边这段剖白就是明证。

---

① 卡夫卡:《致密伦娜书简》,第29页。
② 卡夫卡:1912年7月22日致 M. 马克斯信。
③ 卡夫卡:《致密伦娜书简》,第29页。

我总是力图传达一些不可传达的东西,解释一些不可解释的事情,叙述一些藏在我骨子里的东西和仅仅在这些骨子里所经历过的一切。是的,也许其实并不是别的什么,就是那如此频繁地谈及的、但已蔓延到一切方面的恐惧,对最大事物也对最小事物的恐惧,由于说出一句话而令人痉挛的恐惧⋯⋯①

　　卡夫卡的创作是他的内在情感的宣泄或内心世界图像的外化,因此他的作品具有很强的自传色彩。毫无疑问,作者的这种无处不在的恐惧感必然要渗透进他的作品——更确切地说,是渗透到他的人物形象中去,成为他的人物特别是主人公的主要精神特征之一。有人认为,卡夫卡笔下的人物,如古希腊神话中受罚的坦塔路斯王在忍受着饥渴的同时,还经受着死亡恐惧的折磨。不过在具体接触他的作品以前,我们不妨先探讨一下造成卡夫卡及其笔下主人公变态心理的诸多因素。
　　纵观卡夫卡的作品,总令人感到,在他的心理空间,有一种笼罩一切、主宰一切的力量,一种不可抵御的威力,它仿佛对你的一切愿望和行动都已作了无情的"判决";你的任何反抗和挣扎都无济于事。令人称奇的是这是一种感觉得到而捉摸不透的势力,虽然卡夫卡有时对它加以形象化进行描述。例如在一封致密伦娜的信中他是这样写的:

　　你的信(⋯⋯)唤醒了那些闭一只眼睛睡觉而睁着另一只眼睛捕捉时机的老恶魔。虽然这么做是可怕的,能叫人冷汗直冒(我向你起誓:我对什么都比不上对他们这些不可捉摸的势力这么害怕)。②

-----
① 卡夫卡:《致密伦娜书简》,第191页。
② 同上,第55页。

最能体现他对世界的这种总体感受的莫过于他的那两部长篇小说《诉讼》和《城堡》。前者的主人公约瑟夫·K.，他作为莫须有罪名的被告，去法院申诉，法院的无关紧要人员一应俱全，但真正顶事的法官却似有若无。而正是这种看不见的法官，对被告构成无形而有感的威胁。它威严、冷漠、无情。不管被告怎么求神拜佛，屈尊俯就，没有人过问他的案情，也没有人能倾听他的申诉。在这里，任何申诉书递上去都只能石沉大海，因为在这里，"只要一个人说了你有罪，你就永远洗不清。"相反，你越洗，那已经笼住了你的绳索就收缩得越紧。约瑟夫·K.就是这样一步步走向毁灭。《城堡》中城堡主人C.伯爵谁都说有，但谁也没有见到过。而他主管的那座城堡分明清晰可见，但对那位土地测量员K.来说，要接近它却比登天还难! 然而，你越不能接近它，它就越显得威严、高大、神秘，你个人越显得渺小、可悲。君不见，那位K.君仅仅为了一个微不足道的要求——允许他在村子里落个户口，竟然在城堡脚下盘旋了一辈子! 他的悲剧在于："不识时务"，他凭着自己正直的秉性，对正当的要求，不达目的绝不罢休。殊不知，从社会学角度看，城堡作为君主专制主义的权力机构，它是专制主义者意志的体现。专制主义的特征是善于奴役和踩躏个人的灵魂，他最喜欢你顺从、屈服、投降，而不惜一切地来粉碎你敢于怠慢、违拗抑或抗争的行为和企图。K.与村子里的那些顺民不同，他取了后一种态度，所以落得个与神话中的西西弗斯相似的悲剧命运。从《诉讼》中"游离"出来的那个短篇故事《法的门前》的主人公，那位在"法的大厦"门前苦苦等待，直到老死而不得入内的农民，和K.一样，犯的也是"不识时务"的错误。

从形而上学角度去看，城堡、"法的大厦"，这些庞然大物也是"可望而不可即"的目的物。对于卡夫卡来说，他的要求和愿望，即"目标"总是具体而明确的，但要达到或获得它却总是障碍重重，显得神秘而虚妄，令人望洋兴叹。他的短篇小说《诏书》可以说是表达这一主题的寓言,只是故事结构与上述不同:城堡与"法的大厦"对于人们是"欲进不能";而《诏书》里的那座宏大的皇宫对于人们却是"欲出难履"。皇宫宫内有宫,墙外有墙,简直比跨越崇山峻岭还要艰难。这实在是令人可怖的事情。卡夫卡认为,可望而不可即的处境对于他的一生都具有"整体"意义。

> 显然,我所爱的东西总是那些我将它们置于我的上方的东西,那些对我来说不可获得的东西。这自然就是整体的核心,这整体可怕地增长着,直至叫人恐惧得不堪。①

的确,卡夫卡面对"异化"的现实,渴望着一种完全合理的、真正有法度的世界,而他自己也成为这世界的一个组成部分:有温暖的家庭,美满的婚姻,参与社会生活,摆脱不称心的职业,创作上达到"至高的艺术境界"……然而这一切没有一件如愿以偿,而且越到晚年理想与现实的矛盾越大(即所谓"外部时钟"与"内部时钟"走得越来越"不一致")。对于卡夫卡来说,渴望不能实现的望洋兴叹,这是比恐惧还要恐惧的事情。在一封信里,当他谈及"恐惧蔓延一切方面"的时候,他特别指出:

> 当然,这种恐惧也许不仅仅是恐惧本身,而且也是对某些事物的渴望,这些事物比一切引起恐惧的因素还要可怕。②

卡夫卡对于行动的目的从来是悲观的,所谓"目的虽有,道路却无"那段众所周知的名言就是他这种信念的最好概括。因此他对任何道路都抱

---

① 卡夫卡:《1902—1924 年书信集》,第 317 页。
② 卡夫卡:《致密伦娜书简》,第 191 页。

怀疑态度,并随时有"误入歧途"之虞:

>……因为道路漫长,人们经常误入歧途,心中甚至经常产生恐惧感,无须逼迫和引诱就想往回跑了。①

无怪乎他在别的场合也说到过,他有一种"对未来的恐惧(一种从根本上说来使我自己感觉到可笑和羞耻的恐惧)。"

卡夫卡这种宿命论的悲观情绪从小就开始了,这应归咎于他的家庭环境,同时与他自己的"独特性"也分不开。1911年,已经28岁的卡夫卡仍念念不忘地在日记里追忆着一件童年时代的往事:他的家人把他的一篇作文拿给叔父看,叔父看后淡淡地说了一句:"一般得很。"这给了卡夫卡极大的刺激,他觉得这对他的一生都作了"判决",并"被一脚踢出了这个社会"。

>但我实际上被一脚踢出这个社会了。叔叔的判断在我心中不断响起,我觉得几乎具有了真实的意义,从而使我得以在家庭感情内部也看到我们的世界那寒冷的空间……。②

卡夫卡成长的家庭、民族和社会环境前面已有所涉及,这些对于造成卡夫卡的恐惧心理都是不可忽视的因素。晚年那封《致父亲的信》对于"专制有如暴君"的父亲所实行的家长制统治,对他幼小的心灵造成极大的扭曲和创伤。单就父亲那咄咄逼人的强悍与魁梧的体魄就足以使他自卑与敬畏交织不已了。小时候,一次与父亲在游泳更衣室里脱

---

① 卡夫卡:1913年1月14—15日致菲莉斯·鲍威尔的信。
② 卡夫卡:1911年1月19日日记。

衣后的两个形体的互相对照,那种"小巫见大巫"的感觉给他留下了终生难忘的印象:

> 我又瘦、又弱、又憔悴;你又宽、又大、又强壮。①

卡夫卡是一个完全拒绝习俗中的伦理观念的支配,而要求个性充分独立的现代人,他没有从血统中去寻找强大的支撑;相反,父亲越是坚强有力,他反而越加感到自己受到的威胁。因为他认为这一强一弱的对比,是新旧力量在两个个体生命上的体现。

受歧视的民族出身和民族地位,卡夫卡"始终"视之为压抑他生命力勃发的一种"危险"力量。晚年在致密伦娜的大量信件中,他一再提醒对方不要忘记这一点:

> 有时候你在谈到将来时,是否忘了我是个犹太人?作为犹太人,这始终是危险的,哪怕在你的脚下。

在另一封信中,他又特别提到:

> 你②是犹太人啊,知道什么是恐惧。③

就在致密伦娜的大量信件中,卡夫卡隐隐约约地透露出一个信息:他对"性"怀有恐惧。卡夫卡一生中对女性都表现了一个男子应有的热情,

---

① 卡夫卡:1919年《致父亲》。
② 这个"你"指卡夫卡自己。
③ 卡夫卡:《致密伦娜书简》,第51页。

也多次恋爱过,而且也不止一次跟女人睡过觉。这种行为甚至在他和第一个对象即菲莉斯·鲍威尔认识以前就发生了。还是大学生的时候,他就跟一个年轻的女店员先后在旅馆里睡过两夜。但恰恰从那时候起,在他从这两夜的行为中得到"慰藉"之余,他开始厌恶起性行为来了,谴责它是令人"讨厌"的"脏事"。后来,在涉及这类事情的时候,总是把它视为"污秽"的事情。他还认为那些"长得最美、打扮得最漂亮的女性恰恰是些荡妇"。而他声称,还是小伙子的时候,他对性生活就是"无动于衷的",他对它"就像对待相对论一样漠不关心"。① 在与青年朋友雅诺施的一次谈话中,他对女人还发表了这样的看法:

> 女人是陷阱,她们在各方面都虎视眈眈地盯着男人,随时想把他们拉到"终于"和"最后"的状态中去。如果你心甘情愿地跳进陷阱里去,那么她们是不会有危险的。②

应该说,卡夫卡对女人作这样的评价是不公正的,是一种偏见。这种偏见明显地反映在他的作品中。人们普遍地注意到,卡夫卡作品中的女人多半是"不干净"的,尤其是在涉及跟"性"有关的场合,往往用肮脏的地方来陪衬。例如《城堡》里就有这样的场面:一群妓女排着队走进马厩里去过夜;《乡村医生》中的那两匹"神马"是从猪圈里跑出来的,而那个马夫调戏乃至奸污医生侍女的行为就是在这里发生的。很明显,在卡夫卡的心目中,这些人们跟畜生没有什么区别;他们的行为只配由牲口栏来接纳。

说到这里,人们也许不禁要问:卡夫卡对女人和性问题的这种看法

---

① 见《卡夫卡传》,北京出版社,1988年版,第230页。
② G. 雅诺施:《卡夫卡谈话录》,译文参见《卡夫卡传》,北京十月文艺出版社,1988年,第233页。

为什么没有妨碍他对爱情的追求呢？是的,这又是卡夫卡的"独特性"的地方。卡夫卡把爱情视为纯粹的精神生活,从而把它与性行为绝对分开。他说:

> 什么叫爱情？这很简单,在高度和深度上无限地扩展、丰富我们的生活,所有这样的东西都是爱情。爱情本身好比交通工具,它是不成为问题的,成问题的是驭手、旅客和道路。①

在一封致密伦娜的信中,他对性与爱问题说得还要清楚:"同相爱的人性交,必定会失去对那个人的爱情。"②

但是,正是这一观点,使卡夫卡在与密伦娜的恋爱中陷入深刻的矛盾:他火热般地爱着密伦娜,而对密伦娜要求与他见面又怀着极度的恐惧。因此让人有理由怀疑他有生理上的障碍。然而密伦娜可是个年轻(25岁,比卡夫卡小13岁)、热情、开放型的女性,对于卡夫卡这种局限于纯精神领域的柏拉图式的爱情她是忍受不了的。因此,毫不奇怪,他们俩的爱情最终只好导致分离。

卡夫卡对性的态度,是他对世界总体感受的具体表现之一。无独有偶,在这点上人们想到了19世纪上半叶的丹麦哲学家、存在主义创始人克尔凯郭尔。克尔凯郭尔的《恐惧概念》对此有更详尽的阐述,而且,卡夫卡的其他恐惧征象和有关观点也与他相同。比如,两人都认为,恐惧就是罪孽的标志,所以判决是不可避免的。再如,两人都认为,内心世界受到外来东西的"侵犯"是十分令人恐惧的。克尔凯郭尔说:"一种难以名状的恐惧感压迫着我的灵魂。"卡夫卡则说,他的恐惧出于

---

① G. 雅诺施:《卡夫卡谈话录》;参见《卡夫卡传》,北京出版社,第233页。
② 卡夫卡:《致密伦娜书简》,参见《卡夫卡传》同上,第273页。

"内心的反叛":

> 我所担心着的、瞪大眼睛担心着的、使我莫名其妙地坠入恐惧深渊之中的(假如我能够像沉入恐惧之中那样入睡,我也许早就死了)仅仅是那种内心深处对我的反叛。①

这"反叛"是卡夫卡对存在进行思考的结果,而这结果是以悖论的形式出现的,下面这段话是他晚年说的,具有典型意义。

> 写东西越来越恐惧了。这可以理解。每句话在精灵们的手中一转(手的这种敏捷转动是它们的典型动作)就变成矛,反过来针对着说话的人。②

悖论即"怪圈",是卡夫卡思考问题的一种基本方法,而且支配着他一生的行为。每件事,他都站在正面观察,然后又站在背面去衡量;正的和反的往往互相抵消。这样,使许多事情在决定性的时刻,都被他"内心的反叛"推翻掉了。就以两性关系为例:最初,他与店员姑娘发生那段风流韵事时,分明是对性的好奇与渴望"狂暴地"把他"拉进了旅馆",之后又后悔了,诅咒起那件"肮脏的事情",并对那位"善良的姑娘"产生了"敌意"。后来与柏林姑娘菲莉斯·鲍威尔断断续续五年之久的关系,分明是出于"成家的愿望",先后两次与之订婚,却又由于对"陷阱"的恐惧,两次解约。之后是对密伦娜的爱情,这是他有生以来最热烈的一次,但他又因对"性"的恐惧而导致中断。无怪乎他一生中的外部生活

---

① 卡夫卡:《致密伦娜书简》,第55页。
② 卡夫卡:1923年6月12日日记。

起伏很小。这一表面现象掩盖着他内心世界的波澜起伏,他自白说:

> 可以说,我的生命、我的存在都是由这种地下的威胁构成的。①

他甚至认为:

> 我的本质就是:恐惧。②

这就把问题说穿了!理所当然,这样的人是没有缘分享受片刻的安宁的,正如他所说:

> 安宁永远都是不真实的。③

既然如此,他就干脆承认了恐惧的必然性和合理性,并且变拒绝为欢迎:

> ……不必去谈论我以后会如何,有一点可以肯定——在远离你的地方我只能这么生活:完全承认恐惧的存在是合理的,比恐惧本身所需要的承认有过之而无不及,我这么做不是由于任何压力,而是欣喜若狂地将全部身心向它倾注。④

---

① 卡夫卡:《致密伦娜书简》,第172—173页。
② 同上,第53页。
③ 同上,第172—173页。
④ 同上,第86页。

在此我们仿佛又听到了尼采的"强力意志"的音响了！正如极度的孤独会转化成对孤独的渴望一样，这里，频繁的恐惧，反而激化成对恐惧的拥抱。因此，《判决》中的主人公在被父亲判处死刑后，他毫无抗议，毫无犹豫，"他急忙冲下楼梯……他快步跃出大门，跨过马路，向河边跑去，他已经像饿极了的人抓住食物一样紧紧地抓住了桥上的栏杆，像个优秀运动员似的悬空吊着。"等到一辆公共汽车驶来，它的噪声足以掩盖他的落水声时，"他就松手让自己落下水去"。《诉讼》也是如此。它的主人公被控告后，开始慷慨激昂，抗议法院的无道，并竭尽全力进行申诉。但当这一切努力无不证明无济于事之后，当最后两名刽子手半夜里突然把他逮出去处决时，他却无动于衷，而且在行刑时，他还帮刽子手的忙，以便让他们干得更利索、更漂亮些。两部作品的这些近于黑色幽默式的描写，都写出了主人公在经受了足够的死的恐惧的折磨之后，已经战胜了这种恐惧，因此反而视死为解脱了。

卡夫卡和他笔下的人物，从阶级属性看，都是中小资产阶级及其知识分子，是他们中的弱者群，他们的心态的共同特征是防守型的。因此他们在社会动荡中，感到惶恐不安；对于正在进入垄断时期的资本主义社会的种种"异化"现象，即"不可捉摸的势力"更是惊恐万状。卡夫卡晚年写的短篇小说《地洞》，淋漓尽致地刻画了这类人的精神状态。小说主人公成了一头鼹鼠一类的动物。它在地洞里时时担心着敌人的袭击，挖了一系列迷津暗道。但恐惧感不仅没有丝毫减轻，危险征兆反而日益加重：

危险迟迟不来，而时时担心着它来。

在同一篇小说里，类似的描写是不少的，如：

> 虽然我已经观察了很久,在下面生活我是够小心谨慎的,但世界是千变万化的,那种突如其来的意外遭遇从来就没有少过。

在这种情况之下,这位地洞的主人首先想到的是退让:

> 我想过,也许我进了别人的地洞了吧,它的主人现在正朝着我挖过来呢。假如我的这一想法属实,我就立即离开,到别的地方去营建,因为我从未有过占领欲或进攻心。①

《地洞》这篇小说以寓言的笔法生动地展现了在一个"弱肉强食"的阶级社会里,"大鱼吃小鱼,小鱼吃虾米"的情景和"小鱼"、"虾米"这些弱者的惶惶不可终日的心理。需要指出的是,卡夫卡所生活的年代的"大鱼"已不同于19世纪以前的大鱼,刚刚进入垄断时代的"大鱼"即垄断资产阶级具有为以前的同类不可比拟的贪婪性和凶残性,因而对弱者具有特别的威胁性。小说末尾那头不知名的庞然大物从地底下以巨大的噪音和不可阻挡之势无情地向地洞挖过来的情形,就非常形象地刻画了垄断资本家在兼并中小企业的时候的咄咄逼人的气势。当然,卡夫卡的小说往往有多义性,不宜解释得太具体。但小说中的这段描写在笔者心目中唤起的联想首先是这样明确的东西。当然你也可以把它理喻为社会的某种黑暗势力乃至岌岌可危的战争危险的逼近等等。

现在可以得出这样的结论了:充溢在卡夫卡及其笔下人物的情绪中的恐惧乃是时代危机感的征兆。

---

① 以上三段引语均见卡夫卡的小说《地洞》。

Ⅳ 审父——卡夫卡的批判

熟悉卡夫卡的人都有一个突出的感觉:他与父亲的关系始终十分紧张,而且在他的创作中有着浓重的投影。

卡夫卡的父亲赫尔曼·卡夫卡是个"白手起家"的中等资本家,他备尝创业的艰辛,深知这份从人生角逐场上得来的"猎物"——那爿妇女用品商店来之不易,必须调动全家大小所有的力量来保卫它、巩固它、扩大它。四个儿女中作为唯一的儿子,他对卡夫卡无疑是寄托着最大希望的。不料这位长子在性情、气质、志向方面都与自己大异其趣。弗兰茨·卡夫卡勉强服从了他的意志学完了法律以后,就一心扑在文学上。但文学对赚钱有什么用处呢?父亲自然不能予以理解。所以第一次解除婚约(那是1914年)后,创作上正处于黄金时期的卡夫卡要求父亲暂时资助两年,以便辞去保险公司的职务,去慕尼黑或柏林专事写作,他的这一请求遭到父亲的断然拒绝。

> 离开布拉格我会赢得一切的,这就是说,我会成为一个独立的、心境平和的人,使自己的能力得以发挥,……并可获得一种真正生活在世界上的感觉和持续的满足感。①

同样,父亲要求卡夫卡协助一个妹夫(一家工厂的厂主)管理工厂,认为这才是最有意义的工作,卡夫卡也断然拒绝了!总之,父子俩在各自认为最重要的事业上都互相得不到支持。

但父亲占有绝对的优势:他是一位按传统习惯进行家长式统治的

---

① 卡夫卡:《致奥台拉和其他家属的信》,第22—24页。

家长,这对一个呼吸到新时代的新鲜空气的知识分子来说是忍受不了的。敏感过人的卡夫卡从小就感到自尊心受到损害,感到他的"独特性"受到"最后的判决"。① 成年后在婚姻问题上又一再受到父亲的蛮横干涉,尤其是那些在社会地位和财产上不是门当户对的平民姑娘,一再受到父亲的歧视。当卡夫卡第一次把结婚的意向告诉父亲时,父亲不仅不予支持,反以这样一番话加以奚落:"她也许随便找了一件衬衣穿上,就像所有布拉格的犹太女子那样,于是你就决定要娶她了。而且越快越好,恨不得过一个星期,明天,今天就要。我真不明白,你已经是个成年人了,又是个城里人,你除了见到谁就马上想娶谁,就想不出别的主意来了吗?"②对于父亲的这番羞辱,卡夫卡显然被深深刺伤了,因此过了许多年,他还在《致父亲》的信中重提这件事,并作了回答:

  你还从来不曾这么清楚地向我表示过对我的轻蔑,……我对一个姑娘作出的决定,对你来说就等于零。你总是(无意识地)以压倒的威势来对待我的决定能力的。③

1919年,即卡夫卡在与第一个未婚妻的婚约最后告吹两年后,准备与一位名叫沃里切克的鞋匠的女儿结婚,但父亲又以这位姑娘出身低微为由加以拒绝。卡夫卡生前的最后几个月,终于和一位平民姑娘多拉·迪曼特同居了,显然父亲也是有看法的,只是当时儿子没住在布拉格。但是最后一个细节可以看出这位老人的一贯的固执态度:卡夫卡殡葬那天,真心爱着卡夫卡的多拉最后扑倒在墓上放声痛哭,其时送葬的人们已陆续离去,赫尔曼夫妇不仅不去劝慰,反而互相挽住胳膊,背

---

① 卡夫卡:《乡村婚事及其他遗作》,第165—167页。
② 卡夫卡:《致父亲》,第63页。
③ 同上,第64页。

过身去,也离开了。

　　最后这个场面卡夫卡当然没有经历到。但父亲诸如此类的表现,卡夫卡是深有领教的,并积下了深深的怨恨和痛苦,感到一生都在"强大的父亲的阴影下"生活,同时一辈子都在为摆脱这种"强大阴影"作着斗争。结婚努力就是这种斗争方式之一。他想自己有了家以后,便可搬往柏林去居住,这样就可以永远离开布拉格,离开父母。这一着没有成,那么短期离开也是可取的。1917年他染上痨病(肺结核)以后,有时去外地疗养,他认为这也是一种同一切决裂的尝试,同菲莉斯,同办公室,同布拉格,同父亲决裂的尝试。①

　　他同父亲的上述矛盾和冲突也反映在他的作品里。导致他第一次创作欲猛烈喷发的三篇成名作,即《判决》、《变形记》、《司炉》都是他同父威斗争的产物,它们涉及的都是父子冲突的主题,而且几乎都是在1912年冬写成的。《判决》中父子的冲突居于故事的中心。父亲对儿子的判决,是儿子长期与父亲的"暴君式"的统治进行斗争而始终不能战胜父亲那"强大阴影"的必然结果。换句话说,这样的父子关系对儿子来说只有死路一条。这种死亡,当然是一种心理体验,正如卡夫卡在日记里所写的,他生活在那样的家庭环境,从小就感到他已经被"判决"了。《变形记》中的主人公格里高尔·萨姆沙患了不治之症(变甲虫可理喻为这种病变的象征性表达)之后和家人(父母和一个妹妹)形成的新关系中,他和父亲的关系是最关键的。事故一开始,父亲就表现出不可遏止的恼怒,后来是他给甲虫形的儿子扔去一个烂苹果,不偏不倚,击中他的背部,并且陷了进去,造成儿子的致命伤。这跟判决儿子的死刑实质上是一样的。所不同的是,前者的判决是从维护封建宗法式的"家长"式威严着眼的;后者的判决是从维护资产阶级的伦理原则出发

---

① 参阅瓦根巴哈:《卡夫卡传略》,第110页。

的。在资产阶级家庭内部,一个成年家庭成员一旦失去劳动能力,从而与家庭断绝了经济关系,那么他就成为这个家庭的累赘和多余人,直至引起这个家庭的厌烦,盼望他早死。《司炉》主人公因年少失足而被父母罚不当罪,永远放逐他乡。这实际上无异于死刑判决。他晚年的长篇小说《城堡》有多种解释,其中一种解释就认为,它是寻找父亲的寓言。例如索克尔认为,"《城堡》中的 K. 不能到达城堡,不能同城堡官员克拉姆取得联系,这反映了卡夫卡本人无法同父亲对话这个事实。"①这种说法显然也能成立。

现在要问:卡夫卡与父亲之间的这种矛盾或"代沟"及其在文学作品中的反映,从现象看是偶然的,还是必然的?是个别的,还是普遍的?

从历史发展的纵线看,人类社会的进步有时是渐进式的,有时是裂变式的。这种变化往往通过两代人之间的矛盾或斗争和代与代之间的更迭表现出来。弗洛伊德有一种观点,他认为父子斗争乃是人类历史上的一种恒常现象。这里需要补充的是,两代人之间的斗争的性质,有时表现为同质的差异,有时则表现为异质的对立;前者多半见之于同一时代相对稳定的时期,后者则往往见之于两个时代的更替时期。在后一种情况下,父子斗争的内容一般都是两个新旧时代的不同文化观念或两个对立阶级的不同价值取向的冲突。莱辛《阴谋与爱情》的男主角裴迪南与宰相父亲的斗争、赫贝尔《马利亚·马格达伦娜》中的同名女主角与木匠父亲的斗争、贝歇尔《告别》中的男主角哈斯特尔与资本家父亲的斗争;我国曹雪芹《红楼梦》中贾宝玉与官僚父亲的斗争、巴金《家》中觉慧与地主父亲的斗争等等,他们或者站在新兴的市民阶级立场上,或者站在劳动人民立场上,从父辈所隶属的统治营垒中叛逆出来,用行动和

---

① 转引自伯尔特·那格尔:《卡夫卡思想与艺术的渊源》,见《卡夫卡传》,北京出版社,1988年,第276页。

言论表示与父辈所代表的陈旧的历史意识和文化观念决裂。他们的行为构成了新一代对所谓"父辈文化"进行批判的最直接、最尖锐的部分。

父辈文化或传统文化有二重性,在发展过程中,它的陈旧、腐朽的一部分随时被淘汰,而它的有生命力的一部分则被后人继承,继续孕育着新的生机,就像植物生长那样,旧叶不断枯黄,新芽不断萌发生长。当然文化的发展并不像植物那样自然进行新陈代谢。文化发展的"新陈代谢"是通过新旧社会力量的摩擦和斗争进行的。陈旧的、没有生命力的东西常常借着历史的"惯性"或"惰性"顽强地存在,并久久在麻痹着人们的意识(根据现代心理学原理,其中还有文化心理积淀的因素起作用)。

卡夫卡生活的年代,正值新旧时代更迭、欧洲社会空前动荡。在"价值重估"的思潮冲击下,知识界,尤其年轻人对父辈文化或传统文化普遍表示绝望,"审父"意识普遍觉醒,所谓"代沟"出现在许多家庭就不足为怪了。正是在这样的背景下,兴起于1910—1920年之间(这也正是卡夫卡创作的旺盛期)的表现主义文学,把"父子冲突"视为它所关注的重要课题之一。表现主义文学,尤其是戏剧创作中产生了不少表现这方面主题的作品。例如哈森克莱弗的剧本《儿子》(1913)、梭尔格的《乞丐》(1912)、姚斯特的《年青人》(1916)、德洛内的《弑父》(1915)、韦尔弗的《有罪的不是凶手而是被杀者》(1920)等都是有代表性的作品的一部分。这个流浪的先驱者斯特林堡早在1887年便写了这一题材的剧本《父亲》。表现主义作家这一"审父"的创作倾向是比较自觉的。在表现主义运动中相当活跃的作家奥托·格罗斯1913年曾在《行动》杂志上发表《论克服文化危机》一文,文中把弗洛伊德视为尼采的继承人,并把这两人看作未来反对父权权威而有利于母权革命的先驱者。[①] 卡夫卡与尼采的

[①] 见《表现主义——1910—1920年德语文学宣言和文献集》,迈茨勒出版社,斯图加特,1982年,第150页。

关系已如前述。他对弗洛伊德学说的兴趣不像对尼采那样大,但也引起过他的注意。在写完《判决》后,他曾在日记里写道:"当然想到弗洛伊德。"①1917年卡夫卡还曾与韦尔弗、勃罗德、格罗斯等一起讨论过创办一个宣传精神分析学的杂志的计划,当时他在致勃罗德的信中表示,这个项目对他"较长时间都有吸引力"。② 显然,卡夫卡的审父意识与表现主义的这一思潮不是没联系的,而且无论从表现这一问题的作品数量看,还是从表达的情绪之强烈程度讲都超过了任何一位表现主义作家。他的审父作品除了上述三篇小说和晚年的《十一个儿子》外,达到顶峰的是1919年写的那封不同凡响的长信《致父亲》。如果说,卡夫卡一生中不知多少次接受过父亲的"判决",如果说,他那些幻想性的作品写的都是父亲审判儿子的,那么这封信,这封汉译文达三万五千字的超长信则是儿子审判老子的。这是卡夫卡与父亲进行一辈子的内心斗争中企图公开"造反"的唯一的一次。

这不是一封普通的家信,写的也不是一般父子冲突,它把许多问题都"上纲"了,带有一定的理论色彩。它不仅涉及文学,而且涉及伦理学、教育学、心理学乃至政治学。因此可以说,这封信是向整个陈旧的父辈文化进行全面讨伐的檄文。

> 在这起诉讼中你总以为您是法,其实你,至少在大多数情况下,是与我们一样虚弱、一样被现实照得头晕目眩的一方。

卡夫卡笔下的父亲首先是一个"专制有如暴君"的家长,"一个独裁者":

---

① 转引自《尼采、弗洛伊德与卡夫卡》一文,德文版。
② 卡夫卡:1917年11月中旬致勃罗德信。

> 你坐在你的靠背椅里主宰着世界。
>
> 你什么都骂,到头来除你以外,就没有一个好人了。在我看来,你具有一切暴君所具有的那种神秘莫测的特征。他们的权力基础是他们这个人,而不是他们的思想。①

这番笔触显然是鞭辟入里,击中要害的。

> 我的心灵之所以受到压抑,是因为你要我遵循的戒律,你,我至高无上的楷模,你自己却可以不遵循。

这又是一个"特征":只许州官放火,不许百姓点灯。于是:

> 我,是个奴隶,生活在其中的一个世界,受种种法律的约束,这些法律是单为我而发明的,而我,不知为什么,却始终不能完全守法。

"不能完全守法",这是符合卡夫卡的人格精神的。这是他"内心好斗"的表现。但无数次的实践证明,想要在"暴君"似的父亲的淫威下保持人格尊严是要吃尽苦头的。晚年,即1921年12月2日的日记里总结了他一生的经验:

> 最近我产生了这么一种想法:我从小就被父亲战胜了,现在只是出于好胜心而离不开战场。年复一年,始终如此,尽管我不断地

---

① 卡夫卡:《致父亲》,译文见《世界文学》1981年第2期。下面的引语,凡不注出处者,均引自这封信。

被战胜。①

这番辛酸的自述,很有点受罚的西西弗斯的神话的味道。因此,这位法学博士的生存权利只有这么一点可怜的空隙:

> 有时我想象一张展开的世界地图,你伸直四肢横卧在上面。我觉得,仿佛只有你覆盖不着的地方,……我才有考虑自己生存的权利。

这幅图像描绘的虽是一个为所欲为的家长淫威下的一个家庭成员的可怜处境,只要用一面放大镜去看,也是一幅专制君主统治下千万小民的可怜处境的图像。这两种人,一个是小小的一家之长,一个是高高在上的一国之君,但二者的共同特征都是:"老子天下第一","唯我独尊"。他们自己有无限的说话权利,而别人则不许说一个不字。你看这位叫赫尔曼的家长,动不动就以"不许回嘴"斥之,吓得子女们躲得远远的"才敢动弹一下"。但你避而远之,他又会觉得你在图谋不轨,一切都在"反"他。其实,正如卡夫卡写道:"这只是您的强大和我的弱小所造成的必然后果罢了。"

无须多加比较,现在可以看得很清楚,卡夫卡笔下的这位父亲,这位小家长、小暴君,完全是奥匈帝国的大家长、大暴君的一个缩影。事实上,哈布斯堡王朝的统治之所以能延续七百多年之久,原因之一,就是它的君主们朝朝代代都能以他们自己的"大家长"的模子来塑造全国的千百万小家长,使他们成为毫无自我意识和独立人格的顺民和奴才,成为他们得以安稳统治的基础。奴才都有两副面孔:对下是暴君,对上

---

① 见《卡夫卡1910—1923年日记》,第343页。

呈媚态。卡夫卡在这方面也没有吝惜笔墨来刻画他的父亲：

> 您如何轻易地就醉心于那些地位较高的人物,而他们大多数不过表面上如此而已。……一个皇室咨议之类的人便经常挂在您的嘴边。……看到我的父亲居然认为需要别人微不足道的认可来肯定自己的价值,而且到处炫耀,我也是很伤心的。

其次,《致父亲》刻画了一个专制主义"礼教"的忠实传授人的形象。家庭作为一个社会细胞,在相当程度上担负着教育、培养下一代的任务。卡夫卡的父亲作为一家之长,他对自己的义务是明确的,那就是把子女培养成符合社会习俗或专制主义"礼教"规范的人。他常用的那套教育手段也都是陈旧而拙劣的：

> 您那卓有成效、至少对我来说从不失灵的教育手段不外乎是：谩骂、威吓、讽刺、狞笑以及——说来也怪——诉苦。

他只会懂得用威胁、呵斥、暴怒来对待每一个孩子,动辄怒骂"把你们踩成齑粉"。有时不顾寒冷,半夜里从被窝里把卡夫卡揪到阳台上罚站。这给卡夫卡的心灵带来永久性的创伤。卡夫卡每想到此事,都"深感痛苦"。这位父亲对于军国主义的黩武政策显然十分感兴趣,以致儿女走路也要他们走得整齐,学会敬礼,否则就"不是未来的士兵"。为了能适应这样的士兵生活,吃饭也得狼吞虎咽。于是"饭桌上死一般沉寂"。

这种教育手段给孩子造成的消极影响是显而易见的：

> 自我能思考之日起,我就一直为维护精神上的生存而如此忧心忡忡,以致我对其他一切都感到淡漠了。

控诉得最有力的,还是下面这一段话:

> 这里,我只须提醒你回忆一件往事就够了:我在您面前丧失了自信心,换来的只是无穷尽的负疚感。

这里的"负疚感"是什么呢？就是他觉得他作为家里唯一的儿子和长子,没有成为父母所需要的、为他们称心如意的人,就像对父母负了债似的内疚。当然也还包含别的意思,下面一段话可作为一种注脚:

> 母亲只是暗地里保护我免遭您的伤害,暗地里对我有所给予,有所允诺,结果我在您面前又畏首畏尾起来,又成为骗子,成为自知有罪的人。

孩子的个性得不到尊重,灵魂得不到舒展,长期如此,心理必定被扭曲。负罪感便是这种被扭曲的表现。正如卡夫卡指出:"我之所以成为今天的我,这是您教育我顺从的产物。"可是儿子的"独特性"决定了他是不能顺从的:

> 您雕刻家的手与我这块料之间是那样的格格不入。

从这点上看,卡夫卡这封"审父"的信不啻是一份"父母必读教材",也是学校教师的十分难得的参考材料,它可以使人们懂得:不尊重儿童心理特点,用家长制手段管教孩子,必然会损害他们的身心健康。

第三,《致父亲》刻画了一个典型的剥削者形象。

卡夫卡的父亲作为一个中等资本家,有着一般剥削者的本质特征。在这点上,父子矛盾也尖锐地表现出来。卡夫卡这样谴责他的父亲:

> 您遵循的是这个阶级(指中产阶级——引者)的价值观念。

在对待自己家里雇佣的职工的态度上,父子也发生冲突。父亲对患肺病的职工骂道:"他活该不得好死,这条老狗。"尤其岂有此理的是,他把职工称为"拿薪的敌人"。对此儿子是很气愤的,他对父亲反唇相讥:

> 不过在他们还没有成为那样的人之前,我就觉得您便已经是他们的"付薪的敌人"了。〔商号〕那里有些事情起先我认为是天经地义的,后来却使我感到痛心、惭愧,尤其是您对职工的态度。……您在商号里咆哮、咒骂和发怒……简直在全世界都是绝无仅有的。

卡夫卡作为家庭的成员,唯恐父亲的态度引起工人的怨怒,不惜"低声下气"地来挽回影响。

> 为了使职工们与全家和解,对他们采取一般的规规矩矩态度就不够了,就连谦逊待人也不够了。我不得不低声下气,不得不先招呼人,而且连别人的回礼我都不敢接受。……

卡夫卡还对父亲性格的二重性进行了揭示,这就是父亲作为资本家的社会地位和作为家长身份所形成的非人性一面,或称异化的一面,和作为人的本来的一面,合乎正常人性的一面:

> 您一向是离业务和家庭愈远,您便愈是和蔼可亲,态度愈是随和,愈是能体谅别人。这就如一个独裁者,一旦离开了他所管辖的

国土,则他也就没有理由还老是摆出一副不可一世的专横态度来了,他也就会对庶民百姓亲切相待了。

这段描述,让我们不禁想起布莱希特的剧作《潘蒂拉老爷和他的男仆马蒂》来。地主老爷潘蒂拉平时对待他的仆人马蒂非常粗暴、凶恶,但当他喝醉酒的时候,却又十分和气,人情味十足,把马蒂视若知心朋友。但当酒醒时,他又故态复萌,凶相毕露了。这可以说是阶级性与人性的"二重组合"。从现代心理学看,人的性格都不是单一的,甚至也不是只有"二重",而是多重。人在"醉"、在"梦"或在"疯"的时候,那些后天形成的意识就会消失,而那种潜埋于无意识状态的"真我"或"本我"就会浮现出来。有时甚至"后天"形成的性格层面在不同场合都会有不同的面貌。卡夫卡父亲显然有资本家一面,也有人的一面;有"家长"一面,也有慈父一面。同样,卡夫卡的多重性格中,有叛逆的一面,也有妥协的一面;有"审父"的一面,也有恋父的一面。因此卡夫卡在"审父"的一生中,始终伴随着"负罪"的感情。他一直敬畏于父亲的"强大",相形之下,觉得自己不配做他的儿子。信中的后半部也提到父亲对他和家人的爱,例如,有一次他病了,父亲关怀地轻轻从门外探进身子,一再挥手示意他好好养病。但是,父亲这样的行为反而使他更加痛苦:

> 从长远看,这种和蔼美好的印象只能增加我的负罪意识,并使我觉得世界更不可理解了。[①]

是的,卡夫卡作为一个有着丰富感情的作家,怎么可能会对自己的亲生父亲如此铁石心肠?事实上他对父亲还是有爱戴之情的,例如他曾在

[①] 卡夫卡:《致父亲》。

日记里记述过这样一个梦：

> 当我终于走上了台阶时，父亲已经从大楼内走出来，他朝我飞跑过来，搂住我的脖子，吻我，紧紧地抱着我。①

所以卡夫卡对父亲批评归批评，却从未割断过对父亲的感情，放弃对他的希望。这一点连勃罗德都不以为然，他写道："在多少次谈话中，我都想让我的朋友明白，……他是如何过高地估计他的父亲，……但一切均无补于事，卡夫卡的滔滔不绝的争辩，……却真的可以暂时地打垮我，击败我……奇怪的是，直到他年岁稍长，他仍然希望得到他父亲永远不能允诺的同意。"②无怪乎，有人认为《致父亲》是"令人最痛苦和最捉摸不透的文献"。③ 然而，平心而论，卡夫卡的父亲其实也还是有爱子之心的，据卡夫卡的一个朋友威尔奇的父亲说，卡夫卡的父亲在谈及自己的儿子时"双眸闪闪发光，不胜自豪"。④

那么卡夫卡为什么要用如此大量的篇幅把父亲描写得这样令人憎恶呢？这只能用理智和感情的矛盾来解释。在理性上，卡夫卡知道，父亲的思想观点代表着一个时代的旧的文化形态，卡夫卡不过是借父亲的形象把父辈文化人格化而已。所以卡夫卡在长信快要结尾时，宣布双方都"无罪"：

> 我认为，你对我们之间的疏离是完全无罪的，但我也同样是无罪的。

---

① 卡夫卡：1912年5月6日日记。
② M. 勃罗德：《卡夫卡传》，德文版，第30页。
③ 克劳斯·瓦根巴哈：《卡夫卡传略》。
④ 卡夫卡：《1902—1924年书简》，第516页。

这里卡夫卡是把父亲放在"人"的层次上来看的。"罪"是一个社会范畴的概念,它跟道德相联系。人的非人性的犯罪行为是社会加诸给他的。因此卡夫卡与父亲斗争,其出发点不是为了击败对方,而是为了达到与对方和解。正如索克尔所说的:"卡夫卡要做的,不是像克尔凯郭尔那样,把自己的意愿付诸行动,而是同强大的对手取得和解,以便回到生活中去,回到他出身的地方去。"① 可惜他的这一努力并未成功。卡夫卡想托母亲转交这封信。但母亲担心这只会激化父子间的矛盾,未予转交。归根到底,父子间没有可以进行对话的共同语言。因为父子间的这一"代沟"是两种不同性质的文化观念的分界线,因而是一条不可逾越的鸿沟。这是卡夫卡找不到与父亲对话渠道的悲剧性之所在。

但《致父亲》作为一篇批判父辈文化的檄文,它有着重要的文献价值和思想价值。因此,对于卡夫卡来说,信是不是需要交到父亲手里,并不是很重要的,因为积毕生之经验,想要通过一封信引起父亲反省从而战胜他是不可能的,而且他知道,父辈文化是一种巨大的统治力量,战胜个别对手又有什么意义呢?从信的内容看,它远远超出了一般家信的范围,而且明显看出,它也不拘泥于具体事实的真实。从结构、修辞上看,它也是很讲究的,具有很高的文学性。卡夫卡认为,"一切艺术都是文献和见证。"他的这封《致父亲》就具有这样的性质,它真实地记录了一颗时代的战栗的灵魂,它洞穿了专制主义教育和文化的"吃人"本质及其对年轻一代的严重摧残;它畏惧这种体现于父辈身上的传统势力的强大,却不屈服于它的淫威;它执着于"战场"的战斗,却不气馁于"一再失败"。

---

① 转引自《卡夫卡传》,第 276 页。

V 控诉环境,也控诉自己

在卡夫卡的世界中,负罪感就像他的恐惧感一样,几乎无处不在,而且同样引人注目又令人颇费琢磨。

现代西方相当流行的一个观点是,人类建设了文明,创造了上帝,而这些又转过来走向人的自身的反面,成为操纵人、敌视人的异己力量。因此对他们来说,所谓"文明"恰恰意味着罪恶。卡夫卡是属于这股思潮中的一个。他认为,我们这个世界是"一个谎言的世界",[1]是个令人厌恶的世界,而"我们误入了其中"。[2] 在同雅诺施的谈话中,他表达得更明确,他认为自己"生活在一个罪恶的时代",而"我们都应该受到责备,因为我们都参与了这个行动"。[3] 这就是说,在一个陈陈相因的社会里,人的一切都是按照习以为常的方式去思维、去行动的,而且又理所当然地把这一切传给后人,因此在社会的总罪恶中,每个人都不自觉地加上自己的一份。鲁迅在《狂人日记》里写的其实也是这个道理——在一个吃人的社会里,每个人既被别人吃,同时也吃别人;如此往复,代代相传,这是一种可怕的习惯势力。一般的人不经过大彻大悟是意识不到这种"因袭的负担"的。卡夫卡一生中都在思考并感受着这个问题。晚年,即1922年初,他在一则日记里曾记下这样一段话:

> 写作乃是奇怪的、异常神秘的、也许是危险的,也许是解脱性的慰藉:从杀人者的行列中跳出来,进行切切实实的观察。[4]

---

[1] 卡夫卡:1918年2月4日札记。
[2] 卡夫卡:1918年2月5日札记。
[3] 雅诺施:《卡夫卡谈话录》。
[4] 卡夫卡:1922年1月27日日记。

所谓"观察"是什么意思呢？比这稍早一些，1920年他写给密伦娜的一封信也许可以作为它的注脚：

> 我很高兴能对《司炉》写几句您所希望的说明。我很高兴，因为这样我真的可以做出一点小小的贡献了。这将意味着预尝一下那种地狱刑罚的滋味，即：以睿智的目光重新审察一下他的生活，从而看到，最要紧的事情并不是识破那些明显的恶行，而是看穿那些曾经认为是善的行为。①

1917年在致M. 勃罗德的一封信里，卡夫卡纲领性地表述了他对这个问题的看法：

> 只要检验一下我的最终目标，就会发现，实际上我并不追求成为一个好人，合乎最高法庭的规范，而是完全相反：纵览整个人类和兽类群体，认清他们的根本爱好、愿望和道德理想，并尽可能快地使自己朝着让所有人满意的方向发展，而且（这里出现了飞跃）使人们满意到这种程度：在不失去大家对我的爱的情况下，我最终可以作为唯一不下油锅的罪人，在所有人的睽睽目光下展现我内心的卑鄙。②

因此他认为："负罪，这就是我们所处的状况，并不依罪过为转移。"而他之所以怀着这种负罪意识，仅仅是因为这对他的"本性来说是懊悔的最美形式"。③

---

① 卡夫卡：《致密伦娜书简》，第14页。
② 卡夫卡：1917年10月初致M. 勃罗德信。
③ 卡夫卡：1913年9月致F. 韦尔奇信。

那么卡夫卡的负罪意识的具体内容是什么呢？根据他的作品和书信、日记等所涉及的，估计有以下几点：

一是责任的没有完成。他同雅诺施的谈话中谈及这么一段话：

> 大部分人活着并不意识到个人的责任，而这一点我认为正是我不幸的核心，……罪恶是在自己的使命面前后退。不理解、急躁、疏忽，这些就是罪恶。作家的使命是把孤独的和必死的一切引向无限的生活，把偶然的东西变成符合规律的东西。他的使命是带有预言性的。

从这里可以看出，卡夫卡所谈的罪恶概念与法律上所说的罪恶概念是不完全一样的，它带有某种形而上的成分，强调内省的因素。

二是对家庭的叛逆而产生的内疚。卡夫卡虽然说过，他在家里"比一个陌生人还要陌生"，这主要是从思想不能沟通这个角度讲的，从伦常感情上说并非如此，至少他母亲是关心、爱护他的，三个妹妹中至少他与最小的妹妹关系是十分融洽的。但由于跟父亲的关系不对劲儿，势必影响到整个家庭的关系，而这使他受到良心谴责，例如与第一个未婚妻认识不久，在一封信中他就谈到：

> 家庭的和睦从来是无懈可击的……家庭的和睦实际上是被我扰乱了的，而且随着岁月的流逝与日俱增，我经常感到不知怎么办才好，深感对我的父亲和所有人我都是有罪的。①

由于与父亲的分歧无法取得一致，而又慑于父亲的强大，不能光明

---

① 卡夫卡：1912年12月29—30日致菲莉斯信。

正大地与之较量,自己显得畏首畏尾,成不了气候,没有出息,于是自怨自艾起来:

> (与父亲的)谅解实在无法达成,母亲便只好悄悄保护我,悄悄给我点什么,许诺点什么,于是我在您面前又成了怕见天日的东西、骗子、知罪者,由于自身的毫无价值,他连到他认为是自己权利之所在的地方去也要蹑手蹑脚。当然,我渐渐习惯了在这种蹑手蹑脚的路上也要找些对我来说无权可得的东西。而这样做又扩大了我的负罪意识。①

卡夫卡与父亲的分歧的方面,表现在对待工人的态度上。卡夫卡对劳动阶级是尊重的,对自己家里所雇的工人尤为同情,对他们经常受到自己父亲的粗暴凌辱深感内疚:

> 当我与其他人(指家里的工人——笔者)碰到一起时,我在他们面前会陷入更深的负罪意识之中,因为正如我前面说过的,我必须弥补在商店里你把我牵连进去的、对他们犯下的罪过。②

三是争取成婚中的负疚感。卡夫卡始终对结婚、成家怀着渴望,认为这"是一个人所能达到的最高极限"。③ 并为此订过三次婚,但出于事业的考虑(创作)或由于家庭的阻挠,三次解除了婚约。这无疑给对方带来痛苦和损失。对此卡夫卡自然是不安的。1914年10月底,即他与鲍威尔解除婚约后不久,曾致信鲍威尔:

---

① 卡夫卡:《致父亲》。
② 同上。
③ 同上。

> 我当时像今天一样地喜欢你,我看到了您的痛苦,我知道由于我的缘故使你平白受了两年的苦,这是有罪责的人所无法忍受的。但我也发现,你不理解我的处境。①

1920年,他在致女友密伦娜的一封信中又对这件事情表示歉意:

> 三次婚约的共同特征是:一切都是我的罪过,毫无疑问的罪过。我给两个姑娘造成了不幸。②

卡夫卡的这种种负罪意识必然在他的作品中打下深刻的烙印。早期的《判决》、《变形记》、《司炉》等小说的主人公都觉得自己有罪,因此而恐惧,并预感到判决的不可避免。晚期的《饥饿艺术家》、《一个小妇人》、《一条狗的探究》以及《地洞》等的主人公似乎更是陷入罪孽的泥潭而不能自拔,因而成了自虐犯,成了无穷生活磨难的牺牲品。

但负罪意识在卡夫卡那里又是一种思考过程,因而是探索真理的一条途径,它从对人的基本生存境况的揭示与描述,导致对自我的审察。这在他的两部长篇小说《诉讼》和《城堡》,尤其是前者中进行了详尽而深入的描写。《诉讼》这部小说须从两个层面去看:形而上的层面和形而下的层面。在国家法庭上(即在形而下的层面上)主人公约瑟夫·K.是无罪的,但在真理法庭(即形而上的法庭,或自我法庭)上他却是有罪的。而他的罪正是在诉讼过程中他到处求人申诉时发现的:在求别人帮助的时候,他想起了自己也曾被人求助过,而他没有给予同情;被捕后他受到两个狱卒的勒索,但他的告发又使这两个生物每天晚上

---

① 卡夫卡:1914年10月底、11月初致菲莉斯的信。
② 卡夫卡:《致密伦娜书简》,第37页。

遭痛打……。这部小说是卡夫卡的自审意识的最集中、最强烈的反映;作为一部幻想性的作品,其艺术表现力是独到的、杰出的。

自审意识是一种现代意识。它不同于基督教的"忏悔"。忏悔是以上帝为偶像、以《圣经》为依归,驯服个性,泯灭叛逆意识,把人统入到一个大模式之中。自审意识否认任何偶像的存在,拒绝一切流行的观念和观点,对于人类和自身生存境况的一种独立的审察和思考。因此,它跟"孤独"是形影不离的。卡夫卡在写作处于冲动时也发现自己在"跟魔鬼拥抱"。① 只是这里的"魔鬼"跟"鬼气"正相反,它是指一种非习俗眼光下的"超现实",一时为世人所不解或不容的真实现象和非世俗观念。卡夫卡所窥见的自我更加"错综复杂",以致使他自己也感到"反感"和"迷乱",他于1913年写给他的未婚妻的一封信中自白说:

我在哪里呢?谁能检验我?我希望自己有一只强有力的手,只为了一个目的:能够切实深入我自身错综复杂的结构中去,我说话没有一次是我的想法,甚至不完全是我说话时的想法。假如我向我的内部看去,看见那么多模糊不清的东西纵横交错,弄得我甚至无法准确说明我对自己反感的原因并完全接受这种反感。

最亲爱的,你看到这种迷乱现象有何感想?②

然而,卡夫卡的自审未能导致积极的结论。正如他对世界所有问题的探索与揭示一概不予回答那样,他对自我的剖析也采取这种纯客观的态度。因此,卡夫卡成了生活斗争的失败者。

---

① 卡夫卡:1922年7月5日致M.勃罗德信。
② 卡夫卡:1913年2月18—19日致菲莉斯·鲍威尔信。

Ⅵ "不接受世界"的异乡人

"异化"这个哲学概念在西方现代哲学中广受重视,也引起现代主义文学的普遍兴趣,尤其以"哲理性强"闻名的德语文学,有人甚至认为,19、20世纪的德语小说的主题无不与"异化"有关——"人不接受世界,或世界不接受他。"①这个论断显然有些夸张。但是卡夫卡确实是写"异化"的名手。

关于"异化"的概念,近年来我国报刊上已议论得不少,这里无须赘述。总起来说,它是一种异己的、制约着人类生存的、陌生而神秘的超验力量。在卡夫卡的言论和作品中没有出现过"异化"这个词(偶尔使用过这个词的动词,但那不作"异化"解)。但这不影响问题的实质。问题的实质是卡夫卡对这一问题的感受和描述,以及它们折射在作品中的幻象的真实性。

卡夫卡对我们这个世界的基本感觉是陌生,他仿佛是从星外抛入地球的一个生灵,对一切都怀着惊讶的神情。密伦娜曾经回忆说:"他对生活的看法跟别人是全然不同的;首先他认为金钱、交易所、货币兑换局、打字机——这些都是绝对神秘的东西(它们也确实如此,只是我们这些旁人看不到这一点罢了),它们在他眼里是些最令人惊异的谜。……他没有藏身之所,他的头顶上没有屋檐。因此,在我们有保障的事情,在他是完全没有保障的。他仿佛是个赤身裸体的人,处在衣冠楚楚的人们当中。"②因此,他对周围的事物,甚至身边的东西都有一种"可怕的预感"。③ 无怪乎,《城堡》主人公 K. 惊呼:"对我们来说,我们房间外面的

---

① 凯塞:《当代小说》。
② 见马克斯·勃罗德:《论卡夫卡》,法兰克福/迈因,1954年,第68页。
③ 卡夫卡:1912年12月3日致菲莉斯信。

一切都是冷酷无情的,——我们得在那个陌生奇怪的大房间里,和陌生奇怪的人来住。"其实事物本身并没有什么陌生和奇怪,它们不过是些日常的、司空见惯的东西,只是作者自己用了"陌生化"的眼睛——我们不妨称之为"第三只眼睛"——来观察罢了。人类进入阶级社会以后,生存竞争主要在同类间展开了,而且愈演愈烈,所谓"弱肉强食"就是对这种社会现象的本质概括;"大鱼吃小鱼,小鱼吃虾米",则是对它的规律的形象写照。19世纪末、20世纪初正是垄断资产阶级形成时期。垄断资本家那种大规模的掠夺和兼并行为,他们的贪婪欲与残酷性对于中小资产阶级,尤其是他们中的弱者无疑是个巨大的威胁。卡夫卡感觉到的所谓"不可捉摸的势力"相当程度上可能就是这种现象的幻化;他的"恐惧感"恐怕主要也是在这种阶级倾轧与社会动荡中的弱者的心理反应。《地洞》末尾主人公听到了地下附近有一头巨大的动物正咄咄逼人地向它这边进逼而惊恐万状(也有人解释为这是死亡的威胁),不是喻示着地上世界的强者对弱者的欺凌吗?当然,这里的"强者"应该理解为由于种种必然和偶然因素而掌握了权力或财力的某些集团和个人,他们形成一种恐怖的威权,构成对普通人的威胁。

但,难道普通人之间就不陌生了吗?不是。阶级社会的发展,私有制观念不断加强,金钱拜物教深深地渗入了人们的意识,从而离间了人们之间的基本感情,把人与人之间的关系变成简单的金钱关系或利害交易的关系。这首先是资产阶级的"功劳",它的金钱原则甚至把弥漫在伦常之间的最后一点温暖气氛都驱散了。正如马克思恩格斯在《共产党宣言》中所说:"资产阶级撕破了笼罩在家庭关系上面的温情脉脉的纱幕,把这种关系变成了单纯的金钱关系。"[1]卡夫卡当然不可能有马克思恩格斯那样的理论概括能力,但他根据自己的观察所发现的实

---

[1] 见《马克思恩格斯全集》第四卷,第469页。

情与马克思的论断是一致的,并通过形象的语言作了生动的描绘和表达。这方面最有代表性的作品是他的小说《变形记》。许多人偏重在主人公的"变形"上做文章,其实变形不过是一种假定性的手法,可以把它理解为一切倒霉人的譬喻。在这里可以理解为主人公患了一种不治之症,失去了劳动能力,丢了饭碗,从而成了家人的累赘(不妨对照一下列夫·托尔斯泰的小说《伊凡·伊里奇之死》,二者有着异曲同工之妙)。这就从精神上被家人开除了:他们一个个由开始的同情、关怀,渐渐变而为厌烦乃至厌弃,甚至连跟他最亲近的妹妹也不例外,而且正是她,在哥哥死后,在春意盎然的野外唱起欢悦的歌来。在实际生活中,卡夫卡的三个妹妹中最小的那位最爱他。卡夫卡通过《变形记》这篇小说分明表达了这样一个思想:假如我一旦遭遇到格里高尔那样的不幸,就连我的小妹妹最后也会厌弃我的。这里卡夫卡把人与人之间任何一点可以沟通的可能性都勾掉了,就像在鲁迅《狂人日记》中的主人公的眼中,要在现实世界中找出任何一个不"吃人"的人的可能性都不存在一样。卡夫卡几乎没有一个作品不贯彻着这个人与人之间不可沟通或曰"陌生感"的思想。尤其值得一提的是《城堡》中的第十五章,这一章专门写了 K. 的房东奥尔嘉姐妹及其一家的遭遇:由于妹妹阿玛丽雅拒绝了城堡一个小官僚的求婚而使全家陷入灾难的深渊。虽然那位名叫索尔蒂尼的求婚者并没有开始进行报复,但人们都意会到这将意味着什么。于是阿玛丽雅父亲的修鞋铺从此没有人来光顾了,老人更是经不起恐惧的袭击,每天疯疯癫癫地到村口去等待城堡官僚要求恕罪。奥尔嘉的下面这段话道出了他们一家的处境和世态炎凉:"我们又开始逐渐感觉到贫穷的折磨。我们的亲戚们不再送东西给我们了。……要是我们成功了,他们会给我们应得的荣誉,但是因为我们失败了,所以他们把原来认为是暂时的权宜之计,变成了最终的决定:永远断绝我们和村里人的关系。"①原来这些城堡脚下的顺民们也懂得,什么时候应该抛弃邻人和亲友,跟人家划清界线!你看,维系人与人之间关系的精神纽带已变得如此脆弱!从这个角度看,人类的文明到底是发展了,还是退化了呢?

人类不断征服自然、利用自然,成果是辉煌的,充分显示了人的伟大。但同时人类又受到自然的报复,在另一方面重新受着它的奴役,又显得更渺小。这不仅指在破坏生态平衡和造成环境污染方面所犯下的罪过,甚至更主要的当指人在创造物的同时,又成为"物的统治"对象②。因为随着社会分工的细致化,造成了人与人之间的互相依赖,从而形成一种不依人的意志为转移的、任何人无法驾驭的异己力量。因此黑格尔认为,人"取自自然界的越多,他越是征服自然界,他自己也变得越加卑微"。③

客观世界这种异己力量的存在,人在这种异己力量面前的无能为力,卡夫卡的感受是很强烈的。他曾跟人谈到:

> 不断运动的生活纽带把我们拖向某个地方,至于拖向何处,我们自己则不得而知。我们就像物品、物件,而不像活人。④

人在客观世界面前的这种无可奈何的被动性,他的劳作的徒然性在他作品中随处可见。《中国长城建造时》写中国的老百姓从东南方向遥远的北方开拔,据说是听从一道皇帝的圣旨。但是当今哪个皇帝在当朝

---

① 卡夫卡:《城堡》第15章。
② 马克思于1863年写的《资本论》第六章的初稿中对"异化"的基本过程所下的定义是:"物对人的统治,死的劳动对活的劳动的统治,产品对生产者的统治。"转引自库莱拉:《春天、燕子与卡夫卡》,载民主德国《星期日周报》1963年第31期。
③ 黑格尔:《实在哲学》。
④ G. 雅诺施:《卡夫卡谈话录》,德文版1954年,第68页。

他们都不知道,而他们千辛万苦修筑了万里长城,却并未能阻挡住北方的游牧民族的入侵。在《城堡》中他描述了这样一个场面:一个文书之类的官员,不断把卷宗往上摞,摞到一定高度时,它就垮下来,他重新再摞……如此反复不已。这一景象令人想到西西弗斯的神话。所以奥地利信仰马克思主义的批评家恩·费歇尔曾这样概括卡夫卡的"异化"意识:"卡夫卡对这种异化的感觉,他对这种反自然现象的恐怖是紧张的,他的作品是这一主题的无穷变奏:劳作就是受难,力量就是无能为力,生育就是失去生育能力。"[1]在这方面,捷克斯洛伐克作家昆德拉也作了精辟的表述,他说:普鲁斯特对人的内心奇迹的惊讶却不是卡夫卡的惊讶,卡夫卡"并不去想什么是决定人的行为的内在动机。他提出的是一个根本不同的问题,即在一个外界的规定性已经变得过于沉重从而使人的内在动力已无济于事的情况下,人的可能性是什么?"[2]昆德拉不愧是杰出的作家和卡夫卡的同胞,他的这个见解是深中肯綮的,卡夫卡自己就曾谈到过:

> 资本主义是一个从内到外、从外到内、从上到下、从下到上的层层从属的体系,一切都分成了等级,一切都戴着锁链。[3]

这就是说,阶级统治尤其是资本主义统治的世界是一个编织得十分严密的巨大的网络,每个个人都被规定在这网络上的某一个固定点上,受着前后左右的种种牵制,他不能按照自己的自然愿望和意志去行动。因此在自由的真正意义上说,他毫无自由可言。从这里可以理解,为什么卡夫卡的作品几乎都是障碍重重、迈不开步的梦魇。他的记录一个梦

---

[1] 恩·费歇尔:《从格里尔帕策到卡夫卡》,德文版1962年,第295页。
[2] 昆德拉:《小说家是存在的勘探者》。
[3] G. 雅诺施:《卡夫卡谈话录》。

境的速记《荆棘丛》可谓他这一生存体验的典型譬喻:他逛公园时误入了一个"荆棘丛",管理人员应他的呼救赶来,首先把他骂了一顿,至于搭救,他声称先得把工人叫来,把路劈开,而在这之前还得请示经理……。总之,就这么一件小事,也得过许多道关口,可见办事之难。晚年他同雅诺施谈话中还使用了另一个形象的比喻:许多船只挤泊在口岸,出不了港,只听它们吱吱咯咯地响着。他认为,这就是今天人类的尴尬处境!

人在自然面前的日益卑微地位,他在社会机器的固定部位的无能为力状况,必然导致他的本性的扭曲,从而使他的自身发生"异化"。对此,法国的马克思主义信仰者加罗蒂有一种说法:"地上和天上都是无名和平庸的领域。上面一片沉寂,上帝的死留下了巨大的真空;下面的乌合之众已不成其为人,他们已经被异化的齿轮机构轧碎了。"[1]卡夫卡自己就是一个证明:他那种二重心理,那种"错综复杂"的自我说明,他拒绝这个世界而未能完全做到,他有一部分和这个世界认同了,或者说被"污染"了,因此他没有获得完整的自我。至于他笔下的人物,几乎都有这样的特征。《变形记》主人公变形而被"异化"出人的世界以后,他自己的人性日益减少,而"虫性"则日益增加,以致全然忘了自己的悲苦,倒挂在天花板下,荡来荡去,自得其乐起来。饥饿是生之大敌,但如今那位"饥饿艺术家"却偏偏把它当作娱乐(表演)的手段,而且一心想把这门"艺术"推到顶峰,居然唯求"灵"的完善,而不要"肉"的存在,似乎他在走出"人"的范围而进入"仙"的境界。《城堡》中那位奥尔嘉的父亲根本没有罪,女儿的拒婚,却使他那样虔诚地觉得自己有罪,而且那种请罪的热情达到狂热和发疯的程度。《在流放地》中的那位司令官,把行刑过程当作艺术来表演,来享受:在犯人身上用行刑机器刻12个

---

[1] 加罗蒂:《论无边的现实主义》,上海文艺出版社,1986年,第127页。

小时的花纹才让他死去,而且他把这当作一种情欲来追求,甚至发狂到当新来的司令官宣布摒除这种酷刑的时候,他居然自己躺到机器上去来接受这一酷刑。这种为旧事物的殉道精神兴许也可算作人类的一种精神遗产。但哪个读者读完这篇小说后不问一句:"他还是人吗?"……

卡夫卡不是哲学家,他解释不了这个世界,而且也不想解释它。但是他是个艺术感觉很强的艺术家。他作为作家的全部努力就是把他对这世界的感受,那种刻骨铭心的独特感受艺术地描写出来,在这方面他屡屡令我们震惊和惊异,不断地冲击着我们的思维惯性和精神惰性,启发人们用另一副眼光来观察世界。在这点上,加罗蒂谈得不少,他的下面这段话不无参考价值:"卡夫卡用一个永远结束不了的世界、永远使我们处于悬念中的事件的不可克服的间断性来对抗一种机械的异化。他既不想模仿世界,也不想解释世界,而是力求以足够的丰富性来重新创造它,以摧毁它的缺陷,激起我们为寻求一个失去的故乡而走出这个世界的、难以抑制的要求。"

"卡夫卡在这里抛弃了我们。"[①]

[①] 加罗蒂:《论无边的现实主义》,上海文艺出版社,1986年,第162—163页。

慕齐尔：

没有个性的人

黎 奇

罗伯特·慕齐尔，1880年11月6日生于奥地利南部的克拉根福特城一个知识分子的家庭，父亲当过工程师、校长、教授。1942年4月15日他卒于瑞士日内瓦。病逝那年正值第二次大战期间，妻子和几位朋友把他的骨灰撒在一片小树林里。

慕齐尔曾有过五彩的梦幻，从枯燥的军校到大学，从工程师到作家，从哲学到文学。尼采的强人、克尔凯郭尔的存在、马赫的经验批判、弗洛伊德的"里比多"……交织着他那影像重叠的道路。他在"放任自流"的社会中探索着人生。"习惯于这种放任自流的不仅是面对国家的'行动的机构'的'思索的公民'，而且还包括那些同时并存着、互相吠叫、但不相咬的意识形态。"[①]这位"思索的公民"经历了两次世界大战和奥匈帝国的崩溃，当过工程师、编辑、军官，签署过"脑力劳动者政治委员会"纲领。但他不行动，只是思索着，感受着，观察着。他既爱穷人，也爱富人。他相信那个时代只是个过渡阶段，但并不知道将过渡到哪里去。当他一贫如洗，靠稿费度日时，他观察着，感受着，思索着……

他也有过辉煌的瞬间，他的第一部长篇小说《住读生特尔列斯的困惑》(1906)引起了强烈的震动和共鸣。他的剧作《醉心的人们》(1921)

---

① 慕齐尔：《杂文·讲话·评论》，柏林人民与世界出版社，1984年版，第242页。

为他赢得了德国文学的最高荣誉——克莱斯特奖。他一生写得不算太多,但中短篇小说《爱的完成》、《文静的维罗妮卡的诱惑》、《格里吉亚》、《彤卡》、《葡萄牙女人》、《乌鸫》,戏剧《温岑茨》和许多杂文、散文多半都是在生前发表的,并获得评论界一定程度的认可。长篇小说《没有个性的人》第一、二卷也是在 1930 年和 1932 年出版的。

可是他却连葬身之地都没有。他的《没有个性的人》遗稿连个出版的地方都找不到,报纸也不愿浪费篇幅刊登纪念他的文章。他毕竟是个普通人,一个思索者,或者用他自己的话说,一个"没有个性的人"。而在那充满"个性"的时代,谁还会去关心这么一个"没有个性的人"呢?

可是当普通人从震耳欲聋的大炮声中,从高度的时代亢奋中醒来,重新发现了普通的自身时,他们也发现了他们的替身:尤其是弗兰茨·卡夫卡和他——罗伯特·慕齐尔。他也许做梦也没想到过,他竟会被称为"二十世纪上半叶最重要的德语作家";"最高层次的艺术家";他竟然"开创了小说的新纪元";他"不是被置于卡夫卡和布洛赫之间,就是被置于乔伊斯和普鲁斯特之间"。他做梦也没想到,人们竟会建立好几个研究他的中心,甚至一批名作家——包括瑞士的马克斯·弗里施和奥地利的英格博格·巴赫曼——纷纷把他奉为楷模;他做梦也没想到,他那充满高深的哲理的《没有个性的人》在东欧国家中竟然也会成为畅销书。

他尤其没有想到,他之所以能攀上现代世界文学的最高台阶,并不是因为他是个英雄,而恰恰因为他是个普通的人,一个俯拾皆是的"没有个性的人"。

Ⅰ 失去了个性

慕齐尔从 1898 年前后就已开始构思长篇小说《没有个性的人》。

从1923年到他去世的1942年这20年中,他几乎不间断地写这部"毕生之作"。因此有人说这是他的"第一部,也是最后一部作品,"甚至有人说这是他"唯一的作品"。

这部作品他最后仍远未完成。但仅仅完成的章节(包括他身后由妻友整理出版的第三卷)已达二千多页(合中文近200万字)。

小说是由两个部分构成的。

第一卷的中心事件是一个虚构的社会事件:卡卡尼帝国(这是作者用奥匈帝国的起首字母发明的称号)为了不落后于德国庆祝威廉二世登基30年的活动,也准备为弗兰西斯·约瑟夫皇帝在位70周年举行庆祝活动,并称之为"平行活动"。这个事件本身就具有强烈的讽刺意味;到1918年,这两个帝国都不存在。在这一卷中,作者围绕活动的准备过程,生动地描写了当时社会中上层形形色色的人物:资本家阿伦海姆、贵族莱恩斯多夫、艺术家瓦尔特等等。而贯穿其中的"没有个性的人"——乌尔利希在这里基本上表现为一个"社会人"。

从第二卷开始,"平行活动"突然隐退了,第一卷中从未提到过的乌尔利希的妹妹阿珈特突然出现。"兄妹恋"成了中心事件。在"兄妹恋"中,乌尔利希越来越体现为一个宏观的"思索的公民"。在这里,作者作出了将"宇宙人"与"社会人"结合起来的尝试。

除此之外,还有一根副线时隐时现地穿过全书,即莫斯布鲁格——克拉莉瑟的故事。这是一条描写精神病患者的虚线,给全书赋予了另一层深刻的含义。

小说的主人公乌尔利希是个"没有个性的人"。作者借他的朋友、音乐家瓦尔特的口这样描述他:"他有才干,有意志,无偏见,勇敢,有韧性,不怕事,谨慎——这些我不想一一验证,他也许具备所有这些个性。因为他根本不具备它们。它们造就了他,决定了他的道路,但它们却不属于他。当他发怒时,有某种东西在他的内心中发笑。当他悲伤时,有什么在跃跃欲试。……对他来说没有什么是固定的。一切都是会变的,一切是一个整体、无数个整体中的一部分,这些也许属于一个总的整体,但他对此却是一无所知。"[1]作者在这里把"没有个性"哲理化了,无非是说,乌尔利希种种品格的表现都不是受他控制的,不是实实在在的内心反映。瓦尔特之妻克拉莉瑟则将"没有个性的人"同弹钢琴比较,觉得犹如弹琴者经历乐曲中的喜怒哀乐,但却没有"完全真实的激情"。作者在全书刚开始后不久的陈述中,直接把"没有个性的人"解释为"什么也不干的"人。在另一处,则称之为"积极的消极主义者"。至此,这个概念似乎还是不够清楚,因为听上去这个人仍不像是个有血有肉的真实的人。

乌尔利希生活在第一次世界大战前夕的卡卡尼——奥匈帝国。学校毕业后,他入了伍。后来出于不满离开军队,学习技术,当上了工程师、数学家。他有正义感,甚至与警察发生冲突而被监禁起来。恰在此时,莱恩斯多夫伯爵把他物色去,让他在"平行活动"里担任秘书。从此,这个思想丰富,耽于哲理思辨的数学家成了国家上层的一个有一定重要性的角色。

由此看来,这个乌尔利希似乎并不是无为的——"什么也不干"的人。但作者要向我们说明的又确实是这么回事。乌尔利希干一些事,却茫然不知为了什么。他为因精神病而杀人的莫斯布鲁格求情,只是出于一时冲动,后来根本就不想管了。他对"平行活动"没表示过什么反对意见,但也从无激情,最后他沉溺于兄妹间的乱伦,再也不过问活动的事了。确实,他在行动上是消极的。但他是个思想大家,几乎对一切问题都要追根究底。从这点上而言,他确实是积极的。他集积极与消极于一身,这就是所谓"积极的消极主义"——"没有个性的人"的主

---

[1] 慕齐尔:《没有个性的人》第1卷,柏林人民与世界出版社,1975年版,第80页。

要特征。

苏联科学院编的五卷本《德国文学史》中关于慕齐尔《没有个性的人》中的主人公乌尔利希是这么说的:"他事事中立,不表示态度。这个人像无色试剂一样,在化学反应中却能揭示和显露其他物质的属性。"①这段话实际上完全抹杀了乌尔利希作为一个"人"的存在,只把他看成了作者用来反映社会现实的工具。而西方的评论界则往往视小说中神秘的"另一种状态"为核心,同样忽略了这个"人"。他们的共同点是:承认小说中"典型环境"的存在,却不承认(或未认识到)其中"典型人物"的重大意义。至于"典型环境",东欧、苏联评论界重视的是社会现实,即外在环境;而西方评论界重视的是心灵现实,即内在环境(当然也包括内在表现,但不完全)。当然,二者都是重要的,但实际上都与这个"没有个性的人"难分难舍,息息相关。他并不是纯概念性、纯抽象的杜撰,而首先是个有血有肉的、活生生的人。

最能说明这一点的,就是小说的自传性质。评论家们普遍认为,慕齐尔的小说、戏剧几乎全都具有很强的自传性。慕齐尔自己说过,《住读生特尔列斯的困惑》中"没有一个字是虚构的"。他作品中的主人公几乎是清一色的知识分子,"没有个性的人"乌尔利希更是他自己的毫不掩饰的写照:他(们)是工程师、数学家,经历过军队生活,有个一脑子旧思想的父亲……

这部小说不仅具有经验自传性质,而且更具有强烈的精神自传性质。慕齐尔在1928年曾写道:"我是个没有个性的人,只是人们没有看出来而已。我具有所有好的、传统的感情,当然也懂得为人举止,但却缺乏内心的归属。"②在慕齐尔的其他作品中,主人公也基本上都是"没

---

① 苏联科学院:《德国近代文学史》,中文本,人民文学出版社,1984年版,第174页。
② 《罗伯特·慕齐尔作品研究》,汉堡,洛沃尔特出版社,1970年版,第112页。

有个性的人"。特尔列斯一开始就"几乎没有个性",他在整个虐待、同性恋的暗流中也几乎一直是个身在其中的旁观者,顶多一度是个冷漠的参与者。剧作《醉心的人们》中的托马斯也是个崇尚哲理思维的人,一个剧中的"乌尔利希",他被称为"一个纸上王国的权力无限的统治者",他又自称为"梦幻者"。另一部剧作中的主人公温岑茨看上去与托马斯截然不同,但实际上又是那么相似:"我是个色调和谐的人,这是我的不幸;别人都涂着一种颜色,而我身上却和谐地喷满了各种颜色的斑点。"① 慕齐尔还曾写过一篇题为《没有性格的人》的短篇小说。小说的主人公没有性格,②后来就模仿戏剧、小说人物的性格,但并不成功。他的未婚妻就因为他无性格而愿意嫁给他。再往后,他当上了律师,有了个"职业性格",但"仔细察看之下,它(无性格的特点)还在那儿,但是潜伏在肉的厚厚外壳之下了"。③ 从精神自传的角度看,慕齐尔生活中的和普遍存在于作品中的"没有个性的人"是个统一体。

1934年,慕齐尔在奥地利德语作家保护协会成立20周年庆祝大会上惊呼:"自从古典主义时代以来,德国在精神上发生了多么惊人的变化!"他认为,现在的人"身体伛偻着,跳起来,向天空伸出胳膊似乎是没有意义的"。④

古典主义时代——歌德时代的人是以浮士德为代表的。浮士德具有超时代的意义,他体现了德国人(这个概念可以扩展到全人类)的精神中积极的一面——勇于进取,永不停息。同时他具有强烈的时代特定性。海涅指出:"随着浮士德的产生,中世纪的信仰时期结束,新时代

---

① 慕齐尔:《住读生特尔列斯的困惑·小说·戏剧·生前遗作》(以下简称《小说戏剧集》),柏林人民与世界出版社,1976年版,第438页。
② 在德语中,"个性"(Eigenschaft)和"性格"(Charakter)基本上相近。
③ 《小说戏剧集》,第617页。
④ 《杂文·讲话·评论》,第547页。

的批评的科学时期开始了。"①作为一个时代人，浮士德最重要的特点是从中世纪的无为心态跃出，闯入了有为领域（他把"太初有言"改为"太初有为"）。"没有个性的人"（慕齐尔也好，乌尔利希也好，托马斯也好）同样具有浮士德的超时代特点——积极进取，但却"背叛"了其时代特点，"回归"到无为状态中去了。但是这种"回归"不是重复。可以说，中世纪的无为（这儿主要就社会上层而言）是一种追求空虚的、"自在的"无为，而乌尔利希的无为则是一种追求充实的、"被迫的"无为。浮士德的积极进取是一种实干精神，他敢于入地狱，敢于与魔鬼签约，在第二部中，他甚至发明纸币、围海造田。而乌尔利希的积极进取则完全在思索、推理的领域内展开；其外在却表现为无为，"什么也不干"。由此可见，浮士德的精神犹在，但内容已从物质转到精神，从外在转入内向。浮士德与魔鬼签约，体现了从中世纪对心灵的崇拜转入新时代对物质生活的崇拜；而乌尔利希身上则体现了对物质生活的逆反心理，抵触情绪，从浮士德的拜物主义又转入一种"身在曹营心在汉"的遁世主义。

与浮士德对比之后，我们发现，作为"人"的乌尔利希的"个性"不是先天缺乏，而是后天"失去"的。

之所以会"失去个性"，慕齐尔在他的这部小说中实际上已用大量精辟的分析为我们提供了答案。

首先是现代的国家与社会之令人喘不过气来的强大压力。《没有个性的人》中有一个反复出现的思想：现代是"集体主义"的时代，个人已成为国家、社会的工具，自我再也不是非个人事物的汇聚中心；"人已不复存在，只有职业存在着"；人失去了本来面目，成了"多余的雾"；人使用自己的头脑时比使用自己的双手时更无自主权；以致每个人都要

---

① 海涅：《论浪漫派》，载《西方文论选》下卷，上海译文出版社，1985年，第351页。

设法摆脱与他人搞混的可能性。这种观点慕齐尔在其他地方也经常提到。他在日记中就曾写道：精神人受到国家的虐待；在一篇文章中，他认为今天作为国家公民的人成了许多"不同的公共利益的极小的交点"。在《醉心的人们》中，他将人喻为关在马厩里而欢欣鼓舞的马，这同《没有个性的人》中那关在无形的笼子里而自以为在飞的鸟的比喻具有异曲同工之妙。

再就是，慕齐尔认为，自然科学突飞猛进的发展，使"人"反过来受到他的创造物的制约。慕齐尔和他的乌尔利希都是工程师，都爱上了科学，但他们都惊恐地发现，现在的世界成了没有人情味的"机械世界"；诗人们历来热情讴歌的春天成了"沥青的春天"；数学形同恶魔；人生在医院里，死在医院里，也如同生活在医院里……大自然的主宰——人，变得渺小了，成了大自然的奴仆。同时，他（们）发现，今日的科学可以被用来从善，也可用来行恶，"或成为救世主或成为罪犯"。慕齐尔的这个观点颇有见地，并在两次世界大战中得到了验证。

产生"没有个性的人"——无为人的另一个原因，是现代思想的混乱状态和现代人的无所适从。乌尔利希提出了"信仰战"的概念，认为，今日宗教已经式微，而各种思想无不急欲取而代之，于是产生了一大批思想，而每种思想都有自己的对立面。一种新思想一旦问世，很快就掺入了习惯势力、实用主义，消融在其他思想之中。于是造成了人们的思想模模糊糊、游移不定的现象，于是产生了"许多怀疑论者"，他们不相信任何现成的、固定的目标。《没有个性的人》中也有一些有目标的人，如自奉为社会主义者的施麦瑟和宗教信徒林德纳。慕齐尔称他们为"为着人"，他嘲讽地指出，这种人是"为着"他们的理想而生存，而不是生活在他们的理想"之中"的（后者被称为"之中人"），也就是说，这是一种虚假的信仰。慕齐尔和他的乌尔利希则既不"为着"，也不"之中"，布尔什维克主义、法西斯主义、宗教,他们一概不信。慕齐尔的解释是:"反对行动的没有个性的人:没有任何现成答案使之满意的人。"①

　　基于以上几个原因,便产生了这么一个现象(这同时也是产生"没有个性的人"的原因之一):英雄为凡人所取代。浮士德的时代是英雄的时代。那时的观念,如歌德语:每个人只要获得了自己的幸福,"就会导致社会整体的幸福"。② 那时的人,如浮士德,可以"把全世界抓在手中"。③ 然而在乌尔利希的时代,随着"社会发展,个人早就不像古典主义的毕德麦耶尔时代被看得那么重要了"。④ "伟人的时代结束了"。⑤ 取而代之的是"平均人"。就连对"天才"的解释和观念也变了,甚至参加赛马获胜的一匹马也会被人捧为"天才"。慕齐尔戏谑地指出,今天许多"天才"头脑里所装的内容不比一张报纸多。

　　慕齐尔的短篇小说《巨人阿果阿格》叙述了一个非常有意思的故事:小说主人公一心想做个强人,因而苦练拳击。但一次在街上与人发生纠纷,他被众人痛揍了一顿。绝望之际,他偶尔看到一个体魄强壮的运动员被一辆公共汽车轧死,从而感到了公共汽车的强大。于是他开始热衷于花15分尼去乘坐他称之为"阿果阿格"的公共汽车。在公共汽车上,他感到自己成了强于一切行人的巨人。有一天,他带一位女友去坐车,以显示他的威风。但在车上,当一个男子向他的女友调情时,满腔怒火的他却一动也不敢动。因为那个人在"阿果阿格"外面时显得那么小,到了里面却显得那么魁梧。他的巨人梦从此破灭。这个小故事极生动、形象地说明了现代生活中平均人的渺小和英雄梦的不切实际。

----

① 《没有个性的人》,第3卷,第387页。
② 《歌德谈话录》,人民文学出版社,1985年版,第224页。
③ 《浮士德》(钱春绮译本),上海译文出版社,1982年版,第686页。
④ 《杂文·讲话·评论》,第546页。
⑤ 《没有个性的人》,第1卷,第825页。

产生"没有个性的人"的另一个原因是:慕齐尔及其乌尔利希的逆反心理。乌尔利希认为:"有一种无名的生活气氛,它渗透在今天为数不少的人的血海中,一种进一步的恶的跃跃欲试,一种骚乱心理,一种对人们所崇拜的一切的不信任。"①慕齐尔一生中之所以从未真正卷入政治浪潮,几乎从不关心政治,是这种"不信任"心理的体现;乌尔利希之所以"无个性",无为,也是这种心理的体现。乌尔利希认为,今天不缺乏"行动的人"(Tatmenschen),而缺乏"人的行动"(Menschentat),即缺少真正有意义的行动。于是,他"出于反抗而赞美今日一切令人难以忍受的事物";自己想做的事他不做,而只做"不必要的事"。

无为的"没有个性的人"同时也是慕齐尔的哲学思想的产物。慕齐尔的哲学思想受多种哲学流派的影响,而对他影响最深的则是尼采、克尔凯郭尔、弗洛伊德和东方的老庄学说。

慕齐尔称乌尔利希是尼采的学生。尼采的"强力意志"说,表面上看与乌尔利希的"无为"似乎大相径庭,实际上却有着内在的一致。早在1913年的一篇文章中,慕齐尔就说过:"认一切为徒劳的欲望压迫着我。我被击退了。但是我有意志!"②在《没有个性的人》中,这种意志就体现为对人生哲理的不懈追求。乌尔利希的许多思想无疑是尼采的再版。比如,尼采说:"某种醉感的极端平静(确切地说,时间感和空间感的变缓)特别反映在最平静的姿势和心灵行为的幻觉之中。……拙于反应,一种高度的自信,无争斗之感。"③而乌尔利希说:"一个人所感觉到的最高升华……其实是一种静止状态,其间什么都不变化,如一潭静水。"④

---

① 《没有个性的人》第1卷,第388页。
② 《杂文·讲话·评论》,第88页。
③ 《悲剧的诞生》,载《尼采美学文选》,三联书店,1986年版,第349页。
④ 《没有个性的人》第1卷,第712页。

慕齐尔曾提到过老子对他的影响,其实,除了有限的直接影响外,近代以来风靡欧洲的东方禅宗学说和老庄学说通过对克尔凯郭尔、海德格尔、弗洛伊德等人的影响间接施予慕齐尔的,恐怕要更加巨大。乌尔利希说:你看着一辆车,同时看到"我在看一辆车",你是爱,是悲,并看到自己是爱或是悲,"但就完整的意义而言,无论是那辆车,还是你的悲或你的爱,或是你自己,都不是完全存在着的。"①这段话揭示了慕齐尔与克尔凯郭尔"精神梦幻般地呈现了现实,这种现实就是虚无"②的关系,同时揭示了他与中国禅宗"本来无一物,何处惹尘埃"的思辨哲学的内在联系。

综上所述,我们发现,"没有个性的人"乌尔利希是一个现代人的综合体,是现实人、心态人和抽象人的三合一。之所以说他是现实人,是因为他是慕齐尔本人的缩影,是生活在现代生活中的有血有肉的人,说他是心态人,是因为他反映了现代人的"集体潜意识",荣格认为:"不是歌德创造《浮士德》,而正是《浮士德》创造了歌德⋯⋯它是生活在每一个德国人心灵里的东西,而歌德促使它诞生了。"③作为浮士德的香火继承人的乌尔利希则是生活在每一个现代(西方)人心灵里的东西,而慕齐尔促使它诞生了;说他是抽象人,可从两方面看:其一,慕齐尔在这个人物身上灌注了他的哲学思想,作为其哲学观念的寄托。其二,慕齐尔通过这个形象之口及其本身来分析和批判这个社会,作为其批判思想的寄托。

至此,我们已经明了,乌尔利希不是"无色试剂",一个假人,而是典型环境(现代社会)中的典型形象。慕齐尔本人也一再强调乌尔利希不是一个特殊的人,他说:乌尔利希是"时代的代表"。他在1934年维也

---

① 《没有个性的人》第2卷,第305页。
② 《诗人哲学家》,上海人民出版社,1987年版,第154页。
③ 荣格:《心理学和文学》,载《二十世纪文学评论》,上海译文出版社,1987年版,第335页。

纳的作协大会上还提到过"今日人的必然的无个性"。

作为"没有个性的人"的乌尔利希在现当代西方文学史上也是个普遍的现象,只不过唯慕齐尔从哲理高度(结合形象)对"他"进行了高度的概括而已。正如一位西方评论家指出的,现代文学中往往已没有情节(Handlung,亦可译成"行动"),而只有事件(Geschehen,直译为"发生的事")。也就是说,现代派文学作品中的人都是被动的人(主动权被社会夺去),是命运的承受者。他们一般都不甘于现状,以种种方式反抗、挣扎。但无论是卡夫卡的梦想、普鲁斯特的怀旧、萨特的恶心、弗里施的辨明自身,或是慕齐尔的哲理思辨,全都是一种精神上的"行为",同时又是实际上的无为。从这个意义上说,这些人全都是"没有个性的人"。他们的体验和选择既有着反抗与不愿同流合污的一面,也有着软弱和因无能为力而遁世的一面。

II 笑一切悲剧

1917年,慕齐尔的父亲被奥匈帝国封为贵族。这成了一个悲剧性的嘲笑。仅仅一年后,奥匈帝国便寿终正寝,一切贵族称号被禁止使用,贵族的财产也被没收、封存。贵族头衔的当然继承人慕齐尔成了一贫如洗的职员。但也许正是这个命运的嘲弄刺激了他,启发了他,使他将同样的嘲笑还给时代,创造了一个杰出的主导事件——"平行活动"。

《没有个性的人》一开始在时间上作了清楚的交代:1913年。1918年6月15日,德国将庆祝威廉二世皇帝登基30周年;同年12月2日,将是奥匈帝国约瑟夫皇帝登基70周年。为此,莱恩斯多夫伯爵等人想出了一个与德国的庆典同时进行的"平行活动"计划。活动的准备工作搞得轰轰烈烈。他们召集社会名流开会讨论,建立了协调各部的一些委员会,莱恩斯多夫的宫殿为患肺病的孩子们,向社会开放筹款,警察局举办纪念展览会……"当不间断地发生一些什么事时,就容易产生有什么现实的目标正在接近的印象。"可是"活动"始终没有找到一个主导思想,准备会议流于清谈,各委员会的工作琐碎得令人发笑。与此同时,世界各国对这个"活动"产生了疑虑,国内各民族强烈不满,游行示威此起彼伏,莱恩斯多夫本人在捷克也险些挨揍。为了挽救"活动"的命运,莱恩斯多夫提出了"行动"的口号。但这个口号的提出,实际上意味着"平行活动"的大转向。"活动"的领导权逐步从莱恩斯多夫手中转入外交部,最后落入以施图姆为代表的军方手中。将军施图姆在告诉乌尔利希"活动"找到了一个目标的同时,宣布"平行活动找到了一个结束!"慕齐尔原来设想以第一次世界大战前的入伍大动员作为全书的尾音,但突如其来的死亡使他未能如愿。

20世纪上半叶,在世界文学史上历来默默无闻的奥地利文坛突然大放异彩,产生了一批大文豪。而20世纪上半叶,正是奥地利历史上一个重大转折时期,奥匈帝国灭亡的过程及其延续效应显然成了一个巨大的创作源泉和推动力。这个时期的奥地利文学是传统的外在状态描述和现代的心理感应描述双线并进的。第一条线的代表作当推罗特(1894—1939)的长篇小说《拉德茨基进行曲》和《先王墓室》。这两部相连续的小说通过新贵族特罗塔一家在哈布斯堡王朝解体过程中的遭遇,以现实主义手法再现了时代;再就是克劳斯(1874—1936)的剧作《人类的末日》,它通过许多截面反映第一次世界大战,认为那是世界的末日;还有霍夫曼斯塔尔(1874—1929)的剧作《困难的人》,描绘了第一次大战后贵族遗老遗少对逝去的王朝时代的留恋心情。第二条线的代表是小说家卡夫卡、布洛赫、诗人里尔克等人。他们以挣扎的人,以死神的声音,从不同角度刻画了那个没落的年代的人的恐惧、无所适从、悲观绝望的心态。

慕齐尔则挣扎在这两条线之间。他的头使劲往第二条线那儿钻,追求着超越，寻找着心的声音。他在写《没有个性的人》的过程中曾这么总结道："它不是某某先生认识他如何存在与生活的时代描述……它同样不是社会描述。它不包含我们所痛苦地应付着的问题，……它不是讽刺文学，而是一种积极的建设。它不是自白，而是一部讽刺文学。"①从这段论述中，我们至少可以看出慕齐尔写这部小说的动机和追求。但作为一个严肃的"思索的公民"，他却又不可能脱离那个现实社会而完全自创一套，于是他采取"深入浅出"的办法，先踏进现实中（第一卷），然后再慢慢地拔出来（第二、三卷）。可是他这一脚踏得太深了，以致我们在第一卷中几乎完全处于社会现实、时代现实的"重重包围"之中。

也许是出于内心的自然，也许是出于对象的自然，也许是为了超脱一点，便于今后拔出脚来，慕齐尔在小说第一卷中展现的是笑的文学。这与第二卷以后严肃的内心思索适成对照（他曾抱怨第二卷开始后幽默变得太少了）。他以他的宗师尼采"笑一切悲剧"的态度来对待现实。小说中最大的幽默便是那个"平行活动"。拟在 1918 年为"和平皇帝"约瑟夫举行庆典，可那时"和平皇帝"早卷入了战争之中；"永恒的"卡卡尼命在旦夕；约瑟夫本人也已在两年前呜呼哀哉。黑格尔指出："可笑是这样一种矛盾：由于这种矛盾，现象在自身之内消灭了自己，目的在实现时失去了自己的目标。"②慕齐尔的"平行活动"可谓将黑格尔的理论淋漓尽致地烙印于现实之中了。

小说中，除了"没有个性的人"外，慕齐尔主要描绘了两组群像。一组是围绕"活动"的上层人物，一组是围绕副线的"精神病患者"。

在第一组群像中，最突出、最生动的当推资本家阿伦海姆、费舍尔、

---

① 《没有个性的人》第 3 卷，第 716 页。
② 黑格尔：《美学》，载《西方文论选》下册，第 311 页。

贵族莱恩斯多夫、外交官图齐和将军施图姆。民主德国作家施奈德对其中一些形象给予了很高的评价："通过阿伦海姆和费舍尔以及莱恩斯多夫,慕齐尔成功地描写了资本主义机制,几乎没有一个德语区的资产阶级作家如此精确、细腻地做到过这一点。在托马斯·曼那儿寻找这样的形象是徒劳的。即使亨利希·曼也拿不出可以相提并论的来。"①

莱恩斯多夫是个自命有新思想的贵族,他自称为"社会主义者",但他的所作所为不但得不到国内上层人士和各国政府的支持,而且也遭到国内人民的反对。由于他坚持认为国内不存在各民族,大家都是"国家公民",引起了国内其他民族的愤怒,在捷克巡访时,他差点挨打。在各方面压力下,他最后不得不拱手将"活动"领导权交出。费舍尔是奥地利犹太资本家,他原先是一家银行的经理,后来铤而走险,做了投机商,锒铛入狱,与妻子决裂,与女儿分手,但投机生意使他产生了冒险的欲望,他反对理想,认为经商高于一切,"金钱有自己的理智",赚钱可以不择手段,最后终于发了财,但家庭生活再也无法圆满。图齐是乌尔利希的表姐夫,官衔副领事。他是个非常实际的人,只知公务,不懂生活乐趣,与妻子迪沃梯玛的感情是空虚的。作为一个"行动的人",他与乌尔利希形成了鲜明的对照。

阿伦海姆是个新型的资本家,他集众长于一身,既深通经商一道,也很懂社会科学和自然科学,还不时著书立说。他不再是巴尔扎克、左拉、狄更斯等人笔下那个资本主义初级阶段的损他主义恶魔。当他抓到盗窃财物的花匠时,他不去报案,而是对盗窃者教诲开导;他在意大利救下黑孩子索里曼,像对待自己的孩子一样对待他。他虽然视精神为"现实发展的无能为力的旁观者",但又认为精神是绝对必需的,认为

---

① 施奈德:《复杂化的现实——罗伯特·慕齐尔的生平与作品》,柏林人民与世界出版社,1975年版,第116页。

做大事业的人必须爱音乐、诗歌、形式、道德、宗教、骑士精神。他象征着今日经济巨头在政治上的巨大力量,犹如"红衣主教",一说话可令欧洲乃至世界地动山摇。他开办着兵工厂,为军方撑腰;他可以为了赚钱而推销和平主义,也可以为了争夺能源产地而积极支持战争。在他的内心最深处,他的终极目标实际上只有一个词——金钱。他之所以重视精神,重视哲学,是因为"今天只有罪犯才敢于不使用哲学而损害他人";当他发觉自己爱上了乌尔利希的表姐迪沃梯玛时,他认为这种浪漫主义情调会毁掉他的金钱事业,于是毅然斩断情丝;他到卡卡尼初期被认为是"平行活动"的支持者,后来人们才发现,他的根本目标是那里的油田。

阿伦海姆与乌尔利希的关系同梅非斯特与浮士德的关系十分相似。正如浮士德对梅非斯特所说的:"我为了这个唯一的姑娘的苦难就觉得痛彻骨髓;而你却无动于衷地对千万人的命运狞笑。"① 不过阿伦海姆已不像梅非斯特那般赤裸裸无所顾忌,他喜欢用精神的外衣来打扮自己。他像梅非斯特对浮士德那样,千方百计引诱乌尔利希入彀,先是要在自己的公司里专为乌尔利希设置一个"秘书长"的位置,见乌尔利希不为所动,后来又自愿为他提供一个秘书。乌尔利希几度差点动心,若非"没有个性"的滞着力强大,他也许就不再是"思索的公民"了。

另一个非常典型的人物是施图姆。他是战争部军事培训和教育处处长,乌尔利希服役时的顶头上司。当他粉墨登场,不请自来地参加"平行活动"的集会时,他几乎是个漫画形象,就像《好兵帅克》中嘲讽的那些奥地利军官一样,愚蠢,自负,幼稚,慕齐尔在他身上倾注了最多的笑料。例如:他为了丰富自己的精神世界,到图书馆去找书看,当一个图书馆员把馆内的藏书量告诉他时,他算了一下,发现要用一万年才能

---

① 《浮士德》,第276页。

读完,吓得再也不敢问津。这时的施图姆正如英国小说家福斯特(1879—1970)提出的理论中所言,是个"扁的"人物。但后来他忽然"圆"了起来,成了一个多维的、思想丰富的人物。从此他往往口吐惊人之语,诸如关于"单精神性"的言论,关于秩序不可多也不可少的言论,关于现代有安静派和行动精神派两大潮流的分析等等。有的评论家认为,他的表现犹如希特勒时期戈培尔的预演。

在阿伦海姆身上我们看到的是精神与经济的结合;在施图姆身上则是精神与军事的结合。慕齐尔通过这两个形象深刻揭示了我们这个时代不同于以往的一个特点:从装饰行为、施加影响两方面看,理论都是不可或缺的。阿伦海姆称歌德说的"为为而思,为思而为"是"包含一切智慧的一个方子",他自己就是这"思"、"为"结合的体现,而乌尔利希只体现了一个方面——思。施图姆说得更干脆:如果把新闻、文化工具交给他,他保证能在几年内"把人造就成食人者"。

慕齐尔在小说中树立的另一组群像是些精神病患者。早在《特尔列斯的困惑》中,慕齐尔就写了一群精神病态者:无聊、残暴、同性恋、虐待狂和受虐狂。

《没有个性的人》中断断续续贯穿着围绕一个特殊人物——莫斯布鲁格的故事,它与前后两条主线几乎不相干。莫斯布鲁格一生进行着可笑而又可怕的绝望斗争,一直受到命运的苛刻待遇。一天,他冷漠地杀死了一个对他纠缠不休的妓女,他的案件引起了轰动。不少人(包括乌尔利希)为他打抱不平,认为他是在精神病状态下杀人的,不应判死罪。后来,被转入精神病院;在克拉莉瑟等人的帮助下,又从那儿逃出直至再度犯罪被捕。莫斯布鲁格是个病态的人,他是与当时社会唱反调的"英雄"。他认为世界是疯狂的,颠倒的;天空像个捕鼠器;他不怕死,认为世界上有许多事比绞刑更可怕。但慕齐尔对这个"英雄"却未寄予丝毫同情,他是以厌恶的心情来描写这个人的残暴、冷漠的。不少人也认为,莫斯布鲁格是纳粹的前身。

克拉莉瑟是个钢琴家,是乌尔利希年轻时朋友瓦尔特之妻。她深深赞同尼采肉体即精神的思想。她为了"世界总需要唱反调的人"而千方百计把莫斯布鲁格从精神病院中救出来。她离家出走,在意大利海滨与乌尔利希度过了一段同居生活。后来精神病发作,被送入疗养院;又自称为"雌雄同株",追求一个男性同性恋病友。如果说莫斯布鲁格为纳粹分子化身还有点主观臆断之嫌,那么说克拉莉瑟是法西斯思想的信徒就是有真凭实据的了。在意大利海边,世界的"意义色"在她眼里变成了褐色;当她来到罗马时,慕齐尔更是明确写道:"她大口吸入一种新的力量的亲切空气(法西斯主义的预示)"①。

再就是犹太资本家费舍尔的女儿盖尔达和她的男友汉斯等一伙年轻人。他们是仇犹主义者,他们欢迎战争,他们打算创造新的信仰价值,认为"人类"已无意义,而"我的国家"却是实际的。这一伙小法西斯分子当时命运欠佳。汉斯服兵役后,政治上被军方定性为不可靠,肉体上遭到虐待,内心思想被军号声"席卷而去",自身成了"军大衣的填充料"。最后,他抱着火车是表达舍身成仁的"伟大性与重要性的唯一可能"的想法卧轨自杀。

毫无疑问,无论是卡卡尼或那两组群像都是当时欧洲社会活生生的再现,许多形象甚至是直接对现实人物的模仿(比如阿伦海姆的原型即曾任魏玛共和国外交部长的拉腾瑙)。但若仅止于此,慕齐尔就不成其为慕齐尔,这位"没有个性的人"、"思索的公民"也完全可以叫作巴尔扎克、陀思妥耶夫斯基或其他什么人了。"没有个性的人"不是"观照地生活于这一刻"的,他是个审视者("笑一切悲剧"),同时他一味追求着超越。

---

① 《没有个性的人》第3卷,第603页。

慕齐尔的超越尝试首先体现在其"世界化"上。所谓"卡卡尼"明明就是奥匈帝国,从皇帝的名讳到奥地利、匈牙利、捷克的地名、历史事件,慕齐尔都丝毫不加改变,可为什么却不直呼奥匈帝国呢?一个原因,显然是用这个杜撰的名字"卡卡尼"表示轻蔑,作为小说中"笑"的总对象;另一方面,作者认为他写的既是奥匈帝国,又不是奥匈帝国,卡卡尼是现代世界的象征。慕齐尔在创作随笔中写道:"卡卡尼开始了的灭亡!——奥地利是现代世界特别清楚的例子。"20世纪初,全世界帝国主义、殖民主义体制的总解体开始了,而殖民主义全部集中在欧洲的奥地利则是首当其冲,它的解体过程在头20年内便已完成。当时严重的经济危机、各民族为自由、独立的抗争、思想信仰危机乃至世界大战,在所有人心中形成了一种末日感。列宁认为是资本主义的末日("垂死阶段"),而许多人(尤其是奥地利公民)则往往视之为世界的末日。克劳斯的剧作干脆名为《世界的末日》,斯格勒(1880—1936)也发表了哲学著作《欧洲的末日》,认为西欧已处于西方世界发展的最后阶段;而卡夫卡等人则在内心中感受着这种绝望的末日状况。慕齐尔在《没有个性的人》第一卷中充分表现了他冷眼旁观的态度和认识的深度,他分析了许多现象和人,认识到"我们正处于一个过渡时期",从"欧洲在畸变"中看到一种模糊的希望。他在1921年的一篇政论文章中就曾"预言":哪个民族率先脱离帝国主义民族主义"死胡同",找到一种新的秩序,它"很快就会获得世界领导权"。① 由此可见,他之认识到卡卡尼所代表的"世界的末日",是一种冷静的、而非绝望的认识;这也许是1917年俄国的大事件激发了他的美好憧憬。

慕齐尔并不满足于"世界化"的超越,他在小说第一卷中进一步将世界"人格化",从而奏响了不说内心化主旋律的序曲。乌尔利希

---

① 《杂文·讲话·评论》,第224页。

认为"国家是最愚蠢、最凶恶的人"。显然,慕齐尔通过这部小说告诉我们的是:乌尔利希的梅非斯特——对立面和引诱者不仅仅是阿伦海姆或施图姆,而更是他们所代表的社会制度;真正的"有个性的人"不是这些具体的人,而是由具体的他们所代表的抽象的国家。作为"没有个性的人"的对立面,慕齐尔提出了"没有人的个性"的概念。在书中我们看到,是这些"没有人的个性"(比如金钱欲、残暴)控制着、操纵着阿伦海姆这些具体的人,而这些具体的人实际上是没有自己的意志的。正如阿伦海姆自己指出的:利用一切手段赚钱的现象是"高度地脱离于个人的"。在慕齐尔笔下,人的抽象化与世界的人格化是同步进行的:一个没有躯壳的社会形态(国家)成了唯一有个性的、最凶恶的"人";而一个有躯壳的人(如阿伦海姆)则只剩下没有内在自我的躯壳。

慕齐尔在一篇文章里写道,今日世界犹如"巴比伦的疯人院"。这个观点在《没有个性的人》中被形象化了。仔细阅读这部小说,我们会发现,慕齐尔实际上是从两个完全不同的角度来看精神病(态)的。一是认为汉斯、克拉莉瑟、莫斯布鲁格等人所代表或象征的法西斯主义等思想确实是一种病态,一种"社会现象",施图姆认为疯人院里的人能"发明世界上最伟大的思想";另一个角度则是:大家都不正常,几乎人人都是精神病患者。他的乌尔利希认为:"区别健康人和精神病患者的正是:健康人患有一切精神病,而精神病人则只患一种!"[1]他在创作随笔中这样分析这部小说:"只有两种选择:参与这个卑鄙的时代(与群狼一起嗥叫)或成为神经病患者。乌尔利希走的是第二条道路。"[2]在这里,"精神病"就不再是法西斯主义,不是病态,而是对"卑鄙的时代"的精神

---

[1] 《没有个性的人》第2卷,第457页。
[2] 同上,第709页。

叛逆。从本该受到嘲笑的角度（精神病患者），用本该受到嘲笑的一面（精神病）来衬托正常的、道貌岸然的另一面（社会、时代），使后者反而变得可笑，而前者却变得具有严肃的意义。

"精神病患者"与"卑鄙的时代"的矛盾即慕齐尔给这部小说规定的主题："可能人与现实的冲突。"①何谓"可能人"？慕齐尔曾在另一处说过，他从不说"必定"，而只说"可能"。可见"可能人"即不对任何事下结论的人。"可能人"慕齐尔和他的乌尔利希以"笑一切悲剧"的精神看待现实，但是意不在批判什么，而在于表现自己与现实，自身与环境，自身与对立面，小我与大我的"冲突"。《没有个性的人》（尤其是第一卷）客观上是深刻地批判了现实的，但慕齐尔的本意却不是"批判"，而是"表现"。用他的话说："一个诗人也许不能说：根本现象；但必然有一个深于外在现象的（现象）。那样就与（现实）发展脱开了。"②由于慕齐尔追求的是与现实发展"脱开"（他一生中的"思索"都是如此），所以他那么深刻，现实的"笑"最后也不得不为一种玄妙的严肃所取代；小说在一开始时曾点明时间，但后来时间概念再未出现，时空变缓了，消失了；"卡卡尼"也好，阿伦海姆也好，"疯人院"也好，全都逐渐化成了乌尔利希的自我的另一个方面。这同浮士德与梅菲斯特、与整个世界的关系十分相似。乌尔利希的心里话，浮士德早已说过：

> 凡是赋予全体人类的一切，
> 我都要在内心里自我体验，
> 用这种精神掌握高深的至理，
> 把幸与不幸堆积在我的心里，

---

① 《没有个性的人》第3卷，第689页。
② 同上，第721页。

将我的小我扩充为人类的大我，

最后我也像人类一样没落。①

Ⅲ　寻求另一种状态

　　1901年，慕齐尔在布吕恩技术大学学习期间认识了赫尔玛·笛茨，他们俩从此开始了长达6年的恋爱与同居生活。他们的恋爱从一开始就受到慕齐尔母亲的强烈反对，但真正导致他俩关系终结的却是慕齐尔怀疑赫尔玛有外遇。赫尔玛所患的性病更给他提供了间接的证据。

　　1907年，慕齐尔认识了他后来的妻子玛尔塔。玛尔塔比他大6岁，出生于柏林一个犹太商人家庭。她21岁时第一次结婚，丈夫在一次意大利旅行中死亡；她留在意大利，后与意大利人马可瓦尔第结婚，生育了一子一女。由于感情不合，玛尔塔重返柏林，以绘画为业。慕齐尔与玛尔塔的婚礼直到1911年才得以举行。主要原因是马可瓦尔第拒绝与玛尔塔离婚，而在天主教义十分严格的奥地利，在这种情况下离婚又是不可能的。为此，玛尔塔只得通过在匈牙利找一个人认她为养女的办法，转入匈牙利国籍。慕齐尔自己也只得由天主教转入新教。

　　慕齐尔一生的婚恋并不复杂，他与玛尔塔的婚姻一直持续到他去世。但他二十几岁时的那两段坎坷经历却同他青少年时枯燥的军校生活一起，汇成了一道长长的阴影，笼罩着他的一生和他的几乎所有作品。男女之情在他笔下差不多无一例外地以"不道德"的面目出现。他写的"不道德"恋情大致上可以分为三大类：第一类是贯穿在他的中短

---

① 《浮士德》，第104页。

篇小说和戏剧中,并于《没有个性的人》中也有大量体现的私通、婚外恋;第二类是长篇小说《特尔列斯的困惑》中集中描写的同性恋;第三类是作为新内容在《没有个性的人》中出现的兄妹恋,俗称"乱伦"。

"道德"与"不道德"的抗争,至少从《十日谈》以后就开始了,且越演越烈。中世纪的封建道德观念的瓦解持续了几百年之久,到今尚未完全结束。在这期间,涌现了一大批"难免受到不道德的非难"的"勇敢的作家"。① 福楼拜以他的包法利夫人,托尔斯泰以他的安娜·卡列尼娜,易卜生以他的娜拉纷纷向旧道德宣战。就连歌德,在他那个时代也经常受到不道德的指责,甚至他的《威廉·迈斯特》都在非难之列。浮士德与格蕾辛②无疑是不道德的一对,但在乌尔利希和他的妹妹阿珈特的兄妹恋面前,或在特尔列斯与巴西尼的同性恋面前,自是相形见绌,小巫见大巫了。在歌德的时代,旧道德的势力仍十分强大,"羞耻和美决不会手搀着手,在人世间青葱的道路上一起进行。"③浮士德与格蕾辛的爱情既受到赞美,也受到批判。格蕾辛的以死赎罪,浮士德的后悔,都表明了时代的态度。可是到了慕齐尔的时代,"羞耻"和美挽起手来了。慕齐尔公然宣称:"……艺术不但可以描述不道德的和卑鄙下流的,而且可以爱它们。"④确实,在他对不道德的描述中,我们至少看不到一点儿对那些现象的批判。特尔列斯在多年后回忆学校中那段同性恋、性虐待经历时,毫无悔意,反而觉得是很有意义的;乌尔利希则在兄妹恋情高涨时的日记中写道:应该这样生活!

对于社会生活中出现的性爱和道德观念,慕齐尔是有着清醒的认识的。他笔下的人物尽管各方面观点可以截然不同,但在这方面的认

---

① 巴尔扎克:"《人间喜剧》前言",《西方文论选》下册,第171页。
② "格蕾辛"旧译"甘泪卿",现多从钱春琦译文。
③ 《浮士德》,第544页。"一起行进"在原译文中为"一起同行",由于"一起"和"同"是同义反复,故此稍作改动。
④ 《杂文·讲话·评论》,第14页。

识基本一致。乌尔利希认为,今日的道德不是在解体,就是在抽筋;阿伦海姆认为,现代人没有道德、没有原则地生活着;自奉为社会主义者的麦恩加斯特声称,时代意志体现在性行为中;中篇小说《格里吉娅》中的男主人公霍莫认为,性欲快感散布于欧洲所有城市中的一切事物上。关于离婚之为社会认可,裸体女郎之出现(欧洲姑娘一下子"像香蕉一样剥下皮来");旧式悲剧之不复存在;原低下的社会阶层对道德有了发言权,形成了"新妇女,新地位";全世界对通奸的逐渐宽容;同性恋之逐步社会化,公开化;诸如此类,慕齐尔都有所述及和论及。作为"没有个性的人",他对这些现象不置可否。在他眼里,性解放甚至各种社会病态也是"进化"现象。他甚至认为,将来也许会出现"性社会";那时"所有人际关系将成为性关系"。

在《没有个性的人》和许多杂文中,慕齐尔用了很多篇幅来解释道德。他认为,现代社会中已不存在绝对的善恶,每件事都有善、恶和模棱两可这几个方面。他对那些道学先生(如林德纳或阿珈特的丈夫哈高厄尔)采取坚决的批判态度。他认为"道德的人是可笑的和令人不舒服的"。他曾这样解释乌尔利希对"好人"反感的原由:"他们是不真实的……是找不到的,他们是死的,不会动的。"①"许多好人可以组成一个残酷的民族。"②相反,对于恶,慕齐尔不但从不批判,反而不断地求证其存在的必要。他反复指出,善恶在人身中是个整体;没有恶与物质,善与精神就无法长存。他甚至指出,他的长篇小说必须"发明和阐释'好的恶',因为世界对它的需要胜于对那乌托邦的'好的善'"。③ 显然,乌尔利希兄妹的恋情就是这样"好的恶"。但是为什么世界更需要它呢?因为:"善仅就其天性而言已几乎成了卑鄙场,而恶是批判!不

---

① 《没有个性的人》第 3 卷,第 709 页。
② 同上,第 686 页。
③ 同上,第 704 页。

道德赢得了对道德进行尖锐批判的至高无上的权利！"①由此可见，慕齐尔之所以大写兄妹恋、同性恋、婚外恋等"恶"，并非仅仅起到一般的镜子作用，即反映社会风气、观念的变迁，而更是、主要是起到工具（比如鞭子）的作用，用来批判现存道德观念，即向整个资产阶级道德体系宣战。他认为，现存的道德观念远远跟不上时代的步伐，"落后一百年"；"社会历程"大大落后于个人；"于是最终产生了不道德，即较好的个人的犯罪意识。"②

从哲学根源上看，慕齐尔的伦理道德观念是个大杂烩。他把艺术视为"道德实验室"，③他通过各种不道德经历的描述，试图创造"道德的道德"④（与现实中不道德的道德相对）；同时通过各人物之口、之脑，进行道德理论大辩论。总的看来，在道德观念上对他影响最深的当推尼采、康德和弗洛伊德。他的一些观念也似乎与马列主义相近。比如，他也认为各个阶级有不同的道德观念。乌尔利希说："我们时代的道德是……效率的道德。"资本家费舍尔干脆说，除了商业的存在外，其他任何道德根本无存在必要。这些话把资产阶级的道德观念作为一种独特的存在提炼了出来；而阿伦海姆为了商业事业忍痛割舍与迪沃梯玛的恋情，则是其典型的表现。马克思主义认为不存在永恒的道德，阶级的道德因时代而异，不断随着经济基础、经济关系的发展变化而发展变化；而慕齐尔则认为道德是由各种人从一种永恒的道德中"发现"的："道德不是人创造的和随着他们的去留而变动的，它是被公布，在各时代和各地区中被展开，恰恰是被发现的。"⑤这就又同时更接近于康德的"最高原理"理论了。慕齐尔的善恶观念无疑是直接秉承了尼采的衣

---

① 《没有个性的人》第 2 卷，第 377 页。
② 《没有个性的人》第 3 卷，第 386 页。
③ 《杂文·讲话·评论》，第 252 页。
④ 《没有个性的人》第 3 卷，第 386 页。
⑤ 同上，第 180 页。

钵,比如:"人们至今只知道在道德的善人身上寻找美,——难怪他们所得甚少,总在寻找没有躯体的虚幻的美!恶人身上肯定有百种幸福为道学家们想所未想,也肯定有百种美,许多尚未被发现出来。"①但实质上,慕齐尔的不道德批判道德论不仅远离了尼采的理论,而且形成了尼采的对立面。他对待弗洛伊德的态度也是同样的若即若离,一闪一灭。他在小说中以大量篇幅论述感情,反复声称,爱是无原因的,动物本能是哲学家的最深动力,冲动欲推动人类进步。他对同性恋、兄妹恋、恋母情结、物恋的许多描述无疑受了心理分析学的影响。但他又指出,心理分析学只懂得一种欲望,而世界上还有其他种种欲望。他从社会、历史的角度分析资产阶级的特性、"战争道德"的根源等等,正是探索其他欲望的实例。

　　社会风气的深刻变化、对旧道德的批判和哲人们的伦理观念的组合是慕齐尔写不道德的外在动因。还有一股强大的推动力则几乎是纯内在的,即现代人的寂寞与异化。

　　1924年,慕齐尔在一封信中谈及对他作品的一些评论文章时说:"巴拉兹的一句话是接近事实的:'慕齐尔使我们认识到的灵魂意味着人的绝对寂寞。但这个灵魂为维护它的孤独的片面性而进行的斗争,其实是对我们社会的虚假的人与人的结合的愤怒表露。'"②确实,孤独,寂寞是慕齐尔一生的象征,他笔下的所有"人与人的结合"都含着一种静静的愤怒。

　　在《特尔列斯的困惑》中,当特尔列斯从旁观者的位置滑入同性恋的激流中时,他这样自我开脱:"在寂寞中一切都是允许的。"这时,他感到自己的肉体与精神异化了:"这不是我!……不是我!……明天它才

---

① 尼采:《曙光》,载《悲剧的诞生》,第225页。
② 《罗伯特·慕齐尔作品研究文集》,罗沃尔特出版社,1970年版,克拉根福特,第287页。

会重新成为我!"①

　　在《没有个性的人》中,一切男女关系也都笼罩在一种寂寞、孤独的气氛中。克拉莉瑟的爱情是"一种非肉体物质的物质化";当盖尔达在乌尔利希面前脱光衣服时,他的爱意全为恐惧所取代,恍若眼前不再是异性的肉体,而成了"一条鱼";迪沃梯玛把爱给予一切物质,唯独不能给丈夫图齐,她的躯体成了属于图齐的"空瓶子",而当她吻图齐时,后者的感觉则是如一把"理发烫剪"触在面颊上;波娜狄亚总嫌丈夫与她亲热弄乱了她的衣服、打扮。几乎所有人都似乎心有所属,而实际上全无所属,爱情本身及它的种种表达方式统统成了另一种东西。这就迫使乌尔利希与世隔绝,寻找"自爱"。

　　由两个中篇组成的小说集《结合》从一开始就被打入了冷宫,几乎再也没有浮到评论家们的视线上来。但它在表现现代人的婚恋感情方面,却具有十分典型的意义。两个故事情节都很简单,但那种寂寞孤独的气氛却是笼罩始终,压迫人心的。在第一篇(《爱情的完成》)中,女主人公克劳迪娜离开丈夫去探望在一次毫无感情的外遇中怀孕生下的女儿。离开丈夫后,丈夫在她的想象中便成了一个"窗户关闭了很久的房间"。她在惶惑中写信给丈夫,要他给个答案:"我们的爱是什么?"她觉得自我不断脱离躯体,连自己的话也变得陌生了。她需要一个同她自己一样寂寞的人;但与一个政府官员邂逅后,却对他说:我不是爱你,而是爱与你在一起的状态。在第二篇(《维罗妮卡的诱惑》)中,女主人公维罗妮卡觉得男人都是"陌生的",爱情是空虚的,她的躯体观察着世界;当狗舔她时,她甚至觉得自己也变成了动物。她的感情徘徊于情夫和丈夫之间;当情夫绝望地离开他后,她希望他已死去;得知他并未自杀时,又觉得这并不意味着他没死,而是意味着她自己在"沉沦";在她

---

① 《小说戏剧集》,第130页。

心目中,"他同其他人一样从她身边随波流去";当她最后发现自己又单独与丈夫在一起时,她的心灵为恐怖所抓攫,浑身发抖。

如果说,在《结合》或《没有个性的人》中,那种寂寞和异化还是有迹可循,合乎逻辑的,那么在著名的短篇小说《乌鸫》中,这种逻辑就完全消失了。小说主人公阿茨威一天半夜忽然听到"夜莺"的歌声,他欲追随它而去,却发现那不过是只普通的乌鸫。乌鸫离去后,阿茨威发觉躺在床上的、他一直爱着的妻子忽然变陌生了,说不上任何原因,"是厌倦吗?我不记得感到过厌倦。……不知哪里有个信号击中了我——这就是我的印象。"于是,他就抛弃了妻子,离家出走了,尽管他懂得正直的人不该这么做。现代主义典型的没有理由、没有逻辑在这个故事中得到了充分的体现。寂寞感、异化气氛在慕齐尔心中强烈到了足以扫荡一切逻辑的地步,寂寞就是寂寞,就是整个心态,不需要任何解释,它要吼叫,要独立地表现出来!正如乌尔利希所感受到的:寂寞"穿过墙壁,长入城市,其实它并未扩展,它长入世界。'什么世界?'他想,'根本没有世界!'他觉得,这个概念已经失去意义"。[①] 瞧瞧,连世界都已不复存在,寂寞的内心感受取代了一切,笼罩了一切。这就是慕齐尔道德观念的心理内核。既然它笼罩了一切,自然一切善恶均属虚无,只是寂寥自我的影像而已。

我们看到,在男女感情生活的领域中,慕齐尔是徘徊在"思索的公民"与感觉的人之间的,但更偏向于后者。从《没有个性的人》第二卷开始,这种倾向得到了超越极致的强调。在这里,慕齐尔提出了"另一种状态"的概念,作为现代人的追求方向。他曾画过这么一幅示意图:[②]

[①] 《没有个性的人》第1卷,第848页。
[②] 凯瑟尔、维尔金斯:《罗伯特·慕齐尔作品入门》,科尔哈默尔出版社,斯图加特,1962年版,第298页。

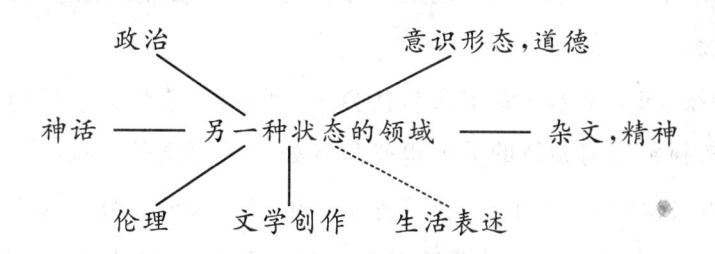

```
         政治              意识形态,道德

    神话 ——— 另一种状态的领域 ——— 杂文,精神

         伦理    文学创作    生活表述
```

由此可见,这个"另一种状态"是被他视为一切的中心的。

那么什么是"另一种状态"呢?慕齐尔指出,它是"人力可达的,是比宗教更本原的"。而教会"从未无保留地认可这种陶醉的经历,相反,他们做出了巨大的、似乎是合情合理的努力,以一种规范的、可理解的道德来取代它。于是这种状态的历史就像是不断前进的否认与淡化,它使人联想一个沼泽的干。"[①]评论家们一般认为神秘莫测的"另一种状态",在这里其实并不难看出是个什么样的概念。它就是"陶醉的经历",是"规范的、可理解的道德"的对立面。也就是说,它是不规范的、不可理解的、物我两忘的感觉生活,是我行我素,照内心愿望、意志生活。慕齐尔曾把人的生活分为"休假状态"和"平时状态"。平时人是在道德约束下生活的,但在进入"休假状态"后,就可以随心所欲了,就处在所做一切均属无罪的"第二故乡"了。

在小说《没有个性的人》第一卷中,慕齐尔从未提到过乌尔利希有个妹妹(或姐姐)。第二卷起首,乌尔利希的父亲去世,他去奔丧时,这个"妹妹"才突然出现,乌尔利希也才突然回忆起这么一个亲人,回忆起童年时那美好的一切。一开始,阿珈特似乎比他岁数大一些,后来却比他小了,他们成了双胞胎,最后成了"连体双胞胎"。奇怪的是,如此亲近的人竟会一直被忘怀,而且由姐弟而兄妹,由兄妹而双胞胎。这从一

[①] 《没有个性的人》第2卷,第131页。

开始就给了我们一个提示:这里描写的似乎并非真正的兄妹,而是一种精神状态。

当然,同小说第一卷中人与社会——乌尔利希与卡卡尼的关系一样,乌尔利希与阿珈特的关系也是从实处着手写来的。慕齐尔曾有个姐姐,她仅仅活了 11 个月,在慕齐尔出生前已与世长辞。慕齐尔曾在日记中写道:"这个姐姐使我感兴趣。有时我想:如果她还活着会怎样,我会同她最亲近吗?"①对从未晤面的姐姐的向往成了他心中一种潜意识,在小说中就依附于兄妹恋的形式反映出来。

乱伦是一种社会历史现象。在原始社会中,"一旦发生同母所生的子女之间不许有性交关系的观念,这种观念就一定要影响到旧家庭公社的分裂和新家庭公社的建立。"②反过来看,乱伦、同性恋等一旦成为在一定程度上受到社会默许的较普遍的现象,"家庭"的基础便又开始动摇了。在《尼伯龙根之歌》中,乱伦是世界末日的象征。在《没有个性的人》里,先是发生在卡卡尼的笑话奏响了世界倾覆、灭亡的主旋律,接着是乱伦的粉墨登场。从象征的意义上看,卡卡尼和兄妹恋这两条似乎风马牛不相及的主线是有着密切联系的。前者从外面暗示"世界的末日",而后者从内在来领悟"世界的末日"。因此,当我们从"实"的角度来看这部小说时,即将乱伦依旧作"乱伦"解时,我们发现,这部小说主要是象征性的,而性的潜意识只是附带着得到表现。

然而,"实"的描述(包括象征性)只是这部小说中兄妹恋故事的第一层次,其第二层次——虚的层次,才是慕齐尔所刻意追求的。从这个虚的角度看,书中的乱伦并不是真实意义上的乱伦,而是一种精神状态,即"另一种状态"。

---

① 施奈德:《复杂化的现实》,第 26 页。
② 恩格斯:《家庭、私有制和国家的起源》,《马克思恩格斯选集》第 4 卷,第 34 页。

乌尔利希发现，他对阿珈特的热恋其实是一种"自爱"，阿珈特是他的自身的一部分，同时是他的自身的另一个方面，是自身不足的补充。他们俩的不同表现在：乌尔利希总想把树枝、树叶重新缝合成树，而阿珈特则希望看着把树叶缝在身上会成什么样子，若将二者结合起来，那该有多妙？慕齐尔认为，每个人身上都有男性的与女性的两种因素（这里似乎受到了中国古代阴阳理论的影响）。在短篇小说《产生于三个世纪中的一个故事》里，慕齐尔写了古代男人变成雌兽的故事、女人杀男人的故事和当代女人比男人强的故事。女人比男人强，男人比女人坏，这是体现在慕齐尔小说、杂文和其他记述中的一贯思想。当然对这个思想也不能就事论事地去理解，只能笼而统之地说：慕齐尔追求的是人的完善。

乌尔利希认识到，他处在一个粗野、没有爱、不负责任的时代，人与人之间的关系是空虚的，而只有自己爱自己才是可能的、真实的。但现代人往往觉得自己也是丑陋的，于是连"自爱"也爱不起来。所以他在精神中创造了一个"自爱"的对象，那是自己（"连体双胞胎"）的一部分，又不是自己所处位置上的自己。

阿珈特有个梦做得很有意思：她的灵魂离开了肉体，归来时，发现自己的躯体变成了哥哥的躯体，它已无法回归本体，也无意于此，在激情驱使下，它与哥哥的躯体热烈拥抱。在这里，本我与非我互易，内在的我与外在的我拥抱，钟情忘理，销魂荡魄，进入了慕齐尔的"另一种状态"。"另一种状态"在兄妹俩在园子里长谈的那些章节中体现得尤为典型。在那里，他们滔滔不绝地大谈感情理论，"每句话都是下一句的开端"，情绪"介于火焰与灰烬之间"；在那里，时空消失了，一切化为永恒，进入了一种无休止的思辨、感觉状态。

但在现实社会中，在现存伦理道德的强大压力下，这种状态不可能持久。慕齐尔最后也不得不宣告"'另一种状态'失败"。其实这种"失败"从一开始就亦步亦趋地伴随着了。乌尔利希兄妹避开熟人,脱离"平行活动",欲过一种隐居生活,但在施图姆的动员下,他们又不得不重归"活动"之中;阿珈特想与哈高厄尔离婚,却提不出理由,连律师都表示无计可施,他们"在现实中逗留了一个小时"后,又不得不回到精神世界中去;他们"在现实中逗留了一个小时"后,又不得不回到精神世界中去;他们绝望了,乌尔利希开枪把钢琴打得粉碎,又要与阿珈特共享毒药。最后,他们离开了奥地利,到意大利一个偏僻的地方住下来,想要尽情纵欲,陶醉于"另一种状态"之中,然后自杀,进入"千年王国"。他们的"千年王国"之梦同浮士德与海伦的理想境界十分相似:"我们的宝座化为凉亭,让我们享受乐园式自由!"可是当浮士德对未来满怀憧憬地说出"停一停吧,你真美丽!"时,他进入了天国;而当乌尔利希对"现实"说出这句话时,他却不得不从感觉世界,从"另一种状态"中跌回现实世界。阿珈特从此离他而去,不知所终;他则回到奥地利,继续做他那没有个性的"思索的公民"。

　　慕齐尔给《没有个性的人》规定的主题——"可能人与现实"的矛盾,在他所有作品(包括所有没有爱情的爱情故事)中都存在着,而且都是以现实的胜利告终的。也许为了打破这种局面,慕齐尔在他最重要的长篇小说中缔造了一个身在现实中,心在桃源里的境界——另一种状态。这是一种向内心进军,一种唯心的存在,一种道德世界和小我大我关系中的"强力意志"(尼采:"美在哪里?在我须以全意志意欲的地方;在我愿爱和死,使意象不只保持为意象的地方。"[①])。现实毕竟比"可能"强健,"可能人"和他的可能之境在现实中的失败是早已注定了的。慕齐尔在他的作品中,客观地反映了他那时代人道德意识的沦丧、转变过程,对他所主张的新的道德观念的主观追索,以及这种新的道德

[①] 尼采:《查拉图斯特拉如是说》,《悲剧的诞生·尼采美学文选》,第262页。

观念实际上的脆弱性和最终的失败。他否定旧的道德,但对他自己的道德主张也同样是怀疑的,因此而陷入了迷惘之中。就这一点看,慕齐尔毕竟又还是清醒的,同时也是客观的,并没有过高地估计和认定他自己的思索和探索,他的作品最终留下的是一个现代人奋斗与挣扎的印迹。

Ⅳ 向生活圆的边界冲击

古罗马理论家朗加纳斯指出:"即使整个世界,作为人类思想的飞翔领域,还是不够宽广,人的心灵还常常超越过这整个空间的边缘。"①自古以来,有思想的人类成员们(哲人、诗人、神学家……)都不甘心生活在有限的空间和时间中,他们迷恋于轮回,神游于太极,以各种不同的方式做着人类共同的梦。

进入20世纪后,人类"超越整个空间的边缘"的努力被赋予了一种新的含义。"没有个性的人"在现实中是失败者,但他在非现实中赢回来;他抵挡不住外在力量,就在内在中大做文章;他从带有批判色彩的思索的领域出发,意欲进入无是无非的感情王国。同样是向生活圆的边界冲击,但几千年的模式——向外奋斗变为向内挖掘,这是个具有根本性意义的转折。由于是根本性的转折,原有的手段显然就不适用了,或至少不够用了,于是人们纷纷发明、试验新的手段,20世纪的文学艺术便是全面进入实验的时代。在这股实验潮流中,慕齐尔主要选择了三个实验手段;即:散文性②、哲理性和神秘性。

---

① 朗加纳斯:《论崇高》,《西方文论选》上册,第129页。
② 德文中"Essay"一词,所有德华词典中均译为"杂文",从无"散文"之解;而"散文"一词,汉德词典中只有"Prosa"一译。其实后者仅指与诗歌相对的广义的"散文",而前者包括漫笔、随笔等意,才更接近我们与小说、(无韵)戏剧等并列的、狭义的"散文"。故此将慕齐尔的"Essayismus"译成"散文主义",将他的"Essay"风格译成"散文性"。

对慕齐尔的艺术风格,好像是赞赏的居多,有的人甚至认为他开创了小说的新纪元。但也有一些人(尤其是东欧国家的评论家)持否定态度。民主德国作家施奈德对慕齐尔作品的一些方面(如对资本主义社会的刻画)给予了高度评价,但在艺术上却几乎是全盘否定,称之为"一种美学困境的英雄纪念碑",说他其实不懂小说该怎么写。施奈德所非议的就是慕齐尔自己称为"散文性"的风格。在他眼中,慕齐尔的艺术"困境"表现在:主要人物乌尔利希美学力量薄弱,一些次要人物远比他生动;小说的叙述角度变化无常;前后的描述、情节常出现矛盾;整部长篇小说没有完整的构思可言……

这些现象在《没有个性的人》中基本上是存在的,但对乌尔利希美学力量薄弱一说笔者绝不敢苟同。慕齐尔本人不但有清醒的认识,而且对此非常强调。他说:"这里提供的散文与(提供)的小说一样多";[①]"这里归根结底出现的是一些主线或只有随意的线索,一个供诸多壁毯悬挂的架子。"[②]这些话说得够明白的了:慕齐尔并不是不懂小说该怎么写,而是故意这么写。

出现"散文性"这个现象(作为表现形式的它,首先是从"现象"中提取出来的),主要有这么几个原因:

首先,在现代人眼中,世界本身就不是情节完整、有始有终的"小说",而是"散文";人是就其中一段而生存的,因此更是"散文"。现代人的不完整是慕齐尔一贯的观点。他的乌尔利希说过:"人们今天看到的自己不是完整的形象,人们从来不以整个形象活动着。"[③]同时,慕齐尔认为"散文性"(他称之为"散文主义")也是现代人的一种素质,是没有个性的"可能人"与现实进行"积极的消极主义"对抗的武器。他写道:

---

① 《没有个性的人》第3卷,第712页。
② 同上,第715页。
③ 《没有个性的人》第2卷,第103页。

"在乌尔利希的本性中有某种素质,它以分散的、麻痹的、解除武装的方式来反对逻辑秩序,反对鲜明的意志,反对虚荣心驱使下方向明确的努力,这些是那时他所选择的名称散文主义的表现,……一篇散文是一种独特的、不变的形式,一个人的内在生活在一种决定性的思想指导下对它予以采纳。"①

其次,从审美心理学的角度看,现代派作家大多追求主观随意性,客观现实对人物的"必然"要求在他们眼里往往是无足轻重的。他们笔下的形象说变就变。将军施图姆之从一个愚蠢可笑的大兵变成一个思想深刻的现代军人,表明了慕齐尔表现一代军人(而不是一个军人)的精神变化、战争思想之逐步哲理化等现象的主观意愿;阿珈特从比乌尔利希大变成比他小,他们的关系变成双胞胎,从一开始就透露了慕齐尔的主观意图:兄妹关系主要不是现实关系,而是一种精神关系,他们是一个人精神中的阴阳两面。至于汉斯之卧轨自杀后来被写成开枪自杀等错误,说明作者在写作过程中重视的是精神内在、整体效应,而不是具体的细节,不是故事本身,有时也许甚至是提醒读者:别把注意力放在具体情节上!慕齐尔认为:"只有拙劣的作家才强迫读者注意他们的每一句话。"

散文性应该说是慕齐尔独创的字号。说它代表着一种"美学困境",无疑失之偏颇;说它"开创了小说的新纪元",恐怕也言之过早。作为一种世界观,它确实反映了现代人在社会中的一种心理状态;作为一种实验形式,它在《没有个性的人》中也确实表现得颇有生气。它不同于意识流——内心独白,但它们有许多相似之处。跳跃取代连贯,内在"真实"取代外在"虚构",偶然证明必然,生活没有始终等是它们的共同特点。

---

① 《没有个性的人》第1卷,第322页。

哲理性被认为是现代派文学的一大特点。如果就泛指而言,它几乎可以包括全部现代派文学。现代派文学至少看上去是一种寓意文学。萨特和加缪这些诗哲两栖人物以文学来写他们的哲学观,早已成了著名的例子;再如,贝恩的中篇小说《大脑》是作者颓丧的哲学的"拟人化";卡夫卡的每一篇作品总让人觉得在说明什么;弗希特万格的历史小说也被视为哲理小说的一个分支。从狭义上看,哲理小说当指以相当大的篇幅直接写哲理的作品;这些哲理可以为主题服务,也可以完全脱离主题(如果有主题的话),甚至可以本身成为"主题"。乔伊斯、普鲁斯特、布洛赫、弗里施和慕齐尔都可在不同程度上归于狭义的哲理小说家之列,而慕齐尔应该说是这股潮流的代表人物。在《没有个性的人》中,我们常看到与人物和故事进展毫不搭界的哲学、心理学、伦理学、社会学论述,犹如滔滔洪水,一淹一大片,而"情节"和人物时常由山峰变成了零星的孤岛,甚至全部没顶。

哲理历来是受到大文豪们的重视的。狄德罗在谈诗人应具备的条件时,首先就说:"他应该是一个哲学家,应该深入自己的内心,看到人的本性。"但是,做一个"哲学家"是一回事,哲学在文学中的地位是另一回事。亚里斯多德把"思想"排在悲剧诸因素的第三位(在情节和性格之后),但丁更把"作品所关系到的哲学"列于写作要研究的六件事的第六位。由此可见,哲学在文学作品中历来处于从属的位置,它的扶摇直上是在 20 世纪初才真正开始的。

在 20 世纪之前,文学作品中哲学思想的表现方法更是千古一贯制:用形象,而不用哲学论述本身来表现哲学思想。理论家们在这方面的观点几乎没有分歧,他们认为:思想应该隐藏在形象后面(卜迦丘),倾向应该自然流露(恩格斯),诗人需要全部哲学,但绝不能让哲学跑进作品(歌德),……然而,20 世纪的哲理小说家们却大唱反调。他们的代言人之一、德国哲理小说家弗拉克(1880－1963)就提出:"长篇小说作为现实的投影,应该用观点来克服和代替浮面的观察。"①

弗拉克的观点已经表明了哲理小说兴起的最重要的原因之一。哲理小说家们认为,历来的形象文学只能做到"浮面的观察",要更深刻一些,就必须借助于直接的"观点"。慕齐尔的乌尔利希对大作家们的看法也是这方面的典型论据:"但是他们(大作家们)到底说了些什么呢?谁也不知道。他们自己也从未有过清楚的认识。他们像一片原野,蜜蜂在这片原野上飞回;同时他们自己是一种来回飞旋。他们的思想和感情处于真理或谬误间的所有过渡层次上,……"②在慕齐尔眼中,传统的形象文学所表现的思想内容不仅浮浅,而且十分模糊不清,所以应该让哲理直接说话。他的阿伦海姆更认为,现代社会中记者日益取代了作家的地位,形成了文学的危机。因此,文学必须摆脱写实、摹仿、再现的俗套,进入寓意、观点、表现的境界。

哲理化的另一个原因,应该在社会心理中寻找。慕齐尔认为,一方面,由于现代科学的发展、"集体主义"的泛滥,生活已"抽象化"了,也就是说,社会本身具有了哲理化的前提,而另一方面,"这个时代是非哲理的和懦弱的",③"一个反理论的时代即将来到"。④ 因此,作家有义务大讲哲学。

慕齐尔认为《没有个性的人》写了三个乌托邦,其中第一个是"推理思维的乌托邦"。在小说第一卷中,我们看到的哲理思维主要是对世界、对时代的抗拒,从第二卷开始,则成了对自我、对自身中的梅非斯特的抗拒。它反映了现代人的抵触心理、恐惧心理和逃遁意念。哲理思维成了人们逃避现实的避难所、桃花源、乌托邦。在乌尔利希和阿珈特

---

① 《近代德国文学史》,第179页。
② 《没有个性的人》第1卷,第733页。
③ 《没有个性的人》第2卷,第216页。
④ 《没有个性的人》第3卷,第637页。

相对时,他们害怕乱伦的感情恶魔作祟,不敢谈及具体的、现实的问题,一般都流于泛泛而谈,沉浸在哲理言论之中,这就是以哲理作为避难所的具体表现。在《温岑茨》一剧中,剧中人柏尔立说:"人们需要哲学等等,……就像以前需要宗教一样。"①可见在慕齐尔心中,以哲学作为避难所、精神寄托的需要是一种广泛的社会需要。

从"推理思维的乌托邦"这一点上可以看出,慕齐尔之写哲理已经超越了哲理追求本身,哲理成了一种表现手段。他写哲理不是为了在理论上有所建树(当然这一作用在客观上是起到了的),而主要是为了描述世界,是把生活"原样奉上"。乌尔利希兄妹相对时,"他们没有选择言辞,而是被言辞所选择;他们心中不起思想波澜,但整个世界充满了奇妙的思想。"②在这时,思想是一种自然力量,是在感情的驱使下不由自主地涌动着的。慕齐尔在他的小说中似乎追求的是说明什么,看上去似乎也说明了不少问题,但从整体上看,他所说明的其实是:什么问题都是无法真正说明的。纵览乌尔利希兄妹的哲理对话与思索,读者产生的基本印象是一种胶着的、无时间性和空间性的、用言辞和思想拼命掩饰与阻挡自己的激情的空气。由此可见,对于作为"思索的公民"的现代人来说,"思索"首先是一种精神状态和精神需要,然后才是其本身。它是内心经验的一种高级形式。这一点与其他第一流的哲理小说家(布洛赫等)是一致的,与寓意小说(加缪等)也是相通的。

说到慕齐尔对神秘性的追求,我们同样可以举出许多例子来。《没有个性的人》中有这么一段插曲:一天晚上,乌尔利希等人在克拉利瑟的房间里谈话,忽然发现下面园子里有个黑影潜伏在灌木丛中,后来的事态表明,那是个受性欲饥渴煎熬的男人,从此这个人在克拉利瑟脑子

---

① 《小说戏剧集》,第396页。
② 《没有个性的人》第3卷,第476页。

里留下了一个难忘的魔影,她总觉得这个黑影是某种象征;小说《葡萄牙女人》在写贵族夫人与丈夫的朋友私通的同时,写了一只猫,当贵族病入膏肓时,那只猫总在城堡门边趴着,虎视眈眈地看着那对情人,它被送下山,又跑回来,赖着不走,待它被仆人打死后,贵族的健康居然一下子恢复了,他与夫人间的爱情似乎也得救了;在《彤卡》中,彤卡在没有与任何人发生性关系的情况下怀了孕,她的男友想要相信她是诚实的,但又觉得不可思议,终于离弃了她,而为何会怀孕这个问题犹如"盛夏飘落的雪花",直至她病死亦未能弄清原委;《乌鸫》的神秘性更有代表意义。乌鸫第一次光临,主人公离妻出走,第二次光临,主人公在前线战壕里,仿佛从它的歌声中听见了死神神圣的呼唤,第三次光临的乌鸫居然开口说话,而且一语惊人:我是你的母亲,从此它在主人公家里住了下来,主人公也从此变成了"好人"。这样的例子我们还可以找到很多。

　　对神秘性的追求从德国浪漫主义理论家希勒格尔(1772—1892)和法国象征主义诗人马拉美等人那儿就已揭开序幕。希勒格尔就曾宣扬:"诗的核心或中心应该在神话中和古代宗教神秘剧中去寻找。"进入 20 世纪后,象征主义一派的神话般的神秘(所谓"音乐性")和后起的平凡中的怪诞开始齐头并进,后者更是气势逼人。慕齐尔笔下的神秘应该说是二者兼收并蓄。《葡萄牙女人》属前者,《彤卡》是后者的典型,而《乌鸫》则融合了二者。

　　神秘性的产生同样有客观必然和主观使然两个方面。

　　前面已经分析过"没有个性的人"乌尔利希与浮士德的不同。浮士德那个时代的人多是主动的人、"主观"的人,是他们要世界怎样;而乌尔利希一代人则成了被动的人、"客观"的人,是世界拿他们怎样。乌尔利希发现:"在一个秩序井然的国家中的长期居留完全具有一种幽灵般的性质;人们无论是走上街,是喝一杯水或登上电车,都不可能不触及一个法律和关系的巨大机器的杠杆,并从而使它们动起来……"①人觉得世界不可理解,不可掌握,庞大、威严、可怕,那么世界怎么会不神秘呢?弗洛伊德指出:"一个幸福的人绝不会耽于幻想,只有不如意者才去幻想。"②没有个性的现代人岂止"不如意",他们简直不存在了,存在着的是那个神秘的"Es"(它),用慕齐尔的话说:"那既不是一种感觉也不是一种思想,而是一种可怕的进程。"③

在客观的压迫下,神秘变成了慕齐尔的主观追求。歌德的《浮士德》跨越天堂、冥界、希腊罗马神话世界,但给人的印象并不神秘,因为那里表现的其实是充满勇气和希望的人生;而慕齐尔的一些作品明明写的是现实人生,却给人一种神秘感,因为那里表现的往往是对现实的逃遁,一种绝望的祈祷。前者是"童话",结局美满,事情"应该这样发生";后者是"反童话",结局晦暗凄凉,事情"就这样发生了"。在原始社会中,人在与自然的抗争中感到自身的渺小,于是产生了图腾崇拜和宗教信仰。20世纪的人仿佛回到了原始社会,在与社会和人为自然(科学)的抗争中再度感到自身的渺小,然而此时宗教的根基已经严重动摇,人们寻找的已不是上帝,而是"一个新主人"。④ 原始人的信仰对象有个形象,因此他们能在信仰中燃起光明的希望;而现代人根本不知道其"新主人"究竟为何物,他们仅仅必须有所信仰而已,所以他们的希望就只能投入一片苍茫晦暗的神秘气氛之中。神秘文学结局尽管相似,出发点却可以不同,即可分为积极的和消极的两种出发态度。慕齐尔的态度是积极的。一方面,他通过神秘来"表现一种心灵状态"(马拉美语),即那个受压抑的、无个性的人;另一方面,他也希望能用不寻常的

---

① 《没有个性的人》第1卷,第197页。
② 《二十世纪文学评论》上册,第68页。
③ 《没有个性的人》第2卷,第138页。
④ 《杂文·讲话·评论》,第67页。

手段来发现什么,或特别近似地表达什么难以表达的观念,用他的话说,把照相机镜头倒过来看,就会发现一些"被忽略的东西"。① 比如,中篇小说《彤卡》几乎就是慕齐尔青年时代与赫尔玛的恋爱过程的翻版,只不过彤卡是由于莫名其妙的怀孕引起男友的怀疑,而赫尔玛是由于性病引起慕齐尔的怀疑。慕齐尔完全可以用纪实手法来写,但他偏偏把彤卡的怀孕神秘化了,写成了一种无法解释的现象。他这么写能发现什么"被忽略的东西"呢?读者可以想象的有:他的痛苦、思念;对自己冷漠的谴责,认为有些事也许只是表面现象;现代社会的冷酷、命运的无情、人的虚弱无力……可见,通过神秘化,可以使作品突破现实表象(生活圆),在一定程度上进入社会和心理内核。

慕齐尔认为,有的作家感时人之所感,有的作家则走在时代的前面。他毕生(尤其在《没有个性的人》中)所追求的显然是后者。这就使他在现实(包括其萌芽)中发现了某些后来被人视为"预言性"的东西。但综观其创作实践,我们发现,他所追求的并不仅仅是走在时代的前面,而更是超越一切时代。他说:"相对地不拘泥于他的时代,即相对的超越时代(永恒)。"②《没有个性的人》集中体现了他对永恒的追求:他似乎在描写国家、民族,实际上主要写了一个凶恶的"有个性的人"和一个继承了浮士德衣钵、而又有别于浮士德的没有个性的现代人;他似乎在花大力气求证哲理,实际上是在"追求音乐状态"(帕特语),③描写一个没有时间、空间的感情世界。当然,慕齐尔正如他在自己小说中描绘的那些形象一样,远不是一个完善的人,他自己也深感在这样一个时代难以成为一个完善的人,因而无意成为这种完善的人。不管怎么说,他在一生的追求中,毕竟给我们留下了对时代与生活的深刻理解,留下了

---

① 《没有个性的人》第3卷,第616页。
② 《杂文·讲话·评论》,第618页。
③ 门罗:《走向科学的美学》,中国文联出版公司,1985年版,第21页。

一些深刻的人生哲理。他的卡卡尼和"平行活动",他的乌尔利希和阿伦海姆形象等,以及与这些形象的描绘相结合的种种杰出的、具有大胆创新意义的表达方式等,这些都成了世界文学史中不可磨灭的范例。

然而他自己却被磨灭在天地之间了。在日内瓦附近那片小树林里,他连个小小的坟墓都没有。

里尔克：

奔向无边的宇宙

杨武能

奥地利诗人里尔克（Rainer Maria Rilke，1875－1926），是德语诗歌传统在现代的杰出继承者。同时代的奥地利著名作家罗伯特·慕齐尔称里尔克是"中世纪以来操德语的民族拥有的最伟大的诗人"。说他"第一次使德语诗歌臻于完美"。这些出自他同胞之口的崇高评价不无溢美之嫌。但是，里尔克作为本世纪最卓越的德语诗人和西方现代象征主义诗歌最主要代表之一的地位，却是公认的。我们或者不妨认为，里尔克是20世纪初崛起于德语诗坛的一座新的高峰。

I "小时候，我没有家"

1875年12月4日午夜，诗人里尔克出生在布拉格一名铁路职员的家庭里。由于他降临人世的时辰跟圣婴耶稣差不多，被认为是圣母玛利亚的孩子，一落地便取了Maria（玛利亚）这个女性的名字；等到行洗礼时又取名René（莱涅），这个法国男孩常用的名字的意思是"再生者"。原来，他是被母亲当作了早他一年出世而夭亡了的女儿的替身，也正因此，他一直到7岁上学之前，都被当作女孩抚养、打扮；他在母腹中只发育生长了7个月，从小体质孱弱；他别无兄弟姊妹，童年异常孤寂。上述种种，都使他自幼养成了性情温驯内向、好幻想和感官敏锐这样一些女性的特点，以致诗人在30岁以后写的《1906年自画像》中，仍不加隐讳地说，他的目光中有着"女性的卑怯"。

可就是这么个女性般温柔的人,在 11 岁时却被送进了士官学校,为的是实现一度跻身戎行却未能出人头地的父亲的夙愿。然而事与愿违,少年里尔克在军校中苦挨苦熬两年多以后,终因"体弱多病"而不得不退学。后来,在他的短篇小说《皮埃尔·杜蒙特》(1894)以及其他一些作品中,都生动地写出了诗人对军校生活怀有的巨大而无法克服的恐惧。

也就是说,在家庭中,幼小的里尔克的天性一直受到压抑。这压抑先来自母亲,后来自父亲;这压抑使得他早早地失去了自我。

在奥匈帝国统治下的捷克古都布拉格,里尔克一家属于讲德语的日耳曼裔"少数民族"。他们一般都属于社会上层,因此里尔克家尽管并不富有,仍得想方设法撑门面。诗人的母亲出身布拉格一个颇有声望的家庭,文化教养不错,会法语,能弹钢琴,爱写作,对比自己大 13 岁的庸碌无为的丈夫很不满意,常一个人独自出外旅行,使儿子的童年更加孤独和缺少温暖。不仅如此,里尔克由于民族和个性方面的原因,在学校和社会上同样落落寡和;就连在讲德语的同龄人中,他也是个独来独往者。这样,一种在生活中无依无靠、无家可归的空虚和孤寂感,早早地便充塞着里尔克的心田:

> 小时候我没有家,
> 也不曾将家失去;
> 在世界之外的某个地方,
> 母亲将我生育。
> 而今我站在世界上,不停地
> 走向它的深处,
> 有自己的幸福,有自己的痛苦,
> 有一切的一切,却感到孤寂。
> ……

这首收在《图像集》(1902)中题名为《最后一个承继者》的抒情诗,道出了里尔克童年和青少年时代无以为家的寂寞凄凉心境;而孤寂、恐惧和心灵的空虚等等,则成了他早期诗歌创作的重要主题。

里尔克所处的家庭和社会环境,对于一个健康正常人的成长显然是不利的,但这却造就了孤独中进行着孤独的思考的现代派诗人。

19与20世纪之交,生活在布拉格的日耳曼裔"少数民族"中文化气氛十分浓厚,从他们里面产生了一大批具有全欧乃至世界影响的作家,以致有文学史设专章来研究"布拉格的德语文学"。里尔克占据了这些作家中最初的一把交椅,在他之后还有卡夫卡、韦费尔、基施等等。至于在家里,爱好文艺和写作的母亲也对里尔克有意无意地给予熏陶,她不只喜欢给幼小的儿子朗读席勒的叙事谣曲,还自费出版了一本《日记》。因此也难怪里尔克才9岁便写了第一首题名为《悲哀的怨诉》的诗,16岁时便在维也纳的《趣味报》发表诗作并且获奖,18岁已经在布拉格文学界崭露头角,次年就出版了第一个诗集《生活与诗歌》(1894)。里尔克虽然从军校退学后又上过林茨商学院(1891)和慕尼黑大学法律系(1896),却从未想过去做商人和当法官,而是一生都全身心的从事写作。因此有人讲,里尔克是一位真正的"纯粹的诗人",他生来就只为写作诗歌和散文;有人认为,"诗创造,在他心目中,是一种苦修,一种圣德。接受做诗人,是宗教式的献身"。[1]

家庭和社会环境的影响铸就了里尔克内在的心理气质和性格方面的孤寂。为了摆脱心灵的孤寂、空虚和恐惧,体弱而好幻想的里尔克自觉不自觉地便逃进了奇异的文学世界,诗歌创作便成了"无以为家"的少年的精神归宿。在诗歌中,他可以自由自在地呼吸,尽情尽意地宣泄内心的积郁,抒发对未来的憧憬;在诗歌中,他寻回了失去的自我,努力

---

[1] 程抱一:《和亚丁谈里尔克》引言,台北纯文学出版社。

地实现他的自我。这就是为什么里尔克在1902年之前的早期创作中——包括《生活与诗歌》和《家神祭》(1896)等五六个诗集——所抒写的都局限于个人在生活中的感受,内容狭隘、肤浅,形式也多有模仿前人的痕迹,以致后来里尔克自己也说:"要是当初想到将这些习作和即兴之作锁进抽屉永不发表,那该多好!"的原因。

世纪之交的布拉格,只称得上是一座"德语文化的小岛",足以萌生一些文学的幼芽和灌木,但对于参天大树的发育成长来说,却太闭塞和贫瘠了。德语作品的读者在全市人口中只占极少数,他们的母语已受到波西米亚方言的影响。拿里尔克来说,他早年对为何写作和诗人应有怎样的追求这类带根本性的问题,都缺少明确而自觉的认识;在1896年的一份问卷上,他于写作动机项内只填上了"早年的痛苦和辛酸经历"。跟其他一些出生在布拉格的德语文学大师如基希一样,里尔克也必须离开"孤岛",跃身到日耳曼文化的"大陆"和"本土"上去。除此而外,年轻的诗人还需要有文学和精神上的向导。待到这两个条件都具备以后,便出现了一位西方评论家所说的"文学史上最令人惊讶的一幕":从一个看似"毫无希望的开端",竟发展和产生出了如此超群绝伦的成就。

II 通过"女性之门"

1896年秋天,里尔克进入慕尼黑大学,在一个新的环境中开始了新的生活。对于德语文化来说,当年的慕尼黑不仅仅是"大陆"和"本土",还是堪与柏林、维也纳并列的重要文化中心。市内博物馆、画廊、剧院比比皆是,著名的施瓦宾区则为作家、艺术家云集之地,而无数的咖啡馆,更可谓抚育文艺天才的摇篮。在这儿,各种文艺思潮纷然杂陈,汹涌激荡,20岁的里尔克眼界为之大开。他经常参加一些文学家的聚会,渐渐地结识了当时已大名鼎鼎的作家、戏剧家、诗人,如拉贝、冯塔诺、豪普特曼、施蒂芬·乔治、戴默尔、李林克隆,以及正在成名的托马斯·曼、瓦塞尔曼等等。

在里尔克结交的众多作家中,对他实践帮助最大的要算瓦塞尔曼(Jakob Wassermann,1873—1934)。这位比他年长两岁的清贫孤傲的小说家,不只介绍他读俄国作家陀斯妥耶夫斯基和屠格涅夫以及丹麦大小说家雅各布逊的作品;特别是他的长篇杰作《尼尔斯·李涅》(Niels Lyhne,1880),给里尔克留下了难以磨灭的印象,为他日后创作散文代表作《马尔特·劳里茨·布里格手记》打下了思想基础。

德国作家和思想家赫尔曼·黑塞,将诗人、艺术家称作富于爱和感受能力的所谓"母性的人",说他们生活在充实之中,以大地为故乡,酣眠在母亲的怀抱里,照耀他们的是月亮和星斗,他们的梦中人是少女……里尔克正是一个十足地道的"母性的人"。他极富爱和感受力,他热爱自然,同情和崇拜妇女,关心社会上的一切弱者和不幸者。作为诗人,他一生中只亲近两类人,并从他们那儿获得了最大的帮助和影响:一类是女性,一类是艺术家和文学家。里尔克在19岁时,是在一位很有才气的女友瓦莱莉·封·大卫-隆菲德的激励和帮助下,出版了自己的第一个诗集《生活与诗歌》的。而与她相比,莎乐美的影响却要巨大、久远得多。1897年5月初,在瓦塞尔曼家里,里尔克遇上了露·安德雷阿斯-莎乐美(Lou Andreas-Salomé,1861—1937)这位他生命中第一位也是最重要的一位精神向导。

莎乐美出生在彼得堡,父亲是一位效力于沙皇俄国的德国将军,母亲的血管中却混流着德国人和丹麦人的血液。莎乐美幼小时在彼得堡,和里尔克一样,有一种身为"少数民族"的孤寂。她遇上里尔克时已经36岁,可仍是位富于魅力的金发美人,而且才思敏捷,观念先进,作为作家已有相当名气。早些年,大哲学家尼采曾热恋过她,称赞她说:

"在我认识的人中,莎乐美是远远超出他人的最聪明的一位。"莎乐美没有嫁给尼采,(她成了在精神方面平庸得多的东方学家安德雷阿斯的妻子——出于对这位以自杀相威胁的疯狂追求者的怜悯)却写出了第一部享誉欧洲的尼采传记(F. Nietzsche in seinen Werken, 1894),被认为是尼采生活中除母亲和妹妹之外最重要的人。

同样,对于年轻的诗人里尔克来说,莎乐美的重要性可以说怎么估计都不过分。她兼为诗人的朋友、情人、保护者和精神导师;在她那儿,他得到了生活、事业和精神的依靠——

> 挖去我的眼睛,我仍能看见你,
> 堵住我的耳朵,我仍能听见你;
> 没有脚,我能够走到你身旁,
> 没有嘴,我还是能祈求你。
> 折断我的双臂,我仍将拥抱你——
> 用我的心,像用手一样。
> 钳住我的心,我的脑子不会停息;
> 你放火烧我的脑子,
> 我仍将托负你,用我的血液。

这首收在《祈祷书》(1905)中脍炙人口的短诗,任何人都理所当然地会将它看做是对神、对上帝的赞颂,那么虔诚,那么富于宗教热情和献身精神。然而,这位"神"就是他无比倾慕、无比热爱和无比崇拜的莎乐美。这首诗是里尔克在认识莎乐美的1897年夏天所作,并且马上寄给了莎乐美的。里尔克与这位比他年长近15岁的成熟而聪慧的女性的交往,对他产生了多方面的巨大影响。他感到,在他俩之间存在着一种精神上的"亲和力";从她那儿,他获得了孤寂的童年的补偿,恢复了心理的平衡和安宁,恢复了自我。几乎变成了一个用新的眼光来看世界的人,成熟的人。他对莎乐美的向往和崇拜达到了痴迷的程度,一经莎乐美提议,诗人便将名字中法国味儿的 René 改成了地道德国男子的莱纳(Rainer);甚至一改自己书写的习惯风格,使之与莎乐美的手迹十分相像起来。

1899 和 1900 年,里尔克在莎乐美引导下两度游历俄罗斯,两度拜访大文豪列夫·托尔斯泰,结识了大画家列宾、波利斯·帕斯捷尔纳克和作家阿·托尔斯泰等。他们不但踏访文化胜迹,而且深入民间,与农民诗人德罗申乃至普通民众交友。俄罗斯广袤的原野,浩荡的河流,纯朴善良的人民,使出生在狭隘的布拉格的里尔克惊叹不已。仿佛他有生以来第一次有了与大自然亲近的机会;第一次体会到了天地的广阔、宇宙的浩渺无边;第一次可以敞开胸怀,自由呼吸,纵情地驰骋思想了一样,里尔克简直认为,在这宗法制的看似和平、宁静、原始、充满宗教虔诚和忍耐精神的俄罗斯,才是他真正的故乡,精神的故乡,以致一度打算长期移居俄国。仅仅通过两次总共半年左右的游历,诗人对巨大的俄国还说不上有真正深刻的了解和认识;但就是那么一个美好的假象——它更多地是诗人自身精神现象的投影——一生一世都铭记在里尔克的头脑里了,反反复复显现在他的作品中。特别是他的成名作《祈祷书》,主要就是俄国之行的收获。

俄罗斯,这是莎乐美引导里尔克发现和亲近的一个巨大的实在;莎乐美同时还领着年轻的诗人进入了一个同样巨大的精神王国中,那就是尼采的学说和思想。世纪之交,在欧洲的思想文化领域内,尼采本来就是个无法回避的现实,里尔克早先的诗作如《基督的幻象》和《使徒》中,也已看得出尼采的踪影。但是,通过与莎乐美这位尼采的女友和传记作者的长期交往,诗人就更加深入到了公然宣称"上帝死了"的大哲学家的精神世界里。在幸运地遇上莎乐美以后,里尔克诗歌的哲学内涵开始变得越加深沉、丰富;不论是他第一个具有了自己独特风格的集子《图像集》或是稍后的《祈祷书》,都充满了对传统的基督教观念的反叛,充满了对近代文明的否定——

> 城市总是为所欲为,
> 把一切拖入自己的轨道。
> 它摧毁森林,如同朽木,
> 一个个民族被它焚烧掉。
>
> 城里人致力于文明事业,
> 完全失去了节制和平衡,
> 蜗牛的行迹被称作进步,
> 要想快跑就得放慢速度。
> 他们挤眉弄眼如同娼妓,
> 制造噪声用玻璃和金属。
>
> 他们仿佛中了邪,着了魔,
> 他们已经完全失去自我;
> 金钱如东风陡起,转眼间
> 威力无穷,而人却渺小而又
> 虚弱,只能听任酒浆和
> 人畜体内的毒汁刺激他们,
> 去把事业的过眼云烟追逐。

这首收在《祈祷书》第三卷《贫穷与死亡之歌》中明白易解的短诗,充分揭示了"文明"对人和自然的可怕摧残。

里尔克写过许多关于女性的诗。他在其中的一首《少女之歌》中说:"别的人必须长途跋涉／去寻找黑暗中的诗人……(然而)她们生命中的每一扇门／都通向广大的世界／都通向一位诗人。"里尔克正是通过女性之门,在莎乐美以及将来还会遇到的一个个聪慧、善良和美丽的女性的激励、帮助和影响下,凭借自己身上与生俱来的女性的内向和敏感,一步步走向广大的世界,成为一位充满自然感性气质的现代主义诗人。

除此之外诗人里尔克还特别亲近作家、艺术家,从他们那儿同样获得了许多帮助、启迪和影响。1900年游历俄国归来不久,他便接受一位两年前在佛罗伦萨结识的画家伏格勒的邀请,到他和一些同行们离尘避居的沃尔普斯韦德村去住了一些时日。村子藏在一大片沼泽地中,环境十分幽静,诗人与年轻而勤奋的艺术家们相处得非常融洽。就在这儿,他遇上了女雕塑家克拉拉·维丝特霍芙,并于第二年两人在离沃尔普斯韦德不远的另一座小村庄结了婚。

这是诗人里尔克一生中唯一一次企图过安定的家庭生活,正常市民生活的尝试。这种生活很快便失败了;除去他天生有流浪艺术家的性格倾向和心灵始终渴望着孤寂以外,经济拮据、无力养家也是重要原因。然而,与克拉拉的结合,仍是命运对里尔克的一大恩惠。因为这位女艺术家不仅对丈夫十分宽厚、体谅(虽然他与她长期分居,很少尽自己做丈夫和父亲的责任,他们婚后的当年圣诞节便添了一个女儿,还有他不只一次的"外遇");而且,更重要的是克拉拉是法国雕塑大师罗丹的弟子。通过她,里尔克对罗丹有了不少了解,产生了深深的敬意。他们婚后的第二年,他就抓住柏林一家出版社委托他写一部罗丹传的机会,欣然来到巴黎,到大师的身边。

认真说来,写《罗丹传》也是里尔克解决生计的一个手段。当时,对于缺少经济来源而又尚未成名的里尔克来说,在生存与做诗之间确乎存在着实际的恼人的矛盾。在生活中显得笨拙无能的里尔克,倘不是到各方面友好的援助——特别是一些作家、出版家和贵夫人的援助——,仅仅靠一支笔是很难在资本主义社会中生存下去的。同样也为了生计,里尔克还应出版社和报刊之约写过一些其他东西,例如,单单为《布来梅日报》,他便写过评介托马斯·曼的长篇杰作《布登勃洛克一家》和瑞典女作家艾伦·凯的《儿童的世纪》的文章。而艾伦·凯也是对处于困境中的诗人的热心支持者之一。

不到一年,《罗丹传》完成后。在经过一些游历之后,里尔克于1905年又回到巴黎,作了罗丹的私人秘书。这样,前后两次加在一起,他便能较长时间向这位杰出的艺术家学习。他日复一日地在工作室里观察大师的艰辛创造,看见大大小小的艺术形象如何一件一件地在大师手底下显现出来,获得生命。他虚心地聆听大师关于艺术创作的见解,明白了对于一个艺术家来说重要的是必须学会"观看",认真仔细地观看,以便认清事物的本相,把握生活的真髓。里尔克把大师的教诲用到了创作实践中,改变了早期诗作偏重抒发个人主观感情的浪漫主义遗风,写出了许多新颖独创的以直觉形象或者说图像反映客观现实、象征宇宙人生和表达自身情感思想的所谓"咏物诗",完成了散文代表作《马尔特·劳里茨·布里格手记》(1905—1910)。里尔克的"咏物诗"题材十分广泛,大都收在《新诗集》(1907)和《新诗续集》(1908)里,其中最为脍炙人口和富有代表性的一首就是早已为冯至译介了的《豹》。据诗人的一些传记介绍,为了创作这首于音乐美中又融进雕塑美和直观性的短诗,里尔克曾一连数日流连忘返于巴黎的卢森堡动物园,对笼子内的动物悉心地"观看"。不只写诗是如此,写散文、随笔亦然。正是对被他称作"苦役船"和"无边苦海"的巴黎进行了长期直接而深入的观察,有了切身的体验和许多的回忆,里尔克才在《马尔特·劳里茨·布里格手记》中,成功地表现出了城市文明覆盖下的贫穷、痛苦、死亡以及形形色色的恐惧。

在诗人眼中,巴黎这艘"苦役船",是欧洲几个世纪以来的文化中心,它给诗人提供的体验、回忆和精神养料丰富而多样。卢浮宫、国家图书馆、圣母院以及无数大大小小的博物馆、沙龙、画廊,都成了他认识人生、获取灵感的场所。1907 年,他在一个展览会上见到了塞尚的作品,受到很大的震动,并对画家忘记一切地潜心工作的精神,留下了深深的印象。其他还有同时代的大画家毕加索,也对诗人产生了实际的影响。例如他晚期著名的《杜伊诺哀歌》的第 4 首和第 5 首,便是对毕加索的《戏子》(Les Baladins)和《流浪艺人》(Saltimbanques)这两幅杰作潜心观看、体验和学习后写成的。

从里尔克身上,我们发现了一个诗与艺术紧密的亲缘关系的例证。同时代众多的文学家和艺术家,都对诗人产生过直接间接的影响。如果说他是通过"女性之门",通过他自己天生的女性般的内向和敏感,通过一个个杰出妇女的引导进入了诗的国度,那么,文学巨匠和艺术大师们又是扶持他、指点他,帮助他在诗的国度里探索前进,走出一条独特的创造之路的另一个层面的向导。

Ⅲ 孤独的风中之旗

里尔克生活在 19 世纪末和 20 世纪初的前 30 年。在他进入社会的青年时代,欧洲的自由资本主义已经完成向垄断资本主义的过渡,工业生产和科学技术十分发达,与此同时人们精神上却感到从未有过的空虚。财富的高度集中加剧了贫富对立和阶级矛盾。大城市中,一方面是富人们物欲横流、纸醉金迷、道德沦丧的丑恶"表演",另一方面是穷人们饥饿、疾病、死亡和悲剧不断加深。同时,国与国之间为重新瓜分世界市场而剑拔弩张,战争的阴云笼罩着欧洲大地。资本主义文明的虚假和弊病暴露出来,人们的信仰动摇了,社会氛围中弥漫着惶恐、悲观、绝望的世纪末情绪。和一百年前的欧洲一样,这时期也是个政治鄙陋和社会动荡不安,但在哲学、文学和艺术领域却成就辉煌的时代。这一时期造就了悲观的叔本华、疯狂的尼采以及孱弱、敏感的里尔克这些"弱的天才"——病态天才。里尔克晚年的挚友、法国大诗人瓦雷里在谈到里尔克时说:"我热爱他,认为他是这个世界上最柔弱和最富于灵性的人;精神领域的一切秘密和一切奇异的恐惧,他都最深切地感受到了。"① 时代造就的这么个柔弱而敏感的人,不能不生活于他极不适应的充满喧嚣和竞争惨烈的时代,他只好寻求心灵的孤独;也正因此,他便对世界的秘密、恐惧和痛苦有了更多的思考,更深的理解,并用自己的诗歌和小说将其诉说出来。从这个意义上讲,里尔克尽管十分内向,不少作品富于神秘色彩和自传性,但他却仍是一个病态的时代为自己选定的代言人。

1914年冬天,里尔克一个人住到了玛利·塔克西斯公爵夫人在亚德里亚海滨的杜伊诺古城堡中。这儿据传是中世纪意大利诗人但丁的流亡地,有着里尔克所寻求的孤寂和宁静。第二年1月,诗人便创作出了他毕生代表作《杜伊诺哀歌》中的头两首。他这一年有半年多都待在古堡中。《哀歌》的第3和第4首也相继在巴黎和慕尼黑写出。但是,1914年第一次世界大战爆发,欧洲大陆被淹没在血与火之中,每天都有成百上千的人死伤,诗人再也无法保持内心的孤寂和宁静。战争爆发时他正在慕尼黑,一度也受到德国人的民族情绪和好战狂热的感染,不过很快便清醒过来,对各民族之间的大屠杀极为反感。战争中,他更成了个无家可归的人,成了个梦游者,四处漂泊,尽量逃避着那些疯狂的人们,那个疯狂的世界。但是,他仍然逃脱不掉生活在这样的时代和

---

① H. E. 霍尔图森:《里尔克》,第166页,罗沃尔特出版社。

世界而感到羞耻的意识,更何况还有一个个打击直接落在他的头上。

1915年下半年,他在旅途中得到好友罗曼·罗兰和施蒂芬·茨威格辗转送来的消息,由于他未能及时付房租,他在巴黎的寓所的全部财产被拍卖了,不但损失了衣物和几件珍爱的祖传家具,更令诗人痛心的是大量书籍、信件和手稿也全部散佚。里尔克再次对金钱的威力和残忍有了切身的体会。第二年年初,诗人作为奥匈帝国的臣民奉命入伍,在40岁时被塞进一套不知在战场上滚过多少次的"百孔千疮的旧军装"里,到维也纳近郊接受了3个月野战训练。后来幸亏各方面朋友特别是诗人霍夫曼斯塔尔以及出版家基彭贝格的营救,诗人才未被送到前线当炮灰而成了维也纳战争档案馆内一名填卡片的小兵。在此,里尔克又重温了少年时代在军校中做过的充满恐惧的恶梦。

诗人在半年后被解除了兵役,然而创作力几乎丧失殆尽,《杜伊诺哀歌》则完全写不下去。战后奥匈帝国瓦解,里尔克连形式上的国籍也失掉了,只好滞留在他本不愿意待的德国,成了1918年的11月革命的目击者。在各派政治势力的激烈斗争中,事事都令对政治本不感兴趣却与时代的风云人物不无联系的诗人左右为难,无所适从。他仍然同情俄国,但对十月革命并不理解;在慕尼黑的巴伐利亚工农兵议会共和国的领导层中有不少朋友——如库尔特·艾斯纳尔、恩斯特·托勒尔,而他本身却是个作家,对时局的发展也不能不关心,但他却仍然置身事外,继续做一个梦游者。

1919年6月底,里尔克终于拿着一本捷克护照,办好签证去了相对宁静的国家瑞士。在瑞士他没有家,而且心灵也安静不下来,几乎终年都奔波在旅途中,或应邀到各地作报告和开朗诵会,或探访朋友。熬过了战争年代的艰辛,在精神遭受打击之后,里尔克自觉开始老了,健康也恶化得不能不住疗养院,而且经济变得比任何时候都更拮据。然而这些都尚可忍受,令诗人恐惧不安的是他的事业,他因而急切地希望找到一个安居之地,好完成他被迫中断了的《杜伊诺哀歌》的写作,寻回他失落的诗人的自我。

在大战前后的近10年时间里,里尔克四处漂泊,无依无靠。

> 我犹如一面旗,在长空的包围中,
> 我预感到风来了,我必须承受;
> 然而在低处,万物却纹丝不动;
> 门还轻灵地开合,烟囱还喑然无声,
> 玻璃窗还不曾哆嗦,尘埃还依然凝重。
>
> 我知道起了风暴,心如大海翻涌。
> 我尽情舒卷肢体,
> 然后猛然跃下,孤独地
> 听凭狂风戏弄。

这首诗很好地说明了诗人与时代之间的关系:风暴欲来,敏感而孤独的他已经有所感受;风暴起来了,他只好听凭它任意戏弄。当然,战争年代的经历,他目睹的生与死的搏斗,将使他后期的诗歌更加沉痛、深沉。

在诗人生命后期的关键时刻,又是"永恒的女性"来扶持他继续前行。她们人数很多,其中最突出的代表巴拉蒂涅·克洛科夫斯卡和南尼·翁德里-孚尔卡特。前者是一位画家,是里尔克的最后一位恋人和孤寂心灵的抚慰者。后一位是诗人的崇拜者和忠实朋友,她不只无私地帮助里尔克克服在瑞士生活的种种困难,而且使他找到了在世时最后的归宿:她让自己的一位富有的表亲先租下后买下了瑞士山中的米索古堡,并亲自按照诗人的习惯和心愿进行修葺和布置,送给里尔克永久居住和写作。里尔克当然也给她们以回报,把她俩写进了作品中,还给两人取了爱称,前一位叫美莉涅,后一位叫尼斯。诗人最后居住的这座建于13世纪的"Château de Muzot"古堡,比起亚得里亚海滨峭岩上巍然矗立的杜伊诺宫堡要寒伧得多,既无电,也无自来水,但周围却有许多诗人一辈子格外喜爱并经常成为他诗中象征的玫瑰花。1921年7月,里尔克带着一位女管家住进了与世隔绝的古堡中,专心致志地准备着继续《杜伊诺哀歌》的创作。为了再一次潜沉到《哀歌》的世界中去,他连与友人和读者的通信都停止了。1921年11月,美莉涅来看他,临走时在里尔克书桌对面的墙上留下了一幅16世纪意大利画家的素描的复制品;希腊神话中的诗人和歌手奥尔弗斯(亦译俄耳甫斯)倚坐在一棵树旁,弹着竖琴,唱着歌,旁边有一只鸟、两头鹿和两只兔子在静静地倾听。整个冬天,这幅画和奥尔弗斯的世界都跳动在里尔克的眼前和潜意识中,到了下一年的2月初,他突然诗思泉涌,几天之内便写出29首以奥尔弗斯的传说为题材的十四行诗,到月底又完成了29首,合在一起成为一个严整的整体,即《献给奥尔弗斯的十四行诗》。当然,墙上的画绝非唯一和最重要的诱因。在巴黎的卢浮宫和那不勒斯的国家博物馆,诗人都曾久久地驻足于表现奥尔弗斯故事的古希腊浮雕前;在他翻译瓦雷里的诗作时,曾接触过同类题材的作品;还有那位年轻、可爱而富有才华的女舞蹈演员薇拉像彗星似的在他眼前一闪而逝;还有他始终都在进行,而到了大战期间更是无可回避的关于生与死的思考……都为《十四行诗》的一气呵成作了准备。

1922年2月,在里尔克的生命中乃至在德语文学史上,都可算非同寻常、值得注意的时期。就在完成《十四行诗》前后两部之间的一周时间里,里尔克一口气吟出了6首数百行哀歌,完成了他毕生最重要也最难解的作品。这儿说吟还不能表现出实际的情形;诗人简直是放开喉咙大声呼喊,而此乃他作诗时一个独特的习惯——也许,这也是里尔克总在寻找古堡一类人迹罕至的创作地和归宿的原因之一吧。在此,我们很容易想象,激情似火的诗人如何在南瑞士的山中,敞开心扉,以自己的灵魂,和天地对话,和茫茫宇宙对话,向天地、宇宙发出一个个先哲们不断思考而未获圆满解答的询问,关于生的痛苦,关于死的意义……

完成了《十四行诗》和《哀歌》,里尔克如释重负,马上写信给几位挚友:美莉涅、莎乐美、玛利·塔克西斯公爵夫人和尼斯,报告这一喜讯。大家也为他深感庆幸。正像完成了自己的"主要事业"《浮士德》的歌德一样,里尔克把往后的岁月多半也看成了命运额外的赐予。他除去与友人通信,翻译瓦雷里的诗歌和自己创作一点法语诗之外,就不再有大著作问世。再说,在经历了心灵的狂风暴雨的一个月之后,他也确实精疲力竭了,需要休息休息。他尽管仍然深居简出,但却变得殷勤好客,宁静的米索古堡不断地迎送着诗人的新朋老友和仰慕者。1925年初,他甚至鼓起最后的勇气回到巴黎,向这个在他作为诗人的一生中起过最重要作用的城市,这个他既爱又恨的城市告别。与23年前他形只影单地来巴黎讨生活、当艺术学徒时不同,里尔克眼下已誉满全欧,在巴黎的文化界受到了英雄凯旋式的欢迎。他在这座世界文化古都住了7个多月,重新踏访了那些他早已熟悉的文化胜迹、通衢大道和贫民区,到8月中旬才恋恋不舍地离去。行前,他未向任何人告别。对于诗人里尔克来说,巴黎无异于人生和世界,当然是他生活于其中而竭力试着挣脱的资本主义世界的缩影。

回到米索不多久,里尔克就病了,虽然检查结果并非他担心的癌症,情绪仍极为抑郁,于是他便立下遗嘱交给尼斯保管;遗嘱中除对不多的一点财产作了安排,特别强调的是他临终时不要让"任何神职人员在旁边"——跟歌德小说的主人公维特一样。除此而外,他还选定离米索不远的拉龙乡村小教堂的南墙下为自己永久的安息地,并为自己撰写了据认为是文学史上极为有名也极为难解的墓志铭:

> 玫瑰,纯粹的矛盾啊,欢愉,
> 　在如许多的眼皮下,不让任何人
> 　　安息。

有人统计过,到1972年对这短短的墓志铭已有不下于26种解释,而笔者上面的翻译也只是解释的一种。原文的 Lidern(眼皮)甚至有人认为系 Liedern(歌、诗歌)之误,说是诗人的业绩(诗歌)长存,躺在墓中的里尔克因此并未真正安息。我认为,既色香悦人又带刺的玫瑰(纯粹的矛盾)和眼皮(花瓣)都是象征;既是象征,意义就不那么确定,让读者作见仁见智的诠释,也许正是善于对宇宙、人生进行思索、被世间的矛盾搅得不能安息的里尔克的本意。

也许又是一个矛盾吧:一生酷爱玫瑰的诗人,却由玫瑰招来了死亡。里尔克病好后在洛桑认识了一位读过他作品的埃及女子。1926年9月底,为了欢迎她到米索古堡访问,诗人去采玫瑰时刺伤了手,又病倒了。检查结果是患了不治的白血病。他临终前痛苦不堪,却不让尼斯安排医生给他使用麻醉剂或提供其他帮助,坚持要以自己的方式"独特地死去"——

> 他躺着,头靠高枕,
> 面容执拗而又苍白,
> 自从宇宙和对宇宙的意识
> 遽然离开他的知觉,
> 重新坠入麻木不仁的岁月。
>
> 那些见过他活着的人们
> 不知他原与天地一体,

> 这深渊、这草原、这江海
> 全都装点过他的丰仪。
>
> 呵,无边的宇宙曾是他的面容,
> 如今仍奔向他,将他的眷顾搏取,
> 眼前怯懦地死去的是他的面具,
> 那么柔弱,那么赤裸,就像
> 绽开的果肉腐烂在空气里。

收入《新诗集》的这首《诗人之死》,正是里尔克自身"独特的死"的写照。作为诗人,他尽管出生在一个不幸的家庭,生长、生活在一个畸形的社会和没落的时代,但他却又是一个幸运的人。他"与天地一体",和宇宙灵犀相通,能敏锐地感知人世的痛苦,用一部比一部更加深邃的作品将其表现出来。里尔克的精神没有死;无边的宇宙奔向他,他也奔向无边的宇宙。

Ⅳ 奇异的隐潜——"自我治疗"

以文学艺术而论,里尔克可算开一代风气者之一。作为作家和诗人,他经历了一个曲折而漫长的发展过程,思想和创作呈现出不易把握的复杂性。但是,认真观察,我们仍可发现他的主要方面的特征。这些特征之一是创作的主观性,即他写诗和写小说,除去早年尚有维持生计的考虑之外,其后便完全是出于自己内心的需要。

少年时代,文学是里尔克逃避内心孤寂的避难所,是寻找他失落的自我的途径。

进入成年以后,他作为一个病态的社会造就的病态的天才——柔弱而敏感,不断地、集中地忍受着同时代人精神上的痛苦和恐惧。为了得到解脱,里尔克必须将其诉说、倾吐出来。因此,他写作主要是为了自己。从里尔克作品的自传信中可以看出,他从来不关心人们对他的作品的评论和褒贬,他的小说、诗歌越来越艰深、晦涩乃至于神秘莫测,似乎压根儿未考虑旁人能否读懂,原因盖出于他的诗是奉献给"我"的供品。

他的最后的《献给奥尔弗斯的十四行诗》和《杜伊诺哀歌》,这两部作品几乎是不可译的,即使他中期的小说《马尔特·劳里茨·布里格手记》,也足以证明他的作品的孤寂色彩。《手记》的思想倾向乃至题材都近似于波德莱尔的《恶之花》。小说主人公马尔特是个出生在哥本哈根的丹麦人——这大概也不偶然,里尔克最崇拜的小说家为丹麦的雅各布逊;挚友莎乐美的身上有着部分丹麦血统——成年后长期生活在巴黎,而且也作诗,认为要成为真正的诗人必须认认真真"学习观看"……马尔特在很大程度上就是诗人里尔克自己。

《手记》是地地道道的现代主义小说。它没有连贯而引人入胜的情节,没有明确、统一的时间,对本该交待的环境和历史背景也不作交待,仿佛只是主人公随心所欲的自言自语,只是他性之所至的内心独白,因此连德国读者也认为这本书很难懂。但是,它却再生动不过地表现出了作者的思想、情感,表现出了他"精神的一切奇异的恐惧"(瓦雷里语):

> 我害怕睡衣上的这颗小小的扣子会变得又重又大,比我的脑袋还大……害怕我的头脑里某个数字开始增长,直长到我的身体再也容纳不下……害怕我会自我暴露,说出我所恐惧的事情来,同时又害怕什么都说不出来,因为一切原本都是无法说的。

害怕、恐惧、惶惑、矛盾,小说描写的确实是病中的主人公的心理;但这心理却反映他(马尔特-里尔克)早年精神所遭受的压抑。他的恐惧真叫奇异而又各式各样,甚而至于还有"怕被爱"等等。

里尔克生活的年代,正值他的同胞弗洛伊德(1856—1939)的心理分析学说昌行之时,而他的挚友莎乐美后来不仅成了这一学说的信徒,并且亲身参加精神分析疗法的实施。像里尔克这样经常在自己作品中表现出莫名的恐惧、痛苦、抑郁和"狂想"的柔弱天才,自然在莎乐美和其他一些医生眼中是一个病人。她和他们都确曾建议诗人接受精神分析治疗,但遭到了拒绝。原因并非里尔克认为自己无病可治,健康正常,而是他害怕内心的隐秘让别人用枯燥的科学语言和盘托出以后,他作为诗人将无话可说,无须再说,将失去写作的冲动或者说内驱力。在完成《玛尔特·劳里茨·布里格手记》后不久,他在写给他朋友和精神病医生 V. F. 封·盖卜萨特的信中说,他勿须接受精神分析,因为他的作品,原本就"不过是一种自我治疗(Selbstbehandlung)而已"。①

作品就是"自我治疗"——里尔克不只一次说过的一句最能反映他文学观的话。它使人联想起歌德也称自己的创作为"自白"或者"忏悔"。不过"自我治疗"比"自白"有更丰富的含义。用它来"定义"里尔克是恰切的。

当然,"自我治疗",只是指就写作的动因——并非总是自觉的目的——而言,就文学的功用而言;而"治疗"的手段,也就是艺术手法,则因人而易,里尔克本身同样也不单纯。

再者,"自我治疗"或者"表现自我",都意味着作品着重抒写诗人即抒情主体的内心世界,而这内心世界则可以是无限广阔和包罗万象的,就像反映在它里面的客观外在世界无限广阔和包罗万象一样。因此,

---

① W. 莱帕曼:《莱纳·玛丽亚·里尔克》,威廉·黑涅出版社,第 297 页、317 页。

在里尔克表现自我的诗歌和散文中,有乞丐、娼妓、盲人、孤儿以及僧侣、骑士、帝王、奥尔弗斯等形形色色的人,有大城市巴黎,有古老的俄罗斯,有"人类身处一个完全陌生的甚至敌对的世界所感到的失落"(卢卡契语)等等。总之,诗人通过诉说自身的恐惧和痛苦,客观上也表现了他所处的那个病态的时代的恐惧和痛苦。

V 心灵的图像

里尔克是个充满矛盾和复杂的人:他生为奥匈帝国臣民,战后变成了捷克人,一生漂泊不定,住得最久的地方是巴黎、慕尼黑和瑞士,以俄国为精神故乡,但是,却有着德语文化之根。作为作家,他既写小说和散文,也写评论和戏剧,还为后世留下了大量富于文学价值的书信,但是,归根结蒂,他主要还是个诗人。他的诗歌创作,经历了从平庸到杰出,从明朗到含蓄乃至艰深、晦涩的发展过程,早年更多地继承了德国浪漫主义和波西米亚民歌的传统,后来更多地受到瓦雷里、维尔哈伦等现代诗人的影响,但是,在艺术手法方面,却有自己始终一贯的特点,也可称为里尔克对于传统的反叛和对现代性的追求,这就是不同层次的,既诉诸于视觉也诉诸于听觉并且能相互转换的图像性。

与里尔克同时代的文化哲学家兼小说家鲁道夫·卡斯涅尔(1873—1959)说:"里尔克用心将事物化作图像,自己便坚定地生活在这些图像中。从这个意义上讲,他的生活便是没有停顿的创作,同时他也过着一种没有停顿的生活。"[1]心将事物化作图像,生活在图像中,生活便是创作,那么,也可以说里尔克坚定地在图像中创作,以图像进行创作。图像一词的德文为 das Bild。里尔克第一个有独特风格的诗集叫《图像

---

[1] H. E. 霍尔图森:《里尔克》,罗沃尔特出版社,第167页。

集》(Das Buch der Bilder),恐怕并非偶然吧。在这个诗集以及随后的《祈祷书》中,图像主要——但也不仅仅——表现为丰富多彩的新颖奇异的譬喻、明喻、暗喻、借代等等。像"孤寂好似一场雨/它迎着黄昏/从海上升起……"(《图像集·孤寂》),像"夜色沉沉的大地/我的斗室和原野合为一体/我化作一根琴弦/在喧响的、宽阔的共鸣之谷上张起/万物是一个个琴身/充满着黑暗的絮语/在里边做梦的是女性的哭泣……"(《图像集·在夜的边缘上》),像"在世界万物中我都发现了你/对它们,我犹如一位亲兄弟/渺小时,你是阳光下一粒种子/伟大时,你隐身在高山海洋里/这就是神奇的力的游戏/它寄寓万物,给万物助益/它生长在根,消失在茎/复活再生于高高的树冠里"(《祈祷书》)……例子真叫举不胜举,各式各样的譬喻可谓奇美无比,含义极为丰富,常常令读者感到惊喜。

到了《新诗集》以及后来的《献给奥尔弗斯的十四行诗》和《杜伊诺哀歌》中,图像主要表现为象征。如《新诗集》中最早问世也最脍炙人口的《豹》——

> 铁栏在眼前不停地往返,
> 它的目光已疲倦得什么都不见。
> 眼前好似唯有千条的铁栏,
> 世界不复存在,在千条铁栏后面。
>
> 柔韧灵活的脚迈出有力的步子
> 在一个小小的圆圈中旋转,
> 就像力之舞环绕着一个中心,
> 在中心有一个伟大的意志晕眩。

> 只是偶尔无声地撩起眼帘,
> 于是便有一幅图像侵入,
> 透过四肢紧张的静寂——
> 在心中化作虚无。①

这是里尔克向罗丹学习后写的所谓"咏物诗"中最富代表性的一首。以它为标志,诗人实现了前后风格的转变。它的特点和区别于以往的新颖之处在于:一是诗中没有了我字,没有了我的任何情感的流露,我只成了诗外冷静的观看者和忠实的记录者,也就是高度的客观性;二是明显的操作性,意即诗人就像个拿着泥刀的雕塑家乃至手工匠人一样,是一点一点亲手精确地、精心地做成了自己的作品,即图像的;由此产生出第三个特点,即诗中与音乐美之外增加了雕塑美,于意象性之外增加了实在性即所谓物性(Dinglichkeit),于图画的平面感之外增加了立体感。但是,尽管有突出的客观性和物性,尽管诗中没有诗人的我,任何初具文学欣赏能力者都不会把它仅仅看作是一篇"动物园即景",而会感到有深义存焉,但想确切地找出这深义是什么,又非常非常不容易。

从《豹》这首诗,我们已可看出同为图像的譬喻和象征的一些重要区别:在一首诗中的作用,譬喻往往是局部的,象征则是整体的;与对应物(思想、情感、观念)的关系,譬喻往往是表面的、单纯的,象征则是深层的、多方面的、复杂的;要表达的内涵,譬喻往往是明朗的,因为对应物大都说了出来或者不言而喻,象征则是朦胧的、多义的,有时甚至晦涩而神秘。这也许就是里尔克的诗作越往后越难解和多解的一个重要原因吧。像他那以玫瑰为象征的短短墓铭,已经有 20 多种解释;至于《豹》,我说它象征着诗人在面对世界、探索人生时产生的困惑、迷惘、彷

---

① 本文的引诗全系笔者所译。在翻译这首《豹》时参考了冯至的译文。

徨、苦闷,当然也只是解释之一而已。

雕塑美,这是我们在谈里尔克的艺术特色时格外强调的,这当然不无道理。不过,也不应忽视它的音乐美,或者认为音乐美只存在于诗人早期(《新诗集》以前)的作品中;所以,我前边特别着重使用增加了这个词,免得造成音乐美已被雕塑美取代了的误会。正是音乐美与雕塑美并存,赋予了里尔克的诗歌——尽管要读懂它很费力气——以超乎寻常的巨大艺术魅力。

里尔克写诗始终很注意音韵和节奏。他本身就是个出色朗诵家,在自己作品的一次次朗诵会上都取得极大成功,受到热烈欢迎。他写作时有大声念出来的习惯。他中期创作的《豹》等以雕塑美著称的"咏物诗"同样节奏严整,音韵悦耳;他晚期的《献给奥尔弗斯的十四行诗》更是。还不只此,音韵和节奏在里尔克手中,跟可见的色彩和物质一样,同样可以构成图像,同样可以富有象征意味和作用。这儿最著名的例子,要数他收在《新诗集》中的《旋转木马》一诗。据时人回忆,这首诗经里尔克朗诵出来,音调急速,重复中又有变化,变化中又有重复,使听者恍如站在飞快转动的旋转木马前似的头晕目眩。于是,整个诗的图像性变得更充实、丰满,象征意味也更强烈,让人不由得想到忙碌而无意义的人生,想到人生幸福的稍纵即逝和虚幻。

在现代主义诗歌中,知觉(视觉、听觉、嗅觉、触觉等等)可以转换,里尔克的情况也一样。在他那儿,不仅"从钟楼上,一串串钟声沉重地跌落"(《图像集·月夜》),不仅林中的鸟鸣会"显得空虚",会"宽广地,就像天空笼罩着枯林"(《图像集·恐惧》),而且歌声能变成"耳中的高树"(《献给奥尔弗斯的十四行诗》之一)。这样,里尔克将听觉图像变成视觉图像,加强了诗的表现力,启发和丰富了读者的想象。在他最后的那部十四行诗里,视觉与听觉图像的相互转换,本身就构成了一个重要主题,而整个作品,则颂扬了音乐和诗歌这些听觉艺术起死回生般的、能驯化宇宙万物的伟大力量。它可消灭生与死的界线，将诗人提升到与"天使"平等的地位。

Ⅵ 人生·上帝·宇宙

有人认为，现代主义文学的一个显著特征，是哲学的侵入。还有人宣称，大凡博大深邃的文学作品，都以哲学作为骨架。这两个说法是有道理的，拿来观察里尔克似乎格外适合。他在现代条件下，继承和发扬了以歌德为代表的德语诗歌富于哲理的传统；他的主要作品，从《图像集》经过《玛尔特·劳里茨·布里格手记》直至《杜伊诺哀歌》，无不充满着有关人生、宇宙的重大哲学问题的思考和探索。而里尔克在这样做时，除去使用图像和象征代替一般的陈述或思辨语言，还常常穿上了宗教的、传说的神秘外衣。在《祈祷书》和《献给奥尔弗斯的十四行诗》中，这个特点极为显著。

里尔克在诗里首先和最经常探讨的是人生的诸多哲学问题。

在诗人看来，人生无疑是痛苦的。他相信生活中的欢乐幸福虚幻而短暂，恐惧和痛苦却无穷无尽，无所不在。从《图像集》起，他的诗歌就反复咏叹孤寂、恐惧、贫穷、病害、黑夜、死亡这么一些主题，整个调子是低沉而悲怆的。到了《杜伊诺哀歌》，他甚至以基督教的原罪为榜样发明了所谓"原苦"（das Ur-Leid）。在第十首哀歌里，诗人垂死时就像但丁在维吉尔带领下游地狱一样，在年轻和年老的"怨恨"——"伟大的女性"的带领下，走进了那月色朦胧的充满眼泪、忧伤和愤怒的"原苦"之国。因此，对于里尔克来说，生存就意味着受苦，就意味着像《祈祷书》里的修士们那样禁欲、牺牲，就意味着"挺住"（überstehen）。《图像集》中有一首《沉重的时刻》："不知今夜此刻谁在世界上的何处哭/无缘无故地在世界上哭/哭我……"如此这般，在以下三节诗中仅仅将哭换成了笑、走和死,其余几乎是完全相同的重复,重复那诗中主体也感到无从捉摸的不知、谁、何处、无缘无故,从而表达出了诗人对于人生和存在的迷惘和荒诞感。当然,里尔克这些对于人生的看法不是自动从脑袋里长出来的,而是如前所述,系他所处的时代、社会以及彼时彼地流行的哲学思潮——除去叔本华、尼采,还有斯宾格勒的西方没落论——影响的结果。

那么,诗人里尔克是否完全否定人生,因而逃避人生呢? 看来也不。

> 呵,告诉我,诗人,你干什么?
> ——我赞颂。
>
> 可那致命的,狂暴的
> 你怎么对待,怎么承受?
> ——我赞颂。
>
> 那无名的,还有匿名的,
> 你怎么呼唤它们,诗人?
> ——我赞颂。
>
> 你从何处得到权利永远真实,
> 不管穿什么衣服,戴什么面具?
> ——我赞颂。
>
> 哪怕宁静如星座,狂暴如风雷,
> 万物都同样认识你,为什么?
> ——我赞颂。

这首同样完成于米索古堡但先于《十四行诗》和《哀歌》的短诗,用反复重申的"我赞颂",明白无误地表明了诗人对人生的肯定态度。

在里尔克的成名作也是中期最富于哲理性的《祈祷书》中，有一首仅仅只有三行的短诗——

> 主啊，让每个人都按自己的方式死去。
> 生过、爱过而后死去，
> 都有必要，都有意义。

这首诗明确地肯定了生的意义。但是，说得更确切一点，肯定了生、爱和死的必要，而重点却摆在死上，并且提出了"每个人都按自己的方式死去"的所谓"独特的死"(der eigne Tod)的问题。死，生与死的关系，诗人几乎一生都在考虑，而在《祈祷书》第三卷，特别是在最后的杰作《十四行诗》和《哀歌》中，更是成了他思索和创作的中心主题。对于诗人说来，生与死之间不存在决然的界线，不存在不可逾越的鸿沟；相比之下，死还比生更重要，更美，更富于诗意。因此，里尔克对于"致命的"，一样是"我赞颂"。不过，诗人认为有意义的、美的死，是像果实成熟一样的自然的死，是"每个人都按自己的方式死去"的"独特的死"，而非资本文明制度下由工厂流水线生产的成批的千篇一律的死，而非大战中各民族相互残死的炮火中成堆成片的死。里尔克认为，只有包含着死，包含着"独特的死"的生，才会有意义，才会永恒，才是所谓"全生"。他不仅这么想，也这么做，临终前不要医生和牧师帮助，就是为了追求自己"独特的死"。

一方面认定生是必然的苦难，一方面又肯定生，赞颂生；在肯定生的意义和必要性的同时，又认为死比生更重要，更美好——里尔克的这种人生观跟他的整个生活、思想和创作一样，可谓奇特而充满矛盾。他对于死的肯定和赞颂，显而易见，是受了德国浪漫派的诺瓦里斯等前辈诗人乃至歌德的影响的。

万物都处于循环中，
我也生活在增长的循环中间，
也许我无力完成那最后一次循环，
可我仍希望尝试一番。

围绕着上帝，围绕着太古之塔，
我旋转，千万年的旋转；
可我还不知道：我是一头鹰，
一场风暴，抑或一首伟大的诗篇。

这是《祈祷书》里的第二首诗。它同样肯定生："希望尝试一番"，而且指出了生的本质和形式：不断"增长的循环"，千万年地围绕着"上帝"旋转。至于诗中的"我"，显然不仅仅指诗人，也不仅仅指诗中假象的主人公——一名俄国修士，而是代表着全人类。我认为，这首诗形象地探讨了人类和"上帝"，和自然乃至宇宙的关系。与《十四行诗》和《哀歌》一样，整部《祈祷书》——特别是诗人在俄罗斯之行后写的第1、2卷——都是对于宇宙与人生问题的思索、玄想，都是一些集中阐明里尔克宇宙观的哲理诗。

宇宙，在诗人眼中始终是浩渺无边的，而人类，乃至人类居住生活的地球，在宇宙中都极其渺小，都在向着无着无底的深渊坠落，就像"摆着手，不情愿地往下落"的片片枯叶。但是，在冥冥中有一位"神"，"他用自己的双手无限温柔地将这一切的坠落把握"（《图像集·秋》）。

那么，这位寄寓于茫茫宇宙中的"神"和"上帝"，又是怎样的呢？里尔克在《祈祷书》中回答——

在世间万物中我都发现了你，

对它们，我犹如一位亲兄弟，
渺小时，你是阳光下一粒种子，
伟大时，你隐身在高山海洋里。

这就是神奇的力的游戏，
它寄寓万物，给万物助益：
它生长在根，消失在茎，
复活再生于高高的树冠里。

诗中前一节的"你"和后一节的"它"都指代"上帝"或"神"。它是什么呢？它就是"寄寓万物，给万物助益"的"神奇的力"，即自然造化。

《祈祷书》里同类的诗非常之多。

你是未来，是无边的朝霞
笼罩在永恒的平原上。
你是时间的夜阑的鸡啼，
是晓露，是晨钟，是处女，
是陌生人，是母亲，是死。

你是变幻无定的形象
从命运中孤独地耸起，
尚未被世人称颂、抱怨，
像莽林还不曾揭开秘密。

你是万物深沉的奥义，
却不吐露本质最后的一句，

> 你的形象总是因人而异：
> 你是岸，对于船；你是船，
> 对于陆地。

这首诗较之上一首又有了新的内涵，即指出了"你""变幻无定"、"因人而异"的性质，指出了"你"深沉奥秘、不可穷尽的意义。总而言之，里尔克眼中的"神"不是基督教那既人格化、一元化了却又虚无缥缈的主或上帝，而是无时无处不在的、具体而可以感知的但却千变万化的物。里尔克带有无神论和唯物论本质的自然神论和泛神论宇宙观，不已表现得够清楚了吗？当然，它始终罩着宗教、神秘的纱幕，这便是处于近代文明的危机时代的诗人内心矛盾的又一表现。

最后，我想指出，里尔克是继歌德之后，德语文学里出现的最富宇宙意识和人类意识的杰出诗人。正是这个原因，使他和他的诗歌创作变得博大而又深邃。他作为诗人，作为人类的先知和心灵，不只奔向"无边的宇宙"，"无边的宇宙"也奔向他。人们每当读到他那些时而像潺潺小溪、时而像狂风暴雨、时而忧伤沉痛、时而宁静旷达，既富于音乐美又富于图像美和象征性的诗时，眼前自然就会出现立于天地之间苦吟的里尔克的形象。这形象，又常常令人联想到作《天问》的悲愤的屈原，联想到对酒狂歌"天生我才必有用"的李白，联想到站在基克尔汉峰上，面对着日暮时万籁俱寂的宇宙信口念出"一切的峰顶/沉静"的歌德。从歌德到里尔克，文明已经大大跨前了一步，但现代诗人的精神状态却反而由奋发而至抑郁，因此而不满于脚下的世界，试图挣脱出乏味、狭隘的地平线，翱翔于由自己心灵构建的广阔、灿烂、深邃、神秘的天空——这也就是里尔克。

劳伦斯：
交叉的火焰

黄卓越

劳伦斯(D. H. Lawrence,1885—1930)所具有的45个菁华,三分之一属于过去的世纪,三分之二属于今天的世纪。他所面临的问题,是与艾略特、乔伊斯、斯宾格勒等人相同的。在这个世纪初,当天真的乐观主义者向着文明奉献赞礼的时候,他们却看到了另一副景象:文明在腐败。但劳伦斯仍然选择了自己独有的方向,到生命的底层去寻求粉碎的力量和拯救的勇气。他是阴郁、冷峻、深邃、傲慢和彻底的,为了这些,无论是在他的生前或死后,都遭到一些人的误解、猜疑、责难甚至攻击。但他却为世界提供了一个绚烂生命的无出其右的范例:在短暂的光阴里,以巨大的真诚和热情,创作了10余部长篇、3大卷中短篇,及大量的诗歌、散文、书信、理论著作。尽管是那些反对他的人,也不能不承认他是一个稀世英才。他的那些杰出的朋友,如罗素、赫胥黎、杜丽特尔、萧伯纳等等,都曾谈到他强大的生命给他们造成的压迫感。虽然,他的存在本身就是一种对死亡的挑战,但他对死亡却是深深的沉迷,并最后平静地接受了死亡之吻。正如他给布兰文老人所写的悼词上说的,他已和无限躺在一起,成了某种绝对的东西,是一个威严的抽象的存在。他就是他自己,绝对而神圣不可侵犯,也不容任何人接近。

I 自我的绝对存在

　　劳伦斯出生于英国诺丁汉郡伊斯特伍德。根据他自己的回忆,他母亲是个受过教育且性情温良、意志倔强的旧式女人,年轻时突然爱上了与自己性格相反、头发蓬乱、精力旺盛的青年矿工,并草率地同他结了婚。然而,就劳伦斯看来,女人在天性上就有一种无限的侵占欲,而其欲望的第一个对象就是她们的情人或丈夫。父亲要么收敛自己,做一个谦恭的家庭主男,要么被妻子所弃,到外面去寻找女人、伙伴、酒馆。不管哪种情况,他都成了女人的牺牲者。婚后的父亲走的是第二条道路,当他在被废黜家主地位以后,母亲便开始将自己的欲望投向家庭中的第二个男性对象,她的儿子。她的最主要的形式便是爱,即通过爱他人而占有他人。在作为自传体小说的《儿子与情人》中,莫瑞尔太太对儿子的激情达到了心灵痛苦的程度,她将自己的孩子举向天边的红日,喊道:"看吧,看吧,我可爱的孩子!"

　　母亲的这种裹挟一切的爱,对劳伦斯的一生产生了深刻的影响。在 21 岁以前,他几乎无法摆脱这一深邃的关系,"这是我与母亲之间的纽带。我们相爱着,几乎用的是丈夫与妻子的那种爱,……我们通过本能而彼此了解……我们就像一个人那样,彼此感受,甚至不需要任何语言。"[①]同时,对粗陋、缺乏修养的父亲,则表示了对他的排斥性的轻蔑、疏远。16 岁那年,他与杰茜(Jessie Chambers)相遇,最初的关系是建立在两小无猜的基础上的,19 岁时,他们订了婚,随着性要求的剧增,他愈益为她的美所吸引,如果条件允许的话,这应该成为他迅速成熟的契机。但是,不仅杰茜固守的那种令人畏惧的贞洁,戕害了这颗跃跃欲

[①] 劳伦斯:《通信集·第一卷》,剑桥,1979 年版,第 190 页。

试的男性蓓蕾,而且母亲也通过那种"脐带"上的联系,将他拉回到自己的身边。同时,母亲与杰茜都为争夺自己的情人展开了暗中的较量,两人都想最终将他占为己有。

21岁,这是个不小的年龄,可他还是一个母亲的孩子、结婚伙伴的纯洁友人,这是一种令人难堪的悲剧。也就在这一年,他进入了诺丁汉学院。在那里,生理上的性冲动、"内在的魔鬼",强烈地诱惑着他;而过去受到的教育又使他对此感到羞惭。他是自恋的,也因此变得更加焦虑,甚至变态。在当时所写的诗歌《贞洁的青春》中,"因而我颤抖,因我肉体中蛮野、陌生的暴君而颤抖。"他开始在自己的血液中听到了父亲的呼唤,那呼唤让他重新回到父亲生气勃勃、粗野强壮的生命中去。

学院的生活并没有将他改造成为一个温文尔雅的君子,杰茜在她的回忆录中就曾谈到了他对传统宗教及母亲的离异。[①] 第二年始,他阅读了大量唯物主义哲学,如赫胥黎、达尔文、海克尔等的著作,研究了进化、原罪、天堂和地狱、爱等问题,否定了以前作为人格的上帝;并开始从情感上脱离自己的母亲。他告诉罗伯特·里德:"这是第一次,我显现了我自己。"他怀疑像风一样的精神、想象、自由,把灵魂与肉体的关系看作是花蕾与植物、色泽与金雀花的关系,人需要肉体与血液,就像花需要泥土与水一样。但对海克尔等人理论的接受,并没有使他成为一个机械论者,他更倾心的还是哈代那种对人类天性深度感,甚至宿命感的认识,因为,他以为,在"他的主角的琐屑的行为背后,是无形无状的天性的可怖的行为,……一个为人类意识所把握和构造的人,却存在于那种广大的、未知和不可知的天性伦理和生命自身之中,它要比人类意识更其优越。"[②]此后,劳伦斯看待世界的方式便有了一个新的基

[①] 杰茜:《劳伦斯:一个人的记录》法伯,1965年版,第84—85页。
[②] 劳伦斯:《哈代研究》,剑桥,第29页。

点,他所写的几乎所有人物,都是在这个深邃的层次上展开的。在他看来,我们所爱的女人,是通过未知和我们连在一起的,而一切的悲剧,也就是未知中发生的我与她的战争。

这种战争,在他 25 岁那年进一步展开,在短短的几年里,他经历了剧烈的动荡和裂变,从而使他最终一跃而成为一个真正成熟的男人。他的天性开始变得多变而躁动、复杂而忧郁,开始接二连三地追逐新的异性。在与杰茜仍然保持理不清、斩不断的关系的同时,闪电般地与爱格内丝(Agnes Hole)、海伦(Helen Corke)、露伊(Louie Burrows)等人相爱了,最后,又全部离开了这些女性,与一位德国人的妻子弗莱达(Frida Weekley)私奔出国。

事实上,劳伦斯并不是个轻浮的人,他一直在追求那种"永恒、纯洁的婚姻",这几年走马灯似地在他身边走过的女性,正是他执着地要去得到范式实现的一种必然的历验。他在 1910 年春给布朗奇的信中,谈到了新交的女友,爱格内丝希望于他的是得到他的崇拜,拒绝看到他是一个男性。她是标准的维多利亚式的女人,用病态的、朦胧的罗曼蒂克的绒毛将自己包裹起来,接吻不过是一种礼仪,所谓的爱只是生理上的同情,不久便满足和觉得过度了。[①] 海伦是他在此后不久在伦敦遇上的,她向他展示了前个夏天自身经历的日记,她和原来的情人断交后,后者便上吊死亡了。劳伦斯想重新唤起她对生活的热情,并帮助她将日记改成小说。4 个月后,《入侵者》完成了,可是他却陷入到书中男主角的角色之中,爱上了海伦,这同时也是因为她与他过去爱过的女人过于相像。可以想见,他们的这种关系不过是他以前恋情的一个胎型、一个回声。她只想取得一个精神上可以施爱的对象,无法对他健康的、

---

① 见劳伦斯:《通信集·第一卷》,第 153 页。

自然的性要求作出任何反应。① 在与杰茜解除了漫长的婚约之后,他与露伊有过短暂的相爱并订了婚,想与一个女人结婚的愿望似乎成了他难逃的劫数。由于这个新的女人关心的只是她作为女人的价值及他的社会名声,他无法通过她来拯救自己的灵魂,唯一的选择就只有再次分手。②

在1910—1912年的两年多时间里,他失去了数位情人,也失去了母亲。相比之下,母亲的死对他的影响要更其深远,因为这种联系是血缘上的。在过去的日子里,他一直是爱着自己的母亲,但一当他在人格上开始成熟了,便转而憎恨这个代表着"爱"而压迫他成长的母亲。也只有在这个巨大的阴影在心里驱散以后,儿子才会成为真正的男人、情人和英雄。劳伦斯像是一副满拉的弓,需要借助一种力量将箭射出。这时,他遇上了已婚的弗莱达。弗莱达嫁给了比自己大15岁的威克利,一起来到英国。同时,她在德国还有几个情夫,她是个率直、热烈、偏执、凭本能欲望行事、无拘无束的女人,或许正是她的这种性格,反而成了能激发劳伦斯男人气质的那种女人。开始时,她还仅仅限于把他看成一个情夫,但对他来说,婚姻的纯洁性是至上的,要么就得到一切,要么就一无所获。他的这种心理结果使她下决心背叛了丈夫,同劳伦斯一起私奔去了国外。

在劳伦斯的著作中,确有许多反女性的言论,但如果从他的生平来探视这种现象,会发现它是有着自在的必然性的。他前期接触的那些女性(包括他的母亲),都有两个最基本的局限:一是通过精神上的扩张来掩盖、取消肉体的现实性;二是自恋的,从而也是掠夺性的,其结果是导致男性的自我放弃,从属于以她的权力建立起来的"家"。这些也正是劳伦斯毕生憎恨、并在所有的著作中加以反抗的。因为,在他看来,

---

①② 见劳伦斯:《通信集·第一卷》,第239页、321页。

她们的价值是建立在文明发生以来的传统文化的基础上,是这种文化恶性发展的一个极端的结果;从心理类型上看,则是"太阳神经丛"的一种反映,根据劳伦斯的看法,这是一种与主持个体独立和肉体力量的"脊椎神经丛"对立的表现状态,它是以个体与"母亲"的联系、以精神和大脑意识的优势,来否定人的独立性、肉体性、血液意识,从而使个体成为一种微不足道的、虚幻的东西。

首先是基督教文化所认定的那些价值。"爱"、"博爱"这样的词汇成了无比神圣的东西。将爱联系到男人与女人的关系之中,构成了建立和维持家庭的必要的精神形式,人们到教堂去举行结婚的圣礼,就是为了施行基督教所规定了的"爱"的原则。但就劳伦斯看来,在这种圣礼的仪式中,实际上隐含着一种无可避免的占有与失却,而给予者一直是男人,接受者便是女人;男人是礼物,女人是受礼者。在所有女人的内心深处都有一个一成不变的公式,即:女人,她总是生命的母体、生命的源泉,是本质,是一种统一的灵魂,而男人只是她们的工具和成品,是女人身上分离出来的碎片,是夏娃的儿子。这样,当一个男人和一个女人在一起的时候,"爱"就实际上成了一种狡猾的奸计,以便可以让女人从内部来吞噬男人的力量;婚床成了女人得以享用的圣餐,实现她统治的借口。当女性历史性地失去了在外部世界的统治之后,她们就试图在内部控制自己的男人,从而建立对外部世界的新权威。由于渴望爱,男人使他的"脊椎神经丛"处于瘫痪状态,失去了孤独中的力量,在爱的浪潮中淹没,在情欲的高潮之后,像一个嗷嗷待哺的孩子,将自己的头颅倒在女人的乳胸之中,在潜意识里再次进入了母腹。

因而,女人通过"爱"实际想成为的并不是"女人"或"妻子",而是母亲。在《儿子与情人》中,保罗倾向母亲而反米丽安的"吸取",本身也是反母亲的曲折反映。小说后半段,保罗与克拉拉的分手,一直未被批评界充分地认识。克拉拉这个形象是根据伊斯特伍德的一位药剂师的妻子,艾丽丝·戴克斯创造的,她在1910年的春天爱上了劳伦斯,并委身于他。在小说中,保罗被克拉拉强烈地吸引,自然是因为她是米丽安精神优越的一种反比,而携带着一种热烈、蛮野、生气勃勃的肉欲和生命力。但是为什么他们又最终分手了?最关键的并不是母亲那方的引力,而是克拉拉自身固有的局限。她在与他一起体验了性的激情之后,并不满足,"她还想要,而且要某种持久性的东西。"整日想见到他、与他接吻。这种"黏附"终至使他感到了厌倦,它束缚着他,他无法独立于它。虽然他告诉她"夜晚是给你的,而白天我想单独待着",却并未得到她的理解。在海边的那段无意识思绪告诉我们她是一个象征性的人物,虽然,"她到底是什么人?"并未在小说中正面回答,但她的行为还是泄露了:她确是又一个母亲。保罗在与她做爱后就去擦亮她的皮鞋;保罗母亲也愿意接受她作为自己儿子的情人,因为就保罗的需求类型来看,克拉拉更能满足一个男性的情欲投射,也显得更为成熟,因而是个比米丽安更合适的"母亲"。小说的末尾,克拉拉离开保罗而重新回到她以前的丈夫那儿,正好反映了她最终想成为"母亲"的潜在天性,因为与她原先的丈夫巴克斯特在一起,她能"确确实实地感到他的存在",能全部地得到他,而保罗却有点"虚无不定",一直游离于她的爱的庇护之外。根据1910年12月,劳伦斯在一封信上对克拉拉原型艾丽丝谩骂式的用语"她是一条母狗,我恨她"看,作者确也在这类女人身上尝到过现实的苦味。因而,整部小说虽然女性形象有三个,但都反映了"母亲与儿子"之间爱与独立的冲突及由此形成的悲剧。

但爱所具有的同化性及造成的结果,还不单单局限于此。正如一些西方的劳伦斯评论专家所看到的,劳伦斯作品中的大部分概念,都带有很大的象征意义,或者说,他总试图使他的那些具体观念具有更深广的意义。因此,在劳伦斯那里,对男女两性之间的"爱"所作的解释和评判,实际上便包含了对整个文化的认识。首先,爱虽然是一种心理能力,但它也是一种宗教式的信仰。由于基督教的传播和建立,爱成了信仰世界的一枚太阳,它驱逐了人类身上固有的野蛮,及无意识域下的黑暗,使个人意识到他们是生存在一种更明朗的、互相联系的精神世界中。当这种精神要素进入到社会领域中后,特别是到了近代,随着社会关系的发展,它越益形成为一种包罗万象的、可以被明显察知的秩序和体系。婚姻、工作、教育和国家等,则是这种秩序和体系在不同侧面上的表现,它们的共同特征,便是一种相对抽象的"整体包容性",而个人则因为处身于其中,而成了微不足道的东西。"婚姻崇拜",使得自我的情感公开化,将它们放在与一切人平等的地位,将个体变成社会性的自我;"工作崇拜",是让活生生的个体作为一部机器的零件,统一在其机械运转的同一节奏之中;"教育崇拜",是让人具备同一种知识、思想、意志,最终服务于同一个权威;"国家崇拜",要求于个人在先验的总体形式中获得一种抽象的实现,并带来这个总体公认的利益、价值。因此,按照这一思路来推演,便可以看到,在这种"博爱"的名义下,隐藏的只是掠夺和牺牲。文明创造了自身作为母亲的形象,母亲成了文明的象征、这个时代的最伟大的宗教,它的臂膀环拥了整个地平线,无助的个人只有在这个母体中才能求得安全的感受。女人原来是一个性对象,但她却在其中不可察知地兑现着文明的意愿。在历史的进程中,女人要比男人更进一步受到文明的塑造,在潜意识中与文明达成了魔鬼般的契约。因此,在劳伦斯那里,不仅仅两性关系本身,而且就它的象征意义来说,都应该是解决当代问题的焦点。[①] 在这点上,他是接近于弗洛伊德的观点:即文化的终极原因就置于男人和女人的性关系上。

既然,母体中的个人都是未出世的,那么反抗母体也就成了个人最终诞生的前提,这虽然是痛苦的,但也是不可避免的。个人与外在现实

[①] 劳伦斯:《通信集·第一卷》,第546页。

的关系更多地表现为性质上的差异或对立,个人是本质意义上的存在,是橡子的核;而外在现实,即母体,在当代已成了陈腐的外壳——这种意象经常出现在劳伦斯前期的小说中。《虹》里的第二代男女安娜和威廉,①曾经偶尔历验了这样一种心理事实。在蜜月的日子里,他们终日躲在自己的小屋里,这种前所未有的隔绝状态,使他们开始进入到自我体验的内部。届时,他们两人就是自己的法律,愿意怎样享受、怎么破坏、怎么浪费都行,他们像是从橡壳里蹦落的一颗橡核,赤裸地闪光着的个体,那个聚集着人世经验的外壳被远远地抛在身外。有时,会偶尔听到外壳所发生的声音,商贩的、马夫的、孩子的声音,而在更远处,则是这个外壳的完整面貌:屋宇、教堂、居民、工厂、城市,人们在奔忙,各种工作在进行,如今已成了被个体抛弃的衰疲的母体。这也是劳伦斯所认识的个体的生命,就此而言,它在本质上应该是孤立的,是一种活的永恒的核心,是"存在"的绝对性,超出于时间和空间之外,成为生活的急剧活动的唯一静止的中心,一切运动的稳定的核心,也是一个人偶然才暴露出来的人的内在现实。

劳伦斯借助厄秀拉在实验室里所作的思考,可看作他对"存在"的一种终极解答。比如,我们不了解生命就像不了解电一样。电没有灵魂,可在显微镜下却有着单细胞生物存活的影子。那么,什么是它的意志,什么是它的目的,从而把它集结成隐隐约约、可以自己活动的一个黑点呢?它的意图只是自身的存在,可是自身是什么呢?这种彻底的探寻,终于使厄秀拉突然进入到对事物认识的强烈光辉中,她目眩了。之后,她似乎发现,最终的一切是无法解释的,我们只能知道这绝不是可测的机械能量,也绝不是仅仅为了自我保存和自我呈现的目的,它只

---

① 《虹》与《恋爱中的妇女》,是前后相续的姐妹篇,总称《姐妹们》,三代男女是指布兰文和莉迪亚,安娜与威廉,厄秀拉与斯克里本斯基、伯金。

是一种自身的"存在",绝对的存在。因此,它便是最最完美的境界,是无限。

理解这点是很重要的。在劳伦斯的作品中,那些他所信赖的人物都与所谓的"目的"、"自我保存"、"自我表现"毫无关系,他们只是"存在"着,或只体验、只固守着自己的"存在",而不接受或蔑视外部加给的责任,外部现实虽是客观事实,但不是自己,甚至总是在吞噬着存在本身。这些人物有厄秀拉、伯金、亚伦、里立、康妮、梅勒斯、莎乐美;与之相反的则是威廉、斯克里本斯基、杰拉德、古德伦、洛克、克利福(查太莱)、里可。①

当然,除了个体的"存在"是本质性的,外部现实的"在场"也是本质性的。这一点,劳伦斯也是认识得很清楚的,比如,个体在未诞生前,就通过脐带与母亲连结在一起,诞生之后,又与各种环境构成了不可违避的联系,其中最深刻的,还是个人与个人之间的联系,比如当个人进入到两性之爱的场景中后,便会明显地和潜在地与作为外部现实的另一个个体纠缠起来。这种联系的最普遍情况,便是外部现实总是要作为个体的对立面,并进而占有和吞噬个体自身的"存在"。在这种宿命中,个人怎么办呢?劳伦斯的小说似乎一直都在探索着解决这一问题的答案,或者说是在提供一条个人保证自己"存在"源始性的出路。其中一个重要的结论,便是使自己强大起来。这种强大,凭借的当然应该是内心的力量,而不是外部的任何东西,否则,这种得到的强大仍是伪装的,假借的,是在征服了外部势力之后又为另一种外部势力暗中征服了。

在《虹》里面,安娜和威廉原来还是毫无联系的两个个体,各自处于不同的生活空间之中,因为一起走进了他们为自己设置的爱的场景,便

---

① 亚伦、里立是《亚伦的拐杖》中的男主角;康妮、梅勒斯、克利福是《查太莱夫人的情人》中的人物;伯金、杰拉德、古德伦、洛克是《恋爱中的妇女》中的人物。

发生了一种宿命般的联系与冲突。既然有联系和冲突,那么威廉自然也就成了安娜的外部现实,这种外部现实是安娜在潜意识里既厌烦又渴求的东西,由于威廉性格中的那种孤傲、阴沉所构成的权威性,使安娜总是感到自身的存在受着威胁与吞噬。为了渡过这场危机,便发生了安娜裸舞的场景。她脱去了负载于她身上的最终的衣衫,挺着怀孕的肚子,甜蜜地、用一种说不出的快乐和骄傲,想象着自己是面对着唯一的造物主,缓缓地跳了起来。赤裸的状态本身是一种隐喻,即表明不凭借任何外物的源始性,在这样的时候,只有孤独个体所具的内心的快乐和骄傲,而舞蹈则是征服任何畏惧的方式,每一提腿与举手之间,都是以一种心理的力量来否认对方的权力,因而,她终于在想象中看到威廉在她的舞蹈中被活活地烧死了。

　　在这一段描写中,无论是在肉体还是神情中,安娜都透露了一种来自于本质的孤独。但劳伦斯是想告诉读者,孤独中有它的美丽,更有它的力量。正是因为在孤独中,人才与自己的上帝遭遇了,这里清晰地贯穿着克尔凯郭尔式的思考。事实上,是人自己创造了上帝,凭借着上帝的既在,人又自己成了自己的上帝,既然人有了上帝,那就可以借助于他的力量来击碎迫近和威吓自己的外部势力。很显然,劳伦斯并不承认基督教教义中的上帝,他要说上帝的时候,总是包含了自己特有的意思。在劳伦斯看来,自我的上帝,恰好不是基督教中的羔羊和鸽子,而是获得了独立力量之后的凶猛而沉静的"狮子"、"山鹰";不从属于传统基督教所赞美的爱情、恐惧、牺牲和崇拜,而是对它们的否定,并在否定中产生出自信、勇气、傲慢和胜利感。

　　这种观念,是能被劳伦斯所创立的那套生物人类学所证明的。这一学说像一座钢结构似地置放于小说形象体系的下面,即,软弱的个体是受着"太阳神经丛"、大脑意识的支配;强大的个体则因为他们的力量来自于更原始性的脊椎,在自己的尾部。比如孤独的树,它是坚挺的,却并没有什么大脑、脸,只有树干和脊椎。这种对比经常出现在作品中。在《恋爱中的妇女》里,激情中的古德伦捧着杰拉德的脑袋;而厄秀拉则是去摸索伯金的大腿后面,两侧胁腹的下方,他的脊背,因为她觉得正是在那里,她才真正找到这个男人的神秘而充沛的生命之流。在《查太莱夫人的情人》里,大脑型的克利福把头偎在了波太太的怀里,像个有所依托的大孩子;而康妮第一次看到梅勒斯时,便是盯上了他透露着男子纯粹孤独感的背部,他们第一次造爱时,他的火焰也同样是来自于腰部的。从生理上讲,劳伦斯以为真正的男人应当是瘦削的,这样才能更好地挺起腰背。

与以上的思想相一致,劳伦斯所倡导的另一概念便是"放逐"。放逐,至少可以从两方面来作出解释。从具体境遇讲,放逐便是离开一个确定而有限的空间,比如离开"家"、"母体"等,并由此而对"幸福"这样的观念表示蔑视,因为人总是在占有了幸福之后而丧失了自决和勇毅,变得软弱起来,成了"幸福"的奴隶。这样的思路,在一定程度上确有它的历史性依据,从更远的历史景深看,恋家并不是一种本能,而是养成的习惯,是近代文明逐渐建立起各种稳定的秩序之后的产物。在英雄时代,"家"只是一个临时性的观念,有力量的男人都是"放逐"型的,即使有奥德修斯这样的不可抑制的返乡情绪,也仍然是在放逐后的再次瞻顾,带有着英雄主义的伤感和温情,而不是像近代这样静滞的、疲软的、自得其乐的固守。

从心理状态看,"恋家"、"幸福"等属于更意识层面的观念,因而是一种带有布尔乔亚式的恬淡的满足。而放逐,则是进入到更深的未知的存在之中。这种看法,具有劳伦斯自身理论的特征,即将存在、无意识、自由、孤独与个体等放在同一个层面上看待。只有沉入深邃的无意识存在,个人才会发现放逐的原始状态,及自身的孤独感。在光亮里,人总是意识到规范的存在,然而处身于"黑暗"中时,一切规范都成了虚无,黑暗的无形是一种无拘,它给人一种按自己独立意志行动的自由,因而也就是保证个人自立的存在方式,总的看,这也就是精神放逐的实际意义。因此,很自然地,劳伦斯会使他那些正面形象都成为这一思想的实践者。

不管这些看法是如何合理与成功地作着解释,它首先是与解释者的生平际遇,进而更重要地是与解释者所处的时代状况密切关联的。由于封建制与资本制的积累,近代资本文明在一个更大的范围里发展起来,过去处于分立状态的经济、政治、文化与思想等,逐渐地形成了一个巨大的整体。历史的每一次进步实际上也包含着人的一次沉重的损失,就以上情况看,首先便是个体的消融,个人被整体所异化,自由被一种抽象的统一所异化。劳伦斯看到了这一具有决定意义的危机,因而才希望通过重新倡导"自我"来拯救失落的个体,来对抗资本主义文明的"整体",这也是作者最主要的一个思想基点。

但这仍然不是劳伦斯思想的全部内容,因为只要睁开眼睛来注视,就会发现这个世界上到处存在着差异的个体,虽然个人的本质是孤独的,但他人的在场也是本质的,那么如何面对这种对立的事实呢?就个人与抽象他人(中性)的关系看,劳伦斯基本上取的是一种放弃、摒绝的傲慢态度,以便保证孤独所具的纯洁性。但是就两种性别的关系看,是否也能取消或无视这种命定的、本能意义上的逻辑关系呢?这看来似乎是不可能的,它首先是与劳伦斯试图挽回人类在本能上、肉体上的退化的思想有关,这后一个命题的存在,就自然限制了第一个问题的虚化,要讨论性,就不能不引入差异的两性。那么两性之间合理的逻辑关系又是什么呢?对此的解答,便引进了"同一"与"遭遇"这些新的范畴。[①]

[①] 罗伯特·朗勃:"劳伦斯也差不多可合适地称为是写同一的伟大作家,既然他的创作中没有同一就没有性。……那么,当代的性问题也就是一个同一的问题。"《同一的神秘》,芝加哥大学,1982年版,第251页。

从劳伦斯的前后系列作品看,他对自己所设想的那种逻辑关系的认识是有变化的。

在最早的小说《白孔雀》、《侵入者》、《儿子与情人》中,男女两性的同一是失败了,各自依然作为独立的个体生活着。《虹》是一部写得细腻、美丽和深邃的作品,它进一步深化了以前的主题,并在某种程度上作为对以前作品的一种重复。小说写了布兰文一家三代在孤独与同一之间的冲突。第一代人布兰文和莉迪亚是一对异国夫妇,从波兰逃亡到英国的莉迪亚,无论从环境变迁还是心理状态看,都处于"放逐"之中,两人在争斗之后最后达成了同一,但这主要还是建立在"家"的基础上的,事实上是一种双方的妥协。第二代人威廉与安娜的内心争斗最为激烈,新婚之后,她便开始反抗他那种阴暗的占有欲,他们带着满身血迹在暗夜中行走。以后,她击败了他,作为一种报偿,也给他一点抚爱的"便利"。接着两人都有过一段与别的异性的放荡生活,并以此为基础,才放松了两人之间的紧张感,孩子的降生使他们放弃了最后的争斗,并进入了某种同一。与第一代人一样,最终的"遭遇"仅仅限于感官及情欲层次,未进入真正的存在,而且是以牺牲对对方的信任、深层的放逐感为前提的。因而,还并不是劳伦斯所真正要表达的境界。

第三代的主角是厄秀拉,她更是携带有一种倔强的野性。她的第一个情人斯克里本斯基是后来在续篇《恋爱中的妇女》中出现的杰拉德式的人物,表面高大、壮实,占有欲强,但他们所具有的力量都只是外在的,或赖于表面的肉体,或凭借某种社会地位,而存在的内核则是虚弱的,因而往往在真正检验男性品格的时候败下阵来,在他们身上,反映了整整一代现代人精神上的疲匮。厄秀拉与斯克里本斯基似曾有过完美的遭遇,但事后便显得疲弱,暴露了他的局限,不可能成为与她相匹配的、永久的情人,因为同一反成了一种毁灭性的行为。小说最后在海边的那次造爱,对于他是一次最严峻的考验,但他还是失败了、屈服了、销毁了,他们不得不重新分手。分手后荒野雨中的一段场景写得极其凄凉壮丽,厄秀拉一个人在雨里行走,一些不知何处来的野马在她前前后后盘桓,时而将盲目胜利的腰部集聚在一起,时而又雷鸣般地奔跑起来,这些野马是她无意识深处男性意象的象征,但她还是爬到一棵树上,逃脱了它们的侵袭。

从前期作品看,尽管"同一"是被当作失败的事实来描写的,但仍然可以看出,作者是渴望在男女两性之间找到它的,并暗示出它是生命完满的一种最高境界,而人类的主要悲剧之一便是这种同一的失败。然而,就从最基本的方面看,同一与孤独也是对立的,那么在追求同一的时候,又将孤独个体置于何种位置上呢?它们两者间又是否可能同时存在于人的生命之中?在《无意识幻想曲》中,劳伦斯用白昼与黑夜交替往复,不可互替的观念,来解释了这一难题。就男性这一方看,白昼是他独立地生活、去创造伟大事业的时刻,而夜晚则与他的女人一起走进同一的黑暗之中,完成性的目的,即白昼的存在,应当是以孤独的方式来表现的,而夜晚的存在则应当以同一的方式来表现。正如保罗对克拉拉所说的"夜晚是给你的,而白天我想单独待着"。

同样重要的是,无论是同一还是孤独,都应当是纯粹的,即能进入到存在之中的,不让他们受到外部世界的限制和腐蚀。可是从前面几代人物的情况看,他们总是将白昼的意识带入黑夜,又将夜晚的意识带入白昼,用孤独来抗拒同一,又用同一来吞没孤独。他们不仅没能沉入到更深的存在之中,由此来呈示真正的同一和孤独,而且使孤独与同一成了互相侵吞、剥夺的对象。因而,直到《虹》的结尾为止,除了厄秀拉留下一段真正的孤独,别的尝试都归于失败。

厄秀拉将进一步寻找劳伦斯所设想的真正的同一。在《恋爱中的妇女》中,她遇上了伯金。起先,伯金的形象显得有点调侃儿、做作、狂妄,但越到后来就越显得沉静、真诚,并成了小说描写的中心,与厄秀拉相匹的情人。他们的同一是对立面的平衡和平衡中的对立。就选择而言，双方应是自由的，但又不是任意的，即不是在混沌状态中向各个不同方向的发展，不是杰拉德式的"乱交"，而是向着一个方向，同时又排除其他所有方向，这就是存在中的同一所具有的"忠贞"，要求有一种来自于命运的"守律"或"契约"，即伯金所谓的"婚约"，这种婚约与社会无关。但同一不是失去自我、自由，相反，那种无条件的结合才是"分离"。真正的同一不是柏拉图所说的一半对一半，而是作为男性的单一个体与作为女性的单一个体的一种同一，不是一方的傲慢与另一方的屈从，也不是用相互屈从来求得一无分立的整体，而是在神秘的平衡中获得自我，就像两颗星星所保持的平衡一样。

可是平衡不久就逐渐被打破了。这不仅是因为国际形势的恶化，在劳伦斯的个人生活上，身体状况下降，与罗素（Russell）、穆瑞（Murry）等朋友离异，30已逾带来的青春的失落感，都使他越益陷入孤独甚至疯狂。特别是劳伦斯夫妇间发生的无休止的争斗，以至达到快要分手的地步。弗莱达并不是那个可保持平衡的厄秀拉，而是平衡前那个在黑暗里闪着钢铁般光亮的厄秀拉，是"亢奋之母"，要求劳伦斯去崇拜她"作为存在的宏大的女性威严"。再者，被部队扣留，并且让医生检查了他的身体，则是他一生最难以忍受的。他开始喊出耶稣说过的那句话"noli me tangere!（不要碰我）"。这一情绪也渗入到了《亚伦的拐杖》、《袋鼠》、《圣莫尔》等小说中，其中的人物再一次离开了自己的女人或男人，不要异性，不要爱情。虽然伯金对爱的否认还有点勉为其难，亚伦对过去的婚约也显得彷徨游移，但里立却决然地一人独处着。劳伦斯这一阶段的思想显得比任何时候都要偏激，甚至是到了一种狂妄，如毫不保留地否定人类、推崇绝对的、倨傲的领袖等，他以为爱的动力已经竭尽，该是接受"权"的动力的时候了，也就是在内心里寻找一种自我的强大的中心，它表现在与女性的关系上时，便是使女人完全地屈服,让女人向黑暗的力量和骄傲的运动的灵魂作出深深的屈服,由此而来保证男性所具有的孤独与孤傲的位置。然而,就艺术方面来看,正如赛格(Keith Sagar)所看到的,当劳伦斯越是趋向于男人占优势的这种愿望的满足时,他的艺术就越浅薄。他的这种探索显然是不成功的。

到了《查太莱夫人的情人》,劳伦斯的情绪变得更温和些了,与异性同一的问题重新引入了他的视野,这也是作者从一开始到最后的创作中,一直在用全部的心思在关注与探索的问题。但他并没有完全返回到前期那种平衡中的对立的思想之中,这部分取决于他与弗莱达的关系已不是当年那样的和谐、通融,因而,他主要是延伸了中期"女性屈从"的理论,并进而将它转换为"阳物崇拜"这一更完备的教诲,它也是《查太莱夫人的情人》两个最重要的主题之一。在劳伦斯的人类学理论体系中,阳物崇拜是与"阴蒂亢奋"完全对立的。阴蒂亢奋,就是女性坚持自己的独立性,并通过主动的冲击而引起快感,它实际上是一种男性化的行为。这种现象的产生,或者是由于男子本身过于孱弱,以致失却了他权威的力量,如康妮青春时代的那些情人与后来遇上的蔑克里斯;或许是女子的过于强悍,按弗洛伊德及现代心理分析的说法,是由于女性在遭受历史性的阉割以后,仍试图坚持于她们残存的主动力量,如梅勒斯以前的妻子对梅勒斯所做的。这种男性化的行为方式使正常的男女两性关系整个颠倒了。

与"阴蒂亢奋"相反,"阴道亢奋"则是完全女性化的行为,它舍弃自己的坚执与权威,屈从于自己的对立面,从而找回了古老原始宗教中所推崇的"阳物崇拜"。劳伦斯以为,正是由于它的失落,使我们进入了现代,男女之间那种不讲差异的所谓"平等",只能是一种本质的取消,或使得两个个体处于无止息的"间离"与纷争中。小说中有几处曾出现康妮由衷地赞美阳物,以及康妮与梅勒斯亲密地谈论"多马斯"和"琼"的场景,便是作者为阐发自己的意图所作的精心安排。就康妮的心理变化看,先是恐惧,然后是进入崇拜,崇拜使她放弃了现代女性所追求的那种"自我尊严",同时,又正是这种放弃,使她重又获得了必要的尊严,并进而能进到存在的真正的同一之中。

就男性一方看,劳伦斯也改造了中期那种强硬的男性领袖意识,并形成了"崇拜与温柔统一"的思想。从某种意义上讲,它在劳伦斯的系列作品中,可以说是一部"温柔"之作。劳伦斯曾这样谈到这部小说:"对于我来说,它是美好的、温柔的,而且是脆弱的,正像它裸露的自身一样。"尽管小说的男主角梅勒斯又是一个"劳伦斯式的人物",是伯金形象的某种复现,是孤独的、冷漠的、坚毅的等等,但却带上了以前男主角所不曾有的一种温柔,这也同时使这一形象成为更易于为人所接受的。作者写他的眼神是温柔的,他的皮肤、接触也是温柔的,虽然康妮担心他可能会是很强暴的,但等到的却是"一种缓缓的、和平的进入,幽暗的、和平的进入,一种有力的、原始的、温情的进入",正是因为这种温柔使她再也无法固守顽石的坚硬和冷漠,而是化为了"上升、膨胀、翻动"的软性的波涛。正是因为对这种温柔的响应,她无法再像罗马狂欢节中放纵、有蹂躏男性迅猛力量的女祭司,而是转而接受、承诺、领受,变得像无花果般地温柔。也正是因为对这种温柔的感激,她才奉献了自己的崇拜。这种崇拜与温柔的统一,构成了一种新的同一方式,劳伦斯为找到这种更合适的两性间的逻辑关系,而欣慰地把它与伊特路斯坎文化中阳物与子宫交相媲美的图案并论,或者把它比作是大自然中雄蕊雌蕊亭亭互立的原真状态,看成是存活于人类无意识深处的一种最古老的原型。

对于个体在引入与其相异的性别时,如何保持自身的独立、又如何与对方达成一种真正的同一,劳伦斯的认识经历了以上三个阶段,即两性在对立中的平衡,男性的绝对权威,两性在差异中的平衡。就最后一阶段的结构模式看,似乎更能体现同一中具有自我,有自我而能实现同一这一种和谐的两性辩证法。劳伦斯的个性论,反映了他对现代生活的一种严肃的思考,从主要方面看,他的思想,一方面是以已经衰弱了的古代人际模式,来抗拒现代社会中人格的失散,重新唤起不同凡俗的英雄人格和"超人"形象,具体地表现在两性关系上则是男性的权威和对女权的压制,表现在社会体制上是权力意识和贵族政治,从而显示了他思想上的局限和偏颇。另一方面,则又反对自古以来建立起来,并在近代得到发展的社会化、整体化趋势,就此而论,他又是和现代哲学和文学中反传统的精神倾向是一致的,而且带有无视历史既成状况的主观乌托邦性质。就一种思想主张来说,这两方面因素的同时存在,使得那些追随文明与崇尚传统的人都感到很不适宜,但它们在劳伦斯自身的体系中则不构成逻辑上的冲突。不管它们是否可被接受和理解,却真实地贯穿着作者热切的责任感和一种无畏的设想。

II 敞开的肉体

《恋爱中的妇女》中,有一段厄秀拉躲在暗处看伯金用石块抛砸水中月亮的描写。作者将伯金与月亮间的斗争表现得相当激烈,屡次被砸毁的月亮总是顽强地复归到原样。这月亮的象征在《虹》里也出现过几次,当厄秀拉与斯本里克斯基处于爱欲中时,她曾执着地要去探望它,它的冷漠、纯洁的光亮正好挡在他们中间,使他们无法全力地进入到充分融汇的黑色之中。这似乎暗示着伯金只有砸毁她,才能走向厄秀拉的存在深处。

由此可以看出,伯金这种傻里傻气的行为背后,实际上蕴藏着更深的含义。当伯金将这个月亮骂作"该死的叙利亚女神"时,我们知道了,他的顽敌原来就是异教神中执掌阉礼的茜比利。劳伦斯数次在一些关键的地方引出这个象征,是因为在作者看来,正是自她掌握了人类的命运之后,宇宙才开始失去了火焰。她代表了那种让热烈的一极,即男人产生性冷淡的女人。而在具体的生活中,则表现为是米丽安、荷麦恩妮等,再将她推到文化的层面上,正好又是我们时代所崇尚的意识、精神、大脑,以及与之相适应的人为创造的规范、机械、教条等,是与人类的自然本性相对立的。为了表示对她的一种抗拒,作者甚至有意识地要把"阳物,那个你叫做男性生殖器的东西,置于我每张画面的某个地方。我的所有作品都是用以震惊人们那种受到阉割的社会精神状态"。①这种愤世嫉俗的情绪,使劳伦斯对他所攻击的对象,倾入了最充分、最大胆,甚至最偏激的敌意。

至于劳伦斯本人,他在灵魂与肉体上遭及的"阉割",也是他青春时代最难以忍受的一种心理事实。母亲清教徒式的教育给他带来的"耻辱"感,长期以来成了羁绊他走向成熟的内心"情结",那些曾经环绕在他周围的青年女子,看似是比他更柔弱的一方,却无一不是带着强行的意图,试图迫使他进入到她们所设置的精神关系之中,从而取消他作为一个男性固有的天赋激情。这种对青春生命的冷酷剥夺,使他直到27岁遇上弗莱达之后,才真正找到了自己存在的合理位置。劳伦斯,正是"把对梦幻女性的一切仇恨,对她的毁灭性的感受,投入到了自己的作品之中。在《白孔雀》中是莱娣,在《侵入者》中是海伦娜,在《儿子与情人》中是米丽安。米丽安是该诅咒的,因为她代表了整个一代对劳伦斯造成伤害的年轻女子"。②

因而,从这一意义上讲,《儿子与情人》反映的实际上是一场阉割与反抗阉割的冲突,即劳伦斯在为其补写的序言中所说的"肉体"与"字

---

① 《D. H. 劳伦斯书信选集》,海因曼,1962年版,第967页。当时,劳伦斯自绘的一些裸体画在伦敦的沃伦美术馆展出,警察突袭并抢走了其中的13幅画,馆主多萝西·沃伦组织了一批颇具名望的人士向法院递交了请愿书,最后法院只得妥协将没收的画如数还给劳伦斯本人。

② K. 赛格:《从生活到艺术》,矮脚鸡,1985年版,第89页。

词"的冲突。那段看似斑驳离奇的仿《圣经》文字,暗示了劳伦斯在一种更深奥的水准上解释性关系,并试图以此建立新的启示录的意绪。在劳伦斯所移用的三位一体中,圣父代表着肉体,圣子代表着字词,然而字词却颠倒了这种神圣的位置,反过来站在肉体的对立面,取消、毁坏着肉体。字词不是一种生命存在,而是生命的解释,它本身是空洞和无意义的,由于它取代了肉体而造成了肉体的死亡。在此之外的第三种因素则是由圣父和圣子结合而产生的圣灵,它代表着作者所肯定的新的希望,是"好男人"或"好女人"。

在进一步的解释中,字词便被演化为是文明世界中人的意识,它是与肉体本性对立的,由于它的可辨认、可理解、可把握性,而被看成一种光明状态。与之相反,肉体本性在本质上,即它作为内在本能,是盲目的、不可见、不可知、无规范性的黑暗状态。在最纯真的、原始的人类,甚至在动物那里,无意识像是覆盖着一切陆地的海洋,但随着字词的诞生,意识产生了,它先是很微小,然后逐渐成长而扩大,像是一座岛屿在延展中成了一片大陆,占据了心理的主要区域。在日常状态下,一般人总认为这个由人们最完备的意识所照亮的区域,便是整个世界,一切都在其中暴露无遗。在这个区域内,有着人所建立起来的各种伦理、宗教和科学,有奔跑着的火车,轰唱着的工厂;"飞蛾和孩子们"在耀眼的光线上感到十分安全地游玩着。可是尽管这样,劳伦斯以为,无意识并未实际地被取缔,不过是被排挤到了更不为人所察知的地方,在意识这盏灯所照亮的光圈之外,黑暗仍然在四处旋转,它是无比丰饶、生动、充实、深邃的一种存在,具有着无限的生命力,与那渺小的光亮相比,后者立刻就显示出了它的虚伪、空洞和表面化。

进而,劳伦斯将作为存在的最高形式的性爱,看成是黑暗力量最重要的内涵。当我们开始与一个异性"遭遇"在存在中时,灵魂中点亮着的那座意识的灯盏就似乎被碰倒了,它挣扎着,随后便是一片黑暗。在黑暗与黑暗的拥抱中，男人和女人进入到了深不可测的生命之中。在这样的场合，作者便会在作品中制造出一种对比，比如厄秀拉与情人处于爱欲生活中时，便会有一道隐示心理区域的"禁令"卧在他们身边，一面是作为隐蔽的树林，他们借助于它，将自己围在意识无法知觉的黑暗之中，而在他们遭遇之外的地方，则是世界的光亮。因此，既然黑暗本身便是完满的存在，及造成完满存在的一切条件，那么就无须相互观见，无须语言的交流，外部世界被废弃之后，剩下的是自身神秘莫测的实体；反之，也有这样的时候，它在小说中作为以上情况的一种反衬，当厄秀拉与斯本里克斯基在一起时，她依然暴露在月光（阉割女神）之下，意识到皎洁的光亮，她就会失败。斯本里克斯基代表着一种与意识紧密相关的外倾的势力，将厄秀拉引向外部世界，伯金则有一种来自内部的力量，驱使她沉入到黑暗的存在。

　　后期作品中的康妮，是在两个对立世界上徘徊的人物，一个是社会性的外部世界——勒格贝，它是为人的意识所创造，并为常人生活的世界；另一个是原始自然的世界——树林，它象征着本源的内部存在。康妮的日常生活是与前者相关的，而当她想要寻找自己的存在，重新认识和赎救自己的天性时，就走进树林里，与那个终日生活其中的护林人梅勒斯厮守一起。在小说中，勒格贝是丑陋、混乱、残忍的，具有文明发展带来的一切劣迹，而树林则是沉静、深邃、神秘的，是未被文明的太阳照彻、未被人的足迹践踏的清爽之地。树林实际上代表了古老神话中"潘"的精神，在《无意识幻想曲》中，有一段作者背倚大树的抒情式畅想，揭示了树林所包含的象征意义。树木没有正面，没有脸孔、眼睛、意识，只有强大地流动着的血液和巨大的生长欲望。树林的存在，就像是庞大的、不可穿越的、没有声音的生命，因而当年罗马军团会极度恐惧于莱茵河对岸那片浓密的黑森林，即便对着它喊叫，也始终默不作声。劳伦斯以为，在这样的时刻，我们会感到，它们静默的生命力比整个罗马文明世界还要强大。写梅勒斯这个人物,正是为了表现这种"树林精神",他具有一种来自远古的吸引力,将勒格贝的康妮引到它的幽暗与纯洁之中,没有任何恐惧,只是沉静地与它的原始生命力进行隐秘的交流。

当然,他们也曾经失败过。弗兰克·克默德曾统计了《查太莱夫人的情人》中康妮与梅勒斯的造爱次数,共是九次。这似乎不会是偶然的,劳伦斯似是以"九"这个数字来暗示它与《神曲》的对应,表示但丁与贝亚德一起攀行过的九重天。小说里的第四次性体验也是失败的,其原因则是在于康妮的局外观看,清醒的意识贯穿着整个过程,这就排斥了她向黑暗的沉入。在劳伦斯看来,"视觉"是与光亮联系在一起的,而人的视觉又总是意识的一种表现形式,是主体的意识分辨着自身之外的客体,以致引起主、客体的分离而不是同一。在性经历中,保持视觉,差不多类似于观看黄色电影、淫秽故事,带有"意淫"的特征,即是在意识中与对方做爱,从而使直接的体验转化为一种认识活动,这也是具有了认识能力的文明人所特有的。黑夜中的月亮,也是视觉的象征,因而当厄秀拉宁愿将自己奉献给那个光明的月神时,她就不可能拥有和进入存在的黑暗,视觉意识"阉割"了她。

在劳伦斯看来,纯粹的"触摸",即完全黑暗中的触摸,就很不一样了。虽然它还是"摩擦性"的,但比较之下,仍不失为是一种更为"沉静精致"的肉体事实。肉体的探寻不依赖于意识,而处于活生生的沉默之中,以致能在它的引导下进入更黑暗的广大的存在。正如厄秀拉在这种时刻所想到的:"只通过眼睛去了解男人会是一种歪曲",因而,她宁可

用自己纤丽无垢的指尖去触摸实实在在的他,触摸他的柔美的、纯净的、隐秘而无法言传的下部。用她渴待已久的欲望,去触

摸,在忘却一切的黑暗中纯净地触摸活生生的他,……①

"自我",在劳伦斯的思维框架中是个复杂的概念,它一方面与"公众"对立。在这种情况下,劳伦斯会毫不犹豫地标榜它,它虽可被意识到,但又不是一种意识,而是一种无意识深处的个人的"存在"样式。在另一方面,它又是与"无意识"相对立的,即与"同一"性相对立,这时,劳伦斯给予的规定多数指的是一种"意识",或"自我意识"。在他看来,原始人类绝不是从镜子中来认识自己,而是借助于天性本能的直觉探索。现代人的自我意识是与一般意识一起成长起来的一种累赘,因为它越居于无意识天性之上,在任何时刻都把肉体看成是"你的"和"我的",这不但是将天性抽象化、字词化了,而且排斥人进入到存在的一体化中。如果天性的体验确实能感到有一种自我的存在,那也不是在意识中实现的,就像水的化合物,我们无法在其中辨认它是由氢和氧这些分离的要素组成的。

在这一点上,赫麦恩妮与伯金的争辩是激烈的。当赫麦恩妮很为自己的激情理论所骄傲,提出让孩子们处于单纯动物的自然状态,没有理智、没有自我意识,只有本能和激情的时候。劳伦斯借用伯金之口尖锐地指出,有这样一种人,他们根本就不存在着真实的肉体,想当动物只是在头脑中想想而已,想要激情也只是通过头脑的意识去要,这一切并不发生在她隐秘的下部,而是发生在她的颅骨的背后,她只是想通过这种尝试来观察自己的动物本性,在半夜里打开电灯,把自己的肉体记在心上,把自己当做一面镜子,并在镜子里得到一切。而当这一切都是深思熟虑的时候,肉体已经被它的抽象的对立物,即字词所扼杀了;相反,真正的情欲只存在于血液之中。"当精神和已知的世界沉浸在黑暗

---

① 《恋爱中的妇女》,企鹅出版社,1920年版,第392页。

中时——一切都应当离去——应当沉浸在其中,然后你才发现自己是在一个可能触摸的躯体里,像一个恶魔。"

因而,在劳伦斯看来,"认识你自己"这句古老的箴言,就实际上是一句灾难性的预言。在这方面,劳伦斯与尼采走到了一起,尼采更早地看到了,是希腊人使人类的目光变得更为清澈有力,从而产生了对万物及自身的认识,并将"理解然后美"当作是绝对的真理,引起了自我及大脑的分化。希腊的那些"圣人",如欧里庇德斯、苏格拉底、柏拉图,他们集中了那一时代所有智性的力量,并成了我们文明这匹马车上最荣耀的御者。与这一看法相一致,劳伦斯也以为,希腊智者的时代绝不像人们想象的是人类的幸运,而恰恰是人类走向沦丧的一个重大转折。因而,劳伦斯要进一步往前追溯,去看看更早人类的心灵样式。在1915年,他阅读了弗雷泽的《金枝》、《图腾》等著作,在给罗素的信中,他写道:"现在,我仍然坚信我在约20岁时相信的——除了大脑和神经系统之外,还有别一种意识:有一种血的意识,排斥一般的大脑意识而存在于我们之中。"[1]

在《鱼》这样一首隐喻性的诗歌中,我们可以看到鱼与环境(暗指性对象)的完全合一:

> 沉下去,又升上来,躺在水的柔怀;
> 永无声息地向波浪倾诉着细流
> 鱼鳃在波浪里呼吸
> 鱼的血缓缓地流入了水波,闪耀着鱼的火花。

这种感受方式是与文明人迥然异违的,是更为原始的天性自然。

---

[1] 劳伦斯:《通信集·第二卷》,第470—471页。

不仅是因为人类是从鱼中蜕化出来的,而且《圣经》里明明记载着"耶稣被称为鱼"。龟和蛇的意象也像鱼一样,在原始神话中是生殖器的象征。龟的性体验似乎处于一种空白的无意识中。

> 他是哑的,没有视觉,
> 也没有概念,
> 他的空虚的、覆盖着阴郁的眼睛看到了却没有留神
> 当她在泥丘上移动时。

蛇的意象则是:

> 他彻底地沉迷着
> 举起他的头颅,梦似地,像一个醉者,并且颤动着他的舌
>   头像是在空中盲然地叉开,这般空虚,
> 似乎舔着他的唇,
> 像一个神那样环顾,又没有视见,游向空中。

这些动物被劳伦斯神符化了,它们的性生活是一种天堂的至喜,愚昧然而迷醉,在这些动物意象的深处则是我们已经丧失的存在,因而,一旦重新找到它,也就再次进入了远古的生命。

  劳伦斯显然是熟谙于基督教知识的,他的作品甚至论著都多次援引着这方面的内容,但他对整个基督教原则是否定的,因为它代表了意识发展的一种更高阶段,在心智水平上与人的天性相对立。《儿子与情人》及《虹》,这两部作品,集中了他的叛逆情绪。米丽安与威廉分别代表了宗教的精神和符号,提供了女人和男人在宗教状态下的不同实例。首先来看《儿子与情人》,米丽安纤丽、敏感、富于幻想,她最显著的特征

便是那双颜色极深的眸子,仿佛她生命的全部力量都集中在这里,这也是一座灵魂的深林,是保罗所无法穿过的。与之相反的是,劳伦斯没有描写克拉拉的眼睛,保罗一而再地注意到的,都只是"她雪白的脖颈","裸露的喉头","奶油似的臂膀"、"衬衫下丰满的乳房",而它们都是可以接近或得到的。一个是宗教的人,一个是现实的人,按照劳伦斯的术语系统,克拉拉的巨流是下垂的,有一种肉体的重量,而米丽安的生命则是倒流的,流向大脑,将大脑的产物看成是唯一的价值。这样,在米丽安那里,肉体或下身就是污秽的,贞洁只存在于精神的领域。

但是无论精神多么超越,肉体总要生长、成熟,因而,像米丽安这样的女人就会希望自己永远是个"女孩子",她们老是在追忆自己无欲、无冲突的"金色童年",并对"女人"这样的观念加以否定。作为同样的结果,米丽安也在骨子里面憎恨一切男人,并害怕和想方设法使他们不成为男人。她总是以书籍、图画、谈话、花朵来充斥自己的情感生活,她的罗曼蒂克的爱情只限在一种抽象的范围内,是精神器官的一种自由游戏,宗教狂热并未使她像包法利夫人那样最后过渡到肉体的亢奋;反之始终是未"堕落"前的纯净。

小说的进展是必然的、深刻的。当米丽安发现自己的精神力量无法征服保罗的时候,肉体便成了她取得胜利的一种手段和工具。显然,她并没有激动,她是忍受的、冷漠的、任其自然的,她躺在那里,仿佛是作为牺牲品把自己献出来,把身体献给这个充满肉体要求的男人,隐藏在她眼睛背后的目光则像是一只等待宰杀作祭品的动物的目光。事实上,她想呕吐,可是仍然要把这种行为看成、说成是"生活的至高点"。她始终没有理解天性的感召,她理解的正是宗教的原则,因为主说过:"你要服从于你的丈夫"。如果一定要经过某种洗礼,某种仪式,人才能成为一个合格的教徒,那么忍受便是另一种高贵的品格。肉体的奉献成了形式,它本身并没有意义,在宗教的祭坛上,肉体只是一具空洞的僵尸。

在《虹》里,第二代人威廉与安娜的冲突更多地集中在宗教的符号象征与天性实在之间。就安娜看来,威廉所具有的那些宗教认识都是荒唐的——用羔羊来表示别的什么东西,把水说成是迦南的酒等等。而羔羊就是羔羊,水就是水,这应该是人间最正确的、由感官来直接判断的常识。教堂中发生的一幕对于了解他们之间的差异很有代表性。在威廉的眼里,

> 这儿的石头从平原上往上跳跃,跳离开平整的大地,穿过黄昏和黎明及整个欲念的领域,穿过犹豫和低沉,啊,一直,一直跳向狂喜,接触到了,那遭遇和完美的境界,去捕捉,去亲密地拥抱那非善非恶的、完满的、令人晕眩的完善,那超出时间之外的狂喜。①

可是安娜对之的感动却更多地来自于自己的直觉。凭借经验的声音,她知道,这一切并非跳向天上的星星和水晶般黑暗的空间,而是跳向与它们相呼应的另一些石头,直到进入到教堂屋顶的阴森之中,高大的天空只存在于教堂的屋顶之外。她讨厌这些象征的抽象压迫,要求在它的上面,即超越于象征的、比那屋顶更高远的地方,去获得天性自由的权力。

宗教的符号象征只对精神的人类发生作用,它将人类对事物的感受远引到了不可把握的地方,从而使人类不再关心自己周遭的事实。尽管它曾经欺夺了历史性的胜利,唤起了威廉的痴迷,但却没有能够征服人类健全的天性,最后在安娜的一阵嘲讽声中,那些象征物顿成了"一堆乱七八糟的死物"。威廉终于在天空和大地之间,看到了教堂的

---

① 《虹》,企鹅出版社,1915年版,第244页。

渺小,它的门洞的狭窄和虚伪,而那个曾经偶然结伴的女人,却反而变得十分了不起。他发现,在她的肉体上原来蕴藏着如此富饶和惊心动魄的美,他宁肯为那永远开掘不尽的美而发疯,牺牲掉原来尊崇的一切,他甚至不愿放过他对她的哪怕一只脚的享受的权力,特别是那"五个指头向外伸展的地方"。虽然这种明确的肉体事实,并没有使人物进入到更深的天性存在的层次,但它的力量,对过去宗教的虚幻,却已构成了巨大的毁坏。

在劳伦斯的另两部作品中,杰拉德和克利福代表了意识的另一种类型。如果说米丽安和威廉是人类意识在过往历史中的一种延续,那么杰拉德和克利福则是人类意识在近代文明中滋长的新瘤。在后来的作品《恋爱中的妇女》和《查太莱夫人的情人》中,他们的意识努力方向已经从宗教的精神领域转移到社会功利的领域。他们都下到矿井、审视工作、请教专家,试图将自己变成一个占据中心位置的、起控制作用的大机器的主脑部件,并能支配大批在他们手心运转的零部件——各种就业者。他们的意识所领导的机械世界,形成了现代文明新的、伟大的、完善的体系。其中重要的便是抽象的节奏、速度等,这种体系远远超出了个人生命和情感的力量。

这种意识愈是宏大,也就越是抽象,在大脑的无限扩展中,特殊的、生动的肉体便变得十分孱弱。伯金只是一个孤立的自我,而杰拉德却代表了整个的世界,可是在发生在他们之间的那场真正的肉搏中,杰拉德却成了一个败北者。杰拉德与古德伦的第一次做爱出乎想象地疲弱,情欲在炽燃,可是生命已经耗尽,他的大脑立刻受着了伤害,硕大的头颅变得"坚硬小巧",垂倒在古德伦的胸间。克利福是一个象征性的人物,下身瘫痪,阳痿,连做爱的能力也完全丧尽,这样,他只有去追求抽象的机械力量的强大,使婚姻生活成为一种漂亮空洞的言辞,当康妮拒绝了这种生活方式之后,他也只能与波太太进行那种对话式的传情说爱。他代表了现代文明"字词"发展的一个高峰,这也是生命完全死亡的一个极限,在肉体失却之后,成为操作意识的一种机械的工具。

劳伦斯用以对抗这种意识的其中一个重要概念便是"放松"。在本性上,人是自由无羁的,加之于主体的一切限制都与各种各样的意识有关。意识的产生发展了各种精神、逻辑和伦理等体系,对它们的考虑事实上是在给天性设置了对立面,给心理造成了大量的负荷,进而引起一种紧张感。保罗对米丽安说:"你总是使我被迫记住自己是个有意识,能思考的生物。"以致无法让他在生理上像"云雀"那样飞到空中去。放松,也就是取消人由意识带来的紧张,劳伦斯在小说的一些描绘中,似乎接受了柏格森提及的"笑"的主张。保罗希望米丽安能发自内心地笑笑,"我觉得这种笑声将会使某种东西得到自由"。在教堂里,当威廉完全受制于一种庄重的意识,一本正经地昂起他那黑色盲目的头,高唱圣歌的时候,安娜却充满了一种滑稽感,抑制不住大笑起来,直笑得浑身哆嗦,还假装喉咙里被什么东西卡住似地咳嗽。事实上,冲突是在无意识中发起的,笑声是发自天性的一种突然松懈,是活泼的生命力向外的迸发,从而击破意识的紧张状态,亵渎了意识的神圣性。

当然,在劳伦斯看来,更主要的还是能直接沉入到肉体的无羁之中,特别是能达到一种"淫荡"的心态。劳伦斯在许多有关的场合,都用了类似的相关词,如"邪恶的"、"放纵的"、"猥亵的"、"魔鬼般的"等来形容人物的放纵。正如劳伦斯对"自我"、"情欲"、"黑暗与光明"、"死亡"等词汇的运用一样,这个词的含义是丰富、复杂、双向的。无论是其中的优秀人物、中性人物,还是否定性的人物,他们都曾多少经历过这种淫荡的心态。后期在威廉和安娜身上产生的淫荡的肉欲,虽然还达不到同一,就它对以前宗教精神造成的紧张和痛苦感来说,确是一种成功的解脱。赫麦恩妮嘴里所说的淫荡,则只是一种虚伪的意淫,是对天性欲望的扭曲的认识。而杰拉德和古德伦所需要的火辣辣的恣意放荡,在劳伦斯看来,则不过是一种"乱交",因为古德伦所企望的,仅是像罗马祭酒女神那样,图得心理上的纵情快乐,即一种无法抑制的主观上的肉体满足。这些淫荡各具其义,但都至少还是停留在"情欲"的表层,并未进入到更深的、作为存在的深层中去。

然而,劳伦斯认为,淫荡毕竟是一种"放松"的手段,特别是在面对西方伦理所产生的"羞耻"意识时,它起到以一种"罪感"来消除另一种罪恶的作用。《查太莱夫人的情人》中,康妮与梅勒斯的第八次造爱是背面式的,在西方评论界一直争议最多。作者将这次性体验描绘得比任何一次都更为炽烈,使康妮感受到一种更尖锐可怖的、刺人的肉体痛苦,似乎要"把她钻穿了",然而在这终极的赤裸中,却又领受着"痛快而神奇的死"。但她没有死,准确地说,死的是她体内的"羞耻"感。羞耻感是人类产生了意识之后的产物,如夏娃和亚当,自他们偷吃了伊甸园中的"智慧果",眼睛变亮了,从而就有了对自己肉体的羞耻,并失去了蒙昧和天真无垢的心态。从这一角度看,可以将它的产生前溯到更遥远的过去,这种对肉体恐惧和官能耻辱的古老意识,深深地埋在人的肉体根蒂中。既然罪恶已经深重到了这一地步,那么劳伦斯便是希望从这一极地开始他的拯救,尽管劳伦斯的原意并非如此,但他似乎又不得不做出这种矫枉过正的决定,让他的人物去走极端,用一种尖锐无情的肉欲之火去焚毁和驱逐肉体深处的屏障,而使天性的原始处所清扫出一块健全的地盘,似乎只有在极端的作为中,才能使人感到"生命原来如此!"感到世界上无须任何掩遮、任何违莫如深的避嫌。下面一段是厄秀拉在与伯金进行的一次背面式性交后想到的,实际上也是劳伦斯自己的意绪:

> 为什么不呢?她仍然感到极度的快乐。为什么不是善性地去体验一切呢?她为沉没其中而狂喜。她是有善性的。如有真正的

羞耻是多么好啊!这里将不会再有她所不曾体验过的羞耻——然而,她并不害羞,她就是她自己。为什么不呢?——她是自由的,当她认识了一切事情,就不会再有隐秘可羞的事会遭到她的拒绝了。"①

"淫荡"看似一种"罪恶",但它在不同的情况下,所达到的结果是不一样的。在伯金与厄秀拉、康妮和梅勒斯那里发生的行为,起到了消除另一种罪恶的作用,以致能最终回到生命的本原中,"使她成了一个新的妇人"。而在杰拉德和古德伦那里,则只是为淫荡而淫荡,停留在罪恶的层次上。认识到这一点,对于理解劳伦斯其人其作也是至关重要的,在任何场合下,劳伦斯都严格把定着这种界限,以致不让自己滑向歧途。但淫荡本身,确包含着两种可能的企图,以致有时难以区分,为了对此作出说明,劳伦斯提出了一种自己的理论:"人类身体中的性功能和排泄功能相距得如此之近,然而两者的方向(形象地说)又是彻底相反的。性是创造之流,排泄之流则趋于消亡和毁灭。……在真正健康的人那里,两者的区分是明显的,……但于堕落的人,由于深邃的本能业已死亡,这两种潜流便变得难以区分了。这便是真正庸俗和色情的人的奥秘所在:对于他们,性之流与排泄之流是一码事。"②

由此可见,无论是写人类的性、淫荡,还是写动物的欲望,他本人确是抱着十分严正和更为宏大的意图,他是站在历史之流的末端,向前探望人类生命的整个进程,并想以一种新的力量,来挽回在文明进程中失落了的人的自然本性。而性,可看作是他认识生命存在的一个基点,它的对立面则是由意识分化出来的那些宗教、科学、伦理、哲学等。作者

---

① 《恋爱中的妇女》,企鹅出版社,1920年版,第506页。
② 劳伦斯:《凤凰:劳伦斯身后出版的文章》,海因曼,1936年版,第176页。

在完成《查太莱夫人的情人》后曾谈及自己创作的这种严正性,"我始终都在努力做同一件事情,即使性关系变得正当和珍贵。"而他无论是在自己的生活还是作品中,又都总是在强调婚姻的纯洁性。从这一意义上看,正如西方许多批评家所看到的,他在本质上仍是一位带有浓厚清教传统的道德家,不管他自己是否意识到、是否承认,他的理论深处则是有另一种带有禁忌色彩的精神意向的,同时,他也并没有通过对肉体本性的夸张而消除他想加以否定的"精神"要素。

但劳伦斯在意识层面上,则是无法控制自己去走极端,或许这也同时是他又一方面的天赋,即以作为本能的肉体和性来取消文明、意识提供给人类的价值,在这点上,他与弗洛伊德是不同的,虽然两人都以为"正是源于无意识的本能冲动,才使得我们的生存成为必要"(劳伦斯),也都以为文明和无意识本能取一种对立的方式,但弗洛伊德是要求适当压抑本能而取得文明的发展,这就将本能与文明调协在一定的理论与行为结构之中了,与之相反,劳伦斯由于更多看到文明对本性的摧毁性扼杀,所以憎恨文明而希望人的本能全面地推倒文明,他的这种要求,显然也是比尼采更为极端的。尽管他的思索是严正的,他试图拯救人类本性,企望着一种健全人格的意图也是良苦和善意的,但是它也只能限于一定范围(感受性生活),如果将这一结论推向一切范围,以致去否认文明的一切价值,那么至少是与劳伦斯本人重新设立的理论相矛盾的,他在另一些地方,又主张"白昼意识"、"伟大事业"等等,这毕竟仍需借助于意识的力量,后者的存在,便自然使文明与本能的对立游离出了它的绝对性之外。

Ⅲ 死亡与再生

"摩擦"的概念是指双方的同时存在并接触、运动。在劳伦斯的体系中,它具有明显的性意涵。"情欲"和"摩擦"构成对等的一组概念,在情欲水平上的性活动,呈一种"摩擦性下降"的趋势,其结果是导致生命的颓坏。情欲性的性活动是限于纯粹肉体和纯粹感官的,因而是物体的摩擦,具有强烈的刺激,甚至是淫荡和疯狂的,同样也就是那种腐蚀性的、带毒的、毁灭性的爱情。杰拉德和古德伦很明显属于摩擦型的情人,作者对他们的第一次造爱的描写便带有这方面的暗示性,杰拉德是在父亲的葬礼之后,带着一股死气进入古德伦卧室,他脱那件上了浆的亚麻衬衫时,发出了一阵"刮擦声",再就是,他怀着"由肉体摩擦而来的可怕的狂喜"进入到情境之中。这种情欲就像盛满致命烈药的容器,随之而来的是杰拉德的大脑组织的毁坏,而古德伦却在一阵燃烧后处于分立的清醒状态。

摩擦性活动也发生在安娜与威廉、厄秀拉和斯克里本斯基,康妮和蔑克里斯之间。情欲没有使双方进入到更深的"存在",而只是在表面焚燃。进入存在便是进入无限;得到无限,便也有了满足;而在情欲的后面,总是跟随着深深的不满足,一种稍纵即逝的空虚感、一种有限与可悲的东西。情欲的摩擦性活动是一种消耗,损伤着有机组织的活生生的生命,引起肉体与心智上的销毁。再一方面,摩擦尽管是双方的接触,但分离依然存在,它的情欲满足是不同步的,当一方已经衰疲之后,另一方则仍然钢铁般锋利地清醒着,或者凭借自己的主动力量进入满足。过程成了一种各自对对方的占有和实际上的否定。在这样的情形下,女人是可耻的"亢奋之母",男人则如同"老鼠在黑暗的河水中游过"。摩擦不仅发生在性实践中,事实上,在人物行为的一切场合,都能体味出这种摩擦感。

进而,劳伦斯以为情欲是纯感官性的,因而也是一种闪烁着白色光亮的火光。"磷光"一词是作者用以表示这种情欲的惯用的隐喻。磷光来自空气的摩擦,来自坟墓,是一种阴森森的游荡着的光亮,有时又闪烁着强烈的白光,冰冷而且刺人。保罗最后向金色磷光的城市走去,显然是怀着一种巨大的失望感的。虽然在早期小说中它还仅仅指工业城市的一种放射物,但在后来则进一步扩大了它的意义,特别是在劳伦斯看了波提切利的"维纳斯的诞生"后,他就开始把这个象征着爱情与美丽的意象看成是磷光的另一意符,不仅仅是泛起的泡沫,也是画中女性肉体本身,均给人一种磷光闪烁的冷灼感。《羽蛇》中的西玻里亚诺便以为"主泡沫的尖嘴的阿芙洛蒂德(维纳斯)"代表着摩擦性的女性亢奋,而在《意大利的黄昏》中,劳伦斯写到:

> 阿芙洛蒂德,她是感官的女皇,诞生于泡沫,闪烁着感官的光亮和海水的磷光,于是,感官便成了它自身有意识的目的;她是闪烁的黑暗,是光亮的夜晚,是毁灭般的女神,使白色的冰冷的火焰耗尽却并不创造什么……它们知道自己的目的。它们的目的是感官至上。它们寻求着感官的极致。它们寻求着肉体的缩减,肉体只是自身的重复活动,造成一种危机,一种迷狂,一种于迷狂之中的磷光的纯化。①

阿芙洛蒂德闪烁出的白色、冰冷,是与另一意象"虹"所闪烁的明朗、温暖直接对立的,后者是创造,前者则是死灭。但它又不是彻底的冰冷、彻底的死亡,而是死亡的诱惑;它也不是彻底地失去肉体,而是纯粹的肉体,进而引起肉体的退败。它也是"月光"般的,间于白昼与黑暗之间的阴森森的光亮,不是彻底的、不朽的、无限的黑暗,是黑暗的一种尖刻的叛逆者。在另一处地方,即《恋爱中的妇女》中,劳伦斯借助伯金之口,将阿芙洛蒂德说成是腐败涌流之河的花朵,是死亡过程中段的花团

---

① 劳伦斯:《意大利的黄昏》,企鹅出版社,1916年版,第42页。

锦簇的事物,"是在普遍解体的阵痛中诞生的,紧接其后的则是蛇、天鹅与荷花——那些是沼泽之花——而后又生长出古德伦和杰拉德——他们是在毁灭一切的创造过程中产生的"。

当然,摩擦并非是不需要的。在《无意识幻想曲》中,劳伦斯讨论了白昼与黑夜交替循环的自然规律,在黑夜中,意识消退而本能惊起,通过纯净的摩擦危机和大幅度的血液的撞击,体内的全部血液就开始发生了嬗变,当重新步入白昼时,个体获得了新的、蓬勃的生命。但劳伦斯不是就此主张可以停留在摩擦的危机层次,即情欲层次,而是将这种摩擦看做否定的前引,将状态中的人导向深层的血液意识,进入到生命的黑暗的存在。存在的进入便是生命力量的还原,与纯粹感官肉体的摩擦,即情欲的单纯激发不一样。"遭遇"是从最深的存在本原之中,从比阳物更深的泉源之中,涌出奇异的生命力量来,"遭遇"的情境不是刺激和疯狂,而是在热烈之中,保持着宁静、沉着、纯净、充实、平衡、自由、神秘等,是通过并超越感官肉体的表面性,沉浸到丰饶与完美的黑暗,即最终的无欲和无限,当他们再一次站起来时,身上"有一种说不出的自由和强健",成了一个更完美的新人——这也是厄秀拉和伯金的心理历程,是包含在肉体事实和两性关系中的真义。

厄秀拉和古德伦这两姐妹所走的道路是不一样的,最初,她们都分别遇上了自己摩擦性的情人,斯克里本斯基和杰拉德,但她们都没有因此而满足,摩擦性的情欲体验不管从哪方面说,都是暂时的,是一个中间阶段,人总会离开它,去追逐更进一步的目标——如果那目标可能出现。厄秀拉最后走向了伯金,进入了再生的、创造的境界,古德伦则在排斥了杰拉德之后,找到了洛克,进入更深的腐败与死亡之中。劳伦斯为古德伦所安排的那个生命进程,即从杰拉德过渡到洛克,是想表明人心中有一种对死亡的必然渴求和追循,即人类从"摩擦"进而发展到"解体"的历史进程。

《恋爱中的妇女》中出现的两尊塑像,可看做是这种对比象征的使用,阿芙洛蒂德象征着"摩擦",西非女人则象征着"解体"。这个黑木雕似的西非女人的确有些令人费解,同时也给人留下了很深的印象。虽然还可以从她身上辨出有肉感余韵的臀部和短腿,但在其上竖立的是细长的腰肢、甜瓜式的脑袋、缩小的甲虫似的脸,它们是萎缩的、变形的。劳伦斯以为,在几千年之前,她或许有过那种善良、创造和神圣的心愿,但自从感官和公开表达的"意向"分离以后,纯粹肉体的欲望变成了对它的"认识",只剩下了"理解"的冲动,进而被组织进一成不变的模式。神秘的知识被压迫并结束于感官,并分化瓦解,从而只活在冰冷的死亡的毁灭之中。分析的力量来自于知性,它是从内部将肉体解体,最终,有机组织便下降到最基本的原素和死寂、弥散的物质,情欲的人进一步堕为卡夫卡意指的那种琐屑卑微的甲虫类爬行动物,剩下的便只有坚硬的背壳。西非女人恰好是阿芙洛蒂德的结局。

如今,虽然这个西非的种族早已在地球上消失,但它们的进程,却留待于几千年后的白种人以同样的方式来加以完成,恶将在更高的层次上循环。小说中的洛克,便是这个最后的白种人在现世的代表。他的形象里包含了西非人的气质,给人一种发育不全和萎缩了的感觉,古怪和丑陋,是北欧神话中好恶作剧的侏儒的一个翻版。他所具有的成人的那种狡猾和高度理解力,与他肉体的退化形成了鲜明的对比和统一。他冷嘲热讽、禁欲主义、愤世嫉俗、憎恶理想,是残酷和冰冷的。与情欲型的杰拉德相比,他自然更进一步属于死亡,正是这种绝对的死亡才给予古德伦以更大的诱惑。

杰拉德虽然也是一个北方人,具有"线条分明的北方的躯体和一头金发,像是阳光在一闪间照亮的透明的冰层",但他的冷漠是有限的,他具有着人性所固存的那些局限,在内心里,对其他人,对整个人世还有所依恋,无法摆脱他对诸如德性、正义、爱情、理想等人间事物的依附,他是机械与情欲的混合物,代表着这个现存世界的价值,并是现存世界的最好的样板,仍然是狼图腾的种族的后裔,不曾彻底成为像耗子、蝙蝠、甲虫那样的低级生物。因而,对于那个要进一步体验死亡的分解的古德伦,他的情欲的鲁莽和笨拙的力量就不能达到她的欲望中枢。而相比之下,洛克则兼有更彻底的知解力。以至于能像一把有虫豸般悟性的利刃,带着尖锐的穿透力,透彻到她内心的核心部分。

虽然古德伦也向往情欲与快感的极致,渴望像克莉奥佩特拉和玛丽·斯图亚特两位女王那样,在情人的怀里气喘吁吁,通过自己的纵情而获得男性的精华,但对于这样一个现代女人,她们的这一类情人只是一种燃料,纯粹肉感的经验毕竟太偶然,一旦焚烧净尽,就会止步不前,化为空虚和寂灭。能真正满足她无穷追求欲望的,只能是不断的分解所产生的微妙刺激。和洛克在一起就不一样了,他们可以一连几小时地闲聊,甚至可以把几种语言掺杂在一块交谈,享用语言编织的色彩迷离的漫长谈话,将想入非非的语言的彩球不断抛来抛去,一直徘徊在某种无形的衷肠欲吐却又踌躇不决的边缘上,用无限拖延的方式克制着永远无法到来的向往,可以是一百年,也可以是一千年,兴趣将永远存在。在其中,感官的邪恶在知性的形式中得到了另一种满足,这对于古德伦来说,当是妙不可言的最终分解和毁坏,让生命永远一段段、一片片的消融。

从劳伦斯的目光看,眼下的时代还主要地属于情欲的时代,因而,如果说杰拉德属于现世之人,那么洛克则是未来之人。在《查太莱夫人的情人》中,这个对比进一步出现,蔑克里斯是现世之人,代表了摩擦型的情欲,克利福则是未来之人,代表着解体型的知性。劳伦斯对人类的进程有一个自己独特的看法,他以为,这种进程便是从一种混合物到有机体,然后是有机体的解体;即从原始生命到纯感觉主义,然后又通过摩擦下降,到知性解体。这种一前一后的过程,形成了一股浩大的"腐败的涌流"。这是每个民族的必由之路,反过来看,就是毁灭的愿望压倒了别的任何愿望。这样,古德伦舍弃杰拉德,最终成了洛克在知性感召下的最完美的"情妇",便是一种必然。杰拉德最后在竞争中败北并死于洛克所代表的冰雪的峡谷之中,也是一种必然。但作者并没有完全将这个蓄意谋害的凶手归在洛克名下,而更主要地是把其看成冥冥之中主宰历史进程的天意的操纵,这可以从小说结尾所显示的不可知的宇宙景象中看出。因为既然未来的世界并不需要任何人,剩下的就只能是最终分解的宗教的秘密。

也有与之相反的人存在,比如厄秀拉和伯金,这两个人物身上显然融入了劳伦斯与弗莱达的经历和体验。他们跑出了北部的巴塞尔雪原,奔往南方。在这里,冰雪的北方和温暖的南方成了一种死亡与再生的对比象征。在劳伦斯的宇宙结构中,人类最早应该是从南方诞生的,希腊和意大利虽然还有着原始生命所具有的生气和创造力,但自从苏格拉底、柏拉图、亚里士多德、耶稣、释迦牟尼开始用大脑的创造代替了生命的创造以后,肉体便开始衰退了,接着是文化的北移。北方民族是人类文明发展的一个高峰,但也是人类末日的最后驿站。南方是美丽的温暖之"虹",北方是洁净的冰冷之雪。冰雪的意象已经跨越了"磷光"的意象,具有魔幻般的麻木不仁的杀伤力,使厄秀拉感到恐惧,使伯金涌出一种蔑视自然的镇定,使杰拉德深怀妒意的痛楚,却在古德伦的心中唤起了陌生的狂喜。那晶莹天幕下的雪峰和冰柱林立的峡谷,是古德伦向往的地球的中心,她为之神迷,以至于希望一直深入到这永恒积雪的不朽之中,到最后一座神秘的山峰上去。古德伦代表着那种在无意识中竭力地寻求死亡,以死亡为最高快乐与目的现代人类。

当然,劳伦斯自己也是渴望这种死亡的,特别是经历了大战的危机,他开始对人类产生了莫名的失望和憎恨,那种渴望堕落人类彻底死去的信念变得越益决然,以至成了曼弗雷德式的宇宙般的悲怆。当杰拉德奋力潜水去抢救溺水的安娜·克莱奇的时候,那个代表了劳伦斯心态的伯金却显得无动于衷,这一细节充分反映了经历劫难后的劳伦斯的思想,它也是与那个时代普遍滋生的毁灭感相通的。只是劳伦斯进而将它上升到一种形而上的高度,由此而论,人类只不过是不可知事物的一种表现,并非必然应当存在或永驻的,它的消亡也只意味着一种特殊表现方式的完成和结束。特别是当人类在文明的扼杀下,成了"废弃的文字",而死亡已成为当代最明确的现实的时候,那么进一步促成它的速朽,就会是一种言之成理的事情。劳伦斯是想让一些天才来实行毁灭之事,即以雄健的死来扫荡疲萎的死,"一直走向前去,使解体进入到死亡的黑暗,达到消亡的极点。"

在现代文化领域中,劳伦斯确是个恶魔式的人物,他怨天尤人,满腹仇怀,对一切都看不惯,对一切都持有一种决不宽恕,决不容情的态度。他天性中固有的敏感和激烈,使他总是以一种有所放大了的样式来看待人类的恶,因而他的否定和悲怆就会是空前的。在《虹》之后的每部小说中,他似乎都在扮演着一个宣告人类末日到来的预言家。但同时,他又不是一个绝然冷漠的弃世论者,他的天性仍然是个带有浓重浪漫色彩的幻想家,而他具有的严正性又决不允许自己将人类的悲哀看成一种玩笑、一种可弃之不问的事实,他渴望创造的欲望比渴望毁灭的欲望是同样强烈的,由之可见,他之企图于人类灭亡的思想中,必然就怀有着更深邃和诚挚的抱负。

显然,劳伦斯是谙悉当时通行的一些英国人类学家,如弗雷泽、赫丽生、墨雷等人关于四季循环、生死更替的思想的,他也像但丁,进而是当代的尼采、艾略特、本雅明等一样,相信有一种毁灭与重生的宇宙性结构,它事实上也是古代希腊文化和希伯来文化的基本思维模式之一。这样,毁灭就不怎么可怕了,同时,毁灭也会有了区别,"毁灭的精神,当它粉碎了某种自我并使灵魂向着宽广的天堂开放时,便是神圣的。……就像成长一样,当腐朽是纯然的,一切都由它而引渡的时候,它就只是神圣的。但如果它是作为一种未触动的整体中加以控制的行为,并加以经历时,那么它就是糟糕的。"①在小说人物洛克那里,毁灭被当成了一种目的,生存的底层是绝对的虚无主义。而劳伦斯的毁灭是一种引渡,否定虚假的生存是为了求得真实的生存,希望有更强盛的人类,希望人重有"红色漂亮的双腿和鲜红的屁股"等等。

劳伦斯为我们呈示了两种生命再生的方式,一是缓慢地沿着"腐败的涌流"向后退缩,离去将死的自我这一端点,一部分一部分地减缩现有这个腐败的自体,这也是一种毁灭自我,是毁灭与创造的同步进行,毁灭了殖生的败毒也就是创造性地保留了过去健康的躯体,而性别则是最好的"退化剂",以至最后失去现有的自我,返回到人由之而来的本原生命之中,这也是康妮和梅勒斯所采取的形式。另一则是通过彻底毁灭现有状态,让旧的人类完全死去,从而使新的生命能在纯粹中诞生,因为大自然的创造力是不会消失的,它完全有能力补充新的物种、引进新的人类,像《死去的公鸡》中的耶稣,在死去之后又纯粹地返回人世,便是启示般指出了这种途径。但不管是什么样的形式,劳伦斯本人则似乎是要做这引渡人类的诺亚,他呼唤着:"现在,我们变得愤怒了,等待着洪水的到来,冲走我们的世界和文明。真的,让它到来吧。而某些人将准备诺亚的方舟。"②下面就更直接了:"这将是荣幸的,如果天主送来一场洪水并淹没了世界。那么,我就将要成为诺亚。"③

另一方面,劳伦斯又将目光投到了现存世界中那些更具原始生命的地域。这些地域的存在似乎形成了一种具有排斥力的潜在的中心,不可抗拒地对我们已有的文明形成强大的否定。意大利在他的视野中

---

① 劳伦斯:《凤凰二集:集外的和其它散文作品》,海因曼,1968年版,第402—403页。
② 劳伦斯:《凤凰:劳伦斯身后出版的文章》,第733页。
③ 劳伦斯:《通信集:第二卷》,剑桥,1979年版,第339页。

具有特殊的地位,它更具有南方的气质,因此,厄秀拉和伯金奔赴维洛那,爱尔维娜和西西欧奔赴佩斯科卡拉奇,亚伦奔赴佛罗伦萨,它们也是劳伦斯灵魂中的新的驿站。佛罗伦萨则被他看作是北方意识与南方意识的分界,在这里,两种因素同时存在。北方意识是女性化的,是一种"平面"的水波,代表了道德、纯洁、平等、公众等人类的价值;而南方意识则是男性的、狄奥尼索斯式的,是"垂直"的火焰,具有个人的宏伟、放逐、豪迈,以及原始的冲动。当亚伦在雨中来到佛罗伦萨的沙诺利亚广场时,就遇上了两种力量的交汇,一面是米开朗基罗的大卫塑像,它是佛罗伦萨精神的象征,裸露的身子被雨水淌出一道道湿的印子,白皙、健美,然而又矜持,稍带点遮掩。另一面则是邦德勒纳的男人塑像,更加原始、强壮、笨重,是佛罗伦萨肉体本性的象征,有一副无畏和强大的气派。

再往南行,劳伦斯就到了西西里,西西里具有半希腊、半非洲的风格,因此也就更合乎他的预往心理。劳伦斯将这个炎酷的地方进一步主观化了,他看西西里的海水是"黑色火亮的洪流";西西里的月亮已失却了它在北方给人的冷漠,不再成为白色与纯洁的象征,而是红色燃烧的球体;西西里的太阳也是黑红色的,从天空倾泻下热烈的光波的洪流,以至于他相信"我的皮肤变成了黑色,我的眼睛变成了黄色,像是一个黑人似的"。"看,在我的血管里,北方的乳白色的泡沫,凝聚而成了浓黑,就像是熏烟的乳香。"在劳伦斯的心目中,西西里的太阳是黑人异教徒的上帝,而不是白人基督教的上帝,像酒神狄奥尼索斯的生殖器产生的火热,而不是日神阿波罗的意志闪烁出的光亮。他要以自己最深的灵魂去接受它的照耀,为此,他还要进一步到美洲去寻找更古老而真实的宗教。

在去美洲之前,劳伦斯先是研究了一批早期美国的文学作品,并顺便写下了一些评述文章,于1923年合集为《古典美国文学研究》出版。

从书中的整个内容看，劳伦斯对文明化的白人美国是失望并持一种批评态度的。他认为，自从富兰克林开始，意识便开始排斥感觉，虽然霍桑的作品进入到了比陀斯妥耶夫斯基及任何法国小说家还要深邃的人类灵魂，即"最早的抽象的蛇"原型心理之中，但由于他的感觉和意识的分离，在保有完好的感觉理解力的同时又体现了意识理解力在其中所作的努力，后一方面的因素恰好造成了艺术的失败，而前者则又为我们提供了"白色人种精神堕落"的历史证据。麦尔维尔的"白鲸"进而在象征上表达了"我们最深的血液意识"的丧失和"白种人最后的阴茎"的毁灭。而最终捕获白鲸的则是惠特曼，他成了一位感官的精神堕落的最后引路者。劳伦斯的结论是："美国的基本灵魂是冷酷的、孤独的、禁欲的"，"在美国，没有人凭血液行事，他们如果不凭借意志，就是凭借大脑神经"。因此未来真有希望的美国绝不是白种人所代表的那个北方的冰冷的世界，希望存在于阳光焚烧的南方印第安人那里。

劳伦斯进入印第安区域的缘起，是因为一位新墨西哥陶斯"感化院"的女主人梅布尔的邀请，她在读了劳伦斯的《大海与撒丁岛》后，便以为只有劳伦斯这样有感受力的作家，能将陶斯乡村和印第安人充满活力的生命写进书中去。劳伦斯开始接触印第安人时的感受是复杂的，更多则取一种批判态度。可是自1924年，他对印第安人的态度发生了很大的变化，特别是在查帕拉湖边生活了一段时期之后。尽管劳伦斯在天性上对生命中的弊习一直是很敏感的，但他依然从自己的主观理想出发，在印第安人身上发掘到了他试图热烈表白的东西。

劳伦斯的印第安小说包含着一些一直为人忽视，却相当迷人的篇章，如《羽蛇》、《骑马出走的女人》、《圣莫尔》等。它们反映了劳伦斯灵魂探索的又一终极。以上3部作品的主角都是白种女人，女人的意象在劳伦斯的思维体系中代表着水、阴柔、屈服，因而，历史的进程便在作家的主观安排中倒逆了，白种女人向印第安男人的屈服，成了文明向原始屈服的佐证。《羽蛇》中的凯特离开了那些蝇营狗苟的文明世界中的美国朋友,屈服并嫁给了印第安人西玻里亚诺,走进了古老阳物崇拜的神秘宗教之中。那个骑着马出走的女人则离开了代表白人精神和教义的萎缩、老朽的丈夫,在文明社会中迷失了道路,并孤独而无畏地到深山之中去寻找避居的印第安人,既然她对自己种族的上帝已经厌倦了,因而便能坦然地接受血的祭献,将自己作为文明必要的祭品,赤裸而完整地奉献在印第安人的古老神坛上,而当"太阳"最后照在"冰柱"上的时候,整个白人世界的死仪和棕色人种的复活也就完成了。尽管小说中的印第安世界,还保留着冷漠、残酷的精神因素,尽管劳伦斯和那些白种女人对古老的南方宗教还持有怀疑,但他仍然对它们表示了断然的屈服。

《圣莫尔》的美丽之中蕴含着对印第安世界的更迷离曲折的追踪。莎乐美,又是一位迷失了方向的白种女人,当她决计要与自己的白人情侣里可那种摩擦性的性关系绝离的时候,她遇上了那匹俊美异常的印第安褐色马,圣莫尔。它的洁亮的耳朵在光赤的头侧像是两把短剑,它的金红色泽的一身皮毛像一团黑色而无法洞见的火焰,特别是它那大而黑的明亮的眼睛透露出的尖锐探寻的目光。于是,在她疲倦的年轻女人的灵魂中,开始流动了对古老世界的感受,它的目光、力量、活力都让她有一种想哭出来的感觉。显然,圣莫尔在小说中是一个象征,它似乎从另一个永恒黑暗的世界盯着她,以一种神秘的火焰焚烧着她内部的冰冷,烧毁了她自己过去世界的那堵围墙,旧的她终于死去了,这也是劳伦斯试图象征的文明世界的一个死。

但是,圣莫尔尽管有一种摧毁的力量,它是否就可以成为她的救赎者?圣莫尔毕竟属于一个外在于她的世界,一个马的世界,一个像是半人半马怪物的、已经死去很久的英雄的世界。它对于她来说,更像是一种幻觉。或许,她需要通过两个更真实具体的男人,书中的印第安驿夫莱维斯和弗尼克斯作为媒介，才能到达这个陌生的南部阿美利加的生命中心，形成一种崭新的、充满活力的人格。但莱维斯只是退回到一个私人的，更准确地说是他孩提时代的世界之中，为一个苍白的幽灵，即他在威尔斯的模糊的、孩提的过去所幽禁着，完全没有居尔特神话中粗犷和强壮的精神。弗尼克斯则是一个性奉献的男人，失去了他的完整，因而不可能在人格水准上成为露的情人。总之，那个作为原始的印第安人的上帝——"潘"，并不存在于现存的土地上，如果"潘"在莱维斯身上已成为一个幽灵，那么在弗尼克斯那里则简化为一种性的便利。

正如 K. 赛格所提示的，在这里，劳伦斯似乎是运用了一个班扬《天路历程》中的基督教意象结构，莎乐美可看作是当中的耶稣，一开始，他哭着说："我能做什么才被拯救"，耶稣自己是无法为自己指明拯救方向的，直到福音的到来，才使他有了明确的方向，而圣莫尔便是当中的福音。但另一方面，既然是福音，也就不可能是目的，因而，圣莫尔充其量只是一位使者，一种可视见的"可能性暗示"。这样，莎乐美最终离开了曾经是她的引路人圣莫尔，离开了那个变形了的、虚幻的、不自然的印第安。当她最后来到一个更野蛮、更强大、更美丽的荒野之上时，她才直接与看不见的神、看不见的火焰——赤裸裸的潘碰面了。

> 她感到在自己的内心有一种巨大的平静，似乎这种现实是她自己创造的。感谢上帝，因为毕竟，对于她来说，那隐秘的火焰就在天空中，在荒漠上，在群峦间跳跃和燃烧。她在环宇之间感到某种潜藏着的圣洁，潜在的圣洁和春天的火焰，这是她在欧洲、在东方都绝对感受不到的。[1]

---

[1] 劳伦斯：《圣莫尔及其它小说》，斯蒂尔编，剑桥，第138页。

这隐秘的火焰也就是潘。潘也是劳伦斯历经探索,在三种古神话,即古希腊、古居尔特、印第安的神话中找到的共同的东西。他在古希腊神话中,最初是快乐的森林之神,而后,他同化到了狄奥尼索斯的族系之中,并分化成无数的潘与小潘,是酒神的精灵,遍布于整个宇宙之中,在一切生命中跳跃和燃烧。因而,潘一方面是作为宇宙核心生命的"全"、"一切",另一方面又"决不是他,甚至不是伟大的上帝。他是潘,是万有……",是作为一种泛神精神呈示于万物之中的多元生命。从精神实质看,他无所谓这一名称或那一名称,甚至无所谓有名称,而是存活于所有原始心灵中的一种体现最原初生命的基本要素,只有在这一基础上,他才被原始民族尊奉为神或上帝。在欧洲文化中,即白人基督教诞生以来,上帝被奉为一个专断的个人,一种整体的意识力量,潘的性质便发生了变化,"伟大的上帝潘"被降为"伟大的羔羊潘",普鲁塔的舵手喊出"大潘死了"之后,天空和血液都不再燃烧,个体的活跃的生命变得微不足道,一切都被驾驭,成为可见、可意识、可规范的。一个时代过去了,潘在当代生活中成了一个陈旧的字词,被文明社会排斥到了历史的陈旧的账簿里,只有在这片未被文明足迹踩踏的美洲印第安土地上,他还生动鲜活地存在着。

潘,不仅是莎乐美,也是劳伦斯所要试图去找到的新宗教。尽管劳伦斯自己的思想是外在的、有体系的,但他以为关于潘的宗教却是不通过这些而存在的,"对于印第安人来说,一个限定的神的概念是不存在的,"[①]"它们是在逐渐地人为创造和引申中,带上了错误的假名,从而失却了生命的火焰和熔冶。"[②]这是因为意识是与活跃着的生命本体相对立的,因而,对万物有灵或精灵的崇拜,只能根植于活生生的感受之

[①] 劳伦斯:《墨西哥的早晨与伊特路斯坎地区》,企鹅出版社,1932年版,第61页,第75页。

[②] 同上。

中,在其中,没有精神与肉体、上帝与非上帝的区分,一切都是存活本身,是不息的跳跃、变动、绵延;反之,一旦有了限定和名称,事物便因有了规范而僵死了,不再是事物本身。为了获得新的认识,劳伦斯便提出了"第三只眼睛"的概念,我们平时用的两只眼睛,都已经意识化了,它们只能看到白昼光亮下的事物,

  但是,如果你的第三只眼睛睁着,你就能由此而看到那不可能看到的事物,你也许在事物的内部,在隐秘的地方看到潘;你也许会用第三只眼睛去看,那只眼睛就是黑暗。①

因而,一方面是普遍的、焚烧着的原初生命本身,另一方面是与这一原初生命的最直接的遭遇,在这个基础上,就会使已死的大潘重新复活过来,这也是人类从文明的废墟上重新复活的一个象征。

《逃跑的公鸡》的起因纯属偶然,那是劳伦斯与厄尔·布鲁斯特在一家商店橱窗中,看到一个玩具,公鸡从蛋壳里跳了出来,布鲁斯特提议劳伦斯为此写个故事,于是"一句戏谑变成了形而上的真理"(昆德拉)。这部作品也是劳伦斯创作中的最后一部小说,将近别世的预感迫使他去考虑"死亡"这一重大的问题。这时,他经历了人生的重大磨难之后,再次想到了耶稣。虽然死亡并没有压倒他,但耶稣的复活却给了他一些象征性的希望。这是一个再生的寓言,首先是关于他自身的,也许还与那个他毕生关心的人类世界有关。在这之间,他曾一度朝圣了可与印第安文化媲美的意大利古老的伊特路斯坎文化遗址,他在其中发现了一种超越肉体与精神对立、人类与非人类对立、生命与死亡对立的神秘的同一,一种他一直孜孜以求的、充满活力的人类生活。同样重

---

① 劳伦斯:《圣莫尔及其它小说》,第 65 页。

要的是,伊特路斯坎人是那种只关心自己生命而不想统治他人的自由的民族,就这点看,它完全不同于它的征服者罗马人,也迥异于耶稣和释迦牟尼。《逃跑的公鸡》就是基督怎样成为纯真的伊特路斯坎人的启示性故事。

在小说中,耶稣于死去之后,又重新复活了,虽然他还打着死前的烙印,但他不愿任何曾经活着的人来接触他,noli me tangere! 他只想单独一个人,作为自己的存在生活在新生里,并通过一个健康的女人的力量,从碎片状态恢复到完美的整体。他与女祭司爱赛斯相遇,她一直在寻找死去的丈夫奥赛利斯,而她找到的却是复活的耶稣。她接受了他的抚摸,用她的乳房对着他左边的伤口,用她的臂膀搂着他,盖住了他右边的伤口,使他恢复了肉体的新生,"在和谐之中赤裸的胸脯对着赤裸的胸脯"。虽然,他们都经历了人生的磨难,但又在一种纯粹的状态中重新走到了一起,触摸在再生后又成为必要。虽然劳伦斯对现存的世界及生活方式是失望的,虽然他对此说了大量尖刻、冷酷的话,但他毕竟是我们之中最热爱生命的一位,即便是在将死的边缘,还努力在幻像中寻找再生的启示,希望于在再生的世界中,与他的伴侣一起在新的裂口处,像一团纯净的"交叉的火焰",无限美丽地上升,这也是他毕生最珍爱的意象之一,是他试图寄望于新生的人类的一个理想。

乔伊斯：

形式音符里的交响乐

戴从容

爱尔兰小说家詹姆斯·乔伊斯(1882—1941)之于现代小说，正如艾略特之于现代诗歌，毕加索之于现代绘画，都可说是该领域中现代主义艺术的高峰，有人甚至认为，在20世纪上半期，就小说领域的影响而言，只有卡夫卡能与乔伊斯媲美[①]。文学史上一般把乔伊斯归入意识流小说，事实上，乔伊斯对20世纪文学的影响远不只对内心世界的开掘，以及内心独白、自由联想等意识流手法的运用。把乔伊斯的贡献局限于意识流小说领域必然低估乔伊斯作品所具有的巨大生命力，比如美国学者梅尔文·弗里德曼在1954年出版的《意识流文学手法研究》一书中，就认为从20世纪30年代开始，乔伊斯在美国和欧洲大陆已经逐渐丧失影响力[②]。然而与他的预料不同的是，从60年代起，以德里达为代表的解构主义理论家和以哈桑为代表的后现代批评家重新发现了乔伊斯作品的价值与意义，甚至可以说，乔伊斯在一定程度上推动了这些当代理论的确立。这一点也说明，乔伊斯作品中丰富的现代内涵还远未得到充分的认识。

[①] 罗伯特·马丁·亚当斯：《乔伊斯之后》，伦敦，牛津大学出版社，1977年，第3页。
[②] 见梅·弗里德曼：《意识流文学手法研究》，申雨平等译，华东师范大学出版社，1992年。

I 古典的白昼与现代的黄昏

有趣的是,乔伊斯的作品被公认为现代主义的代表作,但乔伊斯自己在小说、杂文和书信中大量谈论的,却是亚里士多德和托马斯·阿奎那的美学,莎士比亚和易卜生的戏剧。他的最后两部作品,《尤利西斯》(1914—1922)和《芬尼根守灵记》(1922—1939,以下简称《芬尼根》),也是选择荷马史诗《奥德修纪》和18世纪意大利哲学家维柯的历史体系作为参照。在这些思想家和艺术家中,对20世纪现代主义思潮有着直接影响的只有易卜生,易卜生与契诃夫、斯特林堡一起,被认为共同为现代戏剧手法奠定了基础。

乔伊斯学生时代对易卜生的浓厚兴趣已经成了常识,在他那时创作并被认为阐释了乔伊斯主要美学观的《戏剧与人生》和《乌合之众的时代》中,易卜生的影子时时出现;而他正式发表在爱尔兰重要刊物《双周评论》上的《易卜生的新戏剧》,以及易卜生给他的回信,更强化了他对易卜生的兴趣。但是读一下这些文章就会发现,乔伊斯关注易卜生的主要是两个方面:一是易卜生的群氓思想,认为民众不过是随波逐流的乌合之众,艺术家必须反抗社会,卓立不群;二是易卜生的戏剧中贯彻的真实原则,把真实地再现生活的本来面目放在传统的美感要求之上。虽然这两点对乔伊斯的创作产生了不可忽视的影响——斯蒂芬·狄达勒斯这一希望冲出社会迷宫振翅高飞的艺术家正是这种价值观的体现,而真实原则更是乔伊斯一生艺术创作的出发点,但是应该说,它们更属于易卜生思想中主要属于19世纪后期文学思潮中的那一部分,正是这一部分使叶芝认为易卜生早已过时①。至于易卜生在《培尔·金特》、《群鬼》,甚至在乔伊斯分析过的

---

① J.乔伊斯:《詹姆斯·乔伊斯评论文集》,E.马松和R.艾尔曼编,伦敦,法伯和法伯,1959年,第47页。以下所引《乔伊斯评论文集》皆缩写为CW。

《咱们死人醒来的时候》中使用的现代戏剧艺术手法,乔伊斯则从未涉及,换句话说,易卜生也许为乔伊斯成为伟大作家铺下了基石,但是就如维吉尔带领但丁走过地狱和炼狱,却在天堂前止步一样,新的现代美学世界还需要乔伊斯自己去探索。

在书信和文章中,乔伊斯很少像同时代的先锋派艺术家那样谈论现代美学思想,相反,他那些被冠以"美学"的主张有着浓厚的古典和中世纪色彩。斯蒂芬·狄达勒斯在《一个青年艺术家的画像》(1914—1916,以下简称《画像》)最后一章中有关艺术的谈论被认为是乔伊斯艺术观的代表,类似的表述也可以在《英雄斯蒂芬》以及乔伊斯1903—1904年在巴黎和波拉的笔记中看到。乔伊斯谈论的多数是古典美学反复讨论的问题,只不过做出了自己的解答。比如关于美的要素,乔伊斯旧题新解,用托马斯·阿奎那的神学中谈到的"完整、和谐和发光"来概括;又如对美的功能,乔伊斯基本遵循亚里士多德的怜悯与恐惧这条思路,但又将恐惧、怜悯与憎恨对比,提出艺术应使观众处于静态(in rest),而不是从静态转向行动(from rest)。由于恐惧使观众惊异于人类命运的起因,怜悯使观众惊异于人类命运中的苦难,而命运是不可逆转的,因此观众只被吸引而不会渴望行动;憎恶则相反,使人希望远离那个他所憎恶的东西,因此恐惧和怜悯是戏剧应有的效果,憎恶却不是(CW,143—144)。从这方面说,乔伊斯早期希望建立的那个美学基本是古典美学的延续。

不过值得注意的是,在《画像》中,斯蒂芬的一番高谈阔论始于阿奎那,却终于福楼拜,这一轨迹预示了乔伊斯思想的发展方向。乔伊斯和福楼拜都属于那种在创作上追求精细完美的艺术家,因此难怪乔伊斯欣赏福楼拜,甚至能记住福楼拜书中的具体词句[①]。乔伊斯没有像当

[①] 有一次在与友人吃饭时,有人夸奖福楼拜的《三故事》完美无缺,乔伊斯立刻指出了福楼拜书中一处语法错误。(见R.艾尔曼《詹姆斯·乔伊斯》,伦敦,牛津大学出版社,1983年,第492页。)

年对易卜生那样详细评述过福楼拜,他对福楼拜的借鉴主要体现于《画像》中那句名言:"艺术家如同创世主,始终呆在他的作品之内、之后、之外或之上,别人看不到,他超越存在,漠不关心,修着指甲"[1],这句话被认为体现了福楼拜提出的客观、中立的现代叙述原则。在同时代作家中乔伊斯也非常推崇契诃夫,契诃夫同样力主叙述的客观性,称"艺术家不应该是他的人物和他们谈话的评判者,而应该是一个无偏见的见证人"[2]。虽然布斯在《小说修辞学》中令人信服地证明了所有叙述都包含着主观立场,但是应该承认,不管是否实现了最初的意图,"客观的"、"非人格化的"叙述追求确实是现代文学不同既往的一个突出特征。佛克玛和易布思提出的现代主义的三个准则,"意识、疏离、观察"[3],便与这种客观叙述有着互生的关系。此外,对叙述客观性的追求其实在深层还包含着一种不同于古典美学的真实观,一种把生活如同原样来接受和表现的真实观。这种真实观走向消极的一面,就是卡夫卡式的认为人无力改变生活的悲观主义,但这种真实观在现代文学中还有另一个没有得到足够关注的取向,那就是乔伊斯的传记者艾尔曼指出的,乔伊斯知道生活平淡无奇(commonplace),但是他拥抱这种平淡无奇,他津津有味地描写吃饭、排泄、偷情、意淫,因为他知道正是平凡的生活中包含着不平凡的价值,就如同巴赫金在饮食、肉体这些被认为粗俗的描写中看出人民群体的勃勃生机一样。

正如《画像》中的发展轨迹所预示的,乔伊斯后期的美学立场实际发生了重要改变,甚至对前期的一些观点加以否定。但是由于乔伊斯后期未像在《画像》或《英雄斯蒂芬》中那样对自己的观点做系统阐释,

---

[1] J. 乔伊斯:《一个青年艺术家的画像》,伦敦,三豹丛书,1977年,第194—195页。以下所引《画像》皆缩写为P。

[2] 见布斯:《小说修辞学》,华明等译,北京大学出版社,1987年,第78页。

[3] D. 佛克玛和 E. 易布思:《现代主义猜想:1910—1940年间欧洲文学的主流》,伦敦,C. 赫思特有限公司,1987年,第44页。

因此他的这一转变并没有得到足够的关注,从而造成了表面上他的古典美学言论与具有强烈现代内涵的创作之间的脱节,因此要分析乔伊斯后期作品的美学观,基本只能从他的文学作品本身入手。不过,在保留下来的资料中,有一部著作给我们提供了这方面的线索,因此在乔伊斯研究中显得弥足珍贵,那就是阿瑟·保尔的《詹姆斯·乔伊斯对话录》①。

阿瑟·保尔初见乔伊斯是在1921年,因此该书记录的是乔伊斯后期的思想。书中记载,有一次阿瑟·保尔提到他仍然认为古典文体是最好的艺术形式,乔伊斯回答说,"在我看来,这种形式只包含很少神秘的东西,甚至一点神秘也没有……既然我们周围处处都是神秘,对我来说,古典文体常常不能满足需要"②,另一次谈话中,乔伊斯更是直接提出,"古典主义是绅士的艺术,已随绅士一起过时了"③。而恰恰大约在20年前,在《英雄斯蒂芬》中,乔伊斯称斯蒂芬的文学(也是他自己的文学)在风格上是古典的,并称古典风格"是艺术中的三段论法,是从一个世界到另一个世界的唯一合法途径。古典主义不是任何固定时代或固定国家的习惯态度,而是艺术头脑的永恒状态"。④ 前后对照可以明显看出,乔伊斯后期逐渐否定了自己早期的一些立场。

乔伊斯批判古典文学,一个原因是他认为古典文学擅长表现的是明晰的事实,而现代生活远比过去复杂,充满了谜一般的处境,涌动着情绪的秘潮。艺术家虽然也可像古典主义者那样,违背事实,把生活处

---

① 阿瑟·保尔是一个普通的爱尔兰青年,像很多乔伊斯的追随者一样通过介绍认识了乔伊斯,不过与其他追随者不同的是,阿瑟·保尔像当年艾克曼对歌德那样,锲而不舍地与乔伊斯谈论文学,并详细地记录下乔伊斯的谈话。
② A.保尔:《詹姆斯·乔伊斯谈话录》,芝加哥,芝加哥大学出版社,1974年,第74页。
③ 同上,第95页。
④ J.乔伊斯:《英雄斯蒂芬》,纽约,新方向丛书,1944年,第78页。以下所引《英雄斯蒂芬》皆缩写为SH。

理成简单、明晰的,而且这种处理方法肯定能够讨好读者,但对那些具有现代头脑的人来说,这已经无法令他们感到满足,因为这些人感兴趣的首先是微妙含蓄、模棱两可,是普通生活下面的错综复杂,由此乔伊斯提出,"古典文学与现代文学的差别,是客观性与主观性的差别:古典文学表现的是人性的白天,现代文学则关心人性的黄昏,关心被动的而非主动的思想。我们觉得,古典主义者已经穷尽了物质的世界,我们现在急于探索那个隐蔽的世界,那些在看似稳固的表面下涌动的暗流。"①简单地说,乔伊斯认为古典文学与现代文学的差别,在于古典文学表现的是外部冲突,是事件,现代文学则致力于表现人内心的情绪和意识的流动,也即通常所说的,现代文学转向内心。不过,乔伊斯批判古典文学还有另外一个原因。在《詹姆斯·乔伊斯对话录》中,乔伊斯还谈到古典文学在表现手法上的缺陷,用乔伊斯的话说,"我们希望避开的是古典的,包括它的一成不变的结构和狭窄的情绪表现范围"②。乔伊斯提出,在现时代,一切都倾向于波动和变化,因此写作时也有必要创造一种永远变动的外观,受情绪和当时冲动的支配;而古典文学的情绪是固定的,无论节奏和语气都死板单一,无法与人物起伏多变的情绪相呼应。他说那种富于变化的形式就是他在《芬尼根》中遵循的原则③。

乔伊斯所说的古典文学,并非仅指 17 世纪以法国为中心的古典主义文学,也不是古希腊罗马文学,而是一个与浪漫主义相对的范畴。"我称为'古典的'是指守成艺术所具有的舒缓细致的耐心;而英雄的、离奇的东西我则称作'浪漫的'"(SH,97)。乔伊斯称古典主义过于偏重物质现实,浪漫主义则在形式上缺乏整一(CW,74)。从乔伊斯的划

---

① A. 保尔:《詹姆斯·乔伊斯谈话录》,第 74 页。
② 同上,第 95 页。
③ 同上。

分中我们可以看到，乔伊斯实际把艺术总分为古典主义和浪漫主义两类。在文学史上，自席勒提出"素朴的与感伤的"和施勒格尔兄弟提出"古典的"与"浪漫的"艺术以来，欧洲文艺界常用这两个概念划分艺术中的两大对立倾向。歌德与艾克曼在谈话中使用这两个词时，指的主要是艺术的客观和主观特征，也即国内惯用的现实主义与浪漫主义特征。不过在乔伊斯的时代，随着波德莱尔、兰波等一批以疏离或颠覆学院传统与艺术规则为己任的现代艺术家的出现，古典主义与浪漫主义更多地被用来标示艺术中经典与创新、法则与颠覆、永恒性与时代性等两个对立倾向，"浪漫主义运动从一开始便表现出无秩序/狂喜这种罗马神话中两面神的面孔，而古典主义的传统主义则肩负着维护秩序和控制的使命。"[①]"有生活的原则，创造的原则，解放的原则，这正是浪漫主义的精神；有秩序的原则，控制的原则，压制的原则，这些则是古典主义的精神。"[②]。20世纪初期古典主义和浪漫主义的对立，其实是传统现实主义与勃然兴起的现代主义之间的对立。在乔伊斯的时代，现代主义通常被视为浪漫主义的延续或回归。扩充规范法则，批判古典主义是大部分现代主义流派的美学主张。

　　现代主义包含哪些内涵，不同的人会有不同的答案，比如荷兰理论家佛克玛和易布思提出现代主义的三个准则是"意识、疏离、观察"[③]，而美国当代诗歌评论家卡尔文·贝迪恩则认为现代艺术关心的是"经验、意义、形式"[④]。从乔伊斯自己对古典文学的批评看，乔伊斯认为现

---

① 伯尼斯·马丁:《当代社会与文化艺术》，李中泽译，四川人民出版社，2000年，第99页。
② 赫伯特·里德:《现代艺术哲学》，朱伯雄译，百花文艺出版社，1999年，第102页。
③ D.佛克玛和E.易布思《现代主义猜想：1910—1940年间欧洲文学的主流》，第44页。
④ C.贝狄昂:《现代主义和美的终结》，见凯文·J.H.德尔特马主编:《读新:回顾现代主义》，1992年，第103页。

代艺术不同以往的地方,一是致力于表现人的内心世界,二是创造一种新的艺术形式。

II 精神世界里涌动的暗潮

乔伊斯自己就是一个高度关心精神世界的人,这一点与他的弟弟斯坦尼斯劳斯正相反,也正是这一点使兄弟二人最终分道扬镳。斯坦尼斯劳斯像这个世界上的大多数人一样,把生活看作生存,辛勤工作、养家邨口对他来说是人生的根本。相对来说,乔伊斯虽然也有过朝不保夕的日子,不得不四处借贷,甚至他也希望过上舒适优雅的生活,但是他从没让物质成为自己的主宰。比如他厌倦了在罗马的银行职员工作,就毫不考虑以后的生存拔腿就走。在物质上乔伊斯甚至有些寄生性:向朋友借贷、把家庭重担丢给斯坦尼斯劳斯、仰赖比奇女士的资助。不过在这里最关键的是,乔伊斯视别人为他的付出为理所当然,因此这些对其他人来说可能造成心理负担的物质问题,对他却影响甚少。当然乔伊斯也知道其他人的不满,在《芬尼根》中他就间接地描写了斯坦尼斯劳斯对他做过的指责,责备他应该到一个受人尊敬的部门,按时上下班,成为受人尊敬的公民,现在他却找借口逃避责任,四处流浪,游手好闲[①]。不过,由于乔伊斯深信自己作为天才有着特殊的使命,加上他坚持艺术家必须挣脱社会的束缚,因此他把这类指责更多地视为群氓啁啾。

无论在人生还是艺术中,乔伊斯关注的都是思想、感受这些精神层面的东西。当他像《画像》中描写的那样在牧师的职位和艺术家的未来

---

① 见詹姆斯·乔伊斯:《芬尼根守灵记》,纽约,北欧海盗出版社,1964 年,第 190 页。以下所引《芬尼根》皆缩写为 FW。

之间选择后者的时候,他选择的不仅是职业,而且是人生观,毕竟当时从他的家庭生活来说,牧师是一个最安稳也最负责的选择。这种人生取向反映在作品中,就是乔伊斯很少像巴尔扎克那样表现社会关系和社会矛盾。乔伊斯笔下的人物虽然都有社会工作,他们的言语也与身份相符,但乔伊斯从未像巴尔扎克那样强调社会身份对人物个性的决定性影响。对乔伊斯来说,一个平淡无奇的酒店老板或广告推销员完全可以成为人类的代表,他们身上或许看不到社会的风云变幻,却可以看到人最基本的欲望和情感。对乔伊斯来说,这才是最重要的。

乔伊斯曾经明确提出,"观念和情节并非像某些人说的那么重要。一切艺术品的目的都是传递情绪;天才正在于有能力传递那一情绪。"[1]他说他的所有作品的"发展方向和细节"都受情绪的影响和支配[2]。从创作伊始,乔伊斯就把精神放在第一位。在正式出版的作品中,《都柏林人》可以说客观性最强。该书表面看像当时仍占主流的写实文学一样,表现都柏林社会的各类人物,诊断和披露都柏林社会的痼疾。不过乔伊斯的诊断与巴尔扎克式的诊断结果截然不同,他认为都柏林的堕落只是因为人们精神的瘫痪。在《伊芙琳》中,生活的艰辛、父亲的粗暴都不是伊芙琳沉沦的原因,乔伊斯相信,只要有勇气,伊芙琳就能改变自己的命运。乔伊斯并未将目光放在经济的或阶级的层面,而是认为一切恶疾都存在于爱尔兰人的内心,是他们自己缺少精神的力量,因此他要做的就是重新锻造爱尔兰人的灵魂。所以《都柏林人》中没有复杂的线索、戏剧性的冲突,甚至可以说《都柏林人》所叙述的事件中有很多含糊和断裂的地方。虽然乔伊斯绘制的是都柏林的社会画卷,但这个画卷真正描摹的是都柏林人的精神世界。后来的评论者发

---

[1] A. 保尔:《詹姆斯·乔伊斯谈话录》,第98页。
[2] 同上,第95页。

现,解读《都柏林人》最重要的是找到其中的"昭显"(epiphany),也即在别人毫不在意的日常行为中看出超验的精神意义。"昭显"在《都柏林人》中之所以如此重要,正因为《都柏林人》的核心是精神而非社会存在。

由此出发再来审视《画像》、《尤利西斯》中细致、丰富的意识流描写,就可以明白乔伊斯的这一创作特点不仅是时代的影响,更包含着个人的价值取向。在托尔斯泰、陀斯妥耶夫斯基等俄国作家对人物心理做了精彩细致的描摹之后①,人类复杂的心理世界越来越得到艺术家的关注。弗洛伊德的精神分析更是将这一心理趋向推向高潮,将内心感受和欲望纳入本体论的范畴,从而使人物的内心体验成为艺术表现的核心②。乔伊斯不同于这一潮流中其他作家的地方:一是从生理感觉到情绪欲望,对人的全部心理体验毫无遮蔽地细致表现;二是使用新的表现形式与这一新的材料相呼应。

荣格说在《尤利西斯》中,"'从阴沟里、从裂缝处、从污水池里、从垃圾堆中,四面八方都冒出污秽的泡沫。'一切宗教思想中最高尚的东西都以亵渎神灵的歪曲被映照在这个无遮无掩的污水沟里,就像它们被反映在梦中的情况一样。"③虽然荣格的形容有些夸张,但乔伊斯笔下的人类内心世界,确实是一个像弗洛伊德所说的本我得以释放的梦中世界一样,人的各种欲望和痛苦都得到表现:"浪漫的爱情(romantic love)、自恋(narcissism)、恋粪癖(coprophillia)、乱伦(incest)、鸡奸(sodomy)、手淫(onanism)、女同性恋(lesbianism)、窥阴癖(voyeurism)、裸露癖(exhibitionism)、施虐—受虐狂(sadomasochism)、阳痿

---

① 乔伊斯对俄国作家的作品相当熟悉,而且也很推崇。
② 虽然乔伊斯本人极力否认他与弗洛伊德的联系,他对意识和无意识的认识不排除受弗洛伊德影响的可能。毕竟乔伊斯生活在一个弗洛伊德的学说被广泛传播的时代,而且他的藏书中也有弗洛伊德的《列奥纳多·达·芬奇的一个童年记忆》和《日常生活中的心理病态》。
③ 荣格:《心理学与文学》,冯川等译,三联书店,1992年,第167页。

(impotence)以及种种所谓的性变态,还有黑人大众的口肛交(osculum ad anum diaboli)"[1],乔伊斯的主人公没有一个是传统意义上的英雄,每个人的内心世界都涌动着最世俗最动物性的情绪。即便自视甚高的斯蒂芬,内心中也有因经济的窘迫、因众人看不到他智力超群并追随其后而产生的暗恨。莫莉半梦半醒的随想在性与爱的交织中突出体现了弗洛伊德对人的根本欲望的看法。布卢姆则以一种海纳百川的包容和丰富,在不到 24 个小时的时间中,细细感受了油腻腻的食品、早晨温暖的阳光、浴室里的热水、优美的歌声或嘈杂的人声、少女的大腿和雕像的臀部等种种感官体验,并经历着戴绿帽子的隐痛、对情人的欲望、对弱者的同情、对被人膜拜的渴望、在被虐待中获得的快感等各式各样的心理体验,在这个过程中,几个主人公的思绪如流水般占据全书的主要位置。至于乔伊斯最后发表的《芬尼根》,该书是否是描写梦境至今仍有争论,但可以肯定的是,在这部书中乔伊斯彻底抛开了社会性的时间和空间,把人类的历史彻底归结为内心的欲望:男性战胜对手和赢得女性,女性则为了诱惑和如水般缠绕住男性。

对心理世界的巨细无遗的表现,使乔伊斯的作品不仅"追溯到生活真相的最底层"[2],而且追溯到心理真相的最底层。而且乔伊斯的叙述者表现这些心理状态的时候,从未站在一个高出人物之上的道德的或美的层面加以审视或评判。在他的作品中,人就是由高尚和卑俗的欲望共同组成,生活也就是这些欲望的涌动。正是对人的心理层面的这种包容性处理,使乔伊斯的心理描写具有人性的真实感和厚重感,也更有震撼力。同时,乔伊斯对主观世界的偏重直接影响了他在形式上的革新。由于乔伊斯认为情绪是一种非理性、非逻辑的体验,不能用清

---

[1] 伊哈布·哈山:《后现代的转向:后现代理论与文化论文集》,刘象愚译,台北,时报文化,1993 年,第 178 页。
[2] A. 保尔:《詹姆斯·乔伊斯谈话录》,第 36 页。

晰、逻辑的语句和结构来表现,因此他坚持现代文学应该采取一种不同于传统的不定型的形式。而乔伊斯对新形式的坚持,则使他不期而然地步入了当时先锋文学的形式实验的行列。

III 形式的真实与表意

20世纪之前,文学关心的主要是题材,至于形式则越透明越好,越不落痕迹越标志技巧的成熟,浪漫主义和现实主义在叙述手法上的差别,也往往被视为流派本身的附属要求,只有到了象征主义,形式本身才受到关注。兰波和马拉美改变传统的语言逻辑,用有意的含混、多义、不确定取代传统语法所要求的清晰,造成了阅读的困难,客观上把读者的注意力从所指转向了能指本身。形式问题的凸显、形式的实验革新、形式对作品意义的越来越重要的影响,这些都标志着形式已经成为现代文学的一个本质性部分。

不过无论在写作还是书信中,乔伊斯都很少用"形式"这个概念。他用这个词时常用来指体裁,或称文类,比如他认为艺术可以分为三种形式:抒情的形式、史诗的形式、戏剧的形式(P,193)[1];他说"独创的、有才华的作家颠覆不属于自己的形式"(CW,101)时,指的也只是易卜生在《卡提利纳》中对浪漫主义文体的反抗,外延非常小[2]。乔伊斯的论述中更值得注意的是他对节奏的定义:"节奏……是任何美的整体中部分与部分之间、或美的整体与它的某一部分或所有部分之间、或构成美的整体的任一部分与美的整体之间首要的形式上的美学关系"(P,

---

[1] 在《英雄斯蒂芬》中,乔伊斯用的是"抒情艺术"、"史诗艺术"和"戏剧艺术"这三个概念(SH,77)。

[2] 不过,与一般对体裁的理解相比,乔伊斯的"体裁"要广泛一些:抒情诗、史诗、戏剧是体裁,古典主义、浪漫主义也是体裁。

187)、"节奏是被这样限定了的词语的感觉、价值和关系的美学结果"(SH,25)。英国评论家克莱夫·贝尔在分析视觉艺术的美感来源时曾提出,视觉艺术用以激发观者审美情感的因素不是其所表现的主题,而是线条和色彩的独特结合方式,他称之为"有意义的形体"。接下来他指出,"有的人对美的判断更精确透彻,不是把这些激发审美情感的形体组合和排列称作'有意义的形体',而是称之为'有意义的形体联系'。随后,他们把这些联系称为'节奏'……我所谓的'有意义的形体'就是以某种特定方式打动我们的排列和组合。"①在这里,乔伊斯和克莱夫·贝尔都把节奏理解为艺术品的组成方式,并视为艺术美感的首要(乔伊斯)或唯一(贝尔)来源。

由此出发,乔伊斯把艺术定义为"人对智力或情感的内容所做的以美为目的的处置(disposition)"(SH,77)。材料本身可以带有智力的或情感的意图,但它们之所以能够成为艺术品乃是由于艺术家对它们的加工——变形、拆分、排列、组合。不是材料的所指,而是它们的关系实现了艺术品的意图。乔伊斯这里对艺术的看法有些类似俄国形式主义的"材料-程序"艺术观,他用的"处置"一词与俄国形式主义的"程序"也很相似。俄国形式主义理论家把材料和程序视为构成艺术品的一对范畴,材料是艺术的物质载体,艺术则是根据特定程序对这些载体所做的"处置"②。把艺术作品的组成方式或各部分的关系,而不是艺术品的题材或主题视为美感的来源,出发点之一便是反叛"把'形式'当作只是注进现成'内容'的容器"③的观点。俄国形式主义的这一形式观可

---

① 重点符号为笔者所加。
克莱夫·贝尔:《审美的假设》,弗兰西斯·弗兰契娜、查尔斯·哈里森编:《现代艺术和现代主义》,张坚等译,上海人民美术出版社,1996年,第107—108页。
② 用什克洛夫斯基的话说,"我们所指的有艺术性的作品,就其狭义而言,乃是指那些用特殊程序创造出来的作品,而这些程序的目的就是要使作品尽可能被感受为艺术作品。"引自方珊,《形式主义文论选》,山东教育出版社,1999年,第46页。
③ 雷内·韦勒克:《批评的概念》,张今言译,中国美术学院出版社,1999年,第61页。

以一直追溯到亚里士多德,即亚里士多德哲学里与材料构成一对基本范畴的形式因。在形式和材料的关系上,亚里士多德把形式放在第一位,称"所谓本体,与其认之为物质,毋宁是通式与通式和物质的组合。而通式与物质的组合是可以暂予搁置的,它的本性分明后于通式。物质在这一含义上也显然为'后于'"①,这里所译的通式即形式。显然在亚里士多德这里,形式不仅不是倾倒内容的容器,而且是"其他一切事物所由成其为事物之怎是"②,它就是本质,是事物的最终理由。

不过,虽然乔伊斯与贝尔一样,都偏重艺术品的构成方式,但他与形式主义者有一个本质的区别,即他在重视形式的同时,同样重视作品的生活感和真实性。在许多论述中,乔伊斯都把"真"作为艺术的基本准则,主张"追溯到生活真相的最底层"③。"真"是乔伊斯美学的核心,他对"美"所做的定义便是"真所散发的光彩"(SH,80),乔伊斯称"美是审美者的天堂,但真拥有一个更可触及的、更真实的领域。……真将是美之殿堂的唯一门槛。"(CW,43—44)。曾有一位法国评论家出于对《正在进行中的作品》的愤怒,把乔伊斯的创造称为"艺术上的浅薄涉猎和极端唯美主义的表现"④,实际误解了乔伊斯的美学立场。乔伊斯确实与唯美主义者一样,把美视为艺术的最终目的,但不同的是,乔伊斯认为"真"是"美"的前提,这样,生活中那些被唯美主义者视为丑陋而回避了的东西,在乔伊斯这里则因其真实性同样成为了"美"。乔伊斯认为艺术的首要功能就是"肯定生活"⑤,唯美主义者则把生活等同于"肮

---

① 亚里士多德:《形而上学》,吴寿彭译,商务印书馆,1996年,第128页。
② 同上,第18页。
③ A.保尔:《詹姆斯·乔伊斯谈话录》,第36页。
④ 罗伯特·H.德明主编:《詹姆斯·乔伊斯:批评传统》,伦敦,鹿特里奇,1997年,第416页。《正在进行中的作品》是《芬尼根》正式发表前乔伊斯对该作品的称呼。
⑤ J.乔伊斯:《詹姆斯·乔伊斯书信选》,R.艾尔曼编,伦敦,法伯和法伯,1975年,第260页。以下所引《詹姆斯·乔伊斯书信选》皆缩写为SL。

脏、令人作呕"①,声称"生活模仿艺术远甚于艺术模仿生活"②;乔伊斯的"美"以艺术感染力为标准,唯美主义则称只有"优雅"、"秀丽"才算得上"美"③,而在乔伊斯看来,唯美主义所推崇的这种"美"只能称为漂亮,流于表层,失之浅薄。正是从不同于唯美主义的审美观出发,乔伊斯在作品中描写那些被传统视为不堪入目的东西,使用出版商认为肮脏低俗的语言,他甚至在信中对诺拉说,"最肮脏的也就是最美的"(SL,186)。

不过,乔伊斯真实观的最独特之处在于他把真实原则推到了词语、叙述、风格等形式领域。认为"语言的更高等级,风格、句法、诗、演说、修辞,从哪个角度看,都同样在证明和阐释真"(CW,27)。乔伊斯对这些形式因素的真实性的要求就是与材料相符,从而使风格、修辞等过去认为纯装饰性的外在因素同样忠实于生活和精神的存在和运动形式,用斯图亚特·吉尔伯特的话说,乔伊斯"探索语言的各种可能性以使形式和内容彻底和谐"④。为了表现意识和无意识活动,乔伊斯创造了"意识流文体";为了表现半梦半醒的精神状态,他通过词语变形,使《芬尼根》在形式上获得梦幻的色彩。在乔伊斯的作品中,有一个后来被不少人采纳了的形式上的改进,那就是用破折号(——)代替引号(' '),乔伊斯之所以做这样的变动,用他的话说,"英语对话中使用的引号最不美观,而且给人不真实的印象"⑤。对乔伊斯这种既坚持真实,又强调形式的立场,乔伊斯的追随者托马斯·麦克格里维说得非常精确,他在

---

① 戈蒂耶:《〈莫班小姐〉序言》,赵澧等主编,《唯美主义》,中国人民大学出版社,1998年,第44页。
② 王尔德:《谎言的衰朽》,赵澧等主编,《唯美主义》,第127页。
③ 他们认为在莎士比亚的剧本中存在着"语言粗鲁、庸俗、夸大、怪诞甚至淫猥"的缺陷,而且这完全是由于莎士比亚"过于喜欢直接走向生活,并借用生活的质朴语言"。见王尔德:《谎言的衰朽》,赵澧等主编,《唯美主义》,第121页。
④ S.贝克特等:《我们对他制造〈正在进行的作品〉的化身的检验》,诺坦普顿:约翰·狄更斯和试验者有限公司,1962年,第56页。
⑤ J.乔伊斯:《詹姆斯·乔伊斯书信集》,第75页。以下所引《詹姆斯·乔伊斯书信集》皆缩写为Letters。

谈到《芬尼根》看似非写实的风格时提出,这一风格"并非是对现实主义的反叛,而是把现实主义推到了从理智变为狂想的地步,推到了语言物质的领域,这一领域虽然现实主义者尚不知晓,却包括在现实主义里"。① 托马斯·麦克格里维的这篇文章收在《我们对他制作〈正在进行的作品〉的化身的检验》一书中,该书实际是在乔伊斯的授意和指导下完成的,虽然不能说就是乔伊斯本人的观点,至少经过了乔伊斯的认可,有时甚至由他启发。

早在青年时代,乔伊斯就非常注意寻找与主旨和谐的形式。他与叶芝初次晤面,就告诉叶芝他在寻找一种可以"对应精神的运动"②的形式,即后来的意识流文体。阿瑟·保尔曾问他为什么要从事形式实验,乔伊斯回答说那并非实验,而是"把现代生活如所见的样子表现出来必需的。生活改变后,表现它的风格也必须随之改变"。乔伊斯后期对契诃夫的戏剧形式特别推崇,认为完全合乎日常生活的形态。契诃夫的戏剧没有开头、发展和结局,也缺少高潮,就像生活一样永不停息地向前奔流;契诃夫的人物活动在自己的天地中,相互很少接触,像现实中的人一样孤独隔阂;契诃夫的故事没有明晰的界限,无数小事件进来又消失,不像传统小说那样一味追求情节的紧凑⋯⋯总之,契诃夫的成就在于创造了真正逼肖日常生活的形式③。乔伊斯这里对契诃夫的描述其实也正是他自己的写照。从《画像》开始的意识流叙述、《尤利西斯》中《刻尔吉》一章瓦尔普吉斯之夜式的"时装表演"(Letters,148)、《芬尼根》变形的词语、变换的人物、进来又消失的情节等,所有这些都是为了"对应精神的运动"④,使形式符合人物从白天到黑夜的意

---

① S.贝克特等:《我们对他制造〈正在进行的作品〉的化身的检验》,第119页。
② E.H.米克海尔编:《詹姆斯·乔伊斯:采访与回忆》,纽约,圣马丁出版社,1990年,第16页。
③ A.保尔:《詹姆斯·乔伊斯谈话录》,第57—58页。
④ 叶芝:《年轻一代在敲门》,见E.H.米克海尔主编:《詹姆斯·乔伊斯:采访与回忆》,第16页。

识和无意识活动。从真实的原则出发从事形式实验和革新,而不仅仅为"代替已失去艺术性的旧形式"①,这是乔伊斯与当时形式主义者的重要区别。

　　除了追求彻底的真实外,乔伊斯的形式实验还有一个同样重要的目的,那就是用形式来达意,甚至有时作品的主题就存在于形式之中,用乔伊斯的话说,"重要的不是我们写了什么,而是我们怎么写"②。贝克特称在《芬尼根》中"形式即内容,内容即形式"③。传统上,内容是文本意义的主要来源,贝克特把乔伊斯文本的形式等同于传统的内容,显然认为《芬尼根》的形式在文本中担负着表意的功能。事实上一百多年以前,席勒已经注意到形式具有表意的功能,他甚至把形式放在文本表意的第一位,称"在真正美的艺术作品中不能依靠内容,而要靠形式完成一切。因为只有形式才能作用人的整体,而相反地内容只能作用于个别的功能"。④ 他例举了生活环境中形式美对人心灵的影响,称正如形式逐渐由外部深入到住宅、家具、服装,最后影响人本身那样,形式最初改变人的外部,然后改变人的内部。在席勒看来,那些直接宣传道德或审美的素材因为只能有限地作用于心灵,反而是艺术家要克服的⑤。

　　形式的表意功能在《尤利西斯》的《瑙西卡》一章中表现得最突出,是该章主题的主要载体。《瑙西卡》写的是晚上8点布卢姆坐在海边,与近处始终坐着不动的少女格蒂发生意淫。该章前半部采用的是少女格蒂的视角,叙述者模仿格蒂的口吻夸赞了格蒂的美丽、纯情、高雅。后半章转到布卢姆的视角,发现格蒂原来是一个瘸子。不过,该章对格

---

① 维·什克洛夫斯基:《散文理论》,刘宗次译,百花洲文艺出版社,1994年,第31页。
② 阿瑟·保尔:《詹姆斯·乔伊斯谈话录》,第95页。
③ S.贝克特等:《我们对他制造〈正在进行的作品〉的化身的检验》,第14页。
④ 席勒:《美育书简》,徐恒醇译,中国文联出版公司,1984年,第114—115页。
⑤ 同上,第143页。

蒂这一充满自恋和幻想的青春期少女的塑造不是通过传统的戏剧性事件,而是通过前半部中叙述者使用的那种粉饰现实的女性杂志体的叙述声音。这种叙述声音与自我赞美的叙述内容构成反讽,揭示了格蒂的浅薄和自恋。此外如《伊大嘉》一章的教义问答体表面看与问答的内容没有直接联系,但教义问答这一中世纪教会常用的文体本身却暗示出布卢姆与斯蒂芬的圣父圣子关系。

美国理论家马克·肖勒在《技巧的探讨》一文中对乔伊斯的这种形式观有过非常精辟的论述,在这篇文章中,他把我们这里所说的形式或程式称为"技巧"①,认为"技巧是作家用以发现、探索和发展题材的唯一手段,也是作家用以揭示题材的意义,并最终对它作出评价的唯一手段"。② 肖勒认为,现代小说对技巧的苛求起因于现代生活和现代精神的错综复杂,现代意识所包含的远比过去隐蔽而难以把握的成分不是那种表面技巧可以应付的。乔伊斯本人有段话与肖勒的这一看法非常接近,称"都柏林那既乏味又闪光的氛围,它的幻影般的雾气、碎片般的混乱、酒吧里的气氛,停滞的社会——这一切只能通过我使用的词语的肌质(texture)传递出来。思想和情节并不像某些人说的那么重要"。③ 在现代小说家中,肖勒也特别推崇乔伊斯,认为乔伊斯的文本中对经验的价值和性质的评定依靠的不是标签式的道德术语,而是"风格的内在结构"④,并称"如果我们觉得《尤利西斯》比本世纪的任何一部小说都更加令人满意的话,那是因为作者对技巧的态度所致,他对题

---

① 马克·肖勒把技巧定义为"内容(或经验)与完成的内容(或艺术)之间的差距",这种技巧观与俄国形式主义者对的"程式"的定义非常近似,而且肖勒在文章中也明确将他的"技巧"等同于既是诗人又是新批评理论家的 T. S. 艾略特所说的"程式"。见马克·肖勒:《技巧的探讨》,盛宁译,《世界文学》,1982年,第1期,第270、272页。
② 马克·肖勒:《技巧的探讨》,第270页。
③ A. 保尔:《詹姆斯·乔伊斯谈话录》,第98页。
④ 马克·肖勒:《技巧的探讨》,第282页。

材所作的技术性解析,使他能够把我们的经验最大限度地、有条不紊地组织在一部作品之中"。①

Ⅳ 斩不断理还乱的先锋文学渊源

在乔伊斯的时代,不少先锋派②艺术家都从事着与乔伊斯类似的形式实验与革新。未来主义的"自由不羁的字句"、超现实主义的"自动写作",都是力图使词语脱离传统所指获得独立的意义。形式上的高度实验性是先锋派的主要特征,其形式往往具有一定的难度,与流行的、占主导地位的、体制化的、被大众接受的艺术程式针锋相对③,因此人们也常用"实验主义"一词来描述先锋派的艺术实践。乔伊斯虽然未被列在先锋派名下,但在评论《尤利西斯》和《芬尼根》的文章中,人们常用"实验"一词描述乔伊斯的创作,比如称他的作品为"不同寻常的实验"④,认为他是由于不得不用不同方式反复陈说同一个问题而"被逼进实验主义"⑤,称他特别使人感兴趣的地方是作为"语言表达可能性的实验者"⑥等等。乔伊斯的终生追随者之一弗兰克·巴钦认为,"《尤

---

① 马克·肖勒:《技巧的探讨》,第284页。
② 先锋派和现代主义有时被认为分属两个概念,比如彼得·毕格尔的《先锋理论》中的先锋派主要指达达主义和超现实主义(See Peter Bürger, *Theory of the Avant-Garde*, trans. Michael Shaw, Minneapolis: University of Minnesota Press, 1984)。还有一些观点把先锋派视为现代主义的组成部分(见弗莱德里克·R.卡尔,《现代与现代主义》,傅景川等译,吉林教育出版社,1995年),或现代主义诸流派身上共有的一种"姿态"(See Peter Nicholls, *Modernisms: A Literary Guide*, London: Macmillan Press Ltd., 1995)。这些观点普遍把未来主义、立体主义、表现主义、达达主义、超现实主义都称为"先锋派",有时也包括象征主义。本文倾向于后一种观点。在形式革新的问题上,先锋派与现代主义其它流派是一致的,都是"建立在现代主义的形式实验主义基础之上,继续反抗现实主义与模仿"(见S.贝斯特《后现代转向》,纽约,吉尔弗德出版社,1997年,第129页)。
③ 见赵毅衡:《先锋派在中国的必要性》,《新华文摘》,1994年,第3期,第127页。
④ 罗伯特·H.德明主编:《詹姆斯·乔伊斯:批评传统》,第458页。
⑤ 同上,第460页
⑥ 同上,第499页。

利西斯》包含了所有实验的影子——立体主义、未来主义、共时主义、达达主义及其他"①。他的意识流文体、神话结构、对词语的改造等都可以在格特鲁德·斯泰因及超现实主义作家那里找到类似的尝试。而且应该说,《尤利西斯》和《芬尼根》之所以能被广泛接受,与新一代读者对"文学形式实验"的强烈兴趣是分不开的②。

乔伊斯虽然没有参与先锋派的活动,但他处身巴黎和苏黎士这两个先锋运动中心,那里的"艺术实验主义"显示出的开路先锋的姿态不可能不对他的美学观产生影响。此外,平日阅读的报纸和朋友带来的信息也多少会对他起到暗示或启发的作用。事实上,乔伊斯的创作环境与先锋派有着千丝万缕的联系:出版《尤利西斯》的莎士比亚书屋"常有一股先锋气息"③;超现实主义创始人之一苏波不仅参与了《尤利西斯》和《芬尼根》的法文翻译④,做过关于乔伊斯和《芬尼根》的讲座,而且与乔伊斯私交甚深⑤;乔伊斯的小圈子中还有一位先锋艺术评论家卡罗拉·G.维勒克⑥,她也是最早赞许和支持毕加索的评论者之一。乔伊斯的朋友中真正持传统立场的并不多,一个原因就是坚持古典方向的人很难理解乔伊斯的作品,科幻小说家 H.G.威尔斯就是一例。事实上乔伊斯后期与阿瑟·保尔在交谈中使用"古典"一词时,他的立

---

① 弗兰克·巴钦:《詹姆斯·乔伊斯和〈尤利西斯〉的创作》,伦敦,牛津大学出版社,1972年,第198页。
② 见罗伯特·H.德明主编:《詹姆斯·乔伊斯:批评传统》,第401页。
③ 弗里德里克·普罗考什:《声音:回忆录》,纽约,法拉·斯特劳斯·吉勒斯,1983年,第23页。
④ 另一位超现实主义作家伊万·戈尔也参加了《安娜·利菲娅·普鲁拉贝尔》的翻译工作。
⑤ 乔伊斯常托苏波做一些私事,而且据雅克·麦康顿记载,乔伊斯在晚年回忆巴黎的朋友时,"谈到他对瓦莱里·拉波、菲利浦·苏波和爱德蒙·雅鲁的感情"(见雅克·麦克坎顿《詹姆斯·乔伊斯时刻》,威拉德·保茨主编《流亡艺术家画像:欧洲人对乔伊斯的回忆》,西雅图,华盛顿大学出版社,1979年,第222页。)
⑥ 卡罗拉·G.维勒克是乔伊斯关系密切的异性朋友圈中的一员,曾数次陪伴乔伊斯参观艺术展览馆和画廊。乔伊斯的女儿露西亚发疯后,卡罗拉·G.维勒克受乔伊斯托付,把露西亚请到家中照顾过她。

场已经与先锋派没有多少区别了。

　　虽然乔伊斯与先锋派有千丝万缕的联系,他却非常不愿意被与先锋派相提并论,斥先锋派的形式实验为"低俗"①。即便身处巴黎和苏黎士这两个先锋运动的中心,乔伊斯也几乎不与活跃在这些城市中的先锋艺术家交往。那时巴黎的蒙特巴涅大道有一些先锋派聚集的咖啡馆,苏黎士的"伏尔泰小酒馆"也因先锋艺术家的光顾名噪一时,乔伊斯是个喜欢在酒吧过夜生活的人,却从未涉足这些场所。1912年巴黎的未来主义展,1910—1915年马里涅蒂对伦敦的数次访问,20年代达达主义者在巴黎的各种活动,1936年伦敦的超现实主义展览,这些当时欧洲文化界的著名活动,无论乔伊斯是否在那个城市,都未曾在乔伊斯的书信和作品中留下记录,有的倒是他对先锋艺术家"波希米亚"的生活方式的反感。看到一些评论把他与格鲁德·斯泰因和超现实主义者放在一起,乔伊斯非常不快,甚至通过吉尔伯特和弗兰克·巴钦反复声明他与超现实主义的不同,表明自己并不赞成超现实主义的自由写作和根据精神分析理论进行创作。

　　但是乔伊斯虽然否认他与先锋派文学属于同一美学阵营,他的后期作品却与先锋派文学有着异曲同工的效果。比如未来主义最早明确反对和谐、连贯、清晰、悦耳、富于感染力这些传统的审美标准,声称"要把一切粗野的声音、一切从我们周围激烈的生活中发出的呼喊声都利用起来"②,并因此被称为"故意粗鲁的美学"③。早期乔伊斯的美学观虽然与未来主义截然相反,但在《尤利西斯》,特别是《芬尼根》中,不论乔伊斯安排了怎样的深层结构和呼应关系,其跳跃的结构、冗长的罗列、断续杂乱的故事等无疑都是对传统和谐整一的审美原则的有意破

---

① 弗里德里克·普罗考什:《声音:回忆录》,第143页。
② 张秉真等主编:《未来主义,超现实主义》,第20页。
③ 皮特·尼古拉斯:《现代主义:文学导引》,第86页。

坏。事实上早在 20 年代就有评论指出乔伊斯与未来主义的相似之处[①]。当然,现代主义在这方面对乔伊斯的影响可以追溯得更远,早在 19 世纪,音乐界就出现了所谓调性崩溃的艺术,即用不合惯例的和声取代各音、各和弦的和谐相关。乔伊斯钟爱的瓦格纳的乐曲中就包含大量的转调,他关注过的德彪西[②]也在音乐史上以无调性著称。音乐领域的这些尝试冲击着传统优雅的审美趣味,而乔伊斯对音乐的偏好足以使他感受到这一时代的变化。当乔伊斯批评古典文学只有甜味时,他的立场中未始没有这些先锋艺术的影子。

事实上乔伊斯对新事物非常敏感,也乐于尝试,爱尔兰的第一家电影院就是他筹建的,除了商业考虑外,显然他对电影这个新媒体也充满信心。电影、绘画这些视觉艺术都对 20 世纪现代文学产生过影响,毕加索 1907 年创作的《亚威农少女》便开创了将形体分解然后并置的艺术手法。并置手法不但把"共时性"引入文学[③],而且为先锋派提供了新的结构方式,"蒙太奇"就是一例。《尤利西斯》的《游岩》是并置手法的典型,在这章中,19 个同时发生的场景被并列在一起,产生了类似镜头切换的效果。并置手法在乔伊斯的文本中用得非常多,比如《尤利西斯》意识流叙述中的自由联想结构,《芬尼根》中不相关情节的组合等。《游岩》的并置还只在空间,《芬尼根》将历史与现在不分等级地放在一起,真正

[①] 见罗伯特·H. 德明主编:《詹姆斯·乔伊斯:批评传统》,第 437—443 页。
[②] 他在 1914 年左右曾购买过达尼尔·切内维埃写的《克劳德·德彪西传》。
[③] 共时性(simultanéité)这个概念在 1912 年左右成为立体主义的常用词汇(See Peter Nicholls, *Modernisms: A Literary Guide*, p. 121)。共时性是 20 世纪初人们普遍思索的一个问题,艾略特在《四个四重奏》中就谈到过时间过去和时间将来永远终结在时间现在。毕加索的并置的一个效果就是削平事物的时间深度,将其变为空间的排列组合。比如他在作品中把原始和现代放在一个价值平面,而不像传统艺术那样赋予历史以高于现在的厚重感。乔伊斯认为现代艺术应该表现现在的行为和效果,而不应用传统来框范现在。在《英雄斯蒂芬》中,乔伊斯用"活体解剖"(vivisective)这个词描述现代精神(SH, 204),指出现代与古代精神的区别是古代在传统的笼罩之下,而现代只承受今日之光。"活体解剖"与并置不完全相同,但在强调现在这一点上,可以看出乔伊斯与先锋派的一致之处。

体现了并置的共时性原则。共时性无论对《尤利西斯》还是《芬尼根》都具有重要意义:对《尤利西斯》而言,是揭示出在意识和无意识中,过去、现在、未来的同时存在;对《芬尼根》来说,就像HCE浓缩了古往今来、神话现实中的各种人物一样,历史也在巨大的睡眠中成了现在的一部分。

并置对语言的影响是打破了语言的时间性和线性,为达达主义和超现实主义的词语自由组合提供了基础。超现实主义者主张"语言并不像传统观点所认为的那样,仅仅通过具有固定含义的字词诉诸人的理性,起沟通信息的作用。……还有可能在人的感知当中按照它们之间的'某些特殊形似性'进行各种各样的组合,产生出一种就连作者本人也会感到意外的新的意义"[1]。因此超现实主义者推崇自动写作,把语言实验推向极端,以至于到了让一般读者难以忍受的地步。乔伊斯文本中的词语实验和对无意识的描写使当时很多评论把他与超现实主义放在一起,比如称《芬尼根》的词语实验是要"以超现实主义的方式使词语不仅开花,而且露出根基"[2],或者称乔伊斯所做的也是超现实主义者希望做的——使词语和意象从无意识玄想中挣脱出来[3]。在《我们对他制作〈正在进行的作品〉的化身的检验》中,乔伊斯也通过欧金·尤拉斯承认,在其从事词语实验的15年中,包括超现实主义在内的法国、德国和意大利先锋派已经从事类似的尝试了[4]。当然,乔伊斯始终坚持他是自己"独立地找到解决办法的"[5]。

乔伊斯对先锋派的拒绝固然有艺术家"影响的焦虑"的因素[6],特

---

[1] 老高放:《超现实主义导论》,社会科学文献出版社,1997年,第104页。
[2] 罗柏特·H.德明主编:《詹姆斯·乔伊斯:批评传统》,第750页。
[3] 同上,第668页。
[4] 见塞缪尔·贝克特等:《我们对他制造〈正在进行的作品〉的化身的检验》,第83—86页。
[5] 同上,第86页。
[6] 乔伊斯甚至声称自己在多年的创作过程中没有读过一部小说(SL,382)。《芬尼根》出版后,不少评论者认为《芬尼根》的语言属于拉伯雷传统,乔伊斯却否认读过拉伯雷,虽然他收藏过有关拉伯雷的书籍。当时一些评论家喜欢运用弗洛伊德的理论分析乔伊斯,乔伊斯对此公开表示反感,声称自己和弗洛伊德没有任何关系。然而事实上,无论在乔伊斯的作品中还是生活中,先锋派的影子随处可见。

别是许多先锋派艺术家无论年龄还是名望都较乔伊斯小许多,不过乔伊斯反对先锋派还有一个重要原因,那就是先锋派事实上与当时的现实脱离。先锋派主张介入现实,但介入的方式与现实主义文学有本质的不同。现实主义文学同样有不少以批判甚至颠覆社会现实为目的的作品,但这些作品对社会的批判立足在认识和揭露现实真相之上。而从未来主义、超现实主义、表现主义这些流海派的名称中,就可以看出先锋派的出发点其实是理想、自我或某一高于现实的本质,拒绝日常生活现实。因此未来主义虽然用自由的句式表现现代社会的速度、力量和进取,但他们实际把这些理解为未来社会的理想状态,现实在他们看来一无是处。立足现实表现现实,这是坚持真实原则的乔伊斯与先锋派的理想或"现实之上"的出发点根本不同的地方。因此在乔伊斯眼中,超现实主义是一个建立在观念和抽象概括之上、脱离生活真实的运动。布勒东对乔依斯的批评从反面说明了双方的分歧。布勒东称"尽管它们反映了一种共同的反叛意识,反抗那完全奴化了的语言的专断横行,超现实主义草创之初的'自动写作'一举,在实质上却完全不同于乔伊斯体系里的'内心独白'。换句话说,两者的基础,乃是截然不同的两种世界观。针对有意识的联想这种虚假的思潮,乔伊斯代之以一种竭力从四面八方涌现的潮流,而它归根到底趋向于最近似地模仿生活(凭着这一点,他勉强滞留于艺术范畴之内。重蹈奇思异想的覆辙;不惜与已排成一字长蛇阵的自然主义、表现主义者为伍)"。① 在形式领域坚持模仿生活原貌,这是乔伊斯的形式实验与先锋派的根本不同。乔伊斯不满格特鲁德·斯泰因的也是她的"词语革命"缺乏生活的深度,斯泰因"通过彻底回避意象,并明确探索语言的自足性以发展另一

---

① 重点符号原作者加。——作者注
张秉真等主编:《未来主义,超现实主义》,中国人民大学出版社,1998年,第358页。

种现代主义,这种现代主义在'1914年的人'看来似乎属于颓废派"。①

一方面,乔伊斯的形式实验多少受到当时先锋潮流的影响,另一方面,他对现实性的坚持又多少带有传统的立场。乔伊斯在美学上的这种双重性与英国的现代主义更加接近。当法国、德国的一些艺术家义无返顾地投身新形式和新理论的试验的时候,英国却出现了一股不同于欧洲大陆的潮流,包括庞德、艾略特、弗吉尼亚·沃尔夫、温德姆·刘易斯在内的现代主义作家"以价值的名义要求秩序,公开反现代"②,其古典态度使他们在从事先锋实验的同时显示出不同于大陆先锋派的稳健风格。由于英国现代主义作家的这一矛盾立场,他们被冠以"1914年的人"的称号,单独归为一类。乔伊斯虽然长期定居欧洲大陆,但从小接受的英国文化教育及用英语写作这一点,都使他的创作最终仍然呈现出不列颠文化的特征。大陆先锋派过于极端地强调形式的独立,使形式流为缺少根基和深度的技巧游戏;乔伊斯坚持艺术与传统的联系,反而抓住了连接形式与生活的那根意义之线。

Ⅴ 词语:从透明的玻璃到斑斓的石子

词语在乔伊斯的创作中占有重要地位,而且越到后期,乔伊斯越从对事件的关注转向对词语的关注③。有的评论者提出《尤利西斯》的情感内涵存在于词语本身,乔伊斯本人则把对词语的探索视为《芬尼根》魅力的主要所在④,觉得词语"无所不能"⑤,甚至声称"用语言可以实现

---

① 皮特·尼古拉斯:《现代主义:文学导引》,第202页。
② 同上,第167页。
③ E. H. 米克海尔主编:《詹姆斯·乔伊斯:采访与回忆》,第 xv 页。
④ 威拉德·保茨主编:《流亡艺术家画像:欧洲人对乔伊斯的回忆》,第131页。
⑤ 同上,第119页。

一切"①。不过在创作《都柏林人》时,词语在乔伊斯的作品中还没有取得如此突出的地位。那时的乔伊斯,用庞德的话说,还"是个现实主义者"②,主张作者的不介入和叙述的不着痕迹。从这一原则出发,该书在用词上使用的也完全是日常的而非艺术的语言,没有修饰,目的就是使语言成为一面材质和形式都隐蔽的玻璃,读者可以透过它直接看到生活。

不过即便在《都柏林人》中,乔伊斯也已经显示出对词语的特殊兴趣。《姐妹们》一开始,主人公就对"瘫痪"一词表现出不同寻常的迷恋,这个词也是《都柏林人》全书的中心词。《姐妹们》由始至终一直被迷雾笼罩,弗林神父的行为暧昧不明,对话充满了只有当事者才能会意的暗示,唯有"瘫痪"一词像一盏忽明忽灭的灯悬挂在上方,照出弗林神父肉体的疾病和精神的危机。"瘫痪"既是对都柏林现实状况的概括,也是整部小说的点睛之词。从传统角度看,这是一个准确概括了现实的词语,但从另一个角度看,恰恰是这个词使《姐妹们》平淡的情节获得意义和灵魂。叙述者"我"对这个词的态度也显出这个词的重要性:"每晚向那窗口凝视,我就会轻轻自语着这个词:瘫痪。它听起来总是怪怪的……但现在听着这个词,却好像听着某个邪恶有罪的存在物(being)的名字。它使我充满恐惧,但我又渴望接近它,注视它那致命的后果"③。对"我"来说,"瘫痪"这个词非但不是一块透明的玻璃或一件上手的工具,反而变成了一粒石子,硬硬地硌在那里,有了存在物才有的质感。这段描述的理论意义正是罗兰·巴特认为词语在现代文学中所具有的特殊存在,"词语形成一种形式的连续体,从中产生了智识的或

---

① W. Y. 廷德尔:《詹姆斯·乔伊斯:他阐释现代世界的方式》,西港,绿林出版社,1979年,第95页。
② 罗伯特·H. 德明主编:《詹姆斯·乔伊斯:批评传统》,第67页。
③ 詹姆斯·乔伊斯:《都柏林人》,纽约,现代图书馆,1969年,第9页。以下所引《都柏林人》皆缩写为 D。

情感的浓度"①。

小说中"瘫痪"这个词跳入"我"的脑海是"我"每次看到弗林神父那映着灯影的窗户的时候。"瘫痪"一词与窗户和灯光联系在一起,虽然从情节上可以解释为主人公经过弗林神父窗前油然生发的联想,但这一并置也使"瘫痪"一词获得了在黑暗中发光的效果,这个效果应该不是偶然的。故事里"我"听到弗林神父去世后梦见神父,第二天"我"努力回想梦中的情景,想起来的只是"长长的天鹅绒窗帘和一只古色古香的吊灯"。(D,13—14)在乔伊斯的时代,梦已经被用来揭示深层心理动机了。对乔伊斯这位把梦发展到如《芬尼根》般极致的作家来说,灯成为梦的中心意象不会没有意义。乔伊斯把弗林神父所象征的"瘫痪"与灯紧密联系在一起,结果赋予了这个词"照亮"、"发光"的功能。在《画像》中,乔伊斯称"无论哪种美必须具备三个要素:完整、和谐与发光"(P,192),一般认为乔伊斯所说的"发光"就是他在《都柏林人》中追求的"昭显",即精神的突然昭示。"瘫痪"作为词语却具有"发光"的功能,说明"瘫痪"这个词不再仅仅是对现实的描述,它在更大程度上是对现实的昭示。由此也就可以解释"我"为什么会对"瘫痪"产生带有神秘主义色彩的反应。乔伊斯在这个词中发现了一种超出描述之上的"昭显"力量——词语也许并不像过去认为的那样仅仅是一件用来描摹现实的工具,词语本身就能够揭示现实。不是有了现实然后寻找合适的词语,而是把握了词语从而把握了现实。伊格尔顿称20世纪"语言学革命"的核心便是"承认意义不仅是语言所'表现'或'反映'出来的东西,它实际上是语言'生产'出来的"②。

---

① 罗兰·巴特:《零度写作与符号学要素》,安奈特·拉弗斯等译,波士顿,灯塔出版社,1970年,第43页。
② 泰瑞·伊果顿:《文学理论导读》,关新发译,台北,书林出版有限公司,1994年,第82页。

无论在《尤利西斯》还是《芬尼根》中,乔伊斯都非常重视寻找声音上能够产生特殊效果的词语,用这些词语本身,而不是它们的内涵来获得意义。比如乔伊斯说他"在《尤利西斯》中,为了表现一个半梦半醒的女人的咕哝,我希望用所能找到的最轻的词来收尾。我找到了'是的',它几乎不出声,因而可以暗示同意、放弃、放松、一切反抗的终结。至于'正在进行中的作品',我希望尽可能找到比'是的'还好的词。这次我发现了英语中一个最隐蔽、最不起眼、最弱的词,一个甚至算不上词的词,它的声音几乎只是牙缝间的一次喘息,其实什么也不是,这就是定冠词'这'"。[①] 在乔伊斯创作的中后期,词语的妥切运用已经不仅是寻找可以准确概括事物的词语,而且包括充分展示词语的物质面貌。手法之一就是在描写行动或心理过程的时候,充分发挥词语本身的动感和延续性。比较一下《都柏林人》和《画像》中的两段:

> He looked coldly into the eyes of the photograph and they answered coldly. Certainly they were pretty and the face itself was pretty. But he found something mean in it. why was it so unconscious and ladylike? The composure of the eyes irritated him. They repelled him and defied him：there was no passion in them, no rapture. He thought of what Gallaher had said about rich Jewesses. Those dark Oriental eyes, he thought, how full they are of passion, of voluptuous longing！ Why had he married the eyes in the photograph？ (D,83)

（他冷冷地盯着照片上的那双眼睛,它们也冷冷地回看他。的确,它们挺漂亮,面孔也漂亮。不过他感到其中有种庸俗。干吗这

[①] 威拉德·保茨主编:《流亡艺术家画像:欧洲人对乔伊斯的回忆》,第197页。

么木呆呆,一副贵妇的样子呢?目光里的镇静让他恼火。它们排斥他,向他挑衅:眼里没有激情,没有狂喜。他想起加拉赫谈到的有钱的犹太女郎。那些黑色的东方眼睛,他想,它们是怎样地充满了激情,充满享乐的欲望啊!……他为什么娶了照片中的这双眼睛呢?)

He closed his eyes in the languor of sleep. His eyelids trembled as if they felt the vast cyclic movement of the earth and her watchers, trembled as if they felt the strange light of some new world. His soul was swooning into some new world, fantastic, dim, uncertain as under sea, traversed by cloudy shapes and beings. A world, a glimmer or a flower? Glimmering and trembling, trembling and unfolding, a breaking light, an opening flower, it spread in endless succession to itself, breaking in full crimson and unfolding and fading to palest rose, leaf by leaf and wave of light by wave of light, flooding all the heavens with its soft flushes, every flush deeper than the other. (P, 157)

(他在懒懒的睡意中闭上眼睛。眼皮颤抖,仿佛因感到大地和她的观望者的巨大的环行运动而颤抖,仿佛因感到来自某个新世界的陌生的光芒而颤抖。他的灵魂在眩晕中进入某个新的世界,如深海一样奇异、幽暗、变幻莫测,一些朦胧的形状和东西往来穿梭。一个世界,是一道光还是一朵花?闪烁着又颤抖着,颤抖着并舒展开,一道正划过黑暗的光,一朵正绽放的花,它永不停止地独自伸展开去,裂开,颜色深红,舒展,凋谢成最苍白的玫瑰,一叶接一叶,一轮光波接一轮光波,用它轻柔的晕红布满整个天空,每一个都比另一个更红。)

两段都是描写主人公对新世界的向往。前一段是论断性的,通过犹太女郎的眼睛与妻子眼睛的对比表现新旧世界的不同。语言的目的是把新世界描述出来:撩人的眼光、富有、东方色彩。新世界的魅力来自这些被描述的外部因素,与叙述本身无关,因此所用词语也是纯媒介性的,几乎没有声音和色彩。相比之下,第二段中未来世界的流动和神秘都直接在叙述语言中得到展示:全段基本选用轻柔或轻快的词,没有重词或大词阻断叙述;进行时的词尾带来延续感,语句的拖长和破碎同样造成叙述的延缓;此外"glimmering and trembling, trembling and unfolding"这类词在表意的同时也造成流动的语感。总之,读者不仅可以从描述中看出斯蒂芬思绪的变化,也可以从词语本身直接感受到斯蒂芬思绪如水的流动。显然,第二段的叙述效果不仅来自所指,也来自词语本身。

　　使词语的形式直接传递意义,除了需要作者对词语的精熟,所用的语言也必须具有足够的表现力,这一点有时并不能全如人意,这时乔伊斯或者借用其他语言的词汇,或者变革现有的词语或创造新词。变形的方式很多,有时重复词语中的某一个或几个字母,如"Steeeeeeeeeephen"(斯蒂芬)①重复字母 e 表现手杖在地上拖过的声音;有时将若干词语连接为一个多字母词,如"mangongwheeltracktrolleyglarejuggeraut",(U,452)"当啷啷响的锃亮有轨电动神像车",模拟车身的长。至于将变形的词语在句中相互呼应以表意在乔伊斯的作品中更多,如"Conductor's legs too, bagstrousers, jiggedy jiggedy... Jiggedy jingle jaunty jaunty."(还有管车人的两条腿,松松垮垮的长裤,跳着吉格舞轻快地……双轮敞篷马车跳着吉格舞轻快地轻快地驶过。U,271)借助发音相近的词语造成音乐感。有时,词语由于经常使用丧失

---

① 詹姆斯·乔伊斯:《尤利西斯》,纽约,葡萄收获丛书,1990 年,第 20 页。以下所引《尤利西斯》皆缩写为 U。

了最初的生动性,成为抽象的指意符号,遇到这种情况,乔伊斯会将描述性词汇组合,甚至制造新词,以获得最直观的效果。比如在《芬尼根》中,乔伊斯觉得"doubt"(怀疑)不足以表现内心不肯定的状态,于是自造了"twosome twiminds"(两个的双胞的念头,FW,188)。两组词的意义一样,传递给读者的感觉却不同,"doubt"经无数次反复地使用后,反而带有了冷冰冰的确定性,至少是对怀疑本身的确定。

词语变形的一个目的是拟态,即无须描述,读者直接从词语的造型感受出事物和事件的情态,比如"Bloo smi qui go"(U,264)是"Bloom smiling quickly goes"(布卢姆微笑着快走)的不完全拼写,显出布卢姆行动的迅速;"wavyavyeavyheavyeavyevyevy hair"(U,277)将 wavy(波浪状)与 heavy(沉甸甸)反复交织,既模拟头发的长波浪状,也模拟歌唱时的颤音。此外词语变形还有一个更重要的目的,那就是追求语言的音乐性。《尤利西斯》大量的词语变形都以拟声为目的。这一点也许与乔伊斯自己的音乐天赋和对音乐的偏爱有关,但深层原因是音乐比文字更能诉诸人的情感,用乔伊斯的话说,"歌曲是情感的简单的节奏性释放"(SH,176)。

词语的音乐性建立在词语的听觉因素之上,即通过词语或句子的变形从形式上直接模仿声音,比如用"khrrrrklak"(咯咯啦啦,U,42)形容碎片撞击墙壁的声音;用"Ahbeesee defeegee kelomen opeecue rustyouvee double you"(U,58)模仿孩子们唱26个字母时拖泥带水的唱腔。词语的听觉因素大多从单个词语中获得,词语的音乐性则建立在词语的关系之上,以音位为基本单元,以节奏为基本构架,"从"词语的节奏、和声、浓度、和谐"[1]到作为意象的"主旋律",都可以采用或借鉴音乐的旋律和形式,使原本被认为表意的小说文体可以直接通过朗

---

[1] 威拉德·保茨主编:《流亡艺术家画像:欧洲人对乔伊斯的回忆》,第97页。

读来感受所描写的形象或传递的情绪。比如乔伊斯曾当众朗诵过《芬尼根》中的《安娜·利菲娅·普鲁拉贝尔》一章,英国 BBC 广播电台至今保存着其中的两段录音①。该章描写的是一条河流和河边两个洗衣妇的对话。乔伊斯除了在叙述中加入数千条河流的名称外,选用的词语也在听觉上具有流动感,像"tittering daughters of"、"chittering waters of"、"liffeying waters of"、"rivering waters of"等词组的相互呼应、反复回旋,直接营造出如音乐流淌般的河流流动效果。该段流畅的旋律不仅再现了意识的流动,而且使听众可以从乔伊斯的朗读中直接感受夜幕降临的轻柔朦胧及河水流动的漾动跳跃,用评论者的话说,"对它的充分理解既依赖于可视性,也依赖于可听性。"②

《尤利西斯》的《塞壬》一章是乔伊斯运用文字获得音乐性的典范。塞壬是荷马史诗中人首鸟身的女妖,用歌声迷惑过往的船夫,《塞壬》一章描写的也是与音乐有关的场面:狄达勒斯等人在酒馆里唱歌,调试钢琴的盲调音师等。该章无论在意象的选择、结构的安排还是词语的运用上,都着意营造一种音乐氛围。拿布卢姆听歌的一段看:

---

① 从"http://www.2street.com/joyce"网站可以听到乔伊斯朗读《芬尼根》中一段的录音。

Tys Elvenland! Teems of times and happy returns. The seim anew. Ordovico or viricordo. Anna was, Livia is, Plurabelle's to be. Northmen's thing made southfolk's place but howmulty plurators made eachone in person? Latin me that, my trinity scholar, out of eure sanscreed into oure eryan! Hircus Civis Eblanensis! He had buckgoat paps on him, soft ones for orphans. Ho, Lord! Twins of his bosom. Lord save us! And ho! Hey? What all men. Hot? His tittering daughters of. Whawk? Can't hear with the waters of. The chittering waters of. Flittering bats, fieldmice bawk talk. Ho! Are you not gone ahome? What Thom Malone? Can't hear with bawk of bats, all thim liffeying waters of. Ho, talk save us! My foos won't moos. I feel as old as yonder elm. A tale told or Shaun or Shem? All Livia's daughter-sons. Dark hawks hear us. Night! Night! My ho head halls. I feel as heavy as yonder stone. Tell me of John or Shaun? Who were Shem and Shaun the living sons or daughters of? Night now! Tell me, tell me, tell me, elm! Night night! Telmetale of stem or stone. Beside the rivering waters of.

② S.贝克特等:《我们对他制造〈正在进行的作品〉的化身的检验》,第 15 页。

Bloom. Flood of warm jimjam lickitup secretness flowed to flow in music out, in desire, dark to lick flow, invading. Tipping her tepping her tapping her topping her. Tup. Pores to dilate dilating. Tup. The joy the feel the warm the . Tup. To pour o'er sluices pouring gushes. Flood, gush, flow, joygush, tupthrop. Now! Language of love. (U, 274)

（布卢姆。温暖的、震颤的、吞噬的秘流，在音乐里，流进，流出，在情欲中，昏暗中舔着奔流，侵入。推倒她抚摸她戳开她压住她。公羊。毛孔在膨胀中张大。公羊。那欢乐那感觉那温暖那。公羊。冲过闸门，滚滚喷涌。洪水，喷涌，奔流，欢乐喷涌，公羊震动。啊！爱的语言。）

这一段表现的是视觉和听觉的流动感，既是布卢姆正在倾听的音乐旋律的流动，也是布卢姆被唤起的情欲之流在体内的奔腾。首先，句子的长短和重复依据的是音乐的节奏，所用词语也都具有流畅的音乐效果；三个"Tup"的间歇重复，一方面象征音乐中的鼓点，另一方面也是布卢姆的心跳。"tipping"、"tepping"、"tapping"、"topping"元音的渐强，显出随着音乐的渐强，布卢姆情欲的渐旺。"The joy the feel the warm the"在音乐上属于急板，情绪上则表现了百感交集、无从说起的心情。总之，通过调动词语的视听因素，直接诉诸感官，乔伊斯不落痕迹地将环境和心境直观生动地表现出来，真正做到了形式与意义的对应。

到了《芬尼根》，乔伊斯的词语实验更向前迈进了一步，不仅词语的形式因素与材料和所指相呼应，文本意义也直接转入词语本身：通过改变词语的日常书写形式，乔伊斯中断了词语与其约定俗成的所指对象之间的"自动"联系；通过在《芬尼根》中将叙述的重心从事件转向主题，乔伊斯将词语从叙述的时间关系和逻辑关系中解放出来。由此得到的结果是,在《芬尼根》中,词语不仅像在《尤利西斯》中那样获得了物质的浓度,甚至自身就是一个多层的意义空间。比如《芬尼根》第 96 页描写 HCE 的罪行的一段:

"making her love with his stuffstuff in the languish of flowers and feeling to find was she mushymushy, and wasn't that vely both of them, the saucicissters, *a drahereen o machree*!, and (peep!) meeting waters most improper (peepette!) ballround the garden, trickle trickle trickle triss, please, miman, may I go flirting?" (FW,96)

（在凋落的花丛中与她做爱,感觉,以发现她柔软如水,不正是她们两个么,莽撞的姐妹,哦,亲爱的小兄弟!（偷窥!）最不雅观地遇见泉水（偷窥乖孩子!）环绕着公园的水滴,滴落,滴落,滴,对不起,先生,我能调情么?）

这段话从字面看是一段描写,描写 HCE 在公园里偷窥两个女性小便。但是事实上,这段话包含着《芬尼根》的多个主题,这些主题就存在于句中的"混成词"①中。比如"mushymushy"一词,字面看是"mushy"的叠加,意思是"软糊糊的、糊状的",有时在口语里也指"多愁善感的、痴情的"。但是这个词也被认为是盖尔语,有两种可能性,一是"mwishi",意思是感叹词"确实""哦"②,另一个是"mishe mishe"（我是,我是）的变体。"mishe mishe"是《芬尼根》的一个"主导主题"（leitmotif）,以各种

---

① 混成词是乔学界常用的对《芬尼根》中一类乔伊斯自造词的称呼,主要指由几个词语的词素组合而自造的新词。由于一个混成词中包含着几个词语的词素,因此具有复义的效果。

② 布兰丹·O.黑赫:《〈芬尼根的守灵〉爱尔兰语词典》,贝克莱,加利福尼亚大学出版社,1967 年,第 68 页。

变体形式在文中不断出现,被认为是爱尔兰女守护圣人圣毕哲在受洗时说的话①。在《芬尼根》中,圣毕哲也是 ALP 的化身,因此"mishe mishe"的出现,标志着 ALP 主题的出现。从这一点看,这一段实际包含两个事件,一是 HCE 在公园里与 ALP 做爱,一是 HCE 偷窥两个少女小便。其中新引申出来的这层内容,主要就是由"mushymushy"这个混成词引申出的。

句中的另一个混成词"saucicissters"在克莱夫·哈特的《〈芬尼根〉重要词语索引》中被解释为"sisiters"(姐妹们)。在《尤利西斯》中,乔伊斯曾让布卢姆用"Saucebox"(U,66)称他的女儿米莉,意思是"莽撞的少女",因此"saucicissters"可以视为"sauce"+"sisters"两个词的组合,莽撞的姐妹们,即指两个少女在公园小便这一不得体的行为。另一个混成词"peepette"可以拆解成这样几个词:1)"pee"小便,2)"peep"偷窥,3)"poppet"乖孩子,4)"pipette"吸液管。不过,廷德尔·W.约克在《〈芬尼根〉读者指南》中指出,"peepette"与"saucicissters"连在一起,指的是斯威夫特的《致史黛拉书》,因为斯威夫特在给恋人以斯贴·琼荪(他称她为史黛拉)的信中,常使用"ppt"或"poppet"(乖孩子)这样的昵称。因此,"saucicissters"和"peepette"这两个混成词也指斯威夫特与史黛拉以及另一个叫以斯贴·凡霍米莉的女性之间的感情纠葛②,后者斯威夫特称之为瓦内萨。由于史黛拉和瓦内萨都比斯威夫特小很多,所以斯威夫特与两人的关系,正代表着《芬尼根》的另一个母题,一个男性与两个女性的关系。通过混成词"saucicissters"和"peepette",乔伊斯暗示出 HCE 的"罪行"不仅是偷窥,而且涉及三角恋。同时,

---

① 见约瑟夫·坎贝尔和亨利·莫顿·鲁宾逊:《〈芬尼根的守灵〉万能钥匙》,纽约,哈古特布雷斯广告公司,1944 年,第 29 页。
② 威廉·约克·廷德尔:《〈芬尼根的守灵〉读者指南》,纽约,正午出版社,1959 年,第 97 页。

斯威夫特的典故又将这种三人纠葛泛化为存在于人类历史各时代的普遍纠葛,是《芬尼根》意图概括的人类若干关系模式之一。

除此之外,像"stuffstuff"、"mushymushy"、"trickle trickle trickle triss"词或词组等都具有拟声的效果:做爱的声音、呻吟的声音、尿液滴嗒的声音等等。这些声音与词语的多层主题相结合,再加上"peep"放在括号中,有如偷窥的眼睛,这样,词语的形、音、意既自成一体,又相互补充,组成了一个丰富立体的文学世界。在这里,词语不再是词语之外的意义世界的载体,而是如萨特所说的,意义"成了每个词的属性,类似脸部的表情,声音和色彩的或喜或忧的微小意思。意义浇铸在词里,被词的音响或外观吸收了,变厚、变质,它也成为物,与物一样不是被创造出来的,与物同寿"①。也正是因为这一点,有的评论者认为《芬尼根》标志着从"'以自我为中心的现代主义'向'以语言为中心的后现代主义'的过渡与转折"②。

Ⅵ 叙述:透视他人与反观自我

乔伊斯的作品虽然表现的是人的内心世界,他却通过内部聚焦、自由间接引语、内心独白这些手法,使作品获得了客观、中立、作者隐蔽的现代叙述效果,其中的内心独白手法在《尤利西斯》刚出版时,尤其引起了广泛反响(SL,297)。这类叙述手法一方面使读者进入人物的内心世界,一方面叙述者又与叙述对象保持距离,在文学中创造了一个具有客观感的主观世界。同时,佛克玛和易布思所说的现代主义文学的"意识、疏离和观察"三个特征的获得也在一定程度上得益于这种叙述手

---

① 萨特:《萨特文学论文集》,施康强等译,安徽文艺出版社,1998年,第75页。
② 李维屏:《乔伊斯的美学思想和小说艺术》,上海外语教育出版社,2000年,第232页。

法,当叙述视角集中于人物的内心后,人物作为观察者而非行动者的一面常会凸显出来。

拿《尤利西斯》中的《西勒和卡吕布迪斯》来说,该章描写的是斯蒂芬在图书馆对一群人发表关于莎士比亚的议论。从动作上说,斯蒂芬是行动者,包括馆长利斯特在内的听众是旁观者。但是由于该章是从斯蒂芬的视角叙述的,于是读者看到的是利斯特出去又进来,约翰·埃格林顿时而微笑时而怒气冲冲地皱起眉头,贝斯特先生走来走去,并用手在空中写下戏剧海报……,相较之下,由于看不到斯蒂芬的动作,除了说话外,斯蒂芬给读者的印象反而是静止的。同时,由于叙述中不时加入斯蒂芬的内心独白,这些内心独白有的对面前的人物和他们的观点做出评判、反驳、暗嘲,有的将斯蒂芬的思绪带离他正讲述的内容,此外像"克兰利,我是他缄默的勤务兵,离得远远地观望战斗"(U,187)这样的内心独白,更突出了斯蒂芬内心中与当场之事的距离。由此造成的效果是,斯蒂芬虽然是话题的主述者,他却三心二意,既在场又不在场。或者说,由对话构成的正在讲着莎士比亚的斯蒂芬和由内心独白构成的想着其他事情的斯蒂芬构成了斯蒂芬的双重身份,其中那个内心独白的斯蒂芬置身事外,以旁观者的态度观察、评判着正发生的一切。相较而言,利斯特们由于只有由对话构成的这一个方面,反而好像全身心地参与着正在发生的事件。在这里,斯蒂芬的静止的旁观者的印象是与该章所用的他的内部视角和他的内心独白分不开的。如果内心独白放在比如埃格林顿身上,埃格林顿同样可以像斯蒂芬那样获得另外一重局外人的"意识、疏离和观察"的印象。

虽然内部聚焦和内心独白有效地达到了类似旁观者的客观中立的效果,但是对形式的自觉很快使乔伊斯看到这种叙述里包含的主观偏向。因此到了《尤利西斯》下半部,乔伊斯开始对叙述本身加以反思,这就是在比如《瑙西卡》、《独眼巨人》等章节中,他开始以一种反讽的手法,把叙述本身作为叙述对象来表现和批判。

《尤利西斯》从《塞壬》开始,虽然仍然采用人物聚焦的叙述视角,叙述声音却发生了变化。《塞壬》之前,外部叙述者的语句严谨清晰,与主人公破碎凌乱的内心独白存在鲜明对照;而在《塞壬》中,为做到形式的音乐性,外部叙述者所用的语句开始模仿意识流语体,比如用"Yes. He fingered shreds of hair, her maidenhair, her mermaid's, into the bowl. Chips. Shreds. Musing. Mute."(是啊。他把些许碎发,她的处女发,她的人鱼发,塞进烟斗。碎屑。些许。沉思。缄默。U,261)描写狄达勒斯先生和杜丝小姐在一起的场景。《独眼巨人》表面看似乎由"我"这个粗鲁褊狭的都柏林市民用第一人称叙述,但比较一下"我"的用词和各段戏拟文体的用词就可以发现,该章存在着两个叙述者:一个是"我",用语粗鄙,叙述中经常夹杂骂人诅咒的口头禅;另一个叙述者则针对"我"的叙述,用各种庄重文体再复述一遍,如法律文体、史诗文体等。两种叙述描述同一件事情,却取得一褒一贬两种相反效果,在对照中暴露出叙述的主观取向。《瑙西卡》内部聚焦的焦点先是少女格蒂,格蒂走后转到布卢姆。这章的突出之处,是前半部叙述者使用了一种维多利亚时代廉价妇女刊物常用的感伤自恋、矫饰现实的语言。《太阳神的牛》由于要在文体上模拟人的成长,该章运用了英国历史上各种有影响的文体,这些文体无疑与小说中人物的语言风格大相径庭,因此也是一种外部叙述者的风格化叙述。《尤迈奥》的叙述被吉尔伯特称为老人的叙述,与第一章"帖雷马科"的年轻人叙述首尾呼应。该章的叙述松软、疲惫、散乱,"机警、节制的原则暂时放弃了"[1],以此表现午夜时分斯蒂芬和布卢姆的困倦疲乏。应该说,该章叙述的老年特征不仅来自一个

---

[1] 哈里·布拉米斯:《新布鲁姆日之书:〈尤利西斯〉导读》,伦敦,鹿特里奇,1989年,第191页。

接一个的啰嗦的句子,也来自外部叙述者使用的传统叙述声音,"This was a quandary but, bringing commonsense to bear on it, evidently there was nothing for it but put a good face on the matter and foot it which they accordingly did."(处境真狼狈,情况很清楚,唯一的办法显然只好随遇而安步行了,他们也就这么做了。U,613)。显然,叙述者不介入、不判断的原则在这里被暂时放弃了。在《尤利西斯》后半部,叙述视角依然是人物的内部聚焦,叙述声音却有着鲜明的个人风格。由此可见[①],在现代小说普遍强调叙述的客观、超然、中立、公正、非人格化的时候,《尤利西斯》后半部却突出外部叙述者的存在,赋予外部叙述者风格鲜明的叙述声音。

《尤利西斯》的这些风格化叙述很多时候并不是为了传达叙述者的个人立场,而是对叙述本身构成反讽。《瑙西卡》的反讽效果最明显,用哈里·布拉米斯的话说,"这里乔伊斯采用了一种感伤的、妇女杂志的风格,这个风格,如果看作文学讽刺的话,极具破坏力"[②]。拿《瑙西卡》中的一段来看:

> Her figure was slight and graceful, inclining even to fragility but those iron jelloids she had been taking of late had done her a world of good much better than the Widow Welch's female pills and she was much better of those discharges she used to get and that tired feeling. The waxen pallor of her face was almost spiritual in its ivorylike purity though her rosebud mouth was a genuine Cupid's bow, Greekly perfect. Her hands were of finely veined alabaster with tapering fin-

---

① 《刻尔吉》和《伊大嘉》的特殊文体排除了叙述问题,《潘奈洛佩》是整章的内心独白。
② 哈里·布拉米斯:《新布鲁姆日之书:〈尤利西斯〉导读》,第128页。

gers and as white as lemon juice and queen of ointments could make them though it was not true that she used to wear kid gloves in bed or take a milk footbath either. (U,348)

（她身材娇小优美，甚至有些纤弱，然而她近日服用的铁片比寡妇韦尔奇的妇女丸药对她更有效。过去常有的白带什么的少了，疲劳感也减轻不少。她那蜡一样苍白的脸在象牙般的纯净中几乎显得超凡脱俗，虽然她那玫瑰花蕾般的嘴唇的的确确是爱神的弓，有着匀称的希腊美。她的手血管纤细，雪花膏般，指如削葱，只有柠檬汁和高级软膏才能使它们这般白嫩，然而说她睡觉时戴羔羊皮手套和用牛奶泡脚，则纯属捏造）

这段的视角出自格蒂。虽然声音来自外部叙述者，但这个外部叙述者却使用格蒂所用的妇女杂志语言。如果单看这一段，读者有可能把格蒂判断为美丽优雅的少女，错生寒门。这是格蒂的视角和外部叙述者的叙述内容提供给读者的信息。不过，《瑙西卡》最关键的不是塑造充满自恋和幻想的青春期少女，而是对这一幻觉的反讽。在这里，反讽是通过外部叙述者声音的风格化获得的。这种风格化的声音实际包含着两个层面：被模仿的风格和对风格的反讽，即一方面用特殊的文体进行叙述，叙述者的立场与人物的立场相同；另一方面叙述者所用的文体本身就带有滑稽的色彩，或者是作者有意将文体夸张到滑稽的地步，或者是在作者和当时读者的心目中，这个文体已经带有了滑稽的色彩。比如像"她身材苗条优美，甚至有些纤弱，然而她近日服用的铁片，比寡妇韦尔奇的妇女丸药对她更加滋补。过去常有的白带什么的少了，疲劳感也减轻不少"，这句话，第一层声音是女性杂志的广告语言，而用广告来思考，本身又构成反讽性的第二层声音，暗示出格蒂思想的肤浅。

在主题上《瑙西卡》与福楼拜的《包法利夫人》有相似的地方，都表现少女受廉价的浪漫读物的影响,无法正确地认识现实,都试图揭露这类文学作品美化和歪曲现实的本质。相似的主题,乔伊斯和福楼拜却使用了两种文体,从而带来喜剧性和悲剧性两种不同的艺术效果。在《包法利夫人》中,不切实际的教育被从正面加以批判,外部叙述者用"客观的"语言描述爱玛的遭际和感受。随着情节的深入,爱玛对爱的追求越与自私猥琐的现实构成反差,叙述越接近爱玛的内心,爱玛也越得到读者的同情,她的毁灭也越具有悲剧的震撼力。《瑙西卡》则完全不同,乔伊斯对格蒂的不切实际的幻想几乎未作任何直接披露,反讽主要通过粉饰造作的妇女杂志语言显示出来。在文体的反讽中,读者时刻明确意识到格蒂的自我欺骗。如果说浪漫小说在《包法利夫人》中只作为事件存在,"妇女杂志体"在《瑙西卡》中则担负起行动者的功能,是它暗示出格蒂的趣味,也是它使格蒂思想的虚幻性暴露出来。

《尤利西斯》前后部分虽然对叙述做了不同的处理,但都成功地取得了该章所要取得的艺术效果。就效果而言,很难说两者孰优孰劣。两者的不同,更多是体现出乔伊斯,以及现代主义文学对形式本身的日益关注。《尤利西斯》后半部的叙述反讽中所包含的对叙述本身的反省,也预示了20世纪后半期西方文学的发展。

Ⅶ 结构:用真实撼动美的殿堂

在传统美学中,结构的作用只是使作品获得和谐统一的形式,与意义无关。从《画像》的那段美学论述看,乔伊斯早期对结构的理解也与古典主义一样,纯从审美效果考虑,并信奉严谨整一的古典原则[①]。在

[①] 这种艺术观最早由亚里士多德提出,在19世纪达到顶点,它把涵义统一视为评价艺术作品的主要标准。

《画像》中他借阿奎纳的理论把美概括为三个要素:"完整、和谐和发光",其中完整与和谐便涉及结构。乔伊斯把完整解释为"美的形象首先在一个不包括它的无限时间或空间背景下,被清晰地感知为拥有自身的轮廓和独立内容。你把它理解为一个东西。你把它看做一个整体。你把握了它的整体,这就是完整"。(P,192)乔伊斯把艺术品的完整定义为在不包括它的时空背景下显出自身的轮廓,显然认为"完整"的艺术品可以脱离外部因素而相对自足,甚至从轮廓清晰这一点看,"完整"的艺术品更近似封闭的系统①。完整是基础,"然后,你顺着形体的线条,从一点到另一点;你感受到它轮廓里部分与部分之间的平衡,你感受到它的结构的节奏。换句话说,在直接感知的综合运动之后,是理解力的分析运动。一开始把它感受为一个东西,然后你发觉它是一个东西。你发觉它复杂、多层、可分、可离,由若干部分组成,由各部分及它们的总和组成,是和谐的。这就是和谐。"(P,192)和谐的定义包含着乔伊斯对艺术系统的两点看法,一是各部分之间的节奏关系;二是艺术系统层次的丰富性。其实,除了完整与和谐外,要做到结构的严谨整一还有一个重要前提,那就是"经济"。《英雄斯蒂芬》最终变为《画像》,有的评论者认为就是"经济"原则在起作用②。对完整来说,经济表现为轮廓的清晰,既无与主题无关的情节,叙述结束后也不会留下交代不清、需要借助文本之外的信息才能解决的事件;对和谐来说,经济则表现为文本内部各成分的恰如其分,绝无多余、松散的关系。完整、和谐与经济共同作用的结果,便是有形。缺乏形状被乔伊斯视为艺术上的一大失败。乔伊斯不喜欢巴尔扎克,理由就是巴尔扎克的小说

---

① 这是理解乔伊斯作品结构的重要一点。《尤利西斯》和《芬尼根》中出现的与其他文本的互文,显然不符合他早期所追求的"完整"。

② 见詹姆斯·乔伊斯:《英雄斯蒂芬》,第11页。这里有必要指出的是,"经济"不等于结构的封闭。文学的"经济"主要指叙述的精练,言简意赅。比如《尤利西斯》虽然头绪众多,却很"经济",没有多余的话,而且句句富有深意。《流亡者》虽然线索单纯,却与其说经济不如说贫瘠。

"没有形状"(CW,101),是"没有形状的油灰团"①。

不过,乔伊斯自己实际更喜欢将生活中众多未必相关的素材放入小说,有种观点便认为乔伊斯的才华不在叙述,而在过人的记忆力,他的创作就是把记忆里的东西放在一起。由杂乱无章的记忆堆积而成的作品很难是有形的。乔伊斯在戏剧上的第一次尝试《前程似锦》,被维廉·阿彻称为"容量比主题大许多……读者——至少一位读者——在这里根本找不到我以为你要在该剧中表达的主要意思"②。这出戏剧的剧本未能保存下来,但从乔伊斯后期小说的模式,不难想象改剧情节如何地自由联想、随意引申,缺少戏剧所需的起伏和紧凑。

在创作早期,乔伊斯出于对艺术美的追求,抑制了自己的这一倾向。维廉·阿彻指出《前程似锦》的缺陷后,乔伊斯的第二部剧作《流亡者》(1918)就变得高度紧凑,情节和台词都紧扣主题,表面无关的句子也都暗含深意,"除了轮廓清晰的形式外,它还有意味深长的精练对话"③。《流亡者》结构的不枝不蔓甚至到了使情节失之单薄的程度,以至有的评论者认为这部创作于《画像》和《尤利西斯》之间的作品,"既无前者的魔力,也无后者的丰富"(E,7)。《流亡者》做到了完整经济,但在艺术效果上却是一次失败。

从《画像》开始,乔伊斯的作品基本以表现人物的精神活动为主,以意识和无意识为表现对象这一点直接影响了乔伊斯后期作品的结构。由于意识活动并不具有形式,这就使意识流小说家必须发明一种结构来代替传统小说的情节统一④。此外像《尤利西斯》这样的作品,不仅

---

① 理查德·艾尔曼:《詹姆斯·乔伊斯》,第 354 页。
② 同上。
③ 詹姆斯·乔伊斯:《流亡者》,伦敦,三豹丛书,1979 年,第 8 页。以下所引《流亡者》皆缩写为 E。
④ 见罗伯特·哈姆弗莱:《现代小说中的意识流》,加利福尼亚,加利福尼亚大学出版社,1954 年,第 6—7 页。

要表现人物的意识和无意识活动,也力求表现生活的丰富性,而现代生活用艾略特的话说,远比过去杂乱繁多,传统小说拘谨的形式已经不能适应千头万绪的时代内容,艾略特甚至称小说这种文体到福楼拜和亨利·詹姆斯就已经结束了。与同时代那些仍然沿袭传统小说形式的作品相比,乔伊斯的小说要"杂乱无章"[1]得多,不过艾略特认为这种杂乱无章正与现代生活的杂乱无章相呼应。另一方面,正因为现代生活中框架和规则的匮乏,人们更迫切地"感到需要某种更严谨的东西"[2],艾略特认为神话手法正是使无形的现代素材获得形状与意义的有效方式。从这一观点出发,艾略特把《尤利西斯》与《奥德修纪》的平行关系称为"双层面"(two plane),称《尤利西斯》的神话手法是"朝使现代世界适合于艺术表现而迈出的一步"[3],必然会被后人仿效。他自己则在《荒原》中身体力行地运用这一结构,使文本的神话平行结构成为现代文学中的一个突出现象。

用结构的杂乱无章来呼应生活的杂乱无章,这里实际包含着结构美学观上的一个重要转变,即结构不再只是使文本和谐的工具,遵循着"完整、和谐"的审美原则,而且结构本身也反映着现实生活,换句话说,真也成为结构的一个出发点。事实上,随着乔伊斯后期放弃了说故事的小说观念,把真实性放在故事性和阅读快感之上,真实性也就在审美需要之外,成为乔伊斯结构文本时的另一原则。据贝克特记载,一次他为乔伊斯做笔录,恰巧有人敲门,乔伊斯说了声"进来",贝克特把这句话也记了进去。乔伊斯知道后却不让他删掉,理由是这些偶然因素更合乎现实。从传统的完整经济原则看,"进来"无疑是多余的,属于结构上的偏离,但从形式的真实原则说,这种离心的结构却更符合杂乱的生

---

[1] 罗伯特·H.德明主编:《詹姆斯·乔伊斯:批评传统》,第270页。
[2] 同上。
[3] 同上,第270—271页。

活本身。

  《尤利西斯》要把 18 个小时里都柏林人林林总总、平淡散乱的活动按照日常无情节的状态呈现出来,无疑与规范完整的审美要求相冲突。在这种情况下,用一个外部框架将不相干的成分容纳在一起,既能保持结构的完整,又可以表现生活的偶然和丰富,这种双重功用也是艾略特提倡《尤利西斯》的神话模式的重要原因,即在杂乱无章的现实生活中挽救传统的美结构。

  但是,这一结构虽然可以解决现代生活的杂乱无章,却带有过多的人为色彩,容易使形式成为强加在材料之上的紧身衣。系统化是一种有效的理解与控制手段,但也包含着对现实的扭曲。弗莱对此有过精辟的论述,他指出,"如果与事实相符是文字真实的唯一形式,那么一切文学的或神话的结构便成了基本上不真实东西;非文学的结构可能是真实或虚假,但一切真实的结构必定是非文学的"①。乔伊斯本人后来也觉得《尤利西斯》"过分体系化了"②,所以去掉了《尤利西斯》各章的神话标题。等到纳博科夫向乔伊斯询问《尤利西斯》与荷马史诗的平行关系时,乔伊斯说那只是一时的怪念头,过去强调这一点是为了宣传,等到发现人们真将注意力集中在这一点,又感到"相当后悔"③。乔伊斯后期虽然仍然从文本完整的考虑出发,设置了具有规范性的框架,但他对此并不满意,因为违反了形式的真实。

  所以到了《芬尼根》,乔伊斯一边借助维柯提出的循环历史观继续使用"双层面"结构,一边有意淡化这一结构的影响。与《尤利西斯》和《奥德修纪》在意象、人物、情节等方面的多重对应相比,《芬尼根》压缩了维柯模式在作品中的比重;同时乔伊斯一反过去用《奥德修纪》的名

---

① 《诺思洛普·弗莱文论选集》,吴持哲编,中国社会科学出版社,1997 年,第 229 页。
② R. 艾尔曼:《詹姆斯·乔伊斯》,第 702 页。
③ 同上,第 616 页。

字称呼《尤利西斯》各章、通过吉尔伯特向读者点明两部作品的联系的做法,在平时谈话中很少强调《芬尼根》与维柯的关系;此外在《芬尼根》的叙述中,乔伊斯有意插入不相干的情节以打断结构的连贯,如作者的生活状况(423),一次婚礼的情景(329)等。实际到了《芬尼根》,乔伊斯已经朦胧地意识到在结构上无序也许比整一更接近生活的真实,用哈山的话说,《芬尼根》"不仅清醒地意识到自己是一个结构,而且朦胧地意识到有必要打碎自身的结构"①。

《芬尼根》虽然在整体上采用了维柯的循环结构,但是文本中的许多内容都不是这一平行结构所能容纳的。一方面主人公的姓名和身份不断变化,使人物无法统一,从而打破了叙述主线的连贯性,读者可以感觉到故事之间的联系,却无法确定在关于主人公的那些散乱且说法各异的故事中,哪个占主要地位;另一方面,与《尤利西斯》围绕主线穿插细节不同,《芬尼根》中有不少心血来潮的"离题"内容,这些细节数量众多且互不包容。拿第一部第三章的"审问与监禁"来说,在关于叶尔委克罪行的讨论中,插播了收音机里叶尔委克的讲话,并不时有身份不明的叙述者插叙一些毫不相关的事情,比如美国老荒唐鬼和美女的故事(64—66)、门和墙的问题(68—74)、关于芭蕾舞剧的闲谈等。《芬尼根》还存在着章节长短不平衡的现象,比如第一部第六章中漫无边际的冗长提问与只有一句话的回答便是典型,长短的不均衡打破了乔伊斯初期坚持的和谐原则。此外,即便在整体的章节结构上,《芬尼根》也并不总是一致,拿第一部的8个章节来说,其中7个章节是从各个角度考证HCE、ALP的身份和HCE的"罪行":历史遗迹、谣传(传说的戏拟)、证词、证据、手稿、教育(文化传承)及询问等,第7章写的却是闪的故事。对这一不和谐,《〈芬尼根〉的万能钥匙》的解释是,闪的一章属于

---

① 伊哈布·哈山:《"后现代"转向:后现代理论与文化论文集》,第173页。

母亲一组。因为两个兄弟中,闪是母亲的宠儿,肖是父亲的宠儿,而且闪是母亲那封信的真正撰写者,其现实身份是乔伊斯本人①,母亲则喻指缪斯女神,闪和母亲相互依存②。但是如果照此推论,肖也是父亲的宠儿,而且是父亲的一个化身,更应该出现在父亲一组中。总之,不管乔伊斯把这一章放在第一部出于何种考虑,至少客观上打破了读者的阅读期待,起到了偏题与破坏结构的整一和谐的作用。

离心而非向心、平行而非主次,《芬尼根》的这些结构方式构成了对传统结构模式的颠覆,以至《芬尼根》出版不久便有人质疑《芬尼根》是否应该被称作小说,其中包括乔伊斯的一些朋友。比如后来成为乔伊斯家密友的文学评论家玛丽·考勒姆就曾经说过,"没有哪位文学评论者会认为这样一部作品……属于文学"③。《芬尼根》的结构不遵循传统,也不合乎逻辑,但这种秩序中的无序却呼应着《芬尼根》对无意识的描写,也吻合了艾略特对现代世界的描述。从这一点说,《芬尼根》的无调结构既合乎无意识的真实,也合乎现实的真实。

乔伊斯在后期作品中打破完整经济的结构模式,这一做法所具有的重要意义可以用穆卡洛夫斯基的"非意向性"理论来说明。穆卡洛夫斯基指出,含义的统一是传统作品的关键,"意向性"指作品中把各个部分联合为一体并赋予作品统一含义的一种力量,至于造成作品分裂感的那些离心因素他则称之为"非意向性"。非意向性虽然会带来审美上的不快,却是作品真实感的重要基础,用穆卡洛夫斯基的话说,"艺术作品作为符号发生作用的基础是它的含义统一性,而艺术作品的'现实性',即直接性的基础则是艺术作品中与这种统一性作对的东西,换句

---

① 这些故事与乔伊本人的经历有许多相似之处,如记录周围人的谈话,进妓院,从都柏林流亡,甚至他的作品目录中还包括《尤利西斯》(见 FW,179)。
② 见约瑟夫·坎贝尔和亨利·莫顿·鲁宾逊:《〈芬尼根的守灵〉万能钥匙》,第 123 页。
③ 罗伯特·H.德明主编,《詹姆斯·乔伊斯:批评传统》,第 373 页。

话说,就是在艺术作品中被感觉到是非意向性的东西……只有它才能够在欣赏者接触作品时启动欣赏者的全部生活经验,启动其整个人的全部自觉倾向和下意识倾向。"[1]根据穆卡洛夫斯基的这一理论,《尤利西斯》中的互文或者《芬尼根》中的穿插都属于"非意向性"因素,它们打断了主题的前进,使叙述发生偏离,也许造成了审美上的不快,但另一方面,正是它们使欣赏者感到与生活经验本身的接近,使小说的形式获得了真实感,而这是那些追求精美艺术结构的作品所缺少的。乔伊斯特别推崇契诃夫,一个原因就是契诃夫的戏剧形式合乎生活本身,用乔伊斯自己的话说,"在契诃夫那里,一切都像生活中那样被覆盖着、压制着,无数条顺流和逆流流来流去,使明确的轮廓变得含混不清,其他剧作家却那样钟爱鲜明的轮廓"[2]。

Ⅷ 创造一个狂欢的文体世界

乔伊斯正式发表的四部散文作品(如果把《都柏林人》算做一部的话),文体都截然不同,这些不同很少单纯为了"文体实验"[3],而是与题材呼应,并直接影响着读者对作品意图的感知,有时甚至体现着作者对世界和自我的认识。

《都柏林人》的15部短篇从表面看使用的都是自然主义的文体,但实际上,乔伊斯创作时有意将人物塑造为平面化的陈旧人物[4],描写那

---

[1] 穆卡洛夫斯基,"艺术的意向性和非意向性",波利亚科夫编,《结构—符号学文艺学—方法论体系和论争》,佟景韩译,文化艺术出版社,1994年,第165页。
[2] 阿瑟·保尔:《詹姆斯·乔伊斯谈话录》,第58页。
[3] 克里斯多弗·巴特勒:《乔伊斯、现代主义和后现代主义》,见德里克·阿特里奇编:《詹姆斯·乔伊斯剑桥指南》,纽约,剑桥大学出版社,1990年,第259页。
[4] 见柯林·麦克凯伯:《詹姆斯·乔伊斯和词语革命》,伦敦,麦克米兰出版有限公司,1979年,第32页。

些琐碎到平庸的细节,使用"刻薄的语体"(SL,83)。而从《英雄斯蒂芬》的论辩体到《画像》的心理小说文体,改变的不只是叙述手法,文本价值也发生了从自我肯定向自我反省的转变。前者以阐述自己的观点和批判周围社会为主,插入大段斯蒂芬关于美学、道德的阐述;《画像》则以表现人物的内心感受及对周围世界的观察为主,放弃了全知视角。同时从《画像》起,乔伊斯开始使用多样化的文体,"每一章斯蒂芬态度和心情的改变,都呼唤着众多不同的文体。"[1]自童谣起,经以感官印象为主的儿童内视角,到带有一定的辨析和判断、同时仍以感受为主的少年内视角及具有客观效果的外视角,再到包括大段思辨的心理描写和类似辩论体的对话描写,最后以日记体表现斯蒂芬对都柏林社会的超越。文体的变化直接对应着斯蒂芬认识的成熟过程和自我意识及逻辑思维的形成过程。

如果说在《尤利西斯》之前的作品中,乔伊斯主要从形式的真实原则出发,文体的选择严格对应着表现的材料,那么《尤利西斯》和《芬尼根》在文体上则从《画像》的精练转向了无所不包[2],呈现为文体的狂欢,尤其是《芬尼根》,词语多义、文体混杂、滑稽模仿,更是狂欢立场的充分展示。

乔伊斯在《芬尼根》中自己称其为"万花筒"(FW,143),弗莱则把这部作品归入百科全书。《芬尼根》在文体上完全打破文体纯净的古典原则,把读者带入一个各种体裁自由地交叉变换的魔幻世界。全书虽然以讲述为主,但其中穿插了诗歌(102—103、398—399)、歌曲(44—47、371—373)、图画(308)、广告(172、181)、广播(324—325)、对话

---

[1] 悉尼·保特:《詹姆斯·乔伊斯导读》,纽约,朗文有限公司,1981年,第72页。
[2] 见沃尔顿·里兹:《詹姆斯·乔伊斯的艺术:〈尤利西斯〉和〈芬尼根的守灵〉中的方法和设计》,伦敦,牛津大学出版社,1964年,第36页。

(16—18、187—195、219—221)、戏剧(352—355)、历史(60—61)、问答(126—168)等多种体裁,以及像封·胡特与恶作剧女王的故事、挪威船长的故事、塞瓦斯托波尔战争等小片段,这些片段有时诙谐,有时深沉,更增加了文体的变化。此外《芬尼根》中还有不少文体戏拟,用低级体裁承载高级内容,或者用高级体裁承载低俗的内容。比如莫克斯与格里泊斯的故事使用的却是伊索寓言中狐狸与葡萄故事的框架(152—159),或用爱德华·苏利文爵士描写《盖尔书》的古雅语言,来描述母鸡刨出的一张纸(104—125)等等。所有这些,使《芬尼根》从整体到细部都处于杂语的大合唱之中,真正形成了文体的杂糅。

弗莱认为《尤利西斯》的手法也倾向于"百科全书式的博学和透彻",同时运用了散文虚构作品的四种主要体裁:小说体、浪漫故事体、自白体和剖析体。弗莱对《尤利西斯》的分析主要针对具体章节,如《伊大嘉》的小说体与剖析体的结合,《瑙西卡》和《潘奈洛佩》的浪漫故事体与自白体的结合,《普洛调》和《食莲者》的自白体与剖析体的结合,《塞壬》和《刻尔吉》的浪漫故事体与自白体的结合等。从整体看,不同章节的不同文体出现在一部作品,同样使这部作品呈现出万花筒的特征。乔伊斯创作《尤利西斯》时就说,该书将从 18 个视角着手,并使用同样多的文体[①]。

除了文体的杂糅外,乔伊斯后期作品在文体上的狂欢化还表现在对正统文体的戏拟上。戏拟是对严肃正统的东西进行轻快的嘲弄,而非一本正经的批判。当叙述内容与文体的价值倾向错位时,文体的戏拟就出现了。例如在《伊大嘉》中,乔伊斯使用了教义问答体,这一文体因其特殊的用途而带有神圣与学术的色彩。而在《伊大嘉》中,这一文体却被用来询问房间的摆设、喝咖啡,乃至小便这些不登大雅之堂的事

---

① 见克里斯多弗·巴特勒:《乔伊斯、现代主义和后现代主义》,第 261 页。

情,所用的宏大语言与所指对象的渺小卑俗构成反讽,庄重的学术式阐释与不具研究价值的寻常事物构成反讽。比如书中用"Of what did the duumvirate deliberate during their itinerary?"(二巨头在巡行中究竟商讨了些什么？U,666)这样夸张的词语来描述斯蒂芬与布卢姆这两个小人物的闲谈;用"By his body's known weight of eleven stone and four pounds in avoirdupois measure... Regaining new stable equilibrium he rose uninjured though concussed by the impact"(凭着他那常衡制十一斯通零四磅的躯体……重获稳定的均衡后,尽管因撞击而受震荡,他却未受外伤就站了起来。U,668)这样的物理和医学语言描述布卢姆从地下室的窗子跳进房间这一寻常动作。材料与形式的反差产生强烈的反讽效果,由此构成对教义问答体本身的神圣性和学术性的讽刺与颠覆。再如《太阳神的牛》模仿英国历史上的众多文体,不少文体的严肃庄重都与所叙述事件的琐碎无聊形成反差。像斯蒂芬听到雷声感到害怕,布卢姆安慰他这只是自然现象,接下来小说用班扬体描述斯蒂芬的感受,"But was young Boasthard's fear vanquished by Calmer's words? No, for he had in his bosom a spike named Bitterness which could not by words be done away. And was he then neither calm like the one nor godly like the other? He was neither as much as he would have liked to be either. But could he not have endeavoured to have found again as in his youth the bottle Holiness that then he lived withal? Indeed not for Grace was not there to find that bottle."(然而青年吹牛大王所怀恐惧,因"安抚者"之语而消失欤？否。盖彼胸中插有尖钉,名曰"苦恼",非语言所能消除者也。彼能镇静若布卢姆,神圣如马登乎？两者虽皆彼所愿,彼却未能如愿。但彼是否未能如少年时一样,努力重新觅到彼时赖以为生之"圣"瓶欤？诚然,若无"圣恩",该瓶无从寻觅。U,395)"吹牛大王"、"安抚者"、"苦恼"、"神圣"、"圣恩"

这些班扬用以阐述教义的词汇被用于当前的语境,其宏大的措辞无疑具有讽刺色彩。这类戏拟在《芬尼根》中也很多,比如对叶尔委克名声的考证式论证,论证的只是谣传(FW,30—47);用精神分析、社会学等术语进行科学研究,使用爱德华·苏利文爵士描写《盖尔书》的语言,而这些都是用以描述母鸡刨出的一张纸(FW,104—125);模仿教科书的形式和学术语言,叙述的不过是两个孩子做家庭作业并交流猥亵的信息(FW,260—308);模仿英雄主义的战争文体,战利品却是一只头盔(FW,9)等等。

《尤利西斯》从主题看似乎属于带有悲剧色彩的严肃文体,表现流亡、寻找精神归宿这样的正面主题,布卢姆身上也有着犹太民族悲剧命运的痕迹。但乔伊斯在这一主线之外加入的对严肃正统的话语和一本正经的人群的嘲讽,使《尤利西斯》成为悲剧性主人公对外部世界和话语的颠覆性嘲弄。《芬尼根》的主人公叶尔委克本身就是喜剧性人物,其原型之一泥瓦匠芬尼根在喜剧歌谣中因一杯酒而复活。作为文本主线的叶尔委克的罪行象征人类的原罪,原本属于班扬式的或卡夫卡式的沉重话题,在《芬尼根》中却被学究式的考证、不知所云的审问、乱七八糟的谣传弄成了一出闹剧。闪和肖既依存又对立的关系是对人类社会关系的高度概括,却被用小孩子的打斗和游戏来表现,严肃性与严重性都因此遭到消解。

在西方文学传统中,文体一开始就与权力联系在一起。在《诗学》中,亚里士多德就对不同的文体进行了高低区分,比如喜剧和悲剧被认为比讽刺诗和史诗更高,更受重视。亚里士多德还对各种文体可以表现怎样的内容,采用怎样的表现方式做了规定,而且认为这种差别直接反映着诗人人格的高下,如称"比较严肃的人模仿高尚的行动,即高尚的人的行动,比较轻浮的人则模仿下劣的人的行动,他们最初写的是讽刺诗,正如前一种人最初写的是颂神诗和赞美诗"。在一个认可等级、崇高等级的社会里,这一文体的等级划分自然地被承续下来,成为古典美学的一个重要基础。由于文体的不同不仅直接标志着诗人社会地位的不同,而且暗示着诗人人格的高下,因此虽然18世纪的启蒙运动对世袭的封建社会等级发起攻击,文体的等级却被作为心智高下的标志保存了下来。只要等级划分存在,体裁的界限与高下区分也就存在。在这一传统下,《乔伊斯》在20世纪20、30年代就大量使用文体的杂糅和反讽,无疑意味着对正统陈旧的语言和封闭偏狭的生活观念的颠覆,同时也传递出狂欢的开放、明朗的喜剧人生观。

艾略特：
永恒循环的神话

王　宁

　　托马斯·斯特恩斯·艾略特（Thomas Stearns Eliot,1888—1965）这个名字，影响了英美两国的文学界。当年，他在评价亨利·詹姆斯的重大影响时，有一句话是耐人寻味的：詹姆斯的逝世，"使得英美之间的友好谅解得到巩固了"；[①]也许，将这句话用于艾略特本人更加适合。确实，无论是左翼的马克思主义批评家，或是专注于文本分析的新批评家，都承认他在20世纪西方文学史上的重要地位。他生于美国，曾在这块土地上生活、学习、成名，但其后又对这里的世俗文明厌恶乃至绝望，终于在20年代后期永远离别了这块故土，在英国天主教的圣坛之下找到了最后的归宿。

　　毋庸讳言，艾略特是本世纪最重要的现代主义文学大师之一，在他身上，融注了艺术家那横溢的才华和文化学者的广博学识，凝聚着批评家的机敏睿智和抒情诗人的情感气质。他毕生处在矛盾的旋涡之中：在探索中，时而如同脱缰的野马，桀骜不驯，狂放不羁，奔驰在20世纪西方世界的"荒原"上，时而又如同一位恪守传统价值观念的老学究，踯躅徘徊在传统和现代意识的中间地带。他在《兰斯洛特·安德鲁斯》（*For Lancelot Andrewes*,1928）序言中为自己描画过一幅自画像："文

[①]　译文见王宁主编：《诺贝尔文学奖获奖作家谈创作》，北京大学出版社，1987年版，第171页。

学上的古典主义者,政治上的保皇派,宗教上的英国天主教徒。"[1]他的力作《荒原》(The Waste Land,1922)以哀婉悲凉的格调,抒发了现代人的"荒原意识",达到了现代主义诗歌艺术的巅峰,[2]但他晚期的代表作《四个四重奏》(Four Quartets,1944),却以优美和谐的旋律,奏起了永恒循环的乐曲。这,就是这一时代西方艺术精神的独特体现:艺术的探索是永无止境的,它没有起点,也没有终极,一切都如同历史的进化一样,循环往复,呈螺旋状发展的。[3]

Ⅰ 寻找失落的自我

艾略特出生的时代,正值19世纪接近尾声,新的世纪即将来临。这是一个真正的"世纪末"和"世纪初"的缓冲时期。工业资本逐步走向垄断资本,资本主义正走向其极致,这一切也反映在世纪末的文学艺术风尚上。浪漫主义精神早在30年代就为新崛起的现实主义所取代,到了19世纪后半叶,除了美国这块"充满天真烂漫气息"的新大陆还响彻着惠特曼的民主自由歌声外,其他地方均变得冷漠超然,时代的印记不时地打在作家艺术家的作品中。在英语文学界中,拜伦、雪莱、华滋华斯等浪漫主义的自然质朴气息,早已为狄更斯式的苦涩幽默和富于同情的人道主义精神、萨克雷式的对社会陈腐习俗和人欲横流现象的鞭挞、乔治·艾略特式的致力于人物的社会心理剖析以及托马斯·哈代

---

[1] 转引自《诺顿英国文学作品选》第2卷,1962年版,第1466页。
[2] 绝大多数西方学者和批评家都认为,艾略特是一位重要的现代主义作家,只有西奥·赫曼斯(Theo Hermans)在讨论现代主义诗歌时,未包括艾略特。参见西奥·赫曼斯的《现代主义诗歌结构》(The Structure of Modernist Poetry),伦敦,1982年版,第9页。
[3] 根据艾略特的渊博学识,他很可能也和乔伊斯一样,受到维科的历史循环论的影响。我认为,《四个四重奏》与《荒原》的基调迥异,在某种意义上说,它孕育了后现代主义诗歌的因子。

式凄楚悲凉的返回自然之倾向所取代。到了丁尼生和勃朗宁时代,维多利亚宫廷诗风固然为世纪末的英国文坛增添了高雅的格调,但却与这一时代的总体精神格格不入。这时,在欧洲大陆,戈蒂耶等人高举起唯美主义的大旗,其"为艺术而艺术"的审美主张在英国得到了奥斯卡·王尔德等人的响应。波德莱尔、马拉美、韩波等异军突起,预示了一场新的文学运动的兴起,一种新的文艺思潮——现代主义已悄然在世纪末的文学艺术多元取向中占有一席地位。[①] 毫无疑问,现代主义艺术精神已开始得到作家艺术家们的张扬了。当时,也许谁也未曾料到,就在20多年后,艾略特却成了这一艺术精神在本世纪前30年最重要的代表之一。

艾略特的故乡美国较之欧洲大陆的浪漫主义思潮,至少晚了半个世纪,但从延续的时间看却要比欧洲稍长一些。当英国作家们已经开始致力于反映社会底层小人物的悲欢离合命运时,浪漫主义诗人惠特曼还在高声歌唱新生的美国式自由民主。作为一个新兴的国家,美国没有大英帝国的历史重负,也没有人为的精神束缚和世俗观念,它为开拓者们提供了天然的竞争之地。现代主义大诗人艾略特就诞生在这样一块广袤无垠的国土上。诗人一开始就受到这种崇尚自由、追求无拘无束精神的熏染。这无疑为他日后的创作和批评奠定了基础。

艾略特出生在密苏里州圣路易斯的一个商人家庭。先祖曾在英国萨默塞特郡的东科克地方从事修鞋业,后于1670年移居美洲殖民地波士顿。祖父最初是新英格兰地方的唯一神教派牧师,迁至圣路易斯后

[①] 绝大多数西方学者认为,现代主义思潮崛起于十九世纪末(1890),衰落于20世纪30年代;参见马尔科姆·布拉德伯里(Malcolm Bradbury)和詹姆斯·麦克法伦(James McFarlane)编著:《现代主义:1890—1930年》(Modernism:1890—1990),企鹅丛书,1976年版,"导论"部分。

不久创办了华盛顿大学,并亲自担任校长。但这样一种良好的家庭环境却未能使艾略特的父亲成为一位学者,除在宗教信仰上维系了这一家族的某种连续性外,便是从事他的与家族完全不同的商人事业。他的母亲是一位诗人。艾略特从小就深受母亲的影响,对诗歌有着独特的悟性。当他还在圣路易斯的中学学习时,就迷上了诗歌创作,写下了一篇篇幼稚质朴,但却情真意切的诗作,这些诗作记载着诗人青少年时代的生活经历和情感体验,洋溢着浓郁的浪漫主义气息。当这些青年时代的习作出现在60年代问世的《作品全集》中时,简直令读者耳目一新。

1906年,艾略特由史密斯学院转入哈佛大学攻读哲学,前后在那里待了8年整,完成了大学学业和研究生课程,并撰写了博士学位论文《布拉德雷哲学中的知识与经验》(*Knowledge and Experience in the Philosophy of F. H. Bradley*)。① 对这位兴趣广博的大学才子来说,单调的哲学课程远远不能满足他的求知欲望。在此学习期间,他还广泛地选修了包括希腊文、拉丁文、法文、德文、宗教、比较文学、东方哲学等课程。在哈佛的诸位教授中,对他影响最大的有新人文主义者欧文·巴比特和哲学家桑塔耶纳。此外他还醉心于法国诗人拉福格、马拉美、魏尔伦等人的诗歌。1910年至1911年,他还赴法国巴黎大学潜心研究了柏格森的哲学。就在这一时期,他身上的两种气质——博学之士和敏感诗人——已经形成。

1914年在艾略特的一生中是难忘的一年,就在这一年的9月,他在英国结识了美国意象派诗人埃兹拉·庞德。在庞德的据理力争下,《诗刊》发表了艾略特的《普鲁弗洛克的情歌》(*The Love Song of J.*

---

① 这篇学位论文完成于1916年,后提交哈佛大学哲学系,但因第一次世界大战战事的阻碍,未能得到答辩的机会。1964年,这篇长文才由纽约的法莱尔和斯特劳斯公司出版。

Alfred Prufrock,1915)。7年后,又是这位意象派大师帮助艾略特精心删改长诗《荒原》,因而他十分感激地将这首诗题献给自己的恩师,并称之为"最卓越的匠人"(ilmiglior fabbro)。

《普鲁弗洛克的情歌》初露了艾略特的卓越才华。他虽然模仿了拉福格的诗风,但在这首诗中,诗人却"像任何小说家所能做到的那样,贴近当代世界",它"显示出了与19世纪诗歌传统的彻底决裂……总之,我们在这里得到的是这样一种诗:它自由地表达了现代人的敏感性,情感的方式和体验的模式,充满了当代的生命活力"。[①] 也就是说,诗人准确地把握住了20世纪初的时代精神,忠实地反映了现代西方青年的复杂矛盾心态和通往"荒原"的痛苦的情感历程。如果说,哈姆雷特王子所处的时代是一个"脱了节的"时代,普鲁弗洛克又处于何种情境之中呢?生活是那样地百无聊赖,爱情却恰如幻影一般若即若离,死亡又是那样令人毛骨悚然,惜日的英雄气概早已荡然无存,洒向人间的都是虚无和幻灭:

> 不,我并非合姆雷特王子,也决不想当;
> 我只是个侍从爵爷,这就够好的了,
> 吹牛拍马,逢场作戏,
> 为王子出主意;不过是个顺手的工具,
> 服服帖帖,巴不得能派上用场,
> 机敏,谨慎,处处小心翼翼;
> 满口高谈阔论,却有点愚笨;
> 有时,确乎滑稽可笑——

[①] F. R. 利维斯:《英国诗歌中的新标志:当代情形研究》,企鹅丛书,1967年版,第66—67页,该书初版于1932年。

有时,简直如同小丑一般。[1]

诚然,这是个既对社会现实幻灭又与之格格不入的"荒原人"的内心独白,而这恰恰是现代主义精神和世界观的某一侧面。

在《普鲁弗洛克的情歌》的众多主题中,最重要的是爱情和死亡主题,这在《荒原》中得到了进一步的发展演化。固然,爱情和死亡是所有文学的一个永恒的主题,但艾略特的"新颖之处恰在于抒情主人公在情欲和恐惧死神之间的徘徊犹豫,以及结尾处的不确定性"。[2] 和艾略特一样,这一时代的美国小说家欧内斯特·海明威也在两部重要的小说中触及了上述主题:《太阳照样升起》以战后一代青年迷惘缥缈、浪迹城外最后失却爱情和生活意义为线索,再现了"迷惘的一代"青年的精神境界;《永别了,武器》则以悲剧的压抑氛围竭力渲染了战争导致的"爱情的死亡"。但这种基调在《普鲁弗洛克的情歌》中已隐约地有了先声。所以,如果我们公认海明威为"迷惘的一代"的歌手的话,那我们也同时应当承认,艾略特无愧于这代人的"精神领袖"。现代文学中的不少主题和艺术精神可以说都始于这位诗人。

早在《情歌》发表以前,艾略特就和庞德一起开启了"实验性的、粗犷的、富于嘲讽意味的现代诗歌"[3]风格,他的诗为现代诗歌语言的革新作出了贡献。在《一位女士的肖像》(Portrait of a Lady)中,诗人为一位类似普鲁弗洛克的女主人公画了像:她生活在上流社会,充满了种种"浪漫主义的幻想",与现代精神处处不相协调,因而终究难逃爱情幻灭之厄运。在犀利的讽刺笔触中,诗人不禁对这位"落伍者"表达了一

---

[1] 见艾略特:《诗集:1909—1925》(Poems:1909—1925),伦敦,费伯和费伯公司,1928年版,第18页;参考查良铮译文。

[2] 佛克玛和易布思:《现代主义推测:1910—1940年欧洲文学的主潮》,伦敦,《赫斯特公司,1987年版,第77页。

[3] 阿尔弗雷德·卡津:《当代人》,小布朗公司,1962年版,第16页。

丝同情之心。《怪兽》(The Hippopotamus)则令人不可思议地以辛辣的语言讽刺了基督教教堂:它犹如一只巨大的怪兽,有着无限的威力,它可以获得人世间的一切,而"永远不可能失败"(can never fail),因为"上帝以神秘的方式发挥着作用"。我们大概不难想象,晚年的艾略特也许正是在这一威力面前无所适从,最终皈依了宗教。《序曲》(Preludes)、《窗前晨景》(Morning at the Window)、《多风之夜的狂想》(Rhapsody on a Windy Night)等短诗虽也描写了下层人民的贫穷辛酸,但毕竟这种"贵族式的"同情是相当肤浅的;倒是在《海伦姑母》(Aunt Helen)、《波士顿晚报》(The Boston Evening Transcript)、《南希表妹》(Cousin Nancy)等以上流社会生活为题材的诗作中,显出了艾略特式的反讽特色。如果说,艾略特早期的诗歌属于美国传统的话,那么显然,这恰是亨利·詹姆斯式的贵族传统。詹姆斯曾抱怨说,"美国没有既定的教会,没有牛津剑桥,没有贵族。移居城外在时间和空间上均可实现,故艾略特似乎完成了这二者。"①因此,艾略特在经历了实验性的、矛盾的然而却不无痛苦的情感历程后,终于向着20世纪的"荒原"进发了。

Ⅱ 精神分析式的"多重变奏曲"

《普鲁弗洛克的情歌》于1915年发表后,艾略特和英国姑娘维芬·海渥特结了婚。这一婚姻曾给他带来过转瞬即逝的欢乐。维芬的过度娇弱和对丈夫的依赖常常使艾略特陷入难以自拔的窘迫之中:既珍惜美好的爱情生活,同时又不得不为拮据的经济状况而发愁。他曾先后

---

① 《当代人》,第17页。

在伦敦的海尔格特中学教书,1917 年又进入罗厄德银行,在那里一干就是 8 年;此外,他还兼任先锋派杂志《自我主义者》的助理编辑;同年,他的第一部诗集《普鲁弗洛克及其他作品》(*Prufrock and Other Observations*)出版;接踵而来,他又发表了《小老头》(*Gerontion*,1919)和《诗集》(*Poems*,1920)两部诗集,收入了《荒原》以前的诗篇;他的第一部文学批评论集《圣林》(*The Sacred Wood*,1920)也出版于这一时期;1922 年,他出任当时很有影响的文学刊物《标准》(*The Criterion*)的主编,直至 1939 年该刊停刊为止。

《荒原》问世于 1922 年;同年,乔伊斯也出版了宏篇巨制《尤利西斯》。这两部巨著的同时问世,不仅标志着两位作家创作生涯的最高峰,而且也标志着现代主义文学同时在诗歌和小说两个领域内取得了最重大的成就。现代主义文学运动经过动荡、分化和调整,终于达到了自身的发展极致,在"那一极致,《尤利西斯》和《荒原》的出现及其所引起的反响是十分重要的……这两部作品在历史上都有着重要意义,并且有着关联性……因为它们均标志着一个强有力的变化,这一点在两位作者身上都得到了表现,而且几乎是同时的"。[1] 确实,这首长诗一经问世,便引起了创作界和批评界的强烈关注。庞德在一封信中宣称,"我认为,艾略特的《荒原》证实了我们始于 1900 年的'运动'及其现代实验的正确性";[2] 另一位诗人麦克利希也在多年后指出:"(那两部作品)中有些东西是 20 世纪所特有的……《荒原》为我们的理解提供了语汇;《尤利西斯》则形成了我们所生活在其中的历史感";[3] 批评家卡津在全面论述现代文学思想的背景时也高度评价了《荒原》:

---

[1] 斯坦利·苏尔坦:《艾略特、乔伊斯及其他作家》,牛津大学出版社,1987 年版,第 129 页。
[2] 见 D. D. 佩吉编:《埃兹拉·庞德书信集:1907—1941 年》,纽约,哈戈特公司,1950 年版,第 180 页。
[3] 转引自戈海姆·门松:《二十世纪的觉醒:一个文学时期的历史回顾》,路易斯安纳州立大学出版社,1985 年版,第 291 页。

世界"本身"——不仅反映在艾略特的最有名的诗作《荒原》的实际内容中,同时也反映在这首诗表面的虚假混乱之中——在艾略特的头脑里(同时也在他的许多崇拜者们的头脑里),展现了我们所生活在其中的信仰时代和混乱时代的一大反差。在艾略特看来,"现代世界的荒废和混乱的巨大全景"总是用来同另外某个时代相比较,在那一时代,艺术虽不是宗教,但却是为宗教服务的。①

诚然,《荒原》的出版犹如一阵旋风,迅速引起了20世纪西方文学界和理论批评界的瞩目。虽然在"红色的30年代",左翼批评家在承认《荒原》的重大影响的同时,对其中的消极、绝望乃至虚无宿命观予以批判,但随着战后新批评派的崛起和艾略特本人地位的进一步确立,②《荒原》也逐步被批评界接受为"现代文学的经典文本"。进入七八十年代以来,西方批评界又重新对《荒原》产生了兴趣,并试图从不同的学科角度和研究视野入手,对之进行新的解释。③

早在30年代,《荒原》就已有了中译本。④ 半个多世纪以来,人们对它的研究着眼点主要在于,这首诗"集中反映了时代精神,即第一次世界大战后西方广大青年对一切理想信仰均已破灭的那种思想境界";⑤或者换一种表达法,也同样是因为它"反映了战后西方世界整整一代人的幻灭和绝望,旧日的文明和传统的价值的衰落;它的成就正是

---

① 《当代人》,第15页。
② 艾略特于1948年获诺贝尔文学奖,也许大大有助于确立他的"现代经典作家"之地位,在这方面他比乔伊斯幸运。
③ 参见《现代主义推测:1910—1940年欧洲文学的主潮》和《艾略特、乔伊斯及其他作家》。
④ 参见《荒原》的最早中文译者赵萝蕤的文章:《〈荒原〉浅说》,载《国外文学》,1986年第4期。
⑤ 同上。

捕捉住了一片荒原般的'时代精神'"。① 当然,紧扣住《荒原》与时代精神之关系这一主题来考察这首长诗,有助于我们从社会历史的角度认识和评价《荒原》的意义及价值。但是,《荒原》毕竟是一部复杂难懂的现代经典作品或文本,它一经问世,就具有了自身的独立文学价值,而且受到每一代学者、每一流派的批评家从不同角度的解释,这正是《荒原》作为一个艺术客体或一个文本所具有的永恒性和多重解释价值。

研究和解释《荒原》,至少已经并且可以从下列不同的角度入手:社会历史学派可轻易地把握住其与历史和时代精神的关系;新批评派可将其作为一个封闭自足的文本来进行"细读"和"本文分析";②神话—原型学派可将其置于一个既定的神话人类学框架中进行平行研究;③结构主义和接受美学研究者可从《荒原》的结构中找出一系列"现代主义的代码"(Modernist codes);④后结构主义者则可窥见其中的一系列二元对立关系组并从其开放的结尾寻觅出某种"阐释的循环"和意义的不可终极性⑤……这里,我们从精神分析学的角度,对《荒原》进行重读和重新解释。

《荒原》中除了其他主题外,至少有两个主题涉及弗洛伊德的精神分析学说。其一是性的饥渴和性欲的满足。对这一点弗洛伊德已超然地从科学的角度对之作了考察和研究,提出了著名的"力比多"说,他的这一学说,对20世纪的东西方文学产生了重大影响。⑥ 按照弗洛伊德

---

① 见裘小龙文:《艾略特试论》,载《外国文学研究集刊》第8辑,第147页。中国社会科学出版社,1984年版。
② 作为新批评派的"先驱",艾略特自然对这一学派有着不可忽视的影响,尽管也有批评家(如圣塞姆)认为他是"历史学派"批评家。
③ 艾略特自己也承认受到人类学家弗雷泽的《金枝》一书的启迪。
④ 参见佛克玛和易布思合著:《现代主义推测》,其中第三章专论艾略特。
⑤ 显然,艾略特不可能受到当代后结构主义理论的任何影响,但运用这一理论方法对《荒原》进行"解构"是可行的。
⑥ 弗洛伊德主义文艺观及其对中西文学的影响,可参见乐黛云、王宁主编:《超学科比较文学研究》,中国社会科学出版社,1989年版,第360—441页。

的描述,力比多实际上是一种"性的能量"和"饥饿的能量",它必须在适当的时候得到释放和满足。力比多的释放或满足可通过三种途径来实现:(1)直接投射到性对象上去;(2)通过精神分析学家的疏导使受压抑的情结得以宣泄;(3)通过其他途径(比如艺术创作)来使之得到升华,并最终得到满足。艾略特笔下的荒原是个干涸、缺水①的荒芜之地,"……荒地上/长着丁香,把回忆和欲望/掺和在一起,又让春雨/催促那些迟钝的根芽。"②生活在荒原上的人对空虚无聊的现代生活备感绝望,但他们仍然渴望着爱情和性欲的满足,尽管这是难以实现的。诗人通过人物的独白、对白、直接描写、象征隐喻等手段,多次提及现代人的性饥渴、性压抑、乱伦和满足,但他只字未提请精神分析学家来拯救这种"病态",倒是描写了通过第一条途径和第三条途径使"性饥渴"得到满足的过程。

在第二章"对弈"中,诗人首先描画了一位上流社会贵妇人的肖像:她终日无所事事,精神极度空虚,生活百无聊赖,力比多的压抑致使她感到虽生犹死。确实,照弗洛伊德的看法,力比多的压抑是不能持久的,如果这种压抑迟迟得不到解脱,久而久之,就会导致"阉割情结"的产生。作为一位诗人,艾略特固然可以通过文学创作来宣泄过剩的力比多能量——使之升华为高雅的文学艺术作品;面对这位贵妇人,力比多又何以得到宣泄呢?

"今晚上我精神很坏。是的,坏。陪着我。

"跟我说话。为什么总不说话。说啊。

"你在想什么?想什么?什么?

---

① 在精神分析学的象征符号系统中,水象征着性欲,缺水则隐喻性压抑。
② 引自赵萝蕤译文,载《外国现代派作品选》第一册,上,上海文艺出版社,1980年版。

"我从来不知道你在想什么。想。"

好像她是在和某个人说话,但究竟和谁说话呢?难道这也是一种艺术创作吗?这倒使我们想到了诗人那著名的讲演《诗歌的三种声音》(The Three Voices of Poetry,1953):

> 第一种声音是诗人对自己说话的声音——或者说不是针对任何人说的。第二种声音是诗人对听众说话的声音,不管听众的范围大小。第三种声音则是诗人在试图创造出一个隐于诗行里说话的戏剧人物时发出的声音。①

这样看来,从贵妇人自身的角度,那段话显然是一种独白,接近诗人所说的"第三种声音";从诗人的代言人之角度,这又如同"第一种声音"。因此,我们认为,这颇同于弗洛伊德所说的"白日梦",即艺术创作的一种形式。这种形式不仅可以帮助那位贵妇人超脱无聊乏味的生活,而且还可以促成被压抑的力比多得到升华。如果这位贵妇人确实"高雅脱俗"的话,那么这种形式对她是颇为适用的。但在与之相对照的另一幅画面里,我们便可轻而易举地看到毫不掩饰的力比多宣泄:丽儿和她的女伴直截了当地谈着怎样打发退伍归来的丈夫——他在军队里服役了四年,饱经了性压抑的折磨,因此想"痛快痛快",叙述着打胎的过程,交流着偷情的经验……这一切都是那样地毫不掩饰,那样地无拘无束,"想说什么,就说什么"(弗洛伊德语),仿佛在向一位精神分析学家倾诉心中的压抑,以使得郁积的情结得到疏导宣泄。这不禁使我们想到精神分析学家在诊所里采用的"谈话疗法"以及患者那无拘无束的"自由

---

① 中译文见《诺贝尔文学奖获奖作家谈创作》,第150页。

联想"。虽然较之精神病患者的自由联想,两位女士的交谈更合乎逻辑和句法,但在宣泄力比多能量这一点上,二者却有着相通之处。

从精神分析学的角度着眼,我倒认为,前三章有着某种内在的循序渐进性和一以贯之的连续性。如果说,诗人在第一章里仅提到性"饥渴"和"欲望",那么到了第二章,我们便看到了满足这种欲望的两种途径:移置和疏导。如果我们进入到第三章"火诫",就不难看到宣泄力比多的第一条途径:投射:

> 我也在等待那盼望着的客人。
> 他,那长疙瘩的青年到了,
> 一家小公司的职员,一双色胆包天的眼,
> 一个下流家伙,蛮有把握,
> 正像一顶绸帽扣在一个布雷德福的百万富翁头上。
> 时机现在倒是合适,他猜对了,
> 饭已经吃完,她厌倦又疲乏,
> 试着抚摸抚摸她
> 虽说不受欢迎,也没受到责骂。
> 脸也红了,决心也下了,他立即进攻;
> 探险的双手没遇到阻碍;
> 他的虚荣心并不需要报答,
> 还欢迎这种漠然的神情。
> ……
> 她回头在镜子里照了一下,
> 没大意识到她那已经走了的情人;
> 她的头脑让一个半成形的思想经过:
> "总算完了事:完了就好。"

这一段描写尽管算是超脱的、不动声色的,但过分的冷漠和缺乏激情不禁令人感到,荒原上的人的爱情之火早已泯灭,有的只是一种有欲无情的力比多宣泄:直接投射到性对象上去。这并不是一种情感交流的必然结晶,而倒更像是一件"例行公事",直到那男青年走后,姑娘还"没大意识到她那已经走了的情人",令她感到欣慰的并不是性爱给她带来的巨大满足,而倒是这样一个想法:"总算完了事:完了就好"。她其实再清楚不过地告诉人们,从人的生理上说来,力比多的压抑是十分痛苦的,它需要找到机会得到宣泄;既然第二条和第三条途径不能实现,那就直接走第一条路:投射,因此,她便"等待那盼望着的客人",以使她得以从痛苦的压抑中得到解脱。至于有没有感情,那倒无关紧要。可以说,从第一章到第三章,精神分析学的第一个主题得到了最完满、最形象的表达。

《荒原》中的另一个精神分析学主题是死亡。诚然,如同爱情一样,死亡也是所有文学的一个永恒主题,但精神分析学家及其批评家对死亡却提出了自己的见解。[①] 按照弗洛伊德的假说,人生来便有着一种"死的本能",即尽力要回复到初始的状态,因为死亡既然是痛苦的源头,那么也就应当成为痛苦的归宿,荒原上的人生活极端乏味,简直虽生犹死,或者说不如死掉干脆,那样或许可在宗教的天国里觅见永久的幸福。但是,在人的身上还存在着另一种本能,它与"死的本能"相对立,相抗衡,并试图尽力阻止朝着死亡的进程,这就是"生的本能"。它要尽力保持生命的不断更新,因此就需要性爱和繁衍种族,以保持人类

---

① 关于弗洛伊德的"生的本能"和"死的本能"之假说,可参见他的晚期著作:《自我与伊底》和《超越快乐原则》,载《标准版弗洛伊德心理学全集》第19卷和18卷,伦敦,霍加斯出版社,1955年,1961年版。亦可参见欧内斯特·琼斯的《哈姆雷特父亲之死》和雅克·拉康的《〈哈姆雷特〉中的欲望及其解释》,载王宁编:《精神分析》一书,四川文艺出版社,1989年版。

的连续存在。这两种本能的相对、相持以及最终的决一雌雄均在《荒原》中得到了形象的表现。在全诗的开头引文中,诗人引用了西比尔的答话,"我要死",这是全诗的一个主导动机(motif),它预示着荒原上的人开始了朝向死亡的行程。第一章的标题之所以为"死者葬仪",因为它更为明显地道出了本章将涉及死亡这一主题,在接下来的几段诗行中,也多处提及"死亡"(death)这一字眼,并第一次提到"水里的死亡",这便为后几章死的本能战胜生的本能埋下了伏笔。这一章的最后一行还特意引了波德莱尔的《恶之花》的序诗,"——虚伪的读者!——我的同类——我的兄弟!"从而点明了,本章是死的本能占了上风。

第二章中,诗人虽然通过贵妇人的独白和丽儿与女伴的对白暗示,荒原上的人渴望性爱,渴求生存,但同时又在两处提及了死的本能:其一是酒馆侍从的反复催促"请快些,时间到了",暗示活得时间差不多了,在向死亡之路迈进时,应有一种"紧迫感";其二是在这一章的最后几行,引用了《哈姆雷特》剧中奥菲利亚发疯后的一段话:"再见。明儿见,明儿见。/明天见,太太们,明天见,可爱的太太们,/明天见",从而暗示,生的本能虽很强烈,但经过这一阶段的相持,人最终将走向死亡。

在第三章中,生的本能与死的本能由相持转而进入更为剧烈的对抗,并逐步达到决一雌雄的高潮。在前半部分,诗人以"白骨碰白骨"、"在死水里垂钓"、"我父亲的死亡"等象征性意象暗示着死的本能的步步紧逼,但在后半部分,女打字员和"长疙瘩青年"的有欲无情的性交却也某种程度上加强了生的本能的力量,因而致使两种本能的搏斗未见分晓。

第四章题为"水里的死亡"重复了前面提到过的这一意象,并以整章的描写强调了死亡这一主题:

> 腓尼基人弗莱巴斯,死了已两星期,
> 忘记了水鸥的鸣叫,深海的浪涛

利润与亏损。
　　　　海下一潮流
在悄声剔净他的尸骨。在他浮上又沉下时
他经历了他老年和青年的阶段
进入旋涡。
　　　　外邦人还是犹太人
啊你转着舵轮朝着风的方向看的，
回顾一下弗莱巴斯，他曾经是和你一样漂亮、高大的。

短短的一章却十分含蓄地交待了两种本能决战的必然结局：死的本能终于战胜了生的本能。在精神分析学的象征体系中，水象征着情欲和性爱，"水里的死亡"之意味便由此而昭然若揭了。

应该承认，《荒原》中描写的死亡并非那种凶杀和暴力导致的死亡，而是现代文明社会中的那种绝望和垂死，这正是这首诗紧扣"世纪精神"的意义和价值所在。弗雷德里克·霍夫曼说得极为中肯：

> 从一开始，也许可以说，死亡真正有着两个含义，一个是表面的，另一个是深层的。死亡和垂死十分明显是消肿的象征，因此正是通过这样的"垂死"生命才得以实现。我们奉献了自己，这样我们反过来就可以接受我们自己了。那第二个含义是生活与颓废的不可避免的物质和精神联系。①

《荒原》的开放结构和结尾向我们启示，荒原上的探索（寻找圣杯）是痛

---

① 弗雷德里克·霍夫曼：《弗洛伊德主义与文学思想》，王宁等译，三联书店，1987年版，第341页。

苦的,同时也是无止境的,它可以导致死亡,但死亡既是生命的结束,又是复活和再生的开始,因而这段历史就是循环往复的,永远没有终结。从精神分析学的意义上来说,性欲(生的本能)和死亡(死的本能)是一组永恒的二元对立关系,它们的相对、相持乃至剧烈搏斗便导致了人类种族的繁衍。《荒原》的精神分析学意义恰在于抓准了力比多(性欲)与死亡(死的本能)这一对立物的平行和对峙关系,从而为我们提供了一部难得的多重象征性的精神分析文本。

然而,沿着《荒原》的道路继续走下去,诗人却遭致了更大的精神危机,到了1925年,他干脆直截了当地摘去象征的外罩,指明了现代世界的无望和末日:

> 世界就这样终结
> 世界就这样终结
> 世界就这样终结
> 不是砰砰响,而是哀鸣声。①

《空心人》(The Hollow Men)的发表,宣告了艾略特早期探索的中止,在其后的"十二至十五年里,艾略特由一位现代主义者发展成为一位宗教诗人"。② 现代主义诗歌也因此而在这一发展极致由盛至衰,到了30年代后期,随着即将开始的二次世界大战,现代主义文学运动也逐步趋于终结。

---

① 艾略特:《诗集:1909—1920年》,第128页。
② 佛克玛、和易布思:《现代主义推测》,第90页。

Ⅲ 传统与个性气质的张扬

曾有批评家下过这样的断语:"倘若艾略特不是他那个时代的最著名的诗人,他本会成为最杰出的批评家。"①这一断语的正确性现已被20世纪西方文学批评观念的发展演变所证实。尽管艾略特强调历史和传统,反对把创新与传统相割裂的极端做法,尽管新批评派的重要代表人物兰塞姆称他为"历史批评家",②并有意识地试图将自己区别于艾略特,但艾略特的文艺思想客观上已对新批评派的崛起和发展产生了重大的影响。当然,讨论艾略特的批评理论并非本文的主要任务,但对他的文艺思想及其与本世纪西方艺术精神的密切关系作一评述还是颇有必要的,这不仅对我们正确理解艾略特的创作有所裨益,同时也有助于我们准确地把握这一时期西方文艺思潮的发展嬗变。

艾略特并非那种专事批评理论探讨的"学院派"批评家,而是一位诗人兼批评家,他的大多数批评论文都直接与他的创作有关,或者作为创作思想的总结,或者用来指导他的创作。即使在那些思辨性很强的理论文章中,也不时地闪烁着创造性智性的火花。他的批评观念主要体现在《圣林》(1920)、《向约翰·德莱顿致敬》(*Homage to John Dryden*,1924)和《兰斯洛特·安德鲁斯序》(1928)这三本论文集中。在这些文章中,艾略特对传统与个人才能之关系、诗歌的内涵声音及意义、意象的表达、批评的标准以及重写文学史等重大问题都提出了一系列颇有启发意义的独特见解,形成了自己批评理论体系的两大特色:注重历史和强调客观。前者显然对结构主义和接受美学有所启发,后者则

---

① 转引自《外国文学研究集刊》第8辑,第154页。
② 参见 J. C. 兰塞姆:《新批评》,格林伍德出版社,1979年版,艾略特专章。

直接起到了新批评派的批评观念的先声作用。

关于传统与创新的关系。在20世纪西方文学艺术大师中，很难找到断然摒弃传统者。乔伊斯之所以成为意识流小说大师，也有着他对古希腊文学传统的继承和参照，他的《尤利西斯》中与荷马史诗相平行并逆向发展的巨大结构框架使人一眼便看出其中的传统成分。福克纳小说中《圣经》成分的比比皆是也证明了这一点。海明威则更是直言不讳地道出对自己产生影响的前辈文学艺术大师。但是，我们又有谁能否认他们在各自的领域内所取得的创造性成果呢？可以说，任何形式的创新都是建立在传统的基础之上，并且相对于传统而言的，即使是反叛传统也意味着传统有着巨大的阴影。对于这一点，艾略特尤其有自己的见解。他认为，传统与个人本能并非全然对立，因为传统本身不仅仅是过去的东西，它还"是一种更有广泛意义的东西。传统是继承不了的，如果你需要传统，就得花上巨大的劳动才能得到"。[1] 实际上，任何卓有成就的诗人都已经证明在自己的创作中取得的新的进展，显示出了自己的独特才能，这现象并不是全然孤立的。诚然，我们可以说，这是诗人个人的创造性劳动之结晶，但即使如此，"如果我们不抱这种偏见来研究一个诗人，我们将往往可以发现，在他的作品中，不仅其最优秀的部分，而且其最独特的部分，都可能是已故的诗人、他的先辈们所强烈显出其永垂不朽的部分。"例如，他的第一首长诗《普鲁弗洛克的情歌》就体现了他的传统与个人本能之关系的辩证法。[2] 正如丹纳所说，青年艾略特的个人才能之显现，是在"一个特殊的环境下发生的，即在英国诗歌准备迎接某种新的东西的'时刻'"，[3]而一旦这个承前启后的

---

[1] 见《诺贝尔文学奖获奖作家谈创作》，下面未注明引文出处的引文均见此书。
[2] 参见斯坦利·苏尔坦：《艾略特、乔伊斯及其他作家》，第一编第二章，"《普鲁弗洛克的情歌》中的传统与个人本能"。
[3] 《艾略特、乔伊斯及其他作家》，第28页。

使命实现,他就把这种辩证关系置于脑后了。确实,艾略特为自己描画的自画像就是他一生处于矛盾的旋涡之中的集中体现:他崇尚秩序,反对混乱,维护传统,反对怪僻,试图以等级体系来抑制个性的狂放不羁,但实际上,他的《荒原》把这些传统的因素全然摒弃了,唯一剩下的就是那"寻找圣杯"的传说以及一些典故的使用。他自我标榜为"文学上的古典主义者",但恰恰是他那大胆向传统挑战的先锋意识和反叛精神使他成为现代主义诗歌的最重要代表。因此,他的这种矛盾性本身就体现了他那强烈的个性气质。

关于文学创作的历史感。兰塞姆之所以称艾略特为"历史批评家"绝不是偶然的,也许,在传统的历史学派批评家看来,他是一位激进派;但在置身于形式主义传统的新批评派眼里,他又是一位保守的历史主义者。其原因何在?恐怕同他所担当的20世纪文学批评的主潮由人文主义过渡到科学主义的中介者角色不无关系。这就必然涉及他的历史观念。卡津曾指出,"艾略特的历史观念是封闭的,他关于秩序的概念就必然是贵族式的,并崇尚等级制度,这实际上贬低了现代主义运动的实际成果。"[①]这也许就是有些批评家将他置于现代主义文学运动之外、将他区别于那些激进的新批评派的原因所在吧。确实,作为一位过渡性的历史人物,艾略特自然对人类历史上的优秀成果深为赞叹,并抱有某种怀旧之感,他断言,"任何一个25岁以上、还想继续做诗人的人,历史感对于他,就简直是不可或缺的;历史感还牵涉到不仅要意识到过去之已成为过去,而且要意识到过去依然存在;这种历史感迫使一个人在写作时,不仅要想到自己的时代,还要想到自荷马以来的整个欧洲文学,以及包括于其中的他本国的整个文学是同时并存的、而又构成同时并存的秩序"。在他的《荒原》中,诗人几乎涉及了西方诗歌中的最优

[①] 《当代人》,第16页。

秀、最高雅的传统,从而达到了熔历史与现实、传统与时代精神为一炉的境界。但与卡津的评论所不同的则是,长诗的开放性结尾却暗示,历史就是这样循环往复的,尽管也许并不会出现简单的重复。在《四个四重奏》中,诗人一反早先的个性气质极度狂放的特色,追求某种和谐、典雅的境界,从而显示了他的"古典主义"特征。同样,在评价同时代作家时,他也强调历史意识:"任何诗人,任何艺术家,都不能单独有他自己的完全的意义。他的意义,他的评价,就是对他与已故的诗人和艺术家的关系的评价。我们不能单独地来评量他;必须把他置于已故的人中间,加以对照、比较"。按照这个标准,他对莎士比亚、17世纪的英国玄学派诗人、19世纪的浪漫主义诗歌以及同他相近时代或同时代的亨利·詹姆斯、乔伊斯等均有所评论,但很难说他对莎士比亚、密尔顿、浪漫主义诗人的贬抑和对玄学派诗人的褒扬是严格按照上述标准的。这就再次暴露了艾略特在历史观念上的含混甚至矛盾态度。但在当今西方(尤其是美国)新历史主义批评异军突起、并且致力于重新研读莎士比亚剧作的情形下,重温艾略特的历史观,不禁使我们感觉出了其中的某种超前意识。

关于批评的客观性。在20世纪西方各批评流派中,也许英美新批评的名号最为繁多、最为复杂,它曾给自己冠以"本体论批评"、"反讽批评"、"张力诗学"、"结构批评"、"分析批评"、"语境批评"、"客观主义理论"、"文本批评"等十多种名称,[①]但万变不离其宗,其本质核心仍然是文本的封闭自足性和批评的客观性。我们说,艾略特是新批评派的先驱,正是因为他最早强调批评的客观性,[②]从而对注重情感经验和直觉

[①] 赵毅衡:《新批评:一种独特的形式主义文论》,中国社会科学出版社1986年版,第2—3页。

[②] 在此以前,俄国形式主义批评已开始主张"客观性",但在英语世界,艾略特是这一批评流派的开山始祖。

印象并针对诗人的浪漫主义批评传统作了有力的反驳。艾略特一方面强调批评的历史感,另一方面又指出,"公正的批评和敏感的评价并不是对于诗人而是对于诗作本身而发的",一首诗固然可以反映诗人的个性气质和情感体验,但它既然作为一件艺术品,就自然有其自身的审美价值,因此评价鉴赏这件艺术品就必须首先从阅读这首诗入手,而不应借助于外部材料(诸如诗人的生平传记及创作时的心境等)。这对于反驳过分注意主观感受因而忽视艺术品的独立存在价值的直觉印象式批评,无疑有着部分的正确性和积极意义。因此,在艾略特看来,"把对于诗人的兴趣转向对于诗歌的兴趣是一个值得称道的目标:因为这有助于对于不论好坏的实际诗歌的比较公正的估价",他还进一步举例说明,"如果一首诗表达了意义重大的情绪(这种情绪的生命是在诗中,而不是在诗人的历史中),能够懂得的却是为数寥寥了",所以,他的结论便是,"艺术的情绪是非个人的。诗人如果不将自己完全交给他所做的工作,便不能达到这种非个人的境地"。但是,诗人要在诗作中避免个人色彩的张扬,恐怕是很难做到的。就拿艾略特本人来说,阅读他的《荒原》使我们很容易了解他的个性特征:博学之士和敏感诗人的完美结合,既关心当代现实又试图与之保持一段距离,既致力于语言革命又忘不了数典引经,既不愿摒弃传统又不时地张扬个性气质。这就是艾略特的复杂多重的个性特征。他所强调的批评的客观性标准实际上为文学批评从浪漫主义的主观批评过渡到形式主义——新批评的客观批评起到了中介者的作用。但中介者的作用及其意义价值却是不可缺少的,也是不容忽视的。

关于文学创作与时代精神。在20世纪头20年里现代主义文学运动高涨的时期,艾略特之所以能高于他那个时代的绝大多数作家,其中的一个重要原因就在于,他绝不沉溺于唯美主义的象牙塔中,而是凭着他那对现代精神的敏锐洞察和准确把握,写下了体现时代精神的诗篇。

这在很大程度上得助于他的文艺思想的指导。艾略特对自己以及别人都提出了很高的要求:"诗人必须充分意识到主要的潮流,主要的潮流并不都是一成不变地通过最为特殊的著名作家体现出来。诗人必须充分理会到这个显明的事实,即艺术永远不会改进,艺术的题材也永远不会完全相同。诗人必须充分理会到欧洲的精神——他本国的精神———种他必须及时领会到是比之他自己私人的精神更为重要的精神——乃是在变化着的精神"。应该承认,在这一方面,艾略特的文艺思想同他的创作实践达到了完美的结合,他不仅对时代精神有着准确的把握,而且还对未来走向有着超前意识。《荒原》的发表标志着现代主义诗歌达到了前所未有的高峰,在这一高峰过后,现代主义便在诗歌领域停滞不前,进而逐步走向衰落了。如果说,现代主义文学运动确实衰落于30年代,那么,艾略特急流勇退,于1927年加入英国天主教会并改入英国国籍,就是意味深长的了,也许在他的无意识中,已对现代主义的盛极至衰有了某种朦胧的意识。

关于艺术表达与客观相关物。作为一位艺术家,艾略特自然对作家把说教插入作品十分反感,同时他也不赞成诗人效法哲学家,在作品中任意直接表达自己的情感,这也许正是他贬抑19世纪的浪漫主义诗歌的一个原因。他认为,"以艺术的形式表达情感的唯一方式就是找出一种'客观相关物',换句话说,也就是将成为那种特殊情感的一系列客体、一种情境以及一连串事件","艺术的'必然'就在于情感外形的完全恰当",这在莎士比亚的《麦克白》中,当麦克白听到夫人的死讯时所说的话就是由某种客观相关物传达给读者的;而在《哈姆雷特》中,这"恰恰是欠缺的"。按照艾略特的看法,可以充当客观相关物的东西包括掌故、意象、引语、情境、事件等,运用这些相关物,可以纠正浪漫主义诗歌在艺术表达上的朦胧含糊之弊病。但事实如何呢?我们将艾略特的诗歌与19世纪英国浪漫主义诗歌作比较时,会很容易地发现,前者晦涩难懂,后者清晰明白;前者充满学究气,后者质朴自然。

艾略特的文艺思想还表现在另外两个方面:在探讨诗歌创作的原理时,提出诗歌应当有三种声音的理论。(第一种是诗人对自己说话的声音;第二种是诗人对听众说话的声音;第三种是诗剧的声音。)针对诗歌中的戏剧独白,他指出,单靠戏剧独白是创造不出人物的,人物只有在行动中、在虚构人物的交流中才能创造出来,并显得栩栩如生。他虽然强调诗歌创作的客观性,但同时也不忽视读音(听众)的接受性,他认为,没有听众的诗算不上好诗,同样,"在每一首诗中,从私下的冥想到宏大的史诗,或者到戏剧,都可以听到不止一种声音。如果作者永远不对自己说话,其结果就不成其为诗了……但倘若诗专门为作者而写,那就会成为一种用秘而不宣的、无人知晓的语言写的诗"。他用这些要求来指导自己的创作,同时也以此为标准来评价别人的创作。对于重写文学史这个问题,艾略特虽然未作详细阐述,但他对 17 世纪英国玄学派诗人的重新评价则是与其他批评家的观点迥然不同的。在这一点上,他背离了自己的"主要潮流说",把在以往的文学史上不那么重要的英国玄学派诗人约翰·堂恩的地位抬得大大高于密尔顿,使得后来的批评家逐步对风靡于 17 世纪欧洲文艺界的巴罗克风格重视起来,这不能不说是他对"重写英国文学史的一大贡献,同时也是他对自己的诗歌所追求的目标的解释"。[①] 今天,在二次世界大战前后崛起的新批评、结构主义、接受美学、新历史主义等西方文学批评理论中,艾略特文艺思想的影响依然不时可见。他没有成为上述任何一个批评流派的首领,但这些流派却始终难以摆脱他的不同程度的影响。这就是作为文学理论家和批评家的艾略特的重要性之所在。

---

① 《诺顿英国文学作品选》第 2 卷,第 1466 页。

IV 走向天国之路

艾略特于 1927 年加入英国天主教会并改入英国国籍后,世间发生了一系列深刻的变化:1929 年资本主义世界的经济危机致使大批作家艺术家迅速向"左"转,在"红色的 30 年代"大潮中,艾略特再次违背了自己的"主要潮流"说,开始了逃避现实、走向天国的探索之路,应该说,他的探索是痛苦的,结局是悲剧性的。他试图通过皈依宗教来在天国找到安身立命之地,但社会上的以及家庭中的一些不测事件又给这一历程抹上了悲凉的色彩。他的妻子维芬早年患上的神经病愈加严重,终于致使他于 1932 年不得不与这位不幸的女人分居。他于 1934 年开始了《四个四重奏》的创作,断断续续历时 10 年,终于于 1944 年使其以完整的形式问世。作为《荒原》之后最重要的诗歌作品,《四个四重奏》帮助艾略特获得了 1948 年度诺贝尔文学奖。在此前后,他虽然写下了一系列剧作,如《大教堂的谋杀案》(Murder in the Cathedral,1935)、《全家重聚》(The Family Reunion,1939)、《鸡尾酒会》(The Cocktail Party,1950)、《机要秘书》(The Confidential Clerk,1954)和《政界元老》(The Elder Statesman,1959),但较之他的诗歌创作,这些诗剧远为逊色。艾略特的创作生涯就这样凄凉地结束了。

20 世纪 30 年代后期,现代主义文学运动逐步趋于衰落。一般认为,它的衰落标志是乔伊斯出版于 1939 年的最后一部重要小说《芬尼根守灵记》(Finnegans Wake)。用美国当代后现代主义批评家哈桑的话来说,"《芬尼根的守灵》不仅是一本死亡之书,同时也是生命之书",它"不只是终结,还是进展"。① 也就是说,它不仅标志着现代主义的死亡,同

---

① 哈桑:《后现代转折》,俄亥俄州立大学出版社,1987 年版,第 101 页。

时也预示着后现代主义的诞生。经过大战的间歇,后现代主义文学运动终于于战后崛起于西方文坛,并迅速居主流地位。①

艾略特作为一位重要的现代主义文学大师,其地位固然是不容置疑的;他与后现代主义有无直接的关系呢?就他自己的著作和现有的研究资料来看,答案应是否定的。确实,他本人也和乔伊斯一道,作为后现代主义批判的"现代经典"作家,而且他也崇尚等级制度和文本的中心性,因此这对后现代主义文学艺术来说,简直是不可接受的。但就后现代主义是现代主义内部的反叛这一点而言,艾略特又同后现代主义有着某种关系,这一关系就体现在《四个四重奏》这个文本的内部。

《四个四重奏》模仿了贝多芬四重奏乐曲的结构,充满了明晰的意象和优美悦耳的音乐节奏。每个四重奏都包括五个乐章,各自的主题相互关联,和谐地形成一个整体,体现出艾略特晚年的"返回原始"(古典)倾向。这首长诗是诗人晚年对时间的哲学冥想,宣扬了基督教的谦卑和奉献精神。诗人把过去、现在及未来的时间融为一体,既抒发了对过去的怀念,发泄了对现在的幻灭和绝望,同时也表达了对未来的向往。他对时间的这种具有高度哲学冥想的观念显露出了柏格森的"心理时间"说对他的影响。此外,若是从诗中带有后现代主义的因子这一点着眼,第四首四重奏"小吉丁"则明显地图解了维科的"历史循环论"。这在乔伊斯的《芬尼根的守灵》结尾处也十分明显。同乔伊斯在小说领域内所作的尝试一样,艾略特也认为,历史就如同一种循环往复的运动,没有起始,也没有终极,始就是终,终也就是始。在经历了现代"荒原"的探索之后,艾略特试图向永恒"天国"进发,并在那里找到安身立命之所:

---

① 王宁:《现实主义、现代主义、后现代主义》,载《文艺研究》,1989 年第 4 期。

>   我们叫做开始的往往就是结束
>   而宣告结束也就是着手开始。
>   终点是我们出发的地方。每个短语
>   和每个句子只要安排妥帖(每个词都各得其所),
>   ……
>   而这就是我们出发的地方。
>   我们与濒临死亡的人们偕亡:
>   看,他们离去了,我们与他们同行。
>   我们与死者同生:
>   看,他们回来了,携我们与他们俱来。
>   玫瑰飘香和紫杉扶疏的时令
>   经历的时间一样短长。一个没有历史的民族
>   不能从时间得到拯救,因为历史
>   是无始无终的瞬间的一种形式,所以,
>   当一个冬天的下午
>   ……
>   我们将不停止探索①。

如果我们把《四个四重奏》中的这段诗行同《芬尼根守灵记》结尾的段落相比较,就不难发现这二者的相似。因此,我们完全可以这样说,如果在小说领域里后现代主义的诞生以《芬尼根守灵记》为标志,那么在诗歌领域里,这一标志就理所应当地由《四个四重奏》来显示了,这不仅因为这两部作品发表的时间相近、重要性相当,而且更因为这两位作家都被

---

① 引文采用汤永宽译文,载《诺贝尔文学奖获得者诗选》,中国文联出版公司,1986年版。

公认为最重要的现代主义大师,因此由他们来从内部对现代主义发难,其意义是十分深远的。但是这两位作家的后现代主义特征却不尽相同:乔伊斯主要表现在反语言、破坏等级制度等方面,而艾略特则在追求意义的不可终极性的同时,表现了返璞归真的倾向。①

在成功地完成了从现代主义诗人向宗教诗人的发展之后,艾略特还在一系列论文和讲演中宣扬了自己的宗教救世观点,其中以《什么是基督教社会》(*The Idea of a Christian Society*,1939)最为有名。在这些文章和讲演中,艾略特继续了早在《荒原》中就已鼓吹过的宗教万能、宗教拯救人类的思想。此时,他已明显地暴露出了保守的倾向。他总是以权威人士的姿态,进行宗教说教,让人们效法他本人,在宗教的天国里求得栖身之地。此外,他还不厌其烦地将自己同马修·阿诺德相认同,要人们将他在20世纪英国文化界所起的作用等同于阿诺德在19世纪的文化界所起的作用。艾略特终于以自己探索的一生和矛盾的一生写完了现代西方的一个循环往复的神话:它没有开头,也没有结尾;开头就是结尾,结尾便是新的开头。同样,艾略特本人之于20世纪的时代精神和艺术精神的意义也是永无止境的。

---

① 威廉·斯班诺斯曾在一篇文章中,把艾略特连同法国新小说派作家罗伯-格利耶一起,当作后现代主义者来引证。参见佛克玛、伯顿斯编:《走向后现代主义》,约翰·本杰明公司,1986年版,第259页。

奥尼尔：

悲剧的永恒追求

华 明

I 进入黑夜的漫长旅程

1888年10月16日,奥尼尔生于纽约的巴特雷旅馆里。1953年11月26日,死于波士顿的谢尔登旅馆。死前,他从床上微微抬起身体,气息奄奄地说:"生于一家旅馆——可诅咒啊——死于一家旅馆!"是的,在生活上,奥尼尔终身漂泊旅居,一直没有找到一个像样的家;在精神上,他一生徘徊摸索,始终没有求得一个真正的归宿,他死前的这声叹息,就是对这种双重失落发出的。

奥尼尔出生在一个爱尔兰移民的家里。在美国历史上,由于爱尔兰人多为天主教徒,而且比较贫穷,曾经受到不少歧视,这种情况一直延续到20世纪初叶。奥尼尔的父亲对此有着强烈感受,他演剧成名之后,有人劝他参政,他拒绝了,半是玩笑半是愤懑地说,"我当不了总统,因为我生在爱尔兰,神保佑她。"奥尼尔本人在家庭的熏陶下,也生成了强烈的爱尔兰血统意识。他最喜欢的早期航海剧《加勒比之月》中第一个人物就是"一位身材高大的爱尔兰人";《诗人的气质》中的女主人公对警察骂道,"呵,卑鄙的胆小鬼!总是站在有钱的美国佬一边反对贫穷的爱尔兰人";他自传性最强的剧作《进入黑夜的漫长旅程》中有23次提到"爱尔兰";他的最后一部作品《月照不幸人》中乔希"那张脸是张地道的爱尔兰人的脸,仿佛有张爱尔兰地图贴在上面那么明显",奥尼尔甚至要求该剧入选演员全部都是爱尔兰血统的。爱尔兰血统使奥尼尔根深蒂固地产生了一种与美国社会相离异的思想。

奥尼尔的父亲是一位经济上成功的明星演员。他在全美巡回演出《基督山伯爵》一剧四分之一世纪以上,扮演伯爵超过6000次,收入高达80多万美元。《进入黑夜的漫长旅程》中的蒂龙是以老奥尼尔为原型的,他"辛酸地"把买下《基督山伯爵》一剧的演出权称为"我的坏好运",他在剧中回忆起美国最伟大的演员艾德温·布思夸奖说:"那个年轻人演奥瑟罗比我好。"可是"我没花上几个钱就买来的那出破戏倒很叫座——很是赚了大钱——看来钱是那么好赚,就是这个把我毁了,别的什么事都不想干了"。事实还不完全像奥尼尔写的这样,老奥尼尔一直努力摆脱伯爵这一角色,他从开始演这个剧的1883年到1900年间,就演过莎士比亚剧,耶稣受难剧以及美国当代剧等十几种,但是由于种种原因,特别是经济上的,他又回到了基督山,失去了追求艺术的机会。父亲的失败使奥尼尔体会到一种人生无法自主的感觉。

奥尼尔的母亲带着优异的音乐成绩从修道院学校毕业时,以其"礼貌、清洁、整齐和遵守校规"而获得金质奖章。空虚的宗教环境使这位姑娘不谙世事,耽于幻想,明星演员老奥尼尔成为她理想的白马王子。但是演员的个人生活远不像舞台上那么浪漫,"一晚上跑一个地方,住蹩脚旅馆,火车脏得要命,连生孩子也没个家。"对演员职业的社会偏见阻断了亲友们与她的来往,她自己对戏剧的隔膜更加深了她的孤寂和压抑。精神的苦闷加上生育孩子时的肉体的痛苦,使她染上了吸毒的恶癖,她终于成了宗教教育与社会现实夹击下的牺牲品。这件事情成了家庭感情关系肌体上的毒瘤,并毁灭了奥尼尔对家庭生活的温情脉脉的理想。

母亲的遭遇对奥尼尔还有另一个重大影响,就是促使他与宗教决裂。他的父母都是天主教徒,他又长期住读于天主教寄宿学校。家庭和学校的宗教教育自然使小奥尼尔具备了宗教信仰的素质,新英格兰地区浓厚的宗教气氛无疑增进着他的宗教虔诚。但是后来,他那位酗酒放荡的哥哥对生活的虚无主义态度,削弱了他少年时代确立的宗教观念。当他发现母亲"生病"之后,就对宗教产生了极其矛盾的两面态度,一方面怨恨上帝听任母亲受难,一方面祈求上帝拯救受难的母亲。然而在1903年的一个夏夜,吸毒的母亲在精神肉体两重痛苦的折磨下,身穿睡衣冲出家门,企图投河自尽。这一事情使奥尼尔大受刺激,他在绝望之中摒弃了自己的宗教信仰。

奥尼尔出生时,他父亲3天前还在巡回演出,他出生后,他父亲过了两天又登上了舞台。从婴儿时代起,奥尼尔就和母亲、哥哥一道跟着父亲的戏班流动。忙于演出的父亲和倦于漂泊的母亲没有给他提供充分的家庭温暖,寄宿学校的生活又加深了他孤独和内向的性格,家庭的种种难堪之事,更在他幼小的心灵留下了永恒的创伤。

这就是将要走上社会之前的奥尼尔,他已经先天注定要在人生旅途上永无着落,此后奥尼尔艰难前行,经历了3次婚姻、3种生活、3个创作阶段。

1909年夏天,奥尼尔与凯瑟琳·詹金斯结婚,这位姑娘非常美丽,出身名门。但这不是一个深思熟虑的结合,部分原因也许在于奥尼尔对自己刚从事的平庸职业的厌倦。证据是奥尼尔蜜月之后不久就登上了去洪都拉斯寻找金矿的征程,而且从此以后再未与新娘一起生活。这次淘金结果令人沮丧,用奥尼尔的话说:"十分艰苦,不太浪漫,毫无黄金。"这一句现实的话也成为他今后生活的预言,它概括了他在此之后10年的谋生经历。退学的大学生、店员、探险队员、龙套演员、水手、流浪汉、码头工人、记者、戏剧评论员,以及波西米亚式的剧作艺术家,这就是奥尼尔第一生活时期的职业清单。给他烙印最深的是海员无产者的生活，劳动十分艰苦，一个航次里洗刷的甲板足以覆盖一个城市，大海风光绮丽，船尾浪花在明月照耀下波光灿烂，在船上，他领略了漫步在观光甲板上的仕男淑女们的傲慢，也体会到底层锅炉间工人们共用衬衫的友情。更多的时候他在流浪，有人看见他那时的破衣服里是用报纸汩衬御寒，晚年时他自称，恐怕在布宜诺斯艾里斯的公园里没有一张长凳不被他当床睡过。离婚给了他精神上以打击，饥饿反复折磨他的肉体。他终日里与流浪汉为伍，常在下等酒吧里度过长夜。他在痛苦中曾经试图自杀！后又因为染上当时人们称为"大杀手"的肺结核而长时间地住院。

就是在这样的生活际遇中，他开始了自己的创作生涯。作为美国现代戏剧的奠基人，他的创作从一开始就坚持了严肃的艺术理想。他反对当时占据舞台的商业戏剧，投身于、致力于艺术创造的小剧场运动。在美国戏剧史上著名的普罗文斯敦剧院这一实验性小剧团里，他有十几个剧本首演。奥尼尔的剧本给了小剧场运动以支持，小剧场运动又为他的成长提供了环境。

1918年，奥尼尔与阿格妮斯·波尔顿结婚，正如他与凯瑟琳的草率婚姻预示着他的10年流浪生涯那样，他与这位女作家的婚姻预示着他下一个10年的创作繁荣。这时他已成为职业作家，作品层出不穷，声誉日增，3次获得普利策奖。他的创作从独幕剧过渡到全本剧，他的演出人也从实验剧团变成了专业剧团。这10年中，他的父母兄弟先后去世，自己有了二子一女，新的家庭已经建立。奥尼尔似乎应该踌躇满志了，但他的内心的骚动并未停止。

1928年，他突然与卡洛塔·蒙塔里私奔法国，次年他与阿格妮斯离婚，与卡洛塔正式结合。这对夫妻郎才女貌，名利俱丰，他们一起漫游了欧亚许多国家，还到过中国。他们住在昔日的贵族城堡或景色迷人的海滨公馆里，深居简出。在其后的岁月里，这位作家的创作更上一层楼,作品流传若干海外国家,并获得了被公认为文学艺术最高桂冠的诺贝尔奖。

如果把奥尼尔的实践活动与思想倾向综合起来考察,我们可以把他的第一阶段称为人生体验阶段,第二阶段称为艺术创造阶段,第三阶段称为精神超越阶段。

按照艺术风格划分的奥尼尔的创作,大致是现实主义(或自然主义)时期(1914—1924);现代主义时期(1924—1934);独特而成熟的个人风格时期(1934—1944)这样三个时期。奥尼尔的生活阶段与创造分期在时间上并不完全重合,然而在思想艺术上有着重大联系。可以说,他的全部生活就是一部悲剧,而他的全部悲剧就是一部自传,他体验,创作,追求,失败,继续追求……这筑就了奥尼尔的悲剧和悲剧的奥尼尔的一生。

Ⅱ 人与上帝的关系——不可思议的推动力量

就在奥尼尔出生的那年,美国著名作家威廉·迪恩·豪威尔斯这样写道:

　　人们觉得旧制度正在破碎支离,
　　生活黯淡得成了一个谜,
　　宗教曾把谜底揭开,但它已经
　　失掉了——科学找到了吗——解谜的秘诀。

40多年之后,奥尼尔无意中正面回答了前辈人的这一问题:

大多数现代戏剧都是谈人与人之间关系的,可我对这一点毫无兴趣,我只对人与上帝之间的关系感到兴趣。

今天的剧作家必须挖掘自己感受到的当代疾病的根子——老的上帝已经死去,科学与唯物主义也已失败,它们不能为残存的原始宗教本能提供一个令人满意的新的上帝,以便找到生活的意义,安抚对死亡的恐惧。在我看来,当今任何一个想写出洋洋巨著的人都必须在他剧本或小说的形形色色的小主题后面,有着这个大的主题,否则他只不过是在事物表面涂涂抹抹而已,不比一个唱堂会的戏子有更大的真实价值。①

奥尼尔和豪威尔斯一样深切地感到老的上帝已经死去,但是又比他的前人更进一步地看到了被独崇为物质内容的科学与物质主义在现代所呈现的危机,奥尼尔说:"现在美国正经历着精神觉醒的痛苦……心灵正在诞生,只要一谈到心灵,便出现着悲剧。请试想一下,每当我们突然把内心清醒的视线射入我们雄伟的、被乐队的铜管乐器吹响的唯物主义,并给唯物主义以正确的评价时,我们就会看到,我们为此付出了怎样的代价,而从永恒真理的观点看来,它的结果又是如何。这将是怎样硕大无比的讽刺的百分之百的美国悲剧呀!"

奥尼尔的这种思想当然不是独立存在的,它是与奥尼尔之前或同时的人文思潮密切相联的。19世纪文学上的超验主义,就已敏锐地感到资本的发展及其带来的物质的膨胀对人的存在构成的精神威胁,稍后的美国哲学家威廉·詹姆斯曾同样谈到:"一百五十年来科学的进步似乎意味着把物质的宇宙扩大,把人的重要性缩小了。……人再也不是自然界的立法者而是吸收者了。……让人去记载真理——虽然它是

---

① 《尤金·奥尼尔评论集》,龙文佩编,上海外语教育出版社,1988年版,第354页。

没有人性的——并且服从人性！幻想的自发性和勇气都没有了,景象是唯物的而且是令人沮丧的。"①包括奥尼尔在内的新一代人,其试图努力的一个目的,就是要揭示资本生产及与之相适应的科学技术在片面成长的时候,用物质主义来取消人的精神价值,从而使人愈益意识到自身的渺小感和惶惑感,造成人在自己的创造物面前失败的悲剧。虽然他们的言论有时是偏颇的,但他们的感受却是真实的,他们要求恢复人主体尊严的企图也是人道主义的。他们对"唯物主义"一词的限定并不严格,但更多地、也较明确地是指那种失去了和人、精神相协调的、已经走向极端了的物质主义,这可以从他们恢复人性、精神性这一点上看出,如果物质与精神、科学与人是处于协调状态的话,就不会存在"补充"、"恢复"等要求。这种反物质主义的思潮,是当时美国社会畸形发展、以至在几乎所有进步文人,包括大部分现实主义作家之中产生的心理逆动,从而形成了本世纪以来美国文学的一个鲜明特征。然而,进一步,奥尼尔以为：

> 悲剧对于我们的生活方式是移植而来的吗？不,我们本身就是悲剧,是一切已经写出来的和没有写出来的当中最令人震惊的悲剧。②

奥尼尔认为现代人类生活就是悲剧,因此他用以表现生活的绝大多数戏剧也是悲剧,那么,他是如何在生活现象后面探讨这一"大的主题",亦即"人与上帝的关系"的呢？

奥尼尔不是一位思辨的哲学家,而是一位感觉的艺术家。他的悲

---

① 威廉·詹姆士：《实用主义》,商务印书馆,1979年版,第12页。
② 《美国作家论文学》：刘保端等译,三联书店,1984年版,第246页。

剧不是对生活的理性分析的成果,而是对生活的直觉体验的收获。一般认为,奥尼尔前期作品主要是社会悲剧,《东航卡迪夫》描写海员的不幸命运,《天边外》表现农民的艰苦生活,《琼斯皇》刻画扭曲的黑人心理,《毛猿》展示无产者的尴尬处境,《上帝的儿女都有翅膀》揭示了种族问题的真相,《榆树下的欲望》叙述了占有欲的罪恶;的确,奥尼尔通过对自己的家庭环境和生活经历的体验,通过对时代思潮和社会运动的思考,觉察到了资本主义时代美国具有的几乎所有重大问题,这些体验与思考化为艺术冲动,各种重大问题纷纷涌入他的作品,这是他的作品之所以成功的一个重大原因。

但是,他没有停留在表现这些社会现象上面,而是企图深入下去,探讨这些社会问题的进一步成因。在这种种社会悲剧的后面,究竟还有何种第一推动? 1919 年,当奥尼尔初出茅庐的时候,他就这样说过:

> 也许,我可以把我对生活后面的那种不可思议的推动力量的感觉解释给你听,我的宏愿就是在我的剧本中表现这种力量的作用,哪怕是模糊地表现也行。①

我们已经说过,奥尼尔早已放弃了宗教信仰,那么他所说的"人与上帝的关系"这一"大的主题",即指"生活后面那种不可思议的推动力量"。

奥尼尔是从现实主义开始他的创作生涯的,他的第一部上演的戏剧《东航卡迪夫》就是一部极为真实的作品,环境是他生活过的船舱,人物是他所熟悉的水手,首演剧场就是一座码头仓库——周围大雾弥漫,脚下海浪翻卷——再真实不过了。但是即使这样一出极为现实主义或

---

① 《尤金·奥尼尔评论集》,第 340 页。

曰自然主义的作品，也在生活真实之下有种哲理意味。

水手扬克胸部受伤，生命垂危，他躺在漫漫长夜包围的海轮船舱里，在对陆上的平静的田园生活的渴望中，悄然逝去。扬克的悲剧不能归于社会原因，自然因素大海应该对此负责，是大海引诱扬克抛弃陆地，生死海上，成为大海的牺牲品。罪在大海？那么，陆地是天堂吗？

《天边外》一剧作出了反驳。罗伯特放弃出海，困守农庄，经过无情生活岁月的折磨，他在对海上的浪漫漂游生活的向往中，悲愤而死。罪在陆地？罗伯特与扬克两人的悲剧似乎相反，一是渴望陆地却终生海上，一是向往海上而老死陆地，其实十分相似，他们都是终身囿于一个压抑人的环境，郁郁死去，并不是海洋或陆地造成悲剧，而是某种不可思议的推动力量使然。

在《琼斯皇》中，这种力量幻化成为神秘的大森林，琼斯原是某个殖民国家里的黑奴，后来跑到一个海岛当了皇帝，他的残暴统治激起了人民的反抗，他本人则被迫逃亡，在森林中他无限恐惧，最终走向灭亡；在《安娜·克丽斯蒂》中，这种力量以陆地与大海双重形象出现，妓女安娜离开乡村逃向城市，水手布克航海归来回到港口，他们不期而遇，经过一番悲欢离合，安娜只得留在海港，布克被迫出洋，两人难舍难分；在《上帝的儿女都有翅膀》中，这种力量是种族差异，白人姑娘艾拉饱受凌辱，最后嫁给了黑人青年吉姆，然而艾拉深受社会偏见的影响，总是有意无意地折磨吉姆，面对吉姆的奋斗与进取，她却由怀疑、害怕、妒嫉以至最终变为疯狂；在《榆树下的欲望》中，这种力量是占有之欲，老卡伯特占有农场、占有儿子埃本的劳力，还想占有第三个妻子、年轻美貌的艾比的爱情，占有之欲造成父子反目，男女私通，最后艾比杀死了自己的婴儿，埃本和她一起共同承担罪责，双双被捕入狱。

人物当然不是作者本人，作品的含义也不完全策源于作者的认识，但是，贯穿在奥尼尔所有作品中的那根神经，无疑通向他自己的大脑。

在奥尼尔的作品中,正如扬克的悲剧没有被归于资本家,罗伯特的悲剧不能归之于农场主一样,所有人物的悲剧都不归于某位个人;作品之中基本上没有什么反面角色,奥尼尔同情地看待一切人;他在感情上和他们交织在一起,因为他也曾经历过他的那些人物的痛苦命运。

那么,如果悲剧成因不在他人,又在哪里?现代人的悲剧命运,也许在奥尼尔的《毛猿》中得到了最好的象征性的体现。

《毛猿》这出戏一开始,是在海轮上,工人们以一种奇特的机械整齐的动作,把燃煤投向炉膛里。他们都像野兽,而绰号扬克的罗伯特·史密斯则是他们当中最强壮、最粗野的。轮船公司董事长的女儿、弱不禁风的米尔德里德被扬克狰狞可怕的外形吓坏了,大喊一声"哎唷,这个肮脏的畜生!"晕倒在地。扬克感到受了巨大侮辱,他原来那种自视为轮船主人翁,也自感到有归属的感觉动摇了。他决心对有产阶级进行报复。在上流社会人士出入的纽约第五大街挑衅滋事,他冲撞资产者反被撞倒,最后,又被警察逮捕。获释之后,他去参加一个工会组织,但是由于言行过激引起怀疑,又被赶了出来。走投无路,扬克来到动物园,想与大猩猩交朋友,猩猩挤伤了他,又把他抛入空笼子里,扬克死在笼子里面,"也许毛猿最终有了归属。"

这部作品的副题是《关于古代和现代生活的八场喜剧》,它指明了作品的意义。

毛猿就是人的象征,这种人已失去了原先与自然界的和谐。另一水手派迪怀念他青年时代的美妙时光,那时他在桅杆高耸入云的快船上当水手,他们唱着劳动号子,乘风破浪。在那些日子里一条船是大海的一部分,一个人是船上的一部分,大海把一切和谐地组合在一起。这是工业化之前的劳动与生活方式,人与自然是和谐的。现在工人们在海轮上干活,这个钢铁的庞然大物是工业化社会劳动生活环境的象征,世界就是一台机器,工人也被异化成了机械化的,他们不再是人,成了机器的一部分。水手勒昂代表了一些觉悟的工人阶级，他懂得人生来是自由平等的，可是那些该死的资产阶级压迫工人，把工人变成了工资奴隶。这里有些社会主义学说的气味，阶级压迫，劳资斗争，这些就是戏剧给观众的第一印象，不过，它还是奥尼尔说的那种"小主题"，真正的"大主题"在扬克这里，他既不同于具有浪漫怀旧情绪的派迪，也不同于具有无产阶级意识的勒昂，他就是副题中"现代生活"中的普通现代人的象征。

扬克以为自己与现代工业社会——海轮就是它的象征——是和谐的，用他的话说，他归属于这个钢铁怪物，使它发狂的是他，使它发出吼声的是他，使它转动的是他，他是原动力！他是结尾！他是开头！他开动了什么东西，世界就转动了！钢，代表一切！而他就是钢——钢——钢！他就是钢里面的肌肉，钢背后的力量！他是基础，他是一切！然而米尔德里德的一句话，"哎唷，这个肮脏的畜生！"改变了这一切。他的信念动摇了，粗鲁的烧火工变成了罗丹的"思想者"。他发现自己不是轮船的主人，钢铁轮船也不再是他的归属之地。向有产者发起的进攻失败了，与本阶级的联合又不成功。扬克失去了归属，上不着天下不着地。他制造了钢铁，自己反而死在了钢铁的笼子里。造成扬克悲剧的好像正是扬克自己，是他开动了机器，而这个靠机器运转维持生命的工业化社会本身又成了异化他的牢笼。古代人不能战胜自然，他们只是自然界的一部分，他们与自然是和谐的；现代人已经征服了自然，他们已经在一定程度上成了自然的主人翁，然而他们创造的自然力却又反过来压迫他们了。科学和物质主义的胜利带来了巨大的物质财富，然而这一胜利掏空了人的灵魂，人的本体论意义问题仍未能解决。剧中扬克与猩猩握手意味着人们的这种在迷惘的途中后退的企图，但是后退也是没有出路的。猩猩杀死了他，意味着后退，向着原始和谐的后退也非他的归属。作品最后说的也许扬克最终有了归属当然是种反讽，亦即,除了死亡,从这个世界上消失之外,扬克没有归属。

然而,没有归属还只是一种现象、一种状态,也还是一种"小主题",更深的问题是,这种状态成因何在?

本是自然的人与自然失去了和谐,这是一个悲剧,这个悲剧好像是他自己造成的,是他创造了造成悲剧的异化环境,但是这个悲剧违反他的意志,是强加给他的东西。物质主义者把造成人类悲剧的原因称为客观规律,唯心主义者则把它归之于上帝或者原罪;而古希腊人却说这是由于命运,他们把命运看作控制自然超越神力和主宰力量。奥尼尔是古希腊悲剧精神的继承者,他说《毛猿》"是个古老的题材,过去是、今后也永远是戏剧的唯一题材:人以及人与自己命运的斗争。人以前和神斗争,现在则是和自己斗争、和自己的过去斗争以及为试图得到'归属'进行斗争"。①

奥尼尔曾经说过,"扬克其实就是你自己,也是我自己,他代表全人类。"奥尼尔就是扬克,扬克就是奥尼尔。奥尼尔是土生白人社会中爱尔兰移民的儿子,他从小跟着巡回演出的父亲东奔西跑,在孤寂的学校寄宿生活中度过了少年时代。他缺少家庭温暖,又放弃了宗教信仰,作为水手浪迹天涯,当过流浪汉,离婚,生肺结核病,自杀!他真切地体验到扬克那种失去归属之感,深刻地认识到这种失却是带有普遍性的全人类的处境,那么是谁制造下的这种罪恶?从他前期的作品中,我们看到,命运必须对此负责。

在创作中,奥尼尔表现了他对这一结论的探索。应该指出的是,他并不是从一开始就明确抓住命运的,他不断体验,不断研究,不断前进,终于到达这一境界。他从自己熟悉并且热爱的人写起,他们是水手、农民、妓女、黑奴、炉工、船长,他们是普通人,更是苦命人;真实地表现他

---

① 《尤金·奥尼尔评论集》,第351页。

们的生活,也就创造了悲剧;描写普通人民的悲剧,也就反映了种种社会问题;从各种社会环境中人的问题出发,可以发现他们所面临的同一处境:失去归属;探讨这一处境的原因,不能完全归于某一具体因素;人的理想难以变为现实,徒劳的挣扎不能改变处境,仿佛冥冥之中有种力量专门与人作对,造成悲剧。人们对此束手无策,便把此归罪于谁也惹不起的所谓"命运"。人的悲剧最终源自命运,或曰:"不可思议的推动力量",这是奥尼尔通过长期探索,在前期作品中发现的结论。他体验生活,不由得对生活中的悲剧产生疑问,他用艺术表现生活,在悲剧中找到了"命运"作为最后动因。但是,"命运"只是奥尼尔前期探索的最终发现,他的追求不会停止,正如他在前期创作中不断深化认识,迈向成熟,取得成就那样。

Ⅲ 戴假面的人

命运这一概念,就像基督教徒的上帝,可以无所不包。也正因为它是无所不包的,因此也可以什么也不包括。它没有明确的界定,没有公认的指向,它太神秘了,神秘得成了一团迷雾。如果说它确有什么意义,那么可以说它就代表了人对自身认识能力局限性的退让。

也许奥尼尔认识到了这一反讽,他的中期作品认识方面有了深化。事实上,在他前期作品中,命运之外,还有一种力量。这种力量也和命运一起,对人的悲剧的形成负责,只不过在前期作品中,它还没有命运因素那么重要,那么明确。但是,这种力量逐渐成长起来,在奥尼尔的中期作品中,成为一种戏剧发展的主导动机。

在奥尼尔的前期作品中,主人公大都是劳动者,他们的生活是悲剧性的,性格一般比较率直,他们在面临困境之时,尽力挣扎,他们的斗争主要是外部的,尽管这些悲剧也不乏自身的性格因素。这些人物整体说来是粗放的,难以容纳深刻细腻的心理活动。

然而在这些作品中,萌芽着新的因素,例如,在《琼斯皇》中琼斯本人的无尽幻觉中,在《上帝的儿女都有翅膀》中艾拉最后的变态心理中,在《榆树下的欲望》中埃本与艾比两人的情欲冲动中,我们可以看到一种心理骚动,一种内在冲突。当然,琼斯的幻觉出自被人追击的恐惧,艾拉的变态源于种族偏见的毒害;埃本和艾比的情欲却基本上是内在的、原发的,已经不是外在力量的附属产物或刺激反应了。到了《毛猿》,情况大有发展。扬克从劳动者变成了思想者,固然有米尔德里德的侮辱作为外因,但是外因只是一种触媒,真正的反应发生在扬克的内心世界中。一般说来,奥尼尔的前斯作品都以外部活动为主,但是《毛猿》则是外部活动与精神历程并重。造成扬克之死的不是他人,或者说主要不是他人,而是他自己。《东航卡迪夫》中扬克受伤而死,《天边外》中罗伯特终于疾病,琼斯被人击毙,艾拉被逼成疯狂,他们的悲剧虽有个人自身因素,但是主要是外部力量造成。扬克则是神志清醒、身体健康地走向死亡,实际上是他内心矛盾不可解决的象征。《毛猿》写于1924年,这是奥尼尔新的创造阶段的一个信号。他继续前进,过渡到中期创作。

把奥尼尔前期作品中现实主义作品《东航卡迪夫》、《天边外》、《安娜·克丽斯蒂》和《榆树下的欲望》联系起来观察,我们可以看到它们贯穿着一组对它的意象。《东航卡迪夫》和《安娜·克丽斯蒂》都是怀念陆地,却又不得不漂泊海上的故事,《天边外》和《榆树下的欲望》却都是向往"天外"则又被迫囿居土地的悲剧,大海与陆地作为一组对立的事物,在《毛猿》中取得了统一,无论是在海上还是在陆上,都有命运在神秘地运动,它在冥冥之中主宰着人,造成人的悲剧。海洋和陆地这组对立意象贯穿到了他中期作品之中,《老船夫》中那个恐怖的海与《悲悼》中那个幸福之岛仍然给予人的悲剧以重大推动力量。

但在中期作品中,有什么更重要的贯穿力量呢?这些作品似乎差异甚大,甚至相互对立。内容不同,有的是虚构的神话,有的是真实的再现;背景不同,有的是久远的历史,有的是当代的生活;主题不同,有的是科学崇拜,有的是宗教信仰;环境不同,有的是异国他乡,有的是本乡本土。但是,如果说前期作品中有海洋陆地这组自然景物作为贯穿因素的话,那么,可以说中期作品中则使用假面这种人为形象作为贯穿手段。在《大神布朗》和《拉撒路斯笑了》中有假面使用;按照奥尼尔的看法,《奇异的插曲》是假面剧,《悲悼》中运用过假面,而且前期作品中的《琼斯皇》、《毛猿》、《上帝的儿女都有翅膀》和中期作品中的《老水手》、《富商马可》都应该使用假面,虽然实际上并未使用。如果加上《无尽期》——我们将要着重分析的另一种形式,也是更高形式的"假面剧"——那么我们不难看出,假面运用是在前期作品中有着萌芽因素,在中期作品中广泛使用的一大戏剧手段。

在奥尼尔的前期作品中,人物大都是下层劳动人民,他们常以奥尼尔的朋友、伙伴为原型,奥尼尔曾和他们同甘苦、共命运,奥尼尔用现实主义的风格再现他们的悲剧生活,无疑作品就会具有惊人的真实性和巨大的感染力。

然而在奥尼尔的中期作品中的人物各种各样。有传说中的人物,有古老的贤者,有失意的艺术家,有自负的成功者,有贵族世家,宗教信徒,也有当代青年,现实中人,若说这些人物有什么共同之点的话,那么就是他们都不再是下层劳动人民。不难想象,对于奥尼尔中期作品将要发掘的精神世界来说,下层劳动人民过于粗放,难以表达更加细腻,特别是更加复杂的心理感受;他们性格十分直率,不太适宜描写更加矛盾,特别是更加深刻的内心冲突。于是,奥尼尔转向古代人、知识分子、艺术家和贵族;当然,奥尼尔从未放弃他同情普通人不幸命运的人道主义思想,因而他把这些上层人士也当作具有喜怒哀乐的普通人来描写。

不过,他注意到这些有教养的阶层特有的精神世界,他用这些人物来承担他对人性的新的认识。

如果我们没有看过奥尼尔的假面剧,那么一个众所周知的形象可以加以说明。奥尼尔说:

> 请想一想歌德的《浮士德》,从心理角度讲,它应该算是古典作品中与我们最为接近的了。在上演这出戏剧时,我要让摩非斯特戴上浮士德的假面。因为,歌德为我们时代揭示的全部真理,难道不正是摩非斯特与浮士德合二为一同是一人——是浮士德么?①

通过这句简短的话,我们不难叫开奥尼尔假面剧的大门。

奥尼尔想在《琼斯皇》中运用假面,主要是想突出那些像幽灵般的形象的品质,与不戴面具的琼斯形成对照;假面还可以加强隆隆鼓声的超自然的威慑力,使这个戏剧给人一个更为完整更为生动的印象;他要在《毛猿》中更广泛地使用假面,使陷入沉思之后的扬克进入一个假面世界,以使扬克感到人类是陌生的,从而加深失去归属之感。他想让《上帝的儿女都有翅膀》中除7位主角之外,其他人都戴上假面,因为所有次要人物都是这个剧本表现主义风格背景的基本组成部分之一,借以说明世界开始是冷漠的,然后又变得充满敌意,而他对《老船夫》使用面具的建议,主要是种技巧试验,该剧的超自然主义内容要求一种风格化的手段,以强化其中神秘主义色彩,他认为《富商马可》中所有的人都应该戴假面——包括忽必烈、阔阔真公主以及所有的人!因为这样可以在戏剧中准确地表现西方所面临的东方,这是在舞台上忠实地突出

---

① 《尤金·奥尼尔评论集》,第360页。

这个对照的唯一可能的途径,因为西方演员不能真实地表达东方性格,他们若要演得使人信服也只有借助于假面。《拉撒路斯笑了》中的面具,主要用于表现非特指某人的、集体的民众心理感,它使观众感受到了一个集合的整体、一个统一的实体。在这些作品中,假面当然起到了某些揭示人物心理感受和精神冲突的作用,其中,奥尼尔对用假面揭示人物内心的考虑至少等于他对用假面追求戏剧效果的考虑。

在奥尼尔的中期作品中,他继续了自己那种关注社会问题、同情普通人的人道精神,但他倾向于注意更为抽象、更具内在因素的人性和哲理,例如艺术受到金钱的压制,两性之间关系的问题,科学技术的局限性,宗教信仰的影响力;然而他同样把这些视为"小的主题",还在继续寻找那个"大的主题",但是他已逐渐把最后动因移出命运,转向一个较为具体的事物,亦即人的心理;假面的运用,就是为了解决这一问题。奥尼尔说:

> 我越来越坚信,人们终将发现,假面的使用可以最自如地解决现代剧作家面临的一个重大问题,那就是如何——在戏剧中以最大可能的明晰性和最经济的手段——表现人们头脑中那些深藏的冲突,这种冲突随着心理探索的逐步深入,正在不断向我们展示出来。[1]

在上述作品中,戴有面具的人所代表的,既是外部世界的力量,又是人物内心的感受,作品所表现的冲突主旨,逐渐从现实主义作品中的外部,移入现代主义作品中的内心,在这个过程中,命运观念虽然依旧存在,但是已经逐渐接近找到一个新的替代之物。然而若要人物心理

---

[1] 《尤金·奥尼尔评论集》,第357页。

本身成为动因,就不能仅仅在外部力量下被动地变化,它必须成为能动的,也就是说,它应该在内容上有着矛盾冲突,外部力量仍然可以存在、产生作用,但是戏剧主导动因应是心理的发展,由它推动人物行动,情节进展。

奥尼尔没有创立任何学说,但他善于利用现代学说。在寻找心理动因这方面,他受到了现代心理学的巨大影响。在他前期的创作《与众不同》、《难舍难分》和《榆树下的欲望》中,已有不少性的成分。特别是《榆树下的欲望》,剧名本身就暗示了这种含义;事实上,作品中的欲望是占有之欲,它包含了财产占有与情欲占有两种欲望,这部作品把这些欲望表现得富于激情和悲剧精神,因此获得了极大的成功。由于作品是现实主义的,观众并不抽象地理解其中性的内涵,道理很简单,描写性的东西古已有之,现代作家当然也会描写,并不一定必定归于某种学说。然而在中期作品中,这种意向明显起来。在《大神布朗》中,戴恩·安东尼(意指狄俄尼索斯与圣安东尼——分别代表富有创造力的异教徒的入世态度,与带有受虐狂的否定生活的基督教精神——两种精神力量存于一人身上)具有双重人格,他与对手、洋洋得意的成功者布朗进行斗争,目的在于争夺玛格丽特(意指《浮士德》中的玛甘泪)与西比尔(意指大地之母),亦即争夺情爱与母爱。在这部作品中,艺术家在爱情上的失败与事业上的毁灭被表现得淋漓尽致。如果说《大神布朗》有关性的内容还只是控诉金钱毁灭艺术这一主题的一个侧面的话,那么就不能不说《奇异的插曲》则将性的内容作为表现心理动因的唯一主题了。在这部作品中,尼娜·利兹经历了一个又一个的男人,她在男人身上寻找各种可能的关系,并终于在一度面对三位男人之时感到了自己的满足,"我的三个男人!——我感到他们的欲望都集中在我身上……形成一种我所陶醉的完美的男性欲望……我是整体……他们融化在我身上,他们的生命就是我的生命……我孕育着他们三人……丈夫!

……情人!……父亲!……还有第四个男人!……小男子!小戈登!(译注:这是她的儿子。)他也是我自己的!……这就完美了!"

在这两部作品中,假面发挥了重大的作用。戴恩的双重自我由戴上取下假面加以区别,戴上面具时,他是浪荡子,取下面具时,他是基督徒;尼娜的内外真实则由她的对话与旁白分别表现,当她对话时其他人物行动如常,当她说出具有心理真实的旁白时其他人物静止不动,这一奇特的技巧揭示了人的两面性,它是另一种形式的假面。在剧中其他人物看来,主人公言行正常合理,符合礼仪,然而他们其实内心充满性的欲念,人的外部活动或受这种性力的支配,或将这种欲念加以掩盖,在不同的环境、不同的对象前表现出不同的形式。这就是奥尼尔在人物行动后面找到的动机,它对人的悲剧负责。在奥尼尔看来,现在的人跟当年从喜马拉雅山麓直奔欧洲而去的雅利安人是一模一样的生物,他们有着同样的原始感情、野心和动机,他们有着同样的才能和同样的弱点。只不过现代人对那些才能和弱点已更为了解,正在极其缓慢地学会如何去控制它们。人就是这种文明与野蛮、真诚与虚伪、善良与邪恶、亦即浮士德与靡非斯特为代表的双重性格、双重身份的生物。

在《悲悼》中,奥尼尔继续了《大神布朗》和《奇异的插曲》对情欲的研究,并使假面得以发展。虽然他再次使用的假面已演化成了"假面似的面孔"。曼农家族代代相继,过着一种假面掩盖的双重生活。外面是新英格兰贵族世家那种严峻的清教精神,内里是凡人发自天性的那种渴望爱情的要求,一桩历史罪行加剧了这两大对立力量的冲突,导致了曼农家族的完全毁灭,家庭成员一个一个被逼死去之后,最后的幸存者莱维尼亚自愿囚于家中。人的外部生活,在一种不断受到其他假面人困扰的孤寂中度过;人的内心生活,在一种受到自己所戴假面追逐的孤寂中度过。

应该指出,弗洛伊德心理学说对奥尼尔的影响是有限度的,当他把这一学说作为戏剧动作的发展动因时,并不意味着奥尼尔完全接受了它,很大程度上,奥尼尔接受的是弗洛伊德主义那种到人的内心、人的无意识中寻找人的行为动因的深度方法,他有时把这种动因说成情欲,部分地是一种艺术需要而非思想必然。当然,他肯定认为人的内心深处就像圣·奥古斯丁所说的那样,是一只沸腾的锅子,各种各样的情绪、观念、渴求与欲望在其中对立、混淆、矛盾、冲突着。这是一个本源之泉,里面倒不一定只有性欲,但是内里的成分、比例、变化与流动,决定着人的真伪、善恶、进退与生死。

《发电机》中的主人公鲁本·莱特(意为光明,即发电机的产物)把一台巨型发电机作为宇宙之母加以崇拜,这种恋电之情与他对女友的正常性爱发生了冲突,最后他杀死女友,投身电机自杀身死。《无尽期》与《发电机》既相似又相反,正如鲁本·莱特在科学与爱情之间进退维谷一样,约翰·拉文(意即宗教与爱情)在宗教与爱情之间陷于困境,两剧构成一组对立。莱特与拉文的共同之处在于他们都处于严重的内心冲突中,不同在于一是本性与科学崇拜,一是本性与宗教信仰,如果说奥尼尔对科学的作用是怀疑的话,那么可以说他对宗教的作用也是犹豫的。约翰·拉文是由两位演员扮演的,约翰代表着善,拉文代表恶,这种假面的另一形式的变体揭示出一个人的两重性。不仅约翰·拉文这个人物本身表现出内心冲突,而且作家本人在这个人物命运的决定过程中也表现了极大的内心冲突,从奥尼尔的工作笔记中我们看到,作者为此写过6稿,第一稿中,主人公自杀了;第二稿中,主人公有保留地重新皈依了天主教;第三稿中,其妻死去,拉文诅咒上帝!第四稿中,拉文濒临死亡之时认罪而返;第五稿,他发现自己诅咒上帝不合逻辑,"如果我诅咒它的话,那么我也一定是相信它(存在)了。"第六稿,奥尼尔把结尾"变为回归天主教会——更直接地",但他还不满意,后来还有几次想要重新修改这一结尾。① 可怜的剧作家,人物的内心冲突原是他自己内心冲突的。

《发电机》和《无尽期》是奥尼尔"挖掘当代疾病的根子"的三联剧构想中写成的两部,主要反映在宗教失去往日作为心灵支柱的作用,科学又未能给出人生意义的有力回答之时,当代人的迷惘。也许情欲也还有其重大作用,但只是若干因素的其中一种,奥尼尔更注意的是那冲突的欲念,分裂的人性。人的悲剧不是外在的,外在因素只是次要问题,人的矛盾在人自身,在人心中。这是一种根本性的问题,是从人的生物本能那里衍生出来的,它会在人的血缘、出身、信仰、家庭、爱情、职业、科学、宗教等等方面反映出来,给人造成悲剧。

我们看到,在奥尼尔的中期作品中,他又探索了新的问题,又得出了新的结论;他把对人生悲剧的解释从不可捉摸的命运移到了较为明确的人的心理方面;他发现人的内心是对立、矛盾、冲突、沸腾的,是最后动因,是发源地。如果说在前期作品中奥尼尔对普通人民寄予同情,对神秘命运发出诅咒的话,那么在中期作品中他则是对道德人伦表示怀疑,对人的本性感到绝望;他不打算也没有能力用哲学语言说明人的本性,他只是用艺术作品把人的本性呈现出来,去让观众自己进行评价。他大胆地揭去了人类心灵上的假面,把深层的心理赤裸裸地暴露出来,奥尼尔永远是直观的,他用作品,甚至是用创造作品的过程表现他所认识的人性。

应该说明的是,奥尼尔用于表现"戴假面的人"的手法是多种多样的,他已不满足于仅仅通过再现生活真实来给人们提供认识,而是积极地对生活作出富于想象力的解释。

---

① 《尤金·奥尼尔的创作,在戏剧中再释了的理想》,弗劳伊德编注,纽约,1981年版,第149—167页。

Ⅳ 更高级的乐观主义

　　心理冲突、潜在意识作为人的基本动因,这已为现代科学所证实。把世界运转、人类活动的最终原因归于上帝,这种唯心主义观念早已受到怀疑并很大程度上被人弃置,然而如果把崇尚客观、强调规律的唯物主义学说推到极端,也有问题,一是绝对的唯物主义只能导致虚无主义,因为如果万事万物都受客观规律的无条件支配,那么主观努力毫无意义,主观努力不过是客观规律的服从者;在某种意义上说,绝对的唯物主义也和绝对的唯心主义一样是定命论的,只不过它用规律这一概念代替了命运这一概念;二是绝对的唯物主义缺乏生活意义,它把一切归于物质,如果一切仅是物质,那么生活的人也不过是物质,人的喜怒哀乐、悲欢离合、理想追求、日常琐事,都不过是物质的某种表现形式,人最终只能归于尘土,因此,绝对的,即极端的唯物主义者无所谓生死,在它看来,人生也只不过是物质运动的某种形式。

　　那么,通过找到人的主体意识,把它作为人的悲剧的最终解释,也许对于一些人来说是够了。但是对于追求无限的奥尼尔来说,这还不是尽头。他虽然背离天主教会,但是,如他所说:

　　　　我是一个坚定的神秘主义者,……我总是尖锐地感到某种潜在的力量(命运,上帝,创造人类及我的那个作为生物的旧我,不管怎样叫法吧——总之都是神秘的力量)。我还尖锐地感到,人在光荣的、导致自我毁灭的斗争中的永恒的悲剧,在这场斗争中,人努力使这种潜在力量来表现他自己,而不是像动物一样,在这种力量面前显得微不足道。我深深地相信,这是唯一可写的东西。我还深信,我们有可能(或能够)用改变了的现代价值和舞台象征创造出一种悲剧表现形式,这种形式可以在一定程度上使现代观众深切地体会到自己与舞台上的人物之间具有一种使人高尚的认同感。①

如果说奥尼尔在前期作品中主要表现人与命运或上帝斗争的悲剧,在中期作品中描述了人与生物本能、心理冲动斗争的悲剧,那么,他在后期作品中则主要是反映人对命运的退让、对生活的放弃的悲剧。

奥尼尔前期作品的人物总是遭遇命运的压迫、生活的嘲弄,中期作品的人物常常饱受情欲的折磨、内心的痛苦,他们酗酒、诅咒、欺骗、放荡、谋杀甚至乱伦,他们是些潦倒甚至犯罪的人,但是,他们中间没有一个恶棍,他们总有激情,总有意志,不甘失败,不愿投降。他们尽管面临悲剧,但是他们不断抗争,也许是有心反抗命运,也许是无意挣扎求生,他们大都有点人的光亮闪现,值得敬佩。但在他的后期作品中,情况不大一样。

与前期、中期作品揭示社会矛盾相似,后期作品也挖掘时代病根。《月照不幸人》描写农村劳动者的艰难,《送冰的人来了》反映城市流浪汉的潦倒,《进入黑夜的漫长旅程》是奥尼尔作品中思想与艺术的最高成就,它也是奥尼尔的家庭传记,因此,与之有关的种族、职业、艺术、金钱、吸毒、酗酒、阶级、宗教、道德伦理、婚姻家庭,几乎无不涉及。但是,这些方面仅是作品的一个层次,在这个与时代密切相关的社会学层次后面,还有更深的哲理思考。

只是这些哲理的思考与前、中期作品相比,其哲理内容更少抽象地讨论,更少公然的图解,它们常是人物本身的真实,是生活本身的含义。

后期的奥尼尔把目光从外部世界收回,专注于他的亲友,他的自

---

① 《尤金·奥尼尔评论集》,第 356 页。

我。具有自传性，从某种角度看，这也是他的作品一贯的特色。可以说，他的全部作品构成了他的一部自传。但是，与前中期相比，后期作品的自传性特别明显、特别清楚。《月照不幸人》写的是他的哥哥，《送冰的人来了》写的是他的密友，《进入黑夜的漫长旅程》则是写的他的父母兄弟和他自己。奥尼尔先后把人的悲剧归于命运、归于心灵，然而即使找到悲剧成因，也并不能解决悲剧生活的意义问题。命运无法改变，心灵永远存在，找到这些原因，并不能消灭悲剧本身，那么如何对待无法消灭的永恒悲剧呢？也许只能从人对悲剧的看法、对悲剧的态度方面探讨，奥尼尔继续找，找到了他自己。写他自己，具有前中期的作品所不具有的优点，前期作品中的下层人物具有生活真实，因为他们都以真人为原型写成，奥尼尔熟悉他们，但是他们性格过于粗放，感情不够细腻，中期作品中的各类人物心理活动复杂，因为他们都是作者情绪的直接载体，他虚构了他们，但是他们缺乏生活气息，带有概念的印记。相比之下，写他的亲友与他自己，当然既真实又深刻了。

以自己的亲友和自己为原型写作，也是奥尼尔后期创作的一种必然。这时奥尼尔名成功就，他作为美国现代戏剧奠基人的地位已经确立，他既无需为经济操心，也不再受名声的牵挂；这时他已更加成熟，既不热衷于以批判的呐喊造成反响，也不再企图用人性的暴露引起轰动；这时他也更加超然，既不想用现实主义的生活真实迫使社会思考，也不追求以表现主义的手法创新令观众感到惊奇；他可以在思想上冷静地思考，在艺术上成熟地锻造。同时，奥尼尔远离社会，深居简出，他的创造原型也只有他自己了。但是，由于他的生活单调，缺少生气，因此，他自己的活的部分只有他的过去。对作家来说最宝贵的财富——个人回忆涌上笔端，构成了他的后期作品。

与前期作品中的陆海对立、中期作品中的假面运用这些主导意象相应，后期作品中的醉与梦给人以鲜明的印象。

《月照不幸人》中的杰米在母亲去世之后拼命酗酒,希图以此早日结束生命。他与自己的佃户、爱尔兰裔的粗野女子乔西幽会,而乔西却准备勾引他以借机夺取农庄。明月下,静寂中,杰米吐露了自己在护送母亲遗体的火车上与妓女厮混的往事,无限悔恨,乔西则说出了自己还是个黄花处女的尴尬真相,以心换心,最后,醉汉在畸形女人怀中沉沉入梦,唯有明月照人。

《送冰的人来了》也是醉与梦的戏剧,剧中描写纽约一家下等小酒店里一群醉生梦死者的生活。推销员西奥多·希克曼一反常态地规劝大家不要存在幻想、等待明天,而应立即行动、有所作为;当众人抛弃幻想,为现实而苦恼万分之时,希克曼却又坦白了自己的杀妻之罪,而这正是希克曼不再幻想之后在苦恼中所为。希克曼被警察抓走,众人如释重负,重新沉入醉乡,在醉生梦死中等待明天。

在《月照不幸人》的结尾,乔西为杰米祈祷,"愿你带着你的希望,在睡眠中尽快离开这个世界,亲爱的杰米。"与乡村月夜两相和谐的,不是残酷的现实,而是人的醉后梦乡的境界,奥尼尔用这幅朴素无华的写意画,道出了这一新的哲理:人在醉里梦乡才能求得与自然的和谐和个人心灵的宁静。而在《送冰的人来了》一剧中,"白日梦"一词重复了18次之多,在排演该剧时有人问奥尼尔指出了这一点,暗示该词重复过多,奥尼尔回答说,"是我故意把它重复18次的!"希克曼的拯救归于失败,众人还得在白日梦中求得慰藉。这次,奥尼尔用高尔基《底层》那样严峻的环境,用达·芬奇《最后的晚餐》那样的调度,写成了一曲规模宏大的交响诗,其主题,却与《月照不幸人》有异曲同工之妙。

当奥尼尔把人们的尴尬处境、人的痛苦灵魂赤裸裸地揭示出来时,他没有道德批评家那种激愤,也不像心理分析者那么冷漠,他是以谅解和同情来为他们祈祷的。人的悲剧原因种种,社会的邪恶、命运的摆布、本能的欲望,也许它们都该为悲剧负责,奥尼尔意识到明白了悲剧成因不能铲除这些成因,因此无法消灭这些悲剧,那么人对悲剧的态度问题,就是至关重要的了。

悲剧里面当然含有绝望的叹息、受难的哀号、死亡的痛苦。而对悲剧,奥尼尔前期作品中的人物挣扎形式是——相互之间埋怨、诟骂、厮打甚至折磨——表现为外部斗争;中期作品中的人物挣扎形式是人物内心之中的疑虑、冲动、忏悔,甚至迷乱——表现为内部斗争;但后期作品中的人物却进入到梦里、进入醉乡,甚至向往死亡,他们似乎趋于平静、不再挣扎、自甘沉寂、安于悲剧。

梦醉在《进入黑夜的漫长旅程》中同样是主要意境,虽然这一黑暗境界的历程更加沉重、更加漫长、更加痛苦、更加令人窒息。一个中产阶级家庭在经过一个白昼的日常生活之后进入夜半,全家所有的痛心之事全都暴露无遗:父亲蒂龙艺术上的失败,母亲玛丽的吸毒恶癖,长子杰米的堕落生活,次子艾德蒙则患上了当时几乎是绝症的肺结核。茫茫黑夜,大雾弥漫,蒂龙、杰米与艾德蒙醉醺醺地坐着,互相挖苦,看着吸毒过度进入梦游的玛丽捧着早年的结婚礼服,自言自语地回忆过去的美好时光。半醉的3位男子满怀敌视又同情、憎恶又怜悯的感情,处于无可奈何的迷惘之中,唯有彻底进入梦幻的女人才能进入麻木而单纯、恍惚而悠然的境界,无忧无虑地活着。一切都如作品中人物引用的莎士比亚的那句名言:

人生如梦,
我们渺小的一生在梦中开始,在梦中完结。

对于奥尼尔笔下的人物来说,悲剧似乎并不完全在于人的实际苦难,而在人的处世态度。如果人们过于清醒,那么悲剧的确令人悲痛,如果人们进入梦中,坠入醉乡,自我安慰、幻想明天,甚至借助药物进入逍遥之境，人们也许不会痛苦，悲剧也就不再成为悲剧了。

在后期作品中，奥尼尔创造了他的"纯的悲剧"。这种悲剧和前期作品一样具有批判力量和生活真实，但是它们的批判更加内在，它们的真实更加平凡，没有《毛猿》那种政治性的言论，也没有《榆树下的欲望》那种轰动性的情节。这种悲剧和中期作品一样分析人的本性和内心冲突，但是它们的感情更加真挚，它们的心理更加准确，没有《拉撒路斯笑了》那种过于概念化的图解，也没有《奇异的插曲》那种显然是人为的虚构；它们是多层次的，有生活真实，有心理分析，也有哲理意味的深层挖掘。而且特别重要的是，它们极富悲观主义与人道主义色彩。

当然，奥尼尔本人不会像他的人物那样自暴自弃，自甘麻醉。他有他的悲剧观念：

> 人们责怪我过分阴郁。难道这就是对生活的悲观主义态度吗？我认为并非如此。有的乐观主义是肤浅的，另一种更高级的乐观主义则并不肤浅，可是人们往往会把它和悲观主义混为一谈。对我来说只有悲剧性才具有那种有意义的美，而这美就是真理。悲剧性使生活和希望具有意义。最高尚的永远是最有悲剧性的。……一个人只有在达不到目的时才会有值得为之生、为之死的理想，从而也才能找到自我。在绝望的境地里继续抱有希望的人，比别人更接近星光灿烂、彩虹高挂的天堂。①

奥尼尔的后期作品描写了一大批潦倒的人，虽然与他的生活有关。但他自己并不潦倒；他和那些潦倒的人曾经生活在一起，他同情他们，但是，这不等于说他倡导去过颓废生活；相反，他用这些形象表明，人的

---

① 《尤金·奥尼尔评论集》，第341、342页。

悲剧不在是否在生活中失败,而在你对生活的态度。

奥尼尔的一生似乎是个悲剧,因为他最终没有找到人的悲剧的意义。奥尼尔的悲剧作品,以及他的悲剧的一生,意义并不全在他的生活和创造的结果。他的生活和创造是一种努力,即不断探索,不断追求。他不是哲学家。作为艺术家,我们从他作品中获得的不是明确的真理、至善的名言,而是他的不懈的艺术追求本身。他努力以各种形式生动地表现人类生活,深入地解析人的本性,永恒地寻找人生意义,他的作品也常失败,有时给生活以错误的解释,有时过于做作晦涩难懂,但他的追求是不懈的,理想是崇高的。

也许,我们应该这样理解,奥尼尔的悲剧是这样一种悲剧,它只描写人的失败;成功地描写了人的失败,这也就创造了"成功"的艺术;在这真正的艺术中,我们找到了悲剧的意义:悲剧使人更严肃地思考生活,更深刻地理解世界,它使人们摆脱日常事务,变得自由而且崇高。生活本身微不足道,只有幻想促使我们继续生活。把生活理解为享有,这是庸俗。可以完全实现的幻想,不配叫做幻想。幻想越高,愈不易实现,人们在幻想的追求之中才能赋予生活以应有的意义。

奥尼尔说:"当人在追求不可企及的东西时,他是注定要失败的。但是他的成功是在斗争中,在追求中!当人向自己提出崇高的使命,当个人为了未来和未来的高尚价值而同自己内心和外在的一切敌对势力搏斗时,人才是生活所要达到的精神上的重大意义的典范。"[①]

不言而喻,奥尼尔后期那些优秀的"纯的悲剧"是超越的。描写悲惨生活的悲剧并不一定是悲观主义的,它们给人的启迪决定于人自身的修养;而奥尼尔的悲剧生平和悲剧创作,正体现着那"更高级的乐观主义"。

[①] 《美国作家论文学》,第247页。

波德莱尔：

突入现代的文学尖头兵

郭宏安

1928年，保尔·瓦莱里在《波德莱尔的地位》一文中说："波德莱尔处于荣耀的巅峰。这小小的一册《恶之花》，虽不足三百页，但它在文人们的评价中却堪与那些最杰出、最博大的作品相提并论。它已经被译成大多数欧洲语言……随着波德莱尔，法国诗歌终于跨出了国界而在全世界被人阅读；它树立起了自己作为现代诗歌的形象；他被仿效，它滋养了众多的头脑。诸如史温伯恩、加布里埃尔·邓南遮、斯蒂凡·乔治等人出色地显示了波德莱尔在国外的影响。因此我可以说，在我们的诗人当中，如果有人比波德莱尔更伟大和更有天赋，却绝不会有人比他更重要。这种身后的受宠、这种精神的丰富多产、这种无以复加的光荣，不仅应当有赖于他作为诗人本身的价值，还有赖于一种特殊的情形。特殊的情形之一就是批评的智慧与诗的才华结合到一起。……然而波德莱尔最大的光荣，也许在于他孕育了几位很伟大的诗人。……魏尔伦和兰波在感情和感觉方面发展了波德莱尔，马拉美则在诗的完美和纯粹方面延续了他。"[①]瓦莱里的话，对于后人如何认识波德莱尔，可以说是开辟了一个新的方向。

几年之后，马塞尔·莱蒙在《从波德莱尔到超现实主义》一书的开

[①] 见瓦莱里：《文艺杂谈》，第167—183页，段映虹译，百花文艺出版社，2002年。

头便说:"人们今天一致认为,《恶之花》是当代诗歌运动的活的源泉之一。诗的第一条矿脉,是'艺术家'的矿脉,从波德莱尔到马拉美,尔后到瓦莱里;另一条矿脉,是'通灵人'的矿脉,从波德莱尔到兰波,接着是一批寻求风险的新人。"①马塞尔·莱蒙的观点显然建立在瓦莱里的观察之上,不过是更精细、更准确了。

1987年,克洛德·毕舒阿和让·齐格勒在《波德莱尔》中以这样一句话:"恶运一直不离活着的波德莱尔,死去的波德莱尔却有着巨大的运气。"②开始了波德莱尔波诡云谲的生平和创作。所谓"运气",是说波德莱尔的创作已经成为经典,进入了人类文明的精神遗产,供后世人阅读和研究,并对人的精神世界产生了巨大的影响。

英国诗人 T.S.艾略特说,波德莱尔是"现代所有国家中诗人的最高楷模"③。

以波德莱尔的代表作《恶之花》论,今天距其诞生日已将近 150 年,期间世事沧桑,几不可辨,然而波德莱尔的影响却不绝如缕,绚烂之极趋于平淡,不知不觉中显出痕迹的深远。瓦莱里所谓"现代诗歌的形象"和"身后的受宠",可谓一语破的,道出了波德莱尔作为诗人的根本。

I 《恶之花》:厄运,厌倦,忧郁,深渊

《恶之花》是在 1857 年 6 月 25 日出现在巴黎的书店里的,在此之前,已经有过多年的积蓄和磨砺,惨白的小花零星地开放在"地狱的边缘",有预告说,未来的《恶之花》是由《累斯博斯女人》(女同性恋者)经

---

① 见马塞尔·莱蒙:《从波德莱尔到超现实主义·引言》,第11页,约瑟·科尔蒂出版社,1982年。
② 见克洛德·毕舒阿和让·齐格勒:《波德莱尔》,第9页,朱利亚出版社,1987年。
③ 转引自彼埃尔·布吕奈尔:《法国文学史》,包达斯出版社,1972年。

《边缘》变化来的,"意在再现现代青年的精神骚乱的历史"[①]。据说,《恶之花》这题目出自波德莱尔的记者朋友希波利特·巴布的建议。波德莱尔说过:"我喜欢神秘的或爆炸性的题目。"[②]先前的《累斯博斯女人》表明了同性恋的主题,作为题目具有爆炸性,颇能刺激读者的神经;《边缘》则透露了一个朦胧的世界,具有神秘性,很能引动读者的遐想;而《恶之花》则两者兼有,因"恶"而具爆炸性,因"花"而具神秘性,然而,这本神秘而具有爆炸性的书不但引起了普通读者的好奇,也引来了第二帝国政府的阴险恶毒的目光。《费加罗报》首先发难,说什么《恶之花》中"丑恶与下流比肩,腥臭跟腐败接踵",敦请司法当局注意。果然,《恶之花》很快受到法律追究,罪名有二:"亵渎宗教"和"伤风败俗"。诉讼的结果是:亵渎宗教的罪名未能成立,伤风败俗的罪名使波德莱尔被勒令删除6首诗(《首饰》、《忘川》、《给一个太快活的女郎》、《累斯博斯女人》、《该下地狱的女人》和《吸血鬼的化身》),并被罚款300法郎。四年之后,波德莱尔亲自编定出版了《恶之花》的第二版,删除了6首诗,增加了35首诗,并且重新做了安排,其顺序如下:《忧郁和理想》、《巴黎风貌》、《酒》、《恶之花》、《反抗》和《死亡》。《恶之花》的再版本(1861)获得了极大的成功。他被看作一个诗派的首领,有人恭维他,有人嫉妒他,他在文学界的地位牢固地树立起来了。

从18世纪末到19世纪中,欧洲资产阶级文学中出现了一群面目各异却声气相通的著名主人公,他们是歌德的维特、夏多布里昂的勒内、贡斯当的阿道尔夫、塞南古的奥伯尔曼、拜伦的曼弗雷德等等。他们或是要冲决封建主义的罗网,追求精神与肉体的解放,或是忍受不了个性和社会的矛盾而遁入寂静的山林或是因心灵的空虚和性格的软弱

[①] 转引自克洛德·毕舒阿为伽利马版《恶之花》(1972)所写的引言,第12页。
[②] 见《波德莱尔书信集》第一卷,第378页,伽利马出版社,1973年。

而消耗了才智和毁灭了爱情,或是要追求一种无名的幸福而在无名的忧郁中呻吟,或是对知识和生命失去希望而傲世离群,寻求遗忘和死亡。他们的思想倾向或是进步的、向前的,或是反动的、倒退的,或是二者兼有而呈现复杂状态的,但是他们有一个一脉相承和一种息息相通的心理状态:忧郁,孤独,无聊,高傲,悲观,叛逆。他们都是顽强的个人主义者,都深深地患上了"世纪病"。"世纪病"一语是1830年以后被普遍采用的,用以概括一种特殊的、具有时代特色的精神状态,那就是一代青年在"去者已不存在,来者尚未到达"这样一个空白或转折的时代所感到的一种"无可名状的苦恼"①,这种苦恼源出于个人的追求和世界的秩序之间的尖锐失谐和痛苦对立。这些著名主人公提供了不同的疗治的办法,或自杀,或浪游,或离群索居,或遁入山林,或躲进象牙塔,或栖息温柔乡……在这一群著名人物的名单上,我们发现又增加了一个人,他没有姓名,但他住在巴黎,他是维特、勒内、阿道尔夫、奥伯尔曼、曼弗雷德等人精神上的兄弟。他也身罹世纪病,然而,他生活在一个新的时代里,或者由于他具有超乎常人的特别的敏感,他又比他们多了点什么。如果说"资本来到世间,从头到脚,每个毛孔都滴着血和肮脏的东西"②的话,那么,当它站稳了脚跟,巩固了自己的胜利,开始获得长足的发展的时候,那"血和肮脏的东西"便以恶的形式发展到了登峰造极的地步。《恶之花》中的诗人比他的前辈兄弟们多出的东西,就是那种清醒而冷静的"恶的意识",那种正视恶、认识恶、描绘恶的勇气,那种"挖掘恶中之美"、透过恶追求善的意志。

他的兄弟们借以活动的形式是书信体的小说、抒情性的日记、自传体的小说,或哲理诗剧,而在他,却是一本诗集。不过,那不是一般

---

① 见缪塞:《一个世纪儿的忏悔》,人民文学出版社。
② 见《马克思恩格斯选集》第二卷,第256页。

的、若干首诗的集合,而是一本书,一本有逻辑、有结构、浑然一体的书。

　　结构,作为《恶之花》的支撑,不仅为评论家所揭示,也为作者波德莱尔本人的言论所证实。《恶之花》出版后不久,评论家巴尔贝·多尔维利应作者之请,写了一篇评论。评论中说,诗集"有一个秘密的结构,有一个诗人有意地、精心安排的计划",如果不按照诗人安排的顺序阅读,诗的意义便会大大削弱①。此论一出,一百多年来,或许有人狭隘地将《恶之花》归结为作者的自传,却很少有人否认这"秘密的结构"的存在。其实,这结构也不是"秘密的",从作者对诗集的编排就可以见出。《恶之花》中的诗并不是按照写作年代先后排列的,而是根据内容分属于六个诗组,各有标题。这样的编排有明显的逻辑,展示出一种朝着终局递进的过程,足见作者在安排配置上很下了一番功夫。波德莱尔在给他的出版人的信中,曾经要求他和他"一起安排《恶之花》的内容的顺序"②。他在给辩护律师的辩护要点中两次强调对《恶之花》要从整体上进行判断③。他后来在给维尼的一封信中明确地写道:"我对于这本书所企望得到的唯一赞扬就是人们承认它不是单纯的一本诗集,而是一本有头有尾的书。"④结构的有无,不仅仅关系到在法庭上辩护能否成功(实际上,强调结构并未能使《恶之花》逃脱第二帝国的法律的追究),而是直接地决定着《恶之花》能否塑造出一个活生生的抒情主人公的形象。

　　一百多年来的批评史已经证明,波德莱尔得到了他所企望的赞扬,《恶之花》是一本有头有尾的书。精心设计的结构,使《恶之花》中的诗

---

① 见《波德莱尔全集》第一卷,第 1191 页。
② 见 1856 年 9 月 9 日,波德莱尔致布莱-马拉西书。
③ 见《波德莱尔全集》第一卷,第 193—195 页。
④ 见 1861 年 12 月 16 日,波德莱尔致维尼书。

人不仅仅是一声叹息,一曲哀歌,一阵呻吟,一腔愤懑,一缕飘忽的情绪,而是一个形象,一个首尾贯通的形象,一个血肉丰满的人的形象。他有思想,有感情,有性格,有言语,有行动;他有环境,有母亲,有情人,有路遇的过客;他有完整的一生,有血,有泪,有欢乐,有痛苦,有追求,有挫折……他是一个在具体的时空、具体的社会中活动的具体的人。自然,这不是一个普通的人,而是一位诗人,一位对人类的痛苦最为敏感的诗人。

《恶之花》最终的版本(1861)打乱了诗的写作年代,按照诗人的精神历程呈现出如下的结构:

第一部分,名为《忧郁和理想》,从第 1 首到第 85 首,诗人以极大的耐心和冷静的残忍描述了他在理想与忧郁之间的挣扎:美和健康是他的渴望,然而他却深陷于每日的折磨与痛苦,他把这种折磨与痛苦称作"厌倦"、"厄运"、"忧伤",统而言之,是"忧郁"。"忧郁"一语,波德莱尔用的是英文词 spleen,含有"意气消沉"的意思,与法文词 la mélancolie 同义。虽然含义相同,但是用了一个英文词必然在读者眼中产生惊奇感,从而留下一个更深刻、更具体的印象。忧郁(le spleen)概括了一种精神和肉体的痛苦,波德莱尔在《恶之花》出版后不久,给他的母亲写了一封信,说:"我所感到的,是一种巨大的气馁,一种不可忍受的孤独感,对于一种朦胧的不幸的永久的恐惧,对自己的力量的完全的不信任,彻底地缺乏欲望,一种随便寻求什么消遣的不可能……我不断地自问:这有什么用?那有什么用?这是真正的忧郁的精神。"[①]波德莱尔用的正是这个英文词:le véritable esprit de spleen,罗贝尔·维维埃对此有极精细的分析:"它比忧愁更苦涩,比绝望更阴沉,比厌倦更尖锐,而它又可以说是厌倦的实在的对应。它产生自一种渴望绝对的思想,这种思

---

① 见波德莱尔 1857 年 12 月 30 日致母亲书。

想找不到任何与之相称的东西,它在这种破碎的希望中保留了某种激烈的、紧张的东西。另一方面,它起初对于万事皆空和生命短暂具有一种不可缓解的感觉,这给了它一种无可名状的永受谴责和无可救药的瘫痪的样子。忧郁由于既不屈从亦无希望而成为某种静止的暴力。"①实际上,波德莱尔的忧郁,是一个人被一个敌对的社会的巨大力量压倒之后,所产生的一种万念俱灰却心有不甘的复杂感觉。要反抗这个社会,他力不能及,要顺从这个社会,他于心不愿;他反抗了,然而他失败了。他不能真正融入这个社会,他也不能真正地离开这个社会。他的思想和行动始终是脱节的,这是他的厌倦和忧郁的根源所在。

第二部分,题为《巴黎的忧郁》,从第86首到第103首,如果说波德莱尔已经展示出一条精神活动的曲线的话,现在他把目光投向了外部的物质世界,投向了他生活的环境——巴黎,这个"拥挤的城市,充满梦幻的城市"。他打开了一幅充满敌意的资本主义大都会的丑恶画卷,同时也展示了种种怪异奇特的场面。诗人像太阳"一样地降临到城内,让微贱之物的命运变得高贵"(《太阳》)。他试图静观都市的景色,倾听人语的嘈杂,远离世人的斗争,"在黑暗中建筑我仙境的华屋"(《风景》)。然而,诗人一离开房门,就看见一个女乞丐,她的美丽和苦难形成鲜明的对比,她任人欺凌的命运引起诗人深切的同情(《给一位红发女乞丐》)。诗人在街上徜徉,一条小河让他想起流落在异乡的安德洛玛刻,一只逃出樊笼的天鹅更使他想起一切离乡背井的人,诗人的同情遍及一切漂泊的灵魂(《天鹅》)。诗人分担他们的苦难,不仅想象天鹅向天空扭曲着脖子是"向上帝吐出它的诅咒",而且还看到被生活压弯了腰的老人眼中射出仇恨的光。在这"古老首都曲曲弯弯的褶皱里",那些瘦小的老妇人踽踽独行,在寒风和公共马车的隆隆声中瑟瑟发抖(《小

---

① 见罗贝尔·维维埃:《波德莱尔的独特性》,第108—109页,巴黎书的复兴出版社。

老太婆》),而那些盲人则"阴郁的眼睛不知死盯着何处(《盲人》)。夜幕降临,城市出现一片奇异的景象,对于不同的人来说,同一个夜又是多么地不同:恶魔鼓动起娼妓、荡妇、骗子、小偷,让他们在污泥浊水的城市中蠕动"(《薄暮冥冥》)。诗人沉入梦境,眼前是一片"大理石、水、金属"的光明世界,然而,当他睁开双眼,却又看见"天空正在倾泻黑暗,世界陷入悲哀麻木"(《巴黎的梦》)。当巴黎从噩梦中醒来的时候,卖笑的女人、穷家妇、劳动妇女、冶游的人、种种色色的人都以不同的方式开始了新的一天,鸡鸣,雾海,炊烟,号角,景物依旧是从前的样子,然而一天毕竟是开始了,那是一个劳动的巴黎。然而,劳动的巴黎,在波德莱尔的笔下,却是一座人间的地狱,罪恶的渊薮。巴黎的漫游以次日的黎明作结。

第三部分,题为《酒》,从第 104 首到第 108 首,写的是麻醉和幻觉。那用苦难、汗水和灼人的阳光做成的酒,诗人希望从中产生出诗,"飞向上帝,仿佛一朵稀世之花"(《酒魂》)。拾破烂的人喝了酒,敢于藐视第二帝国的侦探,滔滔不绝地倾吐胸中的郁闷,表达自己高尚美好的社会理想,使上帝都感到悔恨(《醉酒的拾破烂者》)。酒可以给孤独者以希望、青春、生活和可以与神祗比肩的骄傲(《醉酒的孤独者》),而情人们则在醉意中飞向梦的天堂(《醉酒的情人》)。然而,醉意中的幻境毕竟是一座"人造的天堂",诗人只做了短暂的停留,便感到了它的虚幻。醉梦提供了虚假的解放和自由,诗人从此距离"失乐园"愈来愈远。

第四部分,题为《恶之花》,从第 109 首到第 117 首,诗人深入到人类的罪恶中去,到那盛开着恶之花的地方去探险,那地方不是别处,正是人类的灵魂深处。他揭示了魔鬼如何在人的身旁蠢动,化做美女,引诱人们远离上帝的目光,而对罪恶发生兴趣(《毁灭》)。他以有力而冷静的笔触描绘了一具身首异处的女尸,创造出一种充满着变态心理的触目惊心的氛围(《殉道者》),以厌恶的心情描绘了一幅令人厌恶的图画。变态的性爱(同性恋)在诗人笔下,变成了一曲交织着快乐和痛苦的哀歌(《该下地狱的女人》)。放荡的结果是死亡,它们是"两个可爱的姑娘",给人以"可怕的快乐以及骇人的温情"(《两个好姐妹》)。身处罪恶深渊的诗人感到血流如注,却摸遍全身也找不到创口,只感到爱情是"针毡一领,铺来让这些残忍的姑娘狂饮"(《血泉》)。诗人在罪恶之国漫游,得到的是变态的爱,绝望,死亡,对自己沉沦的厌恶。美,艺术,爱情,沉醉,逃逸,一切消弭痛苦的企图均告失败,"每次放荡之后,总是更觉得自己孤独,被抛弃"。于是,诗人反抗了,反抗那个给人以空洞的希望的上帝。

第五部分,题为《反抗》,从第 118 首到第 120 首,诗人曾经希望人世的苦难都是为了赎罪,都是为了重回上帝的怀抱而付出的代价,然而上帝无动于衷。上帝是不存在,还是死了?诗人终于像那只天鹅一样,"向上帝吐出它的诅咒"。他指责上帝是一个暴君,酒足饭饱之余,竟在人们的骂声中酣然入睡。人们为享乐付出代价,流了大量的血,上天仍不满足。上帝许下的诺言一宗也未实现,而且并不觉得悔恨(《圣彼埃尔的背弃》)。诗人让饱尝苦难、备受虐待的穷人该隐的子孙"升上天宇,把上帝扔到地上来"(《亚伯和该隐》)。他祈求最博学、最美的天使撒旦可怜他长久的苦难,他愿自己的灵魂与战斗不止的反叛的天使在一起,向往着有朝一日重回天庭(《献给撒旦的悼文》)。人终于尝遍种种的诱惑和厌恶失败的企图,而放纵于精神的诅咒和灵魂的否定。

第六部分,题为《死亡》,从第 121 首到第 126 首,诗人历尽千辛万苦,最后在死亡中寻求安慰和解脱。恋人们在死亡中得到了纯洁的爱,两个灵魂像两支火炬发出一个光芒(《恋人之死》)。穷人把死亡看作苦难的终结,他们终于可以吃、可以睡、可以坐下了(《穷人之死》)。艺术家面对理想的美无力达到,希望死亡"让他们的头脑开放出鲜花"(《艺术家之死》);但是,诗人又深恐一生的追求终成泡影,"帷幕已经拉起,我还在等待着",舞台上一片虚无,然而人还怀着希望(《好奇者的梦》)。

死亡仍然不能解除诗人的忧郁,因为他终究还没有彻底地绝望。诗人以《远行》这首长达144行的诗回顾和总结了他的人生探险。无论追求艺术上的完美,还是渴望爱情的纯洁,还是厌恶生活的单调,还是医治苦难的创伤,人们为摆脱忧郁而四处奔波,到头来都以失败告终,人的灵魂依然故我,恶总是附着不去,在人类社会的旅途上,到处都是"永恒罪孽之烦闷的场景",人们只有一线希望:到那遥远的深渊里去"发现新奇"。"新奇"是什么?诗人没有说。诗人受尽痛苦的煎熬,挣扎了一生,最后仍旧身处泥淖,只留下这么一线微弱的希望,寄托在"未知世界之底"。

波德莱尔的世界是一个阴暗的世界,一个充满着灵魂搏斗的世界,他的恶之花园是一个形容惨淡的花园,一个豺狼虎豹出没其间的花园,然而,在凄风苦雨之中,也时有灿烂的阳光漏下;在狼奔豕突之际,也偶见云雀高唱入云。那是因为诗人身在地狱,心向天堂,忧郁之中,有理想在呼唤。诗人从未停止追求,纵使"稀稀朗朗",那果实毕竟是红色的,毕竟是成熟的,含着希望。正是在失望与希望的争夺中,我们看到了一个有血有肉的人在挣扎。

II 象征主义:人心的底层

波德莱尔使法国浪漫主义恢复了青春。他深入到浪漫主义曾经探索过的未知世界的底层,在那里唤醒了一个精灵,这精灵日后被称作象征主义。

有论者说:"象征主义就在浪漫主义的核心之中。"[①]它曾在拉马丁、雨果、维尼等人的诗篇中透出过消息,曾在杰拉尔·奈瓦尔的梦幻

---

① 彼埃尔·莫罗语,转引自纪·米寿:《象征主义的诗信息》,第26页,1947年,尼才出版社。

中放出过光彩,更曾在德国浪漫派诗人诺瓦里斯的追求中化作可望而不可即的"蓝色花"。然而,处在浪漫主义核心中的象征主义毕竟还只是"潜在的和可能的","为了获得真正的象征的诗,还必须有更多的东西:一种新的感觉方式,真正地返回内心,这曾经使德国浪漫派达到灵魂的更为隐秘的层面。因此,需要有新的发现,为此,简单的心的直觉就不够了,必须再加上对我们的本性的极限所进行的深入的分析"①。所以,诗人要"真正地返回内心",就不能满足于原始的感情抒发或倾泻,而要将情绪的震颤升华为精神的活动,进行纯粹的甚至抽象的思索,也就是"分析"。这种分析,在波德莱尔做起来,就是肯定了人的内心所固有的矛盾和冲突,即:"在每一个人身上,时时刻刻都并存着两种要求,一个向着上帝,一个向着撒旦。祈求上帝或精神是向上的意愿;祈求撒旦或兽性是堕落的快乐。"②他发现并深刻地感觉到,高尚与卑劣之间有着密切的联系,无意识和向上的憧憬有着同样紧迫的要求。这种深刻的感觉,马塞尔·莱蒙将其界定为"对精神生活的整体性的意识",并且认为这是波德莱尔的诗的"最重要的发现之一"③。这就是说,波德莱尔是有意识地寻求解决人的内心矛盾冲突的途径,也就是说他要"到未知世界之底去发现新奇",与已知的现实世界的丑恶相对立的"新奇"。这"新奇"天上有,地下有,梦中亦有,要紧的是离开这个世界,哪怕片刻也好。他的所谓"人造天堂"其实是有意识地促成的一种梦境,起因于鸦片,起因于大麻,起因于酒,都不重要,重要的是创造一个能够加以引导的梦境。"象征主义首先是梦进入文学。"④波德莱尔也曾指出:"梦既分离瓦解,也创造新奇。"⑤所谓"新奇",实际上就是人

---

① 纪·米寿:《象征主义的诗信息》,第 27 页。
② 《波德莱尔全集》,第一卷,第 682—683 页。
③ 马塞尔·莱蒙:《从波德莱尔到超现实主义》,第 18 页,科尔蒂书局,1982 年。
④ 亚历山大·布瓦扎语,转引自纪·米寿:《象征主义的诗信息》。
⑤ 《波德莱尔全集》第二卷,第 15 页。

世间的失谐、无序、混乱和黑暗的反面。对于感觉上麻木的世人来说,这新奇是可怕的;对于精神上懒惰的世人来说,这寻觅新奇的精神冒险也是可怕的。然而诗人是无畏的,他的勇气来自构筑人间天堂的强烈愿望和非凡意志。虽然梦境不能长久,但诗人必须尽力使之延续,他靠的是劳动和技巧,精神的劳动使他痛苦的灵魂摆脱时空的束缚,超凡入圣,品尝没有矛盾没有冲突的大欢乐;艺术的技巧使他将这大欢乐凝固在某种形式之中,实现符号和意义的直接结合以及内心生活、外部世界和语言的三位一体,于是,对波德莱尔来说,"一切都有了寓意"[1]。经由象征的语言的点化,"自然的真实转化为诗的超真实",这是波德莱尔作为象征主义的缔造者的重要标志之一。波德莱尔实际上是把诗等同于存在,在他看来,真实的东西是梦境以及他们的想象所创造的世界,这种梦境与现实的对立正是人心中两种要求相互冲突的象征。

梦境的完成需要想象力的解放,而想象力的解放则依赖语言的运用,因为波德莱尔实际上认为,语言不仅仅是一种工具,也同时是一种目的,语言创造了一个世界,或者说,语言创造了"第二现实"[2]。这里的语言自然不是人们日常生活中仅仅用于交流的语言,而是诗的语言,是用于沟通可见之物和不可见之物、梦境与现实、人造天堂和人间地狱之间的语言。这样的语言是诗人通过艰苦的劳动才创造出来的语言,因此波德莱尔说:"在字和词中有某种神圣的东西,巧妙地运用一种语言,就是实行某种富于启发性的巫术。"[3]同时,他还有"招魂,神奇的作用"、"暗示的魔法"、"应和"等相近的说法。这一切自然与当时流行的神秘学(占星术、炼金术等)有着深刻的联系,但就其实质来说,则是表达了波德莱尔的诗歌观念,正如瑞士批评家马克·艾杰尔丁格指出的

---

[1] 见《天鹅》(二)。
[2] 《波德莱尔全集》第二卷,第 693 页。
[3] 同上,第 690 页。

那样:"波德莱尔和奈瓦尔一起,但在兰波之前,在法国最早将诗理解为'语言的炼金术',一种神奇的作用和一种转化行为,此种转化行为类似于炼金术中的嬗变。"①

诗所以为诗,取决于语言。波德莱尔从应和论出发,痛切地感觉到语言和他要表达的意义之间的距离。所谓"文不逮意",并不总是对语言的掌握不到家,有些情境,有些意韵,有些感觉,确乎不可言传,得寻别的途径。然而就诗来说,这别的途径仍然不能出语言的范围,所谓"语言炼金术",正表达了象征主义诗人们在语言中寻求"点金石"的强烈愿望。波德莱尔既然要探索和表现事物之间非肉眼、非感觉所能勘破的应和与一致的关系,就不能不感觉到对这种点金石的迫切需要。结果,他摒弃了客观地、准确地描写外部世界的方法,去追求一种"富于启发性的巫术",以便运用一种超感觉的去认识一种超自然的本质,他所使用的术语有着浓厚的神秘主义色彩,然而他所要表达的内容却并不神秘。他所谓的"超自然主义",指的是声、色、味彼此沟通,彼此应和,生理学和心理学已经证明,这并非一种超感觉、超自然的现象,而是一种通感现象(la synesthésie),在他之前已反映在许多作家的作品中了。波德莱尔的创新之处,他把这种现象在诗创作中的地位提高到空前未有的高度,成为他写诗的理论基础。因此,他虽然也使用传统的象征手段,但象征在他那里,除了修辞的意义以外,还具有本体的意义,因为世界就是一座"象征的森林"。他的十四行诗《应和》,被称为"象征派的宪章",内容非常丰富,影响极为深远:

---

① 《波德莱尔全集》第二卷,第 957 页。

自然是座庙宇,那里活的柱子
有时说出了模模糊糊的话音,
人从那里过,穿越象征的森林,
森林用熟识的目光将他注视。

如同悠长的回声遥遥地汇合
在一个混沌深邃的统一体中,
广大浩漫好像黑夜连着光明——
芳香、颜色和声音在互相应和。

有的芳香新鲜若儿童的肌肤,
柔和如双簧管,青翠如绿草场,
——别的则朽腐、浓郁、涵盖了万物,

像无极无限的东西四散飞扬,
如同龙涎香、麝香、安息香、乳香
那样歌唱精神和感觉的激昂。

所以,象征并不是诗人的创造,而是外部世界的固有之物,要由诗人去发现、感知、认识和表现,正如象征派诗人梅特林克所说:"象征是大自然的一种力量,人类精神不能抗拒它的法则。"他甚至进一步指出:"诗人在象征中应该是被动的,最纯粹的象征也许是在他不知道的情况下产生的,甚至与他的意图是相悖的……"[1]因此,我们不难理解为什么波德莱尔要把想象力当作"各种功能的王后",当作引导诗人在黑暗中前进的"火炬"。想象力在浪漫派诗人那里,是意境和感情的装饰品,而在波德莱尔看来,想象力则是一种有血有肉、有具体结果的创造力。所

---

[1] 引自儒勒·雨莱:《关于文学演变的调查》,第124页,托特出版社,1984年。

谓"富有启发性的巫术",其实就是运用精心选择的语言,在丰富而奇特的想象力的指引下,充分调动暗示联想等手段,创造出一种象征性的意境,来弥合有限和无限、可见之物和不可见之物之间的距离,或者说,寓无限于有限,创造一种"缩小的无限"①,试图在可见的物体上看到不可见的世界,赋予事物的联系一种更广泛更普遍的意义。

波德莱尔在《天鹅(二)》中写道:"一切都有了寓意。"他在诗中追求的正是这种"寓意"(l'allégorie),但是,他所说的寓意并非传统的含有道德教训的那种讽喻,而是通过象征所表现出来的灵性(la spiritualité)。所谓灵性,其实就是思想。诗要表现思想,这是对专重感情的浪漫派唱了反调,这也是波德莱尔对象征主义诗歌的一大贡献。波德莱尔的诗歌富于哲理,就是由此而来。而所谓哲理,并不是诗人从某位哲学家那里贩来硬加在诗中的,相反,他必须在生活本身之中挖掘和提炼。波德莱尔在日记中写道:"在某些近乎超自然的精神状态中,生命的深层在人们所见的极平常的场景中完全显露出来。此时这场景便成为象征。"②这就意味着,某种思想,某种哲理,可以从日常生活的平凡中汲取形象,通过象征的渠道披露人生的底蕴。从《恶之花》中我们可以看出,波德莱尔很少直接书写自己的感情,他总是围绕着一个思想组织形象,即使在某些偏重描写的诗中,也往往由于提出了某种观念而改变了整首诗的含义,例如最为人诟病的《腐尸》,从纤毫毕露、催人作呕的描绘一变而为红粉骷髅论,再变而化腐朽为神奇,指出精神的创造物永存。对此,让—彼埃尔·里夏尔有过极好的概括:"在《腐尸》这首诗中,对于精神能力的肯定最终否定了腐朽,这种精神能力始终在自身中保留着腐朽肉体的'形式和神圣本质':肉体尽可以发霉、散落和毁灭,

---

① 《波德莱尔全集》,第一卷,第 696 页。
② 同上,第 659 页。

但其观念继续存在,这是一种牢不可破的、永恒的结构。"①

瓦莱里在《波德莱尔的地位》一文中指出,波德莱尔是最早对音乐感到强烈兴趣的法国作家之一。他还引用自己写过的文字,对象征主义做了著名的界定:"被称作象征主义的那种东西可以简单地概括为好几族诗人想从音乐那里收回他们的财富这种共同的意愿。"②这里的"收回"一词大有深意。诗与音乐本来就有不解之缘,富有旋律美和节奏美的诗人代不乏人,浪漫派诗人中就有拉马丁、雨果、戈蒂耶等。象征主义要从音乐那里收回的财富的清单还要长得多。波德莱尔曾经为《恶之花》草拟过好几份序言,其中有一份提纲表明,他试图说明诗如何通过某种古典理论未曾说明的诗律来使自己和音乐联系在一起,而这种诗律的"根更深地扎入人的灵魂"。他在其中写道:"诗的语句可以模仿(这里它与音乐艺术和数学科学相通)水平线、上升的直线和下降的直线;它可以一气笔直地升上天空,或者垂直地迅速下到地狱;它可以随着螺旋动,画出抛物线或者表现重叠的角的锯齿形的线。"③这种"诗律"也许就是象征主义要从音乐那里索回的主要财富。波德莱尔的诗固然不乏"音色的饱满和出色的清晰"、"极为纯净的旋律线和延续得十分完美的音响",然而使之走出浪漫主义的低谷的却是"一种灵与肉的化合,一种庄严、热烈与苦涩、永恒和亲切的混合,一种意志与和谐的罕见的联合"④。可以推想,当瓦莱里写下"化合"(une combinaison)、"混合"(un mélange)以及"联合"(une alliance)这几个词的时候,他一定想到了音乐,想到了音乐不靠文字仅凭音响就能够发出暗示、激起联想、创造幻境的特殊功能。这恰恰是波德莱尔的诗的音乐性的精义所在。

---

① 让-彼埃尔·里夏尔:《诗与深度》,第136页,瑟伊出版社,1955年。
② 保尔·瓦莱里:《杂谈》第二卷,第153页,伽利马出版社,1930年。
③ 《波德莱尔全集》第一卷,第183页。
④ 保尔·瓦莱里:《杂谈》第二卷,第152、150页。

波德莱尔试图摒弃描写,脱离合乎逻辑的观念演绎,某种特殊的感觉并且据此和谐地组织意象,最终获得一种内在的音乐性。他的许多富于音乐性的诗,如《邀游》、《秋歌》、《阳台》、《恋人之死》、《颂歌》、《沉思》等,都不止于音调悦耳,韵律和畅。特别是题为《黄昏的和谐》的那一首,更被誉为"满足了象征派的苛求":"通过诗重获被音乐夺去的财富。"①

总之,自波德莱尔之后,特别是1886年象征主义成为一次文学运动之后,站在象征主义这面大旗下面的诗人虽然面目各异,却也表现出某些共同的倾向。例如,在基本理论方面,他们都认为世界的本质隐藏在万事万物的后面,诗人处于宇宙的中心,具有超人的视力,能够穿透表面的现象,洞察人生的底蕴,诗人的使命在于把他看到的东西破译给世人;诗人不应该跟在存在着的事物后面亦步亦趋,恰正相反,是精神创造世界,世界的意义是诗人赋予的,因此,物质世界和精神世界之间存在着一种深刻的统一性,一切都是互相应和的,可以转换的。在诗歌的表现对象上,他们大多是抒写感觉上的震颤而从不或极少描写,也不刻画人物形象,甚至也不涉及心理活动的过程。他们要表现的永远是一种感觉,抽象的、纯粹的感觉,一种脱离了(并不是没有)本源的情绪。诗人力图捕捉的是他在一件事一个物面前所产生的感觉上的反应,而将事和物隐去。有人说,象征主义的作品其大半是写在作者头脑中的,写在纸上的只是其一小半,只是其结果。象征主义诗人对事物的观察、体验、分析、思考都是在他拿起笔之前就完成了的,所写下的往往只是一记心弦的颤动、一缕感觉的波纹、一次思想的闪光,其源其脉,都要读者根据诗人的暗示自己去猜想,而诗人也认为他们是能够猜得到的。因此,个人受到的压抑,心灵的孤独,爱情的苦恼,对美的追求,对光明

---

① 《波德莱尔全集》第一卷,第920页编者注。

的向往，对神秘的困惑，这些浪漫派诗歌中经常出现的主题，虽然也常出现在象征派诗人的笔下，却因诗歌观念和表现手法的不同而呈现出别一种面貌。在表现手法上，他们普遍采用的是象征和暗示，以及能激发联想的音乐感。象征在他们那里具有本体的意义，近乎神话的启示。象征派诗人很少做抽象玄奥的沉思冥想，总是借助于丰富的形象来暗示幽微难明的内心世界。形象也往往模糊朦胧，只有诗人的思想是高度清晰的。与此同时，他们都非常重视词语的选择，甚至认为词语创造世界。很明显，上述的一切，我们都可以在《恶之花》中找到最初的那一滴水。

Ⅲ 当代生活：美的现代性

伊夫·瓦岱教授在1998年于北京大学做的讲座中指出："波德莱尔是第一个使现代性成为一个具有普遍意义的概念的人。他借助一种帕斯卡尔式的逆反程式，将浪漫主义者们眼中的失望现时——在历史条件没有发生根本变化的条件下——转变成了一种英雄现时。没有人比波德莱尔对他那个时代的人所面对的脱胎换骨的生存状况，对这个身穿黑色礼服经常给别人'送葬'的人，对这'数千条穿梭在一个大都市地下隧道里的漂流不定的生命'，对他从1846年起称之为'现代生活的英雄主义'感触更深。对《1846年的沙龙》的作者来说，正是现代人所面对的悲惨现时变成了现代人的伟大的标志。这种逆反关系使得波德莱尔的现代性区别于浪漫主义的现代性，并获得了它的独立地位。"①

什么是浪漫主义者眼中的"悲惨现时"？什么是波德莱尔的"英雄

---

① 伊夫·瓦岱：《文学与现代性》，北京大学出版社，2001年，第41页。

现时"？根据法国当代批评家维克多·布隆维尔的说法①，法国的浪漫主义有四个基本的主题：孤独，或被看作痛苦，或被看作赎罪的途径；知识，或被当成快乐和骄傲的根源，或被当成一种祸患；时间，或被看作未来的动力，或被看作解体和毁灭的原因；自然，或被当成和谐与交流的许诺，或被当成敌对的力量。波德莱尔保留了这些基本主题，但是几乎都是在反题中加以发掘和展开的，例如孤独感、流亡感、深渊感、绝望感、流逝的时光、被压抑的个性及其反抗、对平等、自由、博爱的渴望、社会和群众对诗人的误解，等等。1862年1月12日，波德莱尔发表了一首十四行诗，题为《浪漫派的夕阳》：

初升的太阳多么新鲜多么美，
仿佛爆炸一样射出它的问候！
怀着爱情礼赞它的人真幸福，
因为它的西沉比梦幻还光辉！

我记得！……我见过鲜花、犁沟、清泉，
都在它眼下痴迷，像心儿在跳……
快朝天边跑呀，天色已晚，快跑，
至少能抓住一缕斜斜的光线！

但我徒然追赶已离去的上帝；
不可阻挡的黑夜建立了统治，
黑暗，潮湿，阴郁，到处都在颤抖，
一股坟墓味儿在黑暗中飘荡，

---

① 维克多·布隆维尔：《福楼拜论福楼拜》，第123—124页，瑟伊出版社，巴黎，1971年。

>我两脚战战兢兢,在沼泽边上,
>不料碰到蛤蟆和冰凉的蜗牛。

这首诗清楚地表明了波德莱尔对浪漫主义运动的怀念,对文坛现状的鄙夷和他那种无可奈何却又极力想推陈出新的心情。果然,他在失望之余,对浪漫主义提出了崭新的理解。斯丹达尔曾经给浪漫主义下过一个著名的定义:"浪漫主义是为人民提供文学作品的艺术。这种文学作品符合当前人民的习惯和信仰,所以它可能给人民以最大的愉快。"[①]波德莱尔继续并深化了斯丹达尔的这种观念,认为:"对我来说,浪漫主义是美的最新近、最现时的表现。"所谓"最新近、最现时",就是当前人们的生活、社会的脉搏、时代的精神。因此,他认为,需要给浪漫主义灌注新的生命,关键并不在于主题的选择、地方的色彩、怀古的幽情、准确的真实,而在于"感受的方式",即新鲜的感受,独特的痛苦,对现代生活的敏感,即勇于挖掘和表现现代生活的"英雄气概"。他指出:"谁说浪漫主义,谁就是说现代艺术,——也就是说:各艺术包含的种种方法所表现的亲切、灵性、颜色、对无限的渴望。"因此,不能在外部找到浪漫主义,只能在内部找到它。[②]

现代艺术要表现"现代的美和英雄气概"。波德莱尔认为:"如同任何可能的现象一样,任何美都包含某种永恒的东西和某种过渡的东西,即绝对的东西和特殊的东西。绝对的、永恒的美不存在,或者说它是各种美的普遍的、外表上经过抽象的精华。每一种美的特殊的成分来自激情,而由于我们有我们特殊的激情,所以我们有我们的美。"他指出,现代生活具有一种特殊的美,这种美是一种"英雄气概":"上流社会的

[①] 斯丹达尔:《拉辛与莎士比亚》,第15页,王道乾译,上海译文出版社,1979年。
[②] 《波德莱尔全集》第二卷,第420页。

生活,成千上万飘忽不定的人——罪犯和妓女——在一座大城市的地下往来穿梭,蔚为壮观,《判决公报》和《箴言报》向我们证明,我们只要睁开眼睛,就能看到我们的英雄气概。"①在他看来,上流社会和底层社会在美的问题上是可以等量齐观的,它们都表现出一种"撒旦的美",一种古怪的美,一种奇异的美,一句话,"恶中之美"。波德莱尔的这种观点是一贯的,七年之后的1853年,他又写道:"构成美的一种成分是永恒的,不变的,其多少极难加以确定,另一种成分是相对的,暂时的,可以说它是时代、风尚、道德、情欲,或是其中一种,或是兼容并蓄。它像是神糕有趣的、引人的、开胃的表皮,没有它,第一种成分将是不能消化和不能品评的,将不能为人性所接受和吸收。"②波德莱尔真正的兴趣在于特殊美,即随着时代风尚而变化的美,既包括着形式,也包括着内容,他说:"黑衣和燕尾服不仅具有政治美,这是平等的表现,而且还具有诗美,这是公众的灵魂的表现;这是一长列殓尸人,政治殓尸人,爱情殓尸人,资产阶级殓尸人。我们都在举行某种葬礼。"所以,他问道:"这种多少次被当做牺牲的衣服难道不具有一种土生土长的美和魅力吗?难道不是我们这个痛苦的、在黑而瘦的肩上扛着永恒的丧事的时代所必需的一种服装吗?"③这样,他就断然抛弃了那种认为只有古代古人的生活才是美的观念,而为现代生活充当艺术作品的内容进行了有力的鼓吹。"有多少种追求幸福的习惯方式,就有多少种美","每个民族都拥有自己的美和道德的表现"④,这就是波德莱尔的结论。因此,巴黎的生活,现时的生活,对波德莱尔来说,洋溢着英雄气概,充满着美,而巴黎的生活主要的不是表面的、五光十色的豪华场面,而是底层的、

---

① 《波德莱尔全集》第二卷,第420页。
② 同上,第685页。
③ 同上,第427页。
④ 同上,第419页。

充斥着罪犯和妓女的阴暗的迷宫,那里面盛开着恶之花。他认为,巴尔扎克笔下的人物:伏脱冷,拉斯蒂涅,皮罗托,是比《伊利亚特》中的英雄还要高大得多的人物;那个因发明被窃而破产的丰塔那莱斯,则"不敢向公众讲述""那些隐藏在我们大家都穿着的阴郁、紧紧箍在身上的燕尾服下面的痛苦";而"奥诺雷·德·巴尔扎克啊,您是您从胸中掏出来的人物中最具英雄气概、最奇特、最浪漫、最有诗意的人物"!① 波德莱尔有力地证明了,描写社会中丑恶的事物的作品不仅可以是激动人心的,而且在艺术上可以是美的,也就是说,"恶中之美"是值得挖掘的。所谓"发掘",指的是"经过艺术的表现……带有韵律和节奏的痛苦使精神充满了一种平静的快乐"②。有些人指责波德莱尔"以丑为美",这是没有根据的。他的美不表现为欢乐和愉快,而表现为忧郁、不幸和反抗,这正说明他的诗植根于现实生活之中,具有强烈的时代感。这种忧郁、不幸和反抗,正是他从现实的丑恶中发掘出来的美。我们可以说,波德莱尔强调的"特殊美"和"发掘恶中之美"这一思想与巴尔扎克的批判现实主义在精神上是一致的。

在法国,波德莱尔是第一个给"现代性"定义的人,他的定义完全是从美学的角度做出的,并不考虑它的时间性,也就是说,现代性并非只属于现代社会,历史上每个时代都有其现代性,它与人的主观性有关。他在 1863 年发表的《现代生活的画家》一文中这样描述画家贡斯当丹·居伊:"他就这样走啊,跑啊,寻找啊。他寻找什么? 肯定,如我所描写的这个人,这个富有活跃的想象力的孤独者,有一个比纯粹的漫游者的目的更高些的目的,有一个与一时的短暂的愉快不同的更普遍的目的。他寻找我们可以称为现代性的那种东西,因为再没有更好的词

---

① 《波德莱尔全集》第二卷,第 429 页。
② 同上,第 123 页。

来表达我们现在谈的这种观念了。对他来说,问题在于从流行的东西中提取出它可能包含着的在历史中富有诗意的东西,从过渡中抽出永恒。如果我们看一看现代画的展览,我们印象最深的是艺术家普遍具有把一切主题披上一件古代的外衣这样一种倾向。几乎人人都使用文艺复兴时期的式样和家具,正如大卫使用罗马时代的式样和家具一样。不过。这里有一个分别,大卫特别选用了希腊和罗马的题材,他不能不将它们披上古代的外衣;而现在的画家们选的题材一般说可适用于各种时代,但他们却执意要令其穿上中世纪、文艺复兴时期或东方的衣服。这显然是一种巨大的懒惰的标志,因为宣称一个时代的服饰中一切都是绝对的丑要比用心提炼它可能包含着的神秘的美(无论多么少、多么微不足道)方便得多。现代性就是过渡、短暂、偶然,就是艺术的一半,另一半是永恒和不变。每个古代画家都有一种现代性,古代留下来的大部分美丽的肖像都穿着当时的衣服。他们是完全协调的,因为服装、发型、举止、目光和微笑(每个时代都有自己的仪态、眼神和微笑)构成了全部生命力的整体。这种过渡的、短暂的、其变化如此频繁的成分,你们没有权利蔑视和忽略。如果取消它,你们势必要跌进一种抽象的、不可确定的美的虚无之中,这种美就像原罪之前的女人的那种美一样。如果你们用另一种服装取代当时必定要流行的服装,你们就会违背常理,这只能在流行的服饰所允许的假面舞会才可以得到原谅。"①由此可见,所谓现代性,在波德莱尔看来,就是"从流行的东西中提取出它可能包含着的在历史中富有诗意的东西,从过渡中抽出永恒";"现代性就是过渡、短暂、偶然,就是艺术的一半,另一半是永恒和不变"。美的两个部分并非平分秋色,现代性控制着古代性。

贡斯当丹·居伊是一位画家,一位风俗画家,经常使用的武器是速

---

① 《波德莱尔全集》第二卷,第 694—695 页。

写。他提供的有关战争编年史、隆重典礼和盛大节日、军人、车马、浪荡子、女人和姑娘等的画作,成为"文明生活的珍贵档案",为收藏家搜求寻觅。波德莱尔指出:"他到处寻找现实生活的短暂的、瞬间的美,寻找读者允许我们称之为现代性的特点。他常常是古怪的、狂暴的、过分的,但他总是充满诗意的,他知道如何把生命之酒的苦涩或醉人的滋味凝聚在他的画中。"①贡斯当丹·居伊"对全社会感兴趣,他想知道理解评价发生在我们这个地球表面上的一切"。他融入人群,带着康复的病人或儿童的"直勾勾的、野兽般的目光"看着哪怕是最平淡无奇的事物,非但如此,当别人都睡下的时候,他"却俯身在桌子上,用他刚才盯着各种事物的那种目光盯着一张纸,舞弄着铅笔、羽笔和画笔,把杯子里的水弄撒在地上,用衬衣擦拭羽笔。他匆忙、狂暴、活跃,好像害怕形象会溜走。尽管是一个人,他却吵嚷不休,自己推搡着自己。各种事物重新诞生在纸上,自然又超越了自然,美又不止于美,奇特又具有一种像作者的灵魂一样热情洋溢的生命。幻景是从自然中提炼出来的,记忆中拥塞着的一切材料进行分类、排队,变得协调,经受了强制的理想化,这种理想化出自一种幼稚的感觉,即一种敏锐的、因质朴而变得神奇的感觉"!② 波德莱尔笔下的贡斯当丹·居伊不仅喜欢融入人群,而且善于观察,并且勇于实践。所谓"现代性"并不是简单的现实生活中的东西,而是把"记忆中拥塞着的一切材料进行分类、排队,变得协调,经受了强制的理想化",这样才能超越自然,超越美,成为一种"奇特的美"、"古怪的美",也就是"恶中之美"。

现代社会中关于进步的观念是一种在当时争论十分激烈的观念,但是,波德莱尔"躲避它犹如躲避地狱",因为他觉得那是"一种很时髦

---

① 《波德莱尔全集》第二卷,第724页。
② 同上,第693—694页。

的错误"。正统的法国人认为,进步就是"蒸汽,电,煤气照明"等一切"罗马人不知道的奇迹",可是,波德莱尔认为,这些人"被那些动物至上和工业至上的哲学家们美国化了,以至于失去了区分物质世界和精神世界、自然界和超自然界的概念"。这表明,波德莱尔所承认的进步是发生在精神世界的事,是超自然界的事,与物质世界、自然界无关,他说:"如果一个民族今天在一种比上个世纪更微妙的意义上理解精神问题,这就是进步,这是很清楚的;如果一位艺术家今年产生出一件作品,证明他比去年有更高的技巧和想象力,他肯定是进步了;……。"进步的观念在想象的范围内就更是一种荒谬、骇人听闻的东西,波德莱尔就此提出了一种大胆而富有创见的观点:"在诗和艺术的领域内,启示者是很少有先行者的。任何繁荣都是自发的,个人的。西涅莱利果真是米开朗基罗的创造者吗?比鲁吉诺蕴涵着拉斐尔吗?艺术家只属于他自己,他答应给后世的只是他自己的作品。他只为自己作保。他无后而终。他是他自己的君主、他自己的教士和他自己的上帝。"[1]他的这种观点自然不是否定文学艺术的发展过程有一种传承的关系,而是强调并鼓励一种创新的个性,鼓励那些"前无古人、后无来者"的艺术家,如他所说:"没有个性,就没有美。"[2]

Ⅳ 想象力——"各种能力的王后"

波德莱尔基于对世界的统一性和相似性的认识,特别重视想象力的作用,把它看作应和现象的引路人和催化剂:"是想象力告诉颜色、轮廓、声音、香味所具有的精神上的含义"[3]。他所以对雨果颇有微词而

---

[1] 《波德莱尔全集》第二卷,第581页。
[2] 同上,第579页。
[3] 同上,第621页。

对德拉克洛瓦赞扬有加,是因为他认为雨果"作为一个创造者来说,其灵巧远胜于创造,他在很大程度上是个循规蹈矩的匠人,而非创造者";德拉克洛瓦则不然,他"有时是笨拙的,但他本质上是个创造者"①;这其中的差别,就是想象力的有无和多寡。

在古希腊的文艺理论中,想象力是一个不受重视的概念,亚里士多德的《诗学》中竟没有一个字谈到它,而在《修辞学》中只有一句简单的话:"想象就是萎褪了的感觉。"②可是这句话居然成了17世纪经验派哲学家的重要论据。公元一世纪中期的希腊人阿波罗尼阿斯独树一帜,高度评价想象力:"(想象)造作了那些艺术品,它的巧妙和智慧远远超过模拟。模仿只会仿制它所见到的事物,而想象连它没有见过的事物也能创造,因为它能从现实里推演出理想。"③后世古典主义基本上在"忽视"与"重视"之间依违摇摆,一方面承认想象是文艺创作的主要特征,另一方面又贬斥想象是理智的仇敌,是正确认识事物的障碍,将其归于错觉和疯狂一类,例如帕斯卡尔就说:"想象——这是人性里欺骗的部分,是错误和虚诞的女主人;正因为它偶尔老实,所以它尤其刁滑。"④17到18世纪,想象的地位已经渐渐提高,英国散文家爱迪生说:"一个伟大的作家必须天生有健全和壮盛的想象力,才能从外界的事物取得生动的观念,把这些观念长期保留,及时把它们组合成最能打动读者想象的辞藻和描写。诗人应该费尽苦心培养自己的想象力,正好比哲学家应当费尽苦心去培养自己的理解力。"⑤尤其是18世纪的意大利人维柯,认为诗歌完全出于"想象",而哲学完全出于理智,两者不但分庭抗礼,而且彼此视为仇敌,他说:"诗只能用狂放淋漓的兴会

---

① 《波德莱尔全集》,第431页。
② 《外国理论家作家论形象思维》,第8页,中国社会科学出版社,1979年。
③ 同上,第9页。
④ 同上,第16页。
⑤ 同上,第24页。

来解释，它只遵守感觉的判决，主动地模拟和描绘事物、习俗和情感，强烈地用形象把它们表现出来而活泼地感受它们。""推理力愈薄弱，想象力就愈雄厚。……诗的性质决定了任何人不能既是大诗人，又是大哲学家，因为哲学把心灵从感觉里抽拔出来，而诗才应该使整个心灵沉浸在感觉里。哲学要超越普遍概念，而诗才应该深入个别事物。"[1]到了19世纪，随着浪漫主义运动的进展，"想象力"的地位越来越高，没有人或很少人再否认或贬低它的作用了。他们企图使想象渗透或吞并理智，颂赞它是最主要、最必须的心理功能。因此，"错误和虚诞的女主人"屡经提拔，一变而为人类"各种功能的王后"。波德莱尔就是一个浪漫主义文艺理论的集大成者，而且有所突破，有所创造，蕴涵了浪漫主义之后的理论萌芽，尤其是有关想象力的理论。

波德莱尔在《1859年的沙龙》中说，想象力"这个各种能力的王后真是一种神秘的能力"！它是人的各种能力的主宰，它让它们各司其职。它与各种能力有关，却永远是自己，受到它的鼓动的人往往不自知，但是不承认它的人却一望便知，因为"他们的作品像圣经中的无花果树一样枯萎凋零"[2]。他把想象力奉为人的"最珍贵的禀赋，最重要的能力"，"一切能力中的王后"，"理应统治这个世界"。他指出，想象力是"分析"，也是"综合"，更是"感受力"，但是，有些人在分析上得心应手，具有足够的能力进行归纳，他们的感受很灵敏，也许过于灵敏，而他们却缺乏想象力，这正是想象力的"神秘"所在。想象力"在世界之初创造了比喻和隐喻，它分解了这种创造，然后用积累和整理的材料，按照人只有在自己灵魂深处才能找到的规律，创造一个新世界，产生出对于新事物的感觉"[3]。不仅艺术家不能没有想象力，就是一个军事统帅，

---

[1] 《外国理论家作家论形象思维》，第24—25页。
[2] 《波德莱尔全集》第二卷，第620页。
[3] 同上，第621页。

一个外交家,一个学者,也不能没有想象力,甚至音乐的欣赏者也不能没有想象力,因为一首乐曲"总是有一种需要由听者的想象力加以补充的空白"①。想象力深藏在人的灵魂的底层,具有"神圣的来源"。这种观点与应和论是一脉相承的,所谓"规律",正是应和论所揭示的规律:"如同悠长的回声遥遥地汇合/在一个混沌深邃的统一体中,/广大浩漫好像黑夜连着光明——/芳香、颜色和声音在互相应和。"所以,他在两年前论爱伦·坡的一篇文章中以更明确的语言写道:"在他看来,想象力是各种才能的王后;但是,他在这个词中看到了比一般读者所看到的更为高深的东西。想象不是幻想,想象力也不是感受力,尽管难以设想一个富有想象力的人不是一个富有感受力的人。想象力是一种近乎神的能力,它不用思辨的方法而首先觉察出事物之间的内在的、隐秘的关系,应和的关系,相似的关系。他赋予这种才能的荣誉和功能使其具有这样一种价值(至少在人们正确地理解作者的思想时是如此),乃至于一位学者若没有想象力就显得像是一位假学者,或至少像是一位不完全的学者。"②波德莱尔显然已经打破分析和综合之间的壁垒,使之你中有我我中有你,成为一种自足的艺术。他比英国诗人雪莱更进了一步,后者还把想象与推理分别看待:"想象是创造力,亦即综合的原理,它的对象是宇宙万物与存在本身所共有的形象;推理是推断力,亦即分析的原理,它的作用是把事物的关系只当作关系来看,它不是从思想的整体来考察思想,而是把思想看作导向某些一般结论的代数演算。推理列举已知的量,想象则个别地并且从全体来领悟这些量的价值。推理注重事物的相异,想象则注重事物的相同。推理之于想象,犹如工具之于工作者,肉体之于精神,影之于物。"③

---

① 《波德莱尔全集》第二卷,第782页。
② 同上,第328—329页。
③ 雪莱:《为诗辩护》,缪灵珠译,载《古典文艺理论译丛》第一册,1960年。

波德莱尔说:"想象力是真实的王后,可能的事也属于真实的领域。想象力确实和无限有关。没有它,一切能力无论多么坚实,多么敏锐,也等于乌有。如果某些次要的能力受到强有力的想象力的激励,其缺陷也就成了次要的不幸。任何能力都少不了想象力,而想象力却可以代替某些能力。往往这些能力要经过好几种不适应事物的本质的方法的连续试验才能发现的东西,想象力却可以自豪地直接地猜度出来。"①这说明,想象力是一种近乎直觉的能力,不必经过推理而可以直达事物的本质,因为想象力既是分析,又是综合。同时,想象力不是天马行空、不着边际的幻想,它统率着真实,可能的事也属于真实,所以,想象的事是高于真实的一种真实。想象力带给读者的是一种"缪斯的巫术所创造的第二现实"②。更值得注意的是,波德莱尔虽然高度评价想象力的作用,但是他并未因此而割断想象力与现实生活的联系,所以,他特别强调,"想象力越是有了帮手,才越有力量,好的想象力拥有大量的观察成果,才能在与理想的斗争中更为强大"③。想象力"包含着批评精神",因此它从根本上说是一种理性的活动。波德莱尔看到了创作活动既是自觉又是不自觉的,所以他不推崇"心的敏感"而强调"想象力的敏感",他指出:"心里有激情,有忠诚,有罪恶,但唯有想象里才有诗。……心的敏感不是绝对地有利于诗歌创作,一种极端的心的敏感甚至是有害的。想象力的敏感是另外一种性质,它知道如何选择,判断,比较,避此,求彼,既迅速,又是自发的。"④"自然不过是一部词典",艺术家从中挑选词汇,然后达到一种"组成",没有想象力的艺术家只能"抄袭词典",所以他们的作品只能是"平庸"的。一幅好的风景画不是

---

① 《波德莱尔全集》第二卷,第621页。
② 同上,第121页。
③ 同上,第621页。
④ 同上,第115—116页。

照抄自然的结果,而是由想象力成就的。这样,波德莱尔不仅深刻地批判了"艺术只是摹写自然"的理论,树立了想象在文艺创作中的崇高地位,扩大了"真实"的领域,而且把想象建立在对客观世界的分析与观察之上,冲淡了它的神秘色彩,加强了它与现实生活的联系。

想象力最根本的功能是创造,波德莱尔说:"一幅好的画,一幅忠于并等于产生它的梦幻的画,应该像世界一样产生出来。如同创造,我们所看到的创造,它是好几次创造的结果,前面的创造总是被下一个创造补充着。画也是一样,它被和谐地画出来,实际上是一系列相叠的画,每铺上一层都给予梦幻更多的真实,使之渐次趋于完善。"①一幅画的创作过程实际上等于一首诗的创作过程,每一次修改都是一种创造,最后的成品乃是数次创造相叠的结果。于是,波德莱尔这样总结他的基本的美学观念:"整个可见的宇宙不过是个形象和符号的仓库,想象力给予它们位置和相应的价值;想象力应该消化和改变的是某种精神食粮。人类灵魂的全部能力必须从属于同时征用这些能力的想象力。如同熟知词典并不意味着知道作文的艺术一样,作文的艺术本身也不意味着普遍的想象力。因此,一个好的画家可以不是一个伟大的画家,但是,一个伟大的画家必定是一个好的画家,因为普遍的想象力包容着对一切手段的理解和获得这些手段的愿望。"②所谓"好的画家",就是一个拥有"普遍的想象力"的画家,而"普遍的想象力"不仅意味着能从自然这座仓库里选择与梦幻相应的"形象和符号"的能力,而且制作艺术品——所谓"组成"——要做到"准确"、"很快"并且保持"工具的物质上的干净"。

波德莱尔是一个"伟大的传统业已消失,而新的传统尚未形成"的

---

① 《波德莱尔全集》第二卷,第626页。
② 同上,第627页。

转折时代的一位诗人,但是,他留给后人的却是一身而兼有诗人和批评家双重身份的美学家的肖像。他本身已经成为一种传统,即"将诗人的自发能力与批评家的洞察力、怀疑主义、注意力和说理能力集于一身"①。背靠诗人的批评家,或者背靠批评家的诗人,这种现象在20世纪已经司空见惯。像许多大作家一样,波德莱尔的头上曾经被戴上许多流派的帽子,例如颓废派、唯美派、象征派、古典派、浪漫派、巴纳斯派、写实派,等等;他也被许多后起的流派认作祖先。这似乎是个很奇特的现象,其实不然。在任何伟大的作品中,文学观念、创作方法和表现手法都不是以纯粹的形式出现的,而常常是为了内容的需要而相互结合、相互渗透的。就格律的严谨、结构的明晰来说,波德莱尔是个古典主义的追随者;就题材的选择、想象力的强调来说,他是个浪漫主义的继承者;就意境的创造、表现手法的综合来说,他又是现代主义的开创者。波德莱尔是一个不能用一个派别加以范围的作家,他是法国诗歌中的贾努斯,他是最后一位古典派,又是第一个现代派。这种独特的地位造成了波德莱尔的矛盾和丰富,以至于几乎所有的流派都能从他那里找到他们认为有用的武器,所以,波德莱尔是连接新旧传统的一座桥梁。

---

① 保尔·瓦莱里:《文艺杂谈》,段映虹译,百花文艺出版社,2002年,第174页。

普鲁斯特：

神秘显现的永恒时光

袁树仁

1890年到1895年左右,在法国巴黎圣日耳曼区这贵族聚居的地方,人们常常看见一个经常出入玛德莱娜·勒梅尔、玛蒂尔德公主、阿芒·德·加亚维夫人、斯特劳斯夫人的沙龙的青年。他的一双黑眼珠的大眼睛炯炯有神,目光特别柔和,说话有些气喘吁吁。他的衣着非常讲究。宽宽的丝绸硬胸,礼服扣眼上插着一朵玫瑰花或兰花,戴着平檐礼帽。他终日无所事事,游手好闲,只喜欢在社交圈子里混,是个典型的阔少,又是一个病秧子,晚上在沙龙中出现,也是不论冬夏,毛皮大衣不离身,因为他总是觉得冷。那时,如果有一个人说:"这个纨绔子弟和病魔缠身的青年,将会写出一部伟大的作品,革新小说艺术,成为20世纪最伟大的一位现代主义作家。"肯定所有的人都会对他嗤之以鼻。

然而,这确是事实。

这个阔少和病秧子,名叫马尔塞勒·普鲁斯特。

Ⅰ 优游岁月

马尔塞勒·普鲁斯特1871年生于巴黎公社失败后仍然弥漫的硝烟之中。父亲亚德里安·普鲁斯特生于博斯平原与贝尔什地区交界的小城伊里耶。马尔塞勒·普鲁斯特童年时期经常与家人一起去伊里耶度假,那里古老的教堂及其钟楼,外省丰富的方言,神秘的风俗,美丽的景色,姑祖母家的花园、住宅、厨房,和她家的女佣弗朗索瓦兹以及生活在这小城附近的人家,几十年后都在马尔塞勒的笔下以贡布雷为名活生生地再现。伊里耶小城从此声名大振,成为普鲁斯特崇拜者朝拜的圣地。1971年起,这座小城正式更名为伊里耶—贡布雷。

马尔塞勒的父亲亚德里安为著名医学教授,在政府中身居要职,心地善良,治学严谨,他的儿子从他那里继承了对科学的爱好、严肃认真的工作态度和在文学描写中力求科学般精确的求实精神。

马尔塞勒的母亲闺名冉娜·韦伊,出身富有的犹太家庭,秀丽温柔,心地善良,情感细腻,极有教养,喜欢阅读古典作家的作品,在童年的马尔塞勒眼中,她是十全十美的形象。

马尔塞勒的外祖母酷爱塞维妮夫人的书简,每逢外出旅行,必将塞维妮夫人的《书简》带在身边,随时阅读。她给女儿(即马尔塞勒之母)写信时,常常引用塞维妮夫人书简中的名句。马尔塞勒生活在母亲及外祖母身边,自幼受到古典文学的熏陶,形成了高雅的趣味和对真善美的敏锐感受力。他最崇拜的作家有蒙田(其母也是犹太人),圣西蒙和巴尔扎克。从幼年时在他心中就萌生了要写"像蒙田和圣西蒙那种作品"的强烈欲望。在普鲁斯特后来的小说中,他的母亲和外祖母都保留了她们原有的美好形象。

有些研究者认为马尔塞勒的外表及精神都显著带有犹太种族的特点。说他那"温柔的大眼睛"酷似一位波斯王子,说他"蓄起胡子来时,纯粹是个亚述人",巴雷斯干脆说他就是讲述《一千零一夜》故事的阿拉伯人;有人说他那复杂而又充满插入语的长句就是《犹太教法典》的文风。这些说法是否科学,我们暂且不去管它。但我们可以肯定的是:这种"远源杂交"无论从遗传学上来说,还是从文学上来说,都是有益的。

马尔塞勒通过与他外祖母家长期的生活和接触,了解了犹太种族的法国资产阶级风俗习惯特点和性格特征。他后来书中的不少人物都是犹太人,而且写得十分精彩。他的父亲为天主教家庭出身,不同的家庭出身的两种信仰和生活习惯的对比,有助于形成他的判断精神,并使他看到常人看不到的更深刻的真实情况。这种家庭出身的二元性常常从一开始就产生一种天然的不可知论。虽然他在天主教的宗教思想哺育下成长,在其文学作品中亦极力达到一种形式极为特殊的神秘主义,但是他似乎从未有过宗教信仰。唯一表现出他有些相信灵魂不朽的篇章,是贝尔戈特之死那一节的末尾,但却也只是一个问号。

马尔塞勒与他弟弟(小他两岁)年幼时经常在保姆带领下去香榭丽舍大街散步、游玩。在那里,他们与一些小姑娘一起嬉戏。几十年以后,《追忆似水年华》中的希尔贝特及"风华正茂的少女们"便从这里产生。

马尔塞勒天生聪慧敏感,对大自然的美与人的心灵美有极强的感受力。小小年纪,他便产生了强烈的写作欲望,特别是要抓住掩藏在事物下面的转瞬即逝的美的欲望。他面对着某种情景时,就隐隐地感到必须用语句的形式记述下来,将某种囚禁在其中的真相释放出来:

> 一片屋顶,阳光映照在一块石头上,一条小路的芳香,都会使我产生奇异的快感,使我顿时停下脚步;我之所以停下脚步,那是因为我似乎觉得除了我目力所及的之外,这些景象还隐匿着什么,热切地希望我前来获取。可是,不管我怎样努力,我竟然无法发现这些东西。正因为我感觉到这些景象具有某种东西,所以我呆呆地站在那里,纹丝不动,用眼睛凝望,用鼻子嗅,尽量怀着我的意念越过形象或芳香。如果我必须追上我的外祖父才能继续走下去,我则尽量闭着眼睛去追他。我极力准确无误地回忆着屋顶的线

条,石头的颜色深浅。不知道为什么,我似乎觉得那石片是那样满腹心事,随时准备张开嘴巴,将它只不过作为盖子而掩盖着的东西向我吐露出来。①

　　写作,这个志愿已在他心中悄悄形成。但是这个孩子觉得自己毫无才华,他想找到一部小说的主题,这个主题要与那些曾经给了他美妙欢乐的小说主题相似。但是他立刻感到无能为力。这个主题,他在几十年后找到了,而且确实写成了不朽的著作。有一天,佩尔比埃医生驾车送他回家,他在车中凝望着平原上的三座钟楼。随着车子的运动和道路的崎岖变化,那三座钟楼似乎不断变换着位置,一会儿分离,一会儿相聚,一会儿相互遮掩。这景象使他体会到无法解释的快乐,他再一次感到自己需要用语句将这种道不出原因的快乐表述出来。他向医生要了一支铅笔,就在车座的一角上写出一小段文字。这段文字后来几乎原封不动地进了《在斯万家那边》。就在他写完这段文字时,"我感到自己是那样幸福,我感到这一页完全把我从这几座钟楼下解脱了出来,从钟楼在自己身后藏匿的东西中解脱了出来。我自己就像刚刚生了一个蛋的一只母鸡那样,放开喉咙唱起歌来。"②

　　一位伟大的作家就在这一时刻产生。他能够理解,诗人的义务就是一直走到印象的尽头,如果他能够赋予最普普通通的事物以灵气,任何事物都可以向他泄露出人世的秘密。尚属年幼的马尔塞勒,那时还不能揭示出隐藏在博斯平原上灌木丛、果园和光线后面的真理,但是他已经预感到了这一切。

　　1882—1889年,马尔塞勒在巴黎贡多塞中学就读。这个学校是作

---

① 《追忆似水年华》第一卷《在斯万家那边》,第176页,1987年,法国七星文库版。
② 同上,第177—180页,1987年,法国七星文库版。

家的摇篮,一些爱好文学的学生组成了一个小团体,团体中有达尼埃尔·阿雷维(后来成为史学家)、罗贝·德·弗莱(后来成为剧作家并当选为法兰西学院院士)、雅克·比才(著名作曲家乔治·比才之子)、费尔南·格莱格、普鲁斯特等人。他们一起阅读作品,先后一起创办小小的文学杂志《棕色杂志》、《丁香杂志》、《宴席》。他们读的是"当代"文学:巴雷斯、法朗士(后来对普鲁斯特在文坛上初露头角起了扶持作用)、勒梅特尔、梅特林克。同时,由于母亲的影响,很早他已对古典作家的作品了如指掌。在翻译文学中,他对英美文学十分倾心,狄更斯、哈代、斯蒂文森和乔治·艾略特的作品令他百读不厌。他在1910年写的一封信中曾说过:"真奇怪,在各不相同的文学体裁中,从乔治·艾略特到哈代,从斯蒂文森到爱默生,英国或美国文学对我产生的魔力,没有哪一种文学可与之相比。德国,意大利,常常还有法国,都使我无动于衷。但是,读两页《弗洛斯河上的磨坊》,便会使我落泪。"

按当时法国学制,中学生读完五、四、三、二、一年级后,按文理科分班,文科再读修辞班一年,哲学班一年。马尔塞勒于1887年进入修辞班,受业于马克西姆·戈谢和居什瓦尔。戈谢思想解放,仪表堂堂,立刻迷上了普鲁斯特,并为他修改不是作业的作业,甚至让他在班上高声朗读这些文章,有人鼓掌叫好,有人则发出嘘声。一时间,有十几个学生都学普鲁斯特的文风,居什瓦尔气得要命,说戈谢是"投毒犯"。此时的普鲁斯特已显露出批评家和作家的才华,有一次写文章评圣伯夫的一句话,他居然写了四大页没有另起一段。这并不是装腔作势,而是他思路连贯,无法切断。人们对他思想之成熟,分析之细致,感到惊异。

1888—1889年他读哲学班,这一年是他的智力得到极大发展、极大丰富的一年。授课教师达尔吕被法朗士称为"机灵脑袋",是一位非常优秀的教师,他对普鲁斯特的一生具有深远的影响。他讲解外部世界的现实性,表述得那样富有诗意,激起普鲁斯特对感性世界的非现实性、对记忆、对时间的长期思考,而这正是《追忆似水年华》的内涵。普鲁斯特终生对各种哲学体系都保持着极大的兴趣。后来他读了柏格森的著作,受到巨大影响,并将柏格森哲学的基本命题移植到自己的小说之中,但他始终认为达尔吕是他的老师。

贡多塞中学的学生多数出身于贵族及大资产阶级家庭。普鲁斯特通过同学的介绍,进入圣日耳曼区一些贵妇人的沙龙。虽然普鲁斯特中学毕业后,又继续考得了文学学士学位(1895),也经过考试被录用为马扎然图书馆馆员,实际上,他一生从未正正经经地从事过任何职业。他自幼患病,又有富裕的家庭作他的经济后盾,他一直过着游手好闲的生活,出入交际场所。当时认识他的人,一般都将他归入追求时髦和热衷于交际的一类人当中。在贵妇人的客厅里,他结识了一些名人,如著名作家法朗士,诗人、艺术评论家、审美家蒙代斯吉乌,作曲家雷纳尔多·阿恩(普鲁斯特与他后来成为多年不分离的好友)等,也结识了一些花花公子,如夏尔·阿斯等。

上流社会对于观察各种激情、观察社会是一个极为有利的环境。法国小说家们都是从17世纪的宫廷中,从18世纪的沙龙中,从19世纪的"上流社会"中,找到了达到登峰造极地步的悲剧或喜剧的。没有上流社会,就没有拉辛,就没有巴尔扎克。普鲁斯特这些年的生活,表面上看,是在浪费时光,实际上,如同蜜蜂采花粉一样,他在为自己未来的作品储存材料,日后他结识的人、了解的事、各种印象都一一进入他的小说。例如,法朗士成了贝尔戈特,夏尔·阿斯成了斯万的原型,蒙代斯吉乌成了夏吕斯,他在低一级的交际场中认识的交际花萝拉·海曼成了奥岱特(后来的斯万太太),斯特劳斯夫人(著名作曲家乔治·比才的遗孀,后来嫁给一个富有的律师爱弥尔·斯特劳斯)一部分成了盖尔芒特公爵夫人,斯特劳斯先生一部分成了盖尔芒特先生,他在贡多塞中学时的好友加斯东·德·加亚维则成了罗伯特·德·圣卢,等等。

所以，吕西安·都德（阿尔封斯·都德之子）说：上流社会对普鲁斯特很重要，"但是，是如同花之于植物学家那样，而绝非花之于买花束的先生那样。"如果他只接触文学界的人，那么他的圈子就太狭小，他的植物志就太贫乏了。普鲁斯特本人对于这个阶层一直有着清醒的判断："一个艺术家只应该为真实效力，而不应该对社会地位高有任何崇拜。他在自己的画幅中对此应予以重视，但只是把这作为区分的要素，如同民族、种族、阶层一样。每一个社会阶层都有自己的价值。对一个艺术家来说，他既可以十分迫切地要表现一位女王的起居，也可以十分迫切地要表现一个缝纫女工的生活习惯……"弗朗索瓦·莫里亚克在其《在普鲁斯特那边》一书中更风趣地说道："正如大普里尼为了就近观察维苏威火山喷发而丧命一样，咱们的普鲁斯特，为了给我们提供一幅准确的图画，自投魔口；为了更好地了解魔鬼，在某种程度上沾染上追求时髦的恶习。真是了不起！"有人认为普鲁斯特对上流社会一味歌颂和欣赏，这只不过是没有认真阅读或没有读懂他的作品的表现罢了。他在作品中固然表现了上流社会的彬彬有礼，对人热情，描绘上流社会中的谈情说爱。但是，他对夏吕斯这类人物的邪恶，盖尔芒特公爵夫人的冷酷和自私，鞭挞也是毫不留情的，只不过他通过艺术描写来表现而没有气势汹汹、标语口号式的批判罢了。

普鲁斯特继续过着游手好闲、出入交际场的生活。外祖母的逝世使他和母亲极度悲痛。母亲借此机会劝儿子干些事情，她在给马尔塞勒的信中说道："你越是思念她，越应该作她希望你成为的那种人，按她期望的那样去做。"但是马尔塞勒依然觉得自己无法按照外祖母的期望去做。1896年，就在他的大部分朋友对他开始感到绝望，并对他的工作能力开始有所怀疑时，他的第一部著作《欢乐与时日》出版，由法朗士作序，玛德莱娜·勒梅尔作水彩封面，雷纳尔多·阿恩为他的诗作谱曲。版面花哨，售价昂贵，保护神这么多，给人的印象是很不严肃的。

然而,从研究普鲁斯特创作的角度来说,此书极为重要。安德烈·莫洛亚在《论普鲁斯特》一文中指出:"对于应该善于从一大堆石头中发现隐藏于其中的几克贵重金属的伟大文艺批评家来说,这正是一项很好的预言练习材料!"

仔细阅读《欢乐与时日》,我们会惊异地发现:其中的许多题材,后来在《追忆似水年华》中都得到了再现。例如垂死的巴勒达萨尔·西勒旺德要求他钟情的年轻公主陪他几个小时,但是公主不愿放弃一次享乐机会,拒绝了他的要求;在《追忆似水年华》中,病入膏肓的斯万向盖尔芒特公爵夫人倾诉了自己的忧虑,公爵夫人不予理会仍照旧出发去参加宴会。又如,《欢乐与时日》中一个少女不听母亲劝阻,与一个恶少拥抱亲吻,将患有心脏病的母亲气死;在《追忆似水年华》中,万德依小姐叫她的父亲伤心,"我"叫外祖母伤心,都再现了这个题材。题为《一个少女的忏悔》的短篇另一重要意义,是它表现了普鲁斯特对自己少年时期性欲倒错的忏悔。他通过少女之口道出了自己"意志薄弱",抵抗不住"坏思想"的引诱,事后"我首先极为痛悔,然后坦白出来,但是,不为人理解"的痛苦。

《欢乐与时日》中有一章的标题是"社交喜剧中的人物",自然使我们想到巴尔扎克。普鲁斯特是巴尔扎克的崇拜者,这是尽人皆知的事实。

马尔塞勒在1896年到1904年间,还写了另一部长篇小说,名叫《让·桑德依》,未完成,直到他逝世30年以后(1952年)才发表。这部小说中的全部题材后来都进了《追忆似水年华》。所以我们可以说,普鲁斯特一生只写了一部书,前面的几本著作有如涓涓溪流,最后都汇入了《追忆似水年华》这滚滚的江河。在斯丹达尔身上,我们见到了同样的现象:不论是于连·索黑尔,还是法布里斯·台尔·唐戈,还是吕西安·娄万,都是青年时期的斯丹达尔本人。

至于《欢乐与时日》的文风，正如法朗士在该书序言中所说："这位青年朋友的书中有倦怠的微笑，疲惫的姿态，当然，这些也不乏其美与崇高……诗人一笔击中隐蔽的心思，不预示人的欲望……热烘烘的温室气氛……人工培植的兰草……一种奇异的病态美……人们在这里闻到的，确实是颓废的世纪末的气味……"当时的文坛和政坛产生了许多流派和党派，自然主义和象征主义在争夺着新生的一代。虽然普鲁斯特声称自己对学说、理论不感兴趣，但是他也无法摆脱一代文风的影响。从这本书中，人们还看不出来有一天他会成为文学上的革新家和"发明家"。所以，从文风上说，那时的普鲁斯特距离《追忆似水年华》的作者还很遥远。当然，书中的某些景物描写，特别是海景，表露出他那种复杂的敏锐的内心动荡的长句，也已预示了日后文学大师的出现。

总的来说，这部书没有引起文艺批评家和读者的重视，普鲁斯特自己也认为是失败的。这个时期并一直到1905年，普鲁斯特继续在家中过着舒适的生活，读书，交际，旅行。

1900年1月20日，英国艺术评论家兼社会学家约翰·拉斯金逝世。曾鲁斯特在《艺术与珍品专栏》中撰文悼念，不久又在《费加罗报》上发表题为《拉斯金在法国的巡礼》的文章，4月又在《法兰西信使》上发表论文《拉斯金在亚眠圣母院》（此文后来重刊于拉斯金著作《亚眠圣经》法译本序言中）。对拉斯金，普鲁斯特几年来经常阅读并且十分欣赏他的作品，这是他的一大发现。他着手翻译拉斯金的两部著作：《亚眠圣经》和《芝麻与百合》，在译作中加上了大量的注释与序言，使得译文比原作更加丰富。普鲁斯特确实吸收了拉斯金的思想，学会了理解艺术作品。正因为读了拉斯金的著作，他才去朝拜亚眠和鲁昂的大教堂；正因为读了拉斯金的著作，他才不顾病体，与母亲同游意大利，为的就是去看看体现了拉斯金对于中世纪建筑艺术的想法的"虽然衰颓却依然屹立并保持着玫瑰色的"宫殿式建筑。

拉斯金说,对每一类岩石,每一种土壤,每一类别的云,都应该仔细加以研究,并且应该具有地质学与气象学的准确性加以表现。对普鲁斯特来说,拉斯金是唤醒沉睡山岩的神灵,不仅教会了他观察,而且教会了他描写。

他的好友雷那尔多·阿恩在《纪念马尔塞勒·普鲁斯特》一文中对此有极为精彩的描绘:

我到达那一天,我们一同到花园中去散步。我们从一丛靠墙边的孟加拉玫瑰前面经过。突然他沉默不语,停住了脚步。我也停住了脚步。但这时他又继续向前走去。我也继续向前走去。不久他又停下脚步,并且用他讲话的语气和声音中一直保留着的孩童般而且有点忧郁的轻声对我说:"我落在后面几步,你不会不高兴吧?我想再去看看那些小玫瑰……"于是我离开了他。到了小径转弯处,我向身后望望。马尔塞勒已经掉转方向一直走到玫瑰丛那里去了。我绕着宅邸转了一圈以后,发现他仍在原地,定睛望着玫瑰花。他侧着头,面部表情严肃,眼睛一眨一眨,看样子十分聚精会神,稍稍皱着眉头,左手用力拔着咬在双唇之间的小黑胡子尖。我感觉到他听见我来了,他看见了我。但是他既不想讲话,也不想动。于是我一声不响走开了。过了一分钟,我听到马尔塞勒在叫我。我扭过头去。他正向我跑来。他赶上我,问我"是不是不高兴了?"我笑着请他放心,然后我们又接着刚才被打断的话头继续谈下去。对于玫瑰丛一节,我没有向他提出任何问题,没有进行任何评论,也没有开任何玩笑:我暗暗懂得不应该那样做……

此后,我有多少次亲眼见过同样的情景啊!多少次,在这种神秘的时刻,我观察了马尔塞勒。在这样神秘的时刻,他完全与大自然相通,与艺术相通,与生活相通。在这深不可测的几分钟里,他的整个身心完全集中到吸收与排出相间的卓越的创作之中去了。可以说,他进入了一种鬼魂附体的状态,那时他超人的智慧和敏感,一会儿通过一系列激烈的高频电火花闪烁,一会儿通过缓慢而不可抗拒的注入,一直达到事物的真谛,发现了任何人都看不见的东西,——直到现在任何人也永远看不到的东西。

普鲁斯特与拉斯金有许多共同点:两人都出身于有高度文化素养的大资产阶级家庭;都在父母温情的卵翼下度过童年,终日在花园中怀着细心的好奇观察飞鸟、花草和云朵;都过过富有的浪荡子弟的生活。这种生活,弊的一面是使人接触不到真实的生活,利的一面是保留了人的敏感,使他能进行更长久的思考,能抓到极其特殊而难得的细微差别;他们都天生地对这些极细小的差别感兴趣,握有慢镜头描写激情的艺术;贪婪地品味事物的颜色和形状;极重视艺术作品的科学性。拉斯金的视野几乎是显微镜下的视野。仔细阅读一下拉斯金对一个浪涛,一颗宝石,一株树木,某一科植物的描写,简直可以说,那就是普鲁斯特的文字的译文。普鲁斯特不仅用这种方法描写物,他比拉斯金更进了一步,他也用这种方法描写人的情感。所以拉斯金在文风上对普鲁斯特的影响是决定性的。我们可以说,普鲁斯特遇到了拉斯金,立刻石头变成了金。普鲁斯特固有的才华,经过拉斯金的点拨,从此大放异彩。从 1904 年开始,普鲁斯特已经深入到自我的深层,开始了真正的精神生活;他不再生活在表面上,被动地充当享乐的玩具。他找到了自己的才华,这才华现在即将冲破地面汹涌迸射而出,他自己说:"我奋笔疾书。我有那么多话要说……"拉斯金已经被他抛在后面,他远远超过了拉斯金。

其实,数年来,就在他的朋友们认为他游手好闲的时候,他一直在为自己的作品准备原材料。他已经在自己的回忆中搜寻自己真正的作品。他的各种大大小小的笔记本上写满了珍贵的记录。这时,人们明白了,他考虑写一部长篇小说,道出他在现实面前的失望,面对等待和回忆的快乐,难得的感悟与永恒的时刻。他对朋友说:"如果我真能写出我考虑的这部伟大著作,你们会看到……"要写这部著作,现在已万事俱备,只欠顽强的意志、安静的环境和精神上的完全解放了。

1903年年底,他的父亲突然逝世。两年以后,他的母亲也去世了。母亲是唯一自始至终爱他、理解他、照顾他的人。在母亲眼中,她的"小黄毛"、"小傻瓜"、"小糊涂",永远是四岁。母亲的去世使他陷入极度悲哀与痛苦之中。他在写给洛尔·海曼的信中说道:"现在我的心空荡荡的,我的房间空荡荡的,我的生活也空荡荡的……"

他的悲哀和痛苦由于悔恨而更加强烈。他悔恨自己一直没有写出作品,辜负了父母对他的希望。正是这种感情给了他终于开始写这部伟大著作的力量和将作品写好的顽强意志。母亲的死使他失去了童年(在母亲面前,他永远是童年)的天堂。现在,重新创造这个天堂的时刻已经来临。母亲的去世也使他的精神得到解放,他可以毫无顾忌地说出自己想说的一切了。

于是,从1906年起一直到1922年,他陆续写出了《追忆似水年华》这部巨著。他将手稿送到《新法兰西评论》出版社,遭到拒绝。1913年,《追忆似水年华》的第一部《在斯万家那边》在贝尔纳·格拉塞书店由作者自费出版,没有产生多大反响。随后,第一次世界大战爆发,出版中断,直到1919年才在《新法兰西评论》出版社出版第二卷《在风华正茂的少女们身旁》。也是这一年,普鲁斯特因此书获得龚古尔文学奖金,从此一举成名,成为享誉全球的作家、革新了小说艺术的"发明家"。《追忆似水年华》此后各卷均由卡里玛出版社出版(《新法兰西评论》为其前身)。

这迟来的荣誉,他只享受了三年。他感到自己已经在世之日不多,与时间、死亡展开了搏斗,发疯一般地工作。1922年11月,他在最后一个笔记本的最后一页上写上"完"字几天之后,便与世长辞了。

《追忆似水年华》共分七部:《在斯万家那边》,《在风华正茂的少女们身旁》,《盖尔芒特家那边》,《索多姆和戈摩尔》,《女囚》,《女逃亡者》,《重现的时光》,作者生前只出版四部,其余各部均为死后出版。

II 诺亚方舟

马尔塞勒天生敏感,与他所处的环境及古典文学的熏陶有关。这种敏感后来得到高度发展,达到病态的程度,则有另一个因素起着决定作用。这个因素便是:从九岁起,他就是一个病人。

一天,他忽然发病,喘不上气来,症状严重。从此,这哮喘病跟随他一生。每年春天,他与大自然不能有任何接触。他成了一个病人,随时会发生气短的情形。现代医学认为,哮喘发作常因激动引起或与需要温情有关。有不少哮喘病人在自己的童年时代都受过缺乏母爱或母爱过分之苦,这就使他们要么完全依赖母亲,要么依赖别人:丈夫、妻子、亲戚、朋友、医生。气短发作便是呼唤。马尔塞勒是这个理论的活生生的说明。他远离母亲时,多么忧心忡忡,是尽人皆知的事情。

在《斯万家那边》中,普鲁斯特多次谈到儿时的他将临睡前得到母亲的一吻看得多么重要,这一吻在他心上产生多么强烈的感情激荡。而其中最动人而独特的一幕是一次斯万先生来访,外祖父和父亲没有让他亲吻母亲便打发他上楼睡觉,那对他简直是比天塌下来还要大的祸事!"我等于没有领到盘缠就得上路……母亲还没有吻我,还没有以此来给我的心灵发放许可证,让她的吻陪我回房。……这可恨的楼梯呀……"他萌生了反抗的念头,给母亲写了一封信,说有要紧的事必须当面禀告,信上不便说,只求她上楼来。但是母亲不来。"我的心突突乱跳,阵阵作痛,本指望逆来顺受求得安宁,结果反而增添心中的骚乱。"然后他下定决心,"不再勉强自己在见到妈妈前入睡,我要等妈妈上楼睡觉时,不顾一切地去同她亲一亲"。待到母亲上楼,他"扑上前去。她先是一愣,不知道是怎么一回事。随后她显出怒容,"就在这时,平时一向十分严厉的父亲上楼来了。孩子以为"完了"!但是父亲却说:

"事情明摆着,这孩子心里不痛快,脸色那么难看,做父母的总不能存心折磨他吧!等他真弄出病来,你更要迁就他了。他的房里不是有两张床吗?……你今晚就陪他睡吧!……"

这一天晚上,对普鲁斯特来说,是"开始了一个新纪元"。首先,疾病使他早熟,小小年纪的他体会到了"自己所爱的人在自己不在场或不能去的地方消受快乐"时自己苦恼烦闷的滋味。"那样的烦恼苦闷,从某种意义上说,本来就注定属于爱情,而且一旦落入爱情之手就变得具有专门的含义;但是它钻进像我这样生活中还没有出现过爱情的人的心中,实际上是对爱情的期待"。其次,从这一天起,他的母亲放弃了磨炼儿子意志的努力,因为"他有病"。从此,他与母亲相连结的脐带便一直没有切断。在母爱的保护之下,他的童年时代无限延长,直到母亲去世那一天。"他有病"才将他造就成一个大病号和一位与众不同的大艺术家。

因为他有病,他一辈子都是一个感到要依赖别人的人,他需要别人的爱抚、好话、喜欢,只有给他许多温情,他才感到心里踏实。

他性格上的某些特点亦由此而来。例如,他极力讨人喜欢,害怕别人难过,他时刻想到别人的愿望和需求,他送人礼物十分大方,有时竟叫人不好意思。他的手套、雨伞丢了,只要别人给他送回来,他会回送人家一打手套,数把雨伞。他的好友雷那尔多·阿恩讲过他怎样在离开咖啡馆的时候,一个不漏地给四周的侍者送小费:他先给侍候他的小斯一份小费,后来他看见角落里还有一个侍者,而这个侍者根本没有服侍他,他也给这个人一份小费。他说:"把他抛在一边,他一定是很难受的!"最后,他快上马车了,又奔回咖啡馆,他想起自己大概忘了对侍者道再见,"这太不热情了!"

他总是彬彬有礼,对人常常恭维得过分,实际上,这都是一种自我保护的措施。因为他深信没有别人的帮助,自己什么事也做不成。为一些很细小的事,例如请客吃饭呀,出售家具呀,送人家什么花啊,他都征求朋友的意见。他那种态度就是:"帮帮我的忙吧,我身体不好,又很笨拙……"他在别人面前,总是自怨自艾,述说自己的病痛,以为只有这样叹苦经才会得到别人的同情。时间长了,他的一些朋友对此习以为常,反倒对他的病不甚在意了。结果是,直到他临近死亡的时候,有的朋友听了他的哀诉仍然一笑置之,以为他不过是无病呻吟罢了。

因为"他有病",他一生从未从事过任何职业。依靠富有的父母,他过着出入社交场所的花花公子的生活。正是在这里,他观察了19世纪末20世纪初的法国社会,日后以此为原材料酿成了《追忆似水年华》那味道独特的蜜。我们必须看到:由于"有病",普鲁斯特生活的天地很狭小,除了伊里耶,他的家人,他家的邻居以外,就是巴黎的社交圈子,他在贡多塞中学的朋友,他经常出入的几位贵妇人的沙龙,以及他结识的几位作家和艺术家。他的外部世界,远远不如巴尔扎克那么广阔;他的经历,远远不如巴尔扎克那么丰富多彩。这就注定了他不会写出《人间喜剧》那样的作品来。普鲁斯特的新贡献在于:他在众所周知的矿脉上,向不为人知的深度去发掘。对他来说,重要的不是观察的对象,而是观察的方式。他描写的对象,很多人都描写过;但是他描写的方式,却与任何人都不同。

他之所以能如此,重要原因之一,是因为疾病的痛苦有助于将他成就为对激情进行精细入微观察的天才分析家。他把情感中每一细小的变化都记录了下来。他的作品以"细腻"而自成一格,在文学史上可谓"前无古人,后无来者"。法语中有一个俗语,叫"把一根头发劈成四根",人们常常用这个词语来形容普鲁斯特的风格,真是再确切不过了。他自己对于健康不佳赋予他的这种力量也充分意识到了,他说:"只有病痛能叫人有所发现,叫人学到东西,使人能对各种机制进行分解。没有病痛,人就体会不到这些。一个人,每天晚上'扑腾'一家伙往床上一倒,直到第二天早上醒来、起床时才活过来,这种人,难道他会想到去对睡眠来个什么小小的发现么?更不用说什么伟大的发现了!他连自己是不是睡了都几乎不知道呢!有点失眠,对于珍视睡眠,夜里有所感悟没有坏处。万无一失的记忆力对于研究记忆现象并不是十分强大的兴奋剂……"他还说:"神经质的人这一了不起而又可怜的家族是大地的精华。是他们而不是别人创立了宗教,创作了杰作。世界永远不会知道一共有多少事是受益于这些人,更不会知道这些人受了什么样的苦才给世界贡献了这一切……"他还说:"疾病中有一种美,这种美使我们接近超越死亡的现实。"他在《追忆似水年华》中,多次描写睡眠的过程及其感受,不是偶然的。《追忆似水年华》的开篇,便是长达六页的睡眠描写:

有很长一段时间,我上床很早。有时候,蜡烛刚熄,我的眼皮随即合上,连咕哝一句"我要睡着了"都来不及。半小时以后,我才想到该睡觉了;这一想,我反倒清醒过来。我打算把自以为还捏在手里的书放好,吹灭灯火。睡着的那会儿,我一直在思考刚才读的那本书,只是思路有点特别:我总觉得书里说的事情,什么教堂啊,四重奏啊,弗朗索瓦一世与查理五世的争斗啊,全都是我自己。这种念头直到我醒来之后,还要延续好几秒钟;它与我的理性倒不很相悖,只是如眼罩一般蒙住我的眼睛,使我一时觉察不到灯火已经熄灭。后来,念头变得令人费解,好像是上一辈子的思想,经过还魂转世来到我的面前;于是书中内容与我脱节,我是否与它挂钩,全凭我自己决定。这一来,我的视力得到恢复,我惊讶地发现周围原来漆黑一片。这黑暗固然使我的眼睛十分受用,但也许更使我的心情感到亲切而安详。对我的思想来说,这黑暗像是没有来由、莫名其妙的东西,像一件确实让人摸不着头脑的事。我自问那时会是几点钟;我听到火车鸣笛的声音,忽远忽近,就像林中鸟儿的啼啭,标明距离的远近。汽笛声中,我仿佛看到一片空旷的田野,旅客从那里经过,赶往附近的车站。……

也许,我们周围事物的静止状态,是我们的信念强加在它们头上的,因为我们相信这些事物就是甲乙丙丁这几样东西,而不是别的玩艺儿。也许由于面对事物,我们的思想本身静止不动,才强行把事物也看作静止不动。可是不论怎么说,当我醒来的时候,我的思想拼命地活动,徒劳地企图弄清楚我睡在什么地方,黑暗中,一切都在我的周围打转,什物,地域,岁月。①

于是,他相继忆起外祖父的乡间住宅,德·圣卢夫人的乡间住宅,冬天的房间,夏天的房间,路易十六时代风格的房间。

将一个入睡困难的人半睡不醒、浮想联翩、似梦非梦的状态写得如此淋漓尽致的,古今中外,当推普鲁斯特一人!如果不是常年卧病,不会有如此深刻的感受。

1891年他第一次来到芒什省的卡布尔这个海滨城市度假;1907年到1914年,他年年来此。在这里,他见到了那一小群"风华正茂的少女们",日后成了《追忆似水年华》第二部的描写对象。在这里,他日夜观

---

① 《追忆似水年华》第一卷《在斯万家那边》,第3—7页,1987年,法国七星文库版。

察大海的变化,日后才得以写出那美妙绝伦的瞬息变化万端的海景。卡布尔在他笔下成了巴尔贝克,卡布尔因普鲁斯特而变得赫赫有名,成了全世界的普学家和普鲁斯特崇拜者的朝拜圣地。卡布尔市市政府现在每年秋季或冬季还颁发一项马尔塞勒·普鲁斯特奖。

又如,贝尔戈特之死这一光辉篇章,正是他的亲身经历:1921年的一天,身患重病的普鲁斯特给他的朋友让-路易·沃德瓦伊埃写信说:"为了今天上午去看威尔米尔和安格尔的画,我昨夜未上床躺下。你是不是愿意将我这个死人送到那里去?你得搀扶着他……"在网球场博物馆参观威尔米尔这位荷兰大师的画展过程中,他感到不适。他将它归之于吃了土豆消化不良。这一日的不适,给了他灵感,使他写出了贝尔戈特之死那美妙的篇章。他当时还说:"到我死的时候再补充这一段。"在他生命垂危之时,他还艰难地口述叫别人记录,以补充和修改这一段。这里疾病成了他"得到神示的合作者"(语出普鲁斯特1911年致友人路易·德罗伯特函)。

境遇的变化,便是他父母的相继死亡。与母亲相连接34年的脐带终于剪断,普鲁斯特痛悼失去的天堂。日益加重的疾病,使他无法忍受田野的气味。不仅仅树木花草,就连朋友来访带进来一点点植物性的芳香,都会引起他难以忍受的窒息。他不得不放弃外出旅行,将自己关在四壁衬上软木以免听到外面喧闹的房间里。窗扉总是紧闭着,防止花草树木的有害气味进入;家中不许烧饭,仆人的饭食也由附近的饭馆送来,因为烟味也会使他胸闷气短。

就在这诺亚方舟中,普鲁斯特进行创作。有趣的是,十年前,在《欢乐与时日》中,普鲁斯特对这种情形就有过极形象的描绘:"正像堕入情网的人刚开始恋爱,诗人处于高声歌唱的阶段一样,病人感到自己更接近于自己的心灵……我儿时,圣经中的人物,在我看来,没有哪一个人物的命运比诺亚更可怜的了,因为洪水将他囚禁在方舟中40天。后来,我经常生病。在漫长的时日里,我也不得不呆在'方舟'中。这时我明白了,诺亚从来没有像从方舟中那样对世界看得清清楚楚,虽然方舟关闭着,大地又为黑夜所笼罩。"

普鲁斯特所具有这种境况,使他的艺术成了现代主义的某种典范。他是有意无意地站到那个现存着的、按照习惯去生活的公众世界的对立面,表现出一种对深层心理、梦幻、病态等的热衷,用一种剔除了成见的主观感受力去洞视事物和人生,并以一种隔绝了的孤独的势态来抵御奔涌向前的时光对生命的侵蚀,旨在通过自己的作品去追还童年时代在伊利耶领略过的自然与美丽,用自己的笔留住那失去了的人类的天堂,以使它成为永恒。

也正是由于疾病的威胁,他唯恐生命结束之前结束不了这部"像蒙田和圣西蒙一样的作品",在他短暂人生的最后几年,作为医生的儿子的普鲁斯特,他观察到自己病情令人担忧的变化,知道自己在世之日不多,与时间展开了赛跑,与死亡进行了激烈的搏斗。

从 1920 年到 1922 年,普鲁斯特彻夜工作,到天明时,他吃安眠药,从上午七时睡到下午。有时用药过量,一连睡上两三天。下午醒来,先靠咖啡提神(他那时已经只靠牛奶咖啡活命)。然后,天快黑时,他又精神抖擞了。有时接待朋友来访,难得请朋友吃饭。弗朗索瓦·莫里亚克因为写了一篇关于普鲁斯特的文章写得很好,普鲁斯特便邀他至阿米兰街 44 号这最后的寓所中用晚餐。莫里亚克见到的普鲁斯特面容已是"蜡制的面具","只有头发似乎还活着"。"主人望着我们吃东西。他自己已经不再食人间烟火了……"(见莫里亚克《在普鲁斯特那边》)。

渐渐地,这"最后的缆绳",他也切断了,他知道对于一个作家来说,先于一切义务的义务,是为他的作品而活着。而友谊和谈话要花费许多时间,只会妨碍这一义务,是一种损失。灵感,深刻的思索,"精神的电火花",只有在孤独之中才可能发生。他已经不生活在这个世界上,而只生活在他所创造的世界之中。接近生命的尽头时,他独自一人呆在房中,考虑的只有校样和他在两次窒息之间在空白处加上的补充了。生命无多并不使他为自己感到恐惧,而是为作品感到焦虑,因为他知道,矿藏将和矿工同时消失。

1920年发表了《盖尔芒特家那边》第一部分;1921年发表了《盖尔芒特家那边》第二部分和《索多姆和戈摩尔》第一部分;1922年发表了《索多姆和戈摩尔》第二部分。作品仍在不断地加长,曾鲁斯特必须找寻新的标题:《女囚》、《女逃亡者》(后来变成《阿尔贝蒂娜无影无踪》)。他一方面写后面几部,一方面又要改已经发表的几部书的校样。对他来说,改校样意味着加长一倍、两倍。这吓坏了他的出版商,最后出版商只好亲自出马发付印样。但是普鲁斯特心里很明白,构成他的作品独特文风的,正是这纷繁复杂的写法。他在写给出版商加斯东·伽利玛的信中说:"我能告诉你的,只是:我所有的时间都在干这个,而且只干这个。"在他看来,这是与死亡赛跑,与时间赛跑。他甚至希望伽利玛将他的著作同时交给四个印厂去排印,以便叫他去世之前能把整部书重读一遍。

1922年夏季,他的健康情况更加恶化。在写给卡里玛先生的信中,他说:"我又开始每走一步都要跌倒在地而且吐字不清了,真可怕……也不知道自那时以来是否给你写过信……"但是就这样,他仍然每夜修改《女囚》的校样,并且口述叫人记录进行别的补充。这简直是在自杀。

不知道有谁对他说,饿着肚子脑子更好使。于是,为了让《女囚》不比前几部逊色,他拒绝吃东西。为一部不朽的作品牺牲着自己的躯体,像献血者一样主动选择缩短自己的生命而让全部血液得自于他的人物活起来。

1922年10月,他在湿雾天气晚上出门访友着了凉,得了肺炎。病本不重,但是他拒绝就医,仍然每夜修改《阿尔贝蒂娜无影无踪》。到15日左右,因发烧无法工作,才同意医生前来。此后仍是日以继夜地工作。对于前来给他治疗的医生和他自己的弟弟,他总是大发脾气。11月17日,他自己觉得好一些,与弟弟谈了话,又开始修改校样,增加补充说明。到18日凌晨3时,他已气息奄奄,疲惫已极,还长时间叫人笔录。据说这段笔录就是对贝戈特之死的补充。此后他对人说:"刚才叫你写的那段,我觉得很好。我停工了,再也干不动了。"

他就在这天下午4时悄悄地,一动不动地死去了,眼睛一直睁得大大的。

疾病伴随他走过生命旅程的每一站,在每一站上,他都有受惠于疾病之处。没有疾病,他可能活得更长,但他成不了伟大的作家。

莫里亚克谈到普鲁斯特时说过一句话:"艺术不是开玩笑,而是生命攸关的事,甚至比生命更重要。"这句话很好地概括了普鲁斯特的一生。他自幼便萌发了写作的欲望,由于优裕的家庭环境,由于疾病缠身,由于对自己缺乏信心,由于担心道出自己的一切会使舆论大哗,他到35岁以后才开始写作《追忆似水年华》。但是,战斗一旦开始,他便成了勇猛直前、奋不顾身的勇士。他活着就是为了完成这部作品。为了完成这部作品,他与疾病、死亡展开了搏斗,直至最后一息。他是把艺术看成至高无上、神圣无比的艺术家。

Ⅲ 病态激情

《追忆似水年华》中,有很大的篇幅描写激情,而且是用显微镜下观察微生物的方法剖析人的情感。"我"先后钟情于希尔贝特、盖尔芒特夫人和阿尔贝蒂娜;整部《追忆似水年华》中唯一用第三人称写成的部分《斯万之恋》从头至尾是一个爱情失败的故事。在古典作家及浪漫主义作家笔下,爱情被描写得十分美妙。这些作家相信爱是真实存在的,相信爱的对象是真实存在的。这是一种客观的爱情哲学。生活在19世纪末20世纪初的普鲁斯特,在资本文明发展到了最后阶段的法国和欧洲,亲眼见到了世风日下,人与人的关系以金钱为纽带,人的自私、虚伪和冷酷都发展到了恶性程度,知识阶层普遍颓废、消极的严酷事实,加上他自己的亲身经历,这一切都使他对过去张扬的激情产生了一种幻灭感,并进而将爱情的信仰移位于主体的内心,从人的深层本质中去寻求产生爱情之源。

普鲁斯特认为古典作家和浪漫主义作家对激情的描绘根本没有达到深刻的真实,相反,使我们对爱情产生完全错误的观念。他认为我们对爱情的观念与真实情况相距十万八千里。他对爱情的各个阶段,如相遇,选择爱的对象,面对面相处或身处异地,遗忘甚至完全无动于衷都进行了仔细的研究,力求对这些下一个更准确的定义。在这方面,他为我们提供了全新的画面。

爱情是如何产生的?普鲁斯特认为,从人尚处在少年时期起,心中便产生一种欲望,一种苦闷,这种欲望和苦闷还没有一定的对象,有时这种欲望会变成一种自然冲动,奔向从我们身边走过的一个女子,而我们对她毫无了解。《在风华正茂的少女们身旁》中,有一段描述"我"赴巴尔贝克途中,在一个小站上看见一个卖牛奶咖啡的少女的感受,十分精彩。

……列车停在两座山之间的一个小站上。峡谷之底,急流岸边,只能看见看守道口人员的一所小屋陷进水中,那河水就紧贴窗下流过。如果一个人可以是土地的产物,人们从他身上可以品尝到土地独特的风韵,一个村姑就更其如此。我在梅塞格利丝那边鲁森维尔森林中独自漫步时,是多么希望看见一个村姑在我面前出现啊!我希望的,大概就是这个高个子姑娘。……面对着她,我再次感受到生活的欲望。每当我们重又意识到美与幸福的时候,这种生活欲望就在我们心中再次萌生出来。……这位美丽的姑娘立即使我品味到某种幸福(唯一的,总是与众不同的,只有在这种形式下我们才能品味到幸福的滋味),一种生活在她身边可能会实现的幸福。……在我叫自己相信这个少女与任何其他女子都不同的时候,我不知道是这些地方优美的田园景色为她增加了魅力,还是她使这些地方产生了魅力。只要我能一小时一小时地将生命与她一起度过,陪伴她一直走到急流那里,奶牛那里,列车旁,……她回过头来,朝我这边走来。她的面庞越来越宽阔,有如可以固定在那里的一轮红日,我简直无法将目光从她的面庞上移开。这面庞似乎会向你接近,一直走到你身边,任凭你贴近观看,那火红与金光会使你头晕目眩。……我要与她重见……我设想着种种计划,好让我有一天再乘坐这同一列车,再在这同一车站停留……①

这种苦闷,是对爱情的期待。"它漫无目的、自由自在地游动着,并无一定的钟情对象,今天为这种感情效劳,第二天又为另一种感情效劳,有时为亲子之情,有时为同窗之谊"。这种欲望和苦闷寻找着可以对之释放的对象。这时,我们就已经在恋爱,只是还不知道爱恋的是谁。在我们头脑中,自从儿时读了一些书以来,早已写就了一出爱情剧的剧本,各个角色均已设计停当,只差一个女演员来扮演我们的心上人这个角色了。

---

① 《追忆似水年华》第二卷《在风华正茂的少女们身旁》,第 16—18 页,1988 年,法国七星文库版。

那么,扮演这个角色的明星,会是我们多次考虑过的、具有我们希望的那些品质的人吗?很少会有这种情形。因为我们心中那种盲目的欲望在我们四周进行贪婪地搜寻时,哪儿会有那么巧,心灵最美好、容貌又最俏丽的姑娘就从我们身边走过,我们伸手就能把她抓过来?我们的选择多半是凭偶然的印象,最主要的原因,无非是这个她正好在这时出现罢了。

一个女人的面孔比阳光更经常地出现在我们的眼前——既然即使我们闭上眼睛,我们也无时无刻不在依恋着她美丽的眼睛,漂亮的鼻子,我们也无时无刻地想尽各种办法要再次看到这美丽的眼睛和漂亮的鼻子——我们清楚地知道,假如我们不在与她相遇的这个城市,而是在另一个城市,假如我们是在别的地方散步,假如我们经常出入的是另一个沙龙,那么这个唯一的女人之于我们,也可能是另一个女人之于我们。我们认为她是唯一的,实际上她是无数的。然而,在我们热爱她的双眼面前,她是完整的一体,是不可摧毁的,在很长的时间内是无法为另一个人所代替的。这无非是因为,通过某些具有魔力的呼唤,这个女人激发起来就在我们心中存在但是尚处于零碎状态的千百种柔情的成分,她将这些成分聚集起来,合而为一,去掉了各部分之间的裂纹。赋予了爱的对象以明确的线条,提供了全部实体材料的人,正是我们自己。①

说全凭偶然也不尽然。普鲁斯特认为,如果我们仔细研究我们先后爱过的各个女子,我们会发现她们之间有某种相似之处。这种相似

---

① 安德烈·莫洛瓦:《从普鲁斯特到卡缪》,1964年,法国佩兰学术出版社,第36—37页。

之处与我们的气质一成不变有关。实际上是我们的气质在进行选择，是我们的气质将与我们相似的人排除。一般来说，人们厌恶与我们相似的东西，我们自身的缺点，从外部来观看，会叫我们十分气恼。结果常常会出现这种情形：一个很有教养的男子会爱上一个没有文化的女子，她的纯朴自然对他很有吸引力；一个情感细腻、敏感的男子，会爱上一个心比较硬的女人，因为他见不得别人眼中的眼泪；一个爱嫉妒的男子，会爱上卖弄风骚的女人，因为她既能满足他的肉欲，又能折磨他的心。巴尔贝克海滩上的那一群少女中，"我"本来可以爱上安德烈，因为她最聪明，最敏感。"我"却看上了阿尔贝蒂娜，因为"安德烈与我太相似了"，"我不会真正爱上她"。结果是，这些女子是我们自己气质的产物，是我们感受能力的一个倒影，一张底片。

　　堕入情网的人以极单薄的材料塑造起心上人这个人物，实际上，不过是在她身上反射出他自己的心灵状态罢了。普鲁斯特认为，真正的材料越是单薄，他越是会造得好，因为东西少，一切靠想象。一个维纳斯雕像，缺胳膊断腿，显得更美，因为我们的想象力这个伟大的艺术家，将其余的部分补全，雕像成为完美无缺的了。因此，我们是很难理解别人的爱情的，因为我们在他们爱的对象身上只看到真正存在的东西，而决定了爱情选择的那种东西并不在对象身上，而在进行选择的人自己心中。普鲁斯特认为，恋爱的第一阶段，便是想象力的劳作，欲望和苦闷将想象力发动起来，想象力用所有的魅力将一个陌生女子装扮起来，使我们决定让她去扮演心上人的角色。

　　因此，普鲁斯特认为，"在爱情上，选择只会是糟糕的。"第二阶段来到，现实情况与我们原来所想象的一切截然不同，于是我们清醒过来，感到失望，婚姻或爱情失败。斯万初见奥岱特时，并不觉得她出众超群。有一天，他忽然发现她与意大利文艺复兴时期的著名画家波提切利画上的杰弗拉很相像，顿时，她在他心中变得价值连城了。待到结婚之后,斯万发现奥岱特"并不讨他喜欢,与他根本合不来"。上文提到的"我"本来可以爱上安德烈,结果却爱上了阿尔贝蒂娜,其原因除了安德烈与"我"太相似以外,便是阿尔贝蒂娜显得"不可捉摸",笼罩着神秘的光环。普鲁斯特认为,神秘感与好奇心是爱情的源泉。但是在共同生活中或在相处中,这神秘的帘幕一旦揭开,我们便会发现,与我们的期待相反,展现在我们面前的景象极为平常,并没有给我们带来任何新的东西,而我们原来是希望发现一个新大陆的。

普鲁斯特认为,对我们爱的人,也和对所有的人一样,是不可能认识、了解的,即使我们自认为对她很了解,实际上也是根本不了解。古典作家及浪漫派作家所鼓吹的"心心相通",是根本不可能的。我们和一个人共同生活了几年之后,对她有什么了解呢?无非是她的一些话语,举止和习惯罢了。构成人的精髓的隐蔽思想,对我们来说,依然是不可企及的。就是已经表述出来的想法,也由于语言、想讨人喜欢的愿望以及所有的人都不可能将自己的内心解释清楚等原因,而受到歪曲。所以,女演员尽管演,而实在的人我们却抓不住。

普鲁斯特对"我"在渴望已久之后终于可以亲吻阿尔贝蒂娜的面颊那一段描写,是对他的爱情理论极好的概括:一切都是想象,爱情只存在于我们心间,一切将爱拉回到真实领域的尝试,一切使爱情得到满足的努力,都只会将爱情毁灭。

我认识她以前,在海滩上,对我来说,她充满了神秘感。在拥抱她之前,我本来很希望能够再次使她充满这种神秘感,在她身上重新找到她从前生活的国度。如果我不认识她,至少如果我处于她的地位,我就可以将对我们在巴尔贝克的生活的全部回忆都暗示出来,我窗下浪涛喧嚣的声响,孩童们的喊叫。但是,我任凭自己的目光在她双颊美丽的玫瑰色球体上划过的时候,我看见那双颊稍稍弯曲的表面消逝在她深色秀发初现的波浪里,那秀发如连绵的山脉一般起伏动荡,掀起陡峭的山脊,又呈现出山谷的波纹,我情不自禁地想道:

"虽然我在巴尔贝克没有搞成,我现在终于要尝到这没尝过的玫瑰的味道了! 这未尝过的玫瑰就是阿尔贝蒂娜的双颊……"

我想着这些,因为我以为通过双唇可以产生一种认识;我心想我就要尝到这朵肉感的玫瑰的滋味,因为我从未想过,一个人,显然不是像海胆甚至鲸鱼那么简单的动物,但是却还缺少某些最基本的器官,特别是没有任何可以用来亲吻的器官。那么他就用嘴唇来代替这个缺少的器官,这样,大概可以达到比只好用头上的角来抚摸心爱的人稍微满意的效果。但是嘴唇是用来将碰到嘴唇上的东西的味道送到上腭上去的,既不理解自己犯了什么过错,也不承认自己的失望,大概只满足于在表面上游荡,并且吃了那无法穿透而又为人向往的面颊的闭门羹。再说,在那一时刻,双唇一接触到皮肉,甚至假设嘴唇会变得更内行更有天资一些,大概也不会更多地尝到造物现在就不许其把握住的滋味,因为在这个双唇只会找到自己的食物的令人伤心的地域,嘴唇是孤独的,目光,还有味觉早已将他们抛弃。首先,随着我的嘴开始接近我的目光建议其亲吻的双颊,目光的位置移动,便看到了完全不同的面颊:脖颈更加就近看到,就像用放大镜看东西一样,那脖颈在粗大的颗粒中,露出又粗又壮的样子,这立刻改变了面孔的性质……在巴尔贝克,阿尔贝蒂娜一天一个样。与那时一样,现在,在从我的嘴唇到她的面颊这短短的路程中,我看到了十个阿尔贝蒂娜。这个好似多头女神一般的唯一的少女,我最后看到的少女,如果我试图接近她,她就要让位于另外一个少女。至少只要我还没有触摸到这个头,我看见这个头,便有一股淡淡的清香从她那里直向我飘来。可是,唉!——因为对亲吻来说,我们的鼻孔和眼睛位置很不适当,正像我们的嘴唇也长得不好一样——突然间,我的眼睛看不见东西了;紧接着,我的鼻子压扁了,再也嗅不到任何味道了,而且因此并没有更多地尝到那向往的玫瑰花的滋味,从这些可憎可恶的表征中,我终于明白了,原来我正在亲吻阿尔贝蒂娜的面颊。①

那么,是不是到这个阶段,爱情就结束了呢?不,普鲁斯特对我们说:"只要疑惑存在,爱情在占有之后继续活着。"这一条普鲁斯特规律是可怕的,这等于说,只有有意或无意地在他们四周保持一个不可知领地的人才能激起最热烈的爱;这等于说,痛苦的折磨(包括妒忌)会促进爱情。在普鲁斯特看来,"她答应给我们写一封信,这时我们心情平静,已不在爱。信不来,一次次送信都没有。发生什么事了?焦虑不安重又出现,爱情也再次萌生出来。特别是这种人因为叫我们伤心,反会激起我们的爱情……"因为这时我们考虑的已不是那个人如何,而是害怕失去她。我们的焦虑给这些人(普鲁斯特称之为"要逃跑的人")添上了双翼。当我们担心失去她时,我们便将别人忘掉了。当我们对于留住她十分有把握时,我们便将她与别人比较,发现别人比她好。这种放心与不放心交替出现,爱情便可维系很久。《斯万之恋》中,斯万发现奥岱特对他崇拜得五体投地时,便很轻松地摆脱了最初对她的一丝柔情。但是,有一天,他来到维尔迪兰家的沙龙中,发现奥岱特已经走了,他立刻感到心中很痛苦:"在此之前,当他想要得到与她相见的乐趣时,他总是确有把握能得到这种乐趣;如今被剥夺了这种乐趣,他才第一次衡量出这乐趣的价值。"于是,他坐上马车,到闹市区所有的饭店中追她。在车中,他不得不看到,他坐的这辆马车依然如故,"可是他自己已经不再

---

① 《追忆似水年华》第三卷《盖尔芒特家那边》,1988年,法国七星文库版,第659—661页。

是原来那个人了。他已经不是单独一人,现在另有一个人和他在一起,这个人附在他身上,和他融而为一,也许再也摆脱不了,不得不像对待一个主人或者一种疾病那样来与之周旋了。然而从他感到有一个新人这样附在他身上那一刻起,他也感到生活更有趣了。……"

总之,在普鲁斯特看来,爱情不会给人幸福。爱是一种病。我们一旦对一个女人(或男人)产生了依恋,那齿轮咬合便越来越紧,我们被绞在里头,再也不能爱,再也不能被爱。爱情要持久,必须有忧虑、不安、妒忌这些东西作为添加剂。爱的甜蜜必然地不可避免地与激烈的痛苦紧密相联。从这方面来说,普鲁斯特的《斯万之恋》是描写病态爱情的杰作,是一首世纪末的哀歌,是表现爱情幻灭的悲怆交响乐。

普鲁斯特这种主观爱情哲学,悲观的激情观,除了上面我们指出的社会因素以外,与他本人的性变态亦有密切关系。当时,社会舆论对于这种反常持敌对态度,他们处境危险,不得不秘密行动。对于家人,他感到内疚,怕父母知道,怕父母伤心。后来,普鲁斯特在父母双亡之后才在《索多姆和戈摩尔》中吐露出性变态的情节。但在发表之前,他仍然犹豫很久,担心会使舆论大哗。幸亏当时他在文坛上已经声名卓著,才没有引起轩然大波。在中国,直至今日,人们对于指出普鲁斯特是个性变态者,也仍然犹抱琵琶。但是,不指出这一点,我们就无法理解《索多姆和戈摩尔》,甚至无法深刻理解整个《追忆似水年华》。正如纪德如果没有自己的经历便写不出《背德者》一样,普鲁斯特没有自己的亲身经历也写不出《追忆似水年华》。

普鲁斯特对激情的分析是深刻的,其中实际上包含了对整个人类感情各种类型的分析,对人的存在本质的分析。同时,普鲁斯特所持的悲观态度,也代表了现代人对爱情的一种理解倾向。正如拉蒙·费尔南德指出,普鲁斯特虽然以《重现的时光》俯瞰他所处的时代,但在对激情的分析上,他完全属于那个时代。1890年与1910年之间的许多通俗歌曲及文学创作,虽然对激情的分析不如普鲁斯特那么深刻,但在主题思想上与他是一致的、相呼应的,都表现了时间怎样使激情解体,人与人之间怎样无法互相理解。① 待到弗朗索瓦·莫里亚克1925年发表《爱的荒漠》一书时,人们更认为那是给那个时代的激情起了一个最恰当的名字。连莫里亚克本人也说,《爱的荒漠》可以作为他全部作品的总题目。甚至于整个20世纪的现代文学都是在表现这种"失败的激情"的形式下走过来的。

IV 时空魔镜

远在少年时代,普鲁斯特受业于哲学教师达尔吕的时候,他就对哲学怀着极大的兴趣,而且认为自己天生是学哲学的材料。后来,那些抽象的哲学名词使他灰心丧气,他又打了退堂鼓,觉得自己更适合于用象征形式就具体事物表述自己的思想。但是,我们看到,整部《追忆似水年华》是充满了美学、科学和哲学思想的书,甚至可以说,哲学思考贯串作品的始终。古典哲学的一切成分,如感知、梦幻、记忆、自我、外部世界的现实性、时间与空间,在普鲁斯特的作品中全部以生动而富有诗意的形式出现,而最精彩、最富有独创性的,构成他革新小说艺术的,是他将不由自主的回忆引进了文学创作,并且用这种方法使逝去的时光变成了永恒。整个《追忆似水年华》是一部时间的小说,是"主观时间"(或称"内心时间")的文学再现。

普鲁斯特受到柏格森时间学说的影响。柏格森将时间分为"空间时间"和"心理时间"两个不同的概念。"前者用空间的固定概念来说明时间,把时间看成各个时刻依次延伸的、表现宽度的数量概念;后者则

---

① 拉蒙·费尔南德:《普鲁斯特》,1943年,《新法兰西评论》出版社,第81—82页。

是各个时刻相互渗透的表现强度的质量概念。"①柏格森认为,用时钟向前走来计算的客观时间对于文学艺术创作毫无意义,只有用感官来感知的、作为强度和变化的"心理时间"才会给艺术家带来无限的创造力。普鲁斯特赞同这最后一点,但在柏格森提出的时间"绵延性"的问题上,他又与柏格森相悖,而在自己的创作中极力表现出时间的"间断性"以及将不同的时间片断接合在一起的无时序甚至反时序性。

普鲁斯特在写给格拉蒙公爵的一封信中,谈到他与爱因斯坦有相似之处。的确,在哲学上,他们二人均崇拜直觉。在时间观上,虽然普鲁斯特认为"我对他的理论一无所知,因为我不懂数学。在我看来,我也怀疑他读过我的小说。但是我们似乎用相同的方式使时间变形"。②

此外,他在医学界中长大,受这一阶层影响,养成了严格的科学态度,并具有科学家的许多品质:准确地观察,在事实面前老老实实,怀着发现规律的欲望。对他的人物,他怀着一个生物学家观察昆虫甚至植物的那种强烈而又保持一定距离的好奇心进行研究。《在风华正茂的少女们身旁》中那一群少女,"我"一直将她们比作鲜花盛开的玫瑰。但是,"可叹!在最鲜艳的花朵上,也可以分辨出无法觉察的小斑点来。今日绽成花朵的果肉经过干燥或结实的过程会变成籽粒。对于一个老练的人,这无法觉察的数点已经勾画出籽粒那不变的、事先已经注定的形状。……只要看看这些少女身旁的她们的母亲或姑母,就能衡量出这些线条在不到 30 年的时间内走过了多少距离。……我知道,在阿尔贝蒂娜、罗斯蒙德、安德烈那盛开的玫瑰花之下,……隐匿着粗大的鼻子,隆起的嘴,臃肿的身躯。……就像一株花期成熟时间各异的植物,在这巴尔贝克的海滩上,我从这些老妇人身上,看到了坚硬的籽实,柔

---

① 《外国现代派作品选》第一册(上),第 23 页。
② 《普鲁斯特研究通讯》(法文版)1956 年,第 6 期,第 177—178 页。

软的块茎。我的女友们有一天也要成为如此这般。"①

　　这里我们看到,普鲁斯特无法摆脱时光流逝,我们周围的一切都无时无刻不在变化之中,时间在我们的身上和在我们的思想中带来变化这些想法。"像空间有几何学一样,时间也有心理学。"所有的人都沉浸在时间之中,而且被流逝的时日卷走。人的整个一生就是与时间抗争。他们很想攀住一场恋爱,一场友情,但是这些情感只能依附在一些人身上才能留存下去,而这些人自己,随着时间的流逝,也在不断地解体和沉没下去,或者死了,或者溜出了我们的生活之外,或者我们自己变了。

　　时间摧毁一切,包括"自我"。自我在时间的流程中,亦在解体,在变化。记得哪一位思想家说过,"人除了名字不变以外,其他的一切都随时在变。"当我们旧地重游,回到当年我们喜爱的地方时,我们绝对不可能看到当年的风貌,也绝不可能有与当年相同的感受,因为,"房屋、街衢、道路和岁月一样转瞬即逝",它们不仅存在于空间中,也存在于时间中。而我们自己,也不再是当年曾以自己的热情装点了那些地方的儿童或少年。

　　以上是现实主义者和科学家的普鲁斯特,他看到时间怎样摧毁了人,并且忠实地、仔细地将这种摧毁记录下来。他也为此而感到痛苦。但是,还有另外一个普鲁斯特,那就是唯心主义哲学家、形而上学的普鲁斯特,他无法接受他笔下相继出现的人物都会完全死去这种想法,无法接受"自我"就要在某一时刻中断的想法,他在内心深处,在某些时刻,有一种直觉,感到自己是一个绝对的人,感到自己身上有某种持续不变和永恒的东西。这种信念,他在某些极短暂的时刻里,有所感受。在这种瞬间里,也许在梦中,也许在清醒状态下,突然,往昔的某一时刻

---

① 《追忆似水年华》第二卷《在风华正茂的少女们身旁》,1988年,法国七星文库版,第245—246页。

变成了实实在在的东西重又出现。在这种瞬间里，他发现，本来以为已经被摧毁了的感情与景象既然能够重现，那么，很显然，这些东西还保存在我们自己头脑内，这个过去的自我还没有完全消失。这样，时间就并没有如它所表现的那样完全死去，而是与我们融成了一体。我们的肉体，我们的精神就是时间的储藏所。普鲁斯特整个作品的主导思想便从这里产生，那就是去追寻似乎已经逝去、然而还在那里、随时准备再生的时间。

这种追寻只能在我们的头脑中进行。旧地重游或到真实的世界里去寻找回忆，一定总是令人失望的。因为这个所谓真实的世界并不存在。是我们造成了这个世界。这个世界本身也在我们激情的探照灯下经过。一个堕入情网的人觉得这个地方美若天堂，而另一个人可能会觉得这个地方其丑无比。一个人在激情之中看问题，就好比一个人戴了蓝色镜片的眼镜看世界，他会一口咬定说世界是蓝的。所以，普鲁斯特对于不可认识的"现实"并没有什么兴趣，他致力于描写的是一些印象，艺术家唯有用这种办法才能让读者看到另一个人眼中的世界。世界不止是一个，而是无数个，"每天清晨，有多少双眼睛睁开，有多少人的意识苏醒过来"，就有多少个世界。赋予这些世界上的人和物以形状，以价值的，是我们自己，是我们的愿望和我们的文化素养。1905年之后，对于普鲁斯特说来，最重要的并不是人们错误地称之为"真实的"世界，他在奥斯曼大街的寓所那个世界以及他经常去吃饭、会见朋友的丽茨饭店那个世界，而仅仅是他在自己的回忆中重新找到的那个世界。

为什么要强调1905年这个时间呢？这正是普鲁斯特父母双亡之后，联结他与母亲的脐带终于被剪断，一直停留在童年的普鲁斯特必须长成大人的那个时期。真正美好的天堂是失去的天堂。普鲁斯特无限留恋往昔，留恋伊里耶那美丽的小城，留恋外祖母、母亲给他的疼爱，留恋卡布尔海滨那些艳如玫瑰花的少女。但是，他痛苦地注意到，随着不断流逝的时间,有些往事他已经渐渐淡忘了。他多么想重建失去的天堂,他多么想留住往昔的这一切,使那些瞬间成为永恒啊!怎样才能做到这一点呢?他发现,我们的过去继续活在一件器物、一种滋味、一种气味之中,如果哪一天偶然间我们能够将一种现时的感受这个支撑物赋予我们的回忆,那么,这些回忆就死而复生了。

这种"现时的感受与某一过去回忆的巧合"或"重叠",使往昔复活,创造了立体时间的幻觉,使人得以重新找到、"感觉到"时间。这正是普鲁斯特的伟大发现的开端。

后来,普学家们将这种方法称为"无意的记忆"或"不由自主的回忆",这种例子,在《追忆似水年华》中俯拾即是,当然,最典型的便是小玛德莱娜点心那个片断了。

小玛德莱娜是一种点心的名称,原料与味道与中国的蛋糕毫无二致,只是用模具制成圆鼓鼓的扇贝形状。《在斯万家那边》第一部分《贡布雷》的结尾,小玛德莱娜的奇迹叫我们拍案叫绝。"我"叙述说,贡布雷的许多往事早已化为乌有之后,一个冬日,他回到家,母亲见他很冷,就劝他喝点茶暖暖身子。母亲叫人送来一块小玛德莱娜让他就着茶吃。他咬了一块点心,在嘴里慢慢化开,然后将一匙茶送到唇边。就在这口茶与点心碎末混在一起接触到他的上腭时,一种极度的快感袭来,使他全身战栗。这种强烈的快感是从哪里来的呢?他感到与点心和茶水的味道有关,但是这种快感又远远超出这种味道,同味觉的性质不一样。那么,到底这种快感从何而来,又意味着什么呢?他又喝了第二口,第三口,那种感觉反倒更淡薄了。"显然我所追求的真实并不在茶水之中,而在我的内心。"他在内心苦苦搜寻,"不用说,在我的内心深处搏动着的,一定是形象,一定是视觉的回忆,它同味觉联系在一起,试图随味觉而来到我的面前。"最后,"回忆突然显现"。原来那点心的味道正是他住在贡布雷的时节,星期日的早晨他到列奥妮姨母的房间去请安,姨母把一块小玛德莱娜在自己的茶水中浸了一下然后给他吃的时候那块点心的味道。见到那点心的形状,他并没有忆起往事;尝到味道,往事才浮上心头。正是这味道构成了"现时的感受+过去的回忆"的搭配,才支撑起整座回忆的大厦,当时在贡布雷见到的一切全从他的茶杯中脱颖而出:姨母居住的灰楼,父母住过的小楼;小城里从早到晚每时每刻的景象;自家花园里的各种鲜花,斯万先生家花园里的姹紫嫣红,流经贡布雷的维沃那河里飘浮的睡莲,善良的村民和他们的小屋,教堂,贡布雷的一切和市镇周围的景物,都像被童话中的魔棒点化了一样,真真切切地呈现出来。①

就这样,作家通过这种魔法,固定住了、抓住了、寻回了一小块时间,这块时间不再逝去,而成了永恒。

这就是普鲁斯特为了展示叙述者复杂的内心时间所采用的特殊时间结构和形式。在整部《追忆似水年华》中,"时间"这个概念无处不在,普鲁斯特决心通过这个奇异而新颖的形式来完成他的大业。他说:"就是今日上午,使我对我要写的作品产生了概念,同时又担心无法完成这部作品。我忽然想到,如果我尚有精力完成我的作品,那么,这个上午正像对我产生了影响的从前在贡布雷度过的某些时日那样,在我的作品中,必然标志着时间这个形式——从前在贡布雷的教堂里我对这种形式就有预感,而一般来说,这种形式对我们来说始终是看不见、摸不着的。"②普鲁斯特的天才,就在于将这个看不见、摸不着的时间,变成了看得见、摸得着的伟大艺术品。

还有一个这样的例子。在巴黎,"我"去盖尔芒特公馆作客。那时他已重病在身,心灰意懒。他走进公馆时,一只脚踩在断裂了的台阶

---

① 《追忆似水年华》第一卷《在斯万家那边》,1987年,法国七星文库版,第44—47页。
② 《追忆似水年华》第四卷《重现的时光》,1989年,法国七星文库版,第621—622页。

上。待他又找到平衡,将脚踏在一块"没有琢得方方正正、比旁边一块稍低"的石板上的时候,他再次产生了与往日小玛德莱娜点心的味道给他带来的极度幸福感完全相同的感觉。这时,他心头的一切忧郁与不快立即烟消云散。

　　正像我品尝玛德莱娜点心的那一时刻一样,对未来的一切忧虑,对自己智力的怀疑都消除了。每当我重新迈出这同样的一步,一只脚踏在那块较高的石板上,另一只脚踏在那块较低的石板上的时候,深沉的爱都使我的双眼沉醉,空气清新、阳光耀人的感觉在我周围旋转……我忘记了盖尔芒特一家人,终于又重新找到了我曾经感受过的东西,耀眼而又模糊一片的幻觉轻轻触及着我,好像它曾经对我说过:"你如果有力量,我走过的时候,抓住我吧!设法找到我给你指出的幸福之路的谜底吧……"我几乎顿时就已辨认出来,这是威尼斯。我费了多少力气要描写威尼斯都从来没有唤回这种感觉,刚才这一步,又把从前踩在圣马可教堂①两块高低不平的石板上时产生的感觉还给了我,同时那一天所有其他的感受也同时来到。②

　　我们从上面的例子中可以看到,普鲁斯特是通过现时的味觉、嗅觉、触觉去寻求逝去的时间,使往昔复活,使往昔永存。通过回忆重建逝去的印象,开发一个已到成熟时期的人的记忆这个巨大的矿藏,将他的回忆变成艺术品,使永恒的时光神奇地显现出来,这就是他——普鲁斯特奇迹的回环现象。

---

① 圣马可教堂是威尼斯的一著名教堂。
② 《追忆似水年华》第四卷《重现的时光》,1989年,法国七星文库版,第445—446页。

这种创作方法,现在被人们称为"意识流"。大家公认的意识流写作方法的"开山鼻祖"是普鲁斯特、英国女作家维吉尼亚·沃尔夫(1882—1941)和爱尔兰作家詹姆斯·乔伊斯(1882—1941)。《追忆似水年华》的第一部《在斯万家那边》发表于1913年,比沃尔夫《墙上的斑点》(1919)和乔伊斯《尤利西斯》(1922)都要早,所以这三位"开山鼻祖"中普鲁斯特是老大。令人惊异的是法国本土上进行的文学研究中,提到普鲁斯特时,却极少使用"意识流"这个字眼。

"意识流"手法最显著的特点,就是打碎传统叙述中的时间直线、延续性的方法,以自己独特的方式处理时间,将客观、科学的时间,变成人们内心中的主观时间感觉,即将本身感受的时间概念,反映在作品中。存在主义大师、法国作家让-保尔·萨特在《福克纳小说〈喧嚣与骚动〉中的时间》一文中指出,这些意识流作家"有的把过去和未来去掉,让时间只剩下对于片刻的纯粹本能知觉;有的人,如巴索斯,把时间作为一种局限的机械的记忆,普鲁斯特和福克纳,则干脆把时间斩了首……"在《追忆似水年华》中,时序被打乱,直线时序被破坏,但又不是单纯的逆时序(如人们常说的"倒叙"),而是多级的复合变化,可以说是近乎无时序。从以上各例中,我们看到,对往昔的回忆与现时联系在一起,又与对未来的思考联系在一起。整部小说给人以"节奏近乎零"的感觉,对于追求情节的读者,阅读普鲁斯特的作品显然是一种酷刑。因为作家对时间的处理是放射状的,写一个晚会,洒洒脱脱一百多页,但只有百分之四十的篇幅是写晚会本身,其余百分之六十的篇幅是写与晚会并无直接关联的东西,回忆、想象、议论、描写、心理分析任意驰骋,过去、现在与未来纵横交错。叙事文字被这一切形成的汪洋大海所淹没,一百多页过去了,晚会尚未结束。

此外,《追忆似水年华》中还有大量篇幅是对幻觉的描写,作者描写的幻境真是惟妙惟肖,令人头晕目眩,出神入化,具有无比的艺术魅力。

他不仅深入细致地描写了人物的内心世界,而且更进一步向深处开掘,通过潜意识的滤色镜表现出一个若明若暗的混沌世界。在这个世界里,内心世界与现实世界界限不清,直觉感受、意识活动与客观真实连成一片,融为一体。最绝妙的例子,便是我们在本文第二节《诺亚方舟》中所引的那一大段对于一个辗转反侧的人的种种幻觉所作的洋洋数千言的描写。从前,小说家的主要精力放在安排故事情节和刻画人物性格上;从普鲁斯特起,潜意识活动成为小说的写作对象,情节淡化了,性格消失了,有时主人公连姓名、职业都没有。此后相继出现的重要文学流派,如超现实主义,存在主义,荒诞派,新小说派等等,虽然各有自己的特点及形成、发展过程,但是他们的表现手法都程度不同地受到意识流技巧的影响。因此,我们说普鲁斯特开一代小说之先河,影响了整个一个文学时代,是并不过分的。

当然,这样的描写,并非由普鲁斯特首创。他的前人中,已有一些人使用过类似的手法。

首先是夏多布里昂。在《墓畔回忆录》中,我们可以读到"昨天晚上,我独自在布瓦希埃山林园中漫步。一只斑鸫在啼啭,将我从思索中惊醒。这具有魔力的声音顿时使得父亲的领地再次出现在我的眼前……"这样美妙的词句。普鲁斯特本人在《失而复得的时光》(《追忆似水年华》最后一部)中也引用了这几句,说明他确实受到夏多布里昂的影响。"父亲的领地"叫贡布尔,普鲁斯特笔下的伊里耶叫贡布雷。贡布尔与贡布雷,这两个地名之间难道没有某种相似么?

其次是钱拉·德·奈瓦尔(1808—1855)。他在《西尔维》一文中写到,他看报,报上的一则晚会广告在他心上唤起一系列崭新的印象,那就是对于早已遗忘的外省生活的回忆。

再就是波德莱尔。他在《恶之花》中,这种往事的重现有许多处。如《异国的清香》:"当我闭上双眼,在暖秋的晚上,/闻着你那温暖的乳房的香气,/我就看到有幸福的海岸浮起,/那儿闪耀着单调的太阳光芒/……";如《头发》:"哦,垂到脖子上的浓密的头发!哦,环形的鬈发!哦,慵懒的清香!/狂喜啊!我要像挥动手帕一样/将头发摇荡,为了在今晚让沉睡在/发中的回忆充满这阴暗的卧房!/……"

当然,我们在这里看到,波德莱尔的回忆是有意为之。

我们也不会忘记福楼拜在《包法利夫人》中"她突然听到晚祷的钟声"那一段的描写和卢梭在《忏悔录》中对于让·雅克30年后依稀望见篱笆边有点"什么蓝色的东西"时,便大喊大叫起来:"啊!那是长春花!"的一段描写。

……

但是,这种技巧在上述几位作家手中,只起一种类似修辞手段的作用,他们使用这种手法是为了从这一景转到另一景,将读者从现实引向过去,只不过像戏剧一样,起到更换布景的作用。对作品的结构来说,只起"接缝"的作用。这些作家窥见了这个主题,但是他们没有在自己直觉的指引下走到底。而普鲁斯特的独特之处,也是普鲁斯特的新发现,是他用这种方法找到了打开逝去的天堂的一把钥匙,他创造了主体的时间。在现时的感受与过去的回忆相重叠的这一瞬间,时间被找回来了,也就被战胜了,因为属于过去的整整一块时间,已经属于现在了。艺术家在这种时刻感到自己征服了永恒。任何东西只有在其永恒面貌,即艺术面貌下才能被真正领略和保存起来。这就是《追忆似水年华》刻意创新之处。整部作品的中心题目就是"时间",以时间这个题目开始(从一杯茶中涌现出一个世界),又以时间这个题目结束:

与此同时,在盖尔芒特公馆里,那脚步的声音,我父母送走斯万先生的脚步声,花园里小铃铛跳跃式的、发出金属鸣响的、无尽无休的、吵吵闹闹的、清新的响声,向我宣布斯万先生终于已经告别、妈妈就要上楼来的铃声,又响在我的耳际,我亲耳听到了这些声音,而这些都是多么遥远的往事啊……我听到贡布雷花园里小铃铛的那么遥远然而又是内在的响声的那个日子,在我尚不知其存在的这巨大的一度空间中,是一个里程碑。我仿佛身高有几法里①,在我下面,在我内心,我看到那么久远的年代,我感到头晕目眩了……"

"如果能留给我足够的时间让我完成我的作品,我一定要用这个时间的大印给这部作品打上痕迹,如今这种时间的概念是这样强有力地压在我的心头。我要在作品中描写人,哪怕搞得他们像些恶魔也要这样做,要让他们在时间上占据一个极大的地盘,与空间中留给他们的极其有限的地盘相比要大得多,相反,这个地盘要无限度地延长,既然他们像巨人一样,既然他们沉湎在永久的年代中,又同时触及他们自己生活过的时代,从时间上来说是那么遥远的年代——在这些年代中又夹入了那么多的日子……②

最后,普鲁斯特通过这种形式踏入了唯一的现实的岁月,即艺术的岁月。他决心写一本书,以艺术的形式——唯一永久的形式——将往昔固定下来,这也就等于找回了失去的时光。到这里,他在艺术中找到了幸福的绝对存在,小说也就与小说家的生平融为一体。书的结尾处谈到的他决心写的书,也就是他刚刚写完的这本书。

---

① 法里是法国旧长度单位,一法里约等于四公里。
② 《追忆似水年华》第四卷《重现的时光》,1989年,法国七星文库版,第 623—625 页。

布勒东：

强力性的精神解放

葛 雷

I 纯粹的美学

我曾在《超现实派》译本序中对超现实主义做了如下的介绍：

超现实主义是产生于第一次世界大战期间的一种文化思潮，1924年左右，在这种思潮中形成了一个有组织、有纲领、有一系列社会活动的集团，以这个集团为核心，首先是在法国，而后，遍及欧美乃至世界各地推动和发展超现实主义运动，以至形成了震荡西方精神及各个文化领域的一个声势浩大的文化运动。超现实主义影响到了西方的文学、艺术、音乐、绘画、电影、戏剧等各个领域，引起了西方的文化观念、美学观念、道德观念以及个人及社会的价值观念及意识形态的巨大变革。超现实主义明显地延续了半个世纪左右（1924—1966），是西方文学中影响最大、最广泛的一个文学流派，一种艺术思潮，一个文化运动。

超现实主义的出现是西方文化的发展，尤其是弗洛伊德精神分析学说的出现、第一次世界大战的震荡、苏联十月社会主义革命的胜利使马克思主义在西方青年人中获得了大的普及等多种因素影响下所造成的一种综合性的产物。超现实主义集团的成员们把马克思主义的"改造世界"和象征主义诗人兰波"改变生活"这两个口号结合起来形成了他们的基本纲领。

萨特说:"艺术因人而异:对于这个人,艺术是一种逃遁;而对于另一个人,艺术则是一种征服手段。"①如果萨特的话是正确的话,那么超现实主义的艺术追求则比较集中地侧重于后者,即对未知、未来甚至自我及他人的征服。

如果从哲学和理论的高度对超现实主义加以理解的话,那么超现实主义的本身并不是对现实的超脱和回避,而是以十分刚猛和无畏的精神对现实的一种挑战和斗争。这里所说的现实,是指包括外在于人的整个外部现实和人的自我精神世界的内部现实在内的全部的现实。而布勒东则是这种挑战和斗争中的最杰出的代表。

布勒东在《超现实主义第二宣言》中写道:"所有人都相信精神上存在着某一点:在这里现实与想象,过去与未来,相通与不通,高与低等一切都不再处于矛盾状态。然而人们企图在超现实主义的活动中找到除了将这个点确定下来的希望之外的另一种流动那将是徒劳的。"②我们在超现实主义的理论中不难发现超现实派们所追求的现实,不是人们耳闻目睹的普通现实,也不是沉入幻想与梦境中,在虚无的天地里的一种苟安与自适的状态,恰恰相反,他们企图通过一种精神的神秘而又大胆的追索,来求得一种纯粹的、澄净的诗意境界。他们不再把这种境界称之为虚无,而称之为现实。

布勒东的两部重要著作:《磁力场》与《连通器》表明了,超现实派们所追求的现实中所具有的磁力飓风的魅力与"连通器"的精神互通性。于连·格拉克在其《布勒东论》中写道:"让我们重新寻找一个弗洛伊德主义以什么样的语言(在这个感应性的词的全面意义上来说的语言),

---

① 萨特:《什么是文学?》,伽利玛出版社,法文版,第48页。
② 《超现实主义第二宣言》,法文版,第81页。

按照这种华美的表达法,才可能同布勒东的想象力进行对话,我们预感到在这方面弗洛伊德所发现的新大陆具有转变成磁力场的愿望的全部本质。"①何谓"磁力场"?"磁力场"就是人的一种本质的存在形式,是一种由人的本身的、具有内聚力的肌体的运动所产生的一种辐射的力量。按照布勒东的说法:"物理的与精神的境界变成了一种永恒震荡着的、所有干扰与联络都无迹可求的力量的场所。"②在这种场合里,物的位置,人的视觉,精神感受都被一种旋风似的晕眩的魅力所搅扰,这是语言的力量,精神的力量,又是得以产生这两种力量的物质力量的体现。

"让我们将明月推向海洋的深处吧,蛤蟆将空心的灌木弄痒了,鸟儿被其叫声所摇荡。"③

诗人在磁场中,或者说诗在诗人这磁力场中充满了晕眩与战栗,不安与骚动,但其力量的走向正好与人们一般所理解的方向相反。

布勒东曾说过:"关键不在于再造一个物,而在于再造一种在这个词的旧的意义上的物的效应(vertu),那就是用这种次序的目光去打乱宇宙,把微生物看做是动物,首要的是它们自身显示出力量的面貌,甚至绽现出星光的流溢感。"④没有再比这一段话更能代表布勒东的诗歌美学本质的东西了。既然外物是通过人的感官与知觉而获得其存在的意义,既然人的感官和知觉受到了感觉主体本身所受的文化、道德及种种既定概念的限制和制约,那么,作为反映于人的感官与知觉之中的外物的面貌就是一种不稳定的因人而易、因时代变化而变化的形态,而且,就一般认识的意义上来讲,我们对事物从形态到本质的认识,也仅

---

① 于连·格拉克:《布勒东论》,法文版,第77页。
② 菲利普·奥瑞:《磁力场》序言。
③ 布勒东与苏波合著:《磁力场》,法文版,第59页。
④ 布勒东:《遗失的脚步》,法文版,第69页。

仅限于一知半解之中,其被我们所了解的部分远没有其被我们所尚未了解或者了解了而被歪曲的部分多。因此,在人类认识的历史上,人与物之间的关系始终存在着一种误差、错觉和假象。而我们一般人所认为的现实恰恰是由这些误差、错觉和假象所组成的,因此,这种现实也是虚假的,不实在的。它的虚假与不真实性与我们在梦幻中所感受到的事物一样的虚幻,二者的差别不是真与假的区别,而是习惯与不习惯之间的区别,因此,超现实主义者们,往往把现实与梦的界限取消了,将实在与想象之间的界限取消了,将过去和未来的界限取消了,从而通过将作为感知窗口的感官范围的扩大与对其局限的取消来加大感觉主体对真正现实的更为直接的把握,也正是在这个意义上,超现实主义拒绝接受以往道德、美学及其他一切成规的束缚而企图开创一条全新的艺术之路。

艾米尔·布维叶写道:"纯文学美的激情撞击,以其自身为满足。这是争先取代旧有文化标准——再创造的忠实或理论的介入——的完美的选拔赛。美将不再是作品与对象的一致,而是纯粹文学情绪的一种能力。"[1]从纯文化的角度讲,超现实主义是一种浪漫主义。只不过,它不再像早期浪漫派们那种为了回避和抗议资产阶级的物质文明的污染而逃遁到大自然之中和人类的远古时代的童年中去。恰恰相反,超现实派的艺术,以革新化了的艺术去与堕落了的物质文明相对抗和进行着不屈的斗争。因此,对于超现实派,艺术不仅仅是一种文字手段,而且是一种生存方式,而在艺术中,特别是诗中,艺术家和诗人具有将自己的欲望、按照自己的意图而赋予万物的自由。这样,不仅超现实主义的艺术成为超现实派们的生命,而且超现实派也赋予了艺术以真正的生命。阿尔基埃先生在其《超现实主义哲学》中指出:"布勒东的基本

---

[1] 布维叶:《当代文学入门》,法文版,第198—200页。

计划在1924年确立之后,以后便从未改变过:尽管它向我们呈现着千姿百态的面貌,但那不是文学的本质。如果说它导致着对美的唯一欣赏,那是因为审美意识在今天使人最为得体地捕捉住人的同一性。因为现代人自从失去宗教信仰之后,形而上学的理解,被引向将艺术变为生命的道路,被引向向美寻求其命运的意义的道路。"①

"超现实主义的最大兴趣之一,实际上是始终企图表现完全和最终的人,并由此而确保一种没有羁绊、没有局限的自信的超人。在这种超人身上,奇妙的激动,童年的传奇,保持着自己的意义和价值,并避开一切外来的盘剥。"②如果作为艺术家还保持着自己的艺术创作激情与审美意识的自由的话,他就不可能再甘愿将自己局限在旧有的语言、思维和想象的陈旧框架里,他必须集中自己的全部的生命力去创造一种崭新的艺术。超现实派的一位诗人布斯盖写道:"我感到自我的观念是由达到我心智的事物所哺育……"此外,"我并不想去描写一个客体,我面对这个客体,直至达到这种境界:不是我在看这个物体,而是这个物体在看我,它在我的眼睛里发明了自己的形象并使我睡倒在它的脚下。"③在共感的事物中,诗人似乎都有着某种共振的触须,我国唐代大诗人李白的诗:

众鸟高飞尽,
孤云独去闲;
相看两不厌,
只有敬亭山。

---

① 阿尔基埃:《超现实主义哲学》,法文版,第197—198页。
② 同上,第220页。
③ 同上,第230页。

山何以能看诗人呢?因为诗人将自己的艺术生命注入给了艺术的对象物。在这里,我们并不会以为李白是一种歇斯底里的孤独。当艺术家乘着灵感的翅膀在艺术的真实世界里进行翱翔时,他便获得了两种绝对的自由:驾驭命运的自由和爱的自由。

在布勒东及超现实派们的很多理论命题中,对命运的认识和他们的诗学追求往往密切相联。在超现实派看来,所谓命运,乃是一种"纯粹的和绝对的偶然"。恩格斯说:"因果性只能在与以必然性的形式而显现的客观偶然的阶段相联系时才是可以理解的。"而命运本身并不具有某种必然性,即使当它在某个阶段呈现出某种必然的趋势时,而作为承受命运的主体,却依然通过一系列的冒险行为来在方向上改变这种必然的趋势,因而,在原始状态中呈现着必然的态势的客观性,因其主观意志的强烈介入而又转变为偶然,因而,对于超现实派来说,归根结底,命运的最本质状态不是一种必然,而是一种偶然,这在哲学与美学的命题中显然是积极的。因为如果只一味地去承认命运的必然性的话,那么必然陷于消极的宿命论与完全驯服的精神状态;而超现实派的出发点,恰恰与此相反,他们以持续的暴烈态度去进行着种种冒险。加缪写道:"绝对的造反,始终的桀骜不驯,对规矩的颠覆,幽默,对荒诞的崇拜,超现实主义在其初衷中所确定的仿佛包打天下的势态总是不断地重新开始着。"① 当超现实派们把"绝对的偶然"作为征服对象时,他们便进入了一个完全不同于一般的精神状态,而随着这种精神状态的升华,他们对艺术美的追求也便达到了一个较高的艺术域界。

在纯艺术的范畴里,偶然本身的确是法国作家们在孜孜不倦地探求的,当马拉美在自己的诗学中把纯粹存在于人的意志之外的一种自然的文字状态称之为偶然,并通过保持着文字的偶然而达到自然的天

---

① 加缪:《造反者》,法文版,第118—119页。

籁之美时,马拉美实际上对偶然所采取的是半妥切的态度。而在超现实派那里,则纯然是一种起义和征服的态度。当偶然作为一种纯然强加给予人的、盲目的外在力量呈现着时,超现实派们则通过对一种"奇妙"的追求①来达到对偶然的捕捉与驾驭,或者将其控制在一种纯粹的精神状态之中。超现实派的"自动写作"的理论基础就是出于对偶然的征服的自由意志与纯粹的精神解放。布勒东在其《狂爱》中写道:"偶然是一种给定的形式,它仿佛是在人类的潜意识中开辟着道路的必然性所呈现的一种形态。"②布勒东的这个解释显然是对恩格斯"自由是对必然的认识"和弗洛伊德的潜意识学说的一种中和。但是否可以说超现实派们对偶然的态度是一种创造性的发明呢？当布勒东将偶然与潜意识结合起来时,他便通过一种人的自由意向将偶然的外在强制力给消解了。正如阿尔基埃所说:"对于布勒东和对于弗洛伊德一样,因为我们的命运是我们的深刻的倾向的结果,这些倾向在我们自身中是意志和不同类型的自由。从此,一切都变了,我们的命运,意味着命运的形象无疑在继续像来自外部的力量一样强加给我们光明的意识,命运依然是源自于由欲望造就的自我之流,而这种做为'我之生命'的形象表达着我深刻的人格和我个人的自发性。"③我们在这里可以清楚地看到,当布勒东将体现着偶然性的命运的原始的外在力量在自己的理论中消解为一种人格的外在显示和内在力量的勃发时,他实际是在自己的学说中凝聚了西方自希腊神话中俄狄浦斯悲剧及一系列哲学学说,尤其是柏拉图学说以来的诸多有关命运的阐释,并形成了自己一整套独特的艺术理论体系。当无数戏剧家将俄狄浦斯的悲剧归结为命运的不可抗拒性与人的渺小但又进行无力抗争之间的悬殊对比时,布勒东

---

① 奇妙是布勒东美学中的一个重要组成部分。
② 布勒东:《狂爱》第二章。
③ 《超现实主义哲学》,法文版,第179页。

却将人格的力量与人的自持力提高到了与命运的强大外力相抗衡的地步。在这个意义上说,超现实主义依然是一种具有强烈的人道主义特征的学说,而不是像某些人所说的是什么文化上的虚无主义。超现实主义不是到梦幻和非现实中去寻找庇护所的消极主义,恰恰相反,它是力图将人的知解范围扩大到比逻辑的、客观的现实更为高一层次的某种存在中去的积极主义。虽然在艺术上超现实主义表现了一种反常的,甚至是激进的非理性主义态度,但实际上,它是试图在打乱某种旧有存在、旧的范畴和旧的模式的同时按照自己的意志来重新构成一个新的秩序世界。因此,也可以这样说,对于布勒东和超现实派们,解构一个世界或重新构造一个世界是同一过程中的两个不同侧面。也正是在这个意义上说,当超现实派们在强调艺术中的精神自由时,也正是在超越了旧有的精神基础和旧有的思维模式的条件下,所获得的一种摆脱了命运中偶然的外在力量的强力性的纯精神解放。

如果说,超现实派们在纯粹精神解放中,在语言的原始之流的语言的相互撞击中,获得了诗意的无穷奇妙的艺术之美的话,那么超现实派所追求的另一种东西那就是爱。因为,对于超现实派来说:"在任何情况下,进入梦幻世界的能力成为一种愉悦,所谓梦幻世界乃是这样一个场所:爱和美似乎就像在日常的现实中一样,但它们都成为唾手可得的东西。"[①]爱既是超现实派的一种追求,也是这种追求的一种补偿,当他们在孜孜不倦地向着一个梦幻世界探求时,女人,就成了他们所追求的神秘之美和奇妙之美的集合物。布勒东在谈话中曾经这样提及:"在一切领域里进行冒险的嗜好远没有离开我们,我所说的冒险乃是在语言上,在大街上,在梦幻中所进行的冒险。像《巴黎的乡巴佬》、《娜佳》,可以使人感受到这样的精神气候,流浪的趣味被推向最大的限度,一种不

[①] 《超现实主义哲学》,第 36 页。

间断的探索呈现着自由的流动状态,关键在于看到那些隐藏在外表之下的东西并使之显现出来,不期而至的相遇,不管清楚与否,总是趋向于呈现一种女人的形体,显示出这种追求的最高点。"①

为什么爱或者说女性是超现实主义的一种对美的追求体现呢？这是由于爱对于人的生存本身不仅具有最原始性的本质特征,而且也是人类的一种必然和必要的生存方式。对爱本身的追求既包含着对艺术美的追求又包含了人的自我原始欲望的最终实现。布勒东写道:"我们不难承认,我们所受的持续痛苦,不是来自于其他任何地方而是来自一种对爱的威胁的感受。"

从宗教的观点来说,爱情本身是人类闯入伊甸园的欲望的最原始的动力,又是失去伊甸园这个天堂乐园的最根本的原因。拉马丁的两句诗揭示了这种原本的现象:

受着自己本质的局限,怀着无穷的誓愿,
人,是怀着天堂的谪凡的上帝。

从形而上学的意义上说,爱本身是一种最神圣的事情,又是一种最世俗的生活需要。当爱情作为一种神圣的理想出现在遥远的天涯时,它曾引诱过法国中世纪的骑士们去进行非凡的冒险,而当爱作为一种世俗生活的不可逾越的过道时,骑士们则跳下他们的战马只得向石榴裙膜拜。爱本身对于超现实派,则既不是一种虚幻的理想,也不是一种神圣的向往,而是一种最为执着和实际的艺术与哲学的追求。在超现实派们,特别是布勒东看来,爱情是超现实主义的主旨之一,它是世界瞬间的外表与永恒价值相遇的一种契机和闪电。爱情本身,不只是某

---

① 布勒东:《谈话录》,法文版,第139页。

种欲望的包含着美的含义的自我满足,而是一种具有崇高道德含义的社会行为,是"一种永恒希望的世俗形式"。奈利在谈及超现实主义的爱情时说:"如果说超现实主义者们升华了妇女和爱情,那是以寻找男女朋友的潜意识的命运的名义和为了证明人们只能爱一个作为我们人间命运的化身和象征的人,至少我们是通过这个人来走向自己的命运的。"①因此,超现实主义者们对爱情的器重和追求与其同上述与命运的抗争相一致,与对偶然性的外在强制力的摆脱相一致,在另一种意义上说,爱情也是一种带有偶然性的机遇,是寻爱者在不定质的追求中的一种意外的满足,是在现实与理想、清醒与梦幻间的一种奇妙的精神状态的实现。布勒东在其诗作中曾用极为奇妙的语言表述过这种状态:

> 她对我说:你是对的,在这里出现的阴影倏然消逝,我相信,爱的词语是它的向导,但雾之甲胄和天穹的香袋却将你引向了这永恒歙动的大门,沿着播下思想之种的台阶进入了我的心房并将我爱抚。②

在这里,布勒东将妇女的实质诗化了,她们变成了构筑于梦与醒之间的桥梁,并将二者中和起来,将自己的倒影沉浸于一种类似于水的朦胧的介质之中去了。笛卡尔曾说过任何建立在理性基础之上的理解都属于激情,而且是一种徜徉于梦幻与现实中的朦胧意识,是一种摆脱了理性的明确外延束缚了的自由的精神现象的漫延。

超现实主义这种爱情观的出现,从艺术史和思想史的角度加以考察,可以说是一种进步。至少可以说,超现实主义将爱情的含义从纯艺

---

① 勒内·奈利:《爱与心灵的神话》,法文版,第14页。
② 布勒东:《悠悠游鱼》,法文版,第79—80页。

术的角度给予了升华。这一点我们极容易在西方的艺术史特别是在法国的诗歌史的简单轨迹中得到印证。当文艺复兴时代的自由奔放的个性解放运动受到古典主义时代专制文艺的强制和束缚时,龙萨式的纯朴爱情便极为明显地转变成了巴罗克式的艺术风格。而在法国巴罗克时代的诗歌里对爱情的追求已由一种高度的孤独感被扭曲为一种纳尔西斯式的自恋主义,可以说自恋主义是人类孤独的一种象征化的艺术体现。当纳尔西斯临流自照时,发现了自己的影子,自此,他不再爱世间的外物,但当他跃入清流去拥抱自己的影子时,他便和影子一起溺入清流化成了水仙。这一自恋主义的主题在浪漫主义时代得到了较为广泛地延伸,表现为对个人情感的自由放任和对一切诗律的蔑视,而在象征主义时代,特别是在马拉美的笔下则这种自恋主义的化身由纳尔西斯转变成了艾罗迪亚德,艾罗迪亚德面对清彻的明镜感到一种神奇的诱惑,而她的乳母用爱吻、用香料、用种种欲望去引诱她时,她表示了绝对的冷漠和无动于衷,而沿着艾罗迪亚德的主题,纪德、瓦雷里都先后写出了《水仙片断》和《纳尔西斯新论》等著名作品来表现这一自恋主题中个人精神的苦恼和矛盾。但超现实主义的骑士们的爱情观却以极为开放和激进的方式,走出了这种自恋的孤独的境地,而表现了一种更高层次的人道主义。诚如阿尔基埃所说:"真正的爱情是外在性的爱情:爱是走出自我,而不是爱者的自爱。"[①]因此,超现实主义者所追求的爱情和超现实主义者所追求的诗的方向是一致的,它不是自我的排除(像弗洛伊德学说一样)也不是自我的失落,(像《超现实主义第一宣言》的开头所指出的那样),而是一种真正自我的复归,是对人的自我能力的一种真正的文艺复兴和充满自信力的自我能力的最大限度的释放。

超现实派对语言的一系列理论,不仅刷新了诗歌美学理论,而且也

[①] 《超现实主义哲学》,法文版,第117页。

给语言学本身带来了生命和生机。任何语言的巨大变革,甚至任何与语言变革相一致的理论的变革,都必然伴随着意识形态和文化的巨大变革。因为,语言是思维的对象、过程、手段,又是思维表达的必然结果。围绕着对语言的态度问题往往展现出新旧意识形态的矛盾和必然的冲突。然而所谓语言的问题,绝不是指一般在个别用语上玩弄技巧的问题和施展雕虫小技般的语言花招,而是对语言的实质的最为广泛最为深刻的意义上所采取的果决的变革。由于语言本身是思维的对象方式和结果,因此,它与一个时代的思维过程和这个时代本身密切相联。可以说,自象征派以来的每一次法国(甚至包括整个西方在内)的诗歌运动或者带有文化意义的文学运动,都可以看做是在对民族语言进行着一种趋向于向其反面的深邃的未知领域发展着的一种努力。如果我们不能很好地理解这一点,至少是如果我们对于这一点不认真加以注意的话,我们就很难对现代的西方文学和文学批评加以较为中肯而深刻的认识。

"语言的趣味,在其最为抽象和廉价的既定的形式:韵脚、节奏、口头禅、共鸣以及潇洒的尴尬中从一个角度上充分进行着自我的辩解。我们可以把这种角度确定为一种对预制好的、僵硬框架的需要的自发性的认识。人们为了阐发其思想的最为隐秘的潜在力而将自己的思想依着在这框架里。这个框架可以首先是渗进其内在的僵硬机制中的语言,其次,它又是统治着不同文学类别的规则,它相当明显地将马拉美与瓦雷里同17世纪的古典派们联系了起来。"[①]在这个意义上说,超现实派是企图以激进的语言革命形式打破一种思维框架,打破一种语言的固定的逻辑结构,打破一切束缚人的自我情感及其本质表露的任何外部模式的暴动,同时,又是按照人的本质和表达这种本质的原始的思

---

① 于连·格拉克:《布勒东论》,法文版,第95—96页。

维之流的自然流淌,重建一种语言的新形态的大胆尝试。也正是在这个意义上说,布勒东及超现实派们的文学作品已明显地摧毁了旧有文学的固定模式,从而使自己的作品呈现一种使批评家们时常处于尴尬地位的难以确指的新的文学形态。他们不再具有原来小说的情节①、诗的外在韵律、散文的自然节奏和戏剧化的明显冲突,相反,人们不再能用这种体裁的既定规则来界定它们,它们在某种意义上说只是一种最为自然的最为诗意的原始的文字之流,在这种流动中,诗人的独尊与专制意识处于休眠状态,而语言本身的生机与潜力处于一种极为清晰、涌动和活跃的状态。在这种语言的流动中,回响着一种类似天籁的呢喃和类似于光的原生质的一种微弱而自然的战颤。布勒东将这种本质地失去一切外在的控制力的、处于纯然孤立和自持状态的美称之为"抽搐"。

II 瑰丽的突进

安德雷·布勒东(André Breton 1896—1966)出生于法国北部的坦什布赖。因为他很少谈及,人们对他童年时的经历知之甚少。1906—1912年,他就读于夏普塔尔中学,在中学里受到一位文学素养很高的修辞学教师的启蒙。② 他开始孜孜不倦地阅读波德莱尔、马拉

---

① 布勒东在《超现实主义宣言》中写道:"瓦雷里先生最后建议在一部文选中尽可能多收集丧失理智的处女作长篇小说,他对此期待甚切。最卓越的作者将借重于此。这种思想至今仍然使保尔·瓦雷里保持着荣誉,以前他论及长篇小说,他对我们保证说他将永远拒绝去写'侯爵夫人早上五点钟出发'……

② 布勒东在其《谈话录》中谈到这位教师叫安德烈·克莱松。他说:"自从我知道了黑格尔,自从我预感到他随之带来的框架,1912年左右,我跟我的哲学老师——一位实证主义者安德烈·克莱松——学过黑格尔,我便被他的敏锐目光所慑服,他的方法在我的心目中使其他一切方法大为逊色,对于我,什么时候或什么地方没有黑格尔的辩证法的作用,什么时候或什么地方就没有思想,没有真理的希望。"布勒东《谈话录》,法文版,第153—154页。

美和于斯曼等象征派作家的作品。中学毕业后入巴黎医科大学读医学。他在大学中受到空想社会主义学说的影响,并开始在《法朗吉》杂志上发表诗作。① 后来结识了瓦雷里,曾受到过瓦雷里的提携。他后来写道:"瓦雷里教给了我许多东西,多年来,他以诲人不倦的耐心,回答了我各式各样的问题。他归还了我的本质——当他必须艰难地使我沿着自己的本质方向发展时,他感到了无比的痛苦。我以他膝下高足的身份感谢他对我持久的关心……"②

第一次世界大战以后,他应征到前线做医护工作,他开始结识立体派和未来派的诗人和艺术家,并结识了当时有创新倾向的先锋派诗人瓦歇③和阿波利奈。④ 瓦歇的幽默理论和阿波利奈的新的美学追求深深地影响了布勒东,他开始由对诗的一般性哲理的追求转向对人的自身的关注,同时,他开始研读兰波的作品和弗洛伊德学说。在医院他结识了阿拉贡,他们彼此都是学医的,都对文学特别是诗歌有一番抱负,所以一见如故,他们一起交谈,一起高声朗诵洛特阿蒙的作品,十分投机。

1919年战争结束后,布勒东返回巴黎,这个时期,他已结识了苏

---

① 法朗吉是法国18世纪空想社会主义学说创始人之一傅立叶所设想的一种乌托邦式的社会组织的名字。在这个组织中大家一起合谐一致地参加生产劳动,一起合谐地生活,并按照平均主义的分配原则取得自己的劳动报酬等等。当时《法朗吉》杂志带有激进的空想社会主义和无政府主义的色彩。布勒东一生受这本杂志的影响和傅立叶空想社会主义学说的思想影响很深,因此,他后来写出《傅立叶颂》的长篇颂诗也就不是偶然的了。布勒东在谈及他和《法朗吉》杂志的关系时讲道:"我认识的第一个人就是让·鲁瓦耶尔。他说我的诗幽晦得像一朵百合,事实上这种晦密的诗现在还在我内心唤起反响。让·鲁瓦耶尔主编一本有名的杂志《法朗吉》,这本杂志发表了我的第一批诗作……"布勒东《谈话录》,法文版,第19页。

② 引自萨巴杰:《法国诗歌史》20世纪卷,下册,法文版,第265页。

③ 瓦歇从1916年就和布勒东保持着通信联系,在题为《战争通信集》的小册子中保留了瓦歇给布勒东的三封信,谈及瓦歇,布勒东讲道:"瓦歇似乎有点漫不经心的给定的而由于又加以严谨起来的幽默,可以做如下定义:它是一切戏剧化的(没有快活的)无用性的意义。这个定义远不是在最彻悟的沉思中所取得一种退隐立场。"《谈话录》,第34页。布勒东后来编选《黑色幽默文选》似乎和瓦歇的幽默对他的影响有关。

④ 谈及阿波利奈,布勒东说:"有一个人其诗歌天才在我的心目中超过所有的人,时刻显露其头角,这就是阿波利奈。"《谈话录》,第31页。

波,同时常去拜访瓦雷里,但瓦雷里此时正在创作他的长诗《年轻命运女神》,布勒东感到他的美学追求与瓦雷里相去越来越远,于是他和瓦雷里渐渐疏远而参加勒丰迪的聚谈会①。这时达达的风潮已经传到巴黎,他和阿拉贡、苏波合办起响应达达的杂志《文学》。"文学"这个名称是受到瓦雷里所用的 rascal(捣蛋鬼)的启发而命名的,所谓文学实际上是给文学捣蛋。这时布勒东通过广泛的社会活动已在文学杂志周围团结起了一大批诗人。他和苏波合作,以自动写作的方式写出第一部超现实主义的作品《磁力场》并发表他自己的第一部诗集《当铺》。1920年,原来是立体派画家,后来参加达达,并给达·芬奇的名画"蒙娜丽莎"的形象上加上两撇胡须的画家马赛尔·杜尚和另一位同样经历的画家庇卡比亚也来到巴黎,团结在布勒东的周围,布勒东开始有了作领袖的实力,又有了作领袖的资本,他开始公开与达达派分道扬镳,正式宣扬超现实主义的理论,他在《文学》杂志上向他的同伙们发出号召:"放弃达达,放弃一切!"这种决裂是有其相当深刻的背景的,查拉具有诗人的气质,他的达达只知扫荡和摧毁,他信奉巴枯宁的话"破坏即建设",他要打倒包括达达在内的一切,所以最后,达达的确被布勒东帮他打倒了。而布勒东则是哲人和理论家的气质,他从一开始就十分注重自己的理论建设,他每提出一种见解,总是要先从各种角度找出理论依据,所以布勒东的超现实主义的步态,显得比达达要踏实得多了。同时,布勒东在正式出台之前,早已做好了思想、组织甚至物质以及其他各方面的准备,所以布勒东一旦在前台出面,查拉的领袖地位立刻便被不可争议地剥夺了。菲利普·奥瑞在其《超现实派》一书中对布勒东有如下的描写:

---

① 布勒东在谈及他和瓦雷里之间出现分歧之后,瓦雷里所采取的宽容态度时说:"瓦雷里对我说:'我一点也不是那种因使人分享这些观念而惴惴不安的人,劝人改宗的热情正好与我相反,每个人对事物都有自己的看法……"布勒东《谈话录》,法文版,第25页。

从这个时期起,布勒东被心照不宣地奉为这条阵线的首领。这个人在不露声色中屹立于文坛,并冲破一次次最剧烈的决裂建筑起一座值得几代作家和艺术家借鉴的高峰,其超凡的能力是足以令人思味良久的。无疑他的仪表之伟岸是令人敬佩的:他的面颊,他的手势,他的总是保持着自然的庄严的步态,仿佛是一尊向着难以估量的伟大命运进发的塑像。而他那时而飞动时而凝视的眼神,只轻轻地一扫,便可把全部视野的一切有关东西一下子收拢在一个他那凌人的光辉的视点上,他具有的那种磁力和魅力使一切接近他的人们都难以自持。同时他是用声调同于连·格拉克称作"把声音加给人的方法"而进行写作的,这就锻炼出了他的一种具有魅力的本质。

另一位超现实主义者雅克·巴隆在回忆录中写道:"我青年时代的布勒东是那么忠于他自己,70年来,他一直使我倾倒,使我为之折腰,因为他远远地超过了一切的平庸。他的品德和缺点都使他成为与众不同的人物,他是纯粹意义上的卓尔不群,他给人的印象是他从不在那些低级的思想上去耗费精力。无疑,他不是没有低级思想,他从马拉美过渡到庇卡比亚也不是没有痛苦,但这不是他不可逾越的困难,而是流水要绕过阻碍它的岩石而向前奔流时所产生的那种困难。"

在布勒东的长期思考和策划下,终于在1924年发表了超现实主义的第一宣言,在宣言上签名的有19人。《宣言》全面阐述了他对文学和文化的主张和观点,提出了超现实主义理论中一系列的重大命题。《宣言》对传统、经验、理性、逻辑提出了全面的诉讼,认为人们通常所理解的现实,正是被上述这些东西所掩埋了的现实,所以它是失去了真实面貌的现实,是狭隘的现实,虚伪的现实,假如人们完全服从于这些东西,那么人就失去了自己的自由。他认为很多事情特别是一些超凡的事情是理性难以解决的,他有一句名言:"只有同疯子一起出发,哥伦布才会发现美洲新大陆。"宣言中还对文学中的现实主义进行了全面攻击,他认为现实主义是哲学上的实证主义在文学中的反应,"从圣托马斯到阿纳多尔·法朗士……有着与一切文化和道德的进步相敌对的面貌。我讨厌这种态度,因为它是由平庸、仇恨和乏味的自负所造成的。是它在今天孕育了这些可笑的书籍这些卑污的剧目,它不断在报纸上筑成堡垒,而且在向低级趣味的谄媚方面足以使科学和艺术甘拜下风。"①

《宣言》说:"我感到一切行动本身都有自己的理由,至少对于那些有能力去进行这种行动的人是如此;它具有这样一种辉煌的魅力:任何注释都是对它本质的削弱,而且可以说,由于注释它便失去生命力。"②他在宣言中充分肯定了弗洛伊德的精神分析学说,并对梦与现实的问题进行了阐发,他认为人们对于梦的能力的认识被理性所阉割了,而梦本身所具有的能力是比理性的能力还大的,梦幻给人的思维在时间、空间以及在各个领域带来巨大的自由,因为它摆脱了种种束缚,越过了理性的藩篱。他不无遗憾地写道:"我很遗憾原则上按照一种非梦幻的程式而谈及此,到什么时候逻辑学家、哲学家才能睡眠呢?我想睡觉,以便能使我通向梦幻家,就像我把自己无保留地交给用眼睛看我的人一样,以便不再使我思想意识的节奏在这种原则上占上风。"③他的思想中不无庄子哲学的喟叹,"我老了,这是比我自以为服从的事实还实在的事实,这可能是梦,是漫不经心中我做的一个使我变老的梦。"由此,他得出"自动写作"的理论依据,所谓自动写作,就是在摆脱一切美学的、伦理学的和修辞学等各方面的考虑而使自己处于半昏睡状态,

---

① 《超现实主义第一宣言》见《国际诗坛》第三辑,漓江出版社,第147页。
② 同上。
③ 《超现实主义第一宣言》。

任凭潜在于意识深处的思想自由地奔涌,超现实主义就是一种记载这种原始思想的文学方式。他仿照马拉美"向音乐索回自己的财产"的话说"必须从自我中取回更多的东西"。超现实主义宣言中对人的梦、幻觉、错觉、想象(或叫联想)进行了全面肯定,他们认为这些是产生诗的最原始的根源。所以他头脑中突然产生了"一个人被窗子截成两段"的形象,而这个形象正是一个趴在窗前的人的在他的主观意识中所引起的错觉造成的,他看到的一半是露在窗前的,而被墙挡住的一半是凭想象给它添加上的,所以就有两段的痕迹,假若人们没有错觉和幻觉,人们不可能写出与现实的平庸面貌相异的诗句。

超现实主义宣言无疑是有其偏颇性的,但它作为一种精神却反映了青年人的大胆、执着和开拓性的追求。

从此,在布勒东周围集聚了一大批有才华的青年诗人和艺术家,他们在一起办杂志,开会,做诗歌游戏,进行创作。他们经常玩的诗歌创作的游戏有两种:一个是"完美的死尸",一个是"此在彼中"。

"完美的死尸"这种游戏,类似于我国汉唐两代宫廷里风行的那种集句的形式,比如先有一个题目,一个人先说出一句诗,而接着下一个人按规定不假思索地脱口说出与之呼应的另一句诗,这样连续下去。不过超现实主义的这种游戏没有任何限制,布勒东认为这种形式也是自动写作的一种形式,它要求不做任何考虑(也来不及做更多的考虑)把最原始的语言在瞬间构成诗句。在超现实主义的文件里保留了不少这样的联句形成的好诗。

"此在彼中"的游戏是一种用暗示和隐喻的谜一般的诗句创作来进行集体游戏。菲利普·奥瑞在其《超现实派》中谈到这种游戏时写道:"它像是传统仪式中的某种方式进行猜谜的游戏。这种游戏的规则可以这样来表述:游戏者中的一个人走出来充当自己心里想好的一个对象物,这时,其他人给他另一个物的名称,并用这个物的名称称呼他叫他回来,这时他必须描述出他自己曾被别人当作的那个物的特征,但要通过他的描述人们能猜测得到他原来心里想好的那个物。举例来说吧,土瓦延(超现实派女诗人)靠在那里,并知道她是一把梳子,那么她便说,我是一把没齿的梳子,人们用脚拿它来在又平又不听话的头发上分发路。某一个人终于喊出来:'是冰鞋吧?'那么这个人就算赢了。"①布勒东在《通灵者》第二期上写道:"进行这种有价值的游戏是很有意义的;在圣西克与众多的参加者相继玩了300盘'此在彼中'的游戏,我们没有失败过一次。有时解谜快得简直使人吃惊,甚至不能用理性来解释……"奥瑞认为"这种游戏是勒韦迪关于诗歌形象论点越过了希望的阶段,而使这种语义学的融合成为了可能,使两个表面看起来毫不相干的概念能得心应手地建立起了既遥远又恰如其分的联系。"②

　　超现实派们还在布勒东的领导下进行过许多这样的游戏。超现实主义的一系列的艺术和社会活动引起了社会广泛的关注,有人赞成,有人反对,甚至受到非难,其中对超现实主义威胁最大的是法国著名诗人保尔·克洛代尔,他在1925年6月一篇对他的访问记中表示了对超现实主义不屑一顾的态度,他说:"至于现在的运动,不管是达达主义还是超现实主义,它的唯一的意义是:'鸡奸'。"这是指小青年们的胡闹。面对克洛代尔的攻击布勒东立刻起草了《致保尔·克洛代尔的公开信》,信中写道:"先生,我们的活动仅仅是对那些不参加者的思想里加进混乱的鸡奸。创作对我们无关紧要,我们竭尽全力,期望着革命的战争,殖民地的暴动,来消灭你所捍卫的西方文明乃至东方歹徒……天主教、希腊—罗马的古典主义,我们要把它们通通抛到你的令人作呕的迷信中去,让它们供你任意地玩弄吧!让你在你的同胞们的尊崇和赏识中发胖和肥得流油吧!"与此同时他

---

① 菲利普·奥瑞:《超现实派》。
② 同上。

们以各种形式如举办展览会、集会、发小册子等形式积极宣传超现实主义的主张和理论。拉加尔等在其《20世纪大作家》中写道:"超现实主义创造了一种新的文学气氛,这种气氛在1920—1930年的10年间在诗歌方面成为统治的标志。"

1927年布勒东和艾吕雅、阿拉贡、佩莱等一起加入法国共产党,布勒东思想越来越激进。

1930年布勒东又发表了超现实主义第二宣言,这个宣言对于诗歌的潜意识创作问题进行了一些新的补充,同时也标志着布勒东由诗歌转向对社会的全面改造的全面关注。用布勒东的话说:这个宣言概括了"通向人和世界关键性转变的唯一激进的新道路的要点。"向人们提供了一把可以任意打开具有复杂内涵的,叫做"人"的这个匣子的钥匙。他后来在同记者的谈话中说:"'《第二宣言》为评价什么是超现实主义中死亡了的东西,什么是空前有生机的东西给予了全面的保证',在这部书里,指明了精神的权利和义务。"[①]

布勒东在这一时期有一系列的政治社会活动,但由于他绝对自由的思想和放荡不羁的行动与共产党的纪律和原则格格不入,他认为"我虽愿使自己的活动从属于政治斗争,但决不给政治斗争当牺牲品。"因此,他与法共的关系日渐恶化。1933年他和艾吕雅、克勒维尔等一起被开除出党,从此超现实主义集团的核心发生了分裂。法国共产党考虑到他在文化界的影响,曾于1935年经由克勒维尔的斡旋,同意由布勒东参加即将召开的作家保卫文化代表大会,但不久发生了一次意外的事[②]使法国共产党立即取消了布勒东的代表资格。

---

① 布勒东:《谈话录》,法文版,第154页。
② 前苏联作家爱伦堡在此之前发表了一篇"把所有的帽子都扣在了超现实主义的头上"的文章。布勒东一天在一条林荫街上遇见了爱伦堡,他立刻火冒三丈,上去不容分说左右开弓给了他几个耳光,并嘟哝着说:"叫你一顶帽子换一个耳光,两不吃亏。"

第二次世界大战爆发后,他曾参战抗敌,法军溃败后,布勒东因对维希政府不满而受到迫害,不得不逃亡美国。在美国他继续坚持超现实主义活动并创办了《三 V 杂志》,V 在法文中是 victoir(胜利)一词的开头字母,1942 年他在美国的一次对大学生的谈话中重申:"超现实主义,我反复强调,它来自对青春天才无限信仰的肯定。"同年发表超现实主义第三宣言,他在宣言中继续阐发精神解放的思想。《宣言》指出:"人必须从人家给他做成的可笑的竞技场中逃出来:这是一个前景毫无价值的所谓的现实。每一分钟,都充满着对蹩脚的、支离破碎的历史纪元的否定。"他的这一思想,在 1945 年夏天写成的长诗《傅立叶颂》中得到了充分的体现。《傅立叶颂》是布勒东作品中的一首最具经典意义的杰作,他在这首诗里第一次放弃了"自动写作"的原则,而这种违背原则的作法对他"具有一种心甘情愿和做出牺牲的选择的意义"(布勒东语)。这首长诗是一首华美的献辞。又是一首典雅的颂歌。他在这首诗中"再现了现代社会阴暗的图景:战争、剥削和谎言",并且在"傅立叶的光辉照耀下,在当代的混乱中,以瑰丽的突进,聚集起所有斗争和希望的理由,其最首要的理由是:他重新感受到了爱的辉煌力量"。[①]

1946 年春布勒东回到法国,重整超现实主义的旗鼓,但超现实主义在法国文坛大势已去,青年们正在热衷于新兴的存在主义文学。1947 年 5 月萨特发表了给超现实主义致命一击的批判文章《资产阶级寄生虫》,文章尖锐地批判超现实主义比资产阶级的寄生贵族还脱离工人群众,骂超现实主义者们是"败家子"。萨特写道:"……通过昏睡和自动写作,用象征性取消自我的方式,通过制造逐渐消失的客观性,用象征性取消物体的方式,通过制造反常的意义,用象征取消语言的方

[①] 引自贝萨尼等著:《1945 年以来的法国文学》,法文版。

式,用以绘画摧毁绘画的方式,用以文学毁坏文学的方式,超现实主义追求通过十分充实的存在而实现虚无的古怪事业。这永远是一边创造,一边毁坏,就是说,他们把油画加在已经存在的油画上,把书籍加在已经出版的书籍上。"萨特还写道:"超现实主义者们比他们的父辈更野心勃勃,他们依靠激进的形而上学地破坏,为了使他们具有比寄生的贵族还要高过千倍的尊严,他们来进行这种毁坏的勾当。他们已不再是摆脱资产阶级的问题,而是要跳出人类条件之外,这些败家子们所欲挥霍的不是家庭财产,而是整个世界。"①与此同时曾一度归属于超现实主义的查拉在巴黎大学发表题为《超现实主义与战后》的演说,虽然这次演说由于布勒东亲自出马捣乱会场而未做成,但后来终于出了小册子,查拉攻击超现实主义是"游离于现实世界之外"的幽灵。虽然布勒东一再惨淡经营,但直到1966年他在巴黎逝世,超现实主义再没有在文坛掀起什么大的波澜,布勒东自己也承认,超现实主义自50年代起,"这条曾在露天里汹涌奔腾的长河,经过了漫长的流程以后,已成为一股潜流。"

　　布勒东去世后由让·许斯特接替他的领导工作,超现实主义的组织又苟延到了1969年,终于许斯特在世界报上发表了法国超现实主义者的最后一个宣言《第四章》,他在该宣言中正式宣布超现实主义团体解散。

　　布勒东一生著作颇丰,除了上述所谈及的三篇《超现实主义宣言》而外,还有《娜佳》(1928)、《连通器》(1932)、《狂爱》、《遗失的脚步》、《黎明》、《散文诗集》以及《谈话录》等。

---

① 我们在这里对萨特对超现实主义的批评进行一般性的评价,因为这属于一种论战性的东西,我们在这里引述萨特的话并不是一般意义上对萨特观点的赞同,而是把它作为一个历史事实来加以介绍。

Ⅲ 超验与神奇

作为超现实主义的领袖和理论家,布勒东对法国诗歌创作理论的贡献是巨大的,他把一系列的哲学概念和美学概念引入到诗的理论中来,构成了超现实主义美学的核心。

布勒东以极强的暴突力和绝对自由的思想给诗歌美学带来巨大的开拓性和超凡的见解。布勒东的全部美学思想可以概括为自由即美。所谓自由就是作家和诗人在不受任何外部条件的控制下,使潜存在诗人意识深处的一种原始性的语言以其本身固有的形态自然地以话语①的形式或以文字的形式呈现出来,从而来达到一种超越任何隔障的,处在无限广阔的时空之中又浩瀚无际的纯质状态,这就是一种超越现实的东西——更高一级的现实。由这一总的美学思想引发了其别具一格的一系列的美学命题和呈现出了新的美学范畴,大体说来,布勒东诗歌美学有以下几个方面:

美是一种抽搐(convulsive)

"抽搐"是医学上的一个名词,它是病人在失去自我的精神控制下的一种无意识的动作。而在布勒东看来,文学艺术之美的出现就是一种抽搐状态。抽搐是一种语言自身或构成艺术品的物质因素如线条、

---

① 这里所说的话语是指法文中的 parole,而必须将其同语言学中的语言(langue)与言语(langage)来加以区别。索绪尔在其《普通语言学教程》中,对语言和言语进行了区分,他写道:"什么是语言?对于我们语言和言语不相混淆的。语言只是言语的基本的和被决定了的二部分,它是真实的。它既是言语的能力的一种社会的产物,又是为了使这种能力在个人身上得以练习的、由社会机体所接受的、必然的约定俗成的整体。而就其整体来看,言语则是千姿百态和不规范的,是同时跨越物理、生理及心理各个领域的,它既属于个人范畴也属于社会范畴,它不能被归属于人类事实的任何层次,因为人们不知怎样显示其一致性。"(《普通语言学教程》,法文版,第25页。)而至于话语本身,则属于一种活动的、自发性的纯个人化的原始的言语,它比索绪尔所界定的言语本身更广泛,更接近于人的本质和自然。因此不能将这里的话语与我们所说的语言和言语相混淆。

颜色等在失去任何外源性的力的牵引或推动时,由它们自身潜在力的引爆所呈现出来的一种物质状态,当这种物质状态与审美主体的无意间的审美触角相遇时便产生了瞬息间的独特意识形态——这种形态既不是那种物质状态的原始存在亦非审美主体加给它们的主观意识,而是这主客体之间无意间的偶然邂逅中所产生的类似于物理感应力试验中的叫做"白达维泪滴"的现象,即融化了的玻璃液,由于受冷水的吸引而自由滴入冷水之中时瞬间所产生的奇特的现象。由此可见,布勒东的这个美学思想已超脱了以往任何美学家所确定的美学范畴,这种抽搐之美,既不纯属于一种自然形态,也不纯属于一种主观意识,它是介于二者之间的一种超自然的超意识的状态,是一种不受任何外源力和内源力的控制的一种由其自身的自然状态和审美主体的自然的意识状态瞬间相接时所呈现的一种纯自然性的独特现象。

他谈到这种现象时这样写道:"……相反,我不断被带到创作的高峰,和自发行动的高峰,而这些都是在同一过程中(完成的),在这个过程中结晶——非修饰的确定含义上的结晶——是它的完美表达法。我所居住的房子,我的生命,我所写的东西:我梦幻到这一切忽而显得与这种结晶遥远,忽而又显得十分接近……"①

布勒东这段话里讲的3种外在性的东西十分重要:房子是一种外部环境的象征,生命是主体的原动本质,所写得的东西是一种创造,而这些东西本身都并不是他指的那种晶体而是和那种晶体处于若即若离的状态。

他还写道:"……抽搐之美将是朦胧的色情主义的、爆炸式的固定、即时性的魔法,或者什么也不是。""什么也不是"本身就是一种存在,一种独特的存在形式,这就是布勒东美的本质。阿尔基埃先生在指出支

---

① 布勒东:《狂爱》。

配着布勒东的这一美学思想的哲学基础时曾创造了一个名字叫做"解实现"(déréalisation),"解实现"的本身并不是不实现,也不是去实现,而是在不可实现的事物在不想实现中不期而至的一种实现。这种实现所导致的一种后果不是任何因果论、条件论和逻辑论所确定的那种结果,而是一种解结果或非结果,非结果的本身是一种以不确定的形式呈现的一种状态,一种非实体性的状态。这种状态没有固定的外沿、轮廓和固定的存在方式,布勒东对此特别强调,强调它的非存在形态。

毕加索在其画论中曾经提出过"同一性"的见解,即人与现实和自我的和解,而这种"同一"只有在艺术——这种"非全面的经验"中实现,布勒东则企图确定这一点:"以确认敌对可以活跃相对外部世界而言的存在欲望为目的的艺术创作事实上导致了这样的结果:它把外部对象适当地归还了这种欲望,并通过这种归还使存在在某种程度上与这外部世界相和解。"①布勒东的这种以敌对求和解,以非现实求现实的思想,是一种源于马克思主义唯物论和黑格尔哲学的辩证法思想,但他又不以这些理想和思想为限,加进了自己的见解甚至是创造性的见解,正如阿尔基埃所说:"超现实主义的行为原则不是黑格尔理性或马克思主义的劳动,而是自由。"②

这一美学思想在布勒东的名著《娜佳》中得到了充分的体现。

《娜佳》是一种类似散文诗又不是散文诗,类似小说又不是小说,类似论文又不是论文的一种新的无体裁的小说。这部作品的情节(如果还用情节这个词来对其进行概括的话)是写一位里尔市的女青年因爱情中的龃龉而逃到巴黎来,她的名字叫娜佳,娜佳这个名字是取俄语中希望(Надеяться)一词的前几个字母的谐音而成的,意指"希望"。据说

---

① 布勒东:《黎明》,法文版。
② 阿尔基埃:《超现实主义哲学》,法文版,第 115 页。

娜佳实有其人。她和布勒东相遇，布勒东和她之间产生了一种关系，这种关系既不是爱情，也不是友谊，又非一种男女私情，而是一种神秘而微妙的关系，布勒东按照集中的几个日子将他和娜佳这种关系写下来，娜佳起先因缺钱而不得不干一些下等活，后来又对布勒东宣扬的超现实主义理论产生了兴趣，最后，她又被送到了精神病院。书中娜佳的形象很生动，很神秘，也很值得人怜悯，布勒东用十分自由的形式将他们之间这段交往原本的记录下来，既有点像报告文学，又有点像见闻录，文字十分美，所谓美就是说它有一种抽搐，内在的抽搐，一切皆漫不经心，一切皆没有什么明确的意向，娜佳和他交往中充满着常人所没有的那种意念，这种意念和疯人院里的娜佳的意念没有什么区别。他和娜佳在一起时，曾有一个醉汉绕着他们转，醉汉的出现似乎有象征的意义，但也许就是实际情况，因为他们是在酒馆里。总之，这部作品处处是一种原始语言的形态和无意间的邂逅与缺乏明确意向的句子，作品没有固定的主题，没有固定的单一确指的含义，当然也不是不可能被评论者加上某种含义和猜测到某种含义，但一旦有人给它加上某种含义时，它本身的众多东西就被这种添加剥夺了，所以它实际是抵制这种添加的，而它本身所具备的美就够了，不须别人多给它加上什么东西，这就是布勒东抽搐之美的一种特征和一种特征的体现。

布勒东在其著名的《狂爱》中，也写到这种抽搐之美的非感觉性特征，它是一种类似于微风吹动羽饰时，在羽饰上所产生的一串极为微妙的颤栗：

"我毫不含糊地承认：我的深刻的非感觉性呈现着自然戏剧的面貌，它们不能一下子使我产生一种由下面这样一种感觉所特征化了的肉体不安：像两额上易感知的风羽那样拖着一串真正的颤栗。"[1]

---

[1] 《狂爱》，法文版，第62—63页。

他在《狂爱》中还将这种抽搐之美表现为一种类似于"无"的境界：
"在我们目光的光点上，一支极细极细的火笔，自由浮动和美妙地摆动，仿佛是生之意义之外的一种无。"

我们极容易在布勒东的美学理论里及其诗歌创作里发现他最善于将一种超绝的、超感官性的美通过似乎幻觉的形式将之引向一种超验的美。这种超验之美在其以前的诗人中，几乎只存在于理想境界，而在布勒东的笔下则幻化为一种极为朦胧又极为显明的，新的美的境界。于连·格拉克写道："我们甚至敢说，在这样的时刻，使我们产生一种幻影，就像马拉美在其著名的反射里发现的那样（人们会想到"百合"和"棕榈"。见马拉美的名诗《花》和《诗的赠礼》），词语终于向我们敞开了它最隐秘的本质，它不再是智慧的，也不再是想象的。

美是奇妙(mervilleux)

奇妙是一种偶然中的必然成分，是一种必然中的偶然因素，总之它是一种既非自然形态又非人工所能为的艺术神秘。布勒东的这种思想最早表述在他撰写的《超现实主义第一宣言》中，以后又不断有所论及。他写道："奇妙总是美的，不管哪一种奇妙都是美，甚至可以说，只有奇妙才是美。"他还写道："奇妙在每个时代是不同的，它隐约具有一种总体显现的性质，只有这样总体显现的细节才能深入我们心中：这是浪漫主义的废墟，现代的模特，或风靡一时的激起人类感触的另外的象征。在这些引人发笑的框子里，却总是呈现出人类不可救药的不安，因此我观察这些不安，认为它们与某些比其他矫揉造作的作品略胜一筹的天才产物分不开。"根据布勒东的阐述我们可以看到布勒东的"奇妙"的美学思想是指一种体现着神秘力量的东西，是某种神秘力量通过艺术的形式而得以从某个侧面进行具体显露，这种显露能使人感受或猜测到什么或联想到什么，然后由这种猜测或联想转变为一种思想的溶解或练习。这种艺术形式在不同作家或不同艺术家的笔下会变成不同的对象,比如布勒东写道:"维庸的绞架,拉辛的希腊人,波德莱尔的沙发,他们与我为了忍受而产生的惨淡趣味相吻合,我把这种趣味变成了伟大使命的思想。"①

在布勒东论及"自动写作"的论著里有不少处是对这种思想的阐发。奇妙在艺术中的出现,可能是在人的思维的两个极点:一个是在一个人的精神的歇斯底里状态,一个是处在半昏睡的休眠状态,总之,它们是在人的超常的精神状态下所创造出来的奇迹。由此,布勒东认为自动写作是创造奇妙艺术的最佳的写作状态,因为歇斯底里归根结底是一种以无障碍的想象(或狂想)为基础的,它最终是人的本身的一种自我能力或自我本质的显现,而自动写作正是通过休眠状态,以以逸待劳的思维活动让自我的本质在不假思索的情况下自动流涌出来,而保留着其原语言,原思想,原意念的形态,它是一种没有矫正,没有干预,没有隔碍的非常浑朴的艺术形态,这种形态给人造成的审美条件是最没有凌厉性,最没有吸引性,最没有外源性的完全凭审美主体自由地、从容地自我选择的一种美,这种不受任何美学学说理论体系、社会道德观念和固有的思想框架加以干涉的美,可以说是一种最本质的美,是美的纯粹属性,是美的显露而真纯的品格。

体现布勒东这种美学思想的代表作是他和苏波合写的《磁场》。

磁场的第一篇《无水银的镜》中写道:

"我们是水滴的囚徒,我们是永恒的动物。我们在无声的城市里奔跑,魅惑人的广告再和我们无缘。何必有这巨大而娇脆的热情,何必有这乏燥欢乐的跳跃呢?我们只知道星星们死了,此外再不知道别的;我们面面相觑;我们快活地叹息,我们的嘴比干涸荒凉的河滩还干燥;我们的眼睛转动着,没有目的,没有希望。只剩了我们聚首喝清凉饮料和

---

① 《超现实主义第一宣言》。

掺水白酒的咖啡馆了,那里的桌子比留着我们夜间死寂的影子的人行道还发黏。"

这是他们用自动写作的方式写出来的文字①,文字没有逻辑的连结,也没有理性的痕迹,没有任何意向的明示与暗喻,只有泉水般纯文字的澄彻喷涌,像是呓语,像是谵妄,像是无数散乱的句子的堆砌,但它们很美,集中在篇章中也很美,美就美在令人难以用原有的阅读方式去知解、去感受。而只有读者的思维沿着作者的潜意识的流动而飞动或滑行时,才产生出一种美的感受,一种奇妙——一种不可言状的奇妙感油然而生。

布勒东在《磁场》这部诗集里还有一首引用列宁讽刺机会主义时所用的一句话"一杯水的风暴"改造成他的诗的题目《水杯里的风暴》:

> 水产批发商举起庄严的朋友快跟上我
> 我的提包里不只一个诡计
> 带着独特的绿色的透明
> 人们没有向我们的欲望
> 展翅飞翔的量热器的意念
> 在那里美丽的情感性带着 32℃ 的热度交谈着
> 我害怕大海的凶恶

---

① 谈到他和苏波合写《磁场》的经过时,布勒东在《超现实主义宣言》中写道:"在那个时期我还是弗洛伊德的信徒,并熟悉我在战争期间一有机会便在病人中进行实践和考察的理论,我决定从自己身上来获得人们企图从病人身上尽快得到的、主观批评精神不加任何判断的、尽可能与谈出的思想同样准确的独白。……正是从这个立场出发,菲利普·苏波——我曾把第一批有这方面的体会告诉他——和我,我们准备迎着在文学上可能引起的可嘉的轻蔑来进行写作。实践的结果是再容易不过了。在第一天的末了,我们便能互相读到通过这种方式得到的五十来页诗稿了,我们便可以比较我们的成绩了。苏波的稿子和我的稿子表现出巨大的相似。甚至连结构上的瑕疵,共同本质的弱化,彼此间由奇异的热情而产生的幻觉,滔滔激情……一种特殊的优美,以及这里那里冒出的尖锐而滑稽的句子,都十分相似。"

桨也忍受不了别人的帮助
我们为心脏跳动所丈量过的生之希望
就是一条长长的小溪
它因有漾着音乐的花束的杂沓而流淌不尽

诗人的诗通过一个静止的水杯,通过幻觉形式写出微观上的放大了的宏大的场面,诗中的每一句都与水杯有关,最后由水杯又幻成对人的本身存在的一种形而上的意念,尤其最后三句,显示着现代诗的灵活与古典诗的典雅的美,但文字全没有半点矫饰和做作的痕迹,真可谓达到一种奇妙的地步。

美是发现(或转译为新)

布勒东认为美是一种未被认识或被隐蔽着的东西,但它事实上业已存在着,存在在外部世界和人的内心,关键是将它绽露出来,绽露是将一种面目不清的原有形态逐渐清晰化的过程,但这个清晰化的本身并不是一种绝对的一般意义上的清楚,而是相对原有形态而言的一种新的面貌的展现。所以它既是一种创造,也是一种发明。它也含有将原有的条件通过主观的利用而构成另一个新的条件,这个条件是艺术赖以产生的必要环境,而艺术的产生有赖于艺术家或诗人的独特人格来显现,布勒东在《自动的信息》一文中引证了许多例子,比如英国天文学家赫歇耳在谈及他发现星象过程中所产生的独特感受时说:"假如真的一个规范的几何形的观念引发思想和智慧的操练的话,那么人们几乎是处在一种思想和一种在我们内心起作用的智慧的显现之中,不过这种显现因我们的个性而显明而已。"同时他引用达·芬奇的一个轶事,达·芬奇带着他的学生们去观看一堵带裂纹的墙,并对学生们说:"你们不久会看出种种形状,种种场面渐渐地清晰起来……于是你们只消把它们描模出来并按照需要加以补充即可。"这个例子很有趣,当人们面对一堵古老的墙时，人们会因不同的人不同的思想、感情、心境和想象力发展不同的东西，而这种发展就是一种美，就是一种创造美的行为，由此，布勒东写道："看似白色的纸页而实际什么都写好了。写作是作家们为了使某个事物显现和照相式的发挥而制造的相当无益的方式，真的，我不知道他们添加了自己的东西或者添加了反而更糟糕，所谓他们的都是别人的，我倒更倾向于这样的说法，他们为了不加进什么而却从中提取了什么。"从中提取，就是从中发现，照布勒东看来，任何一个从自然形态中提取出的新的形式或新的内容都比他自己的约定俗成的东西更美些，因为这些约定俗成的东西是别人已经发现了的东西，所以在这一点上布勒东与马拉美的美学是对立的，马拉美认为作家的任务是把个人的意念和文字加到白色纸页上而时时受到白色纸页的反抗，而布勒东则认为真正的写作是一种从白色纸页的提取或者发现。而且布勒东的这一"发现"的思想与马拉美的另一种思想相抵牾：马拉美说世界的目的就是写出一本好书，而如阿拉贡所说"不是用马拉美所想的那种书去结束一个世界而是用书来将一切开始"。布勒东这种发展即美的理论接近于唯物主义美学思想，但又具有其独特的美学特征，从实质上说布勒东的这一美学思想适应于一切文学艺术，同时它可以说是一种纯艺术美学。它与亚里士多德的模仿说相去甚远而更加接近阿波利奈的超现实主义本义：当人们模仿走路时，人们发明了车轮，当布勒东在自然形态中发现所须的艺术形态时，他创造了艺术、诗和艺术与诗的美。

布勒东的诗都具有开拓性，都给人以新颖的形式和有力的形象，它们没有传统的固定和规范的体裁而是将小说、散文、论文甚至还有戏剧都写成诗的形式，用洋洋洒洒的语言形态来加以陈列，没有太多或太清晰的意向，而含有更多的艺术的纯美和朴实，它们把意念、想象、梦幻、现实之间的隔障全部打通甚至拆除了，给人的印象是充满对传统进行愤怒暴动的突发性的力量和勇气。他的《我的妻子——诗》是一首脍炙人口的超现实主义诗作，从60年代起已被收入中学阅读教材之中，成为一首不可辩驳的经典作品，在一首只有30多行的短诗里却有50多个极为生动新鲜的形象，这是以往诗歌史上极为少见的，它使以形象新鲜独特的象征派诗歌甘拜下风，而且这些形象在显得荒诞的外表下具有极为独特的恰切和生动。

他的名诗《向日葵——致彼尔·勒丰迪》也是超现实主义作品中的上乘之作：

女客穿过大厅在夏日来临的时候
踮着脚尖
绝望在蓝天滚动着它的那些大芋头真美
手提包里有我的梦，唯有这盐罐子
才像上帝的教母
成群的麻木摊开身来像水气凝成的水珠
在冒烟的狗身上
赞成和反对刚刚进入狗的肚皮
只有它们才看到少妇的隐私和歪斜
我有事要找大使夫人公干
硝石的或我们叫做思想的黑色背景上白色弯曲的大使夫人
天真者的舞会正跳到火候
盏盏小灯在栗树林里慢慢亮了起来
没有影子的太太长跪于"变桥"之上
栖心街的门铃已不再是原来的声音
夜的诺言终于兑现
游鸽和救援之吻

在美丽的陌生女子的乳间碰头了
并在绉纱下被完美的意义击中
一个誉满巴黎的农民
窗户开向乳白的路
但由于不速之客的不速而再没有人居住
因此一部分比忠诚者还忠诚的人
像这位女人一样都有一副泅渡的面孔
在性爱中它也输进了点他们的营养
她使他们更内在化了
我不是任何感官强力的玩偶
然而在灰烬的头发里唱歌的蟋蟀
夜晚在艾金纳·马赛尔的雕像前
聪慧地看了我一眼
安德雷·布勒东"巴斯"了吗

布勒东的诗晚期转向有哲理性和显示一定逻辑的特点,但都没有韵,以文字的素朴和意象的新鲜而闻名,后期的代表作是长诗《傅立叶颂》,《傅立叶颂》的格调很高,甚至在诗的末尾具有用带有专论性的语言对空想社会主义者傅立叶的哲学思想进行评判的性质,在既是论文又是诗的多变性的面貌下,展示出超现实主义诗歌的原始特点。

此外,布勒东所追求的另一种艺术美是一种单纯之美。这种单纯之美,类似于一种对人类童年的缅怀与追溯,类似于一种由繁复到简纯的一种新的艺术抽象,而且更加接近于事物本身的原始状态。兰波说:"真正的生活是不在。"布勒东将这句话加以改造,他在超现实主义宣言中写道:"童年是最接近真正生活的。"[①]同时他在《悠悠游鱼》中再次表

---

① 《超现实主义哲学》,法文版,第15页。

述了他的这一美学观念:"我们将艺术缩减为它最简单的形式:这便是性爱。"我们在布勒东关于美的观念中不难看出他对西方现代文明的批判精神,他宁肯用童心未泯的孩子气的纯朴来对抗装腔作势的繁文缛节,来对抗一种饰以华丽外衣的诗学,由于篇幅的限制我们不准备再对其这一美学思想加以阐述而只是提及,由此,人们可以十分自然地联想到他为什么将超现实主义称做"是一条浪漫主义的尾巴,而且是一条有力的尾巴。"这是由于他对现行的资产阶级艺术的一种玩世不恭的嘲笑和对人类失去了洁白的童年的天真时代的眷恋,他甚至特别强调不立文字的梦呓式的口语,其原因在于,在他的文学创造中,不希望现代的思想及意识的强行介入,而一任语言不加修饰地自然地奔涌。同时将性爱和诗意的自然化与原始化的境界与人类童年的憨朴及生存环境相对应,这正是早期浪漫派们关于回归自然,返璞归真的一种美学追求。

如果我们对布勒东及其美学的追求还有什么批评性的意见的话,我想引述一段莫奈罗先生的话:"假如我说超现实派教给了某些人什么是一位写作者的严肃的话,这大概会受到嘲笑,但没有关系,因为这个断语并不缺少准确。"布勒东的超现实主义的美就是在自由的潇洒美中凝聚着诗人深深的追求和写作的严肃性。

加缪：
阳光与阴影的交织

郭宏安

加缪[①]曾经指出，现代作家"不再讲故事了，（他们）创造自己的宇宙"，而"思想，首先就是想要创造一个世界"。于是我们知道了，他作为作家，是想用思想创造自己的世界。这世界，巴尔扎克的是繁复，雨果的是博大，波德莱尔的是阴冷，普鲁斯特的是缜密……加缪的则是"单调"。人们可以用若干不同的一句话概括加缪的宇宙，例如他自己说的"反与正"，别人说的"大海与牢狱"、"阳光与阴影"、"荒诞与反抗"，等等。这如许多的一些话，说的其实只是一个东西：人与世界在其不可分割的联系中的对立和统一。加缪说："谁都知道伟大的艺术家是可以多么地单调……"对此，我深信不疑，然而我也知道，伟大的艺术家又是可以多么地复杂。加缪就是一个既单调又复杂的作家。

加缪（Albert Camus，1913—1960）的名字是与几位神话人物和文学人物的名字联系在一起的，他们是西绪弗斯、普罗米修斯、涅墨西斯和堂·吉诃德。

他们有过的，加缪都有，例如西绪弗斯的清醒和勇气，普罗米修斯的高傲和坚忍，涅墨西斯的节制和均衡以及堂·吉诃德的知其不可为而为的固执；然而，加缪有过的，他们却不曾有，例如贫穷。

[①] 法国作家。1957年获诺贝尔文学奖金。1960年因车祸丧生。

加缪是贫穷的。萨特在那封著名的绝交书中对加缪说:"您可能贫穷过,但已不穷了,您是个资产者……"①这显然是个没有操心过衣食的人的口吻,实际上,直到44岁上获得诺贝尔文学奖之前,加缪一直是贫穷的,否则,他不会不无骄傲地说:"我不是在马克思的著作中学到自由的,我是在贫困中学到的。"②他的妻子也不会在获知他获奖这个消息后不无担心地说:"但愿他不会拒绝……"③她实在是过怕了拮据的日子。

贫穷,在许多人看来,是耻辱,是痛苦,甚至是罪孽。它可能使一些人自怨自艾,面对世界的不公忍气吞声;它可能使一些人深藏起内心的自卑而发狠去追求财富,转以新富的心态望着别的穷人而沾沾自喜;它也可能使一些人因拒绝而"思变",于是有造反,有逃遁,有弃世,或寄望于渺渺中的未来,或求援于冥冥中的主宰,或自放于昏昏中的现在。然而,在阿尔及尔贫民区长大的这位法国移民的儿子加缪却对贫穷有另一种体验和认识。他贫穷,穷到没有一张写作业的桌子,然而他骄傲,因为他能在阿尔及尔的阳光下畅游于地中海的怀抱中。当病魔企图从他年轻的手中夺走这不费分文的幸福时,他愤怒了,也清醒了。他看到了一个阳光与阴影交织着的世界。他站在这个世界上,他一生艰难的足迹都深深地印在这个世界上。他虽然不相信"太阳之下、历史之中,一切都是美好的",但是他确信"历史并不就是一切"④。这种独特的体验和认识,后来造就了文学家和思想家阿尔贝·加缪。当他于1957年被授于诺贝尔文学奖的时候,人们说:"就个人来说,加缪已经远远地超越了虚无主义,他严肃又严厉的沉思重建起已被摧毁的东西,力图使正

---

① 萨特:《境况种种》第四集,伽利玛出版社,1964年,第93页。
② 加缪:《时文集》Ⅰ,《全集》第二卷,伽利玛出版社,1965年,第357页。
③ 罗杰·格勒尼埃:《加缪:太阳与阴影》,伽利玛出版社,1987年,第287页。
④ 加缪:《反与正》序言,《全集》第二卷,伽利玛出版社,1965年,第6页。

义在这个没有正义的世界上有其实现的可能,这些都使他成为人道主义者,而这个人道主义者没有忘记地中海岸蒂巴萨耀眼的阳光向他指明的希腊美与均衡。"①

西蒙娜·德·波伏瓦曾经这样指责加缪:"他很少从大原则下到具体的个案上来。"②这样的指责实在是落不到加缪的头上,因为加缪恰恰是从个案上升而至于大原则,正如他自己所说:"实际上我并非哲学家,我只能谈谈我经历过的事情。"③

20世纪是价值重建文化重建的时代,在这种摧毁与建设的同样巨大的努力中,像加缪这样从个人的切身体验和感受出发者并不多见,而像他那样有更多的理由破坏,但他却致力于保存者更属罕有。我起手便拈出他的贫穷,当然不是想印证"诗穷而后工"的古训。在他那里,贫穷既是他的亲历,也是人类的基本而永恒的状况,一切将从这里开始。

Ⅰ "应该设想,西绪弗斯是幸福的"④

青年加缪一日与朋友们经过阿尔及尔附近一小村庄,适逢一阿拉伯儿童被汽车撞致昏迷,他们久久地望着那奄奄一息的孩子,听着周围人们的哭泣和哀告,当他们终于承受不了而离去时,加缪手指着大海和蓝天,说:"你看,他不说话!"⑤15年之后,加缪在《鼠疫》中写到一个孩子的死,里厄医生说:"我至死也不会去爱使孩子惨遭折磨的上帝的创造。"他既不能像"阿比西尼亚的教友们把鼠疫看作是一种上天所赐的

---

① 安德斯·奥斯特林:《授奖辞》。
② 西蒙娜·德·波伏瓦:《时势的力量》。
③ 加缪:《时文集》Ⅱ,《全集》第二卷,伽利玛出版社,1965年,第753页。
④ 加缪:《西绪弗斯神话》,载《文艺理论译丛》第3辑,中国社会科学出版社,1985年,第407页。
⑤ 赫伯特·R.洛特曼:《加缪传》,瑟伊出版社,1978年,第64页。

获得永生的有效方法",也不能像帕纳卢神甫那样用"对天主的爱"从"精神上抹掉孩子的痛苦和死亡",因为他"不相信天主",他相信的是"贫困"教给他的东西:"同客观事物作斗争",哪怕那是"一连串没完没了的失败"。① 在加缪看来,人在世界上受苦受难,上帝要么不在场,要么在场而眼睁睁地看着,甚至他竟是苦难的制造者。

近世西方的思想家和文学家痛感于人类的苦难,纷纷把目光转向上帝,或提出疑问,或发出谴责,笃信上帝的人力图展示新的希望,不信上帝的人也不能摆脱有关上帝的观念。陀思妥耶夫斯基问"假使上帝不存在该怎么办?"尼采则大声宣告"上帝死了!"一个是提出问题,一个是直截了当地确认事实。"上帝之死"成了20世纪的一个永远敞开的问题,其冲击波的范围似不止于西方世界。对于这个密切关系到"我们这时代人类良心的种种问题"②的问题,加缪的回答是真诚而勇敢的,是独特而朴实的。

加缪认为,"上帝不在场"是一个直观的、经验的事实,其证明就是古往今来的眼泪和鲜血、压迫和不公、暧昧和焦虑,等等,一句话,就是卡利古拉所看到的"真理":"人终有一死,却并不幸福。"③身陷深渊的人并非没有向上帝发出呼唤,《误会》中的玛丽亚喊道:"啊!我的上帝!我不能生活在这荒野之中!我是在和您说话,我将会找到我要说的话。是的,我相信的是您。可怜我吧,朝我转过身来吧,听见我说的话吧,把您的手伸给我吧!上帝,可怜可怜那些相爱又相离的人们吧!"然而,没有谁听见,没有谁来安慰她,没有谁来缓解"误会"给她带来的痛苦,只有一位神秘的老者对她吼道:"不!"不相信上帝的默而索则对上帝无话可说,甚至对他是否真地不相信上帝这类问题不感兴趣;而另一位不相

---

① 加缪:《鼠疫》,第123页,上海译文出版社,1980年。
② 见于加缪获诺贝尔文学奖的"得奖评语"。
③ 加缪:《卡利古拉》,《全集》第一卷,伽利玛出版社,1962年,第16页。

信上帝的人,例如里厄医生,则有更为肯定更为明确的说法,他说:"既然自然规律规定最终是死亡,天主也许宁愿人们不去相信他,宁可让人们尽力与死亡作斗争而不必双眼望着他不说话的青天。"①看来,人的获救是不能依赖一位不关心其痛痒的上帝的。至于上帝是否存在,加缪似乎总是避免正面作答。他说:"(上帝的)存在将意味着他是冷漠的、凶恶的、残暴的。"因此,上帝要么"全能而作恶",要么"慈善而无为"。这大约不会使基督徒们感到高兴,因为他们将面临艰难而痛苦的选择。于是,加缪引用斯丹达尔的话打了这么个圆场:"上帝的唯一的借口,就是他并不存在。"②这种调侃的口吻说明,上帝的存在或不存在,在加缪那里并不是个至关重要的问题,也就是说,并不是一个需要从经验或逻辑上加以证明的问题,它的根据在于情感或理智的需要之中,正如他谈到《群魔》中的基里洛夫时所说:"他感觉到上帝是必要的,它的确应该存在。但是他知道它不存在,也不能存在。"③"上帝的存在"这个使陀斯妥耶夫斯基"毕生有意识或无意识地感到痛苦的问题",就这样被加缪轻描淡写地打发掉了,几类于孔夫子的"祭如在"和"不语怪力乱神"。然而,上帝可以不存在,关于上帝的观念却作为一种心理的和社会的真实深藏于人的内心之中,"没有什么东西能够消除人们内心中对于神明的渴望"。于是,卡利古拉为了超越眼下的"不可忍受的"世界,就"需要月亮,或幸福,或不死",总之是"不属于这个世界的某种东西"④。帕纳卢神甫要坚持他对天主的信仰,哪怕眼看着无辜的孩子死去。《局外人》中的那位预审推事所以不理解默而索,是因为默而索不信上帝,而他却"说这是不可能的",因为"所有的人都信仰上帝,甚至那

---

① 加缪:《鼠疫》,上海译文出版社,1980年,第123页。
② 加缪:《反抗的人》,《全集》第二卷,伽利玛出版社,1965年,第436页。
③ 加缪:《西绪弗斯神话》,第393页。
④ 加缪:《卡利古拉》,第107页。

些背弃上帝的人都信仰上帝"①。正是因为有关上帝的观念已经深深地埋在人的最隐秘的心理结构之中,"上帝死了"或"上帝不在场"或竟"不存在",才成为问题,成为一场冲击人们心灵世界的风暴和地震,才使得加缪产生了这样令人惊讶的幽默:"我认识一位不信神的小说家,他每天晚上都祈祷。"②

因此,上帝不存在,并不等于形而上的意义不存在;不相信上帝,并不等于不相信超验的价值。诚然,加缪不相信世界有一种"至上的意义"③,他也"不能理解一种由某个更高一级的存在给予的自由能是什么东西",他认为在人的面前没有中间道路,"有的是上帝或时间,十字架或剑",而人应该"和时间结盟",不应该"生活在时代中而相信永恒"④。然而,这只是意味着,世界没有一种上帝给予的意义,即便从这个角度提出"世界的无意义",人也"不能够停留在这种立场上"。因此,加缪在《给一位德国友人的信》中说:"我继续认为这世界没有至上的意义。但是我知道这世界上的某种东西是有意义的,这就是人,因为他是唯一要求其存在具有一种意义的存在物"。人及其周围的世界,成为"上帝之后"的唯一的残留。人的生命在时间和空间中展开,他只能和脚下这片土地建立一种依恋的关系,他自然地依恋着这些"短暂然而基本的财富:大海、阳光、光明中的女人"⑤。因此,生活先于意义。加缪引用陀斯妥耶夫斯基的话:"在热爱生活的意义之前,应该首先热爱生活。"然后,他说:"是的,当对生活的爱消失的时候,没有任何一种意义能给我们以安慰。"⑥正是人要求或给予生存一种意义这一事实,使作

---

① 加缪:《局外人》,载《加缪中短篇小说集》,外国文学出版社,1985年,第49页。
② 加缪:《堕落》,载《加缪中短篇小说集》,第172页。
③ 加缪:《给一位德国友人的信》,《全集》第二卷,伽利玛出版社,1965年,第241页。
④ 加缪:《答加布里埃尔·多巴莱德》,《新文学》,1951年5月10日。
⑤ 见加缪为《海岸》杂志所写的发刊辞。
⑥ 加缪:《反抗的人》,第467页。

为世界的一部分的人脱离了世界,站到了世界的对面。从此,一切充满了爱与恨、渴望与拒绝的永恒的斗争开始了。

这场斗争的最基本的产物,加缪称之为荒诞。作为近代西方哲学和文学中极为流行的概念,荒诞其实也是歧义迭出因人而异的,例如加缪的荒诞就不同于存在主义的荒诞。在萨特那里,荒诞是对人及世界的一种总体把握,而在加缪看来,荒诞只不过是人与世界的一种关系。因此,荒诞的反面不是理性,也就是说,荒诞不在理性的对面,而只是在理性之外,甚至是理性的某种特殊的存在方式。加缪说:"(荒诞)是非理性的反面。"①这话听起来让人感到意外,其实正表明了加缪的所谓荒诞哲学的独特性。

人生和世界的荒诞,很早就成为欧洲哲学和文学的主题,帕斯卡尔有过一段充满了宗教情绪的描述:"我们是航行在辽阔无垠的区域里,永远漂移不定,从一头被推到另一头。……没有任何东西可以为我们停留。这种状态对我们既是自然的,又是最违背我们的意志的;我们心中燃烧着想要寻求一块坚固的基地与一个持久的最后据点的愿望,以期在这上面建立起一座能上升到无穷的高塔,但是我们整个的基础破裂了,大地裂为深渊。"②这段话不知让多少善男信女堕入恐惧,向上帝伸出求援的双手,然而世事沧桑,"深渊"没有被填平或跨越,荒诞的观念却在本世纪 20 年代末被世俗化了。它首先在马尔罗的《东方的诱惑》中成为欧洲历史的总归宿,继而成为萨特笔下的洛丁根的"恶心",随后又成为加缪的人生哲学的"唯一的已知数"和"出发点"③。

加缪的哲学往往被称为"荒诞哲学",这个从不以哲学家自命、声称

---

① 加缪:《手记》,第二卷,伽利玛出版社,第 109 页。
② 帕斯卡尔:《思想录》。
③ 加缪:《西绪弗斯神话》,第 334 页。

"和卡比里的小学教员比和巴黎的教授更谈得来"①的人居然有了一种堂而皇之的哲学,幸耶?不幸耶?至少哲学家本人是颇多保留的。如同存在主义经萨特之手而成为一个有口皆碑的名词一样,荒诞也经加缪之手通过默而索和西绪弗斯而成为社会各阶层人们的口头禅。然而,荒诞作为一个日常语汇的广泛流行实际上冲淡了荒诞感的悲剧性,阻断了荒诞继续深入发展的道路。加缪曾经无可奈何地说:"荒诞这个词的命运很不幸,我承认有时它简直让我感到恼火……当初我在《西绪弗斯神话》中分析荒诞时,我是在寻求一种方法,而不是一种教条。……我试图进行清理,并在此基础上进行建设。"②看来,加缪的初衷多少是被人误解了,有些人在战争的废墟中把他当作引路人,然而一进入荒诞便裹足不前,而他则继续艰难地行进,最终成为一个在旷野中呼喊的孤独者。

这种误解有历史的原因,也有作家本人的原因。就历史来说,《局外人》和《西绪弗斯神话》出版于第二次世界大战之中,饱尝离乱之苦的人们在历史的非理性面前眼看着传统的价值观念土崩瓦解而不知所从,默而索对社会的反抗,西绪弗斯对苦难的轻蔑,仿佛在他们的心中注入一股新鲜而有活力的血液,使他们清醒,又使他们重新鼓起生活的勇气。于是,在他们眼中,加缪就是默而索,就是西绪弗斯。《婚礼集》中狄奥尼索斯式的加缪远远地退居幕后,在前台的是一位坚忍、冷漠、孤傲的哲人。加缪由一位大嚼"地粮"③的青年一变而为荒诞的化身,饥餐"冷漠之粮",渴饮"荒诞之酒"④。然而,这两部作品的构思却是在第二次世界大战之前,它们在历史中被接受,实际上与具体的历史并没

---

① 儒勒·罗阿:《阿尔及利亚悲剧》,载《阿尔贝·加缪》,阿晒特出版社,1964年。
② 加缪:《答加布里埃尔·多巴莱德》,《新文学》,1951年5月10日。
③ 纪德写有一小说,名为《地粮》。
④ 加缪:《西绪弗斯神话》,第351页。

有多大的关系。这也许是使加缪"恼火"的外在原因。就作家本人来说,默而索只是在临刑的前夜方才觉醒,消除了对死亡的恐惧,意识到生活和世界的无意义,最终把那世界的"温情脉脉的冷漠"当作他与世界的联系从而生出某种依恋之情;西绪弗斯也只是怀着轻蔑接受了神的惩罚,他的反抗不是拒绝,而是以主动的承受使神的惩罚落空。的确,加缪在《西绪弗斯神话》中并没有排除传统的人道主义,并没有绝对地否定终极的价值关系,例如他说:"我刚才说世界是荒诞的,我是操之过急了。世界本身是不可理喻的,这是人们所能说的。然而荒诞的东西却是这种非理性和这种明确的强烈愿望之间的对立,这种强烈愿望的呼唤则响彻人的内心深处。"不过,这种对人的追求的肯定,相对于荒诞的确认和描述,显得太微弱了,但它毕竟像一粒种子深埋在这两部早期著作中,等待着发芽和长大成熟。

　　加缪有过他的虚无主义阶段。对于一个否定和批判传统价值观念的思想家来说,虚无主义几乎总是一门入门课,区别往往在于能否和如何超越。对于加缪来说,就是在他的虚无主义阶段,确认和证实荒诞,也只是"出发点"或"唯一的已知数",如同他在《西绪弗斯神话》中所说:"到目前为止,一直被当作结论的荒诞,在本文中却被看作是出发点。"加缪从这一点出发,以这个"唯一的已知数"为根据,开始了艰难的探索,既是同时又是依次地建立起他的关于荒诞、关于反抗、关于幸福的哲学。然而,就是对于所谓荒诞哲学来说,也有一个出发点,那就是人的命运和他的生存环境之间的不协调。加缪从来也不曾简单地说"人是荒诞的"或者"世界是荒诞的"。当他说到"荒诞"时,他总是指人与世界的关系。这种关系是"分裂",是"对立",是"矛盾",是"不可理喻"。也就是说,人就其本性来说,是追求明晰和统一的,他在内心深处渴望着幸福和理性,而世界给予他的却是沉默和神秘,如一堵模糊而不可穿透的墙,这样,两者之间的关系就呈现出不可解的荒诞。人、世界和荒诞构成的三角,就这样成为加缪的人生观和世界观的基本模式。对加缪来说,人生观和世界观是一个东西,因为在这个三角中,人是主要的,是中心,他和世界、和荒诞构成了"一出悲剧的三个人物"。在这一出悲剧中,人与世界始终是矛盾冲突的双方,而荒诞既是两者会面中的产物,也是两者相互联系的唯一的纽带,因此,加缪强调:"在人类精神之外,不能有荒诞。"同时,"这个世界之外,也不能有荒诞。"就荒诞的本质是分裂这一点来说,"它不存在于对立的两种因素的任何一方。它产生于它们之间的对立。"也就是说,"荒诞不在人,也不在世界,而在两者的共存"①。这"三个人物"的不可分割性,使加缪认定,不能通过取消其中的任何一个来取消其余两个的存在,即:不能通过取消人(例如自杀)来取消荒诞,不能通过取消世界(如否定世界)来取消荒诞,而取消了荒诞,则意味着取消了人与世界的联系。因此,加缪说:"活着,就是使荒诞活着。"②

然而,人不能生活在荒诞之中。当人发现荒诞的时候,正是他最强烈地感到需要幸福的时候,因为"幸福和荒诞是同一块土地上的两个儿子"③。加缪提出:"只有一个真正严肃的哲学问题,那就是自杀。判断人值得生存与否,就是回答哲学的基本问题。"④加缪的回答是肯定的。他反对肉体上的自杀,也反对哲学上(形而上)的自杀,他主张人应该怀着清醒的荒诞感去"义无反顾地生活"、"尽其可能地生活",也就是说,"重要的不是生活得最好,而是生活得最多"⑤。当然,这种所谓"量的哲学"并非教人苟且偷生或逆来顺受,它只是告诫人们要清醒地面对人的命运,不要为盲目的希望和渺茫的未来而放弃现实的生活,或者逃避,或者弃世,或者跃入神的世界,因为"地上的火焰抵得上天上的芬芳"⑥,或者

---

① 加缪:《西绪弗斯神话》,第333页。
② 同上,第352页。
③ 同上,第406页。
④ 同上,第311页。
⑤ 同上,第358页。
⑥ 同上,第382页。

用默而索的话说,神甫的"任何确信无疑,都抵不上一根女人的头发"。因此,加缪指出:"在荒诞的人眼中,没有任何深刻性、任何感情、任何激情、任何牺牲可以使40年的有意识的生活和60年的清醒相等。"①所谓"荒诞的人",并不是非理性的人,而是"试图穷尽自身的人","不脱离时间的人","想达到和体验一切的人","思想清晰并且不再怀有希望的人",总之是"伟大的享受人生的人。"②所谓"荒诞的人",也不是浑浑噩噩的人,而是既能"行动"又能"静观"的人,因为"在坚持世界的荒诞之中是有一种形而上的幸福。征服或游戏,无数的爱情,荒诞的反抗,这些都是人在一次他事先已经失败的战役中对他的尊严所表示的敬意"。默而索曾经以无所谓的态度对待生活,然而他终于在临刑的前夜觉醒了,"面对着充满信息和星斗的夜",他"第一次向这个世界的动人的冷漠敞开了心扉"。他希望处决的那一天"有很多人来观看",希望他们对他"报以仇恨的喊叫声。"③他感到了幸福,因为他面对的将是人生存的世界,即便是"仇恨",也仍然是一种联系。他最终成为一个"荒诞的人",以个人的反抗显示出人的尊严。生活,在觉醒的、有意识的人的面前,显现出荒诞的面貌。

然而,加缪并不满足于确认荒诞这一"明显的事实"和"唯一的已知数",他要以此为"出发点"去寻求"协调一致的哲学立场"。

加缪认为,荒诞的人所拥有的不仅仅是荒诞感,更为重要的是,他能够从荒诞出发并超越荒诞,接受荒诞的一切后果,因为他"感兴趣的不是发现(荒诞),而是从中引出的结论和行动的准则"④。加缪首先从对自杀的否定中为荒诞的人肯定了"挑战"和"反抗"。人既然不能用自

---

① 加缪:《西绪弗斯神话》,第360页。
② 同上,第387页。
③ 加缪:《局外人》,第90页。
④ 加缪:《评让—保尔·萨特的〈恶心〉》,载《文艺理论译丛》第3辑,第305页,中国社会科学出版社,1985年。

杀来摆脱荒诞,就势必要面对荒诞,正视荒诞。"活着,就是使荒诞活着。使荒诞活着,首先就是正视它"。人生并不是因为有某种先验的意义才值得过,而是人自己对其生存环境的挑战和反抗才使人生具有了某种意义。人生的伟大,首先在于"反抗贯穿着人生的始终"。荒诞的人拒绝自杀,是因为他不回避荒诞,而把荒诞看成是生存的永恒状态,同时也看成是"对死亡的意识和拒绝"。这种意识和拒绝,"就是反抗,就是人和自己的阴暗面之间的永恒对立"①。因此,站在肯定生活、热爱生活的原点上,反抗就是从荒诞引出的一种"协调一致的哲学立场"。从这一立场出发,"荒诞的人只能穷尽一切,并且穷尽自己",同时在这种日复一日的意识和反抗之中,他显示出他的唯一的真理,即挑战"。②然而,荒诞的人进行挑战和反抗,并不抱有胜利的希望,因为他知道最大的荒诞是死亡,"死亡之后,一切都完了",恰如中国古人所说:"纵有千年铁门限,终须一个土馒头"。荒诞的人明白:"来日是没有的。"加缪说:"死亡也有一双贵族的手,既镇压,也解放。"正是"这种对希望和未来的剥夺意味着增加人的不受约束性"③,即"精神和行动的自由"。因此,自由的深刻的原因存在于对未来不抱有希望的反抗之中。荒诞的人不必沉湎于对神的幻想之中,因为他不需要某种至上的存在给予他的生活以一种意义;他也不必迷失在"自在的自由"之中,因为他不需要某种先验的东西来"为自己设立栅栏"。他发现了自己的自由,唯其如此,他才能有穷尽现实的自由,他才能有"一颗人心可以体验和经历的"自由。"荒诞的人就这样隐约看见一个灼热而冰冷的、透明而有限的宇宙,在那里,没有什么东西是可能的,但是一切又应有尽有,过了这个宇宙,就是崩溃和虚无。这时他可以决定同意生活在这样的宇宙中,并从

---

① 加缪:《西绪弗斯神话》,第 352 页。
② 同上,第 354 页。
③ 同上,第 355 页。

中汲取他的力量、他对希望的拒绝以及对一种没有慰藉的生活的固执的见证"①。他不但必须自由地生活在这个只有现时没有未来的世界中,他还要怀有一种百折不回勇往直前的顽强意志面对人生的种种匮乏和缺陷。这种顽强的意志,加缪叫作激情。这是一种肯定并享有现实人生的情怀,即"对未来的冷漠和穷尽现存的一切"。对未来冷漠,这使他能够义无反顾地生活;穷尽现存的一切,这使他"为了事实的判断"而排除"价值的判断"。在他看来,"20 年的生活和经验是绝对不可替代的"。在这个意义上,他提出:"重要的不是生活得最好,而是生活得最多。"加缪的"量的哲学"的基础是对人生的清醒的意识,所以它并不等同于"活命哲学"。他说:"我们的世界不需要温吞吞的灵魂。它需要滚烫的心,它们知道节制的正确位置。"②因此,他痛感当今的世界是一个没有力、没有性格的世界,他呼唤着人们(无论是个人还是集体)都要"满怀激情地生活"。在他看来,激情总是积极的肯定的因素,只有当它失去界限和控制的时候,才会变成一种消极否定的因素。总之,反抗、自由和激情,这是荒诞的三个后果,加缪正是凭借着这三个后果寻找到一种"协调一致的哲学立场",从而确认并且超越了荒诞。

当西绪弗斯面对那块无休止地升而复降的巨石时,他是清醒和高傲的。他清醒,因为他知道无论多少次地将巨石推上山,那巨石仍将滚落到平原上;他高傲,因为那巨石无论多少次地坠落,他仍将竭尽全力地把它推上山顶;他并不乞求神祇取消惩罚,他以接受来使神的愿望落空:惩罚将不成其为惩罚。他在精神上已经战胜了神。西绪弗斯是幸福的,他之幸福,不在于使巨石停留在山顶,而在于他始终高昂着头接受命运的挑战,在于他勇敢地承担了荒诞的三个后果:反抗、自由和激情。

---

① 加缪:《西绪弗斯神话》,第 357 页。
② 加缪:《反抗的人》,第 708 页。

Ⅱ 普罗米修斯"仍在我们中间"

巨人之子普罗米修斯窃天上的火种给人类,触怒宙斯,被锁在高加索山顶的一块巨石上,每天有神鹰来啄食他的肝脏,其肝脏复又长成,如此随啄随长,直到有人出来替他受罪为止。然而普罗米修斯宁愿受折磨,也绝不向宙斯屈服。赫尔墨斯嘲笑他:"怪哉,你乃预言者,居然不曾料及此难。"他坦然作答:"我早已知道。"普罗米修斯是为了人类而反抗神祇的英雄。他爱人类,他不仅给人类带来了火和技艺,同时还给人类带来了自由和艺术。他在肉体和精神两方面创造了人类。那么,对于今天的人来说,普罗米修斯意味着什么?加缪的回答是:"人们当然可以说这位神的反抗者是现代人的楷模,这种数千年前在斯基泰沙漠中发出的抗议声今天已结束在前所未有的历史动乱之中。然而同时,它也告诉我们,这位受迫害者仍在我们中间,我们仍对人类反抗的巨大呼喊充耳不闻,而正是他为这反抗发出了孤零零的信号。"[①]在加缪看来,普罗米修斯的神话是"反抗精神的最伟大的神话"。普罗米修斯面对酷刑的高傲比西绪弗斯面对苦役的坚忍更为深刻地展示了人的本质。加缪在确定了人与世界的荒诞关系之后,断然否定了自杀作为解决的途径,从而把反抗作为人的本性之一:"若不自杀,人的反应乃是本能的反抗。"[②]因此,荒诞和反抗,互为因果,相生相长。在西绪弗斯对荒诞的意识中,已然萌发了反抗的精神,在普罗米修斯对神的反抗中,更深刻地体现了荒诞的蕴含:不公正给人类造成的痛苦。在埃斯库罗斯的《被缚的普罗米修斯》中,普罗米修斯不停地呼喊:"啊正义之神,

---

[①] 加缪:《夏天·普罗米修斯在地狱》,《全集》第二卷,第841页,伽利玛出版社,1965年。

[②] 加缪1945年6月13日在"文学之家"的演说。

啊我的母亲,你看见了他们使我遭受的痛苦!"加缪的反抗,是从人的基本状况开始的:人类在其存在中,最根本的苦难是感受不到正义,或者说,他的遭遇是不公正的。

加缪把反抗定义为"转身",即被压迫者转身面对压迫他的人或事。然而,"转身"还只是开始,重要的是"转身"之后干什么。加缪说:"何为反抗者? 一个说'不'的人。但是,如果说他拒绝的话,他却并不放弃,因此,从他的第一个动作起,他也是一个说'是'的人。"①这就是说,反抗不仅仅是否定,它还有肯定的因素。否定和肯定的平衡决定了反抗的价值,一种超越了虚无主义的价值。因此,人类的反抗实际上是拒绝将人视为物或历史的工具,是重申人对正义的强烈要求。简言之,反抗是人对自身的本性的肯定,而这种本性,在加缪看来,并不是某种永恒不变的先验的或神授的东西,而是一种永远处于解决的过程中的矛盾。正是这种人类存在中的永恒矛盾决定了反抗中的否定与肯定两方面的内涵。就其否定的方面来说,反抗意味着事情超过了某种界限:"对于压迫他的秩序,(反抗者)对之以一种权利,这种权利要求他的被压迫不超过他能接受的限度。"②假如我们不把这里的"限度"理解为奴隶将接受奴隶主有限的压迫,而是理解为奴隶要求与奴隶主平等,那么,我们将会看到加缪的合乎逻辑的结论,即人不是一种"可以消费的资本",不是一种可以被用来为历史服务的东西或工具。加缪指出:"在萨德的围着铁丝网的共和国中,有的只是机械和机械师。"③而希特勒则提供了另一个违反人权地使用人的例证:"加入政党的人仅仅是元首的工具,机器上的一个齿轮;如果他反对元首,那他就是机器的消费品。"④就历

---

① 加缪:《反抗的人》,第423页。
② 同上,第423页。
③ 同上。
④ 加缪:《反抗的人》,第467页。

史的层面来说,反抗就这样把矛头指向人的非人化。就形而上的层面来说,反抗中的否定也同样指向人类生存条件的不公正,即人对于世界的统一性和明晰性的渴望一直没有得到尊重和满足,也就是说,形而上的反抗是指向上帝的。然而,如果反抗的否定内涵趋向绝对,就将导致虚无主义的出现,导致人和世界的毁灭。加缪指出:"虚无主义不仅仅是绝望和否定,它尤其是一种使人绝望和否定一切的意志。"①因此,反抗若不堕入虚无主义,还必须有其肯定的内涵。反抗肯定的是人性及其权利。加缪并没有给人性下过明确的定义,但是他不同意存在主义者用人的处境代替人的本性,我们由此可以知道,他继承古希腊哲学,相信有一种自然的本性存在,正是这种自然本性为反抗提供了基础。他所说的"人身上最可骄傲的东西"、"人的不肯屈服的那一部分"、"人的不可制服的那一部分"、"人的最独特的东西"等等,正是所谓人性的表现,倘若归结为一句话,那就是:"人不能被当作狗那样来对待"②。人是精神和肉体的存在,归根结底,这就是加缪的反抗所要肯定的东西。如同否定一样,肯定若趋于绝对,同样会走向虚无主义。加缪指出:"肯定一切就意味着肯定杀戮。有两种方式赞同杀戮。假如奴隶肯定一切,他就肯定了奴隶主的存在,也肯定了他自己的痛苦……。假如奴隶主肯定一切,他就肯定了奴隶制,也肯定了他人的痛苦;这就是暴君以及对杀戮的赞颂。"③因此,反抗要在否定和肯定的平衡中进行,否则,反抗就要违背它的初衷,走向蜕变和堕落。加缪认为反抗堕落的形式之一是革命。他说:"革命不是反抗。4年中支持着抵抗运动的是反抗,这就是说,开始时是对一种企图使人屈服的秩序的整个的、顽强的、几乎是盲目的拒绝。反抗首先是心灵。但是,这样的时刻到来了,反抗

---

① 加缪:《反抗的人》,第 467 页。
② 加缪:《时文集》Ⅱ,第 792 页。
③ 加缪:《反抗的人》,第 537 页。

进入精神,感情变成思想,自发的冲动结束为共同的行动。这乃是革命的时刻。"①反抗变成革命,从纯心灵领域进入实际行动,这意味着历史的开始。加缪认为,反抗的历史化必然倾向于否定价值从而走向虚无。这就是说,反抗永远只能停留在心灵或感情之中,一旦进入具体的政治经济环境,就将成为改变社会秩序和结构的暴力,从而引起新的反抗,如此循环不已。"原来属于上帝的,现在给了恺撒",在加缪的笔下,150年的反抗的历史证明,革命就是用新的不义取代神的不义。因此,加缪所说的反抗并不是一种可以付诸实施的行动。

加缪把反抗分为形而上的反抗和历史的反抗。所谓形而上的反抗,指的是一种对于人作为人所面临的生存条件的反抗。加缪指出:"形而上的反抗是人起而反抗他的状况和整个创造的一种运动。这种反抗所以是形而上的,是因为它对人及创造的目的提出异议。"②奴隶对其地位本身提出异议,人对其作为人的状况提出异议,这都超越了具体的时空,已超越了个人的遭遇,所以是形而上的。形而上的反抗所以发生,是因为在人的状况中,人根据人性应该享有的东西并没有得到满足,例如秩序、正义、统一、理解等。加缪说:"反抗生于无理性在一种不公正的、不可理解的状况面前所展示的景象。"③因此,形而上的反抗首先要求的是正义或公正,而最大的不公就是人终有一死并且难逃各种形式的恶的折磨。当人绝望于神的正义时,就转而追求人间的正义,无论这种正义多么不完善。为了这种正义,人可以揭露世界的不公并且自己去建立正义。形而上的反抗最根本的要求是统一。人所面对的世界是一个破碎的、分裂的、混乱和矛盾的世界。加缪在分析中发现,"在我们所遇到的所有情况中,抗议总是针对着创造之中的不协调、不透明

---

① 加缪:《战斗报》1944 年 9 月 19 日文。
② 加缪:《反抗的人》,第 435 页。
③ 同上,第 419 页。

和连续的中断。因此,从本质上说,反抗不断地要求的是统一。"①政治追求秩序,经济追求发展,艺术追求完美,这些人类的活动无一不是试图给世界以统一性。

形而上的反抗针对的是人的受制于苦难和死亡的生存状况,在西方的思想传统中,这实际上针对的是规定这种状况或者失信于人的基督教的上帝。反抗者和荒诞的人一样,面临着同一个上帝的问题。加缪指出:"反抗者亵视更甚于否定。"②反抗者不一定是不信神的,但他肯定是渎神的;他不是一定要取消上帝,但他要与上帝平起平坐,他要依靠自己的力量在世间建立正义。然而,从形而上的反抗本身来看,上帝的存在是不可思议的,任何有关上帝的经验都是矛盾的。在加缪那里,这个上帝不是希腊人的神,也不是泛神论者的"世界灵魂",而是基督教的上帝,确切地说,是《旧约》中的上帝。加缪在《鼠疫》、《戒严》等作品中都描绘过这个严厉的、复仇的、妒忌的上帝的形象。加缪并不是一位无神论者,但是,他对统治欧洲精神世界两千年的基督教无疑是持批判态度的,至少他认为基督教在其制度化和政治化的过程中已远远地背离了初衷。于是,当唯一的、人格化的上帝出现时,他就成为人世间普遍的不公正的原因或制造者,也就是说,上帝要对人的痛苦负责。因此,无论上帝存在或不存在,人的精神反抗的根本指向都是对着上帝的。加缪把这种形而上的反抗分为三个阶段:绝对否定、拒绝拯救和绝对肯定。他挑选了三个人物作为三个阶段的代表,他们是萨德、卡拉马佐夫和尼采。萨德用性本能的张扬和发泄来否定上帝,在他的城堡中,"自由要么是犯罪,要么不再是自由"。陀斯妥耶夫斯基笔下的卡拉马佐夫要求所有的人同时获得拯救,否则他就拒绝,然而人是在地狱之中,他于是高喊:"一切都是被允许的!"尼采则为了统治世界而接受一切,

---

① 加缪:《反抗的人》,第509页。
② 同上,第436页。

试图以肯定现世来跻身神的行列。加缪认为,他们无一不以发疯为结局,表明他们以不同的方式开始了反抗的蜕变。

形而上的反抗更多地属于精神和感情领域,当个人或集体进行反抗时,这反抗总是在一定的政治、经济和文化环境中进行的,也就是说,反抗一定要由思想过渡到行动,由哲学进入历史。因此,当人在精神上推倒上帝的时候,他必然要在人世间并且通过自己的力量来寻求他在天国并且依靠神的恩惠未曾得到的东西:正义、明晰、统一和幸福。于是,人进入历史,成为历史的人。人们以历史的名义,将杀戮合法化和制度化;人们以国家利益为理由,编织起一面面由谎言缀成的神秘之网;人们以意识形态为借口,使暴力成为进步的杠杆。总之,历史成为绝对价值,人成为历史的工具,形而上的荒诞具体化为历史的荒诞。当人意识到历史的荒诞时,也就开始了历史的反抗。加缪看到的历史是一部血腥的历史,其历史的反抗就是拒绝杀戮,拒绝谎言,拒绝暴力,拒绝战争等等,一句话,就是拒绝历史的绝对化。加缪并不否认历史,他只是对历史绝对化的产物,诸如意识形态至上、国家理由至上、历史规律至上等持批判态度。他指出:"有历史,但也有别的东西,例如普通的幸福、人的激情、自然的美等。"[①]他要求历史服从于一种更高的价值,这价值不是别的,就是人。加缪没有乌托邦到那种程度,要求人不再杀人,但是他希望杀戮和暴力不再被意识形态合法化和制度化,也就是说,他认为目的不能保证手段的正当合理。一旦人必须杀人,则应以命抵命,以保持原则的纯洁,例如1905年俄国的恐怖主义者。他在《正义者》之中,以肯定和赞赏的态度描写加利亚耶夫刺杀大公后束手就擒,并且英勇就义。他的情人多拉这样对战友们说:"不,你们不要哭!你们清楚地看到,这是昭雪的日子。我们这些反抗者可以证明:亚尼克不

[①] 加缪:《反抗的人》,第693页。

再是一个谋杀者了。"这意味着,只要亚尼克(加利亚耶夫)在刺杀塞尔日大公之后还活着,他就永远是一个谋杀者。若要昭雪,他必须在刺杀后死去。一条革命者的生命换了一条作为革命对象的大公的生命,这只能在抽象的意义上做到收支相抵,而在政治和道德的意义上,则要做另一种算术了。加缪其实并非不懂,一有价值的判断进入,事情就会呈现出另一种面貌。他说:"加利亚耶夫式的恐怖主义的伟大纯洁性在于,对他来说,谋杀和自杀是同时的……一命抵一命。这种道德是错误的,然而是可敬的。(一条被夺走的生命抵不上一条主动献出的生命)"。① 可以看出,加缪为了保证反抗的纯粹性,宁肯牺牲反抗的有效性。然而,加缪在考察欧洲150年来的反抗的历史时,发现的恰恰是:反抗无一不在对有效性的追求中蜕化和堕落,变成他所说的革命。

加缪认为,反抗转化为革命,并且走向堕落,这个过程是从1789年法国资产阶级大革命开始的,具体地说,是从1789年1月21日开始的。这一天法王路易十六被送上断头台,人杀死了上帝在人间的代表,开始了一场以人代替上帝为目的的革命。从此,雅各宾派的恐怖造成了绝对理性的统治,历史将以成功和效率为价值标准而排斥了自由和正义,为个人恐怖和国家恐怖准备了温床。加缪说:"为什么革命运动与唯物主义认同而不与唯心主义认同?因为奴役上帝、使上帝效劳,就等于取消维系着原有旧主人的超验性,并且随着新主人的上升而准备了人成为上帝的时代。当苦难过去、历史及物质的矛盾获得解决的时候,国家就成为真正的上帝、人的上帝……犬儒主义、历史及物质的神化、个人恐怖或国家罪行,这些无节制的后果将全副武装地从一种暧昧的历史观中产生出来,这种历史观把产生价值和真理的责任交付给唯

---

① 加缪:《时文集》Ⅱ,第199页。

一的历史。"[1]就个人的恐怖主义来说,加利亚耶夫的以命抵命的反抗蜕变为巴枯宁的无政府主义,无限制的自由导致了无限制的专制,并由小团体扩展为国家的专制,而负罪感也同时由个人而及于小团体,最后遍及全社会和全人类。就国家的恐怖主义来说,加缪指出了两种表现形式:非理性的恐怖和合理性的恐怖。前者以法西斯主义为代表,他们以"穿皮靴的耶和华"为先导,以牺牲千百万人的生命为代价来实现他们的种族崇拜。后者则以斯大林的俄国共产主义为代表。加缪对于马克思主义怀有一种极为复杂的感情。他在法西斯主义的利己和共产主义的利他之间做了区别,但是他不能接受存在于对劳动的赞颂和对西伯利亚集中营的辩护之间的矛盾。他认为俄国共产主义革命中有一种普列汉诺夫所说的"积极的宿命论":美好的未来使革命者的每一个行动都标志着朝向解放的进步。这在加缪来说是不能接受的,因为目的的合理性不能保证手段的合理性。倘若以牺牲百万人的生命来换取未来千万人的幸福,手段将使目的化为乌有,因此,不是目的证明手段,而是相反,是手段证明目的。加缪说:"100 年的痛苦,对那些宣称第 101 年建立新城邦的人来说,是微不足道的。"[2]对加缪来说,情况正相反,100 年后的幸福是可以不计的,重要的是如何减轻当下 100 年的痛苦。如果说所有那些不把希望寄托在未来的人都将成为革命的敌人的话,那么,在加缪看来,那种为了将来而牺牲现在、为了目的而不择手段的革命将是对于反抗的背叛。加缪就是这样把斯大林的俄国共产主义看作是一种使人从属于历史的极权革命的,所以他说:"从一个侧面看,马克思主义是一种认为人有罪而历史无罪的理论。"[3]可以看出,加缪的出发点是一种脱离了具体时空的抽象人性论,他对历史的分析是一种

---

[1] 加缪:《反抗的人》,第 515 页。
[2] 同上,第 696 页。
[3] 同上,第 648 页。

排除了政治和经济因素的抽象演绎。他所看到的马克思主义,要么是某些人的错误应用,要么是某些人的歪曲理解,甚至只是马克思主义的敌人的陈词滥调,总之,并不是真正的马克思主义。加缪花了那么大力气把人和历史割裂甚至对立起来,似乎是在怀念人的史前状态,而把历史看做是罪恶的渊薮。但是,人类数千年的历史已经表明,人既是历史的创造者,也在历史的创造中不断地创造着自己。人与历史是不可分离的。人在历史过程中所遭受的苦难和所见到的不义,最终还要在历史发展的进程中获得解决。当然,这种解决,在加缪看来是过于遥远虚妄了,不值得为此做出如许的牺牲。可是,人们究竟不能幻想,历史在当下立即结束,或者人能够生活在历史之外。因此,加缪的这种历史观具有浓重的乌托邦和无政府主义色彩。不过,加缪的迂阔甚至具有开倒车性质的怀旧情绪并不妨碍他的读者感到他是怀着怎样一种眷顾关心着人及其命运,怀着怎样一种智慧搜寻着腐蚀当代社会的病毒,怀着怎样一种勇气抨击着历史进程中的种种偏差的。他给予普通人的是慰藉和勇气,给予历史理性的崇拜者的却是一种警告。历史与伦理的矛盾,是人类不能不吞下的一枚苦果,被这一悲剧激怒的当然不止加缪一个人,只是他不肯驯顺地、心甘情愿地吞下,也不肯说"味道好极了"。加缪的理论虽然不能令人信服,却足以令人肃然起敬。

从反抗到革命,从形而上到历史,从对正义的呼喊到对暴力的颂扬,从普罗米修斯到恺撒,加缪用阴郁而沉痛的笔调为人类的反抗做了一份总结。种族灭绝、集中营、审判、劳改营、原子弹、意识形态、冷战,这些20世纪的产物,在加缪看来,统统来自对历史的神化。可悲的强权,恐怖的20世纪,这是加缪在20世纪上半叶结束时对20世纪所下的结论。普罗米修斯的反抗将在这空前的历史动乱中完成其蜕变。"他呼喊着对神的仇恨和对人的热爱,怀着轻蔑转身离开宙斯,向凡人走去,率领他们向天发起攻击。然而,人是软弱的,或怯懦的;应该把他们组织起来。他们喜欢享乐和眼前的幸福；应该教会他们为了长大而拒绝日常的蜜糖。于是，普罗米修斯也变成了导师，先是教诲，然后是指挥。斗争仍在延续，而且使人疲惫不堪。人怀疑能否到达太阳城，这太阳城是否存在。应该拯救他们。于是英雄向他们说，他知道那太阳城，而且只有他知道。那些心存怀疑的人将被扔到荒野上去，钉在石头上，让猛禽来啄食。从此，其他人将在黑夜中奔走，跟着沉思而孤独的导师。普罗米修斯又变成了神，统治着孤独的人。然而，他从宙斯那里争得的只是孤独和残暴；他不再是普罗米修斯了，他是恺撒。现在，真正的、永恒的普罗米修斯的脸上是他的某个牺牲品的面目。同样的呼喊从遥远的岁月传来，它一直在斯基泰沙漠深处回响。"[1]加缪的悲愤在于：20世纪的人仍对普罗米修斯发出信号的"人类反抗的巨大呼喊充耳不闻"，听任革命渐渐远离反抗的源泉，并进而把矛头指向反抗者。

人们还可以在另一个领域内对反抗进行考察，而且是在一种"纯粹状态"中进行考察，加缪指出，这领域是艺术，因为艺术同反抗一样，"也是一种既激励又否定的运动"。他认为，从柏拉图到马克思，所有的革命者都"敌视艺术"，他们或者指责语言的欺骗性，把诗人逐出理想国，或者肯定道德而贬斥艺术，或者指控艺术"伤风败俗"，或者要求艺术"有用于社会"、"有助于进步"，或者宣称合理的存在即可满足人的一切渴望，或者如俄国的虚无主义者所说："宁当鞋匠，不当拉斐尔"、"一双靴子比莎士比亚更有用"、"一块奶酪胜过全部普希金"，或者认为艺术表现的是"统治阶级的价值观"，等等。上述种种，反映出反抗和革命之间的斗争。艺术拒绝现实的世界，同时创造想象的世界，在其中寄寓了人对统一和正义的追求。"艺术就这样把我们引向反抗的源泉，因为它试图赋予逃向永久未来的价值以形式，而这种价值，艺术家是预感到并

---

[1] 加缪：《反抗的人》，第647页。

且想从历史中夺回来的。"①例如小说,作为对现实世界的否定,就是"和反抗精神同时产生的,并且在美学上表达了同样的抱负。"②但是,在革命的批评中,小说却成了一种"有闲者的想象",一种"逃避"。加缪指出,在艺术中(如小说),完全脱离现实的想象,或者完全肯定现实的复制,都将走向虚无主义。前者是形式主义,后者则是所谓现实主义。"现实主义艺术家和形式主义艺术家都在没有统一的地方寻找统一,即原始状态的现实和排除任何现实的想象创造之中",但实际上正相反,"艺术上的统一产生于艺术家强加于现实的改变之后。"③这就是说,完全脱离现实的"纯粹想象是不存在的",即使存在,这小说也不再具有艺术的意义,例如粉色小说、黑色小说和教诲小说,它们所展示的统一是一种虚假的统一。而通常所谓的现实主义也是不可能的,因为那将是无休止的"描写"和"列举",而"写作就已经是选择了",因此,艺术上的现实主义是一种矛盾。所谓现实主义小说,是将小说世界的统一性归结为现实的整体,这只能借助于一种先在的判断,如此则须排除现实中一切不符合理论的东西。这样,所谓社会主义的现实主义就根据其虚无主义的逻辑本身必然地集教诲小说和宣传文学的有利之处于一身。因此,现实主义的真正抱负是征服而非统一。加缪认为,这正是现实主义成为极权革命的官方美学的原因,而"伟大的艺术、风格、反抗的真相"只能处于"两个极端之间",也就是说,"艺术和社会、创造和革命必须重获反抗的源泉,在这种反抗的源泉里,拒绝和赞同、特殊性和普遍性、个人和历史达到最高程度的平衡"。这样,艺术就不会"被非理性的否定所破坏"而被湮没在狂乱的文字游戏中,也不会"受决定论的意识形态支配"而"成为口号"。因此,我们这个世界"只有抛弃形式原则的

---

① 加缪:《反抗的人》,第 662 页。
② 同上,第 672 页。
③ 同上。

虚无主义和无原则的虚无主义,重新找到创造性综合的道路,文明才可能鼎盛"。然而我们时代的悲剧恰恰在于:"劳动完全受生产制约,失去了创造性。"①现代工业社会只有利于报告文学的产生,而不利于艺术作品的创造,艺术将"又一次同失败的反抗处于同一地位",然而它也将同时证明:"人并不仅仅是根据历史来塑造自己的,人还在自然规律中找到自己存在的理由。""人们可以不要任何历史,却可以同星辰和海洋的世界和合无间。"加缪确信"今后必然到来的文明将不可能把劳动者和创造者分裂开来;艺术创造也不会把形式与内容分离,智慧与历史分离。这样,文明将向所有的人承认由反抗所确立的尊严"。② 那将是一个鞋匠需要莎士比亚、莎士比亚需要鞋匠、劳动者获得创造者的尊严的社会。那么,人们如何能建立这样一个社会呢? 加缪不是一个提供济世良方的人,他只想试探着指出人的反抗在哪里失足,于是他只能说:"人们能够永远谴责非正义而又对人的天性和世界的美赞不绝口吗? 我们的回答是肯定的。"他要人们"保持着美","准备迎接复兴之日",③因为现代社会由于反抗的失度而"放逐了美","海伦的流放"意味着将有新的反抗去推倒"现代城邦的可怕的墙","黑夜哲学必将在辉煌的大海上消散。"④

总之,作为人的本质之一的反抗,在最近 150 年间,经历了绝对否定和绝对肯定的过程,屡次跌入虚无主义。"反抗一旦忘记其慷慨的源泉,就会受到怨恨的污染,从而否定生活,走向毁灭,唤起一群群乌合的、冷笑的小造反派,他们今天终于出现在欧洲所有的市场上,甘愿受各种各样的奴役。反抗不是反抗了,也不是革命了,它成了怨恨和暴政。而当革命以强权和历史的名义变成杀人的、过度的机械时,一场新

---

① 加缪:《反抗的人》,第 676 页。
② 同上,第 677 页。
③ 同上。
④ 加缪:《夏天·海伦的流放》,载《全集》第二卷,第 857 页。

的反抗就将以适度和生命的名义变得神圣不可犯"。因此,普罗米修斯"仍在我们中间",他仍竭力"从杀戮中拯救能够拯救的东西",他那反抗的呼声终究会有人听到,因为反抗业已"证明它就是生命的运动本身,否认它就是放弃生活"。"我反抗,故我们在"。加缪试图使反抗重新回到它的源头,这源头就在否定与肯定的平衡之中,就在人的现世的生活之中,就在人的个体生存之中。一切反抗都是从个人开始的,然而一切个人的反抗又总是集体的反抗的一部分,又总是为了现在。

加缪关于反抗的思想是沉重的,具有浓重的悲剧色彩,然而他并不是悲观的,他在其最严重的虚无主义之中仍在奋力寻找超越虚无主义的理由。他也并不否定历史,他只是反对神化历史,他说:"无论如何,有文化有信念的人的任务不是逃避历史的斗争,也不是为其内含的残忍不人道的东西服务。他的任务是在历史的斗争中坚持,帮助人抵抗压迫,使他获得自由反对包围着他的命运。只有在这种条件下,历史才能真正地前进,革新,一句话,历史才能创造。"[①]因此,"从革命的堕落中汲取必要的教训",对加缪来说,"并不是一件愉快的事,而是痛苦"。

Ⅲ 涅墨西斯的启示

加缪说,当人们思考反抗在当代社会中所经历的种种矛盾时,应该从涅墨西斯那里得到启示。涅墨西斯是希腊神话中的女神,象征着神对"过度"的愤怒和报复。有一种说法,宙斯化作天鹅与涅墨西斯生有一蛋,此蛋托付给勒达,遂生下海伦。加缪也许乐于采用这一说法,因为他把涅墨西斯称作"'适度'的女神",假使再与海伦所象征的美联系起来,就能更圆满地表达他的思想了:适度与美,正是古希腊留给现代

[①] 加缪1956年1月在阿尔及尔的演说。

人的宝贵遗产。

　　加缪认为,反抗在现代历史中迷失方向,其原因就在于失度,超越了界限。自19世纪始,人开始挣脱宗教的束缚,却又重新套上了更难容忍的枷锁,终于有一天,反抗"变成了警察,为了拯救人类而架起了可憎的柴堆"。这正是极端的虚无主义:"盲目的、发疯的谋杀变成了绿洲,在我们的极聪明的屠夫身边,那些愚蠢的罪犯让人觉得耳目一新。"①欧洲人原以为可以和上帝对抗,现在他们意识到,他们若不想死,还得和人对抗;反抗者原以为可以对抗死亡,现在却要制造别人的死亡。他们进入一种进退维谷的境地:后退,就得接受死亡;前进,就得去杀人。但是,在逻辑上,反抗与谋杀是不相容的。该隐杀了弟弟亚伯,就得逃到荒野中去,同样,一群人杀了另一群人,也应该逃到荒野中去。这就是说,任何人都无权把任何人从人类这集体中除掉。因此,反抗的第一个价值就是给压迫规定一条界限,所有的人共同遵守的一条界限,而"谋杀就是一条不可逾越的界限,谁越过谁就得死"。反抗者只有一种方式可以调和他的谋杀行为,那就是他也得接受死亡和牺牲。所以,"反抗者并不要求一种普遍的独立性,他想要的是,人们承认在任何有人的地方,自由都有其界限,这界限正是那人的反抗的权利。"②奴隶的反抗,并不仅仅是反抗主人,同时也是人反抗主人和奴隶的世界。这意味着,奴隶的反抗也必须是有限的,这限度就是平等,即取消世界对奴隶和主人的划分。倘若超越界限,奴隶成为主人,主人成为奴隶,这世界仍旧是一个主人和奴隶的世界,反抗的根据依然存在,如此则永无休止。加缪认为,反抗者如果不能避免直接或间接地杀戮,至少应该竭力减少杀戮的机会,"他的唯一的美德将是,身处黑夜之中而不屈服

---

① 加缪:《反抗的人》,第692页。
② 同上,第687页。

于黑暗的诱惑,束缚于恶而顽强地走向善"。因此,反抗绝非没有界限的否定,而恰恰是对这一界限的肯定,所谓反抗忠于其源泉,就是忠于否定和肯定之间的平衡,否则,反抗就要跌入虚无主义。无论非理性的杀戮,还是合理性的杀戮,还是历史的杀戮,所以背离了反抗的初衷,都是因为"失度"。这种失度表现为追求绝对的正义、绝对的自由和历史的神化以及随之而来的暴力。自由和正义本是不可分割的,但是,20世纪的革命由于神化了历史,过分地追求征服,反而使自由和正义成了两个东西。"绝对的自由嘲笑正义,绝对的正义则否认自由",自由和正义这两个内涵丰富的概念完全失去了意义。同样,无论是制度化的暴力,还是绝对的非暴力,都应该找到它们的界限。对于前者,界限在于不激起另一种暴力;对于后者,界限在于不使人遭受奴役。总之,反抗应该成为历史的界限,革命则应以反抗为界限,也就是说,反抗和革命互为界限。加缪说:"我们在详细考察了反抗和虚无主义之后知道,倘若革命只以历史有效性为界限而没有其他的界限,那就意味着无限的奴役。革命精神想要摆脱这一命运,始终生气勃勃,就必须重新浸入反抗的源泉之中,从唯一忠于这源头的思想中得到启示,这思想就是关于界限的思想。"①所谓界限,就是适度。无论在物质世界中还是在精神世界中,凡事若适度,就有平衡,若失度,就走向绝对,导致虚无。例如,"雅各宾的和资产阶级的文明认为价值在历史之上,于是它的形式美德就建立了一种可憎的神秘化。20世纪的革命宣布价值融入历史的运动,于是它的历史理性又证实了一种新的神秘化。"②其实这都是一种错乱,而适度则告诉我们:"任何道德中都要有现实主义的成分,因为纯粹的美德会造成大量死亡;而任何现实主义都要有道德的成分,因为犬儒主义会造成大量死亡。"③因此,人既不能脱离历史,又不能屈从历史。"我需要他人,他

---

① 加缪:《反抗的人》,第697页。
② 同上。
③ 同上,第700页。

人也需要我及每个人",这就是界限,就是适度,加缪将其概括为"新个人主义",并且指出:"这种新个人主义不是欢乐,而是处于自豪的共感之顶峰上的斗争,永恒的斗争,只是偶尔才有一种无与伦比的欢乐。"①

这种对于相对、平衡、自然和人性的崇尚,构成了加缪所说的地中海思想或者太阳思想。这是与北欧的阴霾相对立的南欧的明丽,是与德意志思想的历史崇拜相对立的希腊思想的自然崇拜,是与未来希望相对立的现世享受,是与各种形式的神相对立的血肉之躯的人。加缪说:"历史绝对主义尽管节节胜利,却总是不断地碰上人性的顽强的要求,而人性的奥秘是由地中海掌握的,在那里,智力是明亮的阳光的姐妹。"②这里的"地中海"当然不仅仅是一种地理概念,它代表着一种思想,即古希腊哲学。加缪的全部痛苦、忧虑和希望都倾注在恢复希腊精神的努力之中。他揭露基督教的强权政治,批判德意志意识形态的历史理性,反对现代社会的盲目乐观,其用意都在警告人们,崇尚均衡适度的希腊精神已被忽略得太久了。他似乎并不悲观,他欣慰地看到,"在欧洲之夜的深处,太阳思想,这种具有两副面孔的文明正等待它的黎明,不过它已然照亮了真正的控制的道路。"③这种"真正的控制"实际上就是适度,就是适度的反抗,因为适度并非反抗的反面,它生于反抗,也以反抗为生,并在历史及其动乱之中规范着、捍卫着、创造着反抗。但是,如同塔鲁所说:"每个人身上都有鼠疫……没有任何人是不受鼠疫的侵袭的。"④加缪在这里又重申:"我们每个人都在自己身上带着监狱、罪恶和毁灭。"他曾经描述过里约医生等人同鼠疫的坚忍不拔的搏斗,他在这里又告诫人们:"我们的任务不是让它们在世界上肆虐,

---

① 加缪:《反抗的人》,第 700 页。
② 同上,第 702 页。
③ 同上,第 704 页。
④ 加缪:《鼠疫》,第 245 页。

而是在我们自己和其他人身上与它们进行斗争。"①由此可知,加缪殷切地期望于人的,不是去追求遥远的不可知的但是被许诺的"王国"或"新城邦",而是尽心做好当下的脚踏实地的工作和斗争以及可以触及的生命的享受,因为这些东西,阳光、大海、土地和人,一直不曾摆脱虚无主义的吞噬。然而,加缪并不是一位现代文明的不分青红皂白的诅咒者,他感到悲哀的是历史与道德、力与美的分离。他认为,19世纪的意识形态中对20世纪欧洲思想影响最大的那一部分背离了歌德的梦想:歌德曾经让浮士德与海伦结合,产下一子哀弗利昂。但是,对这个世界来说,哀弗利昂太美了,他不能不夭折。加缪希望人们能记住歌德的梦想并付诸实现,让现代的力与古代的美结合,而"哀弗利昂能否成活,全在我们自己"。这意味着,人要能够进行自由的创造才能超越虚无主义,加缪说:"当工人的劳动同艺术家的劳动一样有所孕育的时候,也仅仅在这个时候,虚无主义将最后被超越,复兴也将具有一种意义。"②

那么,人究竟依靠什么才能具有这种有所孕育的创造力?靠上帝的赐与?上帝已经死了。靠历史的无情的铁腕?撒旦也已经和上帝一起死了。人只能依靠他自己,依靠他对适度的坚持。人不是完全有罪的,也不是完全无邪的,他只能为了成功而努力,却不能对成功抱有必得的希望。他必须在自己的反抗中时刻警惕,不使其失度。他得满足于相对的正义、自由和幸福,他不能存有成为上帝的野心,更不能为了未来而牺牲现在。他应该知道,"即使在完美的社会中,孩子的死也是不公正的",因此,他只能"算术级地减少世界的痛苦"。这样,他的创造才能有所孕育,虚无主义才能被超越,人们才可以"在废墟上准备复兴"。反抗者就这样在地中海思想的指引下,拒绝了神,投身于人所共

---

① 加缪:《反抗的人》,第704页。
② 加缪:《为〈反抗的人〉辩护》,载《全集》第二卷,第1715页。

有的斗争和命运,如同加缪所说:"我们将选择伊塔刻,忠实的土地,大胆而淳朴的思想,清醒的行动以及聪明人的慷慨。"①反抗将不断地返回到它的源泉中去。

从西绪弗斯到普罗米修斯,再到涅墨西斯,我们顺序展开了加缪的思想的三个侧面。这三个侧面同时存在,相互依存,相互渗透,构成一个整体。当加缪从荒诞出发时,他已意识到反抗;当他发现反抗屡屡失败时,他已感觉到适度的重要。他在 1951 年的一次答记者问中说:"我在写《西绪弗斯神话》时,就已经考虑到我后来写的关于反抗的论文了……"他在斯德哥尔摩的演说中再次申明:"我写作伊始就有一个具体的计划:我想先表现否定。有三种形式。小说:《局外人》。戏剧:《卡金古拉》、《误会》。意识形态:《西绪弗斯神话》。我还预想了肯定的三种形式。小说:《鼠疫》。戏剧:《戒严》、《正义者》。意识形态:《反抗的人》。我已经设想了以团结友爱为主题的第三阶段。"我们从这里可以看出加缪的思想的一贯性与完整性,其间自然有许多曲折和发展,但那一条以人为本的主线却是贯穿始终的。加缪的思想处在欧洲人道主义传统之中当无异议。有人称之为新人道主义,也许是考虑到了时代的发展和演进。

加缪不是政治家,他的思想在现实政治中自然是行不通的,但他像 20 世纪的作家一样不能不谈政治。倘若作为某种类型的制衡器来看,他的言论未必不时时显露出真知灼见的光彩。他给予政治家的往往是一种警告。20 世纪是个革命的世纪,各种各样的革命无一不试图进行到底,各种各样的敌对的势力无一不想对敌人斩草除根,然而其结果并不总是令人欣慰的。加缪屡屡申明他不是哲学家,他也的确不曾提供出纯哲学的思辨,更休提博大精深的体系了。20 世纪是个思潮迭出的

---

① 加缪:《反抗的人》,第 708 页。

世纪,各种流派无一不存有解释世界或改造世界的壮志,也无一不想发现放之四海而皆准的真理,然而其结果并不总是令人信服。加缪不曾有过这样的抱负,他也并不认为他的结论具有"普遍的价值",如他所说:"《反抗的人》既未提出一整套道德,也未提出一种教条,它只是肯定一种道德是可能的,而且要付出昂贵的代价。"[1]然而在今天这样一个崇拜金钱、崇拜强力、崇拜成功的时代里,这一点倘若是真的,也就弥足珍贵了。

加缪少年得志,很年轻即获诺贝尔文学奖,在战后一段时间内也曾被视为一代青年的精神导师,然而他的思想从未走红,不断地受到来自左的和右的两个方面的攻击。这其中自然与他的思想中的谬误有关,但不可否认,他的清醒和坦率也为他招来两方面的敌人。《反抗的人》发表之后,有过一场激烈的争论,其结果不唯使他与萨特等存在主义者反目,而且几乎闹到使他声名狼藉的地步。然而他并不因此而媚俗,而盲从,他只是在孤独中默默地咀嚼着苦涩和失望。那一段公案当然可以从历史的角度给予评价,但以今天的眼光看,以那些此后经历过多少风风雨雨的人的眼光看,评价的天平也许会大大地向加缪倾斜。今天,人们会乐于认可加缪的辩白:"至于地中海思想,我只是反对19世纪和20世纪欧洲意识形态对它的排斥而已。我远非将它置于一切之上,正相反,我指出德意志意识形态(一般地说,是历史主义思想)对它过分地无知,欧洲思想因为失去其根本而变得极为可怕。我并未声称地中海思想拥有解决的办法。我明明写的是欧洲从来只是处于'正午和子夜'的斗争之中。这就是说,我觉得北方文明与南方文明一样必要。"据说,今天有众多的男人和女人在经过一场幻灭之后,纷纷到加缪的著作中寻求新的信念,甚至把他当成了他们的上帝。这虽有些过分,但不是不

---

[1] 加缪:《为〈反抗的人〉辩护》,《全集》第二卷,第1713页。

可理解的。

　　加缪,这位20世纪的堂·吉诃德,正以其单调又复杂的思想引起人们越来越普遍的关注。

川端康成：
忧伤的"浮世绘"

高慧勤

Ⅰ "天涯孤儿"

19世纪的最后一年，一个取名康成的男孩在大阪呱呱坠地。父亲川端荣吉是个颇具文人气质的开业医生，能汉诗，长于绘事。可是，在川端康成两岁时，父亲因患肺病而撒手人寰；一年后，母亲又病故。幼失怙恃，被送到"大阪与京都之间的乡下"故里，由祖父母抚养。祖父母生有子女5人，都先老人而去世。所以，祖父母对这点仅存的骨血、年幼体弱的孙儿，少不得娇生惯养，"盲目溺爱"。而常年跟老人厮守一起，孩子也不免养成离群索居、落落寡合的性情。① 到7岁上小学那年秋天，又逢祖母下世。从此便同又聋又瞎的祖父相依为命，过着凄凉寂寞的岁月。他母亲临终曾留下一笔存款，由姨父按月支给，可是月不敷出，经济日渐窘困。祖孙二人孤零零住在村子一隅，与人少有来往，亲朋故旧也相继疏远。偶有稀客上门，祖父竟会感激得老泪纵横。② 可以想见，祖孙老小的生活是何等孤单，何等惨淡，何等索漠。

祖父常年缠绵病榻，家中除一名每天来帮忙收拾的老女佣外，别无踪影。川端放学回家，内无应门之人，更无问寒嘘暖的亲情。他伴着风

---

① 《故园》，《川端康成全集》日新潮社版，第23卷，第500页。下简称为"全集"。
② 《大黑像和轿子》，全集第21卷，第145页。

烛残年的祖父,在空阔静谧的宅子里,感到异常的孤独与寂寞。"祖父的那份孤独,似乎也传给了我",①性格愈发趋于内向。《源氏物语》和《枕草子》成了他的手边书,引发他"少年不知愁"的感伤情怀②。三年后,一直寄养在姨父家、终生仅见过两面的姐姐,也悄然死去了。到他虚岁16岁那年,就连祖父这唯一的亲人也归天了,把他一人撇在这茫茫的人海。从此,川端康成真的"茕茕孑立,形影相吊"了。

祖父的死,使他无限凄惶,再也没有一个亲人可以依傍。直到这时,他才真正深味孤儿的悲哀。"一股无边的寂寞,忽然袭上心头,感到自己竟是孑然一身"③。祖父的死,不仅加重他的孤儿意识,而且不能不引起他思考生死问题。以他当时的年纪,固然还不可能从祖父的死,参透人生的本质,进行哲理的探求。但他知道,死亡是人生无法逃避的宿命,大限到来,在劫难逃。死亡给祖父挫折失败的一生画上了句号,他感到人的一切营求努力终归徒劳,人生是多难而悲哀的。他的《十六岁的日记》,已透露这个消息。

还在祖父垂危期,川端康成预感老人为日无多,写下9天日记,记叙祖父临终前的病情。这便是11年后拿来发表的短篇小说《十六岁的日记》。这是川端为祖父镌刻在心版上的一篇墓志铭,④也是他无所依傍的孤独内心的宣泄。

虚年16岁实际仅14周岁的川端,以极其冷峻的目光,凝视一个生命的寂灭,谛视人生的无常。朴素平实的叙述中,交织着复杂的感情和心理,既有怜惜祖父的深情,也有少不更事、对看护病人的嫌恶。寥寥数笔,便勾勒出一个孤苦老人临终时的辛酸。寂寞荒凉的气氛渲染,通

---

① 《无意中想到的》,全集第28卷,第375页。
② 《故园》,全集第23卷,第510页。
③ 《送葬的名人》,见讲谈社版《川端康成短篇全集》,第48页。
④ 《自著序跋》,全集第33卷,第576页,第575页。

篇流溢着一种悲凉的韵致。这种悲凉的韵致,川端日后将其升华为一种审美要求,构成其作品的基调。这篇早年习作,川端自己十分得意,认为该算作他的处女作,"是优秀的","难以动摇的作品"[1]。

正当人生刚刚开始,需要温柔慈爱的年纪,死亡的阴影便不断出现在他周围,使他有种"早逝的恐惧",担心活不过父母去世的年龄。他的"少年的悲哀",早已不是淡如轻烟、半带甜蜜的感伤,而成为一种终生的精神负累。

祖父死后,过了七七,他便抛别故乡,住到舅父家,开始寄人篱下的生涯,辗转于学校宿舍与公寓之间。十四五岁,正是性格逐渐形成的重要时期。对于生活自立的能力尚不具备,自我意识却又格外之强的川端,原本性格内向,"在这种不幸和不自然的环境中长大",[2]一方面使他更加多愁善感,同时也养成他固执别扭的脾气。寄人篱下,言谈举止不免处处要察言观色,揣摸别人心思,这又使他变得十分敏感,非常神经质。[3] 对自己的境遇,总要时时细加审视。他嫌恶自己,认为自己是"吃白食,受施舍",无人爱,也无人需要的"多余人"。[4] 他不敢坦率表示自己的不满,更不肯让自己向人投去一抹乞求爱怜的眼光[5]。他失去了快乐而自由的少年的心。[6] "离群的危机",与人的隔绝,少年的孤独感,在他生活中发生重大变故之后,就日趋强烈,有增无已。他把自己一颗"怯懦的心,封闭在渺小的躯壳内",[7]养成一种"孤儿习性"。这种"孤儿习性",扭曲了他的性格,自己也深为苦恼。[8] 他希望能摆脱孤僻,渴

---

[1] 《自著序跋》,全集第33卷,第576、575页。
[2] 《少年》,全集第10卷,第143页。
[3] 《佛像与轿子》,全集第21卷,第153页。
[4] 同上,第154页。
[5] 同上,第153页。
[6] 同上,第154页。
[7] 《少年》,全集第10卷,第227页。
[8] 《独影自命》,全集第33卷,第293页。

望得到人间的温暖、友情和情爱。不论是谁,只要对他"表示些许好意,哪怕是那么一丁点儿,都像甘露一般润泽我的心田,都能使我感激涕零,成为我感情生活的滋养"。① 他自认为是一个"感情的乞儿"。②

直到 1917 年,川端 18 岁中学毕业后去东京,人生出现一个转机,才打开他的心扉。③ 他考入东京一高英文专业,结识许多新朋友。友谊使他开始走出自己狭窄的天地,决心"净化和提高自己的精神境界",④深感一味戚戚于自责和"反省",只能徒然消耗生命的朝气和清新。他开始树立自信,相信扭曲的性格应能纠正,该当大胆攀登人生的顶峰⑤。

1918 年,川端在一高上二年级的秋天,由于厌倦学校的寄宿生活,更为了摆脱缠绕不清的苦闷——"少年时代留下的精神病患",他便独自一人去伊豆半岛旅行。"我都 20 了,由于孤儿脾气,变得性情乖僻。自家一再苛责反省,弄得苦闷不堪,抑郁不舒,所以才来伊豆旅行。"⑥这是《伊豆的舞女》中的一段话,道出了作者那孤儿的悲哀和青春的忧郁。这是他的一篇第一人称的小说,主人公即少年川端,途中遇到一伙江湖艺人,彼此便结伴同行。他们心地善良,情感纯朴,待人热诚,使他体会到人情的温暖。尤其那个天真未凿的小舞女,对他表示一种温馨的情意,使他内心萌发一缕柔情。一句平平常常的话,说他"是个好人",内心里便会有种"说不出的感激"。⑦ 他好似看到一线光亮,长久来苦恼着的内心,一下子忘怀了得失。往日的执拗别扭和受人施舍的

---

① 《佛像与轿子》,全集第 21 卷,第 153 页。
② 《谎言及其反面》,全集第 33 卷,第 61 页。
③ 《佛像与轿子》,全集第 21 卷,第 154 页。
④ 同上,第 160 页。
⑤ 同上。
⑥ 《伊豆的舞女》,见中央公论社版《日本的文学》第 38 卷,第 420 页。
⑦ 《〈伊豆的舞女〉的作者》,全集第 33 卷,第 243 页。

屈辱感,顿时烟消云散。"一种美好而纯净的心情油然而生,不论人家待我多亲昵,我都能安然接受。""我任凭眼泪簌簌往下掉。脑海仿佛一泓清水,涓涓而流,最后空无一物,唯有甘美的愉悦"。① 小说俱系纪实,没有虚构,充满青春的诗意,抒情中透露出川端式的淡淡的哀愁。这篇小说成为日本青春文学的杰作。

"旅情和伊豆的田园风光",使川端抑郁的心情放松开来,柔和起来。② 大自然抚慰了他。从此,川端几乎年年要到伊豆住上一阵,潜心写作。旅行写作,成为川端的一种习惯,也只有像他这样无家可归的孤儿,才会养成这种到处为家的习性。旅途中产生的作品,自有一种诗意的乡愁。而且,旅行也是净化感情的途径。"我曾十几次,几十次怀着生的痛苦,来到这天城山麓"。③ 所以,川端康成把伊豆看成他的第二故乡,④其实,也可说是他的再生之地。

第一次从伊豆旅行回来后,川端显然变得开朗得多了,回学校后与同学的交往也多起来。

然而,命运仿佛总在捉弄川端。新生活的转机伊始,新的精神危机又接踵而至。

1920年9月,川端康成从一高毕业,升入东京帝国大学英文系。这个英才济济的最高学府,在他面前展现一片更为广阔的天地,是他日后辉煌的文学生涯的起点。川端在念到二年级时,爱上一名16岁的咖啡馆少女,并订了婚。可是未出一月,女方突然毁约他去。川端虽多方努力,终于无可挽回。这时正值他青春意识刚刚觉醒,处在人生的转折时期,失恋的伤痛给他以新的打击,使他再次陷入精神危机。"内心的

---

① 《伊豆的舞女》,见中央公论社版《日本的文学》第38卷,第420页。
② 《〈伊豆的舞女〉的作者》,全集第33卷,第243页。
③ 《少年》,全集第10卷,第168页。
④ 同上。

波澜极为强烈,影响我达几年之久"。① 其实,岂止几年,那"哀伤漂泊的思绪,不绝如缕,从未间休"。②

　　自幼以来所经受的丧事、孤独、失恋,种种人生的创伤,看似偶然,凑到一起,形成一股无法抗拒的力量,决定着川端康成性格的形成,"影响了我对世事的看法"③,铸就他悲观虚无的人生态度。但,孤儿的悲哀,失恋的伤痛,悲剧性的命运,对川端康成作为小说家来说,未必就是不幸,"我人生中种种幸运的机遇,不正是因为我是孤儿才碰上的么……"④他少小时同衰老病弱的祖父为伴,内心的孤寂驱使他去亲近自然。常常一人跑到空寂的山陬,眺望风景;并爱爬到树上,放声朗读《源氏物语》、《枕草子》等古典名篇,感到无可言喻的美。有时到河边看千帆驶过,倾听水拍船舷,风吹帆篷的声响,沉醉于午后水色的变幻,芦苇摇曳的姿致……每一瞬间的变化,都给他带来新的惊喜。住到舅父家后,清早到野外去看日出,走在田间小径上,芊芊芳草,露珠犹零,仿佛分外柔嫩。中学住校时期,晚上靠窗躺在床上,望着清冷的冬月,沐着月光睡去,觉得简直是种幸福。后来发现旅行这胜事,在羁旅中体味乡愁,获得情感的补偿。天上的日月星辰,地上的山川草木,总之,大自然的一切,都能给他喜悦与安慰。这种亲近自然的生活,一方面培养他的感受力,丰富他的幻想力,同时也孕育了他的诗人气质。

　　川端康成上中学后,便立志要当作家。这既是少年人的人生志向,同时也缘于内心体验的表现欲望。"人禀七情,应物斯感",他需要宣泄自己满溢的情感,不由自主的要表现自己独特的感受。于是,文学便成为诱发他青春梦想的最好方式。他的诗人禀赋,便把他人生中的种种

---

① 《独影自命》,全集第33卷,第307页。
② 《文学自叙传》,见《日本的文学》第38卷,第499页。
③ 《现在与今后》,全集第33卷,第17页。
④ 《偶感》,全集第28卷,第376页。

不幸、孤独和哀愁，统统化为一种调动"创造潜能"的审美心理，成为他受用无穷的创作源泉。

Ⅱ 感觉与表现

20世纪20年代，第一次世界大战后，在欧洲兴起的未来主义、表现主义、达达主义等现代主义文艺思潮，相继介绍进日本，催动了日本的行动主义绘画、表现主义戏剧等现代艺术的萌芽。当时，川端康成正沉湎于失恋的痛苦与生活的窘困之中。他在日记中写道：往事不可追，"只弄得我黯然神伤……那哀恋的深情，那浪漫的浓绪！只能强忍住涌上来的泪水……于她真可谓一往情深，始终不渝……"①"几个月来，日夜相思，魂牵梦萦。"②"命运之线，终于断了么？可是，刻印在我心上的她，怎能抹去？"③颇有些失魂落魄的样子。

他把失恋的原因，归之于一直缠绕自己的孤儿习性和"境遇造成的心理缺陷"。"自责，自嘲"，"变得漠然"，"看事情的眼光也混浊不清"，最严重的后果是对自己的才干失去了信心。④ 他要写自家的身世，写恋爱的哀史，可是陷于苦苦相思，竟致文思阻塞，笔底枯竭。雪上加霜的，是经济上也到了山穷水尽的地步。他大学四年级时，生活来源断绝，全靠借当卖文度日。"24岁那年，最穷困不过，没有零用钱，乘不起电车，买不起邮票。一收到刊登他的作品的杂志，立即卖给旧书店，换取烟钱洗澡钱。到7月份，一件蓝地白花的布和服还押在当铺里，无钱赎回，身上仍披着去秋穿上身的旧夹袍，底边都磨破了。友辈看不过

---

① 《独影自命》，全集第33卷，第340页。
② 同上，第344页。
③ 同上，第347页。
④ 《佛像与轿子》，全集第21卷，第155页。

去,送我一件浴衣。因为没有像样的和服,不论去什么地方,都穿着宽大的制服,令文人雅士看了直皱眉头"①"近来生活毫无意趣,穷窘拮据,委靡不振,很不健全,实在厌倦之至……"②

不论精神状态抑或物质生活,川端都处于危机之中。为了治疗感情创伤,让交瘁的身心得以休歇,他又去重访第二故乡——伊豆的汤岛温泉。他原打算写这次失恋经过以为排遣,但草就的却是一篇《汤岛的回忆》。其中一部分是对初次伊豆之行、途中遇小舞女的怀念;后来把这节重加改写,自成一个短篇,此即被誉为日本文学史上抒情名篇的《伊豆的舞女》。回忆的另一部分,是写住中学宿舍与同室清野少年的友情,颇有些同性恋的意味。川端对此也不讳言,认为留在他心上的印象,或许比小舞女还要深些。③ 这可理解为少年时对情爱尚处懵懂阶段,孤独的身世使他对人间爱极度渴望的一种异常表现罢了。伊豆舞女与清野少年,都在他人生失意之际,予他以真情的慰安和生活的勇气。所以,在失恋的痛苦中,怀念两位陌路知己,求得情感上的平衡,亦是极自然的事。

川端虽然生来孱弱,多愁善感,内里却很有韧性。他差不多从来"没有自暴自弃"过,没有给命运压垮过,对自己的行事,自己的愿望,一向都是"乐观的"。④ 他以谦抑的宽容,原谅了昔日的意中人,没有一句责备,没有半点怨恨。"她的生活已告一段落。我对她的情意也成一段往事。事已过去,何须怨恨!"⑤他将痛苦深埋心底,向往事默默告别,开始向未来奋进。

1923年元旦,川端的同学北村喜八,正为一份美术刊物撰文介绍

---

① 《佛像与轿子》,全集第21卷,第157页。
② 《独影自命》,全集第33卷,第336页。
③ 《佛像与轿子》,全集第21卷,第157页。
④ 《给父母的信》,《川端康成短篇全集》,第328页。
⑤ 《独影自命》,全集第33卷,第347页。

达达主义,这件事引起了川端的莫大兴趣。几天之后,川端再次去北村处探讨表现主义和达达主义等新思潮。他若有所悟,在日记中写道:"刻下在考虑新表现和新创造问题。应当有个转变,以拓新境界。岐阜①一文,应尽快结束。但愿不久便能朝新方向突奔。"②

国外的新思潮,同他的思绪一拍即合,更予发扬蹈厉之力。"对象征主义,以及最近的表现主义和达达主义,俱能理解,且颇有会心。"③激起他若干想法,诱发他一片雄心,促使他从感情的泥淖中自拔出来,投身于文学创作事业。这一时期他的文学创作处于酝酿萌发阶段,"开始认清自己的价值,依稀看到自己的目标"。④ 这目标,今非昔比。他不再关心旧文坛,而是一个人苦心孤诣,"找到了一种新的感觉方式"⑤——新感觉主义!

当时,日本的文学界对历来的"自我小说"、"心境小说",⑥感到不满,纷纷进行艺术探索,作品题材和表现方法有很大突破。无产阶级作家固然以崭新的面貌崛起于文坛,就是新一代资产阶级作家也大胆打破传统的写实主义,借鉴西方现代派手法,出现了"新感觉派"以及继起的各种艺术流派。川端康成正是新感觉派的一员骁将。

1924年,川端大学毕业,没有去谋取职业,却会同横光利一等同窗好友,创办了一份叫《文艺时代》的刊物。刊名是川端康成拟定的,因为他认为,未来的时代是"由宗教的时代走向文艺的时代";过去,"宗教高踞人生及民众之上,而未来的新世纪,将由文艺来占据这一位置。"⑦这

---

① 系指描写失恋的短篇《南方的火》。
② 《独影自命》,全集第33卷,第338页。
③ 《新文章论》,全集第32卷,第24页。
④ 《文艺时代》,全集第33卷,第8页。
⑤ 《自信》,全集第33卷,第7页。
⑥ 日本特有的文学样式,专门描写作家一己的生活琐事和个人心境。
⑦ 《〈文艺时代〉发刊辞》,全集第32卷,第413—414页。

时,有一批年轻作家雄心勃勃,在西方现代文艺思潮的推动下,肩负一种使命感,向旧文学发难,旨在"打破文艺沉滞的局面",掀起一场破坏现存文学的新感觉运动。

"我们的任务就是革新文坛的文艺,进而从根本上革新人生的艺术及艺术观。"[1]因为"旧有的文艺,缺乏激动现代情绪的力量"。[2]"没有新的表现,便没有新的文艺;没有新的表现,便没有新的内容。而没有新的感觉,则没有新的表现。"[3]——川端康成乍登文坛,便振振有辞,宣告一个新的文学流派的诞生;随着一代新作家的脱颖而出,文学史也掀开了新的一页。如果说,芥川龙之介是日本传统文学的最后一位大家,那么,川端康成、横光利一等新感觉派作家便是第一代的现代派作家。新感觉派从其诞生之日起,以其反传统特点,便显示出与西方现代派文学有相通之处。

"新感觉派"的名称,是文艺评论家千叶龟雄提出的。他在《文艺时代》创刊不久,便撰文指出这批作家重视感觉和讲究技巧的共同倾向;他们对气氛、情调、情绪具有强烈的感受能力,以暗示和象征手法,通过描写瞬间感觉,仿佛从一个洞口来窥探人生的奥义。其感觉之新颖,表现之灵动,使鉴赏者感到一种惊喜与愉悦。[4]——新感觉派的特点,确实被千叶龟雄第一个拈了出来。

千叶龟雄的命名和概括,《文艺时代》的作家群基本上是认同的。不过,作为一个文学流派,还缺乏系统的理论表述和深厚的理论基础,正如川端康成所说,日本的文坛有文学史家和文艺评论家,却没有文艺理论家。新感觉主义的是是非非,虽然争论不少,但对至关重要的"感

---

[1] 《〈文艺时代〉发刊辞》,全集第32卷,第413—414页。
[2] 《等待明天的文艺》,全集第32卷,第442页。
[3] 《新进作家的新倾向解释》,全集第30卷,第174页。
[4] 千叶龟雄:《新感觉派的诞生》,《日本现代文学全集》讲谈社版第67卷,第358页。

觉论",却鲜有精辟的论述。构成感觉的生理机制是什么？感觉,同其表现的媒介——语言,是什么关系？这种语言媒介又该如何运用以表现新感觉？新感觉的本质究竟是什么？各家评论似都没有论及①。但这些问题,理论上需要作出解答。川端康成便肩负起为新感觉派作理论建树的重担。故在新感觉运动的初期,川端与其说以小说家起作用,毋宁说在评论上的成就更引人注目。

他对这份工作热心,积极,做来"心情格外欢畅"。《文艺时代》的发刊辞出于他的手笔,创刊号的编辑,也是他和片冈铁兵分劳的。对川端说来,新感觉运动不仅于他本人,而且于整个文学界,都是意义深长的,"决心让这个刊物完成文学史上划时代的使命"。② 川端后来回顾说:"《文艺时代》那时候,我虽然为新感觉派多少做过一些论辩,但作为文艺理论来看是不足取的,那些言论是不能承当文学运动之羽翼的"。③ 平心而论,他对新感觉的解释,理论上的阐述,还是比较明确,切中肯綮的。他力排众议,在《新进作家的新倾向解释》等一系列文章里,阐述了新感觉派作家的理论根据与创作方法。

川端康成强调的重心,是新的感觉。他申明:"表现即内容,艺术即表现";④ 因为,没有表现,无以了解作者所要传达的内容。但是,如果没有新的感觉,便不可能有新的表现,从而也就没有新的内容和新的文艺。"新酒不宜装入旧酒囊的"。⑤ 而新的感觉,在表现手法上自应和以往有所不同。若要表现眼睛与蔷薇这两件事物,过去说:"我的眼睛看见了红蔷薇";在新感觉派则说:"我的眼睛成了红蔷薇"。——眼睛与红花合二为一。

---

① 《文艺寸言》,全集第 32 卷,第 475 页。
② 《文艺时代》,全集第 33 卷,第 8 页。
③ 《独影自命》,全集第 33 卷,第 434 页。
④ 《新文章读本》,全集第 32 卷,第 204 页。
⑤ 同上,第 208 页。

即使对自然景物的描写,也全然带上主观色彩,成为感觉的表现。单纯描写外部世界,不是他们的主张。"对现实的表象和现实的界限过分轻信,就不能产生深刻的艺术。"①"为了保持作品形式的匀整,便要牺牲现实的必然性。为了主观的需要,就须抹杀实在性。为了实现作品的总体构思,各个细部就得夸张"。② 所以,作家要透过现实的表象,"达到现实的彼岸,去窥探灵魂的深渊"③。人的本质,人物的深层心理,就得凭借作家敏锐的艺术感觉去观照和表现。至于如何感觉,如何观照,则依赖于作家认识世界的方法,取决于作家的思维方式,也即涉及哲学上的认识论问题。川端康成提出:"表现主义的认识论和达达主义的思维方式,便是新感觉表现的理论根据";"可以说,表现派是我们之父,达达派是我们之母"。④

首先,川端康成把认识世界的方式,概括为三种基本形态。假设原野上有百合花一朵。——对这朵百合花,可有三种不同的认识方式:百合花之内有我么?我之内有百合花么?抑或百合花是百合花,我是我?以第三种态度观照世界进行写作的,是历史上的自然主义,"古老的客观主义"。持前两种态度观照世界的,就其结果而言,可谓异曲同工:"人看花,花看人。人看花,人到花里去;花看人,花到人里来。"这是一种"新的主观主义的表现"。作家以自己的直觉、情绪、印象,捕捉瞬间的特殊状态,把现实画面拆散,改组,构筑一个感觉世界。新感觉派作家大抵是以这种方式去认识,去感受,去表现的。而川端尤具极强的艺术敏感,擅长捕捉外界事物给他的一刹那间的感觉或意象,哪怕是细微之至的感触,都能生发成一个有声有色的艺术境界。

---

① 《关于表现》,全集第 32 卷,第 502 页。
② 《新文章论》,全集第 32 卷,第 27 页。
③ 《关于表现》,全集第 32 卷,第 502 页。
④ 《答诸家之诡辩》,全集第 32 卷,第 496 页。

穿过县境上长长的隧道,便是雪国。夜空下,大地一片莹白。

这是《雪国》开头的句子,为历来的评论家一再称引,经过转译,原文的语趣难以完善传达,不过,仔细咂摸,仍能感觉到其"新"。火车驶出黑咕隆咚的隧道,出口处虽夜色深沉,但是冰原雪野,雪映寒光,顿时给人分外白分外亮之感。

镜子的衬底,是流动着的黄昏景色,就是说,镜面的映象同镜底的景物,恰似电影上的叠影一般,不断变换。出场人物与背景之间毫无关连。人物是透明的幻影,背景则是朦胧逝去的日暮野景,两者融合在一起,构成一幅不似人间的象征世界。尤其姑娘的脸庞上,叠现出寒山灯火的一刹那顷,真是美得无可形容,岛村的心都为之震颤。

这也是《雪国》中一段有名的文字。描写火车在暮色中行进,玻璃窗上叶子的影像同暮景流光的重合叠印,反映在岛村的意识上,既是瞬间的感觉印象,又是虚幻的美的梦境。这类镜中景,是川端康成施展多次的得意之笔。另外,女主角驹子对镜晨妆,映入镜中的红颜白雪那一段文字,也很脍炙人口。

川端康成把感觉及其表现,联系表现主义,作过理论上的阐发。他说,天地万物存在于人的主观之内,因为有我,天地万物才存在。以这种心理去观照世界,用形象去把握世界,强调的是主观的悟性,崇奉的是主观的绝对性。[①] 这种感觉主义,凭借的是直觉,具有高度的精神性。没有这种敏锐的感觉,便无法感受并表现宇宙中缥缈变化的神秘

[①] 参见《新进作家的新倾向解释》,全集第30卷,第177页。

世界。① 与此同时,天地万物之内渗透了主观,这是主观的扩大,只有主观自由地流动,才能赋予万物以生命和个性。万物与主观,相互渗透,浑然一体,和谐一统,成为一个"自他一如"、"主客一如"、"万物一如"的一元世界。② 这是作家用心灵创造出来的艺术境界;作家对世界的观照中投入情感,"诉诸感觉",才能捕捉到艺术生命的本质。

啊,银河! 岛村举头望去,猛然间仿佛自己飘然飞身银河中去。银河好像近在咫尺,明亮得能将岛村轻轻托起……光洁的银河,似乎要以她赤裸的身躯,把黑夜中的大地卷裹进来,低垂到几乎伸手可及的地步,真是明艳已极。岛村甚至以为自己渺小的身影,会从地上倒映入银河……仰望长空,银河好似要拥抱大地,垂降下来……当他挺身站住脚跟,抬眼一望,银河仿佛哗的一声,朝岛村心头飞泻下来。

这是《雪国》临近结尾的部分。究竟是岛村飞身银河,抑或银河拥抱岛村? 是幻觉,还是实感? 浑然不辨。银河,大地,人物,融为一体。

片片竹叶好似蜻蜓的翅膀,正同阳光嬉戏。阳光洒在竹叶上,如同透明的鱼儿,飒飒地流向他的心头。

——《春天的景色》

阳光洒满青翠的竹林,竹叶灿然翩然,作家的视觉意象,宛如蜻蜓的翅膀,嬉戏的鱼儿。因"感情的移入","主观的扩大",一切都灵动起

---

① 参见《关于表现》,全集第32卷,第502—503页。
② 参见《新进作家的新倾向解释》,全集第36卷,第177页。

来,生机盎然。天人物我合而为一,达到忘我无我之境。不难看出,川端的认识论中,揉进了佛教思想,与讲究直观体认的禅宗有一脉相通之处。"自他一如","主客一如","万物一如",延伸下去,就接触到"多元的万物有灵论",也即一种泛神论。作家对宇宙万物,不是理性的思辨,而是直觉的感悟,性灵的点化。凡此种种,全系于作家的艺术感觉。这种艺术感觉,诚如丹纳所说,在艺术家是"一种必不可少的天赋","是天大的苦功天大的耐性也补偿不了的一种天赋,否则只能成为临摹家与工匠。就是说艺术家在事物面前必须有独特的感觉","一个生而有才的人的感受力,至少是某一类的感受力,必然又迅速又细致。他凭着清醒可靠的感觉,自然而然能辨别和抓住种种细微的层次和关系","而这个鲜明的,为个人所独有的感觉并不是静止的,影响所及,全部的思想机能和神经机能都受到震动。"①

不过,川端康成在强调感觉的同时,曾表示"不信奉'感觉至上主义',也不信奉'唯感觉主义'。我并不想单凭感觉这把钥匙,去解决人生和艺术的所有问题。而且,那也是不可能的。"②"新感觉"和"新表现",还需"新内容"打底。"今日的新进作家,谁都没把感觉当作唯一的生命之纲"。③ 之所以重视感觉,是为了"使生活和作品具有新意"。而新意,可有种种表现形式。用旧的感觉方式写出的作品,滞重,混沌,沉闷,读来不快;而"通过新感觉的眼镜,人生便是一种新的'诗'的世界"。④ 川端接着强调说:"当然,通过感觉来感受,通过感觉来表现,谁都没有忘记感觉的主体是人。"⑤

那么,作家遵循什么原则去感受人生,表现感觉呢?是达达主义给

---

① 《艺术哲学》,第 27 页。
② 《答诸家之诡辩》,全集第 32 卷,第 491 页。
③ 《文坛的文学论》,全集第 30 卷,第 170 页。
④ 同上。
⑤ 同上。

了川端康成一线灵光。他读达达派的小说和诗歌,觉得颇为晦涩,难以看懂。推究之下,认为这是达达派诗人对"思维方式的一种破坏"。他据此引申出新表现的理论根据来。

川端第一步根据弗洛伊德的精神分析学,提出"自由联想"问题。医生在释梦时,让患者的想象力自由驰骋,不加约束,然后凭借片断的随意联想,找出洞察患者心理的钥匙。川端认为这种自由联想,便是达达主义的思维方法。

感觉活动的内容,必然要外化为语言,形成文章。语言有语法,文章有章法。这是人类为沟通思想感情时所应遵守的规则和约束。而规则和约束是"没有个性的,非主观的"。既然文学以语言为表现手段,它就是一种"契约的艺术"。① 文学必然受到语言文字的制约。"语言既赋予人以个性,同时又剥夺了个性。"②这不能不是"文学的悲哀"。而语言文字是文学创作赖以存在的基础。"小说作为一门艺术,只有充分发挥语言的精髓,才能成立。"可以说,"古往今来东西方的作家,毕生都在同语言进行搏斗。"③但是,人的精神活动,毕竟不完全受制于语言。哲学,宗教,尤其是文学创作,对精神世界的探求欲深入一步,就会逸出语言的范围,要求打破语言的桎梏。人头脑里的种种意念,本来就"是直观的,杂乱无章的",近乎自由联想的,只有在表达时,才将那些漫无头绪的想法,毫无关联的印象,加以筛选、整理、排列、组合,形成言词、文章。这一选择整理的过程,川端认为是按一定的思维方式进行的,"是一个复杂的心理过程"。④

对达达主义的思维方式,川端主要理解为自由联想,是"对旧的表

---

① 《新进作家的新倾向解释》,全集第30卷,第180页。
② 《新文章论》,全集第32卷,第23页。
③ 《新文章读本》,全集第32卷,第205页。
④ 同上,第204页。

现方法的反叛"。有些达达诗歌,"近于单词的无意义的连缀,不过是支离破碎的心象的罗列"①是诗人头脑中自由联想的直接表露,所以别人读来晦涩难懂。但既经作者选择整理,当然渗透着作家的理性判断,表层似支离破碎,实质具有内在联系。然而,象征主义不也同样晦涩难懂么?为什么偏偏属意于达达主义呢?据川端理解,"象征主义是理智的,达达主义是感觉的"。② 同是晦涩难懂,思维方式各有不同。川端在这里特别提出达达主义,并非要学他们的晦涩难懂,而是因为他要寻求一种"主观的、感觉的新表现",力图从"陈旧褪色、冷然漠然的思维方式中解放出来"。③ 达达主义恰好给了他某种"暗示"。他说:"文艺史上一切新文艺运动、新表现样式的出现,从一个方面说,都是人的精神要从语言的不自由的束缚下解放出来的愿望的迸发……精神通过语言,寻求完全自由的表现,是一种罗曼蒂克——浪漫主义运动,一种探索新表现的热情。我把新进作家力图从旧思维方式中解脱出来的表现,暂且称之为'达达主义的思维方式',把达达主义当作我的理论。"④

因此,川端康成和横光利一等新感觉派作家,为了"寻求自由的表现",首先从语言切入,一反往昔的叙事模式。

横光利一发表于《文艺时代》创刊号上的短篇《头与腹》,小说开头的一段,被视为典型的感觉描写,为评论家所乐道:"正午。特快列车,满载乘客,全速奔驰。沿线各小站,如同一块块石头,给甩在一旁"。⑤这段文字,今天看来也许并不稀奇,但当时看惯了自然主义平缓而滞重的描写,就感到有力,快速,跳跃。文字简略到只有几个名词和动词的排列,没有多余的叙述,没有感情的铺陈,都是直觉的形象,令人感到人

---

① 《新进作家的新倾向解释》,全集第 30 卷,第 180—181 页。
② 同上。
③ 同上。
④ 同上。
⑤ 《鉴赏日本现代文学》,角川书店版第 14 卷,第 69 页。

在机械文明之前的无能为力。所以,川端康成说,"没有人能像横光利一那样给一个个单词以生命。他的文章正是单词的舞蹈"。①

> 他捡起一块小石头,扔进森林。森林从几片柏树叶上抖掉月光,喃喃自语。

这是横光利一《日轮》中的一段文字。月光朗照,森林泛着清辉,石头击树,树木摇曳,叶片上光影缭乱,仿佛森林有了生命。主观感觉和物象之间,用具象的语言打通隔阂,建立联系。这在自然主义文学中是难以见到的,所以给当时的文坛以不小的冲击,引起若干争论。

尽管川端自谦说,"新感觉派时代是横光利一的时代",②他自己的"新感觉成分并不浓厚",③但从川端的全部创作来看,他倒是始终执着于以新感觉方式进行写作的。不但在《文艺时代》那个阶段是这样,即使在新感觉运动之前之后,川端的作品仍极具感觉表现的特色。他是"最大的语言魔术师"④,同横光利一并列为新感觉派的双璧。

川端二十几岁时,写过百来篇"掌中小说",自称为"我的标本室",是他练笔的结晶。这些小小说,篇幅不过二三千字,短则不足千字,形式完整,用笔凝练,充满象征的美。在表现人情细微、心理复杂上,都不同于普通的小说。内容大抵是自家的身世和爱情的失意,是川端青春期诗情的流露,也反映他文学上的审美意向。

> 山谷里有两泓池水。

---

① 《番外波动调》,全集第 32 卷,第 484 页。
② 《新感觉派》,全集第 32 卷,第 631 页。
③ 《答诸家之诡辩》,全集第 32 卷,第 493 页。
④ 吉田精一:《关于〈雪国〉的翻译》。

下面一个好像炼过的银,熠熠地泛着银光;而上面一个,则山影沉沉,发出幽幽的死一般的绿……

七月,将近中午,哪怕落下一根针来,都好像什么东西塌下来似的。身子仿佛动弹不得。

汗涔涔地躺着,觉得蝉的聒噪,绿的压迫,土的温暖,心的跳动,一齐奔凑到脑海里。刚刚聚拢,又忽地散去。

我恍如飘飘然,给吸上了天空。

——《拣骨记》

这是川端康成虚龄18岁时写的一篇小小说,也即写于新感觉运动之前,但全篇已表露出川端文学的特质,感觉的手法已很鲜明。小说是写祖父死后,去火化场拣遗骨,川端突然流鼻血不止,一人躺在绿色小山坡上的种种感觉。开头两句,颇有象征意味:那"炼过的银,熠熠地泛着银光",同"山影沉沉,发出幽幽的死一般的绿",仿佛是生死幽明的对比。祖父的死,给川端的打击如此之强烈,那心理上的紧张与压抑,情绪上的悲哀与孤独,使"今后如何生活"这种对未来的惶恐不安,变成下意识的危机感,连落下一根针来,仿佛天也会塌下来,敏感到神经质的地步。"蝉的聒噪,绿的压迫,土的温暖,心的跳动","给吸上了天空",由听觉兼及视觉、触觉与感觉,交相共鸣,勾画出主人公神魂失据、无所依托的复杂心象。又如:

大街的十字路口,有爿古董店。路边店旁,立着一尊观音像。大小如同12岁的少女。电车一过,观世音冰凉的肌肤便同玻璃门一起轻轻地震颤。我每次走过,神经都微微感到痛楚,担心瓷像不要倒在路上。——由是做了一梦。

观世音直挺挺朝我倒了下来。

一双低垂的修长丰润的皓腕,突然伸出,搂住我的脖子。无生命的手臂有了生命引起的那份惊悸,瓷器那种冰冷的感觉,吓得我慌忙闪开身子。

　　观世音无声地扑倒在地,摔得粉碎。

《脆弱的器皿》

　　"脆弱的器皿",典出《新约·彼得前书》第三章:"你们做丈夫的也要按情理和妻子同住。因为她是脆弱的器皿。"川端把处女看作是"脆弱的器皿",如同观世音一样圣洁无比,是他永恒的憧憬。失恋,引起他自省,认为"恋爱本身,便能毁损年轻的少女"。这篇小小说不足一千字,有现实,有梦幻,闪耀神秘诡谲之美。

　　一夜秋风,石榴树叶便落光了。

　　树下只露出一圈泥土,周围洒满了落叶。

　　君子拉开木板套窗,见石榴树变得光秃秃的,很是惊奇,叶子画出一个圆形的弧圈,更觉不可思议。一阵风来,本可以吹得凌凌乱乱……

——《石榴》

　　这是川端很有名的一篇小小说,两千来字,写尽年轻女子对即将出征的未婚夫的一腔柔情和复杂心曲。上面引文是开头的几句,写得很有意境,很有寓意。飞花落叶,本来便是日本传统的审美对象,意味着从植物生机的死寂,而兴无常的感慨。而落叶又画出一个圆转无穷、至善至美的圆圈,一个生成与寂灭的轮回之环。尽管小说的主旨并非写生死轮回,却透露出川端文学中浓重的无常观。

　　总之,对客观世界的认识,意在主观,重在感觉;在表现上,采用自由联想,突破语言樊笼,是川端康成等新感觉派作家的艺术方法。这种方法能窥人物心理之深,从中探幽索微,抉发生命实体。由于运用自由联想的叙述方式,作品自然带上极大的主观随意性,和不受时空约束的跳跃性。而作家的感觉,由于语言局限,有时势难缕述,加上表现上多是"心象的罗列","直接的表露",因此作品不免带有朦胧、缥缈、难以捉摸的特点。这也正是感觉描写的一种美学特征。

当然,20年代,是川端康成的文学探索时期。代表他这一时期文学最高成就的,自然是《伊豆的舞女》,可是这篇小说倒恰恰是个例外,"新感觉的因子并不浓"。此外的一些作品,包括小小说在内,大抵着意于描写新感觉,寻求新表现。30年代后,日本文坛盛行新心理主义,川端又在描写主观感觉、瞬间印象中,揉进内心独白、意识流手法,形成自己的文学个性。《抒情歌》、《水晶幻想》等,是这类艺术探索的试作。直到1935年,《雪国》连载之后,川端康成才终于攀登上他文学的金字塔顶。

Ⅲ 美丽与悲哀

1924年,川端康成在《文艺时代》发刊辞中写道:"'由宗教的时代走向文艺的时代',这句话朝夕萦回于我的脑际。在古时,宗教高踞人生及民众之上,而未来的新世纪,将由文艺来占据这一位置……如同我们祖先埋骨于墓碑之下,相信永生净土而安然长眠,我们的子孙却能在文艺的殿堂里找到解决人类永恒的办法,从而超越死亡。"[①]艺术高于人生,美能超越生死。川端创作伊始,便透露出唯美的意向。日后在《文学自叙传》中又说:"我写评论,虽然也用真实或现实这类字眼,可是

---

① 见《川端康成全集》第33卷,第413页。

每每感到难以为情,因为我于现实,既不想去弄懂,也无意于接近,唯求神游于虚幻的梦境。"①川端本来"接触现实就不深"②,既然无意去接近,当然只能"神游于虚幻的梦境",构筑一个美的世界去了。作家在对待人生与艺术的关系中,倘若不求其真,那便只能以表现其美为其志了。战争时期,他从古代战乱中悟出,民族命运兴亡无常,但是,美一经创造出来,便难以毁灭。民族衰亡了,但美还存在。唯有美,才是永恒的。为此,"艺术应当蕴含永世不朽的灵魂"③。那么,川端究竟以什么美学原则,构筑自己的艺术殿堂的呢?

毋庸讳言,作为日本第一代现代派文学,新感觉派以取法西方为主。横光利一曾说过:"未来派,立体派,表现派,达达派,象征派,构成派,如实派的一部分,换言之,一切新倾向,都属于新感觉派。"④但是,就在新感觉派时期,川端康成已被视若"异端",他初期创作便已显示出浓厚的传统特点。不论是描写马戏班女艺人生活惨苦的《招魂祭一景》,抑或是再现浅草⑤风俗的《浅草红团》,以及那些珠圆玉润的小小说,尽管都是新感觉的产物,却无一不流露出日本的情趣。这种对日本传统的倾斜,在川端的创作观上日益明显。川端康成在30年代曾说:"我虽然接受西方文学的洗礼,自己也试着模仿过,但骨子里我是东方人,15年来从未迷失这个方向。"⑥说他向传统回归,未必准确,事实上他从未离开传统。他在磨炼自己的艺术感觉和"高超的叙事技巧",探索如何纳外来于传统,使二者浑然融为一体。这种探索,以《雪国》问世为标志,可以说结出了硕果。文学中的"异端",恰好成了正统。

---

① 《全集》第33卷,第87页。
② 《独影自命》,全集第33卷,第268页。
③ 《日本文学的美》,全集第28卷,第421页。
④ 横光利一:《感觉活动》。
⑤ 东京一地名,相当于北京的天桥,上海的城隍庙。
⑥ 《文学自叙传》,全集第33卷,第88页。

《雪国》起笔于1935年,最初分章发表在杂志上,1937年才收辑成书。作品几经改削,再三推敲,前后赓续十二年,至二次大战后的1947年才最后定稿,它为川端倾注心力最多的一部作品。小说一经发表,便见重于文坛,推崇为"精纯的珠玉之作",是"日本文学中不可多得的神品","堪称绝唱"①。尤其当1968年川端获诺贝尔文学奖后,作品更抬高到"近代文学史上抒情文学的一座高峰"②这样的地位。当然,也有评论家批评《雪国》是"死亡与毁灭的文学"③,"表现的是一种颓废的美"④。评论家出于不同的道德标准和审美趣味,从不同的视角评价同一部作品,持论轩轾,在所难免。而对《雪国》评价歧异之大,也可说明川端创作之"新颖、复杂、重要"。

小说写东京一位舞蹈艺术研究家岛村,三次去多雪的北国山村,与当地一名叫驹子的艺妓由邂逅而情爱,同时对萍水相逢的少女叶子,也流露出一番倾慕之情。虚无思想甚重的岛村,认为人生的一切营求和努力,都归"徒劳";对驹子的身世自感爱莫能助,决心分手,驹子虽然追求"真实"的爱情,也终归"徒劳"而化为泡影;而叶子在意中人病逝后,亦在一场大火中死去。

川端写这部小说时,新感觉运动已于8年前结束,但是新感觉笔法,依然随处可见。岛村对浮生若梦的喟叹,驹子爱而不得所爱的怨望,叶子对意中人生死两茫茫的忆念,再辅以雪国山村的清寒景色,使全书充溢着悲凉的基调。至于纤细的心理刻画,灵动的自由联想,跳跃的文章结构,意在言外的象征,简约含蓄的语言,加之略涉官能的性爱

---

① 林武志:《川端康成作品研究史》中关于《雪国》部分。
② 长谷川泉:《近代文学史上的川端康成》,川端文学研究会编《川端康成其人与艺术》,第29页。
③ 杉浦明平:《川端康成》。
④ 武林志:《川端康成作品研究史》中关于《雪国》部分。

描写,使小说恰似一幅幅情境朦胧、色彩绚丽的浮世绘。①《雪国》奠定了川端康成幽美哀婉、空灵剔透的艺术风格,代表他艺术创造的最高成就,成为他美学思想的集中体现。

二次大战后,川端着意于从民族的历史和文化中寻找自己的归宿,宣称自己是立足于日本的传统美学,决心要成为地道的日本作家。步入中年后,他把以后的日子看作是"余生",表示要为光扬日本的传统美不遗余力。

讲传统美,源远流长,众说纷纭,谈何容易。日本总的审美情趣,与其说是绮丽,不如说是淡雅,讲究一种余情余韵,务求在"清淡中生奇趣,简易里寓深意",具有象征与朦胧的意味。日本的审美意识,可以说是偏于感觉的,情绪的。就一个民族来说,各时代有各时代的审美导向,体现不同的社会风尚和美学特点。日本文学也是如此。上古时代的万叶诗歌,朴直壮美;中古时代以《源氏物语》为代表的散文文学,则秾纤哀婉;而中世和歌,读来幽玄妖艳,余情袅袅;近世的俳句,既有谐谑之趣,又以古雅闲寂之韵见长。其中,真诚、"物哀"、幽玄、是贯穿日本文学的三大美学理念。

具体说来,真诚,也即"修辞立诚",在创作上力求以艺术手法,表现自然和人生的朴实纯真的形象。这在日本的和歌与俳句中,表现得最为明显。

"物哀",为日本特有的美学概念,我国仍无相对应的概念;此词国内日文界迄无定译,此处暂从原文照搬。"物哀"一词,最初见于日本古代歌谣,原为形声词,指因赞赏、亲和、感慨、哀伤等情感所引起的感叹之声,以后进而表达"同情共感、优美纤细的怜惜之情"。其中对四时风

---

① 浮世绘是江户时代(1600—1867)的市民艺术。其中"浮世"原意为"忧世",即"世道多忧"的意思,是佛家用语。后来专指无常、虚幻而短暂的现世。"浮世绘"所表现的大都是市民阶层的世态风俗和现世欢情。

物的感念，世事无常的喟叹，更具有悲伤哀婉的内涵。在平安朝（8至12世纪）时，则成为贵族日常生活里必不可少的审美意识。而作为日本美学概念提出来的，是江户时代（1600—1867）的本居宣长。他在评价《源氏物语》时，首先拈出"物哀"以点明这一作品的美感本质，而后成为日本文学中的一个美学概念①。物哀，是心与形，主观与客观，自然与人生的契合，表现一种优美而典雅的情趣，具有悲哀的意蕴。不仅是平安朝文学的基调，也是日本文学一以贯之的素质。

幽玄一词，散见于中国古籍，原意指老庄哲学与佛教教理之深不可测。在日本，用于诗论，以概括中世艺术的特质，指作品中的象征之趣，韵外之致，余情袅袅。但因时代不同，内涵亦有所不同，有平淡之美、妖艳之美、静寂之美等等分别，是中世文学的代表性审美理想，在和歌、连歌②、谣曲③中表现尤为繁富多彩。到了近世，俳句的清寂古雅，使"幽玄"更具淡远超逸之趣。川端康成在《发扬日本的美》一文中说："平安的幽雅哀婉，固然是日本美的源流，但是也还有镰仓的苍劲，室町的沉郁，桃山、元禄的华丽，递传而下，一直绵延到引进西方文明一百年后的今天。"④

递嬗变化的传统美，川端康成认为都源于一千多年前的平安朝文化：平安朝文化"形成日本的美，产生了日本古典文学中最上乘的作品，诗歌方面有最早的敕选和歌集《古今集》，小说方面有《伊势物语》、紫式部的《源氏物语》、清少纳言的《枕草子》等，这些作品构成了日本的美学传统，影响乃至支配后来八百年间的日本文学"⑤。其中，尤"以《源氏物语》集大成的王朝时代的美，成为后来日本美的源泉"。⑥ 而"《源氏

---

① 高木武：《日本精神与日本文学》，富山房1938年版。
② 中世流行的一种和歌联句，最多不超过一百韵。
③ 即日本古典戏剧"能"的脚本和曲谱。
④ 《全集》第28卷，第433页。
⑤ 《日本的美与我》，见漓江出版社版《雪国·千鹤·古都》，第423页。
⑥ 同上。

物语》,从古至今,始终是日本小说的顶峰,即便到了现代,还没有一部作品能与之比肩……几百年来,日本小说无不在憧憬、模仿或改编这部名作"①,至少川端本人把继承和效法《源氏物语》视为己任。他在少年时代便已浸润于平安朝的古典文学。《源氏物语》已"深深渗透我的内心",是他精神上的"摇篮"。《源氏物语》中那种优雅闲适的贵族生活,缠绵悱恻的男女恋情,多愁善感的没落情绪,生死轮回的无常观等,和川端的气质十分相投。

由此不难看出,川端康成所继承的传统美,是以《源氏物语》为中心的优美纤细、多愁善感的贵族美学,同时又揉进中世幽玄妖艳的象征美。

1968年12月12日,川端康成在斯德哥尔摩接受诺贝尔奖的仪式上,发表题为《日本的美与我》的演说,较完整地阐述了他的美学观点。他自己曾说,这篇演说"谈的虽是日本的事,其实也是我自己的事"。后来发表的《美的存在与发展》和《日本文学的美》,虽然侧重略有不同,实际不过是这篇演说的补充和阐发而已。

川端康成在演说辞一开头,便引了道元禅师"春花秋月夏杜鹃,冬雪寂寂溢清寒",和明惠上人"冬月出云暂相伴,北风劲厉雪亦寒"的诗句,认为是对"四季之美的讴歌",也是"对大自然,以及对人间的温暖、深情和慰藉的赞颂,表现了日本人慈怜温爱的心灵"。在这篇演说里,川端康成还举出其他诗人歌咏自然的诗句,说明日本人对春夏秋冬四时景物历来最为关情。他转引美术史家矢代幸雄概括日本美术特色时所引白居易诗"雪月花时最思友",加以评说:"美者动人至深,更能推己及人,诱发对人的依恋。此处的'友',广而言之是指'人'。而'雪、月、花'三字,则表现了四季推移、各时之美,在日文里是包含了山川草木,

---

① 《日本文学的美》,全集第28卷,第423页。

森罗万象,大自然的一切,兼及人的感情在内。这三个表现美的字眼,是有其传统的。"①这段话,可谓知言。

作为岛国,日本处于季节风带,季节的变化,节奏鲜明。丽山秀水,白砂青松,明媚的风光,温和的气候,涵育了日本人的心灵、生活、艺术和宗教。所以,日本民族既是自然崇拜的民族,也是耽于审美的民族,按矢代幸雄博士的说法,还是"多情善感"的民族,即使对无心非情的山川草木,花鸟风月,也都倾注感情,寄予爱心。《源氏物语》中有这样一段话:"四季风物之中,春天的樱花,秋天的红叶,都可赏心悦目。但冬夜明月照积雪之景,虽无色彩,却反而沁人心肺,令人神游物外。"②春天的樱花,引发人生无常、世事幻化之感;秋日的黄昏,则又兴起寥廓高远、寂寞伤悲之情;一片落叶,一声蛙鸣,都能予人以妙语与美感。这种对自然精微透彻的观照态度,形成日本审美意识的基础。和歌俳句,散文小说,大都体现了日本人的自然观,再现了自然的风貌与美。

川端康成不仅对日本民族的审美趣味深有了解,尤其敏于感受,富于情绪,善于联想。他能从盘根错节的古木,看出"深刻永恒的象征",感受到"自然的生命";那晨光映照的玻璃杯,使他发现瞬间的光艳之美;在异国他乡,遥闻教堂的钟声,会联想起日本的绘画,"一缕神圣的故国之思,油然而起"。他在自己的作品中,时常写到雪国山村,枫树红叶,尼庵古刹,名胜古迹等传统题材,予以美的表现,见诸《山之声》、《千鹤》、《古都》、《美丽与悲哀》等篇。其中《古都》堪称范例。故事虽写孪生姐妹的悲欢离合,笔墨却放在古都的风物人情,"借以探访日本的故乡"③。年轻的女主角千重子发现老枫树上的紫花地丁含苞吐蕊,虽然自叹身世孤寂,却也感悟"春之温馨"。在故事的展开过程中,读者随着

---

① 《全集》第 28 卷,第 347 页。
② 丰子恺译:《源氏物语》,人民文学出版社 1980 年版,第 42 页。
③ 《〈古都〉作者的话》,全集第 33 卷,第 175 页。

千重子寻访京都的名胜古迹,欣赏平安神宫的樱花,嵯峨的竹林,北山的圆杉,青莲院的楠木,领略一年一度盛大的祇园会、时代祭、伐竹祭、鞍马的大字篝火……小说好似京都的风俗长卷,唤起读者的审美情绪和对传统文化的依恋,咂摸到"日本"的美。同时,这些风物和民俗在川端笔下,已不仅仅是小说的场景,本身就构成了艺术形象。川端正是以深沉的挚爱和虔敬的态度,在自己作品里表现了日本的自然美和传统美。

川端在演说辞中,还引了禅僧良宽的辞世诗,"试问何物堪留尘世间,唯此春花秋月山杜鹃"。这首诗不仅"表达出日本文明的真髓",还展露了一种脱然无累的旷达胸襟。诗人那颗"宗教的心灵",已达到一种澄怀静虑、物心合致的禅境,继而升华为一种诗境,亦即一种艺术境界。那种希图通过对自然和人生的"寂照静观"达到某种彻悟、求得精神解脱的禅家思想,可说已深深渗透在日本的审美理想之中。这也构成川端康成世界观的一部分,对他的文学创作有着深远的影响。

日本人的确"喜好一种来自禅宗的意境"[①]。无论讲究"和敬清寂"的茶道,还是"以涓滴之水,尺寸之树,呈江山数程之景"的花道,都是禅宗东渡后发展起来的日本传统文化;至于用素石白砂配以青苔的枯山水庭园,在日本更是作为自然的象征,表现了禅的意境。所以,离开佛教与禅宗,便不可以谈日本文化。铃木大拙在《禅与日本文化》一书中,指出禅宗给了日本人以艺术的眼光[②],这一结论性的观点,充分说明禅的影响之广且深。在文学方面,俳句最能体现禅的精神。芭蕉那首名诗:"寂寞古池塘,青蛙跃入水中央,丁冬一声响",历来为人称道。在悠

[①] 柳田圣山:《禅与日本人的审美意识》,魏大海译,见《哲学译丛》1988 年第 5 期,第 80 页。

[②] 见岩波新书版,第 151 页。

悠的天地间,万籁俱寂,就在那一跃之中,表现了动中静的契机,瞬息与永恒的统一。一动一静,美妙和谐,诗人从中得到悟性,发现生命之美。俳句以小见大,由个别到一般,藏万物于方寸之内的规制,不靠逻辑的推理,而凭宁静的观照和直觉的体验,同禅的把握世界的方式不无相通之处。正所谓"学诗大略似参禅"。"禅同一切门类的艺术都是密切相关的,真正的艺术家和禅师一样,是知道如何领悟事物之妙境的人。"[1]

也许川端就是这样的艺术家。他对世界的审美观照,与禅有一脉相通之处。在阐述新感觉派的认识论时,川端强调的直觉体认、主观感觉,以及所要达到的"主客一如""万物一如"的"无我之境",也正是禅的境界。他在演说辞里解释明惠和尚咏月诗时说:"与其说他'以月为友',毋宁说'与月相亲';我看月,化而为月,月看我,化而为我:月我交融,同参造化,契合为一。"这同他的新感觉理论多么一致!

    抓住挡雨板,朝樱树望去。不知蝉究竟落下来没有。月夜仿佛已很深沉。觉得那深沉正弥漫开去,远远地。
    8月10日还不到,虫子就叫了。
    似乎听得见夜露滴落的声音,从一片叶子滴到另一片叶子上。
    忽然,信吾听见山的声音。
    没有风。月色澄明,宛如满月。可是,夜气潮湿,小山上的树影朦朦胧胧。风吹过,竟纹丝不动。
    信吾蹲在廊下,就连那儿凤尾草的叶子,也一动不动。
    在镰仓所谓的山谷里,夜里有时能听到波浪声,所以信吾疑心是海潮声,然而,依旧是山之声。
    好似远风呼呼,却又有地啸般深沉的力。也恍如脑子里的声

---

[1] 铃木大拙:《禅与日本文化》,第153页。

音,信吾以为是耳鸣,便摇了摇头。

声停了。

万籁俱寂,信吾猛然怕了起来。难道是死的昭示么?身上竦然一凉。

这是《山之声》中,主人公初次听见"山声"时的一段描写,有感觉,有幻觉,可以看出川端精细周到的审美观照。幻觉中,透露出主人公对死之将至的内心恐惧。在动与静的表现中,弥漫着神秘、冷寂的氛围,虽然有虫鸣,有夜露的滴沥,也有主人公幻觉中的山之声,然而,细心"听去",周遭不是只有死的声息么?

抬眼望去,东边的树林中,有一颗很大的星在熠熠发光。

启明的晨星,菊治已经有几年没看到了。一面思忖,一面站起来,抬头望见一片浮云正遮住天空。

星光从云中晶莹四射,那颗星显得格外大。晨星的边缘,好似水气淋淋的。

晨星如此清新明丽,自己却在捡茶碗的碎片往一起合拢,菊治不由得自怜自叹起来。

于是,把手中的碎片又随手丢在那里。

这是《千鹤》的男主人公菊治与文子情好之后的一段描写。不谈文字的内涵、寓意和象征,仅就川端对自然的观照而言,可说与《山之声》那段有异曲同工之妙,依然是那么细腻,那么精致,仍旧是清幽冷寂的意境,只不过略带感伤而已。

禅宗里,有"以镜喻心"的说法,"身似菩提树,心如明镜台"即是有名的偈语。川端的短篇《水月》,就是以"水中之月""镜中之像"结撰全篇,脍炙人口。小说描写一个再婚女子对死去的前夫那种刻骨铭心的怀念。通篇以女主人公梳妆用的一面手镜为媒介,把即景抒情和抚今追昔的意绪巧妙地交织在一起。手镜好比"爱情的眼睛",是夫妻恩爱的见证,蕴含着女主人公强烈的思念和憧憬。水中月影,本是虚幻,而镜中水月,更是虚而又虚,幻而又幻,以喻"往事已成空"、"前事无寻处"那种人生的无常。作者似乎把现实当成了镜中景,镜中景转而"成了新的自然和人生",仿佛"只有镜子里反映出来的,才是真实的世界"。

禅讲虚空,"无念为宗","凡有所相,皆为虚妄"。在禅宗眼里,世界"本来无一物"。川端在答奖辞中说,"有的评论家说我的作品是虚无的。但西方的'虚无主义'一词,并不适用。我认为,其根本精神是不同的。"[①]川端正是以虚静无为的态度去观照世界,他的小说可以说是"虚无"的,但又不是西方式的虚无主义,因为内中体现了东方精神,与禅有相通之处。他擅长捕捉外界事物给他的瞬间意象或感觉,犹如禅宗里的顿悟。他创造的美,宛如那镜中水月一样空灵,不可言说,无迹可求。这正是川端小说风格上的一大特征。

1947年,川端在一篇题为《哀愁》的短文中说:"战败后的我,只有回到日本自古以来的悲哀中去。"[②]"我不过常以自己的悲哀去哀怜日本罢了。战败之后,这种悲哀想必更加沦肌浃髓了。"[③]

1952年,在《赏月》一文中又说,每逢赏月,一缕日本式的哀愁,总会暗暗潜入心头,而这缕哀愁,连类而及,使他深味日本的传统[④]。《不灭的美》一文进一步指出:"在日文里,'悲哀'与美是相通的词。"[⑤]——

---

① 川端康成:《雪国・千鹤・古都》,漓江出版社版,第425页。
② 《独影自命》,全集第33卷,第269页。
③ 同上。
④ 《月下之门》,全集第27卷,第466页。
⑤ 《全集》第28卷,第380页。

美即悲哀。前面讲到《源氏物语》的审美理想是"物哀",其本质就是"悲哀的美学",这是日本审美意识的基调。"悲哀就是对美之毁灭的感触",①是对生之有涯的悲剧意识。偏于直观性和情绪性思维的日本人,是善感的。自古以来,日本的文艺无不带有悲哀的韵致,具有感伤的情调。到了平安朝,往生净土、生死轮回的佛教思想极为流行,影响深远。感伤的审美观照中,又注入无常的意识,从"寂灭为乐"发展为"以死为美"。

美即无常,无常才美。飞花落叶之所以被认为美,就因为凋零,也即死亡;在片刻暂留的无常中,才显出生命的光辉,存在的价值。樱花之所以备受喜爱,就因为此花易落,最能唤起日本人特有的无常感。对樱花的赞颂,实则是对生之无常的咏叹。生如樱花,明艳灿烂,也许仅在一刹那间,然而,这一刹那的生,又何其美妙!赏花人的内心深处,因哀怜好花之无常,才在这一缘一会之中,体会到生命的美好。倘如花儿永不凋谢,人也永生不死,二者遇合恐怕就无从产生共感了。著名作家芥川龙之介1927年自杀前,在致友人的遗书里写道:"大自然之所以美,为映入我临终的眼睛之故。"川端康成在《临终的眼》一文中提到芥川这句话时说:"一切艺术的极致,恐怕就缘于这种临终的眼睛吧。"②因为只有到临死,才更能体会可贵的生,才着意抒发生前未及注意的美,凡是即将失却的,都使人加倍留恋。"鸟之将死,其鸣也哀;人之将死,其言也善",不是一个道理么?《万叶集》中为数甚多的挽歌,《源氏物语》对往生净土的祈求,《平家物语》开头那段"诸行无常"的名文,芭蕉那满孕死的谛念的俳句,近松的情死剧,直到川端的小说,都能看出这种无常感。总之,日本人以死为美,"是死的美学的爱好者"③。

---

① 梅原猛:《古典的发现》,讲谈社版,第158页。
② 《日本的文学》第38卷,第483页。
③ 梅原猛:《古典的发现》,第162页。

川端康成就更加是"死的美学的爱好者"了。亲人的相继去世,故旧的接连死别,使他"对于死,仿佛比对生更加了解。"①他从一己的生命体验,感悟到生的无常。同时,佛教的空无观也给他的思想以深刻的烙印。在"生于儒死于佛"②的国度里,身为"送葬的名人",写"悼辞的作家",自幼便看惯了双手合十的虔诚,听惯了往生净土的佛号,所以,他不把佛典"当作宗教的教条来看,而是作为文学的幻想来尊崇"。③还在童年时代,他便以一颗童稚之心歌唱那"东方的白鸟之歌"——佛教的经典。从日本的儿歌,到朝圣者的巡礼歌,甚至在日本的军歌里,都能感受到一缕哀愁。他的作品里,渗透着人生幻化、世事无常的慨叹。爱之所以徒劳,乃因生之奄忽。修短无常,如白驹过隙。因此,《雪国》里,岛村认为驹子的爱如春梦一般短暂,"远不如一疋麻绉那么实在,麻绉尚能保存下来";《千鹤》里,比起传世的茶碗,人寿几何,还不及瓷器的几分之一!他认为:爱亦是飘忽无常的,只有死才是终极。死净化一切,也宽宥一切。川端正是以一双"临终的眼睛",冷峻而深邃地审视着人的命运。他的作品几乎不大让人感到生的充盈和喜悦。相反,倒是随处都笼罩着死亡的阴影。《雪国》中行男的夭折,导致叶子的死,也结束了岛村和驹子的爱情。《千鹤》中太田夫人爱极而死,使那种不经的爱,升华到"美"的境界。《名人》为了棋艺,为了终生的胜负,不惜以死相搏。《山之声》简直就是死的跫音。而《睡美人》是行将就木的老人,死前对"美"的飨宴。——"死亡就在脚下"!④即使他的早期作品,如《十六岁的日记》、《送葬的名人》、《拣骨记》等,也都透露出一种无常感。所不同者,是早年作品优美抒情,带有青春的气息,而中年以后,尤

---

① 《临终的眼》,《日本的文学》第38卷,第481页。
② 吴经熊:《禅学的黄金时代》,台湾商务印书馆版,第271页。
③ 《文学自叙传》,全集第33卷,第87页。
④ 川端康成:《雪国·千鹤·古都》,漓江出版社版,第228页。

其是晚年诸作,冷艳幽寂,缭绕死的氤氲,显现一种颓废、荒凉的美。

形成川端这种空无的美学观的,固然同他充满悲哀与死亡的个人身世有关,尤其因为他所处的时代是一个充满悲哀与死亡的时代。就是说,家庭环境与个人境遇影响着川端的气质和性格,而时代气氛则是更重要的因素,使他在审美意识中突出了感伤这一倾向。他遥闻过一次大战的炮声,目睹了1923年关东地震的惨祸;30年代国家的日益法西斯化,更不能不使他感到无能为力的悲哀。他在作品里虽无直接的表现,但曾说过这样的话:比起小林多喜二的被杀,横光利一的生存,却更其不幸。从中可以体会出时代对于川端的压抑。他写《雪国》时,正值日本疯狂发动侵略战争之际,一切言论自由都被取缔,他在电车上和灯火管制的床上阅读《源氏物语》,也是"对时势聊以表示反抗和嘲讽"。① 他既"不那么相信战争时期那套政治说教,也不大相信战后现今散布的言论"。② 所以他只能"回到自古以来的悲哀"中去,这种悲哀与他的心境恰相吻合,对他是一种"慰藉与解脱"③。特别是二次大战失败前后,他那种没落、虚无的悲哀,更是有增无已。自哀"是个亡国之民"。④

Ⅳ 生命即官能

"我没有无产阶级作家那种幸福的理想。既没有孩子,也做不了守财奴,更加看透声名的虚妄。在我,唯有一颗爱恋之心才是我生命之本。"⑤川端从1925年发表《伊豆的舞女》,直到晚年,除了描写自家身

---

① 《哀愁》,全集第27卷,第392页。
② 《东京审判判决之日》,全集第27卷,第403页。
③ 《哀愁》,全集第27卷,第393页。
④ 《文学自叙传》,全集第33卷,第96页。
⑤ 同上,第87页。

世以及《名人》等少数作品外,他的小说大抵以女性为主要人物,爱情为主要内容,死亡与悲哀为其不变的基调。或者可以说,爱情是川端创作的一贯主题,甚至是晚年创作的唯一主题。孤儿出身的川端,或许比常人更渴求爱情?总之,爱情成为川端创作之源,生命之本。"爱是天地万物与人心的桥梁。失去了爱情,花香鸟语便失去了意义,成为空虚。"而"恋人的爱,能化为女人的心泉"①。爱的主体,本是男女双方,但在川端笔下,竟然只有女人,因为"能够真心去爱一个人的,只有女人才做得到"。②而且,"女人比男人美……是永恒的基本主题"③,"是一切艺术创作的源泉","如果没有这一女性的品格,创作力就会衰竭,就会失去魅力"④。女性美成为川端审美追求的主要内容。川端不大塑造男性形象,即或写,也"常把讨厌的男子当作背景,来描写喜爱的女子"。⑤所以,比较起来,他笔下的男性人物也远不如女性那么成功,那么有光彩。川端之所以不写男性,也有其原因:"倘要写男性,便须写他的工作;而政治,经济,以及意识形态这类主题,其生命维持不了三五十年。这类主题几乎留不下来。"⑥可见,川端是出于唯美的考虑,回避现实社会,把审视的焦点集中到爱情,集中到女性。

川端的小说"充满对女性的体贴",表现她们纤细的情感,曲折的心理,寂寞的忧伤,和官能的气氛。他尤其擅长描写日本的传统女性。如伊豆的舞女、《雪国》的驹子、叶子、《母亲的初恋》的雪子、《山之音》的菊子、《古都》的千重子、苗子等。她们美貌善良,温婉柔顺,具有至美的人性,可以说是川端心目中真善美的化身。川端笔下的这类女性,有一共

---

① 《抒情歌》,《日本的文学》第 38 卷,第 433、436 页。
② 《雪国》,见漓江出版社版,第 84 页。
③ 《川端文学——海外的反响》,《国文学》第 15 卷,第 3 期,第 133 页。
④ 《女性的气质》,《全集》第 27 卷,第 178 页。
⑤ 《自著序跋》,《全集》第 33 卷,第 588 页。
⑥ 《川端文学——海外的反响》,《国文学》第 15 卷,第 3 期,第 133 页。

同之处,即几乎全是未婚的少女,即便《山之音》中的菊子是已婚女子,川端仍把他写得如同少女一般姣好。川端视处女为神圣不可侵犯,"永远是可望而不可即的"①,抱有无限的崇拜,深永的思慕和憧憬。或许是川端对失去的意中人内心依旧保留着"哀恋之情"?抑或是对伊豆的舞女永远怀着"浪漫的思念"。那刻骨铭心的系恋,朦胧难宣的希冀,虽然使川端的爱情小说缺乏西方作品那种惊心动魄的激情,但也充满低回婉转的含蓄之美。川端塑造的那些可爱的少女,命运都不尽如人意,虽则还不是悲剧,但爱情的结局总不那么圆满,常常流露出好事难谐的惆怅。

在川端的审美情趣中,有种颓废的倾向。据说是"由于家中没有女人,对性的问题也许有点病态,自幼便喜作淫乱的妄想"。② 川端不光称扬女性的精神美,出于对女性"柔滑细嫩的肌肤"的恋慕,早期作品中,如小小说《港》、《二十年》、《穷人的情人》、《阿信地藏》等,写过一些所谓"无贞操"、"不道德"的女性。这一时期的作品着眼点不在表现性爱和官能,也没有露骨的描写,更多的是对女性命运的思索,"是生命的自由与悲哀的象征"③,作品显得清纯可爱,很有情味。可是《雪国》之后,官能的表现已隐约可见,很难再看到《伊豆的舞女》那种纯真美好的爱情描写。这是川端审美情趣的一大变化。此后的爱情题材作品,就有不少笔墨写到官能。相对而言,《雪国》尚属含蓄,还能算作情爱。驹子和叶子各具个性,有自己的独立人格;岛村即使带点逢场作戏,至少对驹子还表现出一种人性,对自己尚有某种道德约束。然而,50年代发表的《千鹤》、《山之声》,开始逸出伦理道德的规范,到60年代的《睡美人》和《一只胳膊》等,就只剩下露骨的

---

① 《川端文学——海外的反响》,《国文学》第15卷,第3期,第133页。
② 《少年》,《全集》第10卷,第163页。
③ 《独影自命》,《全集》第10卷,第470—471页。

色情和变态的欲求了。

《千鹤》的情节,只有菊治同身边几个女人错综复杂的纠葛。他一方面与亡父生前的情妇太田夫人及其女儿文子发生苟且情事,同时又对先父的另一个情妇给他做媒认识的稻田小姐爱慕不已。整个故事在演示茶道那种幽雅闲适的生活情景中展开,但却充满了既不幽雅也不道德的情欲。诚如川端自己所说,《千鹤》的"目的在于写不道德的男女关系"①。川端把男女主人公——菊治和太田夫人以及文子,置于道德的冲突之中,并为各自的罪孽苦恼不已,但矛盾的最终解决,不是道德的胜利,而是情欲的奏凯。

菊治对自己同太田夫人的关系,尽管也曾有过"道德上的不安",觉得自己好像"被裹进黑暗而丑恶的帷幕之中"脱不开身来,但他"既不后悔,也不嫌恶",甚至"可以说道德观念根本就没发生作用"②。他完全"沉浸于柔情蜜意之中","常常为之情思缠绵"。当太田夫人出于爱的愿望自杀之后,菊治又在文子身上看到太田夫人的面影,便移情于她女儿。对这种污行秽迹,菊治不觉得理该"诅咒",道德上也毫无负疚之感。他不再把文子看成太田夫人的女儿,而是奉为自己"命运的主宰"。他终于钻出了那层长久笼罩着他的道德帷幕。到这一步,道德对他已不复存在。

岂独菊治是这样,太田母女不也如此? 太田夫人"一旦堕入那另一个天地",便不分什么亡夫、情夫和情夫的儿子,只剩下本能和情欲,成了"史前或人类最后一个女子"③;文子明知母亲和菊治情好,却依旧委身于菊治。这种父子同淫一女、母女共事一男的逆伦关系,任情纵欲、

---

① 《〈千鹤〉的作者》,《全集》第33卷,第196页。
② 《千鹤》,漓江出版社,第138、156页。
③ 同上,第163页。

无视道德的行为,在川端看到的仅仅是生命的活力,不以为丑,反而加以美化的描写。因为"爱情导致行为上的美丑,不过是根据道德的有色眼镜罢了"。① 倘如道德束缚了这种本能,压抑了欲念,便是人的悲哀。因而,依川端的看法,蔑视伦常道德之举,正是生命力张扬的结果。既然道德不过是副"有色眼镜",完全可以弃置不顾,所以在《千鹤》里,川端已不是一般意义上的否定道德,而是冲进几千年来人类文明所形成的性爱禁区——伦常关系。情欲固然不应泯灭,但终究有个限度。《雪国》里虽然也有官能描写和暗示文字,但笔墨尚有分寸,相比之下,《千鹤》不免有些出格了。川端过分重视和强调性爱与官能,其原因盖出于其偏颇的审美原则:"生命即官能"②。反过来,官能也即生命,性爱便是美了。一个女人能不受道德的禁锢,顺乎"造化之妙与生命之波",无所牵绊地同许多男人相爱,正是女子生命之美的佐证!川端用一对传世名窑茶碗之"健全、富于生命力,甚至还带点官能的刺激",来比喻小说里男男女女"灵魂之优美","精神之纯洁"。太田夫人是"没有一点瑕疵的最高贵的妇女",文子是"无可比拟、至高无上的存在"③。她们专执于感情之美,置道德于不顾。川端自己也不讳言:"我的作风,表面上看不明显,实际上颇有些背德的味道。"④他"最感不满的,就是道德上的胆小怕事"。⑤ 所以,他进而故作惊人之语:"作家应该是无赖放浪之徒","要敢于有'不名誉'的言行,敢于写违背道德的作品,做不到这一步,小说家就只有灭亡……"⑥提到作品存废的高度,确乎称得上危言耸听。

---

① 《全集》第31卷,第538页。
② 三岛由纪夫《永远的旅人》,《近代文学鉴赏讲座》角川书店版,第268页。
③ 《千鹤》,漓江出版社,第228、225、232页。
④ 《文学自叙传》,《全集》第33卷,第94页。
⑤ 《文艺上的叛逆》,《全集》第31卷,第343页。
⑥ 《夕照的原野》,《全集》第28卷,第365页。

川端自己倒是"言必信,行必果"的。可是,这种放浪的文学主张却把他引上了一条死胡同。与《千鹤》差不多同时在刊物上连载的另一部小说《山之声》,也是一篇向伦理道德挑战的作品。所不同者,《山之声》写的是老人与性的问题,作品没有正面描写不道德行为,而是通过主人公信吾的8个梦,表现无意识中受压抑的欲念。信吾是年过花甲的实业家,有妻子儿女。尽管儿媳菊子纯真美貌,儿子修一复员后变得颓废、虚无,另有相好。信吾出于对儿媳的同情,不知不觉间动了爱怜之心。尤其信吾年轻时所爱的意中人嫁了别人,不久便病故了。失望之下,信吾娶了意中人的妹妹。这一不如人意的婚姻,使他对美丽的妻姐,终生不能忘情,在他心里,妻姐"永远是圣洁的少女"。他把这份真情,寄托在菊子身上,这是信吾的感情天地里最后一抹夕阳残照。但是,这微妙的感情波动,仅存在于信吾的潜意识里;在现实当中,公公眷恋儿媳,是违背人伦,"受美育所斥拒",为道德所不容的。所以,信吾不得不戴上人格的面具,做个蔼然长者,颇有谦谦君子之风。然而,日有所思,夜有所梦,"梦因愿望而起"。于是,产生种种荒唐而淫乱的梦,只有在梦里,信吾才得以宣泄自己的情感,满足那被压抑的欲望。如第一梦里,信吾同一木匠女儿有了切肤之谊,第三梦是同一年轻姑娘拥抱,第六梦是抚摸一对悬浮空中的乳房,等等。有的梦具有复杂的潜在意义和象征内涵,如第八梦,显在的形式是沙滩上的两只蛋,一为蛇蛋,一为鸵鸟蛋,隐喻菊子和修一的情妇同时怀孕。根据小说第十章"鸟之家"的描写,菊子曾在后门口发现一条大青蛇,吓得很久不敢走后门。所以,蛇蛋当是菊子怀孕的象征;而那条大青蛇,信吾称作是"一家之主",实际上正是一家之主信吾自己的象征。那么,蛇蛋孵出的小蛇,岂非大青蛇之后?所以第八梦不仅具有象征性,同时也是欲望的满足。

显然,《山之声》里回响着弗洛伊德学说的影响。对于弗氏理论,早在20年代,川端阐述新感觉派主张时,便提到过释梦及自由联想。始于小小说直到晚年作品,川端写过不少梦境。这是不难理解的,既然无意于描写现实,便"只能神游于虚幻的梦境"①了。他是梦的爱好者。在梦境里,可以摘去人格的面具,变成大胆而放肆的"无赖放浪之徒",无拘无束地表露人的情感和欲望,道德的与不道德的,甚至可以超越生死的界限。《千鹤》是置伦理道德于不顾,《山之声》里,信吾倒是顾到道德的,小说展示了他潜意识中的不道德。他那些违反人化的欲念,或是自己未意识到的,或是本人不敢承认的,统统受到道德的制约。他做的那8个梦,也全都经过一番改装。第六梦醒后,信吾一再思量,发觉那些不知名的"梦里姑娘,岂不就是菊子的化身?"只不过为了矫情掩饰,避免道德责备,所以"连在梦中还要对自己隐瞒,蒙骗自己","他想爱的,不恰恰是处女的菊子,就是说,和修一结婚前的菊子么?"②信吾为自己辩解:"梦里爱菊子又有什么不好?梦里有什么可忌惮的?有什么好害怕的?"③他想撇开道德,但即使撇下了道德,年迈体衰,生命枯竭,在梦中也缺少那种奔放的冲动力呀!梦里淫乱,既无爱情,也"毫不动心,说来可怜。这比什么奸情都丑。真乃衰老之丑"。④ 小说最终又回到"生命即官能"这一命题上,其底蕴似乎在探寻老人存在的意义,缕叙生命的悲哀。对这一主题的拓展,见于10年后川端年逾六旬时写的《睡美人》、《一只胳膊》等描写老人变态心理的作品。

《山之声》借梦的变形,描写翁媳之间反人伦的爱,停留在精神上的欲求,《睡美人》里的江口老人,则直接去一个"睡美人之家"眠花宿柳。这是专为"已非男人的老人"开设的淫乐场所。江口家有老妻,3个女儿均已出嫁,事业上已告老退休,成了社会上的多余人。此公有钱亦有闲,只"因衰老而绝望不已",经朋友介绍,前后5夜去到这所"睡美人之

---

① 《文学自叙传》,《全集》第33卷,第87页。
② 《山之声》,新潮文库版,第240页。
③ 同上,第242页。
④ 同上。

家"。夜夜都有一位服药嗜睡的少女陪宿。江口虽不像别的老人那样，完全丧失男人的能力，身畔偎着年轻的睡美人，不能不感到老朽的凄凉，衰颓的丑恶。小说通过江口老人在这5夜里一面玩弄这些毫无反应，如同美丽的女尸一般的睡美人，一面冥思遐想，追忆往事，哀叹青春已逝，感怀死之将至。现实与幻觉，与回忆，交织在一起，展现一个妖艳的官能世界。

这篇小说同川端的其他作品一样，作者把人的活动孤立于社会现实之外，处在一种与世隔绝的状态，就连那所"睡美人之家"也地处一个远离尘嚣的海滨，房间四壁挂着腥红的丝绒帐幔，在这个封闭的色情世界里，人的全部活动都围绕着性，性成为衡量生命的意义和存在的价值的唯一尺度。小说的题旨，在于强调"生命即官能"，失却官能的生命即显露出衰老的丑态。在川端笔下，老人与性爱，实际上是生与死的象征。"老人是死亡的邻人"①，性爱是生命的本源。肉体虽然衰萎，却依然执着于生，执着于对性的追求，由人老心不老的矛盾，感发所谓生命的深沉的悲哀。人生入于暮境，元气已趋丧失，只有躺在年轻姑娘的身旁，"才感到生气勃勃"，因为她们"就是生命本身"②。而那些"妖妇似的"睡美人，虽历经老人玩弄，却依旧保持其处女之身，这并非因为老人们自重守礼，乃是他们衰老、无能的标志。处女的"贞洁"，愈加显出老境之不堪。失去生命的活力，激发不出强烈的性爱，川端认为是丑恶的，而这丑恶属于衰老！

所以，那些已非男人的老人，就只有"绝望"、"恸哭"的份儿。江口虽不服老，想对睡美人施以强暴，显示自己作为男人的力量，可是，"这里无需暴力和强制。"③睡美人"昏睡得如同死去一般"，了无知觉，了无

---

① 《睡美人》，《新潮日本文学》第15卷，第435页。
② 同上，第398、396页。
③ 同上，第421页。

反应,压根儿不知道什么人睡在身边,倘若白天走在街上彼此相遇,也认不出昨夜曾陪伴过的老人。对于她们,老人的存在等于零。以她们的年轻美貌,反衬出老人生命的"空洞"和"无价值"。江口没法不感到屈辱和绝望。躺在睡美人身旁,老人越发意识到死亡的实在,更加"诱发出死的心情"[1]。在生与死的对比中,作品很难使人认为是对生命的礼赞,通篇却散发出死亡的气息。小说的末尾,就是以一个睡美人的死作为结束的。

按说官能的表现应是对官能的主体——人,也即对生命的探索和歌颂。可是,那些睡美人全然是"非人的物化",她们的生命"虽然没有终止,生命的时间却已丧失"[2]。她们无名无姓,虽生犹死,是不含精神的躯壳,是没有人格的"活尸"。在这个淫窟里,"一个不是男人的老人,同一个沉睡不醒的少女的交往,自是非人的交往。"[3]这不能不说是对人性的践踏,对生命的亵渎。

当然,今日之下,谁也不会否认满足人的官能欲求的自然性和合理性,但是,如果把这种官能欲求的满足强调到不适当的地步,甚至把生命的自由仅仅归结为性,把官能的欲求作为生命的最高表现,视若"生命的极致",那就显得偏颇而荒谬了。小说在极为圆熟的艺术形式下,隐藏着极其颓废的虚无思想。

从《千鹤》、《山之声》开始,川端闯入伦理道德的禁区,但这两部作品好歹还属于性爱的范畴,而《睡美人》及稍后的《一只胳膊》,便只有色欲而无爱情了。在川端的全部创作里,以其惊世骇俗的反道德倾向而言,这两篇作品可算达到一个"极致",恐怕无出其右者。他无意于去接近社会现实,那么在个人的感情天地里,还有什么题材可写呢,总不至

---

[1] 《睡美人》,《新潮日本文学》第15卷,第411页。
[2] 同上,第396页。
[3] 同上,第408页。

于像日本评论家渡边凯一所说的堕落到去写"奸尸"①了。川端自己曾在一篇文章中说,因为得了诺贝尔文学奖,反而失去了自由,受到盛名之累,才思阻塞②。果真如此么?事实上,从川端的年表来看,早在1968年得诺贝尔奖之前,创作力的衰退便已显露出来。除不时写点散文随笔,小说只有寥寥几篇,其艺术价值无法与前期作品同日而语,个中原因,比较复杂,其中极其重要的一条,正是他晚年那种不健康的、颓废的、放荡的美学追求,把他推上了文学的绝路而不能自拔。

1972年4月16日,川端氏突然以煤气自杀,终年72岁。他终于"身体力行",实践了他所追求的"死的美学"。他的自杀,给文坛的冲击,只有两年前三岛由纪夫的切腹可与相比。由于没有留下遗书,各家不免纷纷揣测,诸如孤独说,老丑说,长期服药精神失常说,意外事故说,等等,一时莫衷一是,也许都有点儿道理。但是,一个作家异乎寻常的死,同他的文学创作,文学历程,文学道路,毕竟不能完全脱离干系的。川端文学生涯的结束,给人留下一串思索,或许也是一个教训。

---

① 竺祖慈译:《川端康成的死及其文学道路》,载《淮阳师专学报》1980年,第2期,第58页。

② 《夕照的原野》,全集第28卷,第364—365页。

昆德拉：
对存在疑问的深思

艾晓明

  1935年，即爱德蒙·胡塞尔去世的前3年，他在维也纳和布拉格作了关于欧洲人的危机这一著名演讲。对胡塞尔来说，形容词"欧洲"意味着精神上的同一性，它超越于地理上的欧洲（如延伸到美国），是与古希腊哲学一起诞生的。在他看来，这一哲学在历史上首次把世界（作为整体的世界）当成一个需要回答的问题来理解。它询问世界不是为了满足这种或那种实际需要，而只是因为"这种要去了解的激情已经抓住了人类。"

  在胡塞尔看来，他所论及的这种危机是如此深刻，以至于他不知道欧洲是否还能渡过这次危机而幸存。他认为，在现代世纪一开始，在伽利略和笛卡尔那里，在欧洲科学的片面性中，这种危机的种子就种下了。欧洲科学把世界简单地归纳为单纯的技术研究和数学研究的对象，而把具体的生命世界，胡塞尔称之为 die Lebenswelt，置于它的视野之外。

  科学的兴起把人类推进了专业分科的隧道。人在知识上越进步，他对作为一个整体的世界和他自己的自我就越不清楚，他被掷入了胡塞尔的学生海德格尔在漂亮而又近乎神奇的短语中所说的："存在的被遗忘"之中。

  曾被笛卡尔提升到"大自然的主人和所有者"这一高度的人，现在相对于各种力量(技术、政治、历史)来说,成了十足的物,这些力量撇开他,超过他,占有他。对于这些力量,人的具体存在,他的"生命世界"既没有价值也没有趣味:它黯然失色,从一开始就被遗忘了。①

在这段话中,包话了小说家米兰·昆德拉艺术世界独特的出发点和精神归宿。在昆德拉看来,如果说现代哲学和科学确实已忘记了人的存在的话,那么,从现代世纪之初,随着塞万提斯出现的欧洲小说艺术不是别的,正是对这一被遗忘了的存在的探询。

值得注意的是,昆德拉是从迥异于一般西方作家的文化背景出发,确立了这一与西方存在主义哲学精神相通的小说观念。米兰·昆德拉1929年生于捷克,其父是钢琴家,伯尔诺音乐学院的院长,这无疑对昆德拉的音乐爱好和修养有着深刻的影响。昆德拉自己说:"一直到我25岁时,音乐一直比文学更加吸引我。"②昆德拉年轻时当过工人、爵士乐手,最后致力于文学和电影。

与20世纪许多向往新理想的知识分子一样,昆德拉青年时代也曾热诚信仰共产主义并作为一名共产党员为之努力奋斗。然而50年代斯大林个人的错误对中欧共产主义运动带来的扭曲和畸变,捷克党内一连串的整肃,使昆德拉这样的知识分子饱受幻灭失望之苦。也正是这种精神痛苦和对社会民主化的强烈渴望孕育了捷克历史在1968年那壮观的一页。如昆德拉后来在《笑忘书》中所写道的:"一般而言,历史事件毫无新意地彼此互相模仿着,但据我看来,捷克的历史事件却做了前所未有的试验。不是一般形式的一群人(一个阶级、一个民族)起来反抗另一群,而是所有人(整个一代)起来反抗自

---

① 米兰·昆德拉:《小说的艺术》,纽约,格洛夫,1988年版,引文见第一部分:《贬值了的塞万提斯的遗产》。

② 米兰·昆德拉:《关于结构艺术的对话》,见《小说的艺术》第四部分。

己的青春。"①

在酝酿"布拉格之春"的60年代,各种艺术开始全面的创新探索,捷克电影率先在世界上打出局面。昆德拉此时在布拉格高级电影艺术学院任教授,成为捷克新潮电影的倡导者。与此同时,昆德拉开始了他的文学创作。他发表过两个剧本,三部诗集(一个主题是恋爱中的女人,另一主题是二次大战中捷克抵抗者英雄)②;而这期间影响最大的是长篇小说《玩笑》(1968),它后来被路易丝·阿拉贡称之为"本世纪最伟大的小说之一"③;写于同时期的小说还有一部短篇集《可笑的爱情》(1969)。

苏军入侵捷克后,昆德拉受到批判,被撤除职务,他的作品也遭到禁止。1975年他与妻子维娜一起移居法国。昆德拉1968年以后的作品均是以法文译本的面貌问世的,计有:长篇小说《生活在别处》(1973),《为了告别的聚会》(1976),系列小说《笑忘书》(1979),长篇小说《存在的不能承受之轻》(1984)。作为对自己创作经验的总结,昆德拉在1986年整理出版了自己的论文集《小说的艺术》。

20世纪的小说读者(尤其是西方的读者),对于20世纪以来的小说试验、革新潮流无疑已历经沧桑,处变不惊,然而昆德拉的作品却引起了不同凡响的震撼。他的小说被译成了20多种文字,有的作品集多次再版。《生活在别处》和《为了告别的聚会》都作为最佳外国小说分别荣获法国梅迪西斯奖(1973)和意大利蒙德罗奖(1978)。1981年他的全部作品获美国"国家奖",次年获欧洲文学奖。1985年他最近的一部小说发表后,获得以色列每两年颁发一次,给予"在理解社会中个人自

---

① 米兰·昆德拉:《笑忘书》,企鹅出版社,1980年版,参阅吕嘉行译《笑忘书》,台北,林白出版社1988年版。引文出自该书第一章:《失去的信件》。
② 菲利普·罗思:《介绍米兰·昆德拉》,见米兰·昆德拉《可笑的爱情》,企鹅出版社,1975年版。
③ 米兰·昆德拉:《玩笑》英文版《前言》,见《玩笑》,企鹅出版社,1984年版。

由"方面"对世界贡献最大的作家"的耶路撒冷国际文学奖。1987年,昆德拉是诺贝尔文学奖的6位候选人之一。有人预言,他的文学成就已举世瞩目,迟早会成为这项奖的得主。①

在对昆德拉作品的种种赞誉声中,以下评论无疑道出了他之所以引起轰动的深刻原因:"生长于布拉格让他承袭了西方丰富的文化传统,他又经历了过去几十年来作为捷克人都要经历的历史:第二次大战,德国占领,变成共产国家,到'布拉格之春'以迄苏俄入侵。当别的作家在类似的情形下只会写抗议文学或挖掘社会黑暗面的写实文学时,昆德拉却能看得更深更远地从一个宏观和一个微观的角度,写出许多全新的观点。因此,读他的作品时,在享受优美和有效的文学语言以及繁复的结构之余,更能深深地被他那人物内心的律动和具透视性的哲理所撼动。""他用他的笔触摸到人类心灵最深处的隐秘,他同时也用他的笔点醒了人类在历史舞台上演的种种荒谬剧。"②

或者,联系前面引证的昆德拉对现代科学和哲学发展的弊端及以塞万提斯为开拓者的现代欧洲小说艺术对这一弊端的匡正所作的论述,我们也可以看出,昆德拉对小说精神的把握与现实主义作家(包括像索尔仁尼琴这样的不同政见者作家)是显著不同的。他倾注全部的激情和关切的是存在,而不是具体的历史的现实,现实只是人的存在的维度。而把存在当作一个问题来探讨则是古希腊以来欧洲思想的基本精神。自文艺复兴以后的4个世纪以来,欧洲小说以它自己的方式,通过它自己的逻辑,依次发现了存在的各种不同的维度。"存在的并不是已经发生的,存在是人的可能的场所,是一切人可以成为的,一切人所

---

① 李欧梵:《"东欧政治"阴影下现代人的"宝鉴"》,见吕嘉行译《笑忘书》。另收人李欧梵著《中西文学的徊想》,三联书店香港分店,1986年。
② 谭嘉:《米兰·昆德拉简介》,见吕嘉行译《笑忘书》。

能够的。小说家发现人们这种或那种可能,画出'存在的版图'。"①

把发现前所未知的存在的构成作为小说唯一的精神价值,这就使得人的生存境况、人对存在的感知、人的生命世界置之于小说家思考的中心和聚焦点下。昆德拉的小说,彻底撇开了被一代复一代大事铺张其为问题的"伪问题",而直接"走向事情本身!"②从而向我们敞开了一个向存在质疑,充满诗情、幻想、幽默和沉思的艺术世界。

I 抓住自我对存在疑问的本质

人的存在是什么?它的真意何在?在昆德拉最早的作品集《可笑的爱情》中,我们就可以看到,透过情欲故事的表面,作者问及所问的正是在这一通常不在场、不显现、不露面的存在本身。

每一个个体的人,总是以自我的方式感知着他的存在,而"所有时代的小说都关注自我这个谜"。③ 自我对于存在疑问的本质可以说基于两方面,首先在于个体的人常常不确知我是谁,我从哪儿来,要到哪儿去;但同时人对自我的意识又迫使他要向存在发问,问出我是谁,我真正的自我是什么样的?他要竭尽全力地把握这个自我。

《可笑的爱情》集中描写了7个情欲故事,也代表了作者透视寻找自我这一过程的特殊视角。作为个体的人,心灵与肉体、感情与欲望、理性与本能的矛盾常常最直接地反映于其情欲行为中,而男人与女人,在性的吸引与排斥的复杂心理冲突中,也使他们各自存在的社会性得以揭示。这个领域通常又是最具隐私性、不开放,不为他人洞见的。自然,自弗洛伊德以来心理学的发展和劳伦斯以来文学中的性

---

① 昆德拉:《小说的艺术》第二部分:《关于小说艺术的对话》。
② 这里借用了海德格尔在《存在与时间》中的用语,三联书店,1987年第35页。
③ 米兰·昆德拉:《关于小说艺术的对话》。

描写都已经使性本身不再成为禁忌,但昆德拉与他们一致的只是在于把性关系同样看作生命最深奥的领域,而他在其中所追究的却不是性欲本身,而是在这种关系里隐藏着的、有待揭示的——自我如何揭开其面目。

《搭便车的游戏》描写了这样一对青年男女,他们相爱有一年了,好不容易有机会一起开车去度假。在路上,完全出于偶然的奇思异想,在小车停下加油后,姑娘装作一个搭车客向小伙子招手,于是小伙子也装作一个不认识他的人载上了她。他们分别进入了与惯常的自我显然不同的角色。

这原本是一个两人都确知的、充分假定的游戏,然而随着这个游戏的展开,自我的它种可能性却出人意料地上场作了充分表演。22岁的姑娘一贯是羞涩自爱的,这种羞涩出于她特殊的认知肉体的方式,她常常不能摆脱未成年的少女才会有的对自己性特征的羞涩感,为了克服这种羞涩,她力图用精神肉体的二元分离来说服自己:每个人都是从成百万个可接受的肉体中领取了一个他自己的肉体,就像一个人从一个巨大的旅馆成百万个房间中,接受一个派定的房间一样。结果,肉体在她的感知中就成了偶然发生的和与个人无关的,一个现成的、借来之物。她不能想象到感觉这个肉体。这种灵肉分离的自我安慰固然可以使她轻松一些,但在与小伙子的恋爱中又带来了新的焦虑:她常常想到,还有许多别的并不焦虑自己肉体的女人们,她们会更有吸引力和诱惑性,小伙子也不否认有离开她爱上她们的可能。

或者可以说,渴求灵与肉统一地为小伙子所爱与这种灵肉分离的自我认知与焦虑正是姑娘对存在的主要困惑。羞涩本身原是对肉体、本能的无知产生的无以自处的状态,(而姑娘惯常认同的自我是这样一个角色:我知道我羞涩,我的羞涩与爱情本身的某种严肃性——专注、精神之美、贞洁是相联系的。)她之对小伙子的忧虑亦在于担心小伙子会离开爱的这一精神价值而限于浅薄的调情。

但是在游戏中姑娘扮演的角色却是在一个完全不同的境况中,她不再是她自己,一个需要对自己的个性、情感、前途、境遇负责任的角色,她所要做的就是利用她的魅力引诱开车的男人。而且,这种角色还给了她(作为原来的自我)机会观察小伙子在受到诱惑时的表现。她愈来愈投入,轻浮、粗鄙、放荡;而在这肆意的调情中,她体味到了前所未有的自由、随心所欲,并强烈地意识到她的肉体,过去被羞涩所束缚、压抑的肉体。她渴望注视、爱抚、猥亵、由肉体引起的下流的快乐。

如果羞涩与放荡是同一个人,那么哪一个形象是真实的自我呢?在进入互不相识的假定性时,小伙子与姑娘略有不同的是,他更多地退出自己扮演的角色而观察他的姑娘并最终认定:"并没有一个陌生的灵魂从什么空间进入她的肉体,她正在表演的就是她本人,也许就是她存在的角色,它先前被锁闭着,藉着游戏而出了牢笼。"

但也恰如游戏与现实的混淆中自我迷失了自身一样,小伙子同样迷失在新的困惑之中,自我在情欲冲动中显示了它的多重模糊、难于把握的性质:姑娘愈是在肉体上离开他,他愈是在肉体上渴望得到她,她灵魂的异质引起他对她肉体的注意,过去这个肉体被同情、温柔、爱、关切、情感所笼罩,现在他似乎第一次看见了她的肉体,他渴望羞辱他(羞辱搭车客的游戏变成羞辱他自己爱过的姑娘的借口)。

不要忘记,小伙子对姑娘的爱原是爱她的羞涩的,这种羞涩使他的姑娘有别于其他的女人,又因为它是转瞬即逝的,因而分外珍贵。而在重新确认了姑娘的角色后,小伙子实际上也放弃了自己惯常的身份,执意把这个游戏继续下去直至精神与肉体分裂的顶点:"在床上,两个肉体很快就处于完美的和谐中,两个淫荡的肉体、彼此陌生的肉体。这也正是姑娘在她的生活中最为恐怖并且一直小心翼翼地回避的事:没有情感或爱情的做爱"。

以游戏开始的喜剧却以真实的困扰告终了:次日凌晨,姑娘怯生生地触碰小伙子,啜泣着说:"我是我,我是我……"

无疑这里作为宾语的"我"是指原来那个羞涩自爱的我,但作为主语的"我"却是那个扮演过搭车客的"我"。那么"我"还是"我"吗?正如小伙子所感觉到的:他好像透过同一透镜看到两个形象,这两个彼此互相揭示的形象告诉他,一切都是在同一姑娘身上,她的灵魂是可怕的无定形,它坚守着同样的诚实与不诚实,天真与放荡,贞洁与调情……

人要认识自我,就要通过行动,但行动中呈现出的那个自我却与他原来的想象如此不同;这里,生命本能、下意识显然表现出比人的理性、意志更突出的作用。因为,"我"是"我"成为了一个问题是在于这两个"我"之间有了一道裂缝,不能像想象中的那样互相统一、重合,它遇到了自身无法预知又无法超越的限制。就姑娘而言,放荡是平时受压抑的性本能盲目的释放;就小伙子而言,放荡释放了他平时轻傲和诡秘的本性,获得了观察并最终毁灭了他心中所爱姑娘的精神之美。但他并不能拒斥肉体的吸引,而情欲满足同时又是精神上羞辱他人的报复行为,显然,精神与肉体的纠葛是多重复杂的。在这种复杂性中显示的个体的人对存在的感知,是作为小说家的昆德拉比心理学家弗洛伊德所能告诉我们的更多的东西。在情欲中潜伏着无穷的心理内容,昆德拉看重的是"一个肉体之爱的场景产生出一道强光,它突然揭示了人物的本质并概括了他们的生活境况。……情欲场景是一个焦点,其中凝聚着故事所有的主题,埋下它最深的奥秘"。[1]

《让旧死者为新死者让出地盘》在性的吸引和诱惑中探询了人物错综交织、富于变化的心理动机。它的叙述依男女主人公的视角彼此交替地展开。15年前有过一夜风流的"他"和"她"在小镇邂逅相遇。当

---

[1] 见《笑忘书》(英文版)附录:《米兰·昆德拉与菲利普·罗思的谈话》。

年20岁的他现已35岁了,使他深为困扰的是,这年龄的成熟与他在性体验方面的缺乏很不相称。眼前这个女人比他年长15岁,当年举止优雅,风度翩翩,深深吸引了他。但在那唯一一次做爱时,由于他的羞涩和慌乱,黑暗中他完全看不见她的表情,使得这次性体验仿佛完全是不真实的一样。因此这次他决定要重新获得她,尽管在他面前的妇人已经50岁了,他仍在不断诉说回忆中的美好印象,以逐步地亲近她。正当诱惑即将达到目的时,她却坚持反抗了。她害怕自己肉体的衰老丑陋破坏了男人记忆中的生动完美。

如果故事到此为止,我们看到的就是一个悲哀而不失美丽的爱情回忆。然而昆德拉的魅力恰恰在于他洞悉情欲中更深刻的奥秘,情欲是一个具有揭示性的场景,它既是本能欲望,又是精神活动,而在本能冲动后面,掩盖着、积淀着种种人性、人生的冲突。"他"完全意识到她是对的,如果他们做爱,那将毁了他珍爱的记忆中的形象,将以厌恶结束。奇怪的是这厌恶却使他兴奋,似乎他希望着这种厌恶。原来,欲望后面深层的心理正是在于"对他来说,他的来访者代表了他不具有的一切,逃开了他的一切,他所忽视了的一切,由于这一切的缺乏,他现在的年纪、他稀疏的头发、他令人沮丧的贫乏的收支表也成为对他来说是不可忍受的"。他要的正是破坏完美、引起厌恶,因为只有贬低他所不曾得到的、拒绝了他的那些快乐,才与他的处境相称:"他只能揭示,它们是无价值的,它们只是注定要灭亡的表面。"

与他同样,她终于也服从了他的要求,其心理动力出自对成年儿子给母亲性心理造成的压抑的反抗,她不再维护那些精神上的记忆,"因为她的记忆是外在于他的,正如他的思想和记忆是外在于她的一样,而一切外在于她的东西都是无所谓的。"

然而,如果我们回想一下故事的开头:她来到小镇原是为了纪念亡夫,而他邀请她去自己房间小憩,也一直沉浸于温情的回忆,但最后的情欲冲动却一下子暴露了回忆、纪念这些情绪实质上的空虚,而目下的生存的焦灼终于取代了空虚的回忆而支配了人物的行动,也许这正是小说标题《让旧死者为新死者让出地盘》的另一层含义。

如果说在前面两个故事中都展示了灵与肉的冲突里肉体对精神的反叛、报复,那么在这个短篇集中的另外几篇:《会饮》、《永久欲望的金色苹果》、《十年后的哈弗尔大夫》则涉及情欲领域中精神自身价值的失落,即所谓唐璜主义在现代的命运。

《永久欲望的金色苹果》中的马丁不断地追逐女人,与她们约定幽会的时间,但无论在精神还是肉体上他与她们都并没有任何真实的关系,追逐与诱惑变成了纯粹的形式,变成了像打台球一样的运动。《会饮》模仿柏拉图对话中的题目,描述了几个医生护士关于爱情的喋喋不休的讨论,其中被称为唐璜的哈弗尔大夫在以下的一段话中道出了现代人性爱的可笑之处:

> 唐璜是一个征服者,伟大的征服者⋯⋯但是我问你,在没人拒绝你的领域你怎么还能成为一个征服者?这里一切都是可能的,一切都是允许的。唐璜的时代已经走向终结,唐璜的后代不再征服,而只是收集。伟大的收集者取代了伟大的征服者,但收集者根本不是唐璜。唐璜是一个悲剧性人物,他背着罪恶的负担。他快活地犯罪,并笑话上帝。他是渎神者,在地狱中死去。
>
> 唐璜是一个大师,而收集者则是一个奴隶,唐璜傲慢地僭越惯例和法规,伟大的收集者只是俯首帖耳地服从,顺应惯例和法律,因为收集已经成为良好的风度、良好的形式,几乎是一种义务。

如果说情欲本身已不再因其精神价值而显示出爱情的严肃性,如果说它已不再包括深刻的精神冲突,不再有执着、操守的意义,不再有抗争的激情和选择的自由,那么它不是可笑的又是什么呢?

那么,也可以说自我的迷失不仅仅由于人被自己肉体中的非理性力量所驱使,还在于理性本身也显示了它的荒谬,它不能给出自我确立的精神依据。随着故事情节的发展,《会饮》中参与讨论的每一个人物都鬼使神差地脱离了自己心中原定的性爱目标,而结成了新的性爱关系。他们各自的语言与行为、与事实真相都显示出互相矛盾的性质。各种心理动机的不确定性、偶然随意性和反复无常的特性演出了一幕幕出人意外的性爱喜剧。

以丰富的意蕴表现出爱情,乃至整个生活中严肃性的丧失,表现人存在的荒谬性的是这个集子中的《爱德华与上帝》。

这个作品一开始就通过人物提出了一个生活中的精神价值问题。爱德华是个刚从学校毕业的青年,涉世不深,羞于说谎,是一个希望认真地生活的人。他常常努力去分辨生活中什么是重要的、什么是不重要的。在他看来所有那些对他来说不可选择的事,诸如他的教职、学历一类都不重要;相反,那些他心甘情愿地去做的就是重要的,如他对爱丽丝的爱情就属于重要的一类。

然而,爱德华真的有划分重要与不重要、并在二者间作出选择的自由吗?

在爱德华的爱情追求中遇到的第一个麻烦是爱丽丝信上帝。她以这种方式来表示自己对某种行为的不可认同和不满。

然而,也正因为信仰本身不仅仅是信仰,爱德华本人对待上帝的态度这样一个很普通的日常生活问题却成为了他的爱情和在学校工作前途的决定性问题,成了一个私生活和公众生活中决定他命运的关键。爱德华并不信上帝,但为了讨好爱丽丝和得到她的肉体,他不仅开始上教堂,而且还尽力夸大自己的宗教信仰;这不幸又都被学校当局获知,他受到女主任等人的讯问,最后决定由女主任专门帮助他转变思想。

显然爱德华陷入了一个诚实的禀性无法适应,而正常的逻辑无法解释的处境,这正是一个荒谬的情境。无论他信与不信上帝,都难免顾此失彼。作家让我们看到,爱德华无法让学校领导相信他的上教堂只是为了爱情,是闹着玩的,他采取了回避矛盾,顺应批判者们的做法。他想利用自己青年男性的魅力赢得女主任的恩宠,以使自己的职业免遭威胁。

然而,一个荒谬的情境一经展开,就会把它的力量贯彻到底,人的理性和主观意志都不能左右人自身,正如叙事者所说:"人生总是多变:一个人一味地想象他正在某一出戏剧中,扮演某一个角色,却不曾怀疑到别人在他不注意的时候已经变换了布景,致使他不知不觉地已处在完全不同的另一场演出中了。"爱德华迫于权势,曾口是心非地阿谀了女主任的性魅力,还以为上教堂事情已到此了结,却不知女主任信以为真,精心安排了与爱德华谈情说爱的幽会。接下去发生的情欲场面,痛快淋漓地展示出诱惑者和屈从者双方,由于无法调和的灵与肉的冲突,不能不陷入彼此羞辱和自我羞辱:先是在女主任步步紧逼的裸体面前,爱德华惶恐地发现自己的身体某部分却不听指挥了(灵魂与肉体分裂,灵魂克制着厌恶而期待肉体的兴奋,肉体却毫无顾忌地表示沉默);他不知如何是好,灵机一动,喝令女主任跪下去祈祷,于是便发生下面这一幕:"在他面前,跪着一个被部下所羞辱的女主任:……一个赤裸的革命分子正被祈祷所羞辱;……一个正在祈祷的女士被她的裸体所羞辱;"(渴望肉体满足,灵魂毫无反抗地脱下了反宗教的外衣,肉欲驱遣下灵魂的分裂);然而也就在这同时,爱德华的身体取消了消极的反抗,骚动起来(肉体嘲笑灵魂的陶醉,苟合的肉体既是对对方精神的羞辱,又是对自我灵魂的羞辱)。

真正的戏剧还不到此结束,爱德华因为上教堂与学校领导发生的冲突,这却出乎意外地为他得到爱丽丝的肉体铺平了道路。原来,在小镇居民眼里,爱德华已成为了传奇般的殉道者的形象。这里,昆德拉透视了当时一种普遍的国民心态,即不崇尚反抗的英雄,而乐于塑造殉道者形象。因为殉道者既不背叛信仰,又不会奋起行动,这正是对软弱无为者们最好的精神安慰。人们断定爱德华坚守信仰,毫不退缩,必将毁灭,基于这种误解,爱丽丝不再以"上帝禁乱交"为由拒绝爱德华。

也正是在爱丽丝自愿地把自己奉献给爱德华时,爱德华本人却兴味索然了。也许我们可以这样理解,爱德华清醒地意识到自己是被误解了,而从这种误解中他看到了自己与众人,包括与哥哥、与爱丽丝根本分歧的人生态度和价值观念。他不是不知道自己的荒谬,而是除了荒谬之外他找不到别的方式来对待他人加之于他的荒谬,正如他在哥哥的不赞成面前所辩解的:"假设你遇见一个疯子,他跟你说他是一条鱼,我们都是鱼,你要跟他辩论吗?你要在他面前脱掉衣服证明你身上没有鳞吗?""如果你向他说实话,即全是你心里的话,那么你就是在跟一个疯子辩论道理了,这么一来你自己也就成为疯子了。……你要知道,我非说谎不可,因为我不愿意重视疯子,不愿意自己成为疯子啊!"

但是,我们可以进一步推论,假如一个正常的人不得不像疯子一样说话行事,那么他又凭什么证明自己不是疯子呢?这正是荒谬世界的必然结果,正常的理性已别无选择,无论爱德华重视什么或不重视什么,他的行动都已毫无意义,他说谎或不说谎,结果是一样的。一旦意识到这一点,爱德华突然就发现了他置身于一个无意义的世界:爱丽丝轻易地委身于他表明,她的信仰只不过是她命运以外的东西,"他把她视为一个身体、思想,以及生命过程的偶然结合,任意又不稳定。"而所有的人"实际上全是吸墨水纸上渗开着的线条,一些态度可随意变换的存在、缺乏牢固实质的存在。"爱德华也意识到了自己的可悲之处,"他不过是许多阴影中的一个阴影,毕竟他也绞尽脑汁使自己适应他人,模仿他人",而这种模仿影子的影子,则是比影子更为次要的、衍生的、悲惨的存在。

爱德华的精神蜕变终于完成，既然没有办法严肃对待任何事，他也就随波逐流了。只是不信上帝的他终于还是渴望上帝，因为除了在上帝的虚无中他可以想象某种本质的存在之外，在自己的生活、恋爱事件、教职或所有构成爱德华具体存在的事物中，他找不到任何可以重视的本质的东西。

Ⅱ 审视存在的历史维度

从60年代初到70年代中期，昆德拉连续完成了3部长篇小说，这些作品都不同程度地涉及了捷克20世纪中期以来经历的历史事变，这些事变给知识分子的命运和心理的影响是作品中一个突出内容。

但是历史生活不是以其事件本身的完整、广阔或政治意义的重要性进入昆德拉作品的，它只是作为人的存在境况，人存在的一个维度得到描写的。一般的写实作家注重描写历史本身，昆德拉注重的是特定的历史生活哪些构成了人对自身存在的特殊体验，它如何参与了人的历史，而人的本能、人性的显露的和潜在的特点与历史有着何种关联。

长篇小说《玩笑》描写了这样一个故事，主人公路德维克是一个年轻的共产党员，大学生。他所热爱的姑娘玛格塔假期参加政治学习集训，满腔政治热情，似乎对他的爱有所忽略。路德维克有意要与这个天真、严肃、把一切都看得很重的姑娘开个玩笑，就给她寄了这样一张明信片，上面写了三句话："乐观主义是人民的鸦片，健康的空气发出恶臭，托洛斯基万岁！"结果，没有人欣赏他的玩笑，他受到组织上的讯问，他所有的朋友和同学都轻而易举地举手表决，一致赞同开除他的党籍、学籍。后来路德维克被送进了军队里的劳改官服刑。

一个玩笑就导致了一个人生命的毁灭，它恰比直接描写战后的大清洗、审判中发生的悲剧更有力地显示了渗透到人们日常生活中的历史氛围。人物并不处在历史事件的旋涡中心,但普遍的历史氛围却构成了人的一个存在的境遇。它在人物的感受中得以揭示。在革命胜利的初期,新生活的特征是严肃庄重,但这些严肃庄重的特征却是以微笑而不是皱眉头的形式来表现的。不过,流行的微笑丝毫不能带讽刺和玩笑意味,它被称之为"胜利阶级的历史乐观主义",连路德维克喜欢开玩笑的表情都受到普遍的指责。人们批评他:"像一个'知识分子'那样微笑。"新的历史生活是如此敏感,不容许一点点异常的迹象,那么明信片毁了路德维克的生活又有什么奇怪的呢?

而把历史作为人存在的维度还在于,昆德拉同时写出,它本身介入人的历史,再造了人的心性。这同惯常的文学写那种"历经艰险,此心不改"的类型化人物;那种历史只是不断变换的布景,它只从表面上影响人的命运,而人的内心反而会因苦难而成熟,因此也决没有真正的悲剧发生大为不同。惯常的那类作品中"所有的痛苦、不幸和罪恶都只是暂时的、毫无必要地出现的扰乱,世界的运行没有恐怖、拒绝或辩护——没有控诉,只有哀叹。人们不会因为绝望而精神分裂:他安详宁静地忍受折磨,甚至对死亡也毫无惊惧;……"①它往往以人物的善来反衬现实中的恶,而善的必然胜利显示了作者对历史的一种理解,善的觉醒和力量壮大终将战胜邪恶。

但这类作品也惯常地回避了一个根本性的问题:历史的荒谬邪恶为什么常常重演?人类至今为什么还不能有效地战胜邪恶呢?

善恶并不是对垒分明的,而且善也并非始终是善,正如路德维克的故事发展下去那样,"他把他在生活中积累起来的所有的恨集中于一个

---

① 卡尔·雅斯贝尔斯:《悲剧的超越》,工人出版社,1988年。

爱的行动。"①爱与恨这种矛盾的统一再现了昆德拉作品中一贯回响的主旋律:关于灵与肉分裂的忧郁的二重奏。作品中有两场惊心动魄的对情欲的描写,一是在劳改营中路德维克认识了附近工厂的女工露西,他觉得她单纯无邪,狂热地爱上了她。但在他经过与露西的长时间离别,千方百计地逃出营区与露西单独幽会时,露西却不给他肉体之爱。此后露西就失踪了。多年以后路德维克才从朋友那里得知露西的遭遇,她曾被一群不良少年轮奸,在她心目中,性与爱是两种截然不同、不可调和的事。而路德维克对她的复杂经历一无所知,他多年来想象的贞洁的露西与真实的露西是那样不同!过去的爱情幻想和回忆骤然显出了它的苍白空幻。另一场情欲描写是路德维克回到家乡,在这里他与记者海伦娜约会做爱,这只是为了报复海伦娜的丈夫泽蒙纳克,羞辱这个过去也参与了对他的迫害的人物。可海伦娜却真诚地爱上了路德维克,她不能忍受次日他的不辞而别竟服药自杀,结果吞的是泻药,使路德维克又虚惊一场。其实海伦娜的丈夫泽蒙纳克与妻子的感情早已破裂,他不仅在思想上显得开放时髦,而且还有了更年轻漂亮的情人。路德维克的报复显然丝毫也伤害不了他,倒是使他自己沮丧地认识到:一切都只是一个恶劣的玩笑!

路德维克不是一个高尚的悲剧人物,当他"把海伦娜当作一块石头向过去砸去",他是想羞辱他的迫害者的,但他采用的手段与迫害者是相同的。他用玩笑摧毁了海伦娜的真诚,他对无辜者发泄了恶意,他的徒劳正是不可预知的命运发出的嘲笑!

所以昆德拉在《前言》中指出,"《玩笑》的情节本身就是一个玩笑。不只是情节,它的'哲学'亦如此:人,陷入一个玩笑的陷阱,来自外部的灾祸使他蒙受痛苦,这是可笑的。他的悲剧实际上是在于,玩笑已经剥

---

① 米兰·昆德拉:《玩笑》英文版《前言》。

夺了他成为悲剧的权力。"需要正视和思考的正是人的这一新处境:"海伦娜在路德维克为她设下的骗局这一陷阱中完结;路德维克和所有其他的人在历史对他们开的玩笑这一陷阱中完结;他们都受到乌托邦声音的诱惑而蜂拥进乐园的大门,当大门砰然在他们身后关上时,才恍然醒悟自己实际上已身陷地狱。"

认识到历史如此乐于肆意嘲弄人,昆德拉以清醒的怀疑和冷峻的审视对人与历史的相互关系作了深入的思考。在《生活在别处》[①]的序言中,作者指出,1945年以后中欧的共产主义革命时期充满了真正的革命心理,信仰它的人们怀着巨大的同情以及对一个崭新世界的末世学的信仰体验了它们。同时,作者目睹的"由刽子手和诗人的联合统治",使"我们认为神圣不可侵犯的整个价值体系就突然崩溃了。再没有什么是可靠的了。一切都变得成问题、可疑,成为分析和怀疑的对象:进步和革命、青春、母亲,甚至人类,还有诗歌"。

《生活在别处》这部长篇原名《抒情时代》。描写了革命时代一个诗人的成长和他在革命中扮演的角色。在这部青春的叙事诗中,作者全神贯注地加以分析的是他称之为的"抒情态度"。它"是每个人潜在的态势",是"人类生存的基本范畴之一"。

青春,是个充满诗意的字眼,是无数诗歌礼赞的主题,是人本能地趋于写诗、抒情的年纪。小说的主人公雅罗米尔生性敏感、富于想象力,热衷于写诗,而且的确有写诗的天分。

不过作为一部青春的"叙事诗",作者对我们展示的更多的是诗人充满迷惘和困惑的青春之旅。雅罗米尔丰富的想象,不只是自我对存在一种生动感觉,多半还由于他对世界的无知,这恰恰是青春的一个重要特点:用一种抒情的、想象的,并不特别真切的目光看世界。小说中

---

① 米兰·昆德拉:《生活在别处》,景凯旋译,作家出版社,1989年。

用很大篇幅描写了母亲玛曼对儿子的爱,玛曼在婚姻爱情方面的失意使她对儿子投注了全部的感情,这种母爱是温馨的,它保护了雅罗米尔的幻想不受侵犯,得以自由发展;但同时它又是专制的、占有性的,它使雅罗米尔始终不能独立地投入现实生活,连他的内裤一直都是母亲为他选择和准备的。

这样,对于雅罗米尔,正如对于雪莱、兰波、莱蒙托夫、马雅可夫斯基等著名诗人一样,"生活在别处"。那也就是说,诗人所处的日常世界,始终把诗人当作孩子看待的家庭、日复一日单调乏味的功课、考试,这全是平庸琐屑的,算不得生活。小说整个第二章"泽维尔"才是雅罗米尔所渴望的生活,这是一个游行人群、肉体之爱、生命活动的旋转的世界。可是这种生活不在此地,在别处——在雅罗米尔如此渴望的成年世界;作为对这个成年世界的想象,产生了雅罗米尔的诗。他因为不了解性爱而描写性爱,因为生命体验的微不足道而格外热衷地描写死亡、悲哀、无限。从雅罗米尔的诗歌想象中,作家揭示了抒情态度的一个基本特征,它是一个封闭的青春白日梦,是在现实中受到伤害、不得满足的成年的欲望。

难道不正是青春期这种摆脱束缚、确立自我、追求成功、纯粹、完美的渴望与这个时期发生的革命在精神上一脉相通吗?革命是历史的青春期,它像雅罗米尔一样充满青春精神,它要摆脱整个原来的世界,将之彻底埋葬。它同样渴求赞美、绝对,不能容许一点点杂质。它排斥一切想象中与旧世界有联系的东西,所以,作品中拥护现代艺术的画家受到指控,在英国参加了反法西斯战争的飞行员横遭怀疑……

历史的崇高与青春的崇高一样,在某些方面是虚幻的,在它虚幻的崇高中,诗人雅罗米尔又会做出什么呢?我们看到,雅罗米尔在家庭生活中受压抑的自尊、在与姑娘们的交往中不得满足的激情,立即在"革命"的精神氛围中找到了泄洪口,"革命"给了他摆脱束缚、摆脱权威的良好感觉,这正是他想象中的确立自我的感觉。雅罗米尔不假思索地诋毁他曾十分倾心的画家老师和现代派艺术,只是因为他厌恶重复老师和长辈的语言、观点,他希望以与众不同来引人注目。雅罗米尔急欲获得的成年的感觉中潜伏着不惜否定一切、破坏一切的原始生命力,它是排斥理性的。

作品中还以相当的篇幅描写了雅罗米尔的性意识活动、他的性经历与体验和他的诗歌想象曲折神秘的联系。从这里展示了抒情态度的一个来源,它是从诗人自己的不成熟中产生出来的,"在抒情诗的领域中,任何表达都会立刻成为真理。""抒情诗的特征就是缺乏经验的特征。"也由于抒情态度自身这种难以捉摸的可变通性、不确定的特质,所以它不能通过自身来评价自己,它需要注目、轰动、赞美。这种心理推动诗人雅罗米尔走进警察的中间朗诵诗篇。

可是,诗歌中无害于人的抒情态度在诗人告发红头发姑娘一幕中却暴露了它愚蠢和残酷的性质。追究这件事的起因,作品中还可找出其他心理动机,如雅罗米尔的嫉妒、迁怒于人,青春期不成熟的爱所特有的专横、占有欲;但即使如此,雅罗米尔都还有别的处理方式可选择的,比如按姑娘所说,她兄弟要叛国,她因此误了与雅罗米尔的约会,雅罗米尔完全可以去劝说她兄弟,为什么雅罗米尔不选择劝说而毫不犹豫地就去告发呢?

只有一个解释,雅罗米乐需要更多的人的注目和赞同。如果他去劝说,那只不过在一两个人面前显示了他的爱国正义感;而在秘密警察那里,他可以得到他一直渴望的、成年的男子世界的认同。

这就把雅罗米尔与抒情态度不可或缺的听众的赞美联结起来了,它赋予雅罗米尔成年的感觉。告密之后,"他觉得在过去那一小时,他的容颜已变得坚强起来,步伐更加坚定,声音更加果断。他希望让人看见他新的化身。"

昆德拉深刻地洞悉了诗人这一行为的人类学根源，它与抒情态度、与青春潜在的邪恶愚蠢的内在联系，他告诉我们，人们通常自以为是的善良的政治动机其实是对告密本末倒置的理解，雅罗米尔绝非不知道他将使情人身陷囹圄，只是他那诗人的气质立即使他赋予自己的告发行为以崇高的悲剧意义。本来，在抒情诗的领域中，任何自相矛盾的表达都是可以成立的。

如果说青春是人的成长都不可避免的一个时期，那么这种抒情态度岂不是也不可避免吗？这种抒情态度的愚蠢邪恶不也同样如此吗？只是，按昆德拉的看法，并不是每个时代都会使这种邪恶释放出来，而作品中描写的这个时代却不然了。"今天，人们把那些日子视为一个政治审讯，迫害，禁书和合法谋杀的时代。我们这些还记得的人必须作证：它不仅是一个恐怖的时代，而且是一个抒情的时代，由刽子手和诗人联合统治的时代。"当诗人为刽子手的谋杀伴唱时，青春的邪恶确实也构成了人类生命历程某一历史阶段的邪恶的一部分。

这里还有一个更大范围的悲剧，作品在描写诗人雅罗米尔的心理过程时，有意混淆不同时间空间的界限，使兰波、济慈、雪莱、莱蒙托夫生平中的某一阶段与雅罗米尔形成对照，以显示出不同时代的诗人在抒情态度、青春心理上可笑的相通之处。但是，兰波、济慈、雪莱、莱蒙托夫他们仍然代表了诗的某种神圣价值，而雅罗米尔不再能代表诗的神圣价值。诗失落了它自身，雅罗米尔代表了欧洲诗歌的终结，一个怪诞的终结。

我们不能不深思的是，历史怎么会走到这一步呢？被作为新时代来体验的历史竟会充满了血腥和邪恶！昆德拉认为历史作为时间仍在继续，作为崇高的价值却已经终结，历史背离了人。

人以为他把握着历史，但这个历史却脱出了他的把握，这就是一种历史悖谬。昆德拉多次谈到现代这个历史时期的特点，它陷入了一种终极悖谬。像胡塞尔一样,他感到那种不知人类能否度过的末日危机的悬临。在这样一个新的存在境况中,人会有什么样的可能性?他是什么?他能够做什么?下一部长篇小说《为了告别的聚会》①在五幕通俗喜剧的轻松形式中,展示了这个极其严肃的主题。

这个长篇与前面两个作品一样,在某种意义上也是一部爱情小说,也部分地包含着一个玩笑结构。② 心理学家雅库布在移居国外前夕来到温泉疗养地,向他的朋友妇科医生斯克雷托、他一直担任其监护人的孤女奥尔加告别,而著名的小号手克利马因与女护士茹泽娜的感情纠葛也来到这里。茹泽娜怀了孕,她认定这是克利马所致,想以怀孕这件事明确她与有妇之夫的克利马的关系,这当然使克利马陷入了麻烦。茹泽娜在本地还有一个青年追求者,他无时无刻不在对情敌进行监视,当茹泽娜陷入失望的痛苦时,美国阔佬巴特里弗却让她体验到了真正温柔的爱情。

可是就在这时,茹泽娜无意地服下了雅库布偶然置入她药管的毒药死去,是自杀?是他杀?每个人都从自己了解的片面事实出发去推论,事实真相像一团乱麻难解难分。

致茹泽娜于死命的那粒淡蓝色的药片像一个圈套(恰如《生活在别处》中,那个时代"提供了一个捕捉兰波和莱蒙托夫、抒情和青春的绝妙的圈套"③),在其中作者捕捉的是雅库布这个人物的自我意识。

雅库布是个思想者的形象,曾无辜受到迫害,蹲过监狱,对现实有着清醒冷峻的认识。当奥尔加对他质询自己父亲的真相——把父亲送上绞刑架的人正是与父亲有着同样信仰的同事,那么,如果有机会,父

---

① 米兰·昆德拉:《为了告别的聚会》,景凯旋、徐乃健译,作家出版社,1987年版。
② 路德维克因开玩笑的明信片被开除,送去劳改,雅罗米尔告发红头发姑娘的兄弟叛国事实上也不过是红头发姑娘为了平息情人的嫉妒而开的玩笑。
③ 米兰·昆德拉:《生活在别处·前言》。

亲会不会做同样的事？雅库布说出了自己"一生中最悲哀的发现：那些受害者并不比迫害者更好"。雅库布知道，自己就是被奥尔加的父亲送进监狱的；半年之后，同样是在革命的名义下，奥尔加的父亲被处决，奥尔加受到父亲牵连也被赶出家乡城市。

雅库布与奥尔加的关系表明，他是富于正义感和同情心的，是有意识地要走出这个相互迫害、相互复仇的怪圈的。可是当亲眼看到茹泽娜把那颗他珍藏多年的毒药当作自己丢失的镇静药拿走时，他为什么不制止她呢？

是的，不能说雅库布蓄意要谋害茹泽娜，而且他也几次找过茹泽娜，试图取回药片，只是错过了机会罢了。而且雅库布也的确有拖延的习惯，他的疏懒、漫不经心，甚至怀疑这颗毒药之真伪的麻痹侥幸之心都似乎可以解释他为什么没有采取果断的行动。

但是作品展示给我们看的却远非这样一些消极的心理因素，雅库布的延宕还有一个更强烈的动机、更主动的欲望：雅库布渴望有机会看到自己的另一个自我，那个一直潜伏着的、没有机会露面的自我——一个人类的投毒者。这个渴望一旦在雅库布意识中形成就变得越来越明确，它抑制并最终战胜了雅库布要挽回行动的心理动力。雅库布并且认定，这才是他真实的自我。在行动和延宕过程中，雅库布有了充分的时间来观察这个新发现的自我，对这个自我面貌的关注和体味根本取代了他对茹泽娜死活的关注。

直到雅库布离开国境，他都还不知道他行为的真实结果（茹泽娜之死）。这又使他能够把这个新发现的自我置于一个假定的事实中：他以为那个给了他选择死亡自由的毒药，原来是一个假货。这样雅库布的自我分析就完全摆脱了对他人生命的负疚感而带上了更清醒或者真实的性质。

谋杀作为实验，作为一种自我暴露的行为，这是人们熟悉的《罪与罚》中拉斯科尔尼科夫的故事。与拉斯科尔尼科夫比较,雅库布的谋杀没有动机——,因此,他也没有前者所感到的良心风暴、忏悔的痛苦。"雅库布惊奇地发现,他的行为没有重负,容易承受,轻若空气。他不知道在这个轻松中是不是有比在那个俄国英雄的全部阴暗的痛苦和扭曲中更加恐怖的东西。"

可是,如果谋杀连动机都不再需要,如果谋杀已经内化为人的本能欲望,甚至像一个玩笑一样还令人感到轻松,还有什么比这个更恐怖呢?这种"人"连忏悔和反省的能力都失去了,他们已习惯了这个竞相毁灭同类的世界,这不是集中了存在中所有的荒谬么!

正是这样。雅库布的谋杀无动机是一个特定历史时代下产生的人的可能性:"雅库布生活在一个人的生命为了抽象思想而被轻易地毁灭的世界里。他熟知那些傲慢的男女们的脸:不是邪恶的而是正直的,燃烧着正义的热忱,或者闪耀着愉快的同志之情,脸上表现出富于战斗性的天真单纯。还有的人表现出虔诚的懦弱,咕哝着歉意而又孜孜不倦地执行着他们都知道是残酷和不公正的判决。"在这个谋杀已成为习惯的历史中,雅库布的正义之心,他对这种生活、这些人们的憎恶竟然就只有一种结果,那就是亲身体会到,自己也是一个杀人犯!

历史的终极悖谬产生了人的这种悖谬,而历史本身不过是一个放大了的人的存在境况。昆德拉的3部长篇小说,就这样作出了令人惊心动魄的描绘。

Ⅲ 勘探存在的范畴

昆德拉1982年在《玩笑》英文版前言中引了1968年《玩笑》法文译本出版时路易丝·阿拉贡在前言中写的一段话:

会有一天那些假借历史学家名义的神话学者将写出他们的捷克斯洛伐克的历史……我们可以肯定他们将通过胜利者的眼睛来写……人们不会找到对于我们所目睹过的那一切的真实的解释。

昆德拉谈到,最初还觉得这些文字中的悲观主义有点夸张。但是捷克后来所经历的事件却使得他重新认识到这种"神话作者的力量"、"他们的组织遗忘的能力"。阿拉贡谈到,一个"精神上的'比夫拉'"[①]即将出现,那么在其中进行的文化屠杀将导致的是一个民族无声的灭绝——它不再拥有自己的民族意识、自己的记忆!昆德拉说:"突然认识到这种可能性的存在足以改变一个人整个的人生观。"[②]带着对自己民族是否还能继续生存下去这种终极命运的关切,"忘"衍成了昆德拉的继上述小说后的另一部小说《笑忘书》的一个基本主题。

其实,早在《玩笑》中,遗忘的意义已有隐约的显示,那就是作品中描写的路德维克家乡的民间传统仪式——"国王的骑马旅行"。它的真意早已遗失,只有一系列造型动作幸存,成为一种纯粹的美的仪式。这构成作品中一个情节框架——遗忘的框架。与之相联系的是作品中另一个人物、路德维克少年时代的朋友雅罗斯拉夫对民间音乐、对人在新时代里命运沉浮的思考。昆德拉当时还只是意识到,昨天的行动被今天遮蔽;把常常被遗忘吞噬的生活与我们联系起来的最强有力的纽带是乡愁。"带着良心忏悔的乡愁和无情的怀疑主义是赋予《玩笑》其均衡度的两个全景镜头。"[③]

---

① 比夫拉(Biafra)是1967年5月单方面宣布脱离尼日利亚独立的西非国名,主要由逃往尼日利亚东区的比较富裕和文明的伊博人组成,他们在遭尼日利亚北部豪萨人反对、屠杀后,在东区宣布这一地区成为独立的主权国家,后与尼日利亚政府军作战连连败北,1970年后不复存在。
② 《笑忘书》英文版附录:《米兰·昆德拉与菲利普·罗思的谈话》。
③ 米兰·昆德拉:《玩笑》英文版《前言》。

而在《笑忘书》中，昆德拉把"忘"作为一个存在的范畴，从政治、历史、人性等各个角度作了全面的探询。昆德拉小说哲理沉思的特色与作品本身的形式结构也取得了高度的统一。在这部作品中，他明确意识到，"小说首先是建立在若干个基本词之上。它正像勋伯格的'音程序列'。在《笑忘书》中，这个序列是：忘、笑、天使们、Litost①、边境。在小说展开的过程里，这五个主要的词得到分析、研究、定义、再定义，从而转化为存在的范畴。"②

因此，在小说中，昆德拉也称他的这部作品为："以变奏曲形式所写成的小说"③。以笑与忘为全书的统一主题，各章的故事和人物或有联系、或相对独立、或毫不相干，使主题的内涵获得自由变化的发挥。

全书7章中，一章和四章同名为《失去的信件》，分别描述了两个忘的故事。

第一章开篇就揭开了历史上的一幕，1948年2月共产党领袖戈特瓦向群众发表演说，外交部长克莱门斯第关切地把自己的帽子戴到戈特瓦头上。

4年后，克莱门斯第以叛国罪被绞死，宣传部立刻把他从历史和所有照片中洗刷掉，他所留下的只有戈特瓦头上的那顶帽子。

麦瑞克就生活在这样一个社会中，在克莱门斯第冤死的20年后，麦瑞克仍面临着同样的处境。"为了使这个新复活的乐园不被任何不愉快的回忆所破坏，于是布拉格之春和玷辱了捷克历史的苏联坦克的存在性都被否定了。……那些曾经奋起与自己的青春对抗的人们，他们的名字都被蓄意地从民族的记忆里抹杀掉了，就好像用橡皮擦掉功

---

① 米兰·昆德拉在《笑忘书》第五章中说，Litost是一个捷克字，没法很贴切地用别国语言翻译出来，它指的是综合了许多其他感觉的一种感觉：悲伤、同情、后悔和不明确的向往。念出来之后听起来像是一只被遗弃了的狗在哀号。
② 米兰·昆德拉：《关于小说艺术的对话》。
③ 《笑忘书》第四章：《失去的信件》。

课里的错误一样。"

麦瑞克的名字就属于被擦掉的一个。

这里包藏着专制——无论是政治上还是思想上的专制的某种心理机制:修改事实,使之真相丧失,不再被记忆。所以麦瑞克说:人与权力的斗争正是记忆与忘的斗争。

但是,麦瑞克的故事告诉我们远远不只是历史本身的这种情形,昆德拉的用意并不在此。他说明的是麦瑞克本人,与处理纯属个人事务时的心理与历史有意识要建立的遗忘确是基于完全相同的逻辑机制。麦瑞克25年前爱过一个女人丹娜,后来分手了。他们后来一直有思想分歧,现在则分别属于完全不同的政治立场了。麦瑞克考虑到自己将失去自由,开始处理个人文件,他决定立即从丹娜手里取回过去写的情书。

这些情书会给麦瑞克带来什么政治上的危险吗？会危及麦瑞克的生命吗？为什么在麦瑞克与丹娜分手后漫长的岁月里他从未想过去取回它,而在这时他却如此迫不及待了呢？

昆德拉不断追究麦瑞克的心理动机,他让我们看到,麦瑞克并不是因为自己的命运受到威胁才要取回那些信的,相反,麦瑞克对自己的命运很满意。他有思想、有创见,因抨击时政而成为知名人物。苏联人来后他被撤了职,受到跟踪。麦瑞克并无悔意,所以昆德拉说"他爱上了他的命运"。

可是丹娜的存在却使麦瑞克的命运有着一个极不可爱的开端。丹娜很丑,麦瑞克却真的狂热地爱过她,丹娜如今加入了欢迎苏联坦克的行列,而麦瑞克当年和她一样愚蠢、荒诞和幼稚。给丹娜的情书是麦瑞克年轻时代的一个证明,是他现在所鄙视的过去的一个自我,是令成熟的麦瑞克感到丢人、羞耻的负面的真实。

所以麦瑞克急于取回这些信,取回它们,不是像他所说的那样为了回顾,而是为了不再回顾,不再面对过去曾有过的那个没有自信、软弱可笑的自我,并把回顾的根据、事实彻底销毁。只有这样,麦瑞克才拥有一个他可以满意的、前后连贯一致、无矛盾的自我形象——他的命运。这就是麦瑞克故事的真意所在:人为什么要遗忘。

说到忘,我们也许会想到阿Q,阿Q的精神胜利法一个重要特征就是遗忘。这是阿Q对待屈辱现实的一个心理法宝,健忘才使得现实的痛苦比较容易承受。

但是请注意,阿Q的健忘与麦瑞克是有着质的不同的,阿Q是没有自我意识的人。他的健忘毋宁说更是一种麻木,或者说是一种生存所需的防御性本能,因为从根本上讲,阿Q就不曾有过记忆。

麦瑞克是一个高度自觉的人,是一个有充分自我意识的知识分子,因而麦瑞克的遗忘其实不是忘本身(失去记忆),而是一种主动的忘的意志,即有意识地抹掉记忆。在这一点上,昆德拉强调了人与历史的相通之处。麦瑞克为了使自己的形象保持完美,为了避免真实的反省带来的痛苦难堪而要对丹娜所做的,是"他们要把千千万万人的生命从人类的记忆里抹杀得毫无痕迹,以便留下一个无瑕年代的无瑕乐园。"

麦瑞克不会不知道,已经发生过的事情本身他是无法追回了,他所拥有的只是修改记忆的权力,而丹娜竟没有把信还给他。也就是说,他所能做的全部只能在他主观精神的范围之内进行,他只能在想起往事时立即抹掉这笔往事,以此来维持一种自我完美无瑕的感觉。

我们从麦瑞克的故事中看到的正是这一点。忘,人类愚蠢的现代形式,忘,使人有意识地回避智慧的痛苦。古老的愚蠢是因为人们不能认清自己,它的现代形式恰恰在于人们认清了自己的真相,只是不愿承认它、正视它。对照历史,我们看到的不又是一个终极悖谬吗?走出了远古的愚昧的人类,在清醒的理性导引下,进入自我感觉良好的现代愚昧。

与第一章同名的第四章出现了女主人公塔美娜,她的故事又在第六章《天使》中断续并完结。昆德拉谈到了塔美娜在他这部小说中的重要性:"这是一部关于塔美娜的小说,当塔美娜不在场的时候,那便是为塔美娜而写的。她是小说的主要人物,也是主要读者,所有其他的故事都是她的故事的变奏,然后像在一面镜子中那样在她的生命中的聚合。"

塔美娜是在普遍的遗忘中力图保存自己的记忆却终于绝望地沉落了的一个悲剧人物,也可以说是一个在现代生活中失去了家园、找不到归宿的象征性人物。

和麦瑞克一样,塔美娜也要找回失去的信件,那里面记载了她和丈夫的爱情。因为她们夫妇是非法离境的,所以这些信件连同塔美娜的笔记本一起放在了塔美娜的婆母家中。在海外,塔美娜的丈夫患病死去,塔美娜想要重温与丈夫在一起的生活,却又不便亲自回去,便想方设法找去布拉格的人托办这件事。

与麦瑞克相反,塔美娜要做的事是恢复自己的记忆,而这记忆本身正在时间的流逝中无可挽回地淡化,日益变得模糊、残缺。塔美娜的痛苦在于她实实在在地意识到自己在遗忘,而遗忘对于塔美娜意味着什么呢?意味着她自己也成为一个没有过去的人,意味着她本人和她的过去一起萎缩、解体、消失。

那么忘也就成了一种精神上死亡的形式,自我丧失的形式,"忘从来就是在生命之内存在的一种死亡形式。"[1]塔美娜不甘心这种结局,所以她要找回信件,也就是说要找回她的自我,她的特殊的生活经历,她个人的情感世界、体验,她永远不会再拥有的一切;没有这些,塔美娜就不再是塔美娜了。所以作品中写道:"她并不是要把过去谱成诗

---

[1] 见《米兰·昆德拉与菲利普·罗思的谈话》。

篇,她是要为失去的过去找回实体。她不是被美的意念所驱使,她是被生之意念所驱使。"没有了过去,塔美娜的现在便成了无源之水、无根之木,那只是"慢慢向死亡靠近的虚无"。

但是塔美娜也没有达到目的,没有能找回她的信件。且不要说秘密警察的存在会给这些文件的邮寄带来麻烦;更主要的是,无论塔美娜国内的亲友还是她在这个西欧小城遇到的熟人都不关心、不重视这件事。人们都生活在孤立和隔绝中,互相不能理解,而且愈来愈缺乏关心他人、尊重其自我存在的能力。人们关心的是自己的利害免受他人牵连,或者关心的是自己在他人心目中的地位。塔美娜的亲友疏远她多因为前者,而雨果之亲近塔美娜又因为后者。塔美娜为了让雨果帮她取回信而服从了雨果的性要求,但雨果要占有的却是塔美娜全部,她的精神世界、她的爱情、她的记忆,占有塔美娜的自我,"把她变成他内心世界的一部分。"雨果当然想不到在他卖力地征服塔美娜的肉体时,塔美娜的回忆正在绝望地抗争,对丈夫的记忆使雨果无法占有塔美娜的灵魂,终于他恼羞成怒,宣布不去布拉格了。

在第六章《天使》中塔美娜再出现时有如生之悲哀的化身,她不再抱有任何希望,深深地沉浸在遗忘的痛苦自责里。体验到忘,成为生存的重复。接下去作者别开生面地采用超现实的手法,让塔美娜进入一个梦幻般的世界。这是一个没有成人、只有孩子的儿童岛,这些孩子们过着一模一样的集体生活。没有羞涩、没隐私,自然也没有精神上的负担。在尘世,塔美娜经历的一切爱的痛苦焦灼在这里都不存在了,塔美娜在孩子们中间享受到纯粹的肉欲满足。

只是在这群快乐如天使的孩子们中间,塔美娜毕竟是一个不同于孩子们的成人,她不能完全适应他们的游戏规则,他们也不能容许她的犯规。饱受了孩子们的粗暴和虐待后,塔美娜终于忍无可忍了,她奋力离岛逃走。最后,在追踪而来的孩子们热切的观赏下,塔美娜沉没了,绝望地沉没入一片无止境的水域之中。

这个天使般的儿童岛,正是昆德拉想象中的未来世界。人们总是颂扬儿童的天真无邪,把儿童比作未来的象征,昆德拉则展示了这种童稚的恐怖。它泯灭思想和记忆、破坏猥亵与天真、纯洁与堕落之别。如果一个民族的大部分人都被改造成了孩子,那么有自我意识的成年人不啻是像塔美娜那样,他们将不见容于这个童稚的世界!

第三章的《天使》与第六章同名,在写法上也颇相似。同名为《失去的信件》的两章大致上集中了一个人物的故事,同名为《天使》的这两章却是由若干个故事构成,突出了书名中"笑"的主题。

天使是什么?天使是生活在天堂乐土的神的使者,采用这个意象,昆德拉探讨了一种普遍的社会心理和人生态度。创造新制度的历史开始于一个伟大的梦想,那就是建立一片乐土,"人们一直都希望有片乐土,夜莺在花园里唱歌,一个和谐的国度,人与人之间不再有冲突。"[①]也可以说,对乌托邦的梦想是人类一个古老的渴望,正是由于它根植于人们心中,新制度才吸引了那样多的人们。

但是,当现实呈现在人们面前,暴露出它非梦想的一面,不和谐的甚至血污和荒诞的一面时,便产生了人们的两种态度,这两种态度在外表上是相同的,即书名中的一个字"笑"。昆德拉区别了天使的笑和魔鬼的笑。他用一个寓言故事来说,原先笑是属于魔鬼的范畴,魔鬼的笑是对上帝的不敬;天使的笑是对魔鬼笑的模仿,且赋予相反的意义,是为世上万事万物之有条理、构想完善、美好和明智而欢呼。

在这一章中写了几个互相间毫无联系的故事,展开了一个又一个笑的情境,但两种不同的笑一旦组合在一起就构成一个荒诞的画面,强

[①] 这段话出自第一章《失去的信件》,但关于天使的比喻却使我们联想到前面出现过的乐园梦的意象,二者之间无疑是有意义上的联系的。

烈地突出了天使之笑本身的可笑和魔鬼之笑可悲的处境。两个美国学生并没有理解尤奈斯库的剧本《犀牛》内在的讽喻含义——人类由于彼此等同的渴望,一个个都渐渐变成了犀牛,她们只是自以为是地重复女教师的提示,为剧本表面的喜剧描写发笑,得意洋洋地笑。这就是所谓笑的模仿,与尤奈斯库对人们这种渴望的嘲笑,只是在表面上相似。女教师拉菲尔夫人在生活中,在各种思想、文化、政治派别中追求的也是人们的彼此认同,作者喻之为"围成一圈跳舞"。她把课堂上谢拉对两个得意门生的恶作剧看成是理解作品的一个即兴表演,在这种实质是误解的赞许大笑中,拉菲尔和她的两个女学生升上天空。

或者可以说,这种一厢情愿地追求彼此认同、相互等同正是天使之笑的一个动机?这种笑最终是对现存的世界表示满意。这一章中有一节是对一本女权主义的书中关于笑的描写所作的批评,昆德拉把人的心醉神迷的笑提升为对存在境况的一种概括,它是严肃的笑,超越玩笑的笑。置身于这种笑中,人便失去了所有的记忆、所有的欲望,他们只是沉醉在一种完美和谐的自我感觉中,而不再理睬别的事情。

穿插在第三章中的其余两个故事好比这种情境的注脚。一个故事中描写了这样的场面:捷克的超现实主义者卡兰德拉由于莫须有的罪名被指控,他的法国朋友布勒东找了另一名超现实主义诗人艾吕雅来表示抗议,而艾吕雅正忙于朗诵他那些歌颂快乐和手足之情的诗歌,他拒绝参加营救活动。当焚尸炉里卡兰德拉的尸骨化为一股轻烟升上天空时,艾吕雅正像一个大天使一样在城市上空围着圆圈跳舞,朗诵着这样的诗句:"爱正毫无倦意地工作着。"在这两个意象构成的画面中,摧残生命的苦难与对这种苦难的麻木不仁形成对照,突然间就展示了这种天使般的自我陶醉的荒谬、无人性。

插入第三章的"我"的自传性故事中也有这种对照性描写,一个号称多年研习马列主义的人,且对他人执有一定生杀大权的人却相信了一篇星占图解,甚至为其中的明诏暗喻而有所收敛。但是像这类天使般的人物是决不能容许魔鬼的嘲弄之笑的,所以,不仅"我"——被撤了职,不得已才来写星占图谋生的作者再次被剥夺了写作的权力,连约稿的编辑也受到追究和讯问。在这个作为第三章最后一节的故事结尾,作者突然笔锋一转,写了"我"想强暴 R 的感觉,藉着这种突发性的、本能的占有欲冲动,作者深刻地描写了被天使的世界排斥、放逐的人绝望无助的心理孤独。

在彼此同名的一、四章和三、六章之间穿插的二、四、七章可看作是《笑忘书》主旋律的变奏部分。

第二章《母亲》引申发挥了与"忘"相联系的记忆的主题。这能在人们记忆中留存下来的是什么呢?故事里关于母亲的眼力的描写似乎提供了一种解释。当邻国的坦克占领了捷克,那震撼吸引了许多人的注意,而母亲却老惦记着园子里成熟了有待收摘的梨,对于没有应邀来帮她收梨的人,母亲耿耿于怀。这一点她的儿子卡瑞尔和儿媳玛吉达都不能理解。

但是时间久了,卡瑞尔发觉对这个问题的答案不见得像当初想象的那样黑白分明,于是他开始私下同意母亲的看法——眼前的梨看起来是比远看像只小甲虫的坦克大,坦克振翼一飞就不见了。所以到底还是母亲对:坦克必朽,梨子永生。

从这段描写中或许可以窥见记忆的这样一个秘密:人们能够长久地记住的,总是一些永恒的东西,与人的生命本身有着恒常的重要性的东西。坦克只代表一时的历史事件,它总会成为过去,梨子与人们的生活有着更为根本的联系,所以梨子永远不会消失。

但是人们并不总是在坦克与梨的重要程度被区分得很清楚的情形下生活,记忆蒙受时间的冲刷,又被种种其他的经验覆盖,真实的记忆或者说记忆的真实常常潜伏于无意识的深处。母亲老在回忆她在大战结束时的学校庆祝集会上朗诵了一首爱国诗,可老是回忆不起来那最后的诗句,直至她看到卡瑞尔夫妇的朋友伊娃才又想起了她过去的许多往事。而她参加的集会原来是个圣诞节的集会,那首诗则是关于圣诞树和百利恒之星的诗句,她终于完全忆起了这首诗。

伊娃的美貌也唤起了卡瑞尔的童年记忆,他忆起了母亲的朋友娜拉,一个美得惊人的女子。卡瑞尔对娜拉那难忘的秘密记忆恰如一个象征,象征美的遥远而不可企及;同时它又似乎影射了卡瑞尔目前的生活处境:婚姻和性爱游戏都脱离了爱情和性欲本身,成了沉重的义务和负担。

这样,记忆成为承受现实的一种方式,当卡瑞尔想到娜拉时,他第一次把与妻子和情人同时做爱的性游戏变成了一生中一次难忘又意义重大的美好体验。卡瑞尔完全是把记忆中的形象移植到现实中,在一种记忆创造的幻觉里实现了童年所未能实现的强烈欲望。

与之相反,卡瑞尔之妻玛吉达做爱时的幻想又展示了承受现实的另一种方式,那恰恰是摒除记忆,忘却自己在现实中的角色。在她的色情幻想中,卡瑞尔变成了无头之身,一副没有人格的雄性肉体,"在一种悚然的快意之下,她祛除了那受了伤的、戒惧有加的灵魂,而变得只剩下肉身,一个没有过去和记忆的肉身,"如此这般,玛吉达也感到了前所未有的自由。

这种现实与幻想的混淆、灵与肉的割裂何其深入地展开了有着最亲密关系的人们之间无法沟通的隔阂,现代人就深陷在这种处境里。正如卡瑞尔所省悟到的:"他永远不会过一个他想要过的生活。"只是记忆有时会帮助人们承担重负,创造奇迹。卡瑞尔的体验昭示了记忆中有着永恒价值的东西:"美貌似火花,当两个活在不同时代的人跨越了时间的障碍相遇时便燃烧了起来,美貌是不朽的,是对时间的一种叛逆。"这与前面母亲眼里的梨、母亲终于忆起的圣诞节的诗句形成一种呼应。

对美的记忆支撑着人们活下去,那么失去记忆成为一种精神上死亡的形式就不奇怪了。第六章《天使》恰如《红楼梦》中的"风月宝鉴",把"笑"与"忘"收摄入镜子的正面和反面。天使们的笑是建立在遗忘之上的自我陶醉,而在遗忘背后静静地进行的是死的旅程。围绕"忘"的主题,昆德拉描写了几种不同意义上的死的情景:塔美娜失去记忆终于在忘川之河沉没;父亲生命的最后10年失去语言,生命终归沉寂;音乐失却心灵和思想,成为无记忆之音乐;布拉格经历着有组织的遗忘,一个民族正逐步丧失它的历史记忆……忘所带来的毁灭性后果在各个层次上被揭示出来。

小说的第五章《Litost》和第七章《边境》均可看作《天使》——"笑"这一主题旋律的变奏,它们分别奏出了"笑"之后的荒谬、无意义。《Litost》让一个地位卑微、缺乏性爱经验的学生进入"天使们"——一群养尊处优、高谈阔论的诗人名流之中,使他所带着的被"天使们"夸张矫饰的爱情幻想与他做爱时遇到的实际的、恼人的窘境形成对照。作者从中探讨了类似"精神胜利法"的一种精神状态:它"是一个突然洞见了可怜的自我而产生的痛苦"。就学生而言,是想要成为天使而不能;而在更广泛的意义上来说,作品中也暗含了对捷克民族软弱、自欺这种心理弱点的讽喻。《边境》则以种种情境的描写,传达了作者对人的存在状况的哲理思索:"一个人只要一不小心,一点点不小心,就越过界,进入了一个一切事物——诸如爱、信念、信仰、历史——都变得毫无意义的地方。有关人类的生命——此即其奥秘之所在——的一切事物就发生在紧靠这个边境的边缘上……"

也许,我们可以说,昆德拉对人类生活和历史所有的观察,也都基于对这个边境的意识。它超越于一般的二极对立的政治判断和道德判断,只是对存在的一种的非正题的把握和领悟。而在这种领悟中,昆德拉的目光常常穿透历史或人生的表面事件,而去穷究人性本身;穷究它与生俱来的欲望、幻想,看它如何在历史形态及性爱方式中隐伏或显现,描摹它无法把握自身时的焦灼绝望以及它回避自身时那一本正经的愚不可及。《笑忘书》从总体上说是一部喜剧,它出色地体现了昆德拉的艺术追求——"揭示未知的喜剧性领域",昆德拉说:"在所有的事情上,人类都有其可笑的方面,这里某些方面是被认识到的、被承认的、被利用的,而另一些方面则是被掩盖的。……历史常常被认为是绝对严肃的领地,但在历史中也存在未被发现的喜剧性方面,正如在性生活中有着喜剧性方面一样。"可是,也正因为历史和性生活突出地体现了人作为类的存在和个体生命存在的状态、特征,这其中的一幕幕喜剧——关于生命自身的分裂、异化,关于历史和理性的荒谬、迷误——不能不令人感到前所未有的喜剧的恐怖!

Ⅳ 存在的不能承受之轻

《存在的不能承受之轻》[①]是昆德拉最近的一部长篇小说,在主题的呈示方面,它把昆德拉小说中一直贯穿、或隐或显地复现的一个内容——存在之轻——集中于这部长篇,在小说中对4个主人公的感情纠葛和命运的故事进行了全面的探讨。而小说人物的构成,又发展了《笑忘书》中所明确起来的创作方式,即通过一个个具体的词,概括人物的存在境况,追究人物其生存的焦灼和困惑植根于何处。

"轻"作为人物对自己处境的一种感觉,《玩笑》里已经存在了,当路德维克感到他心目中的露西这个轻烟一般的女神根本不是他所想象的

[①] 《存在的不能承受之轻》(The unbearable Lightness of Being)中译本名《生命中不能承受之轻》,韩少功、韩刚译,作家出版社,1987年。

那样,露西使他精心策划的复仇根本无效,真实的露西使他心中的记忆变成了完全可笑的事情、一个怪诞的幻想时,他用比喻来说:"我在横亘于我生活的空虚中沉重难耐的轻之下跨过这些肮脏的鹅卵石。"

"轻"在这里表达了一种与"边境"的意识相通的情绪,是在熟悉的事物突然变得陌生,事物突然丧失了意义,变得无意义、可笑时人的一种感觉。然而这种感觉又非同寻常,当人一直感觉到生活、生命有意义、有目标、有使命乃至于有与之相关的精神痛苦时,他所背负的是有形之物,是可以具体化的重负;但这种重负一旦失去,置身于一个失重的世界,无边无际的空虚本身变成了沉重难耐的;轻是无形的、无限的,它引起人对自身存在意义的反省;存在失去依据,于是轻变成难以承受者。

《生活在别处》中,进入青春期的雅罗米尔为自己柔弱秀气的容貌痛苦不堪,视若重负,作品写道:"雅罗米尔有时做噩梦:梦见他必须举起一些非常轻的物体——茶杯、调羹、羽毛——但他举不动。物体愈轻,他就变得愈虚弱,他沉到他的轻下。"

雅罗米尔要寻找的是成熟的男子汉的感觉,这是他看重的生活意义,但他的容貌却抵消了他看重的意义,并且令他无可奈何。它从根本上使雅罗米尔意识到自己的软弱,而雅罗米尔难于承受的就是这种意识,对软弱的自我意识。

在《为了告别的聚会》中,昆德拉描写了雅库布的自我反省,他发现:"他的行为没有重负"、"轻若空气";因为雅库布认定自己是谋杀无动机,既然无动机,对动机之善恶的道德评判便无从说起。也就是说,雅库布可以以无动机为由,自行取消了道德上的反思,由此带来的精神痛苦对他来说也就更其不存在了。"轻"在这里敞开了人的另一种处境:罪行无需审判;它出自虚无,结束于空虚。在此之前,在此之后都不引起任何良心负担——人失去了负罪和忏悔的能力!进一步分析则可以说,如果罪行不再成为重负,那么罪本身也失去了原来的意义,善与恶、真与伪、美与丑所有这一切的分界也都将不复存在了。这正是"轻"的分量,"轻"所概括的人的境况:人是在一个对谋杀都无所谓的世界。作者意味深长地写道:"雅库布不知道在这个轻中是不是有比在那个俄国英雄的全部阴暗的痛苦和扭曲中更加恐怖的东西。"

当人深切地感知他所珍爱的东西在失去时,这种感觉是痛苦,它是沉重的。塔美娜便为对丈夫的记忆正丧失而心情沉重,但当塔美娜处在一个根本不存在这一记忆的世界,在梦幻的儿童岛上,给她带来的痛苦就不是意义之丧失,而是意义之完全的不存在,没有任何可珍爱的东西。于是"这完完全全的快活便变成了一种可怕的没有压力的负担;塔美娜知道她忍无可忍了"。

与前面几部作品比较,昆德拉的这部新作不只是把"存在之轻"作为一个主要的表现范畴,而且,"轻"——意义之丧失——更多地与人类自身的特质联系起来被考虑。如果说意义是人赋予事物的一种秩序,那么界定意义的主体——人本身又如何界定?由什么界定?能不能超出人既定的意义之上首先给出人的定义?

昆德拉试图这样做,他最初给这部作品的题名是《无经验的行星》:"无经验是人类境况的一种特质。我们只能出生一次,我们决不能拥有从前世获得的经验来开始新的生活。……在这一意义上,人的世界是无经验的行星。"

无经验是由生命的时间性所规定的,而人作为类的延续——历史何尝又不是如此!古希腊哲学的智者早就告诉我们:人不能同时踏入一条河流;中国古代的哲人也慨叹:逝者如斯夫!无论是个体生命还是人类历史,在时间流程中都只有一次,一去不返,因此,人或历史从无经验开始而获得的经验必然也是相对的、有限的。在这个前提的观察下,一切被人为地限定或赋予的绝对价值的大厦不能不摇摇欲坠。但是对于个体的人来说,失去了绝对价值的精神支柱,他又必然再次提及哈姆雷特式的发问:"活着还是死去,这是一个问题。"

小说正式发表时标题改为《存在的不能承受之轻》,昆德拉针对许多读者的不理解和译者的误译,重提了哈姆雷特的这句话。一些朋友建议昆德拉将"存在"(Being)删去,译者们则用其他一切更流行的词如"生存"(Existence)、"生命"(Life)、"境遇"(Condition)来代替它。昆德拉强调指出,"正是在哈姆雷特著名的独白中,活着与存在被清楚地作出区分:如果在死之后我们继续梦想,如果在死之后仍有某些东西存在,那么死(无生命)并没有使我们摆脱存在的恐惧。哈姆雷特提出了存在的问题,而不是生命的问题。"

在这部作品中,昆德拉也创造了一种直抵问题核心地刻划人物的方法,用他的话来说即"捉住人物的存在编码"。他选用了具有高度概括性的一组词,通过对这些词的反复询问、定义,概括和描写人物的具体情况。

《轻与重》为题的一、五两章,主要表现了外科医生托马斯的内心世界,故事在托马斯的自我意识、自我质疑、自我探索的屏幕上徐徐展开。托马斯有些类似昆德拉早期作品中的哈弗尔大夫,他迷恋女色,在婚姻之爱和性友谊之间来回逡巡,并且不断地对自己的行动问道:"非如此不可么?"托马斯渴望摆脱必然、沉重、价值——贝多芬《命运》交响乐的主题:重,而寻找没有负担、甜美的生命之轻。一系列偶然因素使乡下女招待特丽莎像一个被放在树脂涂覆的草筐里的孩子,顺水漂来他的床榻之岸,他接纳了她,却不能肯定这究竟是出于疯狂还是出于爱情。但是这一婚姻事实确实是使他的浪子世界失去了平衡,特丽莎不能忍受他身上散发的情人的气味,托马斯既无意伤害特丽莎,又不想放弃自由浪漫的性友谊。丈夫与情人的双重身份不能不相互冲突,婚姻之爱尤其变得沉重而不堪负荷。

托马斯对自己情感选择的反复追问，涵盖了人在性爱领域中面临的一个基本冲突和困境。情欲，作为人的生命活动、人的自我意识最活跃的一种形式，它总是本能地、不可遏制地趋向于自由，趋向于摆脱一切压抑和束缚。托马斯在性友谊和婚姻之爱中寻求的正是充分的自由，他希望不受任何限制地领悟和感受自己的生命自由、个性自由、性爱选择的自由，即所谓"轻"。在这一方面，托马斯也是不乏唐璜那样的勇敢和热情的，世俗法规对他毫无意义，所以他的情人、女画家萨宾娜称他是"媚俗世界里的魔鬼"。

但是，在想象的自由与婚姻现实之间，托马斯困扰的是，他不能把握自我，不能确知自我作何种选择、在何种状态下能感受到这种充分的自由——甜美、无拘无束的生命之轻。生命需要体验，而生命只有一次，它展开的每一瞬间既无法与已经过去的进行比较，也无法使其完美之后再来度过；生命本身的这种无经验、不可重复性使人的生活选择失去了可比较性。人的现实境况仿佛只是偶然机遇的结果，而各种未展开的可能性对于无经验的生命总仿佛永恒的诱惑。这也就是托马斯看待与特丽莎结合的方式，他要问自己："非如此不可么？"可也正是无经验使得人并不能确切地预知自己在一个未知的情境中的状态，自我的决定与行动常常自相矛盾、南辕北辙。例如特丽莎离开托马斯后，托马斯以为自己轻松了，但这种自我迷醉没过两天即瓦解；而在身不由己地回到特丽莎身边后，托马斯立即又生出新的失望和困惑。

在《轻与重》的第五章中，作品又描写了托马斯经历了政治上的坎坷之后意识自我、质疑自我的心理历程。生命渴望自由，却无法拥有想象中的自由，这不只是由于个人在其内心世界难以预测和确切把握自我，也还由于个人在其外部世界，无力独立地与人群、社会、政治力量抗衡；习惯势力、传统心理、世俗偏见都无时不在消蚀个人的独特性，使其就范于普遍流行的平庸模式。托马斯在"布拉格之春"后因批评时政受到追究的情形正是如此。昆德拉从同事们对托马斯的态度入手,敏锐地捕捉了这样一种社会心理:媚俗从众,并对其进行了剖析。它是高度极权、缺乏民主的社会所必然衍生的产物。专制需要顺从,而顺从者们也需要其他不驯者们就范,以平息自己良心的内疚。所以,当托马斯拒绝签名收回自己的文章时,并没有人对他的行动作出响应。结果,他被迫放弃专业,成了大街上一名擦洗工。

在新的境况下,托马斯从他一直视为必然的职业责任中得以解脱,他放纵地投入形形色色的性爱追逐中。但也正是在这个过程里,他重新意识到那些他以为"重"的东西的价值,同时也体验到"轻"的虚幻。境遇的变化,使他作为知识分子的精神尊严不再能被社会承认,而在无节制的性冒险中,他也发现了体力的限度;更重要的是他终于明白也只有特丽莎占据着他对异性诗情的记忆。托马斯的故事启示人们,在人所追求的自由中,必然、沉重和精神的价值就像影子一样尾随其后,轻与重难以分割、不可或缺。失却了精神价值之重力,这种轻是难以承受的。

以《灵与肉》为题的二、四两章集中表现了特丽莎这个人物,昆德拉以肉体、灵魂、晕眩、软弱、田园诗、天堂这一组词,开启了特丽莎的内心世界。灵与肉的关系历来是昆德拉小说人物自我意识的一个基本主题,但这一主题在特丽莎这个人物形象上获得了最为充分和完整的思索。

"产生特丽莎的情境残酷地揭露出人类的一个基本经验,即心灵与肉体不可调和的两重性",但是对于特丽莎来说,将肉体与心灵分开却是她自我意识的起点。因为特丽莎对自我的寻找是从母亲的世界开始的,母亲视自己为不幸和牺牲的化身,特丽莎的出生就仿佛带有原罪一般。母亲把自己对生活的怨恨发泄到特丽莎身上,她以自己的粗鄙言行嘲弄特丽莎的羞涩、自爱。总之,母亲的世界代表了一个没有灵魂、只有肉体，人的尊严与美丽毫无价值的世界。

昆德拉就这样深刻地掘发了特丽莎在确立自我之初最强烈的愿望，她期待脱离母亲的世界，这世界埋下她对自己肉体（与母亲相像的肉体）深深的自卑，同时滋生出对心灵、精神之美的殷切向往。特丽莎正是为了精神之美，为了让她悲伤、怯懦、久被封闭、压抑的灵魂升上身体的甲板，为了给灵魂寻求一个庇护所而响应机缘之鸟的召唤，走进托马斯的世界的。

但是在托马斯的世界，特丽莎固有的心理趋向遇到了新的障碍。托马斯接受了她的灵魂，却不忠于她的肉体，这种灵肉分离的夫妻之爱，给特丽莎带来一系列恐惧的梦境。人对自我的寻找似乎在新的悖谬中开始：特丽莎是从灵的爱走向托马斯的，但却因为肉体被抛深感痛苦。

由此，昆德拉剖析了人的软弱的一个根源——植根于肉体自卑的软弱。特丽莎无疑是一个弱者的形象，但她的软弱不是外在的，不是表现在她的政治态度或其他方面，特丽莎在苏联坦克面前毫不退缩地拍了许多照片，在丈夫落难时与他共命运，特丽莎的软弱不在这些方面。特丽莎的软弱是在于，她不知道如何使自己的肉体的欲望与灵魂的追求协调起来，除了使二者分离，除了消除灵与肉的两重性，她不知道还有什么别的方式。特丽莎无视肉体甚至鄙视肉体，从另一个意义上来说，她鄙视的是母亲的看待肉体的观念；只有当她自己的肉体被一个人作为独一无二的灵魂的载体，灵肉一体地接受时，特丽莎才能感到自我被承认和接受了。也就是说，如果没有人把特丽莎的肉体看作不同于其他女性的，那么特丽莎仍然没有脱出母亲的世界；作为一个象征，母亲视所有的肉体毫无二致正是集中营规范化的象征。

也可以说，特丽莎实际上寻找的，是个人独特性之被承认，是自我的位置。然而肉体的自卑使她缺乏力量来承受托马斯的不忠。的确，在人所有的无能中,还有什么比人对自己的身体更无能为力的呢!昆德拉把特丽莎的依恋、恐惧、自卑等种种软弱情态定义为"晕眩":"它是一种要倒下去的欲望"。当人已找不到力量来克服软弱时,他就只是以这种软弱之至的行状示人,乞怜于人了。在这一点上,性爱与历史事变中,弱者的心态是相同的。作品描写了特丽莎对国家领导人在强国入侵后讲话的感觉,那语句间可怕的停顿、喘息与特丽莎的心境互为衬托,从微观和宏观的角度使软弱作为存在的境况之一得到了相关的描述和说明。

特丽莎与身份不明的工程师无爱的交合又是一个相关的,有着双重意义的情境。它一方面把特丽莎灵肉分裂的内心状态推向极致,另一方面又是大的历史事件中的一个小背景。这场轻浮的性冒险是特丽莎对托马斯不忠的报复,但报复的过程也是自我羞辱的过程。欲望羞辱了灵魂,自我不知所措地观看着肉体的迷狂与灵魂被抛弃的战栗。昆德拉还以工程师不再露面后特丽莎心头的疑虑进一步加强了"母亲的世界"的象征意义,特丽莎为证明自己肉体魅力进行的冒险只是自投罗网,落入一个有政治企图的陷阱。假如整个生活都正在变成一个集中营,一个没有隐私,没有个人权力的集中营,特丽莎能逃到哪里去呢?"母亲的屋顶延展着以致遮盖了整个世界,使她永远也当不了主人。"

在第七章《卡列宁的微笑》中,作者描写了特丽莎面对垂危的狗的思索,"田园诗"、"牧歌"这几个词展现了特丽莎理想的生活、理想的爱。引人思索的是,人类历史早已离开了与大自然和谐统一的发展轨道,对和谐的追求只能以特丽莎式的软弱表现出来,而这种软弱对人自身,对托马斯无形中也是扭曲和伤害。

然而,如果自然离开了地球,历史背离了人,善良、真挚的渴求除了软弱倒下别无选择,那么,谁是这一切的主宰者呢?昆德拉一语道破:

"地球没有任何主人,在虚空中前进。这就是存在的不可承受之轻。"①

第三章《误解的词》和第六章《伟大的进军》描写了萨宾娜和弗兰茨这对情侣。昆德拉抽取了性爱关系中最常见又最易被掩饰、忽略的一种状态——误解,编了一部关于"女人"、"忠诚与背叛"、"音乐"、"光明与黑暗"、"游行"、"美"、"力量"、"真实"、"教堂"、"墓地"等的误解小辞典。这些误解的词浓缩了两个人物及构成他们存在维度的两个世界的差异。

哲学教授弗兰茨是欧洲的化身,是欧洲民主社会中渴望理想、革命、伟大进军的这类知识分子的化身;而萨宾娜则是来自高度集权的社会,对革命、理想、进军与个性自由的深刻冲突有痛切体验的知识女性。弗兰茨的进军是因为在他宁静的书斋生活中,戏剧性事件太少;而萨宾娜的背叛却正是因为她已经历了太多的戏剧性事件。弗兰茨要进入的境界恰恰是萨宾娜要逃出的,弗兰茨正在寻求和建构的象征意义又恰恰是萨宾娜不断消解和取缔的虚假意义。一部误解小辞典恰似透视这一切的 X 光射线。

弗兰茨与萨宾娜的情境直接联系着作品中关于媚俗的主题。昆德拉拓展了这个特指某种矫揉造作的艺术风格的词的含义,用以概括人类带有普遍性的精神状态:"媚俗就是制定人类生存中一个基本不能接受的范畴,并排拒来自这个范畴的一切。"昆德拉深刻地表明,这种状态正是极权统治得以维持的心理基础,它构成独立个性的巨大威胁。萨宾娜的反叛,从根本上说,是对媚俗这种心理氛围和精神生活方式的反叛。

但昆德拉观察的透彻还在于,他在揭露媚俗的同时也展示了媚俗在人性中的根源。即使反对媚俗的人也不能不利用媚俗,这是事物的

---

① 米兰·昆德拉:《关于小说艺术的对话》。

另一不易为人所自知的方面。就萨宾娜的境况来说，作为面对群体中的个体，作为孤独的个人，她也不能没有媚俗的幻象。因为生命本身是有限的、短暂的。个人的生命力量终归是不堪一击的。人，就其肉体生命而言，本质上是软弱的。那么，媚俗也就不只是源于特定社会形态，而源于生命的个体性、软弱性本身。作品描写的萨宾娜与弗兰茨做爱的情欲场景对此也是一个透视。弗兰茨肉体显然强壮，灵魂却软弱驯服。他做爱时闭上眼睛正是弱者的表现，是心灵依存他人肉体的表现；萨宾娜灵魂桀骜不驯，但她的桀骜又需要通过肉体的被注视、欣赏从而得到他人认同。也就是说，个性独立要强的萨宾娜，肉体上也渴望与他人融合，渴望被强暴地爱抚，这纯粹女性特征的情欲渴求就是萨宾娜也不可避免的软弱。独立排他的个人意志与对强者肉体的依恋形成这样一种互相抵触、不能统一的欲求，所以萨宾娜既不能忍受强者的灵魂，又不能满足弱者的肉体、做爱方式。人自身的孤立软弱，对更强者的渴求注定了每个人都不可能强大到完全抗拒媚俗。这样，萨宾娜的情境也就展示了人的存在中无可逃避的一种可能性。在某种意义上，媚俗就是人类境况的一个组成部分。

弗兰茨的死则可看作媚俗的历史性喜剧中个人的、悲剧的终结。伟大的进军行列中充斥着厚颜无耻的气氛，欧洲历史高贵的喧嚣面临着一片冷漠沉寂。弗兰茨终于有了显示力量的机会，却在毫无意义的街头殴斗中丧生。弗兰茨的妻子克劳迪留在他墓碑上的献辞，给他的死作了最俗不可耐的注解。

小说中描写的四个主人公以各自特殊的精神历程参与了"存在之轻"的主题四重奏，他们都无一幸免地退出了人生舞台。自我的分量、人的内心生活的分量、个人独特性和个体行为选择的分量在外界规定性无比沉重的情形下变得越来越轻。犹如昆德拉后来所说："在这场朝着轻盈而去的跑步中，我们已经越过了一个宿命的限度。"昆德拉对几个人物没有给出判断、给出答案,他只是留下了问题、留下了思索。这问题和思索虽然大都有存在主义消极的一面,但我们仍可从中洞悉出人类自我之谜、存在之谜和人类存在之轻的困惑。

V 小说的智慧

米兰·昆德拉的小说创作以他丰富的内涵和新颖、机智的语言,充分体现出"小说的智慧"。

"小说的智慧"是昆德拉在自己的小说美学中确立的一个重要的概念范畴。昆德拉认为,自塞万提斯以来,在伟大的欧洲小说家眼中,世界是多重的、模糊的,必须去面对的是一个矛盾百出的真实的混合体。小说就建立在人类事物基本的相对性、多重性之上。小说所使用的语言也是相对性的、有多重意义的语言。小说不是要像宗教或道德意识那样,明确区分善恶,给出唯一的真理,而是通过人物——通过各种实验自我的手段,彻底探讨一些重要的存在的课题。小说的智慧即不确定的智慧、发现未知的存在的维度的智慧、多重性的智慧;它是道德之外的声音,"所有真正的小说家都聆听这超自然的声音。"而对于那些要在小说中寻出绝对真理的人,那些要求必须有人是对的、有人是不对的人,小说的智慧是无法理解和无法忍受的。

力求揭示事物的多重性使昆德拉小说在情节的组织上常常形成具有多向性和多义性的开放结构。这有时体现为多重叙事角度——例如《玩笑》分别由4个主要人物各自以第一人称展开叙述,每个人物既由内心独白作自我表现,又从其他人的叙述中得到折射,互为衬托。而主人公路德维克的内心独白所占篇幅最大,得到最充分的亮相和照射;有时体现为事件本身的不确定性——如短篇小说《会饮》中,那位女护士的煤气中毒究竟是无意的疏忽还是有意的自杀,作者描述了各个人物的推测却未确认任何一种可能性。他只是借种种推测及出人意外的结局,捕捉了自我的矛盾性、人们的爱情想象、宣言与事实的矛盾性。《为了告别的聚会》中茹泽娜之死也与之相似,谁是谋杀者?每个人物都展开了自己的推理、思考,形成类似推理小说的扑朔迷离的情境。而雅库布本人对罪与罚的反省却是在假定的前提下展开的,真相的混淆不清这种情节构思与作品要揭示的谋杀之动机构成对应关系,因为没有确切动机的邪恶行为恰恰是不关心事实,不需要了解前因后果的。

现象的多重性是事物内在复杂关系的呈示,正是在致力于发掘事物多重性的过程中,昆德拉创造了简洁凝练的小说艺术。其方式之一是一个细节在不同情境中多次复现,它或者是一个被分析的情况,或者是一个象征物,或者与作品中曾经描写过的内容相照应。例如《存在的不能承受之轻》中特丽莎的那本《安娜·卡列尼娜》、萨宾娜那顶19世纪的大礼帽,或者是那则俄狄浦斯的神话。一个细节随小说情境变化,其意义或为写实、或为象征、或为隐喻,不断转换,变化,从而产生出不同的效果。

更为吸引人的还有昆德拉作品中的多重时空关系,《笑忘书》中各章,常常围绕主题拼合组接起各种历史蒙太奇。不同时间、空间的人物集聚到同一画幅上,意象繁复,情趣横生。例如《天使》的第一节描写了不断被砸烂雕像的布拉格城市,不断被涂改名称的街道,作者接着写到:"在这些把人搞糊涂了的街上,有不少各种各样的孤魂野鬼在游荡,它们是那些被砸烂了的纪念雕像之鬼——被捷克维新运动所砸烂的,被奥地利反维新运动所砸烂的,被捷克共和国所砸烂的,被共产党所砸烂的,甚至斯大林的雕像也被拆了。全国各地数以千计的列宁雕像像雨后春笋般地竖立了起来,以取代那些被毁了的雕像。它们长得像废墟上的野草,像一朵朵忧郁的遗忘之花。"

所有这些特质,在昆德拉作品中,都从属于一个总的特点,即沉思的特点,小说的智慧隐含其中。按昆德拉自述,小说家有3种可能性:他讲述一个故事(菲尔丁);他描述一个故事(福楼拜);他思索一个故事(穆塞尔)。昆德拉显然选择的是第三者。

这种对故事的思考构成了小说叙事者的一种独特的叙述语调,它与对小说人物的客观描述是有距离的、观照的,又是不断介入其中、具有分析和评议性质的。作为作者夹叙夹议的主观意识常在作品中流动着,由此,昆德拉把自己的叙述方式与一般意识流作家心理独白的方式、与全知全能的写实作家的纯客观叙述方式,以及以人物作为作家自我的传声筒的叙述方式区别开来了。作为叙述者的"我",与小说中诸人物各自独立,并存,但更重要的是,叙述者"我"思辨的展开和推进,构成作品整体的意义框架,成为直接呈示主题的内容。例如,关于抒情时代、关于笑与忘、关于永劫回归、媚俗等一系列带思辨性的散文断片常常由"我"的直接议论带出,它有时出现在人物故事之前,为人物的自我追寻定下一个基调;有时又穿插在人物故事的叙述之中,犹如一根主轴,人物的故事从不同层次依附其间横向展开。

沉思进入小说,最突出的创新在于,它使故事情节、人物与主题的关系发生改变。由于主题本身成为叙述内容,昆德拉发展出一种"小说论文"式的新艺术。"小说论文"可以独立于人物、故事而存在;相反,与小说主人公毫不相干的人物、故事却可因为与主题的关系,作为可分析的例证进入小说。在《存在的不能承受之轻》第六章,关于斯大林儿子之死、关于大粪、关于参议员的笑这些评述文字,明显地脱离原来的故事情节,但作为说明"媚俗"主题的具体情境,却是必不可少的。这样,昆德拉也探讨了现代小说发展一种新的可能性:把小说变成更富综合性的大型散文体,扩展小说形式上的自由度,使之能包容更多的非小说的叙述类别。

但这种思辨性论述又必须是小说式的,昆德拉的做法是使高度抽象的哲理渗透在生动的形象描述中,其文学风格是讽刺幽默、调侃游戏性质的;挑逗的、假说意义上的。它并不力图说服读者、确证什么,而是不断刺激、丰富读者的想象、不断解构绝对、单一的价值判断,把读者引入一个大胆地、自由无羁地质疑问题的思维空间。

昆德拉开拓了这一空间,他的小说的智慧之声在东西方世界激起的回响、思索还在继续,它所代表的小说的精神——复杂性、不间断地作出发现、质询存在的精神与以媚俗、简单化为特征的时代潮流艰难地抗争者。或许,藉着这种抗争的持续,人可能摆脱本文开篇引述胡塞尔所说的人类的危机?

艾特玛托夫：

宇宙和历史的交响曲

曹国维

　　古老的塔拉斯谷地上，缓缓行进着一支漫长的游牧者迁移的队列。无数的牲畜、盖有斑斓的毡毯的驮载骆驼、骑着骏马的盛装牧人和唱着歌曲的美丽姑娘，络绎不绝，渲染出一派节日仪式般的庄严和强壮的生命力。幼小的艾特玛托夫仿佛站在中亚游牧和定居两种生活方式的交叉点上，看到了这一行将成为历史的吉尔吉斯民族的壮观。

　　这种异质环境和文化的交叉融合对艾特玛托夫的熏陶，可以一直追溯到他诞生的那天——1928年12月12日。

　　艾特玛托夫的父亲是吉尔吉斯的第一代共产党员，早年曾在他任职的江布尔市的俄罗斯人学校念书，通晓俄语，具有俄罗斯文化修养。父辈的两种语言同时成了未来作家的母语。父亲忙于工作，无暇顾及儿子的教育，为他启蒙的是聪慧的祖母。这位老人仿佛一座"童话、古歌、真事和故事的仓库"[1]，源源不断地为长孙展示出丰富的宝藏。老人还常常带着长孙去到舍克尔村老家闲住，带着他串门做客，参加族人的婚礼和丧葬。神奇的传说，古朴的风俗，孕育了艾特玛托夫意识的萌芽。

　　舍克尔村距离江布尔市虽只40公里，山村的风光却迥异于城市的景色。这里，群山巍峨，云雾缥缈，风在辽阔的草原上自由自在地游逛，

---

[1] 艾特玛托夫：《谈谈自己》，《艾特玛托夫言论集》，莫斯科，新闻出版社，1988年版，第26页。

苍鹰展翅翱翔,从高高的蓝天上俯视着大地上的一切生命。也许,后来艾特玛托夫创作中崇高的境界和恢弘的气势,最初便发端于这大自然的造化。

1937年,他的父亲,州委书记、莫斯科红色教授学院学员,突然蒙冤而死。一夜之间,他这个高干子弟堕入了生活的底层。母亲带着4个孩子迁返故乡。幸好,那个族人聚居的舍克尔村以古老的传统方式接纳了他们孤儿寡母。乡亲们资助他们生活上必需的一切:面包、土豆、柴火、衣服。这种深情厚意温暖了患难中的艾特玛托夫的心。

卫国战争的第二年,1942年,14岁的艾特玛托夫被迫辍学。作为全村最有文化的人,他担任了村苏维埃秘书。他在回忆中写道:

> 但是,正如俗话说的:祸者福所倚。
>
> 如果童年的我是从诗意的、光明的一面理解生活的话,那么现在生活以其严峻、坦露、悲惨、英雄的外表呈现在我的眼前。在祖国生死存亡的关头,在精神和体力极度紧张的时刻,我看到了处于另一状态中的家乡人民。这在我实在是无可奈何,职责所遣的事情——我知道全村土地上的每一户人家,知道每一户人家的每一个成员,知道每一户人家的寥寥无几的家产。我从不同的角度认识了生活迥异的面貌。[①]

他和家乡人民一起在苦斗中迎来了反法西斯战争的胜利。这树立了他对生活的信心,也奠定了他日后作品的两种基调——悲壮和乐观。生活是艰难的,但生活又是不可摧毁的。

1946年,艾特玛托夫考入江布尔中等畜牧学校。毕业后,作为优

[①] 艾特玛托夫:《谈谈自己》,《艾特玛托夫言论集》,第31页。

等生,被选送到吉尔吉斯农学院深造。1953年他就职于吉尔吉斯畜牧研究所养殖场。他的血管里流淌着游牧民族的血,如今又有了畜牧学的理论和实践。他对动物的爱,对它们品性和习气的理解,使他创造了堪称一绝的动物画廊。

1956年,艾特玛托夫到莫斯科高尔基文学院文学讲习班进修,这是他生活中的又一次转折。这似乎也是一种颇具东方色彩的"轮回"(《断头台》最初取名《轮回》),他从吉尔吉斯民间文学和俄罗斯儿童文学交叉的基点轮回到了俄罗斯古典文学、苏联文学和世界文学交叉的高度。

两年以后,艾特玛托夫回到吉尔吉斯,正式开始了自己的文学生涯。

Ⅰ 哲理的人学

文学即人学的命题在艾特玛托夫笔下显示出强烈的个性。他认为无论哪个时代的文学艺术都在探索人的生存意义,都应当是人的精神支柱。他追求永恒。

当他怀着年轻人的浪漫,与文学结下不解之缘的时候,他确实沉浸在弘扬理想人格的激情里。查密莉娅为了纯真的爱情,抛弃按照宗法观念堪称模范的家庭,跟随一无所有,全部财产不过一件旧大衣和一双破靴子的达尼亚尔离乡他去(《查密莉娅》);久伊申深入山区开办学校,为一代人的启蒙竭尽全力,从不计较个人得失,在转业当了邮递员后,直到晚年,还天天奔波在崎岖的山路上(《第一位教师》);克麦尔在原始草原上起早摸黑地干活,憧憬着边疆美好的未来(《骆驼眼》),伊利亚斯经历了爱情得而复失的曲折以后,终于认识了自己的迷误(《我的包红头巾的小白杨》)。这里,每个人物都是美的,他们的高尚、无私、奉献、勇于自我改正的良知,无不闪耀着人的精神的光辉。正是这种精神感动了法国作家阿拉贡,他亲自翻译了《查密莉娅》,并在前言中把它称作"世界上最美的爱情小说"①。

1963年,上述四部中篇以《群山和草原的故事》为总标题,获苏联列宁奖。艾特玛托夫登上了荣誉的顶峰。但他是个天生的不满足者。他从荣誉的顶峰翘首艺术的顶峰,感到了自己笔下主人公的过于理想,而生活却是一条坎坷的路。事实上,不仅在卫国战争年代,查密莉娅不可能摆脱宗法势力,自行其事,即便到了60年代,在舍克尔村,封建婚姻仍是禁锢妇女身心的桎梏。逃离不堪忍受的丈夫,必定招来一次又一次残酷的毒打。为了谴责这种根深蒂固的恶习,艾特玛托夫甚至在1962年12月4日《苏维埃吉尔吉斯》报上发表了一封愤怒的公开信:《这是你们不对,乡亲们》②。后来,作家在一次谈话中坦率指出了早期作品的不足:"要是我现在来写《查密莉娅》或者《骆驼眼》,我会把一切表现得远为复杂。"③人性美必须纳入人和社会复杂的相互关系中,才能从理想的天空落到坚实的大地上。

正如当年卫国战争结束了艾特玛托夫对生活的诗意理解,现在《大地——母亲》以战争期间大后方的严峻画面,结束了作家对生活的诗意表现。这是一部悲剧。战争夺走了托尔戈娜依一个又一个亲人,命运对她的打击简直无以复加,但她没有被巨大的悲痛所压倒,她挺住了,并且作为生产队长,在克服难以想象的艰难困苦中,带领庄员坚持生产,直到战争胜利。小说结尾,苏凡库尔一家仅仅剩下了两个人——托尔戈娜依和她媳妇阿莉曼与外人的私生子。她把这个已经与她失去任

---

① 《艾特玛托夫三卷集》,第一卷,莫斯科,青年近卫军出版社,1984年版,第603页。
② 《艾特玛托夫三卷集》,第三卷,第225页。
③ 《联结点——艾特玛托夫和列夫钦科的对话》,《艾特玛托夫三卷集》,第三卷,第402页。

何血缘关系的孩子抚养成人,在他身上看到了自己人生使命的完成。

西方的二次大战文学往往着眼于战争的破坏力,强调人的脆弱和生活的无意义。《大地——母亲》则不然,它和肖洛霍夫《一个人的遭遇》一样,展现人和命运的搏斗,并把生活的意义归结为超越家族界线的生命接力棒的传递。小说采用托尔戈娜依和大地对话的格局,使托尔戈娜依的形象在和养育人类的大地的沟通中得到升华,更加突出了托尔戈娜依博大的爱。这实际上显示了东西方文化的差异。西方文化以非理性反驳人文主义的盲目乐观,达到新的理性,而苏联文学积淀着对卫国战争正义性的理解和一个伟大的民族战胜空前强大的敌人后对历史的回顾和对未来的期望,所以,它的理性便取相信人的力量和热爱生活的形式。

从《大地——母亲》开始,艾特玛托夫的作品几乎每部都是悲剧。这种现象说明作家的悲剧意识并非仅仅和战争联系在一起,它有更加深刻的内涵:人固有一死,人的生命的短暂和人的追求的无穷总是处在悲剧性的矛盾中,然而,这种矛盾又在人类的延续中得到统一。艾特玛托夫的哲理的人学便是建立在这样一个基本的认识上。

《别了,古利萨雷!》继续向"社会冲突和矛盾"[1]的深处掘进。塔纳巴依的一生是为共产主义事业奋斗的一生,也是历尽风雨和坎坷的一生。从革命胜利的喜悦,打倒一切旧时遗物的冲动到几十年后古老手艺失传,毡包无人修补引出的反思,从集体化热潮到农庄一文莫名,庄员长年陷于贫困在他心中勾起的歉疚,从剥夺富农的过火斗争到忏悔伤害无辜的沉痛,从赛马夺魁到为了羊群成活而疲于奔命的劳动,从沦为阴谋诡计的牺牲品,被开除出党到对共产主义理想始终不渝的忠诚,小说在展现主人公命运的同时,把一个时代的功和过,是和非,乐和哀,

---

[1] 《艾特玛托夫三卷集》,第一卷,第605页。

写得淋漓尽致。艾特玛托夫以往的作品主要关注人应该怎样做人,现在他越出这个范畴,把目光投向了人和社会的双向责任上。

《别了,古利萨雷!》在作家是一次前所未有的成功,但他又为未能充分表达内心深层的感受而有所遗憾。面对世界科技的发展和随之而来的世界变小,面对核战争的威胁和人类命运的不可分割,艾特玛托夫感到了"描写世界共通的冲动"①。他要沟通全人类,创造既是社会主义的,又是全人类的文学。

《白轮船》宣告真正的艾特玛托夫的诞生。小说的主题是"良心问题"②。小孩看到美丽的大角鹿,以为传说中拯救布古族祖先的圣物回到了故乡。大角鹿被杀透过传说的魔镜,投影到他意识的屏幕上,成了恩将仇报的暴行。他愤怒了,与凶手决裂,踏入清澈的山溪,以死表示自己对恶的拒绝。"你否定了你的童心不能容忍的东西。"这就是小孩的本质。艾特玛托夫发现,这本质不仅属于作为作品主人公的小孩,而且属于所有的小孩。因为人类文明的积淀必定在一代又一代的儿童心中唤起善的向往。《白轮船》虽然是部悲剧,但从中折射出来的是乐观和希望的光。即便善与恶搏斗,善暂时失败,也无须悲观,因为"人有童心,就像种子有胚芽一样,没有胚芽,种子是不能生长的。不管世界上有什么等待着我们,只要有人出生和死亡,真理就永远存在"。这样,艾特玛托夫的人学开始勾勒出自己特有的哲理轮廓:人生是短暂的,但短暂中包含永恒;人类是繁衍的,繁衍便是人类走向自己终极目标的希望。

《花狗崖》仿佛是对现代核威胁包围中的地球现状的诊断。这种现

---

① 《我们的话引起什么反响——艾特玛托夫和阿纳斯塔斯耶夫的对话》,《艾特玛托夫言论集》,第 313 页。

② 《通往明天的道路——艾特玛托夫和加姆扎托夫的对话》,《艾特玛托夫三卷集》,第三卷,第 337 页。

状被形诸于海上被大雾笼罩的一条小船。身临绝境的人物受到最大限度的考验。三个尼福赫人先后跳海,把船上仅有的淡水留给一名孩子,体现出人对必须在后代身上延续自己的领悟,而在生命的最后一刻,三个尼福赫人不失人的高尚,恰恰证明人是不可战胜的。"难道可以设想,在经历了几千年多灾多难的精神发展的道路以后,并且只是现在——历史上第一次!——才那么强烈,那么自豪地意识到生活运动的伟大,意识到生活强大潮流中自身的伟大的人类,竟会同意自己污辱自己,自己消灭自己?这意味着从人成为人的那个时候起,在人对自我的认识上以昂贵的代价取得的一切伟大思想的毁灭。"①因此,理智必将拯救世界,这希望其实就存在于人的生存本质中。在核武器大量积聚的今天,艾特玛托夫企盼世界能从集团意识转向星球意识,能把地球看成人类共同赖以生存的方舟。"我们大家是在一条船上,我们大家都是一个命。"这船飘浮在 20 世纪不安、希望和困惑的海洋里,在地球能否存在的意义上,人的命运——不管他的信仰如何——是一样的。人的生存本质和世界整体意识的结合把艾特玛托夫的人学推上了一个新的高度。

《一日长于百年》囊括历史和宇宙,旨在对人类的发展进行哲学的概括。小说由传说、现实和幻想三个层面构成。曼库特,一个被刑具"希利"像箍一样箍紧脑袋,因而失去记忆的奴隶,听从主子的唆使,一箭射死了前来搭救他的母亲阿纳;阿布塔利普在苏南关系破裂期间,因为写了他在二次大战中参加南斯拉夫游击队的回忆录,被捕后死于狱中;美苏双方为了确保地球现有秩序的稳定,实施箍宇宙计划,把两国宇航员偶然发现的外星人的高度文明拒之天外。三个层面似乎毫无联系,互不相干,然而从剥夺曼库特记忆的"希利",到侦查员唐塞克巴耶

---

① 《说话的时刻——艾特玛托夫和科尔金的对话》,《艾特玛托夫言论集》,第 264 页。

夫强加于人的无形的"希利",到旨在禁锢宇宙中"看来像个婴儿头颅"的地球的"箍"宇宙计划,贯串着一脉相承的内涵——禁锢头脑的危害。这种由人们自身造成的危害,仿佛人类谬误的轮回,在人类历史发展的不同阶段呈现不同的形式。每种"希利"的解除,都是人类的一次自我改正,自我清洗,推动着人类自身的发展。人们记住了阿纳的血,人们恢复了阿布塔利普的名誉,那么,今天人们是否有足够的勇气,正视因为对抗给人类造成的损失,再次自我改正,自我清洗呢?艾特玛托夫把这个极其严肃的全球问题摆到了人类面前。

作家在小说的前言里写道:"大概,20世纪末最富悲剧性的矛盾在于人的无穷无尽的聪明才智,因为帝国主义产生的政治、思想和种族障碍而无法得以实施。"①世界的格局并不合理。他从宇宙的高度俯瞰地球,看到20世纪的人类只是处于自身发展的幼年,看到地球上"互不信任、互相提防和对抗气氛,是人类安定和幸福生活的最危险的威胁之一",②看到地球本身的脆弱和需要保护。他以他的人道主义理想创造了天外文明林海星。那里没有战争,没有国家,人们的聪明才智全被用来造福和发展自己。他相信,这是人类的终极目标。如果没有这个目标,人类便失去了生存的意义。

继《一日长于百年》之后,艾特玛托夫写了《断头台》,总结了人类精神探索的历程。"人按其本性来说,不能永远不向往他没有见过,但他应当看见的东西,否则他就不会幸福。"③人类世世代代企盼着真理和正义的王国,然而怎样实现自己梦寐以求的理想呢?

阿夫季,一个出身外省助祭家庭,因为迷恋新思想被神学校除名的青年,期望劝善能根治世界的罪恶,相信忏悔是人达到自我改正,自我

---

① 《艾特玛托夫三卷集》,第二卷,第196页。
② 同上。
③ 《说话的时刻——艾特玛托夫和科尔金的对话》,《艾特玛托夫言论集》,第271页。

完善的必由之路。他劝说毒品贩子忏悔,劝说毁灭自然的围猎者忏悔,但是世界没有接受他的最纯洁的思想,相反,把他押上了断头台。

与阿夫季不同,波士顿没有不切实际的幻想。他是生活的强者,脚踏实地而又充满进取精神。现实中没有博爱。波士顿鄙视无赖加酒鬼巴扎尔拜,巴扎尔拜则对波士顿抱有深深的敌意。从巴扎尔拜掏狼窝开始,一切便以事物的必然逻辑向前发展:波士顿想从巴扎尔拜手中买下狼崽,遭到拒绝;母狼阿克巴拉叼走肯杰什,波士顿不得不举枪射击;肯杰什死于射向阿克巴拉的子弹,悲痛欲绝的波士顿杀死巴扎尔拜,为儿子也为自己报了仇。然而生命的火焰在他身上已经熄灭,他自尽了,葬身在伊塞克湖茫茫的波涛中。波士顿值得同情,他是受害者,然而他对巴扎尔拜的处置超出了做人的界线,血的报复铸成了又一个悲剧。

波士顿意为灰狼,从这个姓氏可以推定,在远古时代,波士顿氏族是以狼为图腾,奉狼为祖先的。波士顿对巴扎尔拜的报复,在野狼失去狼崽后实施报复的观照中,显示出兽性残余的意义。艾特玛托夫在同情波士顿之余,发出了深深的叹息。难道流血的轮回一如地球的旋转,将继续到世界的末日?难道人类将在自身创造的万能的力量中毁灭?所以,他需要阿夫季。在核战争的阴影笼罩地球,世界毁灭的危险现实地存在着的今天,在人走向宇宙,也把对抗从罪孽的尘世带向纯净的太空的今天,人是否应该站在发展自己的高度重新审视一切传统的观念?阿夫季失败了,但这也是他的胜利。它昭示人对理想社会的永恒和固执的渴望,再次肯定人的生存本质在于"锲而不舍地沿着永无止境的台阶攀向完美精神的光辉顶峰"。

这就是艾特玛托夫把改造世界的理想和现实推向极至以后,对人的思考。扬善和惩恶两种方法都试过了,但人类离理想的世界仍然十分遥远。人类似乎处在俄罗斯童话描述的那种境遇中:该去那儿,但不知道该走哪儿;该找到那个东西,但不知道那是什么东西。人的智慧,人的矛盾和人的痛苦,被具象地表现了出来,既是个体的,又是群体的。

艾特玛托夫把人类当作一个整体,纳入历史,即人类创造文化以达到自身终极目标的漫长过程中进行考察,写出了他所理解的人的生存经验、人的生存状态和人的生存意义。他的人学具有很大的抽象性和概括性,但他居然艺术地表达了这些艺术似乎不可表达的东西。

II　表达全世界

也许,在艾特玛托夫的文学生涯中,对他影响最大的是音乐家肖斯塔科维奇。这位大师在偶然的一次谈话中对文学提出了富有创见的设想:作家应"像音乐家一样,在自己一个人身上表达全世界"。"这些话是他和我边走边聊的时候说的,"艾特玛托夫写道:"只是后来,当只有我一个人的时候,我才明白这些话的意思:肖斯塔科维奇期望文学能对生活作出包罗万象的'音乐式'的概括。在自己一个人身上表达全世界……即使这是一个无法完成的困难任务,但对艺术家来说,难道还有比这更大的梦想吗?!"①

是的,这个梦想始终萦绕在艾特玛托夫脑际,启示他一步一步地去接近这个不可达到的目标。

在他看来,习常的艺术思维方式"过于固执和长久地立足在单一的层面上",②而这种"平面的眼光已经过时,现在需要补充的——'侧面的'和深层的眼光,一种看到过去的眼光"③,两种眼光或者多种眼光结合,将有利于创造多层次、多侧面的立体文学。

艾特玛托夫的变革便是在艺术思维中引进"看到过去的眼光"开始

---

① 艾特玛托夫:《艺术家肖像》,《艾特玛托夫言论集》,第69页。
② 《精神支柱——答列别杰娃问》,《艾特玛托夫言论集》,第223页。
③ 艾特玛托夫:《艺术家肖像》,《艾特玛托夫言论集》,第69页。

的。他在单一的现实层面以外,增加了一个层面——神话。按照艾特玛托夫的说法,神话(包括传说、寓言、歌谣)"是人民的记忆,是采用神奇瑰丽的形式表达的他们的生活经验、他们的哲学和历史,归根结蒂,也是他们对于后世的遗训"①。他不仅把神话看作一种原型,一种原始意象,一种许许多多同类经验在人们心理上留下的痕迹,更是把它看作一个应该据以评判当代生活的价值参照系。这样,神话的复活在艾特玛托夫笔下,论其目的和形式,都和西方现代文学和拉美魔幻现实主义有所不同。

西方作家往往把整部作品写成神话,以揭示人的脆弱和世界的荒诞,魔幻现实主义同样抹掉现实和神话的界线,意欲显示"存在于人与人,人与其周围环境之间的神秘关系"②。而艾特玛托夫只是把神话植入作品,使神话和现实保持明确的界线,最大限度地赋予两者的结合以生活本身的形式,同时又使神话和现实交相感应,以其释放的能量把神话表达的哲理扩散到现实中,进而观照现实。

读一读《白轮船》,可以知道作家这种看似简单的艺术手法蕴藏着多么丰富的表现潜力。

神话——鹿母的故事——原是莫蒙向外孙讲述的一个关于布古族起源的美丽传说。故事是多义的,它喻示自然养育人类,并且通过人对鹿母的恩将仇报,写出了"人连森林里的野兽都不如,人害起人来从不手软","金钱万能的地方,既没有美,也没有善"这样一些对社会冷峻的观察结果和对人类恶行的警告。故事又是多功能的:既是小说的基石,又是情节发展的动力,更是刻画人物的手段。然而故事运用的巧妙,不仅在于它的多义性和多功能性,并且在于作家抓住小说中不同人物对

---

① 艾特玛托夫:《几点说明》,苏联《文学报》,1970年7月29日。
② 陈光孚:《魔幻现实主义》,花城出版社,1986年版,第196页。

待故事的不同态度,使一次普通的狩猎获得了象征善恶殊死斗争的意义。

小孩相信鹿母的故事真有其事。尽管人在现实中,他的思想却是按神话的逻辑进行的。对他来说,并不存在神话和现实的界线,森林里来了三只大角鹿,在他头脑里,竟是神话的继续:鹿母宽恕了人们捕杀大角鹿的过错。当他猛然间发现鹿母"变成了乱糟糟的一堆肉",他吓呆了,颤栗了。在他看来,那是杀害了他的祖先,杀害了布古族,即鹿族的保护神,一件不可容忍的恶行。他离开这个暴戾的世界,实际上是死,但在他的想象中却是生:他变作人鱼,拍溅着游去追逐伊萨克湖上美丽的白轮船。这是幸福的生,理想的生,远远高于现世的生。

而在奥洛兹库尔看来,打死大角鹿,不过是次机会难得的狩猎。他不信鹿母的传说,还振振有词:"在养鹿的地方,鹿是不准打的,我们这个地方不是养鹿的。我们用不着管这一套。"这话和鹿母故事中捕杀大角鹿的布古族的不肖子孙的说法如出一辙。由于对位效应,不管奥洛兹库尔怎样自持有理,神话仿佛追光一样,给他的嘴脸抹上了一层恩将仇报的青色。甚至他抡着斧子,砍下鹿角的疯狂(相传,鹿母为布古族送子时,角上挂着摇篮,他砍断鹿角,也就断了后代),把鹿角送给莫蒙,咒他早死的狠毒(相传,鹿角用于坟墓装饰),也在这道追光下,显得格外分明。

莫蒙是相信鹿母故事的,不过只是把它当作一个故事——虽然是个神圣的故事——相信而已。在现实中,莫蒙的命运操在奥洛兹库尔手里。为了外孙,为了苦命的女儿,莫蒙屈从奥洛兹库尔的意志,枪杀大角鹿,背弃了祖先的遗训,背弃了良心和自己珍贵的信念。正是神话和现实的结合,塑造了莫蒙的个性,并且揭示了产生这种个性的社会根源。莫蒙是个典型,象征着迫于压力违心行事这一人类不幸的弱点。

这样,神话不仅是现实的观照,不仅是构成矛盾的现实因素,而且由于作家对于儿童心理的巧妙运用,神话又是现实的等同。神话和现实相互关系的频繁变换,使作品流动着一股轻捷的灵气,使一幕人间悲剧在扑朔迷离中演得自然而又逼真。

《一日长于百年》标志着艾特玛托夫艺术思维规模和方式的又一次突破。小说除了神话和现实两个层面以外,又增加了幻想层面。三个层面结构出一个从古代直至未来,从地球的一个局部直至浩瀚宇宙的宏伟世界。人在这个世界中的地位和作用,通过人与历史,与社会、国家、地球、宇宙的关系的展示得到了多层次多侧面的表现。

隐喻是《一日长于百年》的主要艺术手段。萨比特让和曼库特对位,宇宙计划"箍"和古代刑具"希利"对位,火箭发射场军官唐塞克巴耶夫和侦查员唐塞克巴耶夫对位,进而导向神话、现实、幻想三个层面对位,形成一个对位套着对位的复杂构架。这个构架中各种对位的同一的深层意义负载着小说的主题。

横贯隐喻构架的三个形象——叶吉盖、布兰车站和东西铁路,在构架营造的时空跨度中,获得了由个别到一般,由表层到深层,由单一到多样的象征意义。

艾特玛托夫把叶吉盖称作地球的支撑者,自己时代的儿子。他参加过卫国战争,在炮火纷飞的战场上保卫了苏维埃祖国。他勤于职守,在布兰车站为保证铁路的畅通,贡献了自己的全部力量。在生活固有的永恒和短暂事物的冲突中,他选择永恒而摒弃短暂。他珍惜阿纳贝特的传说,抵制唐塞克巴耶夫的做法,反对火箭发射场圈用古墓,始终捍卫人类的良知——记忆,维护对人类具有永恒价值的人生经验。他对历史、现实、幻想三个层面中人的谬误的否定,使这个特定社会中的个人成了历史长河中缓慢地走向终极目标的人类的化身。

布兰车站是历史、现实、幻想三个层面的交叉点。布兰原意暴风雪,意指这里气候的险恶和生活的艰苦。车站是古代悲剧的见证,离车站 30 多公里,坐落着古墓阿纳贝特。车站也是现代悲剧的见证,目睹了阿布塔利普的无辜受冤,也为社会自我改正,冤案平反感到由衷的高兴。车站又是当代悲剧的见证,火箭发射场执行者在封锁地球的箍宇宙计划,把巡航火箭送进了轨道。车站企盼为保存古墓奔走的叶吉盖成功,企盼人类再一次自我改正。年复一年地经受着自然暴风雪侵袭的布兰车站,同样屹立在世纪的暴风雪中,显示着人类生存的意志和力量。

描述东西铁路的文字仿佛一支旋律,始终在这首宇宙和历史的交响曲中回荡。

> 在这个地方,列车不断地从东向西和从西向东地行驶……
> 在这个地方,铁路两侧是辽阔无垠的荒原——萨雷——奥捷卡,黄土高原的腹地。
> 在这个地方,任何距离都以铁路为基准来计算,就像计算经度以格林威治子午线为起点一样……
> 列车驶过这里,从东向西,或从西向东……

由于情景不同,旋律引起的联想也就不同。

在黄土草原腹地和列车日常运行的背景上,它奏出了叶吉盖们劳动的分量。多亏他们平凡而又辛勤的劳动,生活方得在自己的轨道上正常地进行。日复一日,月复一月,年复一年……

在卫国战争的背景上,它传递了时代脉搏的跳动,向西的列车输送士兵和粮食,向东的列车运载疏散人员和伤兵……

在铁路工人与暴风雪搏斗的背景上,它肯定任何人的价值都是以劳动来计算的,就像计算经度以格林威治子午线为起点一样……

在美苏对抗的背景上,它谴责宇宙计划"箍"的罪恶,因为它阻碍了人类的发展。

在人类进入宇宙的背景上,它喻示铁路作为文明已经进入的土地,只是无边无际的荒原的一隅。同样,地球之于宇宙也是一颗小小的行星,广漠无垠的太空有待于人类的开发。

……

列车从东向西,从西向东,它以不停的运动呼唤东方和西方的交流和合作,它以不停的运动宣告:生活是永恒的。

这样,《一日长于百年》呈现为一个独特的表意系统,一个隐喻和象征的复合体。从局部上说,它保存了时间性的因果逻辑,但从整体上说,它取法空间性的联想联系;从局部上说,它关注人类生活的线性过程,但从整体上说,它强调人类生活的重复特征;从局部上说,它重现经验世界的结构,但从整体上说,它改变经验世界的结构,通过经验世界的重新组合,表现作家主观捕捉到的事物与事物之间的类同联系,显示人类的本质;从局部上说,经验世界是表意内容,从整体上说,经验世界却是表意方式,它们相互对位,相互感应,相互渗透,相互交融,在不断的运动中构成无穷的深层意义。

《断头台》的结构表意系统的方法又和《一日长于百年》不同。

一对野狼——塔什柴纳尔和阿克巴拉——从莫云库姆草原,途经阿尔达什湖,一直逃到伊萨克湖山区的历程,是小说两大层面——阿夫季和波士顿——的联结线。它又是一条人类毁灭自然必将毁灭自身的因果链,而它的曲折和漫长,积淀着作家关于世界整一的感受。为什么采取莫云库姆行动?因为州委要用野生羚羊完成肉类交售计划。为什么人们烧毁阿尔达什湖畔几千公顷古老的芦苇?因为这一带发现了稀有金属。为什么巴扎尔拜掏走阿克巴拉的幼崽?因为野生动物饲养基地收购狼崽。为什么阿克马拉叼走肯杰什?因为接连三次失去子女的阿克巴拉想用肯杰什抚慰心灵的创伤,宣泄无可宣泄的母爱。为什么波士顿射出了那颗致命的子弹?因为他不能眼巴巴望着阿克巴拉叼走肯杰什。在当代世界上,每个事件都会产生后果,不在近期和近处,便在远期和远处。许许多多短期行为的长期积累,可能导向自然的毁灭。在人类和自然生死存亡的意义上,"一切都和大家有关"。

阿夫季层面至少有三个部分组成:阿夫季的命运、耶稣遇难、格鲁吉亚故事《六个和第七个》。阿夫季的命运与耶稣遇难同义,波士顿层面与《六个和第七个》同义,然而组合两个同义结构的却是反义关系,加上野狼涉迁的情节线提供的参照系,使对位呈现出罕见的多维性和多向性。

这里,一个情节,一个形象,往往与几个情节、几个形象对位,从而赋予情节和形象以不同的意义侧面和意义层次。

阿夫季·卡利斯特拉托夫(一种意见认为,这是当代的阿廖沙·卡拉玛佐夫,他们姓名的起首字母同为阿·卡)主张揭露青少年吸毒贩毒现象,帮助失足者改邪归正。波士顿反对科奇科尔巴耶夫的教条,建议把牧场划给个人承包,以结束谁都像主人那样使用牧场,又谁都不像主人那样爱护牧场的状态。两者对位,叠现出社会要求改革,要求进步的倾向。阿夫季劝导野麻贩子忏悔,又在另一个向度上和波士顿杀死巴扎尔拜对位,两人在人性层次上分出高低。阿夫季向神学挑战和野狼违背上帝的法则,与羚羊为伍对位,强调观念可以而且应当随着生活的变化而变化。阿夫季对狼崽的爱怜和巴扎尔拜掏走狼崽对位,赞赏人和自然的和谐,否定人对自然的掠夺。阿夫季死于坎达洛夫的残暴,而不是阿克巴拉的利齿,反衬出人的兽性的可怕。阿夫季与贩毒团伙的头头格里尚的争论和耶稣与彼拉多的谈话对位,喻示人的思想的腾飞在与现实碰撞中的毁灭,然而阿夫季信仰基督,又反过来证实耶稣通过他的苦难必定在后人身上复活的预言。六次对位从社会、生态、道德、信仰、哲学等各个方面表达了作家对人生意义的理解,和对弘扬美好的未来的渴望。同样,由波士顿构成的对位也是多维和多向的。除了与阿夫季对位外,波士顿又和野狼对位,那是如同塔纳巴伊和古利萨雷一般从禀性到命运的频繁契合。波士顿又和桑德罗对位,两人在惩恶以后都自尽了。这又从另一个方向走向耶稣。于是,在多维的对位中出现了一条首尾衔接的联想链:耶稣—阿夫季—波士顿—桑德罗—耶稣,一个从耶稣出发复又回归耶稣的圆圈,使《断头台》的表意系统更趋复杂。

《一日长于百年》和《断头台》总体构架尽管负载着抽象的思维,然而其中的许多局部都是具体而感人的。无论阿纳在荒无人烟的草原上不分昼夜地寻找儿子的那份慈母心,还是铁路工人和暴风雪搏斗的顽强和忘我精神,无论莫云库姆的羚羊在直升飞机轰赶下,洪流般地在雪原上翻滚,还是埃尔纳扎尔为开辟新的牧场,在冰山上遇难后人们的悲痛欲绝,都被艾特玛托夫渲染得力透纸背。正是这些精彩的篇章使小说哲理的内核获得了激情的外壳。

在艾特玛托夫复杂的叙事构架里,内容是跳跃的,手段也是跳跃的。作家常常在叙事和抒情中,插入议论、思考、遐想、回忆、梦境,甚至幻想。人物身体在一个地方,思想却在心理时空里飞翔。"与思维的速度相比,光速算不了什么。"阿夫季在普希金纪念馆聆听保加利亚宗教歌曲时的思绪,便形诸于一连串转瞬即逝的心理现象。最初,他感到了宗教歌曲的庄重,"在一片静谧中,仿佛上帝乘坐的金光灿烂的马车在空中缓缓驶过,划破无形的波浪,驶向厅外。"随后,他从领悟这些歌曲外化了生命的呼喊,转而感叹伴随这些歌曲而来的人性诞生的艰难。在歌曲的感召下,他体验着在日常生活的琐碎和忙碌中无法体验的高尚激情。他脑海里浮出了人为什么需要音乐的念头:"也许,在一切全都来而复去的生活的轮回中,人下意识地感到了人生的悲剧性,于是便用这种方式来表达自我,显示自我,纪念自我……这是造物赋予我们的不可摧毁的意志——求得超越生命的生存!"这类插笔时空跨度大,思想更迭迅速,自由自在,气势恢弘,倾注着作家表达人类全部历史的追求。

《一日长于百年》的幻想层面,是艾特玛托夫跨越现实许可界线的一次实践。苏联评论界有种意见认为,幻想层面使用的新闻语言和小说整体不和谐。其实,这种文体的不和谐浸润着作家对世界不和谐的感受,因为在作家看来,"我们生活的世界,本身就是一个为经济、政治、思想和种族矛盾所分裂的虚幻的世界",一个理想和现实不和谐的世界。

艾特玛托夫立足于现实主义,但又不为它的成规所束缚,认为社会主义现实主义,如同世间万物一样,是"处于不断运动,不断发展中的"。20世纪由于科学技术的迅速发展引起人的生产方式和生活方式的变化,人的审美意识、审美心理、审美趣味也相应发生变化。作家敏锐地感到,"甚至过去那些优秀诗人的创作,在某些方面都已不能完全符合我们时代的审美要求",因此"不必狂热地固守自己的过去,应当善于摒弃一切过时的东西,而用当前的经验取而代之"。他改革描写性的现实主义,重组世界经验,使作品的各个组成部分既是表现内容,又是表现方式,从而创造了"完整地、立体地理解我们今天的社会现实的前景广阔的艺术思维类型"[①]。

Ⅲ 钟 爱 自 然

艾特玛托夫是群山和草原的儿子,他深深地钟爱自然。他献给自然的篇章永远属于他作品中最精彩的部分。草原上一轮如血的残阳辉煌着游牧民族祖先留下的火一样炽烈的叼羊竞赛;火红的河滩林前,洁

[①] 鲍恰罗夫:《应由生活来考验》,苏联《新世界》,1982年第8期。

净的沙滩上,三头姿态优美的大角鹿在急急漫过铺满卵石的河流中吸吮着绿莹莹的河水;成群结队的野狼沿着无边无际的草原,无休无止地追逐无穷无尽的羚羊……自然熠熠生辉,展示出崇高、纯洁和野性的美。作家以他钟爱自然的笔,呼唤着人们对自然的钟爱。

普列汉诺夫曾说,托尔斯泰笔下的自然"不是被描写出来的,而是活着的。有时候自然甚至好像是故事中的一个角色。"[1]艾特玛托夫的自然也有异曲同工之妙。八月草原上那个月明星朗的夜晚引发了查密莉娅和达尼亚尔的歌唱,在后者对生活和大地充满爱恋的歌声中,深受封建礼教束缚的查密莉娅,萌生了爱和被爱的渴望。山冈上迎风摇曳的白杨象征着第一位教师久伊申的功绩,在大树带给孩子们极目远望的欢乐中,寄托着久伊申办学,使愚昧的他们得以领略知识世界博大雄奇的寓意,正如大树一样,久伊申开创的学文化的传统,造福着一代又一代的新人。海上经久不散的浓雾困住了孤舟上的尼福赫人,他们把生的希望留给了后代。荒凉的萨雷—奥捷卡草原是对人的觉悟的考验,叶吉盖怀着对祖国和人民的忠诚,几十年如一日地坚守着自己的岗位。这里,自然或者是迷人的,或者是严酷的,都是小说中具有心灵的,不可或缺的角色。

写动物是艾特玛托夫的特长。他对人和动物的关系说过一段有趣的话:"为什么自古以来,自然力总是不可抗拒地吸引着人?……是不是因为人本身就是一种思维的自然力,竭力回忆着他能理解鸟类和野兽的语言,不是把它们看作'猎物',而是看作'我们的小兄弟'的时代?"[2]

鸟、兽、人,都是大地——母亲的产儿。在作家看来,他们的本性、

---

[1] 《普列汉诺夫美学论文集》,第718页。
[2] 《说话的时刻——艾特玛托夫和科尔金的对话》,《艾特玛托夫言论集》,第270页。

气质和生命意志是相通的。野鸭鲁弗尔为了下蛋,从胸脯上啄下羽毛在茫茫大海上筑了一个窝,三个尼福赫人为了保存后代,牺牲了自己的生命;骏马古利萨雷酷爱奔驰,永远有一股勇往直前的劲头,塔纳巴伊在为共产主义事业奋斗的道路上,同样也是勇往直前,毫不顾及自己;驼王卡拉纳尔吃苦耐劳,叶吉盖在草原腹地的铁路小站上,辛勤劳作,艰苦奋斗,处处表现出人中豪杰的气概。人和兽品性的类同,乃至命运的相似,使作品相同的意义获得了两种不同的美学形式。它们各具特色,而又相互辉映,显示着人是出于自然,而又高于自然的万物的灵长。

正是在兽和人是兄弟的意义上,艾特玛托夫往往人化野兽。古利萨雷第一次被戴上笼头,拴在马桩上,受到小红马的抚慰而又无以回报情侣的温存,它会大滴大滴地掉泪。塔纳巴伊遭遇不幸,走出区委大楼,是古利萨雷第一个向他投去了信赖的目光。而阿克巴拉对塔什柴纳尔勇猛的自豪,对它体贴的感激,对它与其他母狼放荡的忌恨,对狼崽的母性的爱恋和希冀,以及它一而再、再而三地失去狼崽后的悲伤和疯狂,处处流露出浓厚而又温馨的人情味。这些动物构成评判人的价值的特殊参照系。阿尔达诺夫强行骟割古利萨雷,谢基兹巴耶夫陷害塔纳巴伊,在马的行为的反衬下,显得更加可恶而又可鄙。参加莫云库姆围猎的坎达洛夫一伙完全是一批风滚球式的恶棍,他们没有家庭,除了自己,谁都不爱,他们连狼都不如。阿克巴拉没有加害对狼崽毫无恶意的阿夫季,然而坎达洛夫一伙处死了对他们同样毫无恶意的阿夫季。正是在这人和兽的对位中,艾特玛托夫以别开生面的视角和巨大的艺术力量表现了人在金钱的诱惑下可能堕落到多么可怕和野蛮的地步。

既然自然是人类的母亲,鸟兽是人类的兄弟,那么怎样对待自然和鸟兽便有了道德意义,成了区分善恶的试金石。在艾特玛托夫的作品里,人与人的矛盾和冲突往往是围绕对动物的态度展开的。塔纳巴伊反对阿尔丹诺夫摧残古利萨雷;小孩为了抗议奥洛兹库尔杀害大角鹿毅然离开人世;因为一窝野狼,波士顿和巴扎尔拜结冤,最后铸成三条人命的悲剧。在作家笔下,凡是爱护动物的总是受到颂扬,凡是捕杀动物的总是受到鞭笞。他对莫云库姆的一个围猎者甚至作了这样的描写:"在这世界末日般的寂静中,母狼阿克巴拉眼前出现了一张人脸,这脸是那么近,那么可怕,那么清晰,阿克巴拉简直感到恐怖。"灭绝动物的人实际上已经不再成其为人,他的残暴已经远远超过以捕食羚羊为生的野狼。

艾特玛托夫主张人和自然的和谐,主张人合理地利用自然。为了生存,人需要向自然索取,但这必须遵守自然循环的规律。《别了,古利萨雷!》中那支《猎人之歌》,《白轮船》中奥洛兹库尔的无后,《断头台》中从莫云库姆围猎伸向肯杰什死亡的因果链,都以艺术的语言提出了毁灭自然无异毁灭人类自身的警告。作家呼吁人类应给后代留下一个花香鸟语的世界。"如果我们的后代能从我们手中接受一个美丽的祖国,那么他们必将在祖国的土地上看到我们,并且怀着感激的心情怀念我们,就像今天我们望着曾是一片荒野的土地,对那些曾用自己的心血温暖了这片土地,用自己不倦和忘我的劳动耕耘了这片土地的先人充满敬意一样。"①美丽的自然就是人类留给后代的最大财富,就是人类给自己建造的不朽的丰碑。

艾特玛托夫曾说:"我们自己,而不是我们的后代,应当回答,我们,20世纪的人们,是谁,我们的社会主义社会怎么样,在个人和社会,国家和个人关系中,我们的长处和短处在哪里,在两种对立的制度共存的条件下,世界整体性的运动怎么样。"②他以自己的艺术实践对这个问题作了回答。他认为"人类进入了一个新时期,它的纪元的起点是十月

---

① 《说话的时刻——艾特玛托夫和科尔金的对话》,《艾特玛托夫言论集》,第270页。
② 艾特玛托夫:《一切都和大家有关》,《艾特玛托夫言论集》,第86—87页。

革命",①坚信人类必将走向自己的最高理想。他深知"社会阶级斗争和民族解放斗争的所有问题现在是,并在很长一段时期内仍将是当代人类生活中头等重要的因素",②同时他又主张在核战争环境中应当找到人类共同的语言,"这样的语言在当前条件下就是人道主义思想",③"我们是站在社会主义现实主义的立场上,但这绝不排除,而是要求我们的艺术思维具有普遍性"④。作为一个具有独立思维的艺术家,他的见解往往在苏联引起争论,对此每个读者都可作出自己的评判。但是他所创造的艺术思维类型,如同非欧氏几何学之于欧氏几何学一样,彻底更新了现实主义的内涵。他表现的不仅是可见的现实,局限的现实,暂时的现实,并且是感受的现实,开放的现实,永恒的现实。这种兼有历史的充实和意境的空灵的更高意义的现实主义,展示出现实美和幻想美结合的方向。"现代叙事把空间从描述对象变成描述手段,从意指对象变成意指方式"⑤,从这个意义上说,艾特玛托夫的现实主义所选择的实际上也是20世纪的历史和文化的基本倾向。

---

① 《说话的时刻——艾特玛托夫和科尔金的对话》,《艾特玛托夫言论集》,第265页。
② 《没有共处,也就没有生存——艾特玛托夫和科贝什的对话》,《艾特玛托夫言论集》,第285页。
③ 同上,第286页。
④ 同上,第287页。
⑤ 孟悦:《隐喻与小说的表意方式》,《文艺研究》1987年第2期。

马尔克斯：
热带丛林的魔幻

陈众议

不消说，加西亚·马尔克斯(Garcia Marquez Gabriel)①的笔触是从故乡伸出来的，满蘸着童年的色彩。在童年加西亚·马尔克斯的感觉知觉中，故乡阿拉卡塔卡充满了幽灵。他常常听人说起鬼魂，还常常听到外祖母同鬼魂交谈。当他问外祖母为什么这样做时，她总是不动声色地回答说，她之所以这样做是因为不这样做死去的人就会感到孤独难熬。为了表示对幽灵、鬼魂的应有尊重和理解，外祖母还特意替他们安排了两个像样的空房，供他们歇脚。每当夜幕降临，外祖母便不许家人随意走动，嘱咐年幼的加西亚·马尔克斯早早上床，以免不期然碰上闲散的怨魂、游荡的恶鬼。更有甚者，加西亚·马尔克斯的一位姨妈既不是行将就木，亦非病入膏肓，可有一天却突然感到了死亡，于是把自己幽禁起来，与鬼魂作伴，缝制她的殓衣。当加西亚·马尔克斯问她干吗这样做时，她微笑着对外甥说，为了死亡。加西亚·马尔克斯虽当时不谙世事、难以理解，然而这些事本身却给他留下了不可磨灭的印象。魔幻现实主义杰作《百年孤独》(1967)便源于此。

Ⅰ　"现实"与"魔幻"

"魔幻现实主义"似乎是一种矛盾的概念：既然是现实主义，怎么又

---

① 哥伦比亚作家。1982年获得诺贝尔文学奖金。

会魔幻?

拉美作家的通常回答是:拉美现实本身就具有魔幻(神奇)①色彩。

这是因为"新世界"从一开始就是神奇的:它的发现乃哥伦布错误判断的结果。哥伦布相信,向西航行,遇到顺风,几天之内即可抵达西潘古和中国。然而,为保险起见,他还尽量地将距离估计得遥远一点,认为从日本到里斯本的最大航程为 3000 英里。这便是导向几千年来"人类最大发现的错误判断"。他的航程当然不是几天,而是整整几月。因此,他是在粮断水尽、骑虎难下的绝望状态中到达美洲——他心目中的印度的。

再说"新世界"又因其"新",为幻想提供了驰骋的天地。"黄金国"的神话无疑是最有代表性的一个,对美洲产生了极其深刻的影响。为了寻找这个梦寐以求的地方,西班牙冒险家贡萨雷斯·西门涅斯·德·盖莎达疯狂地征服了哥伦比亚;弗朗西斯科·德·奥雷亚纳发现了亚马逊河源头并且进行了同样疯狂的自上而下的漂流探险。"黄金国"像诸多传说中的宝藏,一直产生着巨大的诱惑力,多少人为之神魂颠倒,多少人为之丧命。16 世纪的西班牙殖民者阿尔瓦罗·努涅斯·卡贝萨·德·巴卡居然率部在新西班牙(今墨西哥)来回行走了整整 8 年;在一次神秘的探险中,远征队伍断了炊,发生了人吃人的可怖事件,原来的 600 多人一下死了大半,只有少数几人幸免于难。后来,有人在哥伦比亚卡塔赫纳出售的鸡胗里发现了金粒,在印第安古迹发现了金器,又在旧金山发现了特大金矿……正是这种幻想与现实的并存、交织,使"黄金国"之类的神话得以继续搅扰人们的灵魂。甚至在 19 世纪末,一个负责巴拿马地峡铁道工程的德国工程师在给上司的信中还不容置疑地断言,只要铁轨不用当地的稀有金属——铁,而用本地特产——黄金铸造,工程便可提前完成。但更为神奇的是,时至今日,相

---

① "魔幻"、"神奇"在拉美作家的语言中是同义词。

信"黄金国"存在的仍大有人在。

与此同时,美洲又是一块古老的土地,数以万计的印第安人在这里繁衍生息。在西、葡殖民主义者及其他欧洲冒险家看来,这又是一块神奇的土地:印第安人是神奇的,金字塔是神奇的,太阳门是神奇的……

随着土著文化的毁灭,传统的断裂,美洲便更加显得扑朔迷离,难以名状;神奇的金字塔、太阳门,等等,都成了千古不解之谜。

旧谜没有破,新谜却不断涌现:残存的土著文化同各种外来文化糅合成一个奇异的混沌世界。这个世界发展极不平衡,现代和远古、科学和迷信、电视和神话、摩天大楼和史前状态交织在一起;一边是近2000万人口的现代化都市,一边是赤身裸体的印第安土著;一边是人造卫星,一边是图腾崇拜……任何意想不到的事情都可能在这里发生:一夜之间,强盗变成总督,逃犯变成主教,娼妓变成总统,反之亦然。

此外,由于种种原因,拉丁美洲不但同北美洲迥然不同,而且距离愈来愈大。总之,拉丁美洲仍是个孤独、落后的世界。在这个孤独、落后的世界里,赤橙黄绿青蓝紫各色奇迹杂然纷呈。

然而,神奇变成文学却是受了超现实主义的影响的。

摆脱西班牙、葡萄牙殖民统治而独立的拉丁美洲并未摆脱孤独、愚昧、落后的癫狂状态。曾经三次连任墨西哥总统的独裁者安东尼奥·洛佩斯·德·桑塔纳将军,为了埋掉一条在战争中失去的右腿,竟然举行了规模宏大的国葬。作为绝对君主统治厄瓜多尔长达16年之久的加西亚·莫莱诺将军死后,还穿着华贵的军装,端坐在总统席上,让人长期守灵。萨尔瓦多笃信鬼神的暴君马克西米利亚诺·埃尔南德斯·马丁尼斯仅是一次野蛮的屠杀中就残害了3万农民。此君为了查证食物中是否有毒,居然发明了一种摆锤。他还让人把全国的路灯统统用红纸包起来,说是可以防止猩红热的蔓延。矗立在特古西加尔巴大广场上的弗朗西斯科·莫拉桑将军的纪念像,说穿了是在伦敦的一家旧塑像仓库里买来的内伊元帅的塑像。1902年5月8日,马提尼克岛的珀利火山在几分钟内把圣皮埃尔港吞没，3万居民全部丧命，唯一幸免于难的是独裁者的囚犯，为防止他们越狱潜逃而建造的牢不可破的牢房保护了他们。……诸如此类，不一而足。这种无以复加的疯狂现实使大批有识之士不得不亡命欧洲。

魔幻现实主义的始作俑者卡彭铁尔和阿斯图里亚斯就曾流亡欧洲。他们同于20年代初到达法国，获得了对拉丁美洲进行冷静的观察和必要的反思的距离与条件，并受到欧洲文化和文学的熏陶与洗礼。他们在巴黎参加了方兴未艾的超现实主义运动，同布勒东、阿拉贡等超现实主义作家过从甚密。他们还一起创办了第一个西班牙语超现实主义文学杂志《磁石》，尝试过"自动写作法"，探索过梦、潜意识的奥秘。但是，神奇的、孤独的和落后的美洲热带丛林和他们试图表现美洲现实的强烈愿望，很快使他们不约而同地摒弃了超现实主义的创作主张和方法。卡彭铁尔宣称："我觉得为超现实主义效力是徒劳无益的。我不会给这个运动增添光彩。我产生了反叛情绪。我感到有一种表现美洲的义务和强烈愿望，尽管还不清楚怎样去表现。这个任务的艰巨性激励着我。在很长一段时间里，我除了阅读一切所能到手的有关美洲的资料外没有做任何事。我眼前的美洲犹如一团云烟，我渴望了解它，因为我有一种信念：我的作品将以它为题材，将有着浓郁的美洲色彩。"[①]

1943年，卡彭铁尔离开法国，赴海地考察，"不禁从重新接触的神奇现实联想起构成近30年来某些欧洲文艺作品的那种挖空心思臆造神奇的企图。那些作品从布罗塞利昂德森林、圆桌骑士、墨林魔法师、亚瑟传这样一些古老的模式中寻找神奇；从集市上的杂耍和畸形儿身上挖掘神奇（法国的年轻诗人对集市上的畸形儿和小丑怎么就百书不厌呢？而兰波却早在《语言炼金术》中摒弃了这类模式）；要把戏似地把一些毫不相干的东西拼凑在一起以制造神奇，如超现实主义绘画的那

---

① 卡彭铁尔：《一个巴罗克作家的简单忏悔》，哈瓦那，1964年，第32页。

一套离奇的戏法——雨伞和缝纫机一并出现在解剖桌上,发电机生产鼬皮勺子,蜗牛在雨后的出租汽车上爬行,狮子将脑袋枕在寡妇的骨盆上等等。……然而,神奇是现实突变的产物,是对现实的特殊表现,是对现实的非凡的、别出匠心的启明,是对现实状态和规模的夸大。这种神奇的发现给人以到达极点的强烈的精神兴奋。不过这种神奇的产生首先需要一种信仰。无神论者是不能用神的奇迹治病的;不是堂·吉诃德,就不会全心全意地进入《阿马迪斯·德·高拉》或《蒂拉特·埃尔布兰科》①的世界。"②卡彭铁尔进而说:"我在海地逗留期间,由于天天接触堪称'神奇'的现实,所以我深有感触。在这块土地上生活着千万渴望自由的人们,他们相信马康达尔③具有变形的能力,在马康达尔被处决的那一天,这种信仰创造了奇迹……和与之相关的一整套神话。这些神话一直保留在人们的记忆之中,至今仍能在伏都教④的仪式中听到。这是因为美洲神话的源头远未枯竭:它的原始、它的结构与本原、它的印第安人和黑人、它的文化混杂,恰似缤纷的浮士德世界,给人以各种启示。"⑤

同时,超现实主义等欧洲幻想文学对卡彭铁尔产生了至为重要的影响,因为它启发这位古巴作家着眼于加勒比人的神奇。他说:"对我来说,超现实主义有着十分重要的意义。它启发我观察以前未曾注意的美洲现实生活的结构及其细节","帮助我发现'神奇的现实'。"⑥

无独有偶,阿斯图里亚斯从超现实主义看到了美洲的神奇。在1924年的第一次《超现实主义宣言》中,布勒东声称:"梦境与现实这两

---

① 13世纪西班牙骑士小说,佚名。
② 卡彭铁尔:《〈这个世界的王国〉序》,哈瓦那,1979年版,第5—7页。
③ 19世纪海地黑人领袖。
④ 海地黑人宗教。
⑤ 卡彭铁尔:《〈这个世界的王国〉序》,哈瓦那,1979年版,第5—7页。
⑥ 卡彭铁尔:《一个巴罗克作家的简单忏悔》,第32页。

种状态似若互不相容,我却相信未来这两者必会融为一体,形成一种绝对的现实,即超现实——姑且先这样称呼。"①阿斯图里亚斯认为布勒东所说的超现实同美洲的"魔幻现实"十分相似,所不同的只是前者是艺术组合,而后者却是客观存在。他说:"'魔幻现实'是这样的:一个印第安人或混血儿,居住在偏僻的山村,叙述他如何看见一朵彩云或一块石头变成一个人或一个巨人,或者一朵彩云变成一块巨石。所有这些都不外是村人常有的幻觉,无疑谁听了都觉得可笑,不能相信。然而一旦生活在他们中间,你就会意识到这故事的分量。在那里,人对周围事物的幻觉和印象渐渐地转化为现实,尤其是在那些宗教和迷信基础雄厚的地方,譬如印第安部落。当然这不会是看得见摸得着的现实,但它却是存在的,是某种信仰的产物……又如,一个女人在取水时掉入深渊,或者一个骑手坠马而死,或者任何别的事故,都可能染上魔幻色彩,假如你具备相应的思想基础。对印第安人和混血儿来说,事情就不再是女人掉入深渊了,而是深渊缠住了女人,因为它需要把她变成蛇、泉水,或者任何一样他们相信的东西;骑手也就不会由于多喝了几杯而摔下马来,而是因为那块磕破他脑袋的石头在向他'召唤',或者是那条溺死他的河流在向他'召唤'……"②

"神奇现实"也罢,"魔幻现实"也罢,卡彭铁尔和阿斯图里亚斯关于拉丁美洲现实的论述同布留尔及荣格的"集体心象"和"集体无意识"学说十分相似。无论是布留尔的"集体心象"还是荣格的"集体无意识",指的都是原始人的"先逻辑"(又译"原逻辑")思维。荣格在《探索心灵奥秘的现代人》(1933)一书中,对原始人的"先逻辑"思维作过这样的阐述:"如果有三位妇女到河边取水,一位被鳄鱼拖到水中,我们的判断一

---

① 《超现实主义宣言》,《未来主义·超现实主义·魔幻现实主义》,社科出版社,1987年版,第249页。

② W.劳伦斯:《访阿斯图里亚斯》,原载《新世界》,波哥大,1970年,第49页。

般是,那位妇女被拖走是一种巧合而已。在我们看来,她被鳄鱼拖走,纯粹是极自然的事,因为鳄鱼确实常会吃人。可是原始人却认为,这种解释完全违背了事实的真相,不能对这个事件作全盘说明。……原始人寻求另一种解说法。我们所说的意外,他们认为是一种绝对力。"①他举例说:"一次从一只被欧洲人射死的鳄鱼肚中发现了两个脚镯,当地的土人认出这两个脚镯是两位不久前被鳄鱼吞吃了的妇人的物品,于是大家就开始联想到巫术了。……他们说,有位其名不详的巫师事先曾召唤那条鳄鱼到他面前,当面吩咐它去把那两位妇女抓来,于是鳄鱼遵命行事。可是在鳄鱼肚内取出的脚镯该怎么解释呢?土著们又说了,鳄鱼是从不食人的,除非接受了某人的命令。而脚镯就是鳄鱼从巫师那儿取得的报酬。"②荣格在对非洲的黑人部落和布留尔等人的研究成果进行考察之后,认为:"在原始社会里,一切事物都有它的精神性。一切事物染上了人类心灵中的集体无意识性,因为当时还根本不存在所谓的个人精神生活。"③而神话则是这种"集体无意识"的产物(艺术表现),"这种经验的遗迹"。

由于拉丁美洲的孤独和落后,由于种族和阶级的双重压迫,拉丁美洲的印第安人和黑人一直生活在近乎氏族公社的原始状态中,仍然皈依万物有灵论那样的原始宗教。因此,在拉丁美洲,神话之源远未枯竭。它为拉丁美洲作家提供了令超现实主义者和一切幻想作家自愧弗如的创作素材。

于是,阿斯图里亚斯和卡彭铁尔不谋而合,不约而同,于1949年创作了《玉米人》和《这个世界的王国》,开了魔幻现实主义先河。

魔幻现实主义既无宣言又无刊物,它是随着《玉米人》和《这个世界

---

① 荣格:《探索心灵奥秘的现代人》,社会科学文献出版社,1987年版,第125页。
② 荣格:《探索心灵奥秘的现代人》,第120页。
③ 同上,第137页。

的王国》的出现而出现的;"魔幻现实主义"一词也是评论界根据这两部作品及其作家的有关论述提出来的,即所谓的约定俗成。

II 马尔克斯的南方世界

加西亚·马尔克斯对"魔幻现实主义"这种说法一直很不以为然。他反复强调,他是一名"忠于写实主义的记者"。

对于拉美,加西亚·马尔克斯又一再声称,"看起来是神奇的、虚幻的或魔幻的东西,事实上是拉丁美洲的基本特征。"[1]他举例说:"在哥伦比亚的加勒比海岸上,我遇到过这样一个神奇的场面:有人在为一头母牛祈祷,并看到他用咒语替那母牛治寄生虫病。此人还十分肯定地说,他可以远距离为类似患者进行遥控治疗……像这样令人瞠目的现实在我故乡加勒比地区屡见不鲜。"[2]于是,他断言,"在拉丁美洲纷繁的、光怪陆离的、令唯美主义者们费解的神奇现实面前,拉丁美洲作家缺乏的常规武器恰恰不是幻想,而是表现这种近乎幻想的神奇现实的勇气和技能。"[3]

凡此种种,同魔幻现实主义创始人阿莱霍·卡彭铁尔和阿斯图里亚斯的有关论述可谓异曲同工,一脉相承。

此外,同魔幻现实主义的两位始作俑者一样,加西亚·马尔克斯也不是一开始就注意到拉丁美洲的神奇现实的。青年加西亚·马尔克斯崇尚幻想,偏爱卡夫卡。加西亚·马尔克斯模仿卡夫卡,创作了《第三次无可奈何》(1947)、《图巴尔—卡因》(1948)、《死亡的另一根肋骨》(1948)、《夏娃与猫》(1948)、《镜子对话》(1949)、《三个梦游者》(1949)、

---

[1] 加西亚·马尔克斯:《拉美及加勒比地区的艺术创造》,《一加一》,墨西哥,1984年版。
[2] 同上。
[3] 同上。

《蓝宝石般的眼睛》(1950)等短篇小说。这些作品几乎毫不掩饰地仿效了卡夫卡的荒诞。但是,多年以后,加西亚·马尔克斯对此作了忏悔,说当时卡夫卡束缚了他的手脚。

如果没有生活的煎熬、漂泊的辛酸,很难想象加西亚·马尔克斯会成为一个什么样的作家。1950年,现实的巧合使加西亚·马尔克斯步阿斯图里亚斯和卡彭铁尔的后尘,流亡到法国巴黎。此时此刻,拉丁美洲现实以空前荒诞的形态凸现在他的面前,他从幻想中陡然惊醒。

从此以后,他师从福克纳,他要表现他的"南方世界",他要表现拉丁美洲热带丛林的魔幻。

诚然,当他最终拿起笔来表现他的世界的时候,拂不去赶不走的卡夫卡仍悄然对他施加影响,使他常常自然而然地想到变形、想到荒诞的形式。这时,荒诞不经的拉丁美洲现实又以其难以想象的虚幻形态提供了"无可比拟的表现模式"。譬如,当《百年孤独》要写近亲结婚(乱伦)的恶果——畸形儿的外部形态而又不想用通常的痴呆或生理发育不健全时,加西亚·马尔克斯挖空心思,花了许多时间才好不容易有了一个"绝活":有尾巴的孩子。不想哥伦比亚巴兰基利亚市的一位年轻人在给他的信中写道,他一直都穿着肥大的灯笼裤,已经三十多岁了还没有结婚,因为他"生下来就长着一条猪尾巴——尖端有一撮毛的螺旋形软骨……"而这同加西亚·马尔克斯的"绝活"几乎一模一样。又如,小说中有关俏姑娘雷麦黛丝升天的那段描写,无疑谁看了都说是加西亚·马尔克斯的杜撰:

俏姑娘雷麦黛丝话音刚落,菲兰达突然发现一道闪光,她手里的床单被一阵风卷起,在空中全幅展开。俏姑娘雷麦黛丝抓住床单的一头,开始凌空升起的时候,阿玛兰格感到裙子的花边神秘地拂动。乌苏娜……瞧见俏姑娘雷麦黛丝向她挥手告别;姑娘周围是跟她一起升空的、白得耀眼的、招展的床单,床单跟她一起离开了甲虫飞舞、天竺牡丹盛开的环境……永远消失在上层空间,甚至飞得最高的鸟儿也追不上了。①

但是事实却不然。事实是:加西亚·马尔克斯一直想用变形或失踪处理这个人物,但他又觉得这样不易被读者接受。后来他听说有位老夫人,她的漂亮孙女一天早晨突然与人私奔了,可她却到处说她的孙女飞上天去了。② 神奇的是,"在我故乡哥伦比亚居然有人相信这类天方夜谭"③!无怪乎加西亚·马尔克斯常常唏嘘慨叹,说"现实是最伟大的作家","只要你真实地表现现实——当然是指孤独的拉丁美洲现实,你就能写出无与伦比的'幻想'之作";毋怪乎他常常黯然神伤,说"孤独是拉丁美洲的最大主题";④也毋怪乎他慷慨激昂,在1982年诺贝尔文学奖授奖仪式上大声疾呼:"摆脱西班牙统治而独立并未使我们脱离愚昧疯癫的状态……11年前,当代一位杰出的诗人、智利的巴勃罗·聂鲁达就以其亲身经历说明了这一点……然而,从那时起,拉丁美洲那些令人难以置信的消息更以前所未有的迅猛之势闯入欧洲善良的、有时甚至还包括邪恶的心灵……在这段时间里,拉丁美洲发生了5次战争、17次政变,出现了以上帝的名义进行种族灭绝的恶魔般的独裁者。与此同时,有两千万拉丁美洲儿童不满两岁便夭折死去,而这个数目比西欧自1970年以来所出生的人口总数还要大。被镇压致死的人几乎有12万之多,也就是说相当于乌普萨拉⑤全城居民的总和……为了不致再发生类似事件,20万男女献出了自己的全命,其中一半以上是在尼加

---

① 加西亚·马尔克斯:《百年孤独》,高长荣译,1984年版,第233页。
② 加西亚·马尔克斯:《拉美及加勒比地区的艺术创造》,《一加一》,墨西哥,1984年8月4日,第1版。
③ 同上。
④ 同上。
⑤ 瑞典城市,国王的加冕典礼在此举行。

拉瓜、萨尔瓦多和危地马拉这3个中美洲极权主义小国牺牲的。……一向有好客之国美称的智利,其逃亡人数竟达100万之多。乌拉圭是一个只有250万人口的小国,它一直被认为是本大陆最文明的国家,但就在这个国家,每5个公民中就有一人被流放。……"因此,"值得瑞典文学院注意的,首先应该是拉丁美洲这个巨大的现实,而不仅仅是它的文学表现。这一现实不是写在纸上的……它每时每刻、每日每天决定着我们不计其数的生离死别,它为我们提供了永不枯竭、充满着不幸和美好事物的创作源泉,而我这个怀念故里的哥伦比亚流浪汉,仅仅因为有幸才被命运指定的又一个人选,正是从中吸取养料的。这一异乎寻常的现实中的各色人等,无论是诗人还是乞丐,音乐家还是占卜师,战士还是心术不正的小人,都很少求助于想象,因为,对我们来说,最大的挑战是缺乏能使生活变得令人可信而必需的常规财富。朋友们,这就是我们孤独的症结所在。"①

专制制度的肆虐加深了拉丁美洲的孤独和落后,孤独和落后又反过来成了拉丁美洲专制制度赖以生存的土壤。这是一种恶性循环,它使拉丁美洲长期处于癫狂、魔幻的原始状态。

然而,真是美的关键,却并不等同于美。黑格尔说过,"从一方面看,美本身必须是真的";但是"从另一方面看,说得更严格一点,真与美却是有分别的"②。这是因为艺术的美具有两重性,"既是自然的,又是超越的"③。换言之,艺术的真实不是罗列现象、对自然进行琐碎的描写,而是对对象进行本质的审美把握和反映,既艺术地揭示现实的关系又具有细节的真实,也就是所谓的艺术源于生活,而又高于生活。恰恰

---

① 加西亚·马尔克斯:《在诺贝尔文学奖授奖仪式上的讲话:拉丁美洲的孤独》,1982年12月。
② 黑格尔:《美学》第1卷,朱光潜译,商务印书馆,1979年版,第142页。
③ 歌德:《谈话录》,人民文学出版社,1978年版,第6页。

是因为这个,写真实的美学原则才既有鲜明的历史具体性,又有高度的艺术概括性。

加西亚·马尔克斯在表现魔幻的拉丁美洲现实时,便完美地体现了这一特点。因为,写实主义也罢,魔幻现实主义也罢,《百年孤独》集《玉米人》、《这个世界的王国》和《彼得罗·帕拉莫》(1955)等有关作品之大成,是一个完整的、高度概括的"南方世界"。

Ⅲ 魔幻现实与神话

首先,《百年孤独》的高度的艺术概括性在于它是一个完整的神话世界,从始创到末日。

霍·阿·布恩蒂亚和表妹乌苏娜青梅竹马,被爱情更牢固的关系——"共同的良心谴责"联系在一起。布恩蒂亚无视部族的禁令和"猪尾儿"的预言,向乌苏娜求婚。婚事一再遭到双方父母的反对。最后,年轻人的冲动战胜了老年人的理智,表兄妹不顾一切地结合了。然而,预言的阴影笼罩了新婚夫妇的生活。因为可怕的预言得到过应验:乌苏娜的婶婶和布恩蒂亚的叔叔也是表兄妹,两人无视预言的忠告结婚后,生下了一个儿子。"这个儿子一辈子都穿着肥大的灯笼裤,活到42岁还没有结婚就流血而死,因为他生下来就长着一条尾巴——尖端有一撮毛的螺旋形软骨。这种名副其实的猪尾巴是他不愿让任何一个女人看到的,最终要了他的命,因为一个熟识的屠夫按照他的要求,用切肉刀把它割掉了。"[1]乌苏娜知道丈夫是个有血性的男人,担心他在她睡着的时候强迫她,所以,她在上床之前,都穿上母亲拿厚帆布给她缝制的一条衬裤;"衬裤是用交叉的皮带系住的,前面用一个大铁扣扣

---

[1] 加西亚·马尔克斯:《百年孤独》,高长荣译,1984年版,第18页。下不详注。

紧"。时间长了,人们见乌苏娜总也不孕,就奚落布恩蒂亚。"恭喜你呀!"一个叫普鲁登希奥·阿吉廖尔的人说:"也许你的这只公鸡能够帮你老婆的忙……"布恩蒂亚忍无可忍,拿标枪刺死了侮辱他的人,然后气冲冲地回到家里,恰好碰见他妻子在穿"防卫裤",于是用标枪对准她,命令道:"脱掉!"

为了逃避预言一旦灵验时的羞辱和普鲁登希奥的不散阴魂,布恩蒂亚带着怀孕的妻子背井离乡,探寻渺无人迹的僻静去处。他们和同行的几个探险者在漫无边际的沼泽地里流浪了无数个月,竟没有遇见一个人。有一天晚上,"霍·阿·布恩蒂亚做了个梦,营地上仿佛矗立起一座热闹的城市,房屋的墙壁都是用晶莹夺目的透明材料砌成。他打听这是什么城市,听到的回答是一个陌生的、毫无意义的名字,可是这个名字在梦里却异常响亮动听:马孔多。"

于是他们在这个神奇、荒芜的地方建立起自己的家园。乌苏娜这时已有了两个健全的、并无任何异常的孩子。布恩蒂亚也就放下心来,打算同外界建立联系。他率领马孔多人进行了长时间的努力,结果却惊奇地发现"这个潮湿和寂寥的境地犹如'原罪'以前的蛮荒世界",周围都是沼泽,再向外就是浩瀚的大海。鬼知道当初是怎么找到这个地方的!他们绝望地用大砍刀乱劈着血红色的百合和金黄色的蝾螈,"远古的回忆使他们受到压抑"。

然而,马孔多是一块"福地","一座座土房都盖在河岸上;河水清澈,沿着遍布石头的河床流去,河里的石头光滑、洁白,活像史前的巨蛋。这块天地是新开辟的,许多东西都叫不出名字,不得不用手指指点点"。20户人家,最大的还不到30岁,大家和睦相处,共同塑造生活的模样,过着田园诗般安宁、和谐、幸福的生活。

但是好景不长,无所不知的吉卜赛人在梅尔加德斯木士的率领下,奇迹般地来到了马孔多。此后,各色移民纷至沓来,马孔多由村变镇,由镇变市。马孔多成了无奇不有的"大千世界"。马孔多人四分五裂，各不相谋，从此失去"神"的庇佑，"爱情天使"也披着床单飞上天去……

终于是最后的时刻：雨，下了4年11月零两天，马孔多一片汪洋。洪水过后，霍·阿·布恩蒂亚的第六代子孙奥雷连诺·布恩蒂亚开始在吉卜赛人住过的房间里研习梵文，以便破译梅尔加德斯百年前留下的羊皮纸手稿。与此同时，他的姨妈阿玛兰塔·乌苏娜开始显露出与众不同的美貌。奥雷连诺·布恩蒂亚和阿玛兰塔·乌苏娜虽然辈分不同，但年龄却相差无几，所以一直以姐弟相称。两人青梅竹马，从小建立了深厚的感情。随着岁月的流逝，他们的感情变成了爱情，于是在第一次品尝了爱情的滋味之后，他们便失去了理智。终于，阿玛兰塔怀了孕，生下一个有尾巴的孩子。这个神话中的怪物注定要使布恩蒂亚家族彻底毁灭。此时，奥雷连诺·布恩蒂亚发现了最终破译梅尔加德斯密码的奥秘。他看到羊皮纸手稿的卷首上写着那么一句题辞，跟这个家族的兴衰完全符合："家族中的第一个人将被绑在大树上，家族中的最后一个将被蚂蚁吃掉。"

梅尔加德斯先用他本族的文字——梵文记下了布恩蒂亚家族的历史，然后把这些梵文译成密码诗，诗的偶数行列用的是奥古斯都皇帝的私人密码，奇数行列用的是古斯巴达的军用密码。

奥雷连诺·布恩蒂亚急于知道自己的出生，不由得把羊皮纸手稿翻过去几页，发现阿玛兰塔·乌苏娜不是他的世姐，而是他的姨妈，直到他们生出有尾巴的怪物，这个怪物正在被蚂蚁吃掉。此刻，《圣经》所说的那种飓风变成了猛烈的龙卷风。为了避免把时间花在他所熟悉的事情上，奥雷连诺·布恩蒂亚赶紧把羊皮纸手稿翻过十一页，开始破译和未来有关的几首诗，就像望着一面会讲话的镜子似的，他预见到了自己的命运。他又跳过了几页，竭力想往前弄清楚自己的死亡日期和情况。可是还没有译到最后一行，他就明白自己已经不能跨出房间一步了,"因为按照羊皮纸手稿的预言,就在奥雷连诺·布恩蒂亚译完羊皮纸手稿的最后瞬刻间,马孔多这个镜子似的(或者蜃景似的)城镇,将被飓风从地面上一扫而光,将从人们的记忆中彻底抹掉,羊皮纸手稿所记载的一切将永远不会重现,遭受百年孤独的家族,注定不会在大地上第二次出现。"

不是吗?马孔多从诞生到毁灭,具有从误食禁果到天启式终局的神话结构;预言、乱伦、迁徙、男人的汗水、女人的痛苦,也无不令人迁思希伯来人惊心动魄的"原始心象"——《圣经·旧约》和古希腊人充满魅力的神话传说。

"原型批评"的代表人物弗莱把文学发展的规律用"神话——传奇——悲剧——喜剧——讽刺——神话"的复归周期性来表示,而神话的复归也即荣格所说的"集体无意识"中的"原型"的显现。弗莱认为,过去西方文学恰好依"神话——传奇——悲剧——喜剧——讽刺"的秩序,经历了由神话到写实的发展,而今天它又趋向于回归到神话。被称为"作家们的作家"的乔伊斯的《尤利西斯》是他有力的佐证。这恰恰又迎合了时下流行的后现代主义学说。后现代主义学说从尼采到德·里达,基本上建立在形而上学毁灭的基础之上,即认为随着"上帝死亡"——"绝对理念"陨落——人的异化——权威的消失,人类已经无所适从。当然这是一种极端的形而上学和虚无主义哲学,但它说明了神话复归的必然:人类背弃神话走向自我、走向人自己,但是随着自我的失落、人的异化,人类必然回归到神话——最初的出发点。

然而,弗莱在阐述这种循环或回归时忘记了这样一个本质的区别:古代神话是人类孩童时代的天真想象,充满了幼稚的真诚,闪烁着无意识的诗情;现代神话却分明是冷嘲热讽,在那荒诞抑或魔幻的面具背后更多的不是想象,而是理智,不是对自然的惊讶,而是对人世、对现实的象征性表述。此外,当荣格潜心研究黑人部落等"原始人"的"集体无意识"时,避而不谈这些"原始人"之所以"原始"的社会、历史原因;而加西亚·马尔克斯则不然,他的高明之处就在于他通过艺术的表现,提醒人们注意:他笔下的"原始人"是在人类远离了童年、经过了青年、进入了成年时代[1]之后仍处于原始状态的。

Ⅳ 魔幻现实与象征

黑格尔称象征是"艺术的开始"[2]。这是因为象征和神话一样(其实神话也是一种象征,是人类童年时期对自然现实现象的非自觉的艺术表现),具有高度的艺术概括性和表现力。

加西亚·马尔克斯充分意识到了象征的作用,他的代表作《百年孤独》即象征性地勾勒了人类的童年、青少年和成年时代,即人类社会的原始时期、奴隶制时期、封建和资本主义时期等重要历史阶段的不同表象。

在原始社会时期,随着氏族的解体,男子在一夫一妻制的家庭中占了统治地位。部落或公社内部实行族外婚,禁止同一血缘亲族集团内部通婚;实行生产资料公有制,公社成员共同劳动,平均分配,没有剥削,也没有阶级。所以这个时期又叫原始共产主义社会。原始部落经常进行大规模的迁徙,迁徙原因很多,其中最常见的有战争、自然灾害等等,总之,是为了寻找更适合于生存的自然条件。如中国古代周人迁居周原,古希腊人迁入巴尔干半岛,以色列的子孙在摩西的率领下逃至耶路撒冷,古代玛雅人也经历过几次大规模的迁徙。

---

[1] 至18世纪,神话论者在神话是人类童年时期非自觉的艺术创造这一问题上达到了比较统一的认识,尽管他们的出发点可能不尽相同。基于这一共识,维柯曾把人类的生活划分为三个阶段,即:童年时期、青年时期和成年时期,以此同人类文明的三个阶段即神的时代、英雄时代和人的时代相对应。这也是弗莱及"原型批评"所提出的神话理论。

[2] 黑格尔:《美学》第2卷,朱光潜译,第9页。

马孔多产生之前,霍·阿·布恩蒂亚家和表妹乌苏娜家居住的地方,"几百年来,两族的人都是杂配的",因为他们生怕两族的血缘关系会使两族(其实是同族)联姻丢脸地生出有尾巴的后代。但是,霍·阿·布恩蒂亚和表妹乌苏娜为了比爱情更牢固的关系——"共同的良心谴责",打破了不得通婚的约定俗成的禁忌而结为夫妻后,被迫带领一些年轻人迁移到荒无人烟的马孔多。在"这个'原罪'以前的蛮荒世界","霍·阿·布恩蒂亚好像一个年轻的族长,经常告诉大家如何播种,如何教养孩子,如何饲养家畜;他跟大伙儿一起劳动,为全村造福……霍·阿·布恩蒂亚是村里最有事业心的人,他指挥建筑的房屋,每家的主人到河边去取水都同样方便;他合理设计的街道,每座住房白天最热的时候都得到同样的阳光。建村之后过了几年,马孔多已经成了一个最整洁的村子,这是跟全村300个居民过去住过的其他一切村庄都不同的。这是一个真正幸福的村子……"他的村子体现了共同劳动、平均分配的原始共产主义原则。

"山中方一日,世上已千年"。马孔多创建后不久,吉卜赛人居然找到了这个地方,并且用他们的"发明"和法术驱散了马孔多的沉寂。他们带来了人类的"最新发明",推动了马孔多社会生产力的发展。霍·阿·布恩蒂亚对吉卜赛人带来的金属产生了特别浓厚的兴趣。这种兴趣逐渐地发展到狂热的地步。他对家人说:"即使你不害怕上帝,你也会害怕金属。"

人类历史上,正是因为生产力的不断发展,特别是金属工具的使用,出现了剩余产品,出现了生产个体化和私有财产,生产资料公有制转变为私有制,劳动产品由公有财产转变为私有财产。随着私有制的产生和扩大,使人剥削人成为可能,社会便逐步分化为奴隶主阶级、奴隶阶级和自由民。手工业作坊和商品交换也应运而生。

"这时,马孔多事业兴旺,布恩蒂亚家中一片忙碌,对孩子们的照顾就降到了次要地位。负责照拂他们的是古阿吉洛部族的一个印第安女人,她是和弟弟一块来到马孔多的……姐弟俩都是驯良、勤劳的人……"村庄很快变成了一个热闹的市镇,开设了手工业作坊,修筑了永久的商道。新来的居民仍十分尊敬霍·阿·布恩蒂亚,"甚至请他划分土地,没有征得他的同意,就不放下一块基石,也不砌上一道墙垣"。马孔多出现了三个社会阶层:以布恩蒂亚家族为代表的"奴隶主"贵族阶层,这个阶层主要由参加马孔多初建的家庭组成;以阿拉伯人、吉卜赛人等新迁移来的居民为主要成分而组成的"自由民"阶层,这些"自由民"大都属于小手工业者、小商人、小店主或艺人;和处于社会最底层的"奴隶"阶层,属这个阶层的多为印第安人,因为他们在马孔多扮演的基本上是奴仆的角色。

岁月不居,霍·阿·布恩蒂亚的两个儿子相继长大成人;乌苏娜家大业大,不断地翻修旧宅兴建新房;马孔多也越来越兴旺发达。其时,"朝廷"派来了第一位命官——阿·摩斯柯特镇长,教区调来了第一位神父——尼康诺尔莱茵纳。他们一见到马孔多居民对一切无所顾忌的样子就感到惊愕,"因为他们虽然安居乐业,却生活在罪孽之中:他们仅仅服从自然规律,不给孩子们举行洗礼,不承认宗教节日。"为了使马孔多人相信上帝的存在,神父煞费了一番苦心,"协助尼康诺尔神父做弥撒的一个孩子,端来一杯浓稠、冒气的巧克力茶。神父一下子把整杯饮料喝光了。然后,他从长袍袖子里掏出一块手帕,擦干了嘴唇,往前伸出双手,闭上了眼睛。接着,尼康诺尔神父就在地上升高了六英寸。证据是十分令人信服的。"马孔多于是有了第一座教堂。

与此同时,小镇的阶级关系发生了深刻的变化。以地主占有土地、残酷剥削农民为基础的社会制度——"封建主义制度",从"奴隶制社会"脱胎而出。霍·阿·布恩蒂亚的长子霍·阿卡蒂奥"强占了周围最好的耕地。那些没有遭到他掠夺的农民——他不需要他们的土地——

他就向他们收税。每逢星期六,他都肩挎双筒枪,带着一群狗去强征税款。"地主阶级就这样巧取豪夺并依靠封建土地所有制和地租形式等,占有农民的剩余劳动。

然后便是自由党和保守党之间旷日持久的战争。自由党人"出于人道主义精神"立志革命,为此他们在奥雷连诺上校的领导下,"发动了32次武装起义";保守党人则"直接从上帝那儿接受权力,维护稳定的社会秩序和家庭道德,保护基督——政权的基础"。这场泣鬼神、惊天地的战争俨然是对充满了戏剧性变化的英国资产阶级革命尤其是法国大革命的艺术夸张。

紧接着是兴建工厂和铺设铁路。"马孔多居民被许多奇异的发明弄得眼花缭乱,简直来不及表示惊讶。火车、汽车、轮船、电灯、电话、电影以及洪水般涌来的各色人等",使马孔多人成天处于极度兴奋的状态之中。不久,跨国公司及随之而来的法国艺妓、巴比伦女人、西印度黑人等稀奇古怪的移民占据了整个马孔多。弹指一挥间,马孔多发生了如此巨大的变化,以致老资格的马孔多人都蓦然觉得已经同生于斯、长于斯的镇子格格不入。外国人整天花天酒地,钱多得花不了;红灯区一天天扩大;巴比伦女人、法兰西女郎愈来愈多;"上帝似乎决定试验一下马孔多居民们惊愕的限度"。终于,马孔多由惊愕转为愤怒,爆发了史无前例的工人大罢工。真可谓物极必反,大惊小怪、忍气吞声的马孔多人突然间举起了拳头。结果当然不妙:独裁政府毫不手软,对马孔多实行了惨绝人寰的大屠杀,数千名手无寸铁的马孔多工人倒在血泊之中。这难道不正是资本主义和垄断资本主义时代的触目惊心的现实吗?!

人类既走完了许多世纪,经历了诸多历史阶段,但拉丁美洲却一仍其旧,一如既往。加西亚·马尔克斯说过,"神话依然是拉美人审视现实的方式","早在孩提时代,我外祖母便将这种方式教给了我。对外祖母而言,神话、巫术、预感及宗教迷信都是现实生活的有机组成部分……"①

正是基于这一现实,马孔多人对世界的感知产生了奇异的效果:现实发生突变,最神奇的事物化为现实,最纯粹的现实变作神奇。

远至初民的神话近到各色古怪小说,古今中外的文学家描写过多少炼狱、地狱、阴曹地府;至于阴魂鬼魅,更可谓汗牛充栋,不胜枚举。但是在当代文学中,像《百年孤独》这样大肆铺陈地描写鬼魂和死人国的却实属罕见:普鲁登希奥多次还魂,梅尔加德斯死后复生,阿玛兰塔赴死人国送信:

> 阿玛兰塔感到自己并没有绝望,相反地,她没有任何悲哀,因为死神优待她,几年前就预先告诉了她结局的临近。在把梅梅送往修道院学校之后不久,她在一个炎热的晌午就看见了死神;死神跟她一块儿坐在长廊上缝衣服;她立刻认出了死神;这死神没有什么可怕,不过是个穿着蓝衣服的女人,头发挺长,模样古板,有点儿像帮助乌苏娜干些厨房杂活时的皮拉·苔列娜……

> 阿玛兰塔傍晚就要起锚,带着信件航行到死人国去,这个消息还在晌午之前就传遍了整个马孔多;下午3点,客厅里已经立着一口装满了信件的箱子。不愿提笔的人就让阿玛兰塔传递口信,她把它们都记在笔记本里,并且写上收信人的姓名及其死亡的日期。"甭担心,"她安慰发信的人。"我到达那儿要做的第一件事就是找到他,把您的信转交给他。"这一切像是一出滑稽戏……

> 阿玛兰塔再也没有起床。她像病人似地躺在枕上,把长发编成辫子,放在耳边,——是死神要她这样躺进棺材的。

---

① 加西亚·马尔克斯和阿·门多萨:《番石榴飘香》,第61—62页。

这仿佛把我们带入了神奇的天地。如果说蒲松龄用幻境和花妖鬼魅隐喻现实,从而客观上反映了中国古人的宗教迷信思想;那么加西亚·马尔克斯显然是希图通过马孔多人的陈腐的宗教迷信思想,鞭笞马孔多的孤独和落后。须知,在漫长的殖民统治时期,在独立战争后的一百多年间,拉丁美洲的许多印第安人和混血儿一直生活在近乎原始氏族的社会状态之中,始终顽固恪守传统信仰。他们根本不可能对生与死作任何有违成说的设想。生命在死亡中延续是多少世纪来人们不可移易的信念。

正因为这样,"'彼世'和现世只是构成了同时被他们想象到、感觉到和体验到的同一实在"①。因为,"对原始人来说,没有不可逾越的深渊把死人与活人隔开。相反地,活人经常与死人接触。死人能够使活人得福或受祸,活人也可以给死人善待或恶报。对原始人来说,与死人来往并不比与'神灵'或者与他在自己身上感到其作用的或他认为是服从于自己的任何神秘力量进行联系更奇怪"②。

与此同时,马孔多人相信神灵,相信天命,相信预感、预兆等神秘力量。譬如,奥雷连诺上校身经百战,遭到过 14 次暗杀、73 次埋伏和一次枪决,但都幸免于难。他始终相信,"死神如果临近,是会以某种准确无误的、无可辩驳的朕兆预示他的"。而这种朕兆一直没有出现。

荣格说过:"由于我们早把祖先对世界的看法忘得一干二净,就难怪我们把这种情况(指预兆、预感——笔者注)看做是非常可笑的了。有一只小牛生下来就有两个头,五条腿;邻村的一只公鸡下了蛋;一位老婆婆做了个梦;天空中出现了一颗殒星;附近的城里起了一场大火;第二年就爆发了战争。从远古到近代的 18 世纪的历史中,这类的记载

---

① 列维-布留尔:《原始思维》,丁由译,商务印书馆,1981 年版,第 294 页。
② 同上。

屡见不鲜。……我们由于只注意到事物的本身及其原因,因此认为那不过是由一堆毫无意义和完全偶然的巧合所组成的东西,原始人却认为是种合乎逻辑秩序的预兆。"[1]

总之,马孔多人同布留尔和荣格所说的原始人一样,所关注的不是事物的原因,而是现象、是过程、是"先逻辑"[2]秩序。正因为这样,马孔多人相信,任何事物都不是孤立的、无谓的,任何现象都不是没有神灵、鬼魂、巫术或别的神秘力量在起作用的。

同时,还因为孤独和落后,吉卜赛人的磁石使马孔多人大为震惊。马孔多人为它的魔力所慑服,幻想用它吸出地下的金子:"'咱们很快就会有足够的金子,用来铺家里的地都有余啦。'……在好几个月里,霍·阿·布恩蒂亚都顽强地努力履行自己的诺言。他带着两块磁铁,大声地不断念着梅尔加德斯教他的咒语,勘察了周围整个地区的一寸寸土地,甚至河床。"吉卜赛人的冰块使他们着迷,被称为"世界上最大的钻石",并指望用它建造马孔多的房子:"当时,马孔多好像一个赤热的火炉,门闩和窗子的铰链都热得变了形;用冰砖修盖房子,马孔多就会变成一座永远凉爽的市镇了。"吉卜赛人的照相机令马孔多人望而生畏,他们"生怕人像移到金属板上,人就会逐渐消瘦",但却用它否定了上帝存在的"神话"。霍·阿·布恩蒂亚说,既然上帝无所不在,怎么没有在金属板上留下印迹?

后来,马孔多人虽然在地理上距文明愈来愈近,但在心理上却离它愈来愈远。意大利人的自动钢琴使他们惊讶了3月,他们为它美妙的声音而倾倒,被它自动起伏的琴键所慑服,恨不得拆开来看一看究竟是什么魔鬼在里面歌唱。火车对于他们简直是个难以名状的怪物,他们

---

[1] 荣格:《探索心灵奥秘的现代人》,第127页。
[2] 在布留尔是"原逻辑"。

怎么也想象不出这个"安着轮子的厨房"是如何拖着"整整一个镇子"到处流浪的。他们被可怕的汽笛声和扑哧扑哧的喷气声吓得战栗了好长时间。随着"香蕉热"的蔓延,马孔多居民被越来越多的奇异发明弄得眼花缭乱,"简直来不及表示惊讶"。"他们望着淡白的电灯,整夜都不睡觉。"还有电影,搞得马孔多人恼火已极,"因为他们为之痛哭的人物,在一部影片里死亡和埋葬了,却在另一部影片里活得挺好,而且变成了阿拉伯人。花了两分钱去跟影片人物共命运的观众,忍受不了这种空前的欺骗,把坐椅都砸得稀烂"。这是孤独的另一个面孔,同前面说过的原始信仰、"原始心象"相反相成。

或许,在施克洛夫斯基看来,这是一种"陌生法",它变习见为新知、化腐朽为神奇;然而,在《百年孤独》中,它又何啻一种叙述手法!用荣格的话说,《百年孤独》具有"神话般的洞察力",重重地弹拨着久已麻木的人类童心之弦。

此外,由于孤独,霍·阿·布恩蒂亚几乎是在大栗树下活活烂死的,就像他年轻时预感的那样。奥雷连诺上校身经百战,可到头来不知道为什么那么玩命,为谁那么玩命。"上校一点也不想知道国内的局势,光是关在自己的作坊里⋯⋯跟孤独签订体面的协议⋯⋯自从他决定不再去卖金鱼,他每天都做两条,达到 25 条时,他又拿它们在坩埚里熔化,重新开始。"就这样,他做了又毁,毁了又做,以此消磨时光,最后像小鸡似地、无声无息地缩着脖子在大栗树下死去。阿玛兰塔同哥哥心有灵犀一点通,她懂得哥哥制作小金鱼的意义,也学着他的样子跟死神签订了协议。她一门心思做殓衣,做了又拆,拆了又做。荷马的佩涅罗佩这样做是为了拖延时间,以等待丈夫;而阿玛兰塔却是为了让时间过得更快一点,以期早点死亡。后来,奥雷连诺第二不断地拆修门窗,他妻子忧烦陡增,思忖丈夫准是遗传了上校那反复营造的恶习;老寿星乌苏娜双目失明,童心复发,全然生活在对往事的回忆之中……

仿佛一切都在周而复始、循环往返之中,连人名都在不断重复,以致乌苏娜常常发出这样的慨叹:时间像是在画圈圈,又回到了刚开始的那个时候;或者说,世界像是在打转转,又回到了过去的那个地方。

由于孤独和落后,爱情同马孔多无缘。早在马孔多诞生之前,霍·阿·布恩蒂亚和乌苏娜就并非一对因为爱情而结合的夫妻。"实际上,把她跟他终生连接在一起的,是比爱情更牢固的关系:共同的良心谴责。"他们的儿子霍·阿卡蒂奥一生有过许多女人,却从未对谁产生过爱情;奥雷连诺亦然,他想同一个妓女结婚是出于怜悯,同雷麦黛丝结为夫妻是因为她还是个尿床的小孩,同许许多多连姓名都不知道的姑娘同床共枕是为了替她们"改良品种"。同样,当雷贝卡抛开意大利人皮埃特罗投入了霍·阿卡蒂奥的怀抱时,阿玛兰塔仿佛纯粹是为了争回皮埃特罗对雷贝卡的一番情意,转眼成了皮埃特罗的未婚妻,然后又存心报复似地把他给蹬了,致使皮埃特罗愤而自尽。阿玛兰塔丝毫没有感到内疚和不安,她很快成了格林列尔的未婚妻。就在他准备同她结婚的时候,她却冷冷地对他说:"我永远不会嫁给你。"她俨然成了一个迫害狂。然而,俏姑娘雷麦黛丝本是爱情天使,她的美貌和纯洁"拥有置人死地"的魔力。但是要博得她的欢心,又不会受到她的伤害,只要有一种朴素的感情——爱情就够了,而这一点正是谁也没有想到的。最后,终于披着床单飞上天去。

不宁唯是,在马孔多这个孤独、原始的世界里,滋长着动物的原始本能和变态情欲。夫妻不忠是司空见惯的和公开的,上丞下报[①]也不为偶然。如霍·阿卡蒂奥和奥雷连诺对乌苏娜(子与母)、阿卡蒂奥对皮拉·苔列娜(子与母)、阿玛兰塔·乌苏娜对奥雷连诺·布恩蒂亚(姨

---

① 上丞,即上淫,与辈分较高的女子私通,典出《左传·桓公十六年》。

妈与外甥)等都不同程度地发生乱伦或怀有乱伦欲望。最后"猪尾巴孩子"出生,而这个畸形儿(阿玛兰塔·乌苏娜和奥雷连诺·布恩蒂亚之子)居然"是百年里诞生的所有的布恩蒂亚当中唯一由于爱情而受胎的婴儿"!

当然,马孔多又不乏为了"圣洁"而不愿出嫁和为了生一个教皇或者神父而结婚的宗教狂。多么矛盾而又神奇的腐朽世界!加西亚·马尔克斯为它安排了一个果敢得令人快慰的结局——连根拔掉。这绝不是什么悲观主义,不破不立,这是历史的必然。

"内容非他,即形式之转化为内容;形式非他,即内容之转化为形式。"①内容和形式互相转化,相辅相成,这是一种内容和形式完美统一的、理想的艺术境界。

《百年孤独》便具有这种艺术境界。它的形式是在构思马孔多世界的孤独形态中产生的,具有同内容——马孔多的孤独和落后、原始相一致的象征意味。比如它的结构——我们姑且名之为"形象结构",不同于通常小说的故事框架。它是凸现主题思想,使主题思想形象化、感性化的艺术形式。

按传统的叙述方式,《百年孤独》的情节必然顺应自然时序,由马孔多的产生、兴盛到灭亡,循序渐进,依次展开。然而,加西亚·马尔克斯没有这样做,他将情节分割成若干部分(若干大循环),并将每一部分首尾联接起来,使之自成体系且又不失同整体的联系。这些独立而又相互关联的情节片断以某个"将来"作为端点,从将来追忆过去:"多年以来,奥雷连诺上校站在行刑队面前,准会想起他父亲带他去参观冰块的那个遥远的下午……"——这是《百年孤独》的第一句,奠定了小说的基调。

---

① 黑格尔:《小逻辑》,商务印书馆,1981年版,第278页。

这种既可以顾后,又能够瞻前的循环往复的叙事时态和结构形式,织成封闭的圆圈,马孔多孤独、落后、原始的形态就在其中:马孔多既是现实(对于人物),又是过去(对于叙述者)和将来(对于预言者梅尔加德斯),因而是过去、现在和将来三个时空合为一体的完全封闭的、静止的、"自在"的世界。最后,三个时态在小说终点打了个结:"奥雷连诺·布恩蒂亚一下子呆住了,但不是由于惊讶和恐惧,而是因为在这个奇异的瞬间,他感到了最终破译梅尔加德斯密码的奥秘。他看到羊皮纸手稿的卷首上有那么一句题词,跟这个家族的兴衰完全相符:'家族中的第一个人将被绑在树上,家族中的最后一个人将被蚂蚁吃掉。'……此时,《圣经》所说的那种飓风变成了猛烈的龙卷风,扬起了尘土和垃圾,团团围住了马孔多。为了避免把时间花在他所熟悉的事情上,奥雷连诺·布恩蒂亚赶紧把羊皮纸手稿翻过 11 页,开始破译和他本人有关的几首诗,就像望着一面会讲话的镜子似的……"①

为了加强这种形象结构的象征意味,为了写活马孔多——拉丁美洲的孤独、落后和原始,《百年孤独》又充满了出神入化的象征描写。例如:失眠症迅速蔓延开来,全镇人都失眠了。没过多久,失眠症又转变成了集体健忘症。② 这时,奥雷连诺发明了给东西贴标签的办法,给房子里每件东西都写上名称:"桌"、"钟""门",等等。随后,"他们就把签条搞得复杂了。一头乳牛脖子上挂的牌子,清楚地说明马孔多居民是如何跟健忘症作斗争的:'这是一头乳牛。每天早晨挤奶,就可以得到牛奶咖啡。'"就这样,他借文字把现实暂时抓住。于是一切都停滞了、静止了:既无历史的过去又无发展的将来,现实也只是静止的一瞬,而且一旦忘了文字的意义,这一瞬也会付诸脑后,成为乌有。这样的象

---

① 着重号系笔者所加。
② 这表现了对"集体无意识"的象征。

征在《百年孤独》中俯拾即是,它使马孔多这个神话世界虚实相生,有一种画龙点睛的作用。

由于这些象征的、形象的艺术形式强化了主题,凸现了主题,相对而言也就否定了自己。在审美观照过程中,当美的内容得到强化,而美的形式被相对"否定"的时候——达到了黑格尔所说的互相转化,美的形式便彻底达到了它的理想境界:无形式境界(其实是形式内容化了)。古今中外,严肃的艺术家都寻求达到这种境界。早在先秦时期,我国就有"得意而忘言"之说,认为艺术形式应该与其表达的内容和谐统一,融合为一个完整的美的形象。而当艺术的感性形式把艺术内容、艺术思想恰当地、充分地、深刻地、具体地、形象地表现出来,从而使欣赏者为整个艺术形象(主题、氛围、人物等)的美所倾倒,而不再去孤立地注意形式本身时,这才是真正的艺术形式美。简而言之,艺术形式只有转化自己、"否定"自己,才能实现自己;转化、"否定"得愈彻底,实现得也就愈充分。所谓"大言希声、大象无形"其实都有这层意思。

《百年孤独》的艺术形式在一定程度上达到了"自我否定",因而不能不说在某种意义上印证了这一美学观念:形式可以成为内容,形式即内容。而这种表现又为20世纪的现代艺术的巨型画廊提供了一幅奇异独特的画面。